LES VOLEURS DE FUMÉE

SALLY GREEN

LES VOLEURS DE FUMÉE

Traduit de l'anglais (Royaume-Uni)
par Basile Béguerie

J'AI LU

Ouvrage publié sous la direction de Thibaud Eliroff

Retrouvez-nous sur Facebook :
www.facebook.com/jailu.collection.imaginaire

Titre original :
THE SMOKE THIEVES

Première publication en langue anglaise
par Penguin Books Ltd, Londres.

À Indy

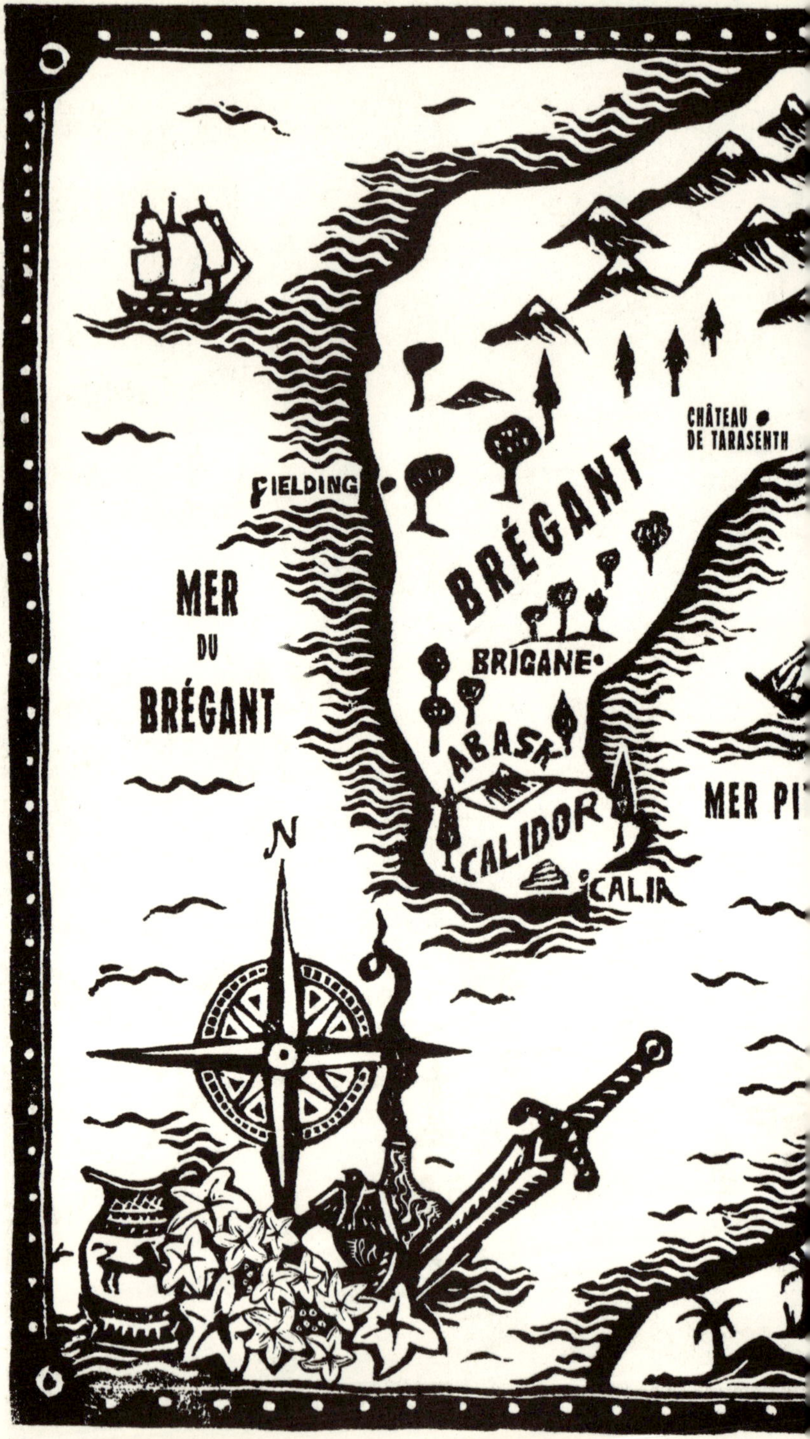

CHÂTEAU
DE TARASENTH
FIELDING
BRÉGANT
MER
DU
BRÉGANT
BRIGANE
ABASK
CALIDOR
CALIR
MER PI
N

PLATEAU
SEPTENTRIONAL
PRAVONT
LA ROSS
ROSSARBE
AIE DE
SSARBE
DORNAN
GOLDMINSTER
CHEAMSTER
PITORIE
NE
WESTMOUTH
GORGANT
LA CHAR
TORNIA
CHARRON
ILLAST
SAVAANT

Il est proscrit d'acheter, d'échanger,
de se procurer par quelque moyen que ce soit,
d'inhaler, d'avaler ou de faire
le moindre usage de la fumée de démon.

Lois de la Pitorie, Vol. I, C. 43.1

TASH

Plateau septentrional, Pitorie

— TOUT EST PRÊT ?

— Non. Figure-toi que tout cela est le fruit de ton imagination et que j'ai passé la journée à me tourner les pouces en me gavant de miel.

Tash était en train d'ajuster la corde pour que son extrémité nouée affleure pratiquement le fond de la fosse.

— Un peu plus bas, indiqua Gravell.

— Je ne suis pas aveugle !

— Il faut que tu vérifies.

Tash se tourna vers Gravell.

— Je sais très bien ce que j'ai à faire.

Gravell devenait toujours pénible et pointilleux à ce stade et Tash se rendait compte seulement maintenant que c'était probablement dû à la peur. Tash n'en menait pas large non plus, mais savoir que Gravell était sur le point de se pisser dessus n'arrangeait pas les choses.

— T'es pas nerveux, quand même ? demanda-t-elle.

Gravell marmonna :

— Pourquoi je serais nerveux ? C'est toi qu'il chopera en premier. Lorsqu'il aura fini de te boulotter, je serai déjà loin.

C'était juste, bien sûr. Tash servait d'appât. Elle attirait le démon dans le piège et Gravell se chargeait de l'achever.

Tash avait treize ans et jouait le rôle d'appât depuis que Gravell l'avait achetée à sa famille, quatre ans plus tôt. Il s'était pointé un beau matin, en disant qu'il avait entendu parler d'une fille qui courait vite. Il lui avait promis cinq kopeks si elle parvenait à atteindre les arbres avant que son harpon ne se plante dans le sol. Tash n'avait jamais vu d'homme aussi poilu et imposant que lui. Elle avait d'abord cru à une arnaque – personne n'aurait payé pour simplement la voir courir et certainement pas une somme aussi conséquente –, mais s'était tout de même exécutée. En grande partie pour frimer. Elle n'était pas sûre de ce qu'elle aurait pu faire avec tout cet argent. Elle n'avait jamais eu ne serait-ce qu'un seul kopek pour elle toute seule et elle aurait dû se débrouiller pour cacher ce pactole à ses frères. Mais il était inutile de s'en faire : l'après-midi même, Gravell était reparti avec elle. Il lui avait appris par la suite que son père l'avait vendue pour dix kroners. « Un poil cher », avait-il plaisanté. Pas étonnant que son père lui ait dit au revoir avec un grand sourire.

Gravell était sa famille désormais, ce qui constituait un progrès comparé à la précédente. Il ne la battait pas, elle avait rarement faim, et s'il lui arrivait d'avoir froid, c'étaient les aléas de la profession. Et dès le premier jour, Gravell lui avait donné une paire de bottes. Oui, comparée à sa vie d'avant, celle qu'elle menait avec Gravell n'était que luxe et abondance. On gagnait bien sa croûte en vendant de la fumée de démon, même si les démons étaient aussi rares que dangereux. Les tuer et vendre leur fumée était illégal, mais les hommes du prévôt ne venaient pas les embêter du moment qu'ils restaient discrets. Gravell et Tash parvenaient généralement à capturer quatre ou cinq démons par saison et l'argent gagné leur permettait de vivre toute l'année. Lorsqu'ils étaient de passage en ville, ils dormaient à l'hôtel, dans de vrais lits, et prenaient des bains chauds. Et par-dessus tout, Tash avait des bottes. Deux paires désormais !

Tash adorait ses bottes. Celles de tous les jours étaient en cuir épais, avec des semelles robustes. Elles étaient idéales pour les longues marches, ne pinçaient pas et n'irritaient pas. Elles ne lui faisaient pas d'ampoules et elle considérait même que l'odeur qui s'en dégageait était tout à fait convenable. Bien plus que la puanteur de sueur froide qui se dégageait de celles de Gravell. Quant à la seconde paire, celle qu'elle avait actuellement aux pieds, elle l'avait dégotée lors de leur passage à Dornan quelques mois plus tôt. C'étaient ses bottes de course et elles lui allaient à la perfection. Les semelles étaient cloutées de petits crampons acérés, afin de lui offrir une adhérence parfaite et un départ explosif. C'était Gravell qui les avait imaginées et il les lui avait même offertes : deux kroners, ce qui était beaucoup pour des chaussures. Lorsqu'elle les avait enfilées pour la première fois, il lui avait dit : « Prends-en soin et elles te le rendront bien. »

Tash avait suivi son conseil et s'était bien gardée de faire preuve de la moindre ingratitude, toutefois, ce qu'elle désirait plus que tout au monde, c'étaient les bottines exposées dans la vitrine du cordonnier de Dornan, comme elle l'avait mentionné à plusieurs reprises à Gravell. Elles étaient en daim d'un gris pâle des plus exquis, si fines, si douces qu'on les aurait crues faites en oreilles de lapin.

Lorsque Gravell lui avait montré les bottes à crampons en lui expliquant comment l'idée lui était venue, elle avait fait de son mieux pour paraître réellement ravie. Elle s'était interdit d'être déçue. Cela finirait par se goupiller correctement : les bottes cloutées l'aideraient dans cette chasse et, avec l'argent gagné, elle pourrait s'offrir elle-même les bottines grises.

Et leur premier démon ne tarderait pas à se montrer.

Gravell avait déniché cet antre de démon une semaine plus tard. Il avait creusé la fosse, même si ces derniers temps, Tash se chargeait de l'installation et du mécanisme d'évasion. En fait, elle ne laissait même plus Gravell y toucher.

Ce dernier lui avait appris à être prudente et à toujours tout vérifier. Elle se livrait actuellement à un test, en s'éloignant de la fosse d'une centaine de pas, avant de trotter entre les arbres puis de gagner en vitesse sur le fin tapis de neige. Arrivée dans la petite clairière où la couche neigeuse était plus épaisse, elle la piétinait pour la compacter. Lancée à présent à toute allure, les cuisses bandées comme des arcs, le corps plongé en avant, ses crampons lui donnaient de l'adhérence sans l'ancrer au sol pour autant. Elle s'élança par-dessus le rebord, atterrit au fond du trou gelé dans un craquement en amortissant l'impact les genoux ployés, et se releva immédiatement pour courir jusqu'au bout et… attendre.

Attendre. C'était la partie la plus difficile. Le moment où on se faisait vraiment dessus, où le cerveau hurlait pour que l'on se saisisse de la corde. Mais il fallait attendre que le démon se pointe et ce n'était qu'une fois celui-ci en l'air, lorsqu'il était sur le point de toucher le fond de la fosse et de se précipiter vers vous en criant et en sifflant, que l'on pouvait tirer sur la corde pour actionner le mécanisme.

Tash tira dessus de tout son poids, son pied droit appuyant sur le dernier nœud, le plus épais. Le levier en bois céda et Tash fut propulsée vers le haut, avec sa nonchalance habituelle. Son sens de l'équilibre était si affûté qu'elle avait à peine besoin de se tenir à la corde. Arrivée à son apogée, elle flotta un bref instant avant de se pencher en avant et de plonger vers le sapin, les bras écartés pour attraper les branches. Elle se laissa ensuite tranquillement glisser jusqu'en bas. Une pomme de pin lui érafla le visage et elle s'enfonça jusqu'aux genoux dans le tas de neige qu'elle avait amoncelé exprès au pied de l'arbre.

Tash retourna réamorcer le piège. Le sol autour de la fosse était maculé d'empreintes de pas ; il lui faudrait nettoyer soigneusement ses semelles pour que la boue n'encroûte pas les crampons.

— Tu saignes.

Tash porta la main à sa joue et sentit la chaleur liquide du sang. Voilà une odeur qui exciterait encore davantage les démons. Elle se lécha les doigts.

— Allez, finissons-en.

Elle saisit les cordes et replaça la poulie, satisfaite de son travail. La poulie roulait sans accroc. La fosse était parfaite. Gravell avait mis trois jours à la creuser : longue, étroite et profonde. La veille, lui et Tash avaient versé deux pieds d'eau au fond, qui avaient gelé durant la nuit pour offrir une surface aussi lisse que dure. Il était toujours possible de s'extraire de la fosse – et les démons étaient doués en escalade –, mais Gravell avait essayé durant plusieurs années de recouvrir également les parois de glace, en vain. Ils opteraient donc pour la méthode habituelle : enduire les parois d'un mélange de sang et de tripes d'animaux. L'odeur forte et dégoûtante suffisait à distraire et à désorienter le démon, ce qui laissait tout le temps à Gravell de jeter ses harpons. Il en avait cinq, même s'il ne lui en fallait généralement que trois pour venir à bout d'une bête. Chacun se terminait par une pointe métallique dentelée qui ne pouvait être retirée une fois plantée. Le démon hurlerait et piafferait, mais Tash ne perdait pas de vue que le monstre se ferait un plaisir de lui faire subir bien pire s'il parvenait à mettre ses pattes sur elle.

Elle releva la tête ; le soleil était toujours haut dans le ciel. La chasse au démon avait lieu en fin de journée. Elle sentait son estomac commencer à se nouer. Elle voulait en finir au plus vite. Gravell devait encore couvrir les parois de sa mixture répugnante, puis se tapir dans les buissons non loin et attendre. Ce n'est que lorsqu'il verrait le démon plonger dans la fosse qu'il sortirait de sa cachette, harpons à la main. Il ne fallait pas se précipiter, et ils connaissaient leur partition sur le bout des doigts. Mais c'était toujours Tash qui risquait sa vie, qui devait attirer le démon, qui devait savoir à quel moment se mettre à courir pour se faire poursuivre, qui devait lui échapper, sauter dans la fosse et – au tout dernier moment – saisir la corde pour être hissée hors de danger.

Certes, le démon pouvait esquiver le trou et s'en prendre à Gravell. Cela ne s'était produit qu'une fois en quatre ans de chasse commune. Tash ne savait pas trop ce qui s'était passé ce jour-là et Gravell n'en avait jamais parlé. Elle avait bondi dans la fosse et attendu, mais le démon ne l'avait pas suivie. Elle avait entendu le hurlement de Gravell, le cri perçant du démon et puis plus rien. Elle n'avait pas su quoi faire. Si le démon était mort, pourquoi Gravell ne lui disait-il pas de remonter ? Est-ce que la plainte stridente signifiait que la bête était blessée ? Ou bien était-ce au contraire un cri de triomphe après avoir tué Gravell ? Tash devait-elle s'enfuir pendant que le démon buvait le sang de son partenaire ?

Alors elle avait attendu et fixé le ciel au-dessus de la fosse. Elle avait besoin de pisser. Et de pleurer aussi.

Elle avait attendu et attendu, accrochée à la corde, trop terrifiée pour bouger. Elle avait fini par entendre quelque chose, un crissement dans la neige, et la voix de Gravell : « Tu vas sortir un jour ou tu préfères passer l'hiver ici ? » Lorsque Tash avait voulu actionner la poulie, sa main engourdie par le froid ne lui avait pas obéi immédiatement. Il lui avait fallu un moment, ce qui lui avait valu une bordée de jurons de la part de Gravell. Une fois sortie, elle avait été surprise de le trouver indemne. Il avait éclaté de rire à son : « Tu n'es pas mort. » Et après un silence, il avait répondu :

— Foutus démons.

— Pourquoi n'a-t-il pas plongé dans la fosse ?

— Je ne sais pas. Peut-être qu'il m'a vu. Ou qu'il m'a senti. Ou senti quelque chose d'autre... Va savoir avec eux.

Le démon gisait à cinquante pas de la fosse avec un seul harpon fiché dans le corps. S'était-il enfui ou bien était-ce Gravell qui avait pris la fuite ? Lorsqu'elle avait posé la question, le chasseur avait répondu d'un laconique : « On courait tous les deux. » Les autres harpons étaient plantés dans le sol tout autour, comme autant de tentatives ratées. Gravell avait secoué la tête et ajouté : « C'était comme harponner une foutue guêpe en furie. »

Le démon était à peine plus grand que Tash. Fin, sinueux, la peau tendue sur les muscles : il ressemblait au grand frère de Tash. Sa peau était plus violacée que les rouges et oranges habituels des plus gros démons. En moins d'une journée, sa carcasse pourrirait et fondrait dans une forte odeur terreuse et puis il ne subsisterait plus rien, pas même une tache sur le sol. Pas de sang, les démons n'en avaient pas.

— Tu as récupéré la fumée ? avait demandé Tash.

— Non. J'étais un brin occupé.

La fumée quittait le corps du démon après sa mort. Tash s'était demandé ce que pouvait bien fabriquer Gravell, mais elle savait qu'il avait frôlé la mort et elle avait vu ses mains encore tremblantes. Il avait dû tenter de prendre la bouteille pour saisir la fumée, mais ses tremblements l'en avaient probablement empêché.

— Elle était jolie ?

— Oui, très. Violette. Un peu de rouge et d'orange au début, mais ensuite, que du violet.

— Violette !

Tash aurait aimé voir cela. Ils n'avaient jamais rien à montrer de leur travail, de ces semaines de traque, des jours de préparation à creuser et à monter les pièges. Rien, si ce n'est qu'ils étaient encore en vie et pleins d'histoires sur la beauté de la fumée de démon.

— Dis-m'en plus, Gravell, avait demandé Tash.

Il s'était exécuté en lui racontant la volute qui s'était échappée de la gueule du démon après son dernier cri.

— Pas beaucoup de fumée ce coup-ci, avait-il ajouté. C'était un petit démon. Peut-être un jeune.

Tash avait acquiescé. Ils avaient allumé un feu pour leur tenir chaud et au petit matin, ils avaient observé la carcasse se ratatiner et disparaître, avant de se remettre en route à la recherche d'une nouvelle proie.

Le démon d'aujourd'hui était le premier de la saison. Ils ne chassaient pas en hiver, car le climat était trop rude, la neige trop épaisse et le froid trop mordant. Ils s'étaient rendus sur le Plateau septentrional sitôt les premières neiges fondues, même si, cette année, le printemps avait connu un épisode hivernal. Çà et là, à l'ombre et dans les fossés, de larges congères subsistaient. Gravell avait repéré la tanière du démon et choisi l'endroit idéal pour une fosse. À présent, il descendait la marmite de sang et de tripaille dans le trou et se servait de l'échelle pour en recouvrir les parois. Tash n'avait pas à le faire, Gravell ne le lui avait jamais demandé. C'était son boulot et il en tirait une certaine fierté. Il n'allait pas ficher en l'air des semaines de travail en bâclant cette dernière tâche.

Tash s'assit sur son sac pour patienter. Elle s'enveloppa dans une fourrure et contempla les arbres au loin, en essayant d'oublier les démons et les fosses. Elle songeait à l'après. Ils se rendraient à Dornan pour y refourguer la fumée de démon. Le recel de fumée était illégal – comme tout ce qui touchait de près ou de loin aux démons ; ne serait-ce que fouler leur territoire –, mais cela n'empêchait pas des gens comme elle et Gravell de les chasser ni à d'autres de vouloir se procurer de la fumée.

Et une fois sa part empochée, elle aurait de quoi s'acheter ses bottines. Dornan se situait à une semaine de marche, mais la route était facile et ils pourraient savourer quelques repas chauds et un repos bien mérité avant de retourner sur le Plateau. Tash avait un jour demandé à Gravell pourquoi il ne récupérait pas davantage de fumée en tuant plus de démons, en ajoutant : « Southgate dit que Banyon et Yoden récoltent le double de ce qu'on fait chaque année. » Ce à quoi Gravell avait rétorqué : « Les démons sont maléfiques, mais être cupide ne vaut guère mieux. Nous en avons assez comme ça. » Et la vie était plutôt agréable, tant que Tash ne ralentissait pas l'allure.

Gravell finit par se hisser hors de la fosse, remonta l'échelle et dissimula soigneusement tout ce qui traînait. Tash cacha son sac derrière les arbres. Les préparatifs étaient terminés. Gravell fit une dernière fois le tour du trou en marmonnant dans sa barbe.

— Ouais. Ouais. Ouais.

Il rejoignit Tash et dit :

— Bon, nous y voilà.

— Nous y voilà.

— Ne merde pas, gamine.

— Toi non plus.

Ils se saluèrent, poing contre poing. Ce petit rituel était censé leur porter bonheur, mais Tash n'était guère superstitieuse, pas plus que Gravell à son avis. Enfin, cela ne faisait pas de mal de mettre toutes les chances de son côté lorsque l'on affrontait un démon.

Le soleil était à présent plus bas et passerait bientôt sous la cime des arbres, l'heure idéale pour attirer les démons hors de leur tanière. Tash partit au pas de course vers le nord, en direction de la clairière qu'elle et Gravell avaient découverte dix jours plus tôt. Enfin, c'était Gravell qui l'avait découverte. C'était son véritable talent. N'importe qui pouvait creuser des fosses et les barbouiller d'entrailles. Sa force et sa taille lui permettaient de harponner les démons, mais ses plus grandes qualités étaient sa patience et son instinct pour débusquer la cachette des démons. Ces monstres affectionnaient tout particulièrement les creux naturels pas trop près des arbres, où la brume s'accumulait. Ils aimaient le froid et la neige. Et ils fuyaient les gens.

Tash avait passé des années à interroger Gravell à propos des démons. À présent, elle en savait autant que possible à leur sujet. Et quel sujet. *Ils ne sont pas de ce monde*, songea-t-elle. *Peut-être de celui qui se trouvait là avant.* Tash l'avait vu, le pays des démons. Passage obligé. Pour attirer la bête hors de son antre, il fallait s'aventurer là où ni elle ni aucun autre humain n'avait droit de cité. Et les démons la tueraient pour avoir osé apercevoir leur monde sinistre et écorché. La lumière y était rouge et les ombres plus rouges encore. Ni arbre ni plante, seulement des roches ocre. L'air y était plus épais, plus chaud. Et puis il y avait ces bruits.

Tash attendit que le soleil soit à moitié derrière la colline, le ciel rougi et orangé entre la percée des arbres. La brume se formait dans les creux légers. Dans celui qu'habitait le démon également. Cette dépression était un peu plus prononcée que les autres, mais elle ne contenait pas de neige. Et à cette heure-ci, la brume qui s'y déposait prenait une teinte rougeâtre. On aurait pu penser au reflet du crépuscule, mais Tash n'était pas dupe.

Elle s'approcha lentement et sans un bruit avant de s'agenouiller à l'orée du creux. Elle débarrassa ses crampons de quelques mottes de terre qui s'y étaient accrochées. Les mains à plat par terre, doigts écartés, elle constata que le sol n'était ni gelé ni chaud. Elle se trouvait en bordure du territoire démon.

Elle se campa sur ses appuis et inspira une grande bouffée d'air, comme si elle était sur le point de plonger. En un sens, c'était le cas. Tash baissa la tête et l'avança, les yeux grands ouverts, la poitrine effleurant le sol, comme si elle jetait un œil sous un rideau.

Il lui fallait parfois deux ou trois tentatives, mais aujourd'hui, elle y parvint du premier coup.

Le pays démon apparut sous ses yeux, la dépression dans le sol se transformant subitement en tunnel. Mais c'était loin d'être le seul changement par rapport au monde humain. Là, dans le royaume des démons, les couleurs, les sons et les températures étaient autres, comme si elle regardait l'intérieur d'un fourneau à travers une vitre teintée. Décrire les couleurs était difficile, mais les sons, eux, échappaient carrément à toute définition.

Le regard de Tash traversa la dépression rouge jusqu'à l'ouverture du tunnel. Tout au fond, on distinguait quelque chose de violet. Une jambe ?

Et puis elle comprit qu'*il* était étendu sur le ventre, une jambe sortie. Tash devina le torse, un bras et la tête. Humain en apparence, mais en apparence seulement. Des muscles noueux tendus sous une peau lisse et striée de violet, de rouge et d'orange. Il paraissait jeune. Comme un adolescent dégingandé. Son ventre se soulevait lentement à chaque respiration. Il dormait.

Tash avait retenu son souffle tout ce temps et elle expirait enfin tout doucement. Parfois, il n'en fallait pas plus : sa respiration, son odeur suffisaient à attirer l'attention du démon.

Celui-ci ne bougea pas.

Tash inspira une bouffée d'air chaud et sec. Elle poussa son cri habituel :

— Je suis là, démon ! Je te vois !

Mais sa voix ne résonnait pas de la même façon en cet endroit. Ici, les mots se muaient en une cacophonie de cymbales et de gongs.

Le démon leva et tourna lentement la tête dans sa direction. Il plia une jambe, le pied suspendu en l'air, totalement détendu malgré cette intrusion. Il dévisagea Tash de ses yeux violets et cligna les paupières. Il gardait la jambe en l'air, parfaitement immobile. Puis il jeta la tête en arrière, ramena sa jambe contre lui, ouvrit la gueule et poussa un hurlement.

Le vacarme résonna dans les tympans de Tash tandis que le démon bondissait vers elle, sa gueule violette béante. Mais Tash était déjà en mouvement, plantant ses crampons dans le sol pour s'extraire du tunnel du monstre. D'un bond, elle était revenue à l'abord du creux, dans le monde des humains.

Alors elle se mit à courir.

CATHERINE

Brigane, Brégant

Il n'y a plus grand mal que la trahison.
Chaque traître doit être débusqué,
exposé et châtié.

Lois et Principes du Brégant

— LE PRINCE BORIS A DÉPÊCHÉ UN GARDE pour nous escorter, Votre Altesse.

Jane, la nouvelle servante, paraissait terrifiée.

— N'aie crainte. Tu n'auras pas à regarder.

La princesse Catherine lissa le pli de sa jupe et inspira profondément. Elle était prête.

Ils se mirent en route : le garde devant, Catherine au milieu, et Jane pour fermer la marche. Les couloirs étaient déserts et silencieux dans les quartiers de la reine ; même le pas lourd du garde était étouffé par les tapis épais. Mais pénétrer dans le grand hall était comme entrer dans un autre monde ; un monde fait d'hommes, de bruits et de couleurs. Catherine s'y aventurait si rarement qu'elle voulait tout dévorer du regard. Il n'y avait aucune autre femme. Les seigneurs portaient armure de plates, épée et dagues, comme s'ils n'osaient pas montrer le moindre signe de vulnérabilité devant la cour. Une pléthore de domestiques s'affairait tout autour, tout le monde semblait parler, observer, manigancer. Catherine ne reconnaissait personne, mais tous savaient qui elle était et s'écartaient en s'inclinant pour la laisser passer. Le brouhaha s'atténuait à son passage avant de reprendre de plus belle.

Enfin, elle se trouva devant une porte que le garde lui tint ouverte.

— Le prince Boris vous demande de l'attendre ici, Votre Altesse.

Catherine pénétra dans l'antichambre, faisant signe à Jane de se tenir devant l'entrée. Déjà, la porte se refermait.

Dans le silence, Catherine pouvait entendre son propre cœur battre la chamade. Elle inspira et expira lentement.

Garde ton calme, se dit-elle. *Reste digne. Comporte-toi en princesse.*

Elle se redressa et inspira de nouveau. Puis elle se dirigea lentement jusqu'à l'autre bout de la pièce.

Ce sera horrible. Et sanglant. Mais je ne tremblerai pas. Je ne m'évanouirai pas. Et je ne pousserai pas le moindre cri.

Elle retourna sur ses pas.

Je me maîtriserai. Je ne montrerai pas la moindre émotion. Si c'est si terrible que cela, je penserai à autre chose. Mais à quoi ? À quelque chose de beau ? Cela n'aurait aucun sens.

Elle refit le même chemin.

À quoi pense-t-on lorsque l'on assiste à une exécution ? Et pas n'importe qui, mais la sœur d'…

Catherine se retourna et découvrit Noyes, posté dans un coin de la pièce, adossé au mur.

Elle avait rarement l'occasion de le croiser, mais chaque fois, il lui fallait réprimer un frisson. Il était svelte, athlétique et devait probablement avoir le même âge que son père. Il était habillé avec goût d'une tunique en cuir, ses cheveux longs et presque blancs attachés en un simple nœud, duquel s'échappaient seulement deux fines tresses qui encadraient son visage anguleux. Pourtant, il se dégageait de lui quelque chose d'extrêmement déplaisant. Peut-être était-ce simplement sa réputation. En tant que maître inquisiteur, il avait la charge d'identifier et de traquer les traîtres. La plupart du temps, il ne tuait pas ses prisonniers : cette tâche revenait aux bourreaux sous ses ordres. Durant les sept ans qui avaient suivi la guerre contre le Calidor, Noyes et ses semblables avaient prospéré, contrairement au commerce du Brégant. Du palefrenier au seigneur, de la servante à la dame de haut rang, nul n'était à l'abri de sa surveillance. Pas même une princesse.

Noyes se détacha du mur d'un coup d'épaule, s'avança nonchalamment vers elle, s'inclina en une lente révérence et dit :

— Bonjour, Votre Altesse. Quelle belle journée, n'est-ce pas ?

— Pour vous, je n'en doute pas.

Il esquissa un demi-sourire et la dévisagea, parfaitement immobile.

Catherine reprit la parole :

— Attendez-vous Boris ?

— J'attends, tout simplement. Votre Altesse.

Le silence s'installa. Catherine leva les yeux vers les fenêtres hautes et le ciel bleu qui resplendissait derrière. Noyes la scrutait toujours et lui donnait l'impression d'être un mouton au marché… non, plutôt un horrible insecte qui aurait eu le malheur de croiser son chemin. Elle devait lutter pour ne pas lui hurler de faire preuve d'un peu plus de respect.

Elle se tourna brusquement vers lui et s'intima l'ordre de garder son calme. Après dix-sept ans de pratique, elle excellait dans l'art de dissimuler ses émotions, mais ces derniers temps l'avaient mise à l'épreuve. Ses sentiments menaçaient constamment de prendre le dessus.

— Ah, te voilà, ma sœur, s'exclama Boris qui venait de faire une entrée fracassante, talonné de près par le prince Harold.

Pour une fois, Catherine était soulagée de voir ses frères. Elle fit la révérence. Boris traversa la pièce au pas de charge, n'accordant aucune attention à Noyes et ne retournant même pas son salut à Catherine. Il poursuivit sans s'arrêter.

— Ta servante reste ici. Tu viens avec moi.

Il ouvrit d'un coup la double porte qui donnait sur la cour du château et ajouta :

— Allez, princesse. Pas le temps de flâner.

Catherine se hâta de lui emboîter le pas, les portes menaçant déjà de se refermer sur elle. Dehors, un sinistre spectacle l'attendait : l'échafaud, aussi haut que le mur de la roseraie, leur bloquait presque le passage.

Boris poussa un gloussement.

— Père leur avait demandé de faire en sorte que tout le monde puisse bien voir, mais on jurerait qu'ils ont abattu au moins une acre de forêt pour construire la plate-forme.

— Eh bien, je ne comprends toujours pas pourquoi *elle* devrait y assister. Ce n'est pas pour les filles, maugréa Harold, les mains sur les hanches en dévisageant Catherine.

— Pourtant, on laisse bien les enfants regarder, répliqua Catherine en imitant sa posture.

— J'ai quatorze ans, ma sœur.

La princesse lui passa devant en murmurant :

— Dans deux mois, petit frère. Mais promis, je garderai le secret.

Harold grommela :

— Je serai bientôt plus grand que toi.

Il la poussa rudement et rejoignit précipitamment Boris. Derrière la large carrure de son frère, il paraissait encore plus chétif. Leur lien de parenté ne faisait aucun doute, tous deux arboraient la même chevelure blonde virant sur le roux, même si la coiffure de Harold était plus élaborée. Catherine le soupçonnait de passer plus de temps à se coiffer que sa servante n'en mettait à la préparer chaque matin.

Cela étant, l'avis de Harold sur la pertinence de sa présence ne comptait pas plus que le sien. Son père lui avait ordonné d'assister à l'exécution, sur les conseils de Noyes. Catherine devait faire ses preuves à leurs yeux. Elle devait prouver sa force et sa loyauté, et par dessus tout, qu'elle n'avait rien d'une traîtresse, en acte ou en pensée.

Boris faisait déjà le tour de l'échafaud. Catherine se hâta et releva le bord de sa longue jupe pour ne pas trébucher. Même si elle ne pouvait pas encore voir la foule, elle en entendait déjà le murmure. Étrange comme l'on pouvait sentir un attroupement et deviner une ambiance. Les hommes du hall s'étaient montrés polis en apparence, mais tous abritaient une soif à peine contenue. Une soif de pouvoir… une soif de tout, en réalité. Ici, la foule était massive et étonnamment enjouée. Quelques clameurs scandant le nom de Boris s'élevèrent pour s'éteindre aussitôt. Ce n'était pas le jour de Boris.

Il se tourna et observa Catherine qui venait de le rejoindre.

— Tu tiens à montrer tes jambes aux gueux, ma sœur ?

Catherine laissa retomber sa jupe et lissa le tissu en rétorquant de sa voix la plus outragée :

— Les pavés sont sales, cela va ruiner ma soie.

— Mieux vaut sacrifier un jupon que ta réputation.

Boris soutint son regard.

— Je ne pense qu'à ton bien, ma sœur.

Il fit un geste de la main gauche en direction de la plate-forme tapissée du rouge royal et déclara :

— Voilà où nous siégerons.

Comme si Catherine n'avait pas pu le deviner par elle-même.

Boris gravit les trois marches le premier. La loge royale était plutôt rustique et ne comportait qu'une rangée de larges tabourets ornementés empruntés au hall de réception. Une lourde corde de velours rouge pendait mollement entre les poteaux noirs et blancs qui bordaient la plate-forme. La foule s'amassait derrière l'édifice de bois, tenue à distance par une corde épaisse et rugueuse (marron celle-ci) et une rangée de gardes royaux dans leur livrée rouge, noire et dorée. Catherine songea qu'eux aussi étaient épais et rugueux.

Boris indiqua le siège le plus excentré de la loge.

— Ta place, ma sœur.

Il s'installa sur le tabouret adjacent au sien, les jambes écartées, une cuisse musclée mordant sur l'endroit où était censée s'asseoir Catherine. Elle prit place, en prenant soin à ce que sa jupe ne se froisse pas tout en recouvrant légèrement le genou de Boris de la soie rose pâle. Il écarta sa jambe.

Harold restait debout face à son siège.

— Mais c'est Catherine qui a la meilleure vue.

— C'est le but, moucheron.

— Mais je lui suis supérieur et j'ai envie de m'asseoir à sa place.

— Eh bien, j'ai décidé que Catherine s'assiérait ici. Donc tu vas gentiment prendre ta place et arrêter de geindre.

Harold hésita un instant. Il ouvrit la bouche pour se plaindre de nouveau avant de croiser le regard de sa sœur. Elle sourit et fit le signe de se coudre les lèvres. Harold se tourna vers Boris et dut serrer les dents, mais il garda le silence.

Catherine balaya la place du regard. Une autre plate-forme avait été érigée à l'opposé de l'échafaud pour accueillir quelques nobles. Elle reconnut la longue chevelure blonde d'Ambrose et détourna rapidement les yeux, en se demandant si elle ne venait pas de rougir. Pourquoi perdait-elle tous ses moyens à la moindre de ses apparitions ? Surtout un jour comme celui-ci ! Il fallait qu'elle pense à autre chose. Comme trop souvent dans sa vie.

La zone au pied de l'échafaud était noire de monde. Catherine s'efforça de se concentrer sur ces visages anonymes. Des ouvriers à l'accoutrement grossier, des marchands un peu mieux habillés, des groupes de jeunes hommes, quelques garçonnets et peu de femmes. Elles étaient pour la plupart en haillons, les cheveux détachés ou simplement noués. Non loin d'elle, des gens discutaient du beau temps. Il faisait déjà chaud, par cette journée la plus chaude de l'année, et le ciel était d'un azur pâle absolu. C'était une journée faite pour être heureux et pourtant, des centaines de personnes s'amassaient ici pour voir quelqu'un mourir.

— Pourquoi crois-tu que ces gens viennent assister à cela, mon frère ? demanda Catherine en prenant sa voix la plus sincère.

— Tu l'ignores ?

— Fais-moi part de ton expérience. Tu es bien plus versé que moi dans ce genre de sujets.

Boris répondit avec toute la bonne foi dont il était capable.

— Eh bien, ma sœur. Il existe une sainte trinité qui attire inexorablement les masses. L'ennui, la curiosité et la soif de sang. Et cette dernière est la plus puissante des trois.

— Et penses-tu que cette soif soit plus intense lorsqu'il s'agit d'un noble que l'on est sur le point de décapiter ?

— Ils veulent juste voir du sang, répliqua Boris. Peu importe qu'il soit bleu.

— Et pourtant, les gens ici présents semblent davantage s'intéresser au climat qu'à l'art de trancher une tête.

— Ils n'ont pas besoin d'en discuter. Ils veulent voir. Ils arrêteront de bavasser sur la pluie et le beau temps bien vite. Tu verras, lorsque l'on fera monter le prisonnier. La populace veut du sang et elle l'aura. Quant à toi, tu recevras une leçon sur ce qui arrive à qui trahit le roi. Ce n'est pas le genre de choses que l'on peut apprendre dans un livre.

Catherine détourna le regard en entendant le mépris suinter de la bouche de Boris. C'était à travers les livres qu'elle apprenait la vie. Difficile de faire autrement comme il lui était interdit de faire des rencontres, de voyager ou de découvrir le monde. Mais Catherine aimait les livres et durant ces derniers jours, elle avait écumé la bibliothèque à la recherche de sources sur les exécutions. Elle avait étudié les textes de loi, les méthodes, l'histoire et une foultitude d'exemples. Les illustrations, représentant généralement le bourreau tendant une tête coupée, étaient déjà de mauvais goût, mais *choisir* d'y assister, *chercher* à faire partie de ce spectacle navrant, voilà bien une chose qu'elle ne parvenait pas à comprendre.

— Je ne vois toujours pas pourquoi Catherine est tenue d'être présente, geignit Harold.

— Ne t'avais-je pas dit de la fermer ?

Boris ne daigna même pas se tourner vers son petit frère.

— Mais les dames ne viennent pas aux exécutions normalement.

Boris ne pouvait à présent plus résister au plaisir de répliquer.

— Pas en temps normal, non, mais Catherine a besoin d'une leçon de loyauté. Elle doit comprendre quelles conséquences il y aurait à ne pas suivre les plans que nous avons tracés pour elle.

Il jeta un regard à sa sœur avant d'ajouter :

— Jusqu'au moindre détail.

Harold plissa le front.

— Quels plans ?

Boris ne répondit pas, cette fois.

Harold leva les yeux au ciel et se pencha vers Catherine pour lui demander :

— C'est à propos de ton mariage ?

Elle sourit d'un air pincé.

— Il s'agit d'une exécution, je me demande bien comment cela pourrait te faire penser à mon mariage.

Boris lui décocha un regard acerbe tandis qu'elle poursuivait :

— Enfin, je suis honorée d'épouser le prince Tzsayn de Pitorie et je m'assurerai que chaque aspect du mariage se déroule sans accroc, que j'assiste ou non à la décapitation de quelqu'un.

Harold resta silencieux quelques instants avant de demander :

— Mais pourquoi cela ne se déroulerait-il pas comme prévu ?

— Tout se passera comme prévu, trancha Boris. Père ne laissera rien entraver son projet.

C'était la vérité, et l'obéissance totale et absolue de Catherine était attendue. D'où la raison de sa présence à ce sinistre événement. Elle avait fait l'erreur la semaine passée de suggérer à sa servante, Diana, de chercher un mariage d'amour. Lorsque la jeune fille avait demandé en retour à Catherine qui elle épouserait si elle avait le choix, la princesse avait répondu en plaisantant : « Quelqu'un à qui j'aurais parlé au moins une fois. Quelqu'un d'intelligent, de respectueux et de bienveillant. » En prononçant ces mots, elle avait repensé à sa dernière conversation avec Ambrose, lorsqu'il l'avait escortée durant sa promenade. Il avait ironisé sur la qualité des repas servis dans les baraquements avant de redevenir sérieux en décrivant la misère des rues de Brigane. Diana semblait avoir lu dans ses pensées et avait dit : « Vous avez longuement parlé avec sir Ambrose ce matin. »

Le lendemain, Catherine avait été convoquée par Boris et c'est là qu'elle avait compris que sa servante était davantage l'espionne de Noyes que sa demoiselle de confiance. Catherine avait dû subir les remontrances de Boris ainsi qu'un interrogatoire poussé, mais c'était Noyes qui avait prêté attention à ses réponses, malgré son air faussement désintéressé. Noyes n'était même pas un noble, à peine un gentilhomme, mais sa façon de retrousser les lèvres en un demi-sourire le rendait bien plus terrifiant que Boris. Noyes incarnait la présence de son père, il était ses yeux et ses oreilles. Boris aussi, évidemment, mais il avait la discrétion d'un éléphant.

Durant cette séance de questions, son frère lui avait asséné le sempiternel discours sur l'importance de la loyauté et de l'obéissance, et Catherine n'était pas peu fière de la retenue dont elle avait fait preuve.

— Je suis simplement nerveuse, comme n'importe quelle future épouse à la veille de ses noces. Je n'ai jamais rencontré le prince Tzsayn. Tout comme je m'efforce d'être la meilleure fille possible pour Père, j'espère être une bonne femme pour Tzsayn, et pour ce faire, il me tarde de lui parler, d'apprendre à le connaître et de découvrir ses centres d'intérêt.

— Ne te soucie pas de ses centres d'intérêt. Ce qui m'intéresse, moi, c'est que tu n'exprimes aucune opinion qui pourrait contrevenir à celle du roi.

— Je n'ai jamais contredit Père en quelque circonstance que ce soit.

— Tu as suggéré à ta servante que ton mariage laissait à désirer et que tu ne souhaitais pas t'unir au prince Tzsayn.

— Non, j'ai simplement dit à Diana que ses épousailles pourraient être tout aussi heureuses, même si de nature différente.

— Il est inacceptable que tu désapprouves les plans du roi.

— Ce ne sont pas ses plans que je désapprouve, mais ce que tu insinues à mon encontre.

— Je me demande souvent, intervint Noyes, à quel moment un traître finit par en devenir un. À quel instant précis la ligne entre loyauté et trahison est franchie.

Catherine se redressa.

— Je n'ai franchi aucune ligne.

Elle n'avait rien fait d'autre que penser à Ambrose.

— D'après mon expérience... et, princesse Catherine, j'ose affirmer qu'elle est assez étendue sur le sujet, murmura Noyes, d'après mon expérience, lorsque la trahison a déjà envahi le cœur et l'esprit, elle est rapidement suivie par des actions.

Et à sa façon de la dévisager, on aurait cru qu'il pouvait véritablement lire dans la tête de Catherine. Mais elle soutint son regard et rétorqua :

— Je ne suis pas une traîtresse. J'épouserai le prince Tzsayn.

Catherine avait beau savoir qu'elle serait bientôt mariée à un homme qu'elle n'avait jamais rencontré, elle ne pouvait empêcher son cœur et son esprit d'appartenir à un autre. Elle n'y pouvait rien si Ambrose occupait constamment ses pensées, si elle adorait leurs discussions, si elle faisait tout pour se rapprocher de lui. Et oui, il lui était même arrivé une fois de lui effleurer le bras. Bien sûr, si Ambrose avait été à l'origine de ce contact, il aurait été exécuté, mais elle ne voyait pas pourquoi elle ne pouvait pas le toucher. De telles pensées et un geste aussi innocent constituaient-ils réellement une trahison ?

— Il est préférable d'établir clairement où se trouve la ligne, princesse Catherine, dit Noyes d'une voix feutrée.

— Elle m'apparaît tout à fait clairement, merci, Noyes.

— De même que les conséquences doivent être parfaitement connues.

Il esquissa un petit geste nonchalant du bout des doigts.

— Pour cette raison, vous êtes tenue d'assister à l'exécution de cette traîtresse de Norwend, afin de voir le sort réservé à ceux qui faillissent à leur devoir envers le roi.

— Une punition, un avertissement et une leçon, un véritable trois-en-un.

Catherine imita le geste de main de Noyes.

Ce dernier répondit d'un ton impassible :

— C'est un ordre du roi, Votre Altesse.

Coup du sort, Diana avait fait une mauvaise chute dans un escalier en colimaçon le lendemain de cet entretien et n'avait pu reprendre ses fonctions à cause de son bras cassé. Les deux autres servantes de Catherine, Sarah et Tanya, présentes au moment des faits, avaient été curieusement incapables d'empêcher l'accident.

— Nous sommes du même avis que Noyes, Votre Altesse, avait dit Tanya, un sourire en coin. Les traîtres doivent être punis…

Catherine fut arrachée à sa rêverie par les clameurs de la foule.

— Bradwell ! Bradwell !

Deux hommes étaient montés sur l'échafaud, tous deux vêtus de noir. Le plus vieux leva la main à l'intention du public. Son jeune assistant aux traits de chérubin portait leurs instruments de travail : une épée et une cagoule de toile noire.

— C'est Bradwell, dit Harold en se penchant vers sa sœur et son frère. Il a plus d'une centaine d'exécutions à son actif. Cent quarante et une, il me semble. Et il réussit toujours du premier coup.

— Cent quarante et une, répéta Catherine.

Elle se demandait à combien d'entre elles Harold avait assisté.

Bradwell faisait les cent pas sur l'échafaud en enchaînant les moulinets avec son épée, comme pour s'échauffer. Harold leva les yeux au ciel.

— Il est foutrement ridicule. On aurait dû confier ce travail à Gateacre.

— Je crois savoir que le marquis de Norwend a expressément demandé Bradwell, et le roi le lui a accordé, dit Boris. Norwend voulait que cela soit fait proprement et semble croire que Bradwell est le plus qualifié. Mais on ne peut jamais être sûr.

— Gateacre aussi sait trancher proprement, insista Harold.

— Je suis d'accord, j'aurais également opté pour lui. Bradwell est sur le déclin. Enfin, cela pimenterait les choses s'il en venait à rater son coup.

À la mention du marquis de Norwend, le regard de Catherine se reporta sur la loge opposée. Elle n'avait pas osé évoquer ses occupants de façon impromptue, mais puisque Boris venait d'en parler, elle se risqua à demander :

— Est-ce le marquis que j'aperçois en face de nous, dans son manteau vert ?

— En effet. Et tout le clan Norwend l'accompagne, répondit Boris.

Catherine remarqua cependant que seuls les hommes de la famille étaient présents.

— Les parents de la traîtresse doivent assister à l'exécution. Ils ont pour obligation de demander sa mort, faute de quoi ils seront destitués de leurs titres et de leurs terres.

Catherine connaissait parfaitement la loi à ce sujet.

— Et qu'en est-il de leur honneur ?

Boris laissa échapper un gloussement méprisant.

— Ils s'y accrochent comme ils peuvent, mais s'ils ne sont pas capables de tenir l'un des leurs, ils auront bien du mal à garder leur rang à la cour.

— L'honneur et la place à la cour étant, bien évidemment, la même chose, rétorqua Catherine.

Boris lui jeta un regard sévère.

— Comme je le disais, ils ont bien du mal à s'accrocher à l'un comme à l'autre en ce moment.

Il reporta son attention sur la loge face à eux et ajouta :

— Je vois que ton garde est en leur compagnie. Heureusement qu'il n'est pas en uniforme.

Catherine ne daigna pas répondre. Ambrose avait-il abandonné sa tunique de garde royal par respect pour la couronne ou pour les humilier ? Elle savait qu'il avait sa propre conception de l'honneur. Il parlait souvent de faire ce qui était juste, de vouloir défendre le Brégant et redorer le blason du pays, non pour sa gloire personnelle, mais pour aider la population qui souffrait de la misère.

Elle avait remarqué Ambrose au moment de s'asseoir et s'était forcée à détourner le regard, mais à présent que Boris l'avait mentionné, elle pouvait s'autoriser un coup d'œil un peu plus prolongé. Ses cheveux, d'un blond d'or, tombaient sur ses épaules en douces vagues. Il portait une veste noire bardée d'attaches en cuir et de boucles argentées, complétée par un pantalon et des bottes également noires. Son visage pâle affichait un air solennel. Il fixait le bourreau et n'avait pas daigné accorder un regard à Catherine depuis son arrivée.

Elle laissa ses yeux s'attarder sur lui aussi longtemps que la bienséance le permettait puis se fit violence pour tourner la tête. Pourtant, son portrait demeurait dans son esprit : sa chevelure, ses épaules, ses lèvres…

Une flopée de courtisans apparut derrière l'échafaud. Comme tous s'écartaient et s'inclinaient révérencieusement, il ne faisait aucun doute que le roi arrivait. Le cœur de Catherine se mit à battre la chamade. Elle avait mené une existence recluse dans l'aile du château dédiée à la reine, en compagnie de sa mère et de ses servantes, et il s'écoulait des semaines, parfois des mois, entre chaque visite de son père. Pour elle, sa fille unique, sa présence restait une exception.

Le roi fit son entrée. Il marchait d'un pas rapide, sa veste rouge et noire soulignant ses larges épaules, son chapeau haut accentuant encore sa stature. Catherine se leva prestement et inclina la tête avec déférence. Elle se trouvait sur une plate-forme qui surplombait le roi, mais sa tête se devait d'être plus basse que la sienne. Malgré la haute taille de son père, cela relevait du numéro de contorsionniste. Elle rentra le ventre et sentit ses cuisses se crisper dans cette position à moitié accroupie. Son corset se plantait dans ses hanches. Elle se concentra sur sa gêne, en sachant qu'elle ne vacillerait pas. Du coin de l'œil, elle pouvait apercevoir le roi. Il gravit d'un bond les marches le menant à la loge, et la foule, le voyant enfin, éclata de joie. Une clameur cadencée et puissante retentit :

— Aloysius ! Aloysius !

Boris se releva de sa révérence et Catherine attendit les deux secondes supplémentaires qu'exigeait l'étiquette pour faire de même. Le roi était impavide, le regard braqué sur la foule, et ne portait pas la moindre attention à Catherine. Enfin, il vint s'asseoir à côté de Harold, sur les coussins rouges qu'on avait placés sur son tabouret. Catherine se redressa, à son plus grand soulagement. Harold se tenait à présent raide comme un piquet, hésitant à s'asseoir, même s'il devait exulter d'être placé à côté du roi. Catherine attendit que Boris se soit rassis pour lisser sa jupe et s'installer.

Les choses allaient s'accélérer à présent. Le roi n'était pas réputé pour sa patience. D'autres hommes gagnèrent l'échafaud ; quatre étaient en noir, quatre autres en uniforme de garde. Entre eux, une silhouette frêle à peine visible : la prisonnière.

La foule siffla et cria :

— Traîtresse ! Catin ! Chienne !

Et bien pire encore.

Ces mots, Catherine les connaissait pour les avoir croisés à l'occasion de ses lectures, mais jamais elle ne les avait entendus prononcer, pas même par Boris. Voilà qu'ils fusaient de toutes parts à présent. Ils étaient bien plus puissants qu'elle n'aurait pu l'imaginer, mais dépourvus de la moindre beauté, de poésie ou d'intelligence. Ils étaient vulgaires et dégradants, violents comme une claque en pleine figure.

Catherine capta Ambrose du coin de l'œil, immobile, le visage tordu de douleur tandis que le public insultait sa sœur. Catherine ferma les yeux.

Boris lui souffla dans l'oreille :

— Tu n'es pas en train de regarder, princesse. Tu es là pour voir ce qui arrive aux traîtres. C'est pour ton bien. Alors sois gentille de contempler l'échafaud, si tu ne veux pas que je t'épingle les paupières.

Elle ne doutait pas un seul instant de sa sincérité. Elle rouvrit les yeux et tourna le visage en direction de l'échafaud.

Lady Anne Norwend était vêtue d'une robe de soie bleue ornée de dentelle blanche. Ses bijoux étincelaient à la lumière du jour et sa chevelure blonde, attachée pour dégager la nuque, luisait comme de l'or. En d'autres occasions, tous s'accordaient pour louer la beauté de lady Anne, mais ce jour faisait exception. Elle était désormais douloureusement amaigrie, la peau livide et ne tenait debout que grâce aux deux gardes qui l'encadraient. Mais c'était sa bouche qui offrait l'image la plus glaçante : un épais fil noir serpentait entre ses deux lèvres pour les garder cousues et du sang séché maculait son menton et son cou. Sa langue avait déjà été tranchée. Catherine aurait voulu regarder Ambrose, mais elle n'osait plus se tourner vers lui. Que devait-il penser en voyant sa sœur ainsi ? Catherine trouva le moyen de garder la tête tournée en direction de lady Anne : elle se concentra sur l'un des deux gardes, sur ses doigts gras comme des boudins, sur la fermeté de sa poigne.

Le héraut du roi s'avança pour s'adresser à la foule et réclamer le silence. Lorsque les derniers murmures s'éteignirent, il déroula un parchemin et se mit à lire les crimes de lady Anne. « Soumettre un homme marié à la tentation » renvoyait à sa relation avec sir Oswald Pence. « Manquement à une convocation royale » correspondait à sa fuite avec Oswald lorsque Noyes et ses hommes les avaient interpellés. « Meurtres des hommes du roi » était sans équivoque, et si surprenant que cela puisse paraître en voyant lady Anne aujourd'hui, elle avait bel et bien poignardé l'un des soldats du roi lors de l'affrontement qui s'était soldé par trois morts, parmi lesquels figurait sir Oswald lui-même. C'était ce meurtre qui lui valait d'être exécutée : tuer l'un des hommes du roi revenait presque à s'en prendre au souverain lui-même. Aussi le héraut conclut-il son adresse à la populace :

— Enfin pour crime de haute trahison envers le Brégant et notre glorieux roi.

La foule s'embrasa.

— La traîtresse, assassine et catin est désormais privée de toutes ses possessions, qui reviennent de droit à la couronne.

L'un des hommes vêtus de noir retira alors un à un les bijoux de lady Anne. Pour chaque objet – une broche, une bague, un bracelet – la foule glapissait et éructait de joie. Les accessoires finissaient dans un panier tenu par un autre homme. Une fois les bijoux enlevés, l'homme brandit un couteau et tailla le dos de la robe. Une nouvelle acclamation monta du public tandis que la robe était arrachée de ses épaules. Lady Anne faillit s'effondrer, mais le garde la maintint en place. La foule se mit à japper et à scander :

— À nu ! À nu ! À nu !

Lady Anne serrait le tissu fin de sa sous-robe contre sa poitrine. Ses mains tremblaient et Catherine pouvait voir que ses doigts étaient tordus et cassés. Elle n'en saisit pas immédiatement la raison puis elle comprit que cela faisait partie du rituel d'exécution d'un traître. Ceux condamnés pour trahison avaient interdiction de communiquer avec les fidèles sujets du roi. On leur coupait donc la langue et on leur cousait les lèvres. Mais comme toutes les dames de la cour du Brégant parlaient entre elles par des signes de main lorsqu'il ne leur était pas permis de prendre la parole, lady Anne avait dû être également privée de ce moyen d'expression.

L'un des hommes détacha ses cheveux longs et fins. Il en saisit une poignée et les trancha juste au-dessus de la nuque.

Les boucles blondes atterrirent également dans le panier. Tremblante malgré le soleil d'été, quasi nue, les jambes humides à l'endroit où elle s'était souillée, lady Anne avait été dépossédée de sa dignité même, au nom du roi.

En tournant le dos à la victime, le héraut fit face à la loge opposée.

— Qu'avez-vous à dire à cette traîtresse ?

Son père, le marquis, un homme grand aux cheveux grisonnants, s'avança. Il se redressa et se racla la gorge.

— Tu as trahi ton pays et ton illustre roi. Tu as trahi ma famille et tous les loyaux sujets qui avaient placé leur confiance en toi. Tu m'as trahi, moi, et tu as trahi notre nom. Il aurait mieux valu que tu ne voies jamais le jour. Je te renie et demande ton exécution en tant que traîtresse.

Catherine guetta la réaction de lady Anne. Cette dernière dévisagea son père et parut se redresser quelque peu. Puis, cinq autres parents – ses deux oncles et ses deux cousins, son grand frère, Tarquin, qui ressemblait à Ambrose – prirent chacun leur tour la parole pour la répudier de la même manière et exiger son exécution. Après chaque reniement, la foule exultait et redevenait silencieuse en attendant la personne suivante. Et après chaque reniement, lady Anne semblait se tenir encore plus droite, encore plus forte. Catherine en fut surprise au début puis elle aussi se mit à se redresser. Plus ils accablaient lady Anne et plus elle paraissait déterminée à leur prouver sa force de caractère.

Le dernier à s'avancer fut Ambrose. Il ouvrit la bouche, mais aucun son n'en sortit. Son frère se pencha à son oreille pour lui parler. Catherine pouvait lire sur les lèvres de Tarquin.

— Je t'en prie, Ambrose. Tu dois le faire.

Ambrose inspira profondément avant d'énoncer, d'une voix claire, mais guère audible :

— Tu as trahi le Brégant et le roi. Je demande ton exécution.

Son frère posa la main sur son épaule.

Ambrose continuait de fixer sa sœur tandis que des larmes coulaient le long de ses joues.

La foule resta silencieuse.

Boris dit :

— Mais il pleure, ma parole. Il est aussi faible qu'une femme.

Pourtant, lady Anne, elle, ne pleurait pas. Elle répondit par un geste : une main sur le cœur, un témoignage d'amour envers Ambrose. Puis elle se tourna et son regard trouva celui de Catherine. Elle leva la main droite comme pour écraser une larme tandis que sa main gauche se plaçait sur sa poitrine. Le geste était si discret, si fluide qu'il était à peine perceptible. Mais Catherine lisait ce langage depuis son enfance et ce signe était l'un des premiers qu'elle avait appris. Il signifiait « regarde-moi ». Puis lady Anne mima un baiser de sa main droite en rabaissant la gauche et en la serrant. Catherine plissa le front. Un poing fermé devant l'aine symbolisait la colère, la haine, la menace. L'associer avec un baiser était étrange. Puis un nouveau mot : « garçon ». Lady Anne se tourna vers le roi et esquissa un nouveau geste, mais le garde qui lui tenait le bras lui bloquait la vue.

Catherine ne connaissait pas lady Anne, elle ne lui avait jamais adressé la parole et ne l'avait croisée qu'une seule fois à la cour. Comme elle vivait confinée dans ses quartiers la plupart du temps, rencontrer d'autres femmes était pratiquement aussi rare que de voir ou de converser avec des hommes. Avait-elle imaginé tous ces gestes ?

On agenouilla lady Anne face au billot. Elle releva les yeux pour fixer de nouveau Catherine avec une intensité indiscutable. Que cherchait-elle à dire, aux portes de la mort ?

Bradwell, le bourreau, avait enfilé sa cagoule, mais sa bouche demeurait visible.

— Regardez droit devant vous, sans quoi je ne peux vous promettre que ce sera net.

Lady Anne fit face à la foule.

Bradwell brandit l'épée au-dessus de sa tête et le reflet du soleil sur la lame éblouit Catherine. Le public retint son souffle. Bradwell fit un pas en avant puis un autre de côté, sans doute pour évaluer l'angle de son coup. Puis il passa derrière lady Anne, fit tournoyer l'épée au-dessus de lui, fit un demi-pas, un nouveau moulinet et, dans un geste fluide, frappa si rapidement qu'on aurait dit pendant un instant que rien ne s'était produit.

La tête de lady Anne heurta le plancher de l'échafaud dans un bruit sourd puis roula jusqu'au bord de la plate-forme. Le sang gicla du cou tranché tandis que le reste de son corps s'affaissait. Le cri de joie de la foule fut pour Catherine comme un coup en pleine poitrine. Elle vacilla sur son tabouret.

Bradwell s'avança et ramassa la tête par les cheveux. La masse se mit à entonner : « Sur la pique ! Sur la pique ! » L'assistant de Bradwell apporta la pique et la fureur populaire redoubla d'intensité.

À l'opposé de l'échafaud, les yeux de Catherine croisèrent ceux d'Ambrose. Elle soutint son regard. Comme elle aurait voulu le consoler, lui dire qu'elle était désolée. Elle voulait lui dire qu'elle n'était pas comme son père ou son frère, qu'elle n'avait pas choisi d'être ici, qu'en dépit de l'impossible fossé qui les séparait, elle tenait à lui.

Boris siffla dans le creux de son oreille :

— Tu ne regardes pas lady Anne, ma sœur.

Catherine se retourna. La tête de lady Anne ornait à présent la pique et Noyes se tenait au pied de l'échafaud, un demi-sourire aux lèvres, son regard passant de Catherine à Ambrose. Et elle comprit qu'on s'était joué d'elle. Ce n'était ni un châtiment, ni un avertissement, pas plus qu'une leçon.

C'était un piège.

AMBROSE

Brigane, Brégant

— NE POUVAIS-TU PAS, POUR UNE FOIS, faire ce que je t'ai ordonné ?

On se serait cru revenu au bon vieux temps. Lorsque Ambrose habitait encore la demeure familiale et qu'il était régulièrement convoqué dans l'étude de son père pour y subir ses réprimandes. Deux ans après son départ, il se trouvait de nouveau face au bureau paternel. Pourtant, les choses avaient changé. La maison que son père avait louée pour leur séjour à la capitale n'était pas l'élégant manoir habituel, mais une petite villa qui avait connu des jours meilleurs. Son père aussi semblait usé. Ses traits s'affaissaient, de nouvelles rides s'étaient creusées sous ses yeux et il avait beau pérorer, il paraissait plus petit. Bien sûr, il y avait aussi cette différence notable que sa sœur était à présent morte, sa tête plantée sur une pique à l'entrée du pont de la ville.

— Aurais-tu au moins la décence de me répondre ?

— À quel ordre faisiez-vous référence, Père ?

— Tu sais très bien de quoi je parle. Je t'avais bien répété ce que tu devais dire dans ta répudiation, et j'avais insisté pour que tu aies l'air sincère.

— En ce cas, il est vrai que je n'ai pas été capable d'obéir à votre ordre.

— Qu'est-ce qui te prend, Ambrose ?

Son père s'écarta du bureau en secouant la tête.

— Que signifie mon incapacité à renier ma sœur ? Je l'ignore, Père. Peut-être suis-je persuadé que c'était quelqu'un de bon. Une sœur et une fille remarquable. Ce qui m'interroge, moi, c'est comment vous êtes parvenu à vous acquitter d'une pareille besogne, et avec talent qui plus est.

Le père d'Ambrose venait de se figer.

— Tu es aussi impertinent que naïf, Ambrose. Tu es mon fils, j'en attends davantage de toi.

— Et Anne était votre fille. J'en attendais davantage de vous. Vous auriez dû donner votre vie pour la protéger.

— Mon garçon, je t'interdis de me dire quoi faire.

Le marquis parlait à présent à voix basse.

— Elle a tué l'un des hommes du roi. Nous pouvons nous estimer heureux de ne pas tous avoir fini la tête sur le billot. Le roi cherche n'importe quel prétexte pour accroître sa fortune. Nous aurions pu tout perdre.

Ambrose ricana.

— Eh bien je suis ravi de constater que vous avez le sens des priorités. Quel soulagement cela doit être pour vous que de toujours posséder vos terres, quand bien même vous n'avez plus de fille !

— Tu vas trop loin cette fois, Ambrose. Je te somme de te taire.

Mais Ambrose n'y tenait plus.

— Et je ne m'inquiéterais pas pour ce qui est de tomber en disgrâce auprès du roi. Vous avez répudié Anne à merveille. J'ai la certitude que le roi, Noyes et tout le reste de la cour ont été impressionnés par vos paroles, votre attitude et votre loyauté. Et après tout, que vous importe votre vérité, votre vertu ou votre honneur ?

Le père bondit sur ses pieds.

— Sors d'ici ! Hors de ma vue avant que je ne te fasse fouetter !

Ambrose avait déjà tourné les talons. Il claqua la porte derrière lui avant de traverser le couloir d'un pas rageur. Tarquin se précipita vers lui.

— On vous a entendus à l'autre bout de la cour.

Ambrose passa devant lui sans un regard. Une fois dehors, il s'arrêta et laissa échapper sa frustration en rugissant et en frappant le mur.

Tarquin vint le rejoindre. Il l'observa en grimaçant et attendit que son frère se calme.

Ambrose finit par s'arrêter pour essuyer le sang sur ses phalanges écorchées.

— Comment se fait-il qu'il suffise de quelques mots venant de lui pour que je me retrouve à me briser les poings sur les murs ?

— Tu lui manques et il tient à toi. J'admets qu'il a une curieuse façon de le montrer. Je te soupçonne d'éprouver la même chose. Et d'avoir une tout aussi curieuse façon de le montrer.

Ambrose ne put réprimer un petit rire.

— Cela fait du bien de te voir sourire.

Ambrose reposa sa tête contre le mur de pierres.

— J'ai eu peu d'occasions de sourire ces derniers temps.

— Tu n'es pas le seul.

Tarquin posa la main sur son épaule.

— Tu sais que Père aimait Anne. Qu'il l'aime toujours. Il est profondément affecté.

— Et pourtant il l'a répudiée.

— Que pouvait-il faire d'autre, Ambrose ? Elle a été déclarée coupable. S'il ne l'avait pas reniée, le roi se serait emparé de nos terres. Tous les gens à Norwend qui dépendent de nous en auraient pâti. Le roi aurait saisi ce prétexte pour s'enrichir encore davantage. Père devait se montrer convaincant.

Ambrose n'avait pas de réponse. Il appuya le front contre la pierre rugueuse.

— Anne aurait compris, Ambrose. Elle connaissait la loi aussi bien que tout le monde. Elle savait l'amour que lui portait Père. Ce qui est arrivé est injuste, mais ne l'accable pas.

— Mais ce qu'ils lui ont fait…

Ambrose avait passé des heures à s'imaginer les hommes de Noyes torturant sa sœur, la douleur et les insultes qu'elle avait dû subir… Et pourtant, elle était restée droite jusqu'à la fin. Il était si fier d'elle. Son indépendance et son intelligence avaient été pour lui une source d'inspiration, même si la plupart des seigneurs n'appréciaient guère ces qualités chez une femme. Anne avait été une Brégantine exceptionnelle. Elle avait voyagé à travers le monde, jusqu'en Pitorie et même au-delà. Elle parlait plusieurs langues et avait enseigné le pitorien à Ambrose et Tarquin. Ambrose se remémorait ces leçons avec bonheur. « Non, plus guttural que ça, cela doit sortir du fond de la gorge. » Et à Tarquin : « Ne te tiens pas raide comme un piquet. Tes mains et le reste de ton corps doivent aussi parler. »

Ses mains à elle, qui signaient avec tant d'élégance et de rapidité, avaient fini brisées, sa langue si vive, tranchée, et ses lèvres souriantes, cousues à tout jamais. À quoi avait-elle bien pu penser en subissant toutes ces atrocités ? Avait-elle souhaité mourir le plus vite possible ? Probablement. Elle avait passé trois semaines en captivité dans l'attente de son exécution. Pas un jour n'avait dû passer sans un nouveau tourment. Elle était tellement amaigrie le jour de l'exécution. Et tout ce qu'avait pu faire Ambrose, c'était regarder – après l'avoir lui aussi reniée.

L'embrassade de Tarquin le tira de sa torpeur et il s'aperçut qu'il pleurait. Il parla d'une voix basse, toujours face au mur :

— Je ne la crois pas coupable. Certes, elle a tué ce soldat, mais cela devait forcément être de la légitime défense. Et je ne crois pas non plus qu'elle était la maîtresse de sir Oswald. Ils étaient amis depuis l'enfance ; il l'encourageait à poursuivre son instruction. Elle l'admirait et le chérissait comme ami. Et quand bien même, qu'importe au roi le crime d'adultère ? La moitié de la cour serait au cachot si c'était le cas. Quant à ce qu'ils pouvaient bien faire si loin à l'ouest, ça, je l'ignore. Cela n'a jamais été élucidé. Quelque chose d'autre se trame, j'en ai la certitude.

Tarquin répondit dans un murmure :

— Je ne pense pas non plus que nous sachions toute la vérité sur cette affaire, Ambrose, mais je ne suis pas idiot au point de m'en ouvrir à quiconque hormis toi.

— Tu me crois idiot ?

— Tu es un homme d'honneur et de vérité, Ambrose. Et je t'ai toujours admiré pour ta vertu.

Ambrose sourit à travers ses larmes.

— Je vais prendre cela pour un oui.

Tarquin était pourtant sérieux.

— Aucun de nous ne sait réellement ce qui est arrivé à Anne ou à sir Oswald, mais quoi qu'il en soit, cela allait à l'encontre des intérêts royaux. Je viens de perdre ma sœur ; je refuse de perdre également mon frère. Je sais qu'il t'a été pratiquement impossible de répudier Anne, mais ton manque de sincérité était évident. Ce sont de petits détails comme cela qui peuvent causer la perte d'un homme lorsque le roi s'en mêle. Il ne veut rien de moins que la loyauté absolue.

— Et la loyauté envers ma sœur ? Cela ne compte pas ?

— Aloysius estime qu'il doit passer avant, tu le sais.

— Alors crois-tu que je coure à ma perte ?

Tarquin secoua la tête.

— Non, mais je pense que rester à Brigane présente désormais un danger pour toi.

— N'importe quel endroit est dangereux en ce moment.

— C'est faux. Mais nous ne sommes pas les bienvenus ici. À la cour, presque personne n'ose croiser le regard de Père, et encore moins s'aventurent à lui parler. Il n'a reçu aucune invitation à dîner depuis notre arrivée et personne n'a répondu aux nôtres. On dirait que tout le monde est subitement très occupé.

— Père devrait s'estimer heureux. Ce sont tous des rats et des hypocrites. Je ne me fierais à aucun d'entre eux.

— Être ostracisé n'a rien de réjouissant, Ambrose. Sans alliés à la cour, nous sommes en position de faiblesse. De retour chez nous, parmi nos gens, nous serons plus en sécurité.

Tarquin inspira profondément.

— Père et moi repartons pour Norwend demain. Pourquoi ne nous accompagnerais-tu pas ? À la maison, tu seras loin de la garde royale, de la cour et du roi.

— Ma charge est auprès de la garde. J'ai prêté serment de défendre la princesse. Il est hors de question de fuir.

Tarquin poussa un soupir.

— Ton travail est une autre source de danger, mon frère. J'ai remarqué ce regard échangé avec la princesse lors de l'exécution. Ton visage ne sait pas masquer tes émotions, Ambrose. Cela n'a sans doute pas échappé à Noyes ni au prince Boris. Noyes ne loupe rien.

— Je ne peux même plus regarder quelqu'un sans qu'ils y voient un crime ?

Il n'avait fait que regarder la princesse. Il le fallait. Son père et Boris affichaient un air triomphant, mais Catherine était différente. Elle était à la fois si triste et si calme. Croiser ses yeux l'avait aidé à supporter la douleur et le chagrin.

Ambrose apercevait Catherine presque tous les jours comme il montait la garde à la porte de ses appartements. Il l'accompagnait également à cheval et lui parlait à l'occasion. Il adorait son sourire et le son de son rire. Il se délectait de sa façon de tenir tête à Boris, de sa repartie vive et fine. Il jubilait lorsqu'elle changeait de personnalité pour provoquer Boris, tout en se montrant d'une douceur et d'une bonté infinie avec lui. À sa connaissance, il était le seul à bénéficier de telles faveurs – et était-ce si mal qu'il soit irrité à l'idée qu'elle puisse se montrer aussi avenante avec d'autres hommes ? Il adorait sa manière de glisser son pied fin dans l'étrier et son port altier une fois en selle. Et malgré tout le sérieux exigé par son rang, rien ne lui plaisait plus que de galoper dans les vagues après une longue journée d'été. Là, elle rayonnait de liberté, de bonheur sauvage et innocent. Comme Ambrose avait été peiné lorsque Boris avait appris cette incartade et avait interdit à Catherine de monter à cheval durant deux semaines ! Il craignait qu'ils ne détruisent Catherine comme ils avaient détruit Anne. Et malgré tout, elle ne semblait toujours pas affectée par leurs brimades. Elle se montrait aussi forte qu'eux, si ce n'est plus.

Tarquin lui décocha un gentil coup de coude.

— Comme je disais, ton visage trahit tes émotions et ce que je vois actuellement ressemble fort à de l'amour.

— De l'admiration, du respect et – je l'avoue – une certaine forme d'affection, voilà seulement ce que tu lis.

Ambrose rendit son coup de coude à Tarquin, mais ne put réprimer un sourire.

— Eh bien fais en sorte qu'on n'en devine pas davantage. Et mets l'affection en sourdine.

— N'aie crainte, mon frère. L'affection que tu vois actuellement sera bien vite remplacée par un ennui profond. La princesse Catherine part pour la Pitorie dans une semaine afin d'épouser un prince et je reste ici, en modeste soldat que je suis.

— Tout de même, reste sur tes gardes, Ambrose. Noyes t'a à l'œil.

— Cesse de t'inquiéter ! Même lui ne peut me faire arrêter pour un simple regard.

MARCH

Calia, Calidor

MARCH SE TENAIT IMMOBILE ET SILENCIEUX à côté de la table des boissons. Il était censé regarder droit devant lui, mais en tournant légèrement la tête sur la droite, il pouvait voir précisément ce qui lui importait.

Lord Regan était assis en compagnie du prince Thelonius face à la baie vitrée à l'autre bout de la pièce. Le prince était penché en avant vers Regan et semblait presque demander plutôt qu'ordonner. Regan se passa une main sur le visage et acquiesça. Le prince se cala dans son fauteuil et dit d'une voix forte :

— Fort bien. Merci.

March regardait de nouveau face à lui lorsque le prince réclama des rafraîchissements.

March saisit la carafe de vin et l'assiette d'argent garnie de raisin avant de s'avancer vers les deux hommes. Il pouvait sentir le changement d'humeur. Le prince paraissait toujours las ; il avait vieilli de dix ans durant les dernières semaines – depuis la mort de sa femme et de ses jeunes fils. Mais son regard ne paraissait plus vide ; on aurait presque cru qu'il souriait. Le prince Thelonius n'avait reçu que peu de visites et même Regan avait été tenu à l'écart depuis leur rencontre houleuse après les funérailles, mais ces derniers jours, les choses avaient changé. Le prince s'était levé plus tôt, avait pris son bain, s'était habillé et avait parlé avec clarté. La veille au soir, il avait requis la présence de Regan.

March servit le vin. Depuis la mort de sa femme, le prince buvait pendant la journée. Raisonnablement, mais chaque jour, et cela ne semblait pas devoir changer.

— De l'eau pour moi, réclama Regan.

March déposa le raisin et retourna prestement à sa place. Il s'empara du pichet d'eau et préféra le bol de noisettes à l'assiette de pommes séchées, qui étaient peu appétissantes. Il revint d'un pas plus lent, étudiant les deux hommes tandis qu'il s'approchait.

Si l'attitude du prince s'était améliorée, il n'en allait pas de même pour lord Regan. Regan, le plus vieil ami du prince, fidèle parmi les fidèles, était l'incarnation même des seigneurs du Calidor : séduisant comme le sont les riches, puissant, imposant et vigoureux. Son front était désormais barré d'un pli inquiet, qui lui seyait aussi bien que son sourire. Mais il savait tout porter avec élégance. Il était vêtu ce jour-là d'une veste de velours doré qui scintillait en captant les rayons du soleil et soulignait ses épaules larges, tout comme les bandelettes de cuir qui se croisaient sur toute la longueur de son torse jusqu'à ses hanches et maintenaient en place ses poignards. Regan était le seul homme autorisé à porter des armes en présence du prince. Le seul homme capable de froncer les sourcils tandis que le prince souriait.

March déposa soigneusement le bol en déplaçant légèrement l'assiette d'argent pour faire de la place.

— Votre barbare semble déterminé à prendre son temps aujourd'hui, grommela Regan.

— Épargne-lui ta colère, mon ami, réserve-la plutôt pour moi, répondit avec douceur le prince.

March versa l'eau avec une lenteur calculée. Il n'aurait rien tant aimé que la jeter au visage de Regan, mais il se concentrait sur le mince filet d'eau et laissait les mots d'impatience glisser sur lui.

March avait l'habitude des remontrances occasionnelles, même s'il était peu commun pour un seigneur de s'abaisser à rabrouer un domestique. La plupart des insultes dont il était victime n'avaient rien de véhément : on « plaisantait » en disant que le prince l'avait civilisé, ou qu'il était « le dernier des Abasks ». Parfois, un convive exprimait un réel intérêt, généralement à cause de ses yeux, et les qualifiait au choix d'« incroyables » ou de « repoussants ». Le mois précédent, un jeune seigneur avait ordonné à March de se tenir dans la lumière afin de pouvoir les observer en détail. Il avait ainsi fait part de ses remarques : « J'avais ouï dire que les Abasks avaient des yeux de glace, mais on trouve également de l'argent et du bleu au sein de tout ce blanc. Comme c'est déplaisant. » Il arrivait également que des invités s'étonnent de sa présence, car ils pensaient tous les Abasks exterminés. March l'avait longtemps cru également, jusqu'à sa rencontre avec Holywell.

— Je n'ai aucune colère, répliqua lord Regan. Mais ne puis-je pas exprimer un désaccord ?

En retournant à pas de tortue à sa place le long de la table, March remarqua combien le mécontentement de Regan lui faisait hausser le ton.

— Tu es mon ami. J'ai besoin de ton aide. Alors je te le demande en tant qu'ami.

Le prince aussi avait haussé la voix à présent.

— Et après ? Que croyez-vous qu'il adviendra ? Vous êtes respecté, certes, mais ce n'est pas la même chose que de dresser un rejeton d'Abask à jouer les serviteurs.

La réponse du prince échappa à March tandis qu'il ne pensait qu'une chose : *Va te faire foutre, va te faire foutre !*

Bien sûr, Regan avait raison. Le prince Thelonius était respecté et March n'était rien d'autre qu'un domestique, un quasi-esclave. Le prince incarnait la civilisation et le raffinement ; March, la barbarie et la primitivité. Le prince était connu pour sa sagesse, son honneur et sa justesse. Les Abasks avaient une réputation de trolls des montagnes.

Cela faisait huit ans que March était au service du prince – la moitié de sa vie – et ce qu'il avait appris de son peuple et de sa patrie lui avait été transmis par les Calidoriens. Personne n'autre ne pouvait lui enseigner quoi que ce soit, car l'Abask avait été détruite durant la guerre entre le Calidor et le Brégant. Thelonius avait hérité de la principauté du Calidor de son père et avait refusé de la céder au roi Aloysius du Brégant, son frère. Ils s'étaient affrontés comme seuls les frères le font, avec la haine enflammée de partager le même sang, et comme seuls les monarques le peuvent, par armées interposées.

La lutte était déséquilibrée. Le Brégant était une contrée plus vaste et plus puissante, Aloysius un chef plus aguerri, mais Thelonius avait pour lui ce qui échappait à son frère : l'amour de son peuple. Il traitait les citoyens du Calidor avec sagesse, les taxait justement et s'assurait que les lois étaient appliquées en bonne intelligence. Aloyisus régnait sur le Brégant par la terreur et la violence. Les Calidoriens le craignaient et adulaient Thelonius.

L'Abask, la magnifique petite enclave montagneuse qui avait vu naître March, se trouvait à la frontière des deux royaumes, mais avait toujours été considérée comme une région du Calidor. Lorsque Aloysius avait lancé son invasion, ses troupes avaient réduit l'Abask en cendres pour marcher sur Calia, la capitale calidorienne. L'armée de Thelonius avait bien failli être anéantie. En rassemblant ses forces pour défendre la cité, Thelonius était parvenu à tenir le siège de Calia durant plus d'un an, avant de monter une contre-attaque et de repousser l'armée de son frère à la frontière. Une trêve avait fini par être signée.

Le Brégant était plongé dans le désespoir, les caisses du royaume vidées et l'armée sévèrement diminuée. Le Calidor était exsangue, mais jubilait d'avoir mis en déroute l'envahisseur pourtant plus puissant. Leurs liens avec les Savaants au sud s'en étaient trouvés renforcés, le commerce s'était développé durant les années suivantes, les fermes et les vignobles calidoriens avaient prospéré et les villes avaient été reconstruites. Peu de Calidoriens se souciaient de ce qu'il était advenu du peuple montagneux d'Abask. Et il restait encore moins d'Abasks pour s'en inquiéter : les guerriers avaient été fauchés durant les premières batailles, et tandis que la région était envahie, les survivants avaient succombé à la famine ou été réduits en esclavage par les Brégantins.

Âgé d'à peine sept ans au début de la guerre, March n'en conservait que des souvenirs vagues. Il se rappelait l'annonce de la mort de son père et il n'était plus certain du moment où sa mère et ses sœurs avaient elles aussi quitté ce monde. Il se souvenait surtout de son grand frère, Julien, qui lui tenait la main lorsqu'ils partaient en quête de nourriture. Il ne parvenait pas à se remémorer la faim elle-même, en revanche il se rappelait avoir été réduit à manger de l'herbe. Il se rappelait la main de Julien, et leurs errances forcées jour après jour jusqu'à ce que son frère s'effondre et que des soldats calidoriens de retour de la frontière l'arrachent à sa dépouille avant de l'amener en sécurité au camp du prince.

March s'était longtemps considéré chanceux ; chanceux de ne pas être mort de faim, chanceux d'avoir été sauvé par des Calidoriens et non des Brégantins, chanceux que le prince l'ait recueilli et formé à être son serviteur, chanceux enfin d'avoir assez à manger chaque jour.

Il l'avait longtemps cru, avant de croiser la route de Holywell.

March était revenu sur les terres d'Abask lors d'un voyage en compagnie du prince. Il s'était éclipsé du campement et avait escaladé les montagnes escarpées. Il avait espéré reconnaître quelque endroit, quelque paysage de son enfance, mais à la vérité, tout lui paraissait étranger, plus rugueux et hostile qu'il ne l'aurait cru. Après trois jours, il était retourné auprès du prince et lui avait dit la vérité, en partie.

— Je devais le voir de mes propres yeux, Sire.

— Et qu'as-tu vu ?

— Les montagnes demeurent, ainsi que quelques ruines, mais les fougères et les bois ont repris leurs droits. Personne ne vit plus ici.

Le prince s'était fendu d'un sourire triste.

— La vie dans les montagnes a toujours été difficile. Ton peuple était fort et plein de ressources.

Et vous l'avez abandonné à la faim et à l'esclavage, avait eu envie de hurler March.

— Eh bien, je suis heureux que tu me sois revenu, March. J'étais perdu, sans toi.

March avait pris une inspiration avant de se forcer à répondre :

— Il est naturel que je vous revienne, Sire. Après tout ce que vous avez fait pour moi.

Évidemment, March s'était gardé de dire qu'il avait rencontré Holywell. Leurs regards s'étaient croisés de part et d'autre de la vallée qui abritait les ruines de son village. Holywell lui avait adressé un signe de main et s'était approché. Le cœur de March avait bondi lorsqu'il avait vu que les yeux de Holywell étaient aussi pâles et glacés que les siens.

March n'avait pas non plus dit au prince qu'il avait passé deux jours aux côtés de son nouveau compagnon, qui lui avait relaté une version bien différente de la guerre.

Holywell connaissait la famille de March et lui avait raconté comment son père était mort lors de la première attaque sur le pont de Riel ; comment ses oncles étaient tombés lors de la bataille suivante à Teem, où les troupes abasks avaient été massacrées faute de soutien des Calidoriens. Holywell avait décrit l'occupation de l'Abask par Aloysius. et comment le roi du Brégant s'était mis à détruire systématiquement tout ce qui se trouvait sur son chemin. Comment les chefs abasks avaient supplié Thelonius de leur venir en aide. Mais le prince, déterminé à défendre sa capitale, avait refusé. Comment les Abasks avaient subi deux longues années à se terrer dans les montagnes pendant que l'armée d'Aloysius ravageait leurs foyers, leurs récoltes et leur bétail et transformait leur contrée prospère en une terre désolée, jonchée de villages calcinés et de cadavres d'enfants morts de faim.

March n'avait que des souvenirs lointains de son père et de ses oncles et Holywell parlait abask comme eux, proférait les mêmes jurons et riait même comme son père. Holywell avait failli mourir durant la guerre. Il avait exhibé ses cicatrices. « Les Brégantins m'ont pratiquement découpé en morceaux, mais je ne suis pas mort. Je les ai suppliés de m'achever et ils m'ont ri au nez. Malgré les épreuves, j'ai pu me remettre. J'ai travaillé pour eux, d'abord comme esclave, en faisant les pires tâches. Et puis avec le temps, je me suis rendu compte que je ne voulais plus mourir, mais que je voulais me venger. » Il avait souri. « Et ma revanche, je l'aurai. Les Brégantins ont tué ma famille et la tienne. Mais ils demeurent des ennemis honorables et je continue de travailler pour eux. Mon véritable ennemi est le prince Thelonius. Il avait juré de protéger notre pays. Il se prétendait notre frère. Mais il nous a trahis. Pour cela, il n'est pas de pardon possible. Pour cela, il ne mérite que la vengeance. »

Holywell avait dit tout cela en abask et pour March, c'était tout simplement le meilleur discours qu'il ait jamais entendu. Après toutes ces années, il avait presque le sentiment d'avoir retrouvé un frère.

Il se sentait également idiot d'avoir gobé tous les mensonges calidoriens. Contre toute attente, le prince n'avait rien du héros triomphant, ce n'était qu'un monstre qui avait sacrifié un peuple tout entier pour permettre aux marchands de Calia de continuer à s'enrichir grassement.

Holywell lui avait dévoilé la vérité : personne dans tout le Calidor n'en avait rien à foutre de l'Abask. Holywell crachait sur les Calidoriens et leur prétendue civilisation, et désormais, March en faisait tout autant. Holywell était abask et fier de l'être, et March tout autant.

March avait demandé :

— Mais comment pouvons-nous être abasks alors que l'Abask n'existe plus ?

Holywell lui avait tapoté le torse.

— C'est là que réside l'Abask. Là-dedans. Dans ton âme et ton cœur. Thelonius cherchera à détruire ce qu'il en reste si tu lui en laisses l'occasion. Il voudra te civiliser et te transformer en l'un des leurs. Ne le laisse pas faire. Souviens-toi de ton père, de tes oncles et de ton frère. Ils étaient fiers d'être abasks, tout comme tu devrais l'être.

Holywell avait encouragé March à retourner auprès du prince et lui avait demandé d'attendre patiemment, d'écouter attentivement et de le tenir informé.

À présent, du coin de l'œil, March observait le prince retirer de son doigt l'anneau d'or marqué de son sceau, un aigle doté d'une émeraude à la place de l'œil. Regan lui prit la bague et la glissa dans la poche intérieure de sa veste. March était certain que toutes ces années passées à attendre son heure allaient enfin payer.

TASH

Plateau septentrional, Pitorie

TASH COURAIT TOUJOURS. Elle poussait son corps dans ses derniers retranchements. Et malgré tout, elle pouvait encore entendre le souffle du démon sur ses talons. Cela n'allait pas. Le démon était trop proche. Il fallait qu'elle gagne encore un peu de vitesse.

Une pente sur sa droite. Voilà qui lui permettrait d'accélérer.

Mais la fosse se trouvait sur la gauche.

Le souffle du démon redoubla d'intensité.

Merde ! Tash plongea vers la droite en esquivant des branches basses. Elle les entendit craquer juste derrière elle, mais la respiration du démon n'était déjà plus audible.

Elle creusait la distance qui les séparait, mais ne parviendrait pas à conserver une telle allure. Elle avait dévié du chemin direct vers la fosse, contourné un arbre par la droite et avait dû continuer dans la même direction pour en éviter un autre. Il lui fallait retourner sur la gauche, en direction du piège, seulement, le chemin remontait.

Un tronc large se dressait face à elle, flanqué d'un gros rocher. Elle pouvait les mettre à profit. Elle n'avait pas le choix.

Tash courut droit sur l'arbre et écarta les bras à la dernière seconde pour pousser le tronc et se servir de son élan pour changer de direction. D'un geste, elle était passée derrière le rocher et se mettait à remonter la pente en s'aidant des mains, courbée en deux pour passer sous les branches basses. Derrière elle, le démon sifflait et rugissait de frustration.

Arrivée en haut de la pente, elle jeta un coup d'œil par-dessus son épaule. Le démon avait disparu. Pas le temps de regarder plus soigneusement. Elle devait poursuivre. Le sol était plus ferme à présent, et en descente. Elle agrandit sa foulée. Bientôt, elle serait à la fosse. Elle ne relâcha pas son effort, haletante. Elle y était presque, elle y était presque… Elle y était.

La clairière, juste devant, le piège. Mais elle était mal orientée pour atterrir au fond d'un seul bond. Et où se trouvait le démon ? Elle ne l'entendait plus. En ralentissant légèrement l'allure, elle regarda à nouveau derrière. Toujours aucune trace du démon.

Elle ralentit jusqu'à marcher. Son cœur battait à tout rompre. Elle tendait l'oreille, en vain. Elle se retourna.

Rien.

Elle s'arrêta carrément et, d'un coup d'œil circulaire, guetta le moindre mouvement dans les arbres, la moindre trace de rouge ou de violet.

Rien.

Merdasse. Où était-il donc ?

Elle se tourna vers Gravell, dont le visage était à moitié dissimulé derrière un arbre. Il ne bougea pas.

Un autre regard circulaire, dans les deux sens.

Ni mouvement ni bruit.

Ni démon.

Merdasse !

Il n'abandonnerait tout de même pas la poursuite ainsi ?

Cela n'était jamais arrivé auparavant. Que faire dans ce cas ? Elle n'avait aucune envie de retourner dans les bois. Ce serait de la folie.

Elle lança un nouveau regard interrogateur à Gravell, les bras écartés comme pour dire : *Et maintenant ?*

Gravell quitta sa cachette et répondit par le même geste.

Ils se dévisagèrent un moment, puis Gravell regarda par-dessus l'épaule de Tash et hurla :

— Cours !

Tash se retourna. Le démon était déjà sorti des bois et lui fonçait dessus à toute vitesse. Sur un terrain dégagé, il avait l'avantage. Impossible de lui échapper.

Gravell s'époumona :

— La fosse ! Va dans la fosse !

Le démon détourna les yeux un instant pour fixer Gravell, ce qui laissa le temps à Tash d'agir. Ses bottes s'enfoncèrent dans la neige durcie le temps de trois enjambées. D'un bond, elle se retrouva dans la fosse. Le démon sauta lui aussi et atterrit à l'autre bout. Tash avait rebondi durement sur la paroi en fin de saut, les mains plaquées sur le mélange de sang et de tripes. Ses crampons mordirent dans la glace et elle se précipita en avant, saisit la corde et la tira de toutes ses forces. Mais quelque chose s'enroula autour de sa cheville tandis qu'elle s'élevait. Ses mains glissèrent le long de la corde jusqu'à l'extrémité nouée.

Le démon lui tenait le pied !

Tash cria et se débattit frénétiquement. Elle parvint à cogner quelque chose de son talon et frappa encore et encore jusqu'à se libérer et à s'envoler dans les airs. Les bras et les jambes s'agitant désespérément, elle termina son vol plané en s'agrippant à tout ce qu'elle pouvait sur l'arbre, toujours emmêlée dans la corde. Elle resta fermement cramponnée. Figée. Interdite.

Le démon l'avait touchée. Elle n'avait jamais été touchée par un démon jusqu'alors.

À présent celui-ci hurlait et Tash s'agrippait de plus belle à son arbre.

Un nouveau cri et Tash jeta un coup d'œil. Gravell lançait son deuxième harpon. Le premier avait percé le flanc du démon, le deuxième se logea en plein dans son estomac. Gravell tenait le troisième prêt par-dessus son épaule. Imperturbable. Le démon se retrancha contre la paroi de la fosse et disparut de la vue de Tash.

Gravell leva les yeux un bref instant dans sa direction puis plongea dans la fosse.

Tash ne voulait pas quitter sa branche, mais elle se résigna à lâcher prise et à se laisser glisser maladroitement le long du tronc. Elle se réceptionna lourdement au sol et sentit le froid de la neige sous son pied. Elle se rendit compte qu'elle avait perdu sa botte.

En boitant, elle s'avança jusqu'au bord du piège.

Le démon gisait par terre, une botte à crampons dans la main.

Gravell était penché au-dessus du corps et tenait un flacon de verre près de sa gueule.

Tash se laissa choir dans la fosse et poussa un gémissement en se tordant de nouveau la cheville. Gravell ne lui accorda pas un regard, son attention entièrement fixée sur la fumée. Le démon était d'un violet riche marbré de rouge et de quelques bandes orange. Ses jambes mesuraient le double de celles de Tash. Pas étonnant qu'il ait été si difficile à distancer. Elle observa ses parties génitales. Elle les trouva étranges, mais assez semblables à celles de n'importe quel autre homme, d'après son expérience. Elle avait déjà vu Gravell nu lorsqu'il se baignait dans des lacs ou des rivières, mais jamais de près. Et pour l'essentiel, elle n'avait aperçu qu'une touffe de poils épais.

Ce démon, comme tous ceux de son espèce, était glabre. Sa peau était lisse. Ses yeux étaient à demi clos et Tash s'agenouilla pour découvrir leur couleur. Dans le monde démoniaque, ils paraissaient violets, mais à la lumière du clair de lune, ils étaient d'une teinte plus douce, comme du lilas. Et ils étaient magnifiques, tout comme son visage. Il semblait jeune, comme un garçon à peine plus âgé qu'elle. Tash réprima aussitôt cette pensée. Il n'avait rien d'humain, c'était un démon.

La première volute de fumée s'échappa de ses lèvres et Gravell la recueillit en tenant le flacon à l'envers. La fumée de démon était comme leur sang, mais Tash y voyait également leur dernier souffle, leur esprit. La fumée poursuivit son chemin et s'amoncela tranquillement dans le flacon. Si la première bouffée entrait dans le contenant, tout le reste suivait sans jamais se dissiper, comme si la fumée tenait à rester entière. Elle était d'un rouge sombre qui virait progressivement au violet, comme celle de l'autre démon qu'ils avaient eu du mal à attraper.

Une fois dans le flacon, la couleur s'assombrissait à mesure que la densité de la fumée augmentait. Puis le flot ne devint plus qu'un mince filet mauve avant de se tarir complètement. Gravell retira le bouchon en liège coincé entre ses dents et, maintenant toujours le flacon à l'envers, il le referma. Il embrassa ensuite la bouteille et murmura son habituel :

— Parfait.

Il se tourna ensuite vers Tash.

— Bordel de merde, qu'est-ce que tu foutais ?

— Euh…

— Il était presque sur toi. Il t'a *attrapée.*

— Il était rapide. Tu vas vu la taille de ses jambes ?

— Tu es arrivée du mauvais côté !

— Il m'avait coupé la route. J'ai dû contourner. Je te dis qu'il était rapide.

— Alors tu veux bien me dire pourquoi tu t'es arrêtée ?

— J'ai cru qu'il avait abandonné.

Gravell secoua la tête.

— T'es bête ou quoi ? Ils n'abandonnent jamais. Jamais.

— Écoute, j'ai réussi à le faire tomber dans la fosse, non ? J'ai plongé, il a plongé après moi. Tu as tué le démon. Au bout du compte, tout s'est bien passé.

Gravell jura dans sa barbe en se redressant.

— Tu parles, que tout s'est bien passé…

— Et tu as pu récupérer la fumée.

Le regard de Tash passa du flacon au cadavre du démon.

— Il a l'air plus jeune que les autres. C'est peut-être pour cela qu'il s'est comporté différemment. Merci de m'avoir acheté des bottes à crampons. Un pas de plus et…

— Un pas de plus et tu n'aurais pas pu t'échapper.

— Tu te fais du mouron pour moi ?

— Pfff. J'avais surtout peur d'avoir gaspillé deux kroners pour ces bottes.

Tash sourit et tapota le flacon.

— C'est de la bonne fumée qu'on a là. De quoi acheter un paquet de bottes.

Elle arracha sa chaussure des mains du démon.

— Tu ne penses qu'aux godillots. Tu devrais te concentrer sur ta tâche avant de rêver de bottines. Et tu as oublié d'apporter l'échelle. Tu vas devoir escalader la paroi.

Tandis qu'elle enfilait sa botte, Tash étudia les murs couverts de tripes et de sang et poussa un soupir.

— Fais-moi la courte échelle au moins.

Gravell se pencha pour lui faire un marchepied avec ses mains. Elle prit soin de ne pas lui écorcher les paumes avec ses crampons. La paroi était peut-être maculée de sang, mais au moins, elle était inerte ; qui savait quelles horribles bestioles pouvaient bien grouiller dans la tignasse de Gravell ! Elle préféra donc prendre appui sur la terre poisseuse.

— Allez, zou ! dit Gravell en la projetant hors de la fosse. Elle roula sur le flanc et se réceptionna sur ses pieds. D'un pas boiteux, elle alla récupérer l'échelle tapie dans les buissons et la fit descendre. Elle ramassa ensuite son sac et s'assit pour frotter de la neige sur sa cheville enflée. Gravell sortit du piège en tendant le flacon de fumée.

— La prochaine fois, ne t'arrête pas de courir.

Elle prit le flacon, qui était chaud au niveau du goulot, et brûlant sur le fond. Il lui servirait à se réchauffer le temps que Gravell allume un feu de camp.

Il s'éloigna en quête de petit bois, en marmonnant et en secouant la tête.

— On ne s'arrête pas comme ça lorsqu'on est poursuivi par un démon, c'est pourtant pas compliqué. Non, mais vraiment…

Mais Tash savait que Gravell se calmerait bien vite en reprenant sa routine d'après traque. Elle s'assiérait, il allumerait un feu, ce qui était d'ordinaire le rôle de Tash. Puis il préparerait le ragoût, ce qui n'était jamais du ressort de Tash, car Gravell tenait à le cuisiner comme il l'aimait et que Tash était incapable de suivre exactement sa recette.

Ils avaient cueilli quelques légumes sauvages et attrapé une paire de lapins. Le repas serait bon.

La nuit était morne et sans lumière, la pleine lune dissimulée derrière des nuages. Le seul éclat de couleur était la fumée violette qui se mouvait lentement dans son flacon. Tash n'avait jamais vu de fumée dégager une lueur aussi vive.

Elle baissa les yeux pour contempler sa cheville enflée. Il lui faudrait plusieurs jours pour s'en remettre, mais elle survivrait. Elle effleura la peau gonflée et ferma les yeux en essayant de se souvenir du contact avec le démon. Chaud, mais pas brûlant. Ferme, mais pas dur. Ce n'était pas son toucher qui avait fait enfler la cheville, mais bien la mauvaise réception après avoir quitté l'arbre.

Gravell avait toujours prévenu Tash de ne pas se faire attraper par un démon, sans pour autant expliquer précisément pourquoi. « Parce que ça ne va certainement pas te faire du bien, tu ne crois pas ? »

Elle frissonna. L'air nocturne était si froid qu'elle tint le flacon contre son ventre et laissa la chaleur irradier tout son corps. Elle adorait la chaleur de la fumée. Elle ne l'inhalerait jamais, bien sûr. Gravell l'avait aussi mise en garde à ce sujet.

« Cela te bousille, te prive de toute volonté et te transforme en idiot. Tu seras heureuse le temps d'une soirée, et c'est bien ce que les gens achètent, mais c'est stupide de leur part. »

Tash cala le flacon entre ses pieds pour les réchauffer et se remémora le contact avec le démon, le moment où il avait foncé sur elle. Elle n'avait jamais vu aussi clairement un démon courir jusque-là. Elle les avait vus s'éveiller, s'endormir, se lancer à sa poursuite et se faire tuer, mais la plupart du temps elle était trop occupée à leur échapper pour étudier leur course. Et le démon qui avait fondu sur elle était… spécial. Non, ce n'était pas le bon mot. Elle ne parvenait pas à trouver le bon mot.

Gravell revint de la forêt en chantonnant. Il laissa tomber le bois à brûler.

— Et un ragoût de lapin bien fumant ! s'exclama-t-il. Enfin, d'ici minuit.

Il éclata de rire et esquissa une petite gigue.

— On passera la nuit ici et on se rendra à Dornan demain.

— Mes bottines m'attendent là-bas.

— Tu viens d'avoir de nouvelles bottes. Tu n'as pas besoin d'une paire supplémentaire.

— Je n'en ai pas besoin, mais j'en ai envie. Ce sont les plus belles choses que j'aie jamais vues. Et bientôt, elles seront à moi.

Avec toute cette fumée, elle pouvait bien s'offrir les meilleures bottines au monde.

Ce n'est qu'après avoir dévoré son ragoût que Tash se rappela sa cheville foulée. Tandis qu'elle s'apprêtait à appliquer à nouveau de la neige dessus, elle découvrit que le gonflement avait disparu. Elle joua avec son articulation. Aucune douleur. Elle se redressa et fit quelques pas. Elle ne boitait plus. À l'évidence, elle ne s'était pas fait si mal que ça.

CATHERINE

Brigane, Brégant

Le passage par les armes est une épreuve martiale moderne qui a gagné en popularité à la suite de la guerre contre le Calidor et qui permet de mesurer son honneur et sa virilité. Un ou plusieurs chevaliers s'installent sur un point d'accès, par exemple un pont, et défient d'autres hommes du même rang qui souhaitent l'emprunter. Si le défi est relevé, s'ensuit une joute ou un duel pour déterminer le vainqueur. Dans les deux cas, l'honneur des combattants est sauf. En cas de refus du défi, le gentilhomme qui s'y est soustrait doit renoncer à ses éperons ainsi qu'à son honneur pour avoir le droit de passer. Les duels de passage par les armes s'arrêtent généralement au premier sang versé, mais peuvent parfois occasionner des blessures graves, voire la mort.

La Chevalerie d'aujourd'hui,
Crispin Hayrood

CATHERINE N'AVAIT PAS VU AMBROSE depuis l'exécution de lady Anne, la veille. La peur l'avait empêchée de fermer l'œil de la nuit. Ils avaient à peine échangé un regard, mais elle savait pertinemment que cela n'empêcherait pas Boris ni Noyes de lui nuire, ou plus probablement, de nuire à Ambrose. À la peur s'ajoutait l'effroi lancinant de l'exécution. Catherine aurait voulu l'effacer de sa mémoire, mais c'était impossible. Elle se rappelait également les signes esquissés par lady Anne, et plus elle y songeait, plus elle était convaincue de ce qu'elle avait vu. Lady Anne avait bien cherché à lui communiquer quelque chose juste avant de perdre la vie : un baiser de sa main droite et un poing serré de la gauche, puis « garçon » et enfin un mot qu'elle n'avait pu voir, suivi d'un regard en direction de son père. Se pouvait-il que tout cela ait un rapport avec le roi ?

Tandis que Catherine s'habillait, elle demanda à Sarah la signification de l'association du baiser et du poing. Sarah, qui avait toujours été la plus rationnelle et pragmatique de ses servantes, répondit :

— Mêler un baiser avec un autre signe en change le sens, bien qu'un baiser ne soit en général jamais couplé à un poing. Mais peut-être ne pouvait-elle signer correctement avec ses mains cassées.

— Dans ce cas, si ce signe n'était pas un baiser, cela ne pouvait guère vouloir dire que « respirer » ou « air ».

— Peut-être voulait-elle adresser deux messages séparés, suggéra Sarah.

— Oui, intervint Tanya. Un baiser pour Ambrose et Tarquin et un poing sur l'aine pour le reste. Moi, ça me semble logique.

Catherine n'était pas le moins du monde convaincue. Mais elle n'avait pas le temps de s'appesantir sur le sujet. Elle voulait désespérément voir Ambrose. Elle n'avait pas osé lui faire parvenir de message de crainte qu'il ne soit intercepté, mais elle devait le mettre en garde contre Noyes et Boris. Et il lui fallait malgré tout ne rien laisser paraître et suivre sa routine quotidienne. Elle avala rapidement son petit déjeuner puis se rendit aux écuries d'un pas pressant, en accélérant encore davantage sitôt hors de vue du château. Sarah et Tanya l'accompagnaient, mais si elle parvenait aux écuries avant elles, elle aurait un moment pour parler en tête à tête avec Ambrose.

Catherine jeta un coup d'œil en arrière. Ses demoiselles de chambre n'avaient pas encore tourné au coin du mur. Sans doute prenaient-elles leur temps délibérément. Elles connaissaient l'admiration de Catherine pour Ambrose, sans nécessairement prendre la pleine mesure de son attachement. C'est ainsi qu'elle définissait ce sentiment. Cela ne pouvait être de l'amour. Il avait beau avoir rejoint sa garde rapprochée depuis deux ans, elle ne savait rien de lui. Mais durant les fugaces instants passés en sa compagnie, elle se prenait à en vouloir toujours davantage. N'était-ce pas là la définition même de l'addiction ? Elle avait lu sur ce sujet ; pour certaines personnes, le même phénomène se produisait avec le vin. Mais que ce soit de l'amour, de l'addiction ou de l'obsession, elle ne pouvait chasser Ambrose de ses pensées. Et la nuit dernière encore, elle avait rêvé de lui, s'était rappelé les larmes coulant sur ses joues et combien elle aurait voulu les essuyer par de tendres baisers. Et cela, ses servantes l'ignoraient assurément.

Catherine entra dans la cour pavée. Ambrose se tenait, seul, à côté de son cheval, Safran. Il se tourna vers elle tandis qu'elle se rapprochait. Il la dévisagea, réprima un froncement de sourcils et s'inclina. Pourquoi une telle réaction ? Était-ce dû à l'exécution ? Lui en voulait-il en particulier ?

— Votre Altesse, murmura-t-il.

Ambrose s'empara des rênes, tapota la nuque de Safran et se pencha pour préparer l'étrier à l'intention de Catherine. Le bronzage et la douceur de sa main contrastaient avec ses phalanges meurtries. Elle avait fait exprès de ne pas prendre ses gants d'équitation pour profiter du contact avec sa main. Avec délicatesse, elle effleura ses écorchures puis pressa un peu plus fermement le dos de la main. Elle sentit sa gorge se serrer. Sa peau contre la peau d'Ambrose. C'était interdit. Inconvenant. Cela ne se faisait pas.

Ambrose était figé comme une statue de marbre, mais sa peau semblait sur le point de s'embraser.

Catherine se pencha tout près de sa tête inclinée et souffla :

— Il m'est impossible d'exprimer ce que je ressens au sujet de lady Anne, sir Ambrose, si ce n'est que je suis désolée pour ses souffrances – et pour les vôtres. Mais je crains que Noyes ne cherche à vous faire tomber. Et je n'ose imaginer mon désespoir si vous subissiez le même sort que votre sœur.

Ambrose leva les yeux pour les plonger dans ceux de Catherine.

— Je vous remercie, Votre Altesse, répondit-il à voix basse. J'apprécie votre bonté et votre inquiétude. Cependant, je m'inquiète davantage de votre frère que de Noyes en cet instant précis. Veuillez placer votre pied à l'étrier et vous enthousiasmer ostensiblement de monter à cheval. Le prince Boris est là.

Catherine releva brusquement la tête pour voir Boris sortir de l'écurie, le regard braqué sur elle.

— Tu es seule en compagnie de cet homme, ma sœur ?

Catherine tâcha de sourire.

— Non, bien évidemment. Mes servantes m'accompagnent, elles sont simplement à la traîne. Tu vois ?

À son grand soulagement, Sarah et Tanya apparurent à l'angle de l'édifice à cet instant précis.

— Le fouet leur rappellera leur rôle.

Elles couraient pratiquement pour rejoindre Catherine à présent.

Cette dernière monta sur Safran et dit :

— Elles sont juste un peu moins férues d'équitation que moi.

— Eh bien, je vais me joindre à toi pour ta promenade. Si tu n'y vois pas d'objection.

Boris fit signe qu'on lui amène son cheval.

Catherine aurait pu citer un nombre infini d'objections, mais elle se contenta de répondre :

— La présence de mon frère m'honore. Ta compagnie m'est d'autant plus précieuse sachant que ce plaisir me sera interdit une fois mariée.

Boris éclata de rire.

— Précieuse, tiens donc.

Il enfourcha sa monture.

Peter, l'un des gardes, apporta les juments de Sarah et Tanya.

— Tes servantes n'ont pas besoin de venir avec nous, dit Boris.

— Mais elles m'accompagnent toujours.

— Pas aujourd'hui. Je suis là pour t'escorter. Moi et ces deux braves chevaliers.

Il désigna Ambrose et Peter.

Se promener sans ses demoiselles de chambre était inédit, mais la présence de son frère la garantirait de tout soupçon d'inconvenance. Pourtant, elle était persuadée que Boris avait une idée derrière la tête. Elle insista :

— Mes servantes pourront me divertir lorsque tu te seras lassé de ma compagnie.

— Me lasser de toi, ma sœur ? Impossible. Tu es une éternelle source de fascination. Et il est hors de question que je les attende ; comme tu l'as dit, elles traînent. Tes hommes assureront nos arrières.

Et Boris ouvrit la voie en quittant la cour.

Catherine le suivit. Boris l'avait prise par surprise, mais heureusement, il était seul et Noyes n'était pas dans les parages. Elle ne pouvait pas faire grand-chose, mais tandis qu'elle sortait de la cour, elle fit discrètement signe à Sarah et Tanya de la suivre.

Elles répondirent « tout de suite » à l'unisson. Catherine esquissa un sourire. Ses servantes lui avaient donné du courage, mais elle venait de commettre une nouvelle erreur sous les yeux de son frère. Elle les multipliait ces derniers temps : ses remarques imprudentes à Diana au sujet du mariage, ce regard trop long en direction d'Ambrose durant l'exécution et maintenant cette scène en tête à tête avec lui loin du chaperonnage de ses demoiselles. Mais peut-être que la meilleure défense restait encore l'attaque. Elle éperonna Safran pour trotter aux côtés de Boris.

— C'est un plaisir que de passer la matinée avec toi, mon frère. Durant toutes ces années, je ne t'ai jamais vu aussi souvent que depuis l'annonce de mes fiançailles. Je me demandais si tu te mettais à songer toi aussi au mariage ?

Boris rit et cracha par terre.

— Assurément, tu souhaites une descendance, non ?

— Je souhaite me promener en silence.

Catherine poussa un soupir.

— Je t'avais bien dit que tu te lasserais de moi, et voilà que tu me donnes raison alors que nous avons à peine quitté le château. Mais en l'absence de mes demoiselles, il est de ta responsabilité de me divertir durant toute la promenade.

— Oh, mais j'y comptais bien, ma sœur.

Elle lui décocha un regard oblique.

— Qu'entends-tu par là ?

Boris l'ignora et éperonna son cheval.

Catherine se cala sur son allure et réitéra sa question :

— Eh bien ? Veux-tu me répondre ?

— Toutes mes activités de ces six derniers mois et de cette journée même ont pour objet ton mariage avec le prince Tzsayn, ma sœur. C'est la tâche que Père m'a confiée et je veux m'assurer que rien n'entrave ces épousailles. Bientôt, tu auras un mari.

Boris se tourna vers elle pour lui adresser un sourire mauvais.

— Ou plutôt, c'est lui qui t'aura. Et mon rôle consiste à faire en sorte que personne n'ait ce privilège d'ici là.

Catherine le dévisagea. Venait-il vraiment de dire quelque chose d'aussi vulgaire ?

Mais il poursuivit comme si de rien n'était.

— Veille simplement à faire ce que l'on te demande avant et pendant le mariage. Après cela, tu seras le problème de ton époux.

Catherine restait outrée par la première insinuation de son frère et insista :

— Je ne tiens pas à être un problème pour qui que ce soit.

Boris s'esclaffa en secouant la tête.

— Tu es une femme. Les femmes sont toujours un problème. C'est dans votre nature de désobéir, d'être tentées par le déshonneur et de mentir à ce sujet.

— J'obéis en toutes choses.

Catherine avait beau se savoir tentée par Ambrose, elle était également certaine de ne jamais succomber à ce désir.

— Et c'est dans votre nature d'ergoter.

— N'est-ce pas le propre d'une personne intelligente que de contester une chose qui n'est pas vraie ?

— Mais je dis vrai.

Boris donna un nouveau coup de talon dans le flanc de son cheval et haussa la voix :

— À présent, cesse de jacasser.

Catherine jeta un regard en arrière. Ses servantes étaient hors de vue, elle n'avait pas d'autre choix que de suivre Boris. Ils cheminèrent le long du sentier qui menait à la plage, jusque dans l'eau. Boris ouvrait la marche. La plage était longue et étroite et ils la parcoururent dans son intégralité, les sabots de leurs chevaux soulevant éclaboussures salées et sable mouillé. Cela faisait des années qu'ils ne s'étaient pas promenés ensemble à cheval. Il était meilleur cavalier qu'elle, depuis toujours, mais il avait tellement grandi qu'elle peinait à se souvenir du petit garçon qu'il avait été jadis.

Boris emprunta le sentier sillonnant à travers les dunes qui repartait en direction du château. Catherine, Ambrose et Peter le suivirent jusqu'à un petit ruisseau qu'enjambait un pont de bois branlant. À la grande surprise de Catherine, trois cavaliers les attendaient sur l'autre rive. Ils portaient l'uniforme de la garde royale, aussi Catherine ne se sentit-elle pas menacée, mais quelque chose ne tournait pas rond. Ces hommes n'étaient pas là par hasard.

— Qui sont ces hommes ? demanda-t-elle à Boris d'une voix détachée tandis qu'ils traversaient le pont.

Boris fit signe de s'arrêter et répondit :

— Voici le vicomte Lang, Dirk Hodgson, cadet du duc de Vergen, et le plus jeune est sir Evan Walcott.

Catherine reconnut les noms, mais pas les visages. Leur présence dégageait quelque chose d'extrêmement masculin et agressif.

Boris s'adressa à eux :

— Défie-le en premier, Lang. Le pont est à nous. Fais en sorte qu'il le reste.

— Avec plaisir, Votre Altesse.

Le vicomte s'avança sur le pont pour barrer la route à Ambrose et Peter.

— Que se passe-t-il ? demanda Catherine.

— Tu voulais savoir tout à l'heure quel était l'objet de cette sortie.

Boris se tourna vers elle.

— Eh bien il s'agit de respecter le roi. Cette racaille de Norwend te dévore du regard comme si tu lui appartenais. Durant l'exécution, tu ne l'as pas quitté des yeux. Et aujourd'hui, tu as manigancé avec tes servantes pour te retrouver seule avec lui. Nous t'avions avertie. Tu ne seras pas exécutée pour trahison – quoi qu'il arrive, tu te retrouveras mariée au prince Tzsayn –, mais cette petite vermine va payer, et tu seras aux premières loges.

Ambrose et Peter s'arrêtèrent à dix pas du pont.

Lang désigna Peter.

— Si vous souhaitez traverser, monsieur, vous le pouvez.

Puis il pointa Ambrose du doigt.

— Vous, monsieur, devrez prouver votre honneur si vous souhaitez atteindre l'autre rive.

— Non ! s'exclama Catherine. Ambrose est mon garde !

— Ambrose n'est pas digne d'être dans ta garde, aboya Boris. C'est à peine s'il a renié sa traîtresse de sœur. Il a pleuré comme une femmelette à sa mort. Noyes serait ravi de lui mettre la main dessus, mais je vais lui épargner ce tracas. C'est moi qui me charge des lâches et des traîtres au sein de la garde. La loyauté n'est pas qu'une affaire de paroles, mais aussi d'actes et de cœur. Et je ne vois aucune loyauté envers le roi chez lui.

— Comptez-vous rester sans rien faire comme un couard, Norwend ? insista Lang.

Ambrose redressa les épaules.

— Je suis là en tant que garde du corps de Son Altesse, j'ai prêté serment de la protéger. Vous ne devriez pas vous mettre en travers de ma route.

— En ce cas, tu dois emprunter le pont pour accomplir ton devoir.

— Faisons les choses dans les règles, Lang, tu dois lui proposer l'alternative, s'écria Boris. Il peut te remettre ses éperons.

— Les toucher m'emplirait de dégoût, mais je les accepterais, Votre Altesse.

Lang s'adressa de nouveau à Ambrose en haussant la voix.

— Abandonne tes éperons et tu pourras traverser pour ensuite aller pleurer dans ton lit. On m'a dit que tu te lamentais comme une vraie bonne femme.

— Je ne vous abandonnerai rien du tout.

— Alors nous allons nous battre.

Lang sortit son épée de son fourreau.

Catherine supplia :

— Boris, par pitié, mets fin à tout cela. Il n'y a rien entre sir Ambrose et moi.

Il ne faisait aucun doute qu'en cas de refus de combattre de la part d'Ambrose, Noyes le ferait jeter aux oubliettes, mais Boris avait certainement choisi ses meilleurs combattants et Catherine n'avait aucune idée de ce que valait Ambrose avec une épée.

Boris gardait les yeux fixés sur Ambrose et ne daigna pas répondre à sa sœur.

Ambrose finit par tirer son épée et se tourna vers Peter :

— Ton devoir est de protéger Son Altesse, pas de rester à mes côtés. Va.

— Ambrose, je…

— Va.

Contraint, Peter éperonna son cheval et franchit le pont tandis que Lang s'avançait vers Ambrose.

Ce dernier fit reculer sa monture nerveuse.

Lang chargea.

Dans un cri, Ambrose frappa les flancs de son cheval et fonça droit devant lui. Ils se croisèrent dans un tintement d'acier, firent volte-face et se chargèrent de nouveau. Mais cette fois, le destrier d'Ambrose se cambra, les sabots fouettant l'air. Le cheval de Lang recula instinctivement et Ambrose chargea en abattant son épée. Il n'y eut aucun fracas métallique. Le cheval de Lang hennit et recula encore. Ses rênes avaient été tranchées d'un côté, tout comme son encolure.

Lang mit pied à terre prestement en s'abritant derrière sa monture. Enfin, il relâcha l'animal paniqué qui devenait davantage un danger qu'une protection. Ce dernier fila au galop et Ambrose chargea Lang. Un nouveau fracas de lames et Lang tituba en arrière.

— Descends et bats-toi honorablement ! hurla celui-ci.

— Ce n'est pas ma faute si vous n'êtes pas capable de protéger correctement votre monture, répliqua Ambrose en dessinant un nouveau coup de taille.

Les épées tintèrent et Lang recula maladroitement. Ambrose se tourna plus rapidement que lui et lui entailla le poignet dans un geste fluide, lui tranchant presque la main. Lang poussa un hurlement et s'effondra à genoux, le visage éclaboussé de sang, sa main pendant lamentablement.

Ambrose mit pied à terre et se rendit auprès de lui.

— Reconnaissez-vous, monsieur, que j'ai prouvé mon honneur ?

Lang marmonna quelque chose d'inaudible aux oreilles de Catherine.

Ambrose secoua la tête.

— Je vous ai vaincu. Admettez ma victoire et je vous laisserai la vie sauve. Vous pourrez apprendre à vous battre de votre autre main.

Lang releva la tête et cracha :

— Va te faire foutre, toi et ta catin de sœur.

Ambrose avait les mains tremblantes tandis qu'il faisait le tour de Lang en brandissant son épée.

— Non !

Catherine ignorait pourquoi elle avait crié. Mais au son de sa voix, Ambrose hésita. Puis il abattit le pommeau de son épée sur l'arrière du crâne de Lang. Ce dernier s'évanouit.

Boris prit la parole :

— À mes yeux, il n'a pas prouvé quoi que ce soit, hormis qu'il se bat comme un vaurien. Occupe-toi de lui, Hodgson.

— Comment ! Non, Boris ! Ambrose a gagné !

— Hodgson ! Finis-en avec lui.

— C'est toi, le vaurien, Boris, siffla Catherine. Ambrose a vaincu Lang. Envoyer un autre homme contre lui sans lui laisser le temps de récupérer est déshonorable !

Mais personne ne l'écoutait. Hodgson fit avancer son cheval en tirant lentement son épée.

— Fais-lui mordre la poussière ! glapit Boris.

Hodgson éperonna son cheval en direction d'Ambrose, épée au clair, mais Ambrose plongea en avant dans une roulade sans laisser la moindre chance à son adversaire. Le cheval effrayé bondit par-dessus lui et Ambrose se releva tandis que Hodgson peinait à reprendre le contrôle de sa monture. Ambrose lui tailla le dos. Le chevalier laissa échapper un cri, mais il parvint à faire volte-face. Une fois de plus, Ambrose esquiva et plongea pour frapper d'estoc à la jambe de son adversaire. Hodgson grogna et donna un coup d'épée dans le vide car Ambrose s'était déjà jeté par terre et roulait entre les pattes du cheval.

Hodgson tenta de faire piétiner Ambrose, mais le cheval recula. Ambrose se releva avant la nouvelle charge, mais cette fois, le cheval lui décocha un coup de sabot dans la poitrine et l'envoya au sol.

Entêté, Ambrose rassembla ses esprits et se redressa.

— Votre cheval combat mieux que vous, dit-il d'un ton bravache, même s'il semblait éprouvé et épuisé.

— Ah oui ? répliqua Hodgson.

Il mit pied à terre et s'approcha d'Ambrose, épée brandie, et la différence de stature entre les deux hommes frappa Catherine. Hodgson était plus grand, plus massif et plus musclé. Ses blessures au dos et à la jambe ne semblaient pas le ralentir.

— Hodgson a remporté mon tournoi l'an dernier, dit Boris. C'est la meilleure lame de ma troupe, et le plus dur à cuire d'entre tous.

Ambrose recula, Hodgson gagna du terrain. Ils se mirent à décrire des cercles. Hodgson répétait ses assauts, des coups d'estoc brutaux qu'Ambrose parait en reculant toujours plus.

Catherine comprit qu'il n'avait aucune chance.

— Boris, arrête ça. Ordonne-leur d'arrêter.

— Il n'a qu'à donner ses éperons s'il veut en finir.

— Ambrose a vaincu Lang et a fait verser le premier sang avec Hodgson, c'est plutôt ce dernier qui devrait céder ses éperons.

— J'ai pourtant l'impression que mon homme a encore envie d'en découdre.

Et Hodgson s'avança en faisant tournoyer son épée. Ambrose para le coup, mais la force de l'impact sembla ébranler tout son corps. Sans lui laisser de répit, Hodgson pressa de l'avant et Ambrose trébucha en arrière sur une motte de terre. Il parvint à dévier de justesse le coup suivant avant de tomber sur le flanc. Hodgson le surplombait, prêt à abattre son bras pour le coup de grâce.

— Non !

Pour Catherine, Ambrose était perdu.

Mais l'épée d'Ambrose était logée dans le torse de Hodgson.

Ce dernier parut aussi stupéfait que Catherine. Elle prit alors conscience de la supercherie. Ambrose avait délibérément trébuché pour passer sous la garde de Hodgson et enfoncer sa lame à travers sa tunique, sa chair et ses os.

Le colosse tenta maladroitement de porter un dernier coup, mais Ambrose avait anticipé son geste et se dégagea d'une roulade en laissant son arme fichée dans la poitrine de son adversaire. Le chevalier s'écroula comme un arbre, face contre terre. Ambrose ramassa l'épée de Hodgson, jeta un œil à Lang avant de se tourner vers Boris.

Sa poitrine se soulevait, haletante, et il cria :

— Le pont est mien. Quiconque peut l'emprunter.

Il pointa sa lame vers Boris et poursuivit d'une voix pleine de rage que Catherine ne lui connaissait pas :

— Même vous, Votre Altesse. Vous êtes libre de traverser si vous vous en sentez le courage.

Le visage de Boris n'était plus qu'une grimace de fureur. L'espace d'un instant, Catherine crut qu'il allait charger Ambrose. Mais Sarah et Tanya apparurent à la seconde d'après, en cavalant à toute vitesse.

— Retourne au château avec tes servantes, grogna Boris.

Catherine était certaine qu'en lui obéissant, Boris en profiterait pour attaquer Ambrose. Agir ainsi le couvrirait de déshonneur et il ne pourrait se le permettre avec sa sœur et ses demoiselles pour témoins.

— Je ne partirai pas sans ma garde.

— Fais ce que je te dis !

— Pas sans mes gardes du corps !

— Désobéirais-tu à mes ordres ?

— J'ai pour ordre de rester en permanence accompagnée de mes gardes. Et tes hommes, mon cher frère, ont perdu le défi qu'ils ont lancé au mien. Accepte la défaite comme un homme. Ou tu perdras tout honneur.

— Ce n'est pas mon honneur qui est en jeu. N'ai-je pas dit que tu manigançais pour te retrouver seule avec cet homme ?

— C'est toi qui as élaboré toute cette mascarade, pas moi ! Chaque jour je me promène en toute tranquillité ici en compagnie de mes demoiselles et de ma garde. Aujourd'hui, par ta faute, un homme est mort et un autre est estropié.

Boris pointa un index menaçant.

— Non, par *ta* faute. Reste donc avec tes servantes et ton amant, comme il te siéra. Mais Noyes ne se montrera pas aussi clément que moi avec lui.

Boris éperonna rageusement sa monture et retourna au château au galop en aboyant :

— Evan, occupe-toi de Lang.

Sarah et Tanya descendirent de leurs chevaux en contemplant avec effroi le sanglant spectacle. Catherine regarda alentour. Peter se tenait derrière elle. Sir Evan courait pour aider Lang. Ambrose tomba à genoux, épuisé. Et au milieu gisait le cadavre de Hodgson. Boris avait appelé Ambrose son amant. Qu'il ait la moindre preuve ou non n'avait aucune importance ; Noyes s'en prendrait à lui. Et si Ambrose était capturé, il serait exécuté.

Catherine se laissa glisser de sa selle et courut vers lui. Il releva la tête pour la regarder. Sa joue et son front étaient mouchetés de sang. Il semblait perdu.

— Je ne pouvais pas leur céder mes éperons.

— Je comprends, Ambrose. Tu as prouvé ton honneur et mon frère a montré qu'il n'en avait aucun, mais Boris ne va pas tarder à envoyer Noyes et ses hommes à tes trousses.

Elle lui tendit la main pour l'aider à se relever, mais il la prit dans la sienne et se pencha pour la baiser.

Peau contre peau. Ses lèvres douces, la chaleur de son souffle. Si délicat, si fort, et pourtant si vulnérable. Catherine vacilla. Elle n'aurait rien tant voulu que s'agenouiller avec lui et le tenir dans ses bras, mais elle sentait sur elle le regard de sir Peter. Elle se redressa à contrecœur et dit :

— Je t'en prie, Ambrose. C'est impossible.

Il ferma les yeux.

— Oui, Votre Altesse.

Et au ton de sa voix, à l'émotion contenue dans ces trois mots, Catherine ne put s'empêcher de se pencher vers lui de nouveau.

— Ambrose, par pitié. Noyes sera bientôt là. Tu dois partir.

— Je suis votre garde, Votre Altesse. Je ne peux pas m'enfuir.

— Je te l'ordonne. Ce n'est plus moi qui suis en danger désormais. Je t'ordonne de partir. Ne te fais jamais prendre. Va !

Ambrose soutint son regard et Catherine remarqua que ses yeux étaient noisette teintés de vert et d'or. Elle voulait les imprimer dans sa mémoire, mais Ambrose ne semblait pas vouloir partir.

— Pitié, Ambrose. Si tu restes ici, tu finiras dans l'une des oubliettes de Noyes et je ne le supporterai pas. Il n'y a aucun déshonneur à partir maintenant. Je veux que tu partes. Je veux que tu échappes à Noyes. Frustre-les, lui et Boris, en restant libre. Ne te fais pas prendre comme ta sœur.

Cette dernière phrase fit l'effet d'un coup de fouet à Ambrose.

— Je m'en vais, mais sachez que si vous me demandiez de rester, je le ferais sans hésiter.

Les yeux embués, une larme coula sur la joue de Catherine. Ambrose l'essuya délicatement du bout des doigts.

— Vous serez une grande reine un jour, et je ferai de mon mieux pour vivre jusqu'à voir ce moment, Votre Altesse.

Il lui prit la main et la baisa encore une fois. Un nouveau contact, le dernier aussi. Jamais plus elle ne sentirait son souffle ni la chaleur de sa peau…

Elle ferma les yeux pour savourer l'instant. Et puis sa main disparut. Il remonta en selle, lui jeta un regard par-dessus l'épaule et s'enfuit au galop avant de disparaître dans les bois.

Sarah rejoignit Catherine et lui proposa de l'eau. Catherine la congédia d'un geste. Elle n'avait pas soif, elle voulait seulement qu'Ambrose soit en sécurité. Et elle n'y pouvait pas grand-chose. Elle se rendit auprès de Lang, qui gisait, inconscient, et demanda à Evan :

— Survivra-t-il ?

Evan se leva et s'inclina révérencieusement.

— Oui, Votre Altesse. J'ai arrêté l'hémorragie. Le prince va faire venir un chirurgien. Je resterai auprès de lui en attendant.

Et Catherine s'entendit dire :

— Nous allons retourner promptement au château et nous assurer que le chirurgien arrive dans les plus brefs délais.

Et tâcher de faire gagner du temps à Ambrose.

Elle retourna auprès de Safran. Chaque pas était irréel, comme dans un rêve. Elle savait qu'elle n'aurait jamais pu avoir d'avenir avec Ambrose, que son destin l'attendait auprès de Tzsayn. Toute cette violence n'était pas nécessaire et la faisait bouillonner de rage. Si son frère ou son père s'étaient intéressés un tant soit peu à elle, s'ils s'étaient efforcés de la comprendre, ils auraient su qu'elle épouserait le prince sans sourciller. Craignaient-ils à ce point que Tzsayn ne soit rebuté à l'idée qu'un autre homme ait pu la regarder ? Ou bien servait-elle simplement d'excuse pour persécuter la famille Norwend ?

C'était Peter à présent, et non plus Ambrose, qui lui tenait l'étrier. Une fois en selle, l'esprit de Catherine vagabondait toujours loin de son corps. Sarah et Tanya trottaient à ses côtés, sans dire grand-chose. Elle redoutait de croiser Noyes et ses hommes. Ils traqueraient Ambrose sans pitié.

Tandis qu'elle entrait dans la cour du château, elle sentit le désespoir l'engloutir. Noyes et cinq de ses sbires partaient déjà. Catherine leur fit signe de s'arrêter. Tout était bon pour retarder les poursuites, même si ce n'était que pour un bref instant. Noyes s'approcha et inclina la tête en un semblant de révérence.

Catherine ne savait pas quoi dire, mais elle demanda :

— Où allez-vous comme ça, Noyes ?

— Je ne peux révéler les affaires du roi, Votre Altesse. Mais j'ai bon espoir de mettre rapidement la main sur le traître que je pourchasse. Comme toujours. Et je puis vous assurer que je m'occuperai de lui avec toute la sévérité requise.

Comme toujours, songea Catherine.

MARCH

Aux abords de Calia, Calidor

MARCH ÉTAIT ASSIS DANS L'HERBE, à contempler le ruisseau. De nouveau, il attendait. Non pas le prince, cette fois, mais Holywell.

Depuis la mort des fils et de la femme du prince, Holywell tenait à voir March une fois par semaine. Et chaque fois, il lui demandait qui le prince avait rencontré et qui il comptait épouser. Tout le pays n'attendait que cela : une nouvelle femme et neuf mois plus tard, un nouvel héritier. À peine quelques semaines après les funérailles, March avait entendu le premier conseiller du prince lui dire : « Nous sommes tous profondément peinés par votre perte, Sire, mais il n'est jamais trop tôt pour envisager un remariage. Sans héritier, le Calidor pourrait bien retomber sous la coupe d'Aloysius, ce que personne ne désire. Les seigneurs commencent déjà à se demander quand prendra fin le deuil. »

Mais March avait perçu la réticence dans la voix du prince. « N'ai-je pas le droit de faire mon deuil ? Ma femme est morte. Mes fils sont morts. Moi aussi, je désire un héritier, mais qui sait si je ne verrai pas davantage de mes descendants mourir ? »

Le prince avait mené une guerre contre son propre frère, mais c'était la perte de sa famille qui l'avait véritablement accablé. Il avait déjà perdu trois filles avant ses fils, toutes disparues prématurément de diverses maladies. Ses deux garçons avaient été précieusement choyés, ce qui n'avait pas empêché la fièvre de les emporter, et avec eux sa femme.

Le prince s'accusait même auprès de lord Regan quelques jours auparavant.

— Est-ce ma faute ? Suis-je puni ?

— Ce n'est pas un châtiment, c'est une maladie. Les docteurs sont impuissants.

— Mais perdre ainsi *toute* ma famille ? Tout le monde est mort sauf moi. Cela doit être à cause de mon sang, Regan.

— La maladie se propage peut-être par le sang, mais vous êtes fort et devez le demeurer, Sire.

— Je ne te parle pas de maladie ni de docteurs. Je te parle de *mon sang*.

— Vous êtes las. Les docteurs ont…

— Ne m'écoutes-tu pas ? Je ne te parle pas de ça. Je te parle de mon *vrai* sang. Mon f…

— Dehors ! avait rugi Regan à l'intention de March. Laisse-nous !

March avait hésité et s'était tourné vers le prince.

— Je t'ai dit de sortir ! Sur-le-champ !

Regan avait traîné March jusqu'à la porte et l'avait congédié sans ménagement. Le domestique était resté derrière la porte, l'esprit assailli de pensées.

« *Mon sang* » faisait référence à la famille, celle de naissance et non de mariage. Donc « mon *vrai* sang » devait signifier qu'il avait un autre parent. Quant au « *vrai* »… Il était certain qu'avant l'intervention de lord Regan, le prince était sur le point de dire « mon fils ». Ce qui voulait dire… que le prince Thelonius, le noble souverain civilisé du Calidor, l'homme qui avait pleuré des jours durant sa femme, avait engendré un autre fils. Un bâtard !

March ne pouvait s'empêcher de sourire. Pas étonnant que Regan l'ait chassé. Et avant même qu'il n'ait eu le temps de faire part de ses soupçons à Holywell, leur entrevue d'hier n'avait fait que les confirmer. Le prince avait confié son sceau à Regan avec des instructions qui semblaient contrarier ce dernier. March avait une idée quant à leur nature : retrouver le fils du prince et le ramener auprès de lui. Les avocats feraient le reste pour légitimer le bâtard. Le prince n'aurait pas à se remarier et à engendrer de nouveaux rejetons susceptibles de mourir. Le bâtard hériterait du trône. La bague, son sceau, garantirait la véracité du message.

Était-ce trop tiré par les cheveux ? Se pouvait-il qu'il ait vu juste ?

— Comme c'est bon de te voir, mon frère. Même si tu devrais te montrer un peu plus vigilant.

Holywell était arrivé sans qu'il s'en rende compte.

— As-tu des nouvelles pour moi ?

March s'efforça de garder un air sérieux et de ne pas se montrer trop empressé.

— J'en ai, répondit-il.

Il lui fallut un peu de temps pour exposer tous les détails. À la fin de son récit, Holywell vint s'asseoir dans l'herbe et songea un moment avant de dire :

— Tu as fait du bon travail, March. Excellent, même. Ta théorie me semble solide. Même s'il n'y a pas de fils caché, il est évident que Regan a une mission importante, ce qui intéressera mon maître au Brégant. Mais où se trouve Regan en ce moment ?

March réprima un sourire face à cette nouvelle occasion de prouver sa valeur.

— Je l'ai suivi lorsqu'il a quitté le château ce matin. Il était tôt, l'aube n'était pas levée. Il s'est rendu sur les quais, seul. Il a embarqué dans un bateau en partance pour la Pitorie.

— La Pitorie ? Crois-tu que le bâtard du prince se trouve là-bas ?

— Le prince Thelonius y a séjourné lorsqu'il était jeune. Il m'en a parlé une fois.

Holywell laissa échapper un petit rire surpris.

— Tu en sais long, mon ami. Aurait-il mentionné y avoir conçu un enfant dans la foulée ? ajouta-t-il avec un sourire narquois.

— Non. Il a parlé de politique. Il admire le pays, sa richesse et sa tranquillité. Il a été déçu qu'il ne le rejoigne pas ouvertement dans sa guerre contre Aloysius, mais il m'a confié que la Pitorie avait tout de même fait parvenir des provisions au Calidor par la mer. Il m'a dit aussi que les soldats de là-bas teignent leurs cheveux pour montrer leur allégeance à leurs seigneurs respectifs.

— Ah oui, j'ai vu les cheveux colorés.

— Tu es déjà allé en Pitorie ?

— Et il semblerait que je doive m'y rendre de nouveau.

Holywell s'était déjà levé, comme s'il était sur le point de partir.

— Que vas-tu faire ?

— Retrouver le fils du prince, si je le peux. Le roi Aloysius offrira une récompense colossale. Je le trouverai et – il sourit – j'userai de mes talents pour empêcher Regan de le ramener ici, puis je trouverai le moyen de le conduire auprès de mon maître brégantin.

La réponse ne surprit pas March. C'était même ce qu'il désirait entendre.

— Je veux venir avec toi.

Holywell sourit et secoua la tête.

— Hors de question.

— Je veux t'aider.

— Mais tu m'aides déjà, mon ami. Tu as une place unique auprès du prince. Tu m'as fourni des informations inestimables.

— Cela a un prix : je veux t'accompagner.

Holywell fit de nouveau non de la tête.

March serra les poings.

— Je ne peux plus rester ici. Je deviens fou. Tu sais ce que c'est que d'être un esclave. Eh bien, c'est ce que je suis, l'esclave d'un homme que je hais, un ennemi, mon ennemi, celui qui a causé la mort de ma famille et de mon pays.

Holywell ne rit pas comme March se l'était imaginé, mais il posa sa main sur l'épaule de son jeune protégé.

— March. Pour œuvrer au mieux contre ton ennemi, *notre* ennemi, tu dois rester ici. Personne d'autre n'aurait pu faire ce que tu as fait.

March chassa sa main.

— Et j'en ai terminé. Je n'en ferai pas davantage. Soit je viens avec toi, soit j'irai ailleurs. Je ne retournerai pas verser du vin dans sa foutue coupe.

— Tu deviens très abask lorsque tu t'énerves.

— Va te faire foutre.

Holywell pouffa.

— J'imagine que tu verses le vin à la perfection.

— Je ne verse jamais une seule goutte à côté, mais je peux t'assurer que j'en ai terminé avec ça.

— Travailler à mes côtés est un peu plus complexe que servir du vin et une assiette de fruits.

March ne savait pas quoi répondre.

— Je n'y retournerai pas. Je te suivrai contre ton gré s'il le faut.

— March, mon frère. Calme-toi. Je vois bien que tu es sérieux. Peut-être pouvons-nous trouver un compromis. Je n'ai pas l'habitude d'opérer autrement qu'en solitaire, mais je dois bien admettre qu'un assistant me serait utile de temps à autre. La filature et la surveillance sont très fatigantes. Ce serait plus facile à deux. Mais seulement si le deuxième est vif et sait tenir sa langue.

March le dévisagea sans oser répondre. Ne pas parler, il savait faire.

Holywell éclata de rire.

— Je ne te gênerai pas, je serai utile. Je ferai tout ce qu'il faudra. Tout, du moment que je peux les faire payer.

— Cette lueur dans ton regard est assez inquiétante, March. Et je t'avoue qu'elle m'intrigue. Jamais je ne travaillerais avec ces coincés de Calidoriens ou ces tarés de Brégantins, mais tu es abask. Asbask jusqu'aux os. Nous sommes frères.

— Alors je peux venir ?

— Oui. Mais je t'avertis, March. Tu es peut-être abask, mais moi aussi. Je ne suis pas ton maître et je n'attends pas de toi que tu me serves du vin, mais je te préviens que travailler pour moi est difficile et n'a rien de civilisé. J'attends de toi que tu sois prêt à tout risquer pour m'aider, et je ferai de même en retour. Comme je l'ai dit, nous sommes frères. Et tu pourrais bien être blessé ou tué, mais si tu merdes, je t'étranglerai de mes propres mains.

TASH

Plateau septentrional, Pitorie

— À CE TRAIN-LÀ, LA FOIRE SERA ENCORE LÀ lorsque nous arriverons à Dornan.

Gravell marchait en tête d'un pas preste, en se servant de deux harpons comme des cannes, les autres restant solidement harnachés dans son dos avec ses fourrures et ses cordages. Tash le suivait de près.

Ils s'étaient mis en route dès l'aube qui avait suivi la chasse. La cheville de Tash ne montrait aucun signe de faiblesse et elle se sentait en pleine forme. Elle n'avait de cesse de penser au démon, en revanche. Il était magnifique, autant que pouvait l'être un animal, bien sûr. Et rapide avec ça, même si elle l'avait distancé. Elle, Tash, s'était montrée plus rapide qu'un démon, et pas juste sur une petite distance, mais bien le temps d'une longue course à travers la forêt. Elle n'avait jamais couru aussi longtemps et aussi vite avec un démon à ses basques. C'était une chasseuse aguerrie désormais, et elle se sentait plus forte que jamais. Peut-être était-elle enfin en train de grandir. Elle avait treize ans – du moins, c'était sa conviction –, ce qui faisait presque d'elle une adulte, mais tout le monde la considérait comme une enfant. Tout ça parce qu'elle était petite. Lors de leur dernier passage à Dornan, un type lui avait même tapoté la tête ! Elle lui avait décoché un bon coup de pied dans le tibia avant de lui en remettre un en plein dans les parties. En repensant à la scène, elle marmonna :

— Il ne recommencera pas de sitôt.

— De quoi ? demanda Gravell.

— Rien… Je réfléchissais juste.

— Qu'est-ce que je t'ai déjà dit là-dessus ? Tu ne rêvais quand même pas à tes fichues bottines ?

Tash hésitait à poser la question, mais ne put résister.

— Tu trouves que j'ai grandi ?

— Grandi ?

— Ouais, grandi.

— En taille ?

— Ben oui, en taille. D'où voudrais-tu que je grandisse sinon ?

Le sac de Gravell se souleva dans un haussement d'épaules.

— Moi, je trouve que j'ai grandi, affirma Tash.

Gravell se retourna pour la regarder et continua à marcher à reculons.

— Tu sais, c'est marrant, mais ce matin, le premier truc qui m'a frappé, c'était ta taille. Vraiment. J'ai remarqué un changement, et – il tendit la main comme s'il estimait sa hauteur – oui, j'en suis certain maintenant. C'est incroyable. Stupéfiant. J'ai l'impression que tu as bien perdu une main de haut.

— Ce n'est même pas drôle.

— Tiens, ton sens de l'humour rétrécit, lui aussi, répliqua Gravell avant de se remettre dans le sens de la marche.

— Va chier.

— Et une certaine régression au niveau du langage, également.

— Arrête d'être d'aussi bonne humeur. Ça ne te va pas du tout.

— Nous autres grandes personnes sommes réputées pour notre bonne humeur.

— Hmm, avoue plutôt que tu es impatient de boire et de draguer des filles.

— Il est vrai que les hommes grands attirent les dames.

— Peuh ! Je ne t'ai jamais vu avec une *dame*.

— Petite personne, petit esprit.

— Tu es vraiment agaçant, ça doit être ta taille. J'ai remarqué ça chez les grandes perches. Vous vous croyez au-dessus des autres.

— Mais c'est parce que je *suis* au-dessus de toi.

— Et vous ne vous intéressez qu'à vous-mêmes.

Gravell s'arrêta pour faire volte-face.

— Très bien, chère amie de petite constitution. Tiens-toi contre ça et laisse-moi te mesurer.

Il planta un harpon dans le sol. Tash se positionna dos à la hampe. Gravell posa le plat de la main sur sa tête, qui lui arrivait bien en dessous de l'aisselle.

— Tu en es là. Donc oui, tu as grandi.

Le visage de Tash s'éclaira d'un sourire.

— Tu arrivais ici lorsque je t'ai achetée.

Gravell indiqua le milieu de la hampe.

— Bah je sais bien que j'ai grandi depuis ! Je parlais de ces dernières semaines, moi !

Gravell l'attira contre lui. Elle était définitivement bien en dessous de son aisselle.

— Tu veux la vérité ? Non. Et ne le prends pas mal, mais tes parents n'étaient pas vraiment des géants. Il est possible que tu aies atteint ta taille définitive.

Tash s'affaissa, découragée.

— Mais je me sens plus grande.

— Comment peux-tu te sentir plus grande ? Tu vois les choses avec plus de hauteur maintenant ?

Elle réfléchit un instant.

— Peut-être que j'ai simplement l'impression d'être plus forte. Mais vraiment plus forte. Je me sens tellement bien aujourd'hui.

Gravell sourit.

— Voilà qui fait plaisir à entendre. C'est grâce à ma cuisine. Mon ragoût d'hier soir était excellent, si je puis me permettre. Tu as besoin d'être forte et rapide. Pas question qu'un démon t'attrape de nouveau.

— Mais j'aimerais bien grandir aussi un peu.

— Nan, je veux que les bottes que je t'ai achetées te durent quelques années.

— Ah oui, très juste. Les bottines qui m'attendent à Dornan sont petites. Il faut qu'elles puissent m'aller.

Gravell secoua la tête et reprit sa marche.

— Ces bottines, alors ! Tu ne penses qu'à ça.

— Et alors ? Ce sont les plus belles chaussures au monde. Et je vais les acheter. Elles ont certainement été fabriquées pour une cliente gracile comme moi.

— Gras cils ? Qu'est-ce que ça veut dire ?

— Gracile. Petite, délicate, gracieuse.

— Ah oui, une demi-portion quoi.

— Je n'aurais jamais dû dire ça.

— Alors arrête de jacter et en route. Tu n'as pas intérêt à traîner la patte si tu veux arriver à Dornan avant que tes bottines ne soient vendues. Avec la foire, il y aura un paquet de clients. Des nabots venus des quatre coins du pays. Dornan est une destination très prisée pour les avortons de toutes sortes.

Catherine

Brigane, Brégant

Il est communément admis que les femmes ne sont pas dignes de confiance car de nature manipulatrice, secrète et mesquine. Là où les hommes entretiennent entre eux des relations durables et honnêtes, les femmes ne se lient aux hommes que de façon temporaire et superficielle. Les hommes qui cherchent une relation plus profonde avec une femme s'en trouvent affaiblis. Si votre femme montre la moindre désobéissance, une sanction doit être immédiatement appliquée. Généralement, trois à cinq coups de trique sur la paume suffisent. Lui plonger la tête dans un seau d'eau froide peut également s'avérer utile. En cas d'insubordination répétée, il est recommandé d'isoler votre épouse dans un espace confiné. Être enfermée durant une journée fait le plus grand bien à certaines femmes. Le simple achat d'une boîte de la taille d'un cercueil suffit parfois à avoir un effet dissuasif qui en évite l'usage. (Le cas échéant, assurez-vous que la boîte dispose de trous pour permettre la respiration.)

Guide du mariage à l'intention du gentilhomme brégantin, James Daly

Assise à l'une des fenêtres de la bibliothèque du château, le regard dans le vide, Catherine pensait à Ambrose. Cela faisait trois jours qu'il avait disparu et elle n'avait eu aucune nouvelle depuis. Elle se rassurait en se disant que c'était bon signe. S'il avait été capturé, Boris se serait fait un malin plaisir de la mettre au courant. Elle réprima un frisson.

— Tout va bien, Catherine ? N'attrape pas froid près de la fenêtre.

Catherine tourna la tête vers sa mère.

— Je n'ai pas froid. Je pensais juste… au prince Tzsayn.

Catherine ne l'avait jamais rencontré, ne l'avait même jamais vu, et pourtant elle allait l'épouser dans deux semaines.

— Peux-tu m'en dire davantage à son sujet ?

Sa mère se fendit d'un sourire.

— C'est l'unique fils du roi Arell de Pitorie. Sa mère est morte en couches lors de la naissance de son petit frère, qui s'est éteint peu de temps après.

— Oui, cela, je le savais.

— La Pitorie est prospère et paisible. C'est un pays vaste, mais les seigneurs qui l'administrent sont loyaux, de ce que j'en sais. Et grâce à ton mariage, les relations compliquées entre nos deux nations s'en trouveront améliorées. Durant la guerre, des navires pitoriens ont approvisionné Thelonius, à Calia. Il a fallu de nombreuses années à ton père pour pardonner cet acte.

Catherine avait déjà entendu cette histoire. Elle savait que son père n'aurait jamais envisagé de la marier à un Pitorien jusqu'à l'année dernière. Qu'il ait changé d'avis et accepté un Pitorien parmi ses prétendants était déjà surprenant, mais à cela s'ajoutait la santé du marié. Tout le Brégant savait que le prince Tzsayn était difforme : sourd d'une oreille et atrocement scarifié. Son père ne montrait aucune tolérance pour la moindre maladie ou invalidité, pourtant, et en dépit de nombreux autres prétendants, Tzsayn s'était retrouvé en haut de la liste. Et peu après avoir entendu son nom pour la première fois, Catherine avait appris qu'ils étaient fiancés.

— Oui, j'ai lu tout ce que je pouvais à propos de son pays et je connais l'histoire de sa famille, mais j'aimerais en savoir davantage sur lui.

— En tant que personne ?

— Oui.

— Un homme de rang est indissociable de son rôle. Tzsayn est de la plus haute lignée. Il est le successeur direct au trône de Pitorie.

— Tout cela, je le sais, mais comment est-il ?

— Je ne vois guère ce que je peux ajouter de plus.

Catherine était persuadée que sa mère la taquinait et en savait bien davantage, mais qu'elle n'allait pas se laisser tirer les vers du nez aussi facilement. C'était presque un jeu entre elles. Catherine commença par le point le plus crucial.

— Quel âge a-t-il ?

— Est-ce vraiment important ?

— C'est absolument essentiel pour ce qui est d'engendrer un héritier, ainsi que pour sa maturité en tant que futur souverain.

La reine réprima un sourire.

— Je suis certaine que c'est l'unique raison pour laquelle tu poses cette question. Il a vingt-trois ans.

Ce qui n'était pas trop vieux. Il aurait pu être franchement décati, comme certains de ses prétendants.

La reine poursuivit.

— Tzsayn est né en décembre, me semble-t-il. Lors d'une nouvelle lune. D'aucuns disent que cela façonne un tempérament froid.

— S'est-il montré froid lors de votre rencontre ?

— Il n'était pas dénué de charme ni d'intelligence.

— Je prends cela pour un « oui ».

— Détaché, plutôt que froid. J'ai perçu qu'il y avait autre chose derrière cette façade distante, mais si tel est le cas, il ne semblait pas enclin à m'en faire profiter.

— Orgueilleux, donc.

La reine haussa les épaules.

— C'est un homme.

— On dit qu'il est sourd d'une oreille.

— Tu as dû mal comprendre. Je crois qu'il entend très bien de l'une comme de l'autre, même s'il fait croire le contraire.

— Alors il est sournois.

— À mon avis, il est plutôt du genre à se lasser aisément.

Catherine ressentit une pointe d'inquiétude. Se lasserait-il d'elle ?

— Et sa disposition envers le mariage ? Et moi ?

— Sa disposition ?

— Crois-tu qu'il sera bon et doux ? Qu'il tiendra compte de mes envies ?

— Est-ce ce que tu désires ?

— Cela vaut mieux que la cruauté.

— La bonté et la délicatesse ne font généralement pas de grands souverains.

— Je veux un mari pour moi et un roi pour le royaume.

— Difficile de concilier les deux. Mais je crois qu'il te conviendra, ma chère. Les Pitoriens sont différents des Brégantins. Ils sont de plus en plus influencés par les coutumes de l'Est. Ils ont une conception beaucoup plus progressiste de la place des femmes, par exemple.

— Progressiste ?

— Tzsayn m'a dit qu'il s'était rendu en Illast et qu'il avait été impressionné que des femmes fassent tourner des commerces et possèdent des maisons en leur nom propre.

Intéressant, songea Catherine, *mais cela ne me concerne guère.* Les chances qu'elle gère un jour une affaire étaient absolument inexistantes. Elle vivrait dans le château du prince, comme n'importe quelle autre de ses possessions.

Elle tendit à sa mère l'essai qui recommandait les coups de trique en cas d'insubordination féminine.

— Je lisais ceci. Je me demande s'ils partagent le même avis, en Pitorie.

La reine parcourut brièvement la page.

— Tu ne devrais pas perdre ton temps avec ce genre de sottises. Personne ne le devrait.

Elle laissa tomber le livre sur la table comme s'il était crotté de boue.

— Tu as besoin d'une nouvelle lecture, pour ton nouveau pays. Une source d'inspiration. Il y a cette biographie de la reine Valeria d'Illast que tu devrais lire. C'était une femme hors norme, qui a eu une vie et un mariage intéressants. Voilà ce qu'il te faut, ma chère.

— Le livre ou le mariage ?

La reine se fendit d'un nouveau sourire en parcourant les grands rayonnages.

— Je m'occupe de trouver le livre. À *toi* de façonner ton mariage.

Catherine n'osa pas dire qu'elle désirait surtout éviter une alliance comme celle de sa mère : froide, fonctionnelle et dépourvue d'amour. Et de préférence, sans Tzsayn. Mais c'était ce qui l'attendait. Il n'y avait pas d'autre option et il faudrait en tirer le meilleur.

L'amour s'inviterait-il dans son union ? Aimerait-elle son mari ? L'aimerait-il en retour ? Était-ce si important ? Elle éprouvait des sentiments pour Ambrose, des sentiments *puissants* et elle avait eu beau se mentir à elle-même auparavant, à présent qu'elle était certaine de ne plus jamais le revoir, elle admettait qu'il s'agissait bien de sentiments amoureux. Mais elle n'avait jamais rien eu d'autre que cela, ses sentiments et ses souvenirs de lui. Elle avait appris de cette expérience, sans être bien sûre des conclusions à en tirer. Elle avait au moins acquis la certitude que tous les hommes n'étaient pas comme son père et son frère. Elle était bien déterminée à ne pas oublier Ambrose : sa vulnérabilité et sa force, ses cheveux caressés par la brise, ses regards en coin, ses épaules, ses cuisses lorsqu'il montait à cheval. Elle l'avait vu un jour s'entraîner dans la cour, sa chemise trempée de sueur collée contre son dos… Mais étaient-ce là des pensées d'amour ou de désir ? Et pourrait-elle aimer Tzsayn ?

Sa mère revint auprès d'elle et lui tendit un volume relié en cuir : la biographie de la reine Valeria.

— Souhaitais-tu me demander autre chose ?

— Euh, oui. Qu'en est-il de… l'amour ? bredouilla Catherine, les joues rougissantes.

— L'amour ?

— J'ai lu qu'il pouvait naître entre deux personnes.

— Tzsayn t'aimera peut-être, et toi aussi. Fais preuve de gentillesse et de douceur, laisse-le entrapercevoir un peu de ton intelligence, cultive ton charme et tu t'épanouiras en Pitorie.

— Je n'imagine pas un seul instant m'épanouir là-bas. Ni nulle part ailleurs. Où donc une femme pourrait bien prospérer ?

— La Pitorie n'est pas le Brégant et Tzsayn n'est pas Aloysius.

Sa mère lui caressa la joue.

— Et tu n'es pas moi. Tu devras tracer ta propre route, Catherine. Ta vie là-bas sera bien différente de celle que tu mènes ici. Je sais que tu crois la mienne étriquée, mais je me suis efforcée d'en tirer le meilleur. Je te conseille de faire de même dès le début. En Pitorie, tu bénéficieras de bon nombre de libertés qui te sont interdites ici, et que je n'aurai jamais. Tu pourras voyager, quitter le château et rencontrer d'autres gens.

— Tu en es sûre ?

— Il en va ainsi dans ce pays.

— Te reverrai-je une fois mariée ?

— Tu sais bien que ton père ne me laissera jamais quitter le château. Il m'a fallu déployer toute mon énergie pour le convaincre de te laisser te promener à cheval dans les environs. Ma place est ici, et je l'accepte. La tienne sera en Pitorie. Tu me manqueras, Catherine.

Il était rare d'entendre la voix de la reine se charger d'émotion, mais cela n'échappa pas à Catherine. Sa mère réprimait ses sentiments aussi fermement qu'Aloysius régissait sa vie. Catherine se languissait de liberté et aurait aimé que sa mère puisse en profiter également. Mais rêver était une chose, vivre en était une autre.

— Comment m'y prendre pour façonner une existence qui me convienne ? J'aurai quelques demoiselles pour me servir, quelques robes, et rien de plus. Aucun pouvoir, aucune influence.

— Tu es une princesse, la fille d'Aloysius du Brégant et l'épouse du futur roi de Pitorie. C'est beaucoup. Certes, tu n'auras ni argent ni terres, mais la reine Valeria n'en avait pas davantage à ses débuts. Elle s'est servie de la seule chose sur laquelle elle pouvait exercer une influence. Probablement la plus importante de toutes.

— Oh ? Et tu vas me dire quelle est cette chose ?

— Le peuple.

Catherine ressentit une pointe de déception. Elle se remémora avec horreur la bassesse de la foule lors de l'exécution de lady Anne, braillant le nom d'Aloysius et réclamant du sang.

— Valeria a conquis le cœur de ses sujets. Le peuple l'aimait, lui envoyait des présents, lui jurait sa loyauté. Tous voulaient la voir, être en sa présence. Ils l'adoraient sincèrement.

Ce qui paraissait nettement préférable à une foule glapissante durant une exécution.

— Tu me crois capable d'une telle chose ?

— C'est tout à fait à ta portée, Catherine. Tout dépend de ton envie. De l'effort que tu es prête à fournir pour y parvenir.

— Cela me plaît davantage que d'être claquemurée dans un château pour le restant de mes jours, en tout cas.

Elle s'en voulut immédiatement d'avoir exprimé le fond de sa pensée aussi brutalement, mais sa mère sourit.

— Alors tu devrais réfléchir à un plan dès maintenant. Et t'y appliquer aussitôt arrivée en Pitorie. Je ferai de mon mieux pour t'aider à te préparer.

Un bruit discret sur la porte et un domestique entra, portant un parchemin à l'intention de la reine.

— De la part du prince Boris, Votre Majesté.

Catherine eut subitement la nausée. S'agissait-il d'Ambrose ? Avait-il été capturé ? Elle ne put s'empêcher de demander :

— Cela me concerne-t-il ?

— Oui.

La reine releva la tête de sa lecture.

— Tu as reçu ton ordre de marche.

— Mon ordre de marche ?

— Boris aborde ton mariage comme une campagne militaire. Il m'a fait parvenir les arrangements concernant ton voyage.

Catherine fut soulagée par le caractère mineur de la missive. Boris devait probablement avoir une tout autre opinion de l'importance de ce message, lui qui avait organisé ce mariage avec un zèle notable.

— Suis-je autorisée à en connaître les détails ?

La reine acquiesça.

— Tu partiras dans six jours, pour embarquer vers la Pitorie sous la protection de ton frère. Une fois arrivée, tu te rendras au château royal à Tornia et sera présentée à la famille. Tu te dois d'obéir en toutes circonstances à ton frère. Et le 23 mai, la veille de ton dix-septième anniversaire, tu épouseras le prince Tzsayn.

La reine tendit le parchemin à Catherine en ajoutant :

— Boris s'est montré particulièrement précis concernant les festivités, en nommant tous les invités tenus d'assister au mariage et ceux à qui tu devras être présentée. Il s'est beaucoup investi.

Catherine passa la lettre en revue. Ces mots en particulier retinrent son attention : « Comme le veut la tradition, le roi exige que tous les nobles de Pitorie soient présentés à Catherine lors de son mariage et qu'il lui soit accordé le respect dû à la fille du roi Aloysius et future reine de Pitorie. »

Catherine fut surprise. Elle avait passé sa vie cloîtrée dans le château, avec interdiction de frayer avec quiconque hormis ses courtisanes et ses gardes. Elle n'avait même jamais rencontré le moindre de ses prétendants.

Mais son père avait l'esprit pratique. L'enfermer ainsi avait permis de la conserver « à l'abri » jusqu'aux épousailles. Une fois sa fille mariée, il comptait sur elle pour remplir son rôle de passerelle entre le Brégant et la Pitorie.

Catherine l'avait appris très tôt de la bouche de sa mère ; l'objectif du roi était de s'emparer du Calidor. Il voulait laver l'affront de sa défaite et prendre le royaume de son frère, qu'il estimait lui revenir de droit. Chacune de ses actions était motivée par ce but, y compris le mariage de sa fille. Le meilleur usage qu'il pouvait faire de Catherine était bien de l'unir au prince de Pitorie afin d'améliorer les relations diplomatiques et surtout le commerce, car il fallait renflouer les caisses du Brégant pour pouvoir reprendre la guerre contre le Calidor.

Catherine sourit à sa mère.

— On dirait bien que je ne vais pas passer mon temps enfermée en attendant le mariage.

— Profites-en le plus possible, Catherine, et façonne cette union du mieux que tu le pourras.

Elle y comptait bien. Elle pourrait aider à encourager le commerce, à promouvoir d'autres choses – même si elle ne savait pas encore lesquelles précisément –, mais surtout, elle pourrait vivre une existence moins recluse que celle de sa mère. Elle pourrait aider son père, son royaume et s'aider elle-même. Elle savait qu'elle ne passerait jamais sa vie aux côtés d'Ambrose – elle l'avait toujours su –, mais peut-être continuerait-il à échapper à Noyes tandis qu'elle goûterait à une certaine liberté en Pitorie.

MARCH

Mer pitorienne

LE RIVAGE DE LA PITORIE, d'un vert hésitant, se dessinait à l'horizon. March se tenait aux côtés de Holywell à la proue du bateau, savourant le tangage et regardant la terre prendre peu à peu forme sous ses yeux, comme s'il allait à la rencontre de son avenir. Un avenir qu'il façonnerait lui-même. Sa vie d'Abask lui avait été volée, échangée contre celle d'un esclave, mais il allait maintenant reprendre en main sa destinée et se venger du prince Thelonius. Le plan de Holywell était simple : ils suivraient Regan qui les mènerait au fils de Thelonius, puis ils enlèveraient le garçon avant de le ramener au Brégant, où ils le livreraient au roi Aloysius en personne.

— Tu as déjà rencontré Aloysius ? demanda March.

— Plusieurs fois. Tu n'es pas le seul à frayer avec des têtes couronnées.

— Est-il aussi impitoyable qu'on le dit ?

— On le surnomme le Cruel, et cela lui va comme un gant.

— Que fera-t-il du fils de Thelonius ?

— Je l'ignore et je m'en fiche. Tout ce qui compte, c'est qu'il nous en donnera un très bon prix.

— Je ne fais pas ça pour l'argent.

— Eh bien, cher petit frère, j'imagine qu'Aloysius prendra un malin plaisir à faire savoir au prince que son fils ne se prélasse plus dans la soie, mais qu'il croupit au fond d'un donjon brégantin.

Holywell dévisagea March.

— Il le tuera peut-être, même si j'en doute car il lui est plus précieux vivant. Est-ce que la torture d'un fils te suffit ?

March y songea et, en vérité, il voulait simplement imaginer le visage du prince lorsqu'il apprendrait qu'il avait perdu non seulement son fils, le dernier de sa descendance, mais que March en était le responsable. Car c'est ainsi qu'il avait trahi le peuple abask.

— Je veux qu'il sache qu'il a perdu son fils à cause de ce qu'il nous a fait subir.

— Dans ce cas, mon jeune ami plein de colère, tu devras le lui dire toi-même.

March ne voyait pas vraiment comment, mais il aimait l'idée.

— Peut-être que je le ferai, un jour.

— Aie confiance, répondit Holywell. Tu serais surpris de ce que nous autres Abasks sommes capables d'accomplir.

Il lui tapota le bras.

Et March avait confiance, car Holywell semblait très sûr de lui. Il savait tant de choses, bien plus que March ne l'aurait imaginé. Il parlait quatre langues, savait comment les différentes voiles d'un navire fonctionnaient pour le faire avancer, et il l'avait expliqué avec une patience étonnante à March. Holywell lui parlait pitorien pour lui enseigner la langue. Il lui apprenait également des tours d'adresse aux cartes et aux dés. Parfois, il se joignait aux parties des marins, s'assurant toujours de perdre un peu pour conserver leur amitié. Le simple fait de rester en sa présence donnait à March le sentiment que tout était possible.

March jeta un regard en arrière vers le Calidor. La côte avait disparu à la fin de la première journée de mer, mais March aimait savoir que le prince et son buffet de boissons se trouvaient toujours là-bas, si petits et insignifiants au lointain.

March dit à Holywell :

— Je suis retourné au château avant notre départ.

Holywell haussa un sourcil.

— Quand ?

— Très tôt. Je voulais annoncer au prince que je partais.

Il avait passé la nuit à imaginer ce qu'il dirait, les jurons qu'il proférerait pour exprimer toute sa haine et son mépris de cette prétendue sophistication dont le prince faisait étalage. Il voulait lui dire que ses manières et ses beaux atours ne pouvaient masquer l'homme qu'il était réellement : un traître qui avait manqué à sa parole, un homme à qui personne ne pouvait se fier et que March avait démasqué.

— Et tu lui as dit ?

— Il était parti se promener à cheval avant l'aube. L'une de ses vieilles habitudes, qu'il avait pourtant abandonnée depuis la mort de sa femme.

— Il semblerait que le prince reprenne du poil de la bête. Alors, qu'as-tu fait ?

— Je me suis versé un verre de vin – à la perfection, tu seras ravi de l'apprendre – et je me suis assis dans son fauteuil contre la baie vitrée, pour contempler l'enceinte de la ville et la mer au loin.

— Une belle vue pour un petit déjeuner.

March fit non de la tête.

— J'ai repensé à mon frère. À la famine qui nous avait poussés à manger de l'herbe et des vers. J'ai recraché le vin.

— Tu auras bientôt ta revanche, petit frère.

Holywell referma une main puissante sur son épaule.

— Et après cela, tu verras que le vin aura bien meilleur goût.

AMBROSE

Fielding, Brégant

AMBROSE SOMMEILLAIT AUX ABORDS D'UNE CLAIRIÈRE lorsqu'il fut attaqué. Le soldat se précipita sur lui depuis les arbres, épée brandie, martelant le sol dur de ses pieds lourds. Ambrose, qui dormait désormais une épée à la main, roula sur le flanc et bondit sur ses pieds tandis que son assaillant arrivait sur lui. D'un geste fluide, il plongea sa lame dans le torse du soldat comme il l'avait fait pour Hodgson. Puis il se rendit compte que le soldat *était* Hodgson. Son agresseur mourant le maudit, le sang jaillissant de sa poitrine, tandis qu'il esquissait un puissant arc de cercle avec son épée. Ambrose savait que le coup lui trancherait la tête, il lui fallait esquiver, parer, mais il en était incapable. Il était figé. C'est à ce moment qu'il se réveilla.

Les yeux écarquillés, Ambrose se redressa, le dos glacé de sueur. Il respira péniblement et se massa le cou, là où la lame l'aurait décapité. Autour de lui, les bois étaient plongés dans le silence. Aucun ennemi alentour. Il était seul au monde. Seul son souffle paniqué se faisait entendre.

Il jura et s'efforça de calmer son cœur. Puis il tendit l'oreille : qu'il ait rêvé de cette attaque ne signifiait pas pour autant que les hommes de Noyes ne rôdaient pas dans les parages.

Rien que le calme de la nuit.

Ambrose se releva et fit le tour de la clairière. *On n'est jamais trop prudent*, se dit-il, même s'il savait pertinemment qu'il agissait ainsi pour chasser sa peur.

Hodgson l'avait attaqué chaque nuit depuis sa fuite de Brigane, et chaque fois, Ambrose s'était retrouvé tétanisé par la terreur.

Dès son plus jeune âge, il s'était imaginé livrant mille batailles, pourfendant ennemi après ennemi. Tous les petits garçons brégantins étaient élevés ainsi. Ambrose s'était représenté à maintes reprises son épée s'enfonçant jusqu'à la garde dans le corps d'un soldat calidorien, voire d'un seigneur. Mais Hodgson était brégantin. C'était un membre de la garde royale, un frère d'armes. Ambrose se rassurait comme il le pouvait ; il n'avait rien fait de mal en répondant au défi qui lui avait été adressé. Hodgson avait péché par excès de confiance et s'était laissé tromper par sa feinte. Et Ambrose avait eu de la chance, sans quoi c'est lui qui aurait fini avec une lame dans le torse.

Il but un peu d'eau à sa gourde et se rallongea. Il avait besoin de repos. Il avait cavalé sans arrêt durant trois jours, sans presque jamais manger ni dormir. Il ferma les yeux, essaya de faire le vide dans son esprit, et finit par retomber dans le sommeil. Dans son rêve, il était allongé sur un lit avec Catherine, sur des draps rouge sombre. Il dénudait son épaule et enfouissait ses lèvres dans son cou. Elle lui prenait la main et l'effleurait délicatement du bout des doigts – ce toucher qu'il affectionnait tant. Mais elle relevait les yeux sur lui avant de prendre le visage de son père et de tonner : « Cette main a tué un soldat du Brégant. C'est la main d'un traître. »

Ambrose s'éveilla brusquement. Le jour commençait à poindre. Il était de nouveau trempé de sueur et décida de se laver dans la rivière. Tandis qu'il se frayait un chemin à coups d'épée dans la végétation touffue, il se répéta : *Je ne suis pas un traître. Catherine le sait. Mon père aussi. C'était eux ou moi. Eux ou moi.*

Il voulait agir honorablement. Il n'avait jamais rien désiré d'autre de sa vie. Bien se battre, se comporter dignement, faire honneur à sa famille. Il avait fait tout cela et pourtant, les choses avaient pris un tournant catastrophique. À cause de Boris, de Noyes… et du roi. L'honneur avait abandonné le Brégant. Ils avaient assassiné Anne, à présent, ils voulaient sa tête.

Boris l'avait-il vraiment défié pour un seul regard accordé à Catherine ?

Il n'en était pas sûr.

Mais avait-il agi honorablement envers elle ?

Catherine ne lui avait jamais été destinée, pourtant il ne pouvait s'empêcher de penser à elle. Il ne voulait penser qu'à elle. Elle était promise à un autre homme, pourtant il rêvait d'elle au lit, couchant avec lui, l'aimant. Mais ce n'était pas son avenir : cela ne l'avait jamais été et ne le serait jamais. Son avenir aurait dû se trouver dans l'armée et c'était désormais exclu. Il devait se forger un nouveau destin, mais il tenait d'abord à comprendre le passé. Il voulait savoir ce qui était arrivé à sa sœur.

Il avait mis le cap au nord-ouest pour échapper à Noyes et à ses hommes, mais son but était d'atteindre Fielding, ce lieu perdu sur la côte ouest où Anne avait été capturée et sir Oswald tué. Ambrose ignorait ce qui avait poussé sa sœur à se rendre à Fielding, mais il comptait bien y trouver des indices quant aux véritables raisons de son exécution. On l'avait accusée d'entretenir une liaison avec sir Oswald, mais Ambrose n'en croyait pas un mot. Il savait qu'ils avaient eu une passade sans réelle conséquence quelques années plus tôt, et qu'ils avaient tous deux choisi de rester amis et compagnons de voyage. Ils s'étaient rendus ensemble dans nombre de contrées, séjournant pendant de longues périodes avant de revenir pleins d'histoires de pays exotiques. Alors que faisaient-ils dans un petit village de la côte occidentale du Brégant ? Qu'est-ce qui avait bien pu attirer sa sœur là-bas ? Ambrose voulait voir Fielding pour le découvrir. Même s'il échouait à trouver des réponses, il désirait au moins essayer et ne pas se contenter des mensonges propagés au sujet d'Anne.

Il retourna à son campement de fortune et sortit ce qui lui restait du fromage et du jambon qu'il avait achetés dans une ferme la veille. Il compta l'argent dans sa bourse. Huit shillings. C'était peu. Il n'était pas encore dans le dénuement complet pour autant. Il lui restait ses biens les plus précieux : son cheval, sa selle, son épée et ses dagues. Il avait acheté une vieille veste à un villageois lors de son périple. Le cuir était usé et fendillé, mais cela valait mieux que rien. Il avait gardé son uniforme de garde, qui consistait en une cape et un gilet, pour les porter uniquement la nuit, afin de se tenir chaud. Il fuyait les auberges, en partie pour éviter d'être repéré par Noyes, mais surtout pour faire des économies.

Il termina son fromage, sella son cheval et se mit en route.

À midi, il était sorti de la forêt et empruntait les pâturages occupés par des moutons. Il traversa un hameau et y acheta du lait, du jambon et du fromage, avant de demander la direction de Fielding. Les routes étaient étroites, caillouteuses et constellées d'ornières, mais il finit par atteindre la côte en milieu d'après-midi. Rien n'indiquait la présence d'une ville ou d'un village et les seuls indices de la proximité d'une ferme étaient les moutons rasés éparpillés çà et là. Cependant, l'endroit était magnifique. La mer s'étalait, vaste et bleu gris, devant une large plage de sable blanc. Au loin, Ambrose distingua une silhouette. Il mena sa monture sur le sable et le vieil homme, qui creusait en quête de bulots, releva la tête et attendit qu'il vienne à sa rencontre.

— Bonjour à vous, dit Ambrose.

L'homme le dévisagea et se contenta d'un hochement de tête.

— Je cherche le village de Fielding.

Le vieillard laissa échapper un rire sifflant.

— Z'êtes un peu vieux pour ça, non ?

— Vieux ? Pour quoi ?

L'homme secoua simplement la tête et indiqua sa gauche.

— Par là. Au nord. Le campement est dans les dunes. Y a plus rien dans le village, il est abandonné depuis des années.

Ambrose ne savait pas quoi dire, mais le vieil homme avait déjà ramassé son seau de bulots et s'éloignait de lui sans plus de cérémonie.

Ambrose chevaucha le long de la côte. Son estomac était de nouveau noué. Il était peu probable que Noyes et ses hommes le cherchent là. Mais quelqu'un y était. Quelqu'un ou quelque chose qui avait un rapport avec la mort d'Anne.

Le jour était pratiquement tombé lorsqu'il aperçut les dunes. Elles étaient hautes et larges comme de petites collines et il pouvait distinguer quelques vagues silhouettes sur la plage. Il coupa à travers terre pour ne pas être vu et reprit sa route vers le nord en traversant des champs sableux dans lesquels quelques moutons broutaient les maigres touffes d'herbe. Il faisait sombre lorsqu'il atteignit une ligne d'arbres derrière lesquels se trouvaient les silhouettes de la plage. Après avoir mis pied à terre, il guida son cheval entre les dunes. Il commençait à entendre quelques cris et un rire. Ambrose reconnut l'ambiance familière et accueillante d'un campement militaire.

La large étendue de terrain broussailleux était parsemée de tentes et de quelques feux. Le campement ressemblait à celui de n'importe quelle armée, à une exception près : tous les soldats étaient de jeunes garçons. Certains paraissaient avoir quinze ou seize ans, mais la majorité semblait ne pas dépasser les treize ans.

Ambrose savait que beaucoup de jeunes hommes devenaient soldats pour échapper à la pauvreté, mais aucun n'était autorisé à prêter allégeance à un seigneur avant sa majorité, comme il l'avait fait à l'époque. Enfant, il avait toujours voulu se battre pour le Brégant. Il avait joué à la guerre avec Tarquin, avait simulé des traques et des embuscades, avait campé des jours durant et s'était entraîné à manier l'épée et à monter à cheval. Ses classes à l'armée, la camaraderie avec les autres gardes, il gardait d'excellents souvenirs de ces années. Mais pour acquérir pareilles compétences, il fallait apprendre auprès d'autres soldats. Or le camp semblait peuplé exclusivement d'enfants.

C'était sans doute ce que sa sœur avait découvert, mais si inhabituel que cela puisse paraître, cela n'avait rien de capital. Il n'y avait rien de nouveau à ce que des garçons brégantins s'entraînent pour devenir soldats. Alors pourquoi le roi avait-il persécuté Anne pour s'être rendue en ces lieux ?

Sous le couvert de l'obscurité, Ambrose s'approcha davantage. Un groupe de garçons encerclait le feu le plus proche, tous vêtus d'un gilet qui semblait être leur uniforme. Les deux enfants au centre maniaient des épées d'entraînement en bois et suscitaient l'admiration et les encouragements de leurs camarades spectateurs. Les duellistes étaient impressionnants pour leur âge et se déplaçaient avec une rapidité surprenante, sans montrer signe de fatigue. Ambrose savait pourtant à quel point l'escrime était usante.

— T'en as vu assez ?

Il sentit un objet pointu lui piquer le dos.

Il se retrouva nez à nez avec deux d'entre eux, d'environ quatorze ans, noueux mais musclés, portant le blason de l'armée sur le plastron. Mais à l'endroit où aurait dû se trouver l'emblème de leur seigneur pendait un carré de tissu rouge. Les deux étaient armés de lances en bois.

Ambrose jeta un coup d'œil autour de lui. Il n'aurait aucun mal à se débarrasser de deux adolescents, mais il voulait en savoir plus. Il valait mieux essayer de parlementer.

— Qui est ton commandant, gamin ?

— Qui est le tien ?

Ambrose esquissa un sourire.

— Le prince Boris. Je suis de la garde royale. Avec qui êtes-vous ?

Le garçon frappa le carré de tissu sur sa poitrine.

— Les Rouges. Les meilleurs des meilleurs.

Mais il afficha rapidement un air incertain.

— Vous n'êtes pas en uniforme. Vous venez voir le capitaine ?

— Évidemment.

Ambrose ne tenait pas à voir le moindre capitaine, qui comprendrait bien vite qu'il n'avait pas été dépêché par Boris.

— Ohé, Rashford ! On a un visiteur.

Les deux duellistes s'arrêtèrent pour venir les rejoindre. Tandis qu'ils s'approchaient, Ambrose comprit que ceux-là ne seraient pas aussi faciles à maîtriser. Et leur air de petits coqs laissait entendre qu'ils le savaient aussi. L'un des deux s'écria :

— Qu'est-ce que tu as là, Frank ? Encore un espion ?

— Il dit qu'il est avec la garde royale. Et qu'il est venu voir le capitaine.

Ambrose se redressa et épousseta ses cuisses avant de prendre le ton le plus amical possible :

— Je ne suis pas un espion, même si j'admets avoir cherché à vous observer sans que vous vous aperceviez de ma présence. Je voulais vous jauger un peu. J'ai vu votre entraînement à l'épée. Plutôt impressionnant. C'est toi, Rashford ?

— Ouais, meneur des Rouges.

Ambrose avait à présent une idée pour se sortir du pétrin.

— Comment te débrouilles-tu avec une lance, Rashford ?

L'adolescent sourit.

— Pas trop mal.

— C'est l'arme avec laquelle je suis le moins à l'aise, poursuivit Ambrose avec un sourire piteux. Je n'ai jamais su lancer correctement. Tu veux bien me montrer ta technique ?

— Donne-moi ta lance, Frank. Et donne la tienne à notre visiteur, Luke.

Frank fit virevolter sa lance avant de la jeter à Rashford, qui la saisit d'un geste fluide avant de la faire tournoyer puis de la planter dans le sol. Luke jeta la sienne à Ambrose. L'arme était équilibrée et, bien qu'en bois, sa pointe était affûtée. Pour une arme d'entraînement, elle pouvait occasionner de sérieux dégâts.

Rashford prit la parole :

— Allez-y le premier. Lancez et je verrai si je peux faire aussi bien que vous.

Ambrose soupesa la lance et banda son épaule. Il prit quelques pas d'élan et lança le javelot.

— Pas si mal. Vous avez du style.

— Tu es bien généreux.

— À vrai dire, je ne parlais pas de la distance, qui est assez pathétique.

Ambrose dut réprimer un rire.

— Voyons donc comment tu t'en sors.

Rashford porta la lance à hauteur de son épaule. Il était petit et sec, avec des épaules étroites. Tout l'opposé d'un physique de lancier. Il prit son élan, lança et… Ambrose fit demi-tour avant de s'enfuir en courant.

Il atteignit son cheval en quelques pas et bondit en selle. Tandis que sa monture se tournait, Ambrose constata que la lance de Rashford avait parcouru le double de la distance de la sienne. Un véritable exploit pour un adolescent aussi efflanqué. L'espace d'un instant, Ambrose se figea de surprise. Puis il tira sur les rênes et éperonna son cheval.

Les garçons s'étaient lancés à sa poursuite en lui hurlant de s'arrêter. Ils étaient particulièrement rapides et s'agrippaient déjà à ses jambes, mais un nouveau coup d'éperon le porta au galop.

L'impact sur sa tempe le fit basculer sur le côté, le long du flanc de son cheval. Il avait perdu un étrier et, avant qu'il ne s'en rende compte, il se trouvait déjà sous l'animal, traîné au sol. Un sabot lui heurta le dos et acheva de le désarçonner. Il roula dans le sable et s'efforça de se relever, mais autour de lui, tout commençait à tourner, puis le monde s'éteignit subitement.

CATHERINE

Brigane, Brégant

Les gens méprisent, rabaissent ou ignorent les femmes.
Mais lorsque je représente mon pays,
je ne suis plus une femme : je suis une nation,
un peuple et une reine.

Valeria, reine d'Illast

LE DÉPART DE CATHERINE POUR LA PITORIE aurait lieu dans moins d'une semaine et les préparatifs occupaient désormais la moindre minute de sa vie. Elle rêvait toujours d'Ambrose chaque jour, mais il lui fallait également penser à Tzsayn, au mariage, au voyage et à ses tenues. Sa mère avait commandé une flopée de robes à la mode pitorienne qui étaient enfin arrivées. Les robes de journée arboraient chacune l'une des couleurs du drapeau pitorien : vert, rouge et noir. La reine lui avait dit : « Tu dois montrer aux Pitoriens que tu es l'une des leurs. Affiche clairement ta fierté d'être pitorienne et ils s'en enorgueilliront en retour et t'en seront reconnaissants. »

Catherine n'avait cependant pu s'empêcher de pouffer en voyant les robes étalées les unes à côté des autres. L'antithèse absolue de la discrétion. Même les noires étaient ornées de rubans brillants et de plumes entrelacées dans le corset, les manches et l'ourlet.

— Elles sont sophistiquées, remarqua Catherine en soulevant une manche du bout des doigts. Du moins lorsqu'il y a du tissu.

— Les Pitoriennes sont davantage habituées à montrer leur peau, reconnut sa mère. Crois-le ou non, mais ce sont des modèles relativement prudes.

Catherine en enfila une, la rouge, mais elle ne tombait pas correctement et en dévoilait trop à son goût. Son flanc gauche était totalement à nu, de l'aisselle à la hanche.

— On dirait que je suis en haillons… en haillons ensanglantés, par-dessus le marché.

— Hmm… Tu ne peux pas faire quelque chose de tes bras ?

— Par exemple ?

Catherine posa les mains sur ses hanches et ses coudes pointèrent à travers les fentes de ses manches.

— Non, surtout pas ça ! Garde-les droits !

Catherine s'exécuta et sa mère réprima une grimace.

— Oh, bonté divine, cela ne va pas non plus. Tu devrais peut-être porter quelque chose. Un accessoire. Oui, cela ferait l'affaire. Quelque chose qui sert à raconter ton histoire.

— Un soupçon de désespoir ?

La reine fronça les sourcils.

— Ne t'avise jamais de montrer le moindre désespoir, Catherine. Rappelle-toi Valeria. Elle a conquis le cœur du peuple. Et pour cela, il faut apparaître en conquérante. Tu ne veux surtout pas inspirer la tristesse, mais l'espoir. L'espoir d'un avenir riant. D'un triomphe.

Catherine peinait à voir ce qui, chez elle, pourrait bien inspirer une image de triomphe. Elle n'avait jamais rencontré le moindre succès ni même la moindre opportunité. Quant à l'espoir, elle ne pouvait qu'espérer qu'on ne rirait pas d'elle dans une tenue pareille.

À cet instant, on frappa à la porte de ses appartements. Sarah fit irruption pratiquement en courant, adressa une révérence à la reine et se tourna vers Catherine.

— Votre Altesse, dit-elle à bout de souffle, un message de la part du roi. Sa Majesté vous ordonne de vous rendre auprès d'elle.

Catherine sentit son cœur s'emballer. Elle n'avait encore jamais été convoquée par le roi. Était-ce à propos de son mariage ? Possible. Probable. Mais il pouvait également s'agir d'Ambrose…

La reine se releva, d'un calme suprême.

— Dites à son messager que la princesse s'habille. Elle se rendra auprès du roi sitôt qu'elle en aura fini.

Après le départ de Sarah, la reine se tourna vers sa fille et demanda :

— Tu étais livide, Catherine. Sais-tu pourquoi tu es convoquée ?

— Peut-être à propos des préparatifs du mariage ? répondit Catherine.

— Pourrait-il y avoir une autre raison ?

Catherine savait que la reine avait dû entendre parler de l'affrontement entre Ambrose et les hommes de Boris, mais elle n'avait pas trouvé le courage de lui en parler directement. À présent, elle n'avait plus le choix.

— Il y a eu un… incident, il y a quelques jours, lors de l'une de mes promenades à cheval.

— Une épreuve d'honneur, il me semble. J'ai ouï dire que Boris avait perdu un homme. Et que le traître s'était enfui.

— Il n'a rien d'un traître. Et il ne s'est pas enfui.

— Tu dévoiles tes émotions bien trop clairement, Catherine.

— Mais c'est la vérité. Sir Ambrose n'est pas un traître, c'est un garde du corps loyal.

— Sir Ambrose Norwend ? Celui avec la belle chevelure ?

— Qu'entends-tu par belle chevelure ?

— Tu sais très bien de quoi je parle. Blond, beau garçon.

— Il est intelligent et attentionné. C'est…

— Une source d'ennuis. Des ennuis qu'il te faut éviter à tout prix. Je comprends l'inquiétude de Boris.

— Tu le comprends ! Un homme est mort. Ambrose s'est seulement défendu.

— Tu parles de cet homme comme si tu tenais à lui. Comme s'il comptait pour toi. Crois-tu que ton futur époux l'entende de cette oreille ?

— Tu m'as dit qu'il était plus tolérant.

— Et il fera preuve de nettement moins de tolérance lorsqu'il entendra parler de sir Ambrose, de son intelligence et de ses attentions pour toi. Tu as bien des choses à apprendre au sujet des hommes, Catherine. Le prince Tzsayn attend de son épouse qu'elle soit vierge et qu'il n'y ait aucun doute à ce sujet.

Les joues de Catherine s'embrasèrent. Elle n'avait jamais entendu sa mère prononcer ce mot auparavant.

— Tzsayn est peut-être différent de ton père, mais aucun homme n'apprécie d'être ridiculisé aux yeux des autres.

Alors que nous, les femmes, adorons cela, songea Catherine en jetant un œil dans le miroir en pied qui lui renvoyait l'image de cette robe rouge absurde.

— Je montrerai ma dévotion au prince Tzsayn en toutes circonstances, répondit-elle froidement. Mais cela n'a sans doute aucune importance. Noyes a probablement rattrapé Ambrose et le roi me fait mander pour que j'assiste à une nouvelle exécution.

La reine prit Catherine par surprise en l'embrassant sur la joue.

— De ce que je sais, il n'a pas été capturé. Calme-toi. Rends-toi auprès du roi comme la princesse que tu es. Mais sois prudente quant à ton honneur, Catherine. Ne leur donne aucune raison d'en douter, sans quoi tu es perdue.

Catherine baissa les yeux sur sa robe tailladée.

— Je ne peux pas y aller ainsi.

— Bien sûr que si. Tu n'as plus le temps de te changer ; nous avons déjà fait attendre le roi. Par ailleurs, la robe est époustouflante. Elle est d'un rouge tout à fait régalien. Garde la tête haute et aie confiance.

Catherine était persuadée que sa mère ne lui aurait pas tenu un tel discours si elle n'en était pas elle-même convaincue. Elle quitta l'antichambre de ses appartements et suivit le garde royal jusqu'à la salle du trône. L'appelait-on au sujet de son mariage ? Sa mère se trompait-elle ? Ambrose était-il mort ou croupissait-il au fond d'un cachot, la langue coupée, ses douces lèvres cousues ensemble ? Peu importe ce qui l'attendait, elle y ferait face. Elle redressa les épaules et se répéta intérieurement : *Je ne tremblerai pas. Je ne vacillerai pas. Et je ne crierai pas.*

Catherine ne s'était rendue dans la salle du trône qu'en une poignée d'occasions, chaque fois pour un motif officiel : proclamations royales, visites d'ambassadeurs ou toute autre cérémonie ponctuelle durant laquelle le roi souhaitait impressionner ou intimider un seigneur. Chaque fois, elle s'était trouvée noyée au sein d'une vaste assemblée. Aujourd'hui, elle était seule.

Les portes s'ouvrirent devant elle. Le roi, son père, était assis sur son trône à l'autre bout de la longue salle savamment décorée. Boris se tenait à sa droite, Noyes derrière lui, sur sa gauche. Quelques courtisans et soldats étaient alignés le long des murs. Aucun signe d'Ambrose.

Catherine hésitait entre attendre d'être annoncée ou bien s'avancer. La voix de sa mère sembla lui chuchoter à l'oreille : « Une princesse n'attend pas. Et une reine, encore moins. »

Catherine se redressa. « Je n'ai pas peur », se murmura-t-elle. À sa grande surprise, elle se rendit compte que c'était vrai. Pourtant, tandis qu'elle progressait vers le trône, elle se sentait aussi visible qu'une fourmi rouge sur une dalle grise.

Elle s'avança lentement, passa devant le chancelier, l'intendant et le chambellan avant de s'arrêter directement face à son père, au pied de l'estrade. Ses tempes avaient beau grisonner, il paraissait plus puissant que jamais. Il se tenait droit dans son trône massif et Catherine songea que cette posture assise ne lui convenait pas : faire les cent pas était davantage son habitude. Il posa ses yeux gris sur les siens, qu'elle baissa instinctivement en s'inclinant autant que sa robe le lui permettait.

— Votre Majesté.

— Relève-toi. Que nous puissions te voir un peu.

— Impossible de ne *pas* la voir, ajouta Boris d'une voix forte, ce qui fit naître un bref rire chez l'un des courtisans.

Noyes avait la tête penchée sur le côté, mais n'arborait pas son traditionnel sourire en coin.

Catherine se fit la plus grande possible.

— Tu t'en vas bientôt. Pour être mariée.

— Oui, Votre Majesté.

Le roi tapota l'accoudoir de son trône d'un ongle noir, comme s'il avait été écrasé.

— C'est une bien belle alliance que j'ai préparée avec le roi Arell pour toi.

Se pouvait-il vraiment qu'il l'ait simplement convoquée pour discuter de son mariage ?

— Oui, je vous en remercie, Père. Bien qu'il me tarde de me marier, je n'ai pas les mots pour exprimer le chagrin que me cause mon départ. Je vous suis reconnaissante de m'avoir fait venir afin de vous voir avant de partir.

— Je t'ai fait mander pour te donner des consignes, non pour me répandre en adieux.

Catherine remarqua que son père avait cessé de tapoter l'accoudoir.

— Tu as ordonné à l'un de mes gardes royaux de quitter Brigane.

Elle n'avait rien à gagner à nier.

— Oui, Père. Le compagnon de Boris, le vicomte Lang, a défié l'un de mes gardes du corps, sir Ambrose Norwend, à une épreuve d'honneur. Sir Ambrose l'a vaincu, non sans lui laisser généreusement la vie sauve. Puis Boris a ordonné à Dirk Hodgson de le défier également. Il a été tué. J'ai jugé préférable que sir Ambrose nous quitte avant que d'autres nobles ne soient blessés.

Catherine décocha un regard appuyé à Boris, et l'on entendit un petit rire dans la salle, bien vite étouffé.

Boris s'empourpra.

— Il a combattu comme le vaurien qu'il est.

— Tu es le vaurien dans l'affaire, mon frère.

— Silence !

Le roi tapa du poing sur le trône.

Catherine se figea. Elle s'était de nouveau oubliée.

— Crois-tu que Tzsayn tolérera pareille attitude ? grogna le roi.

— Je suis désolée, Votre Majesté. Je ne comprends pas. Quelle attitude pourrait lui déplaire ?

— Tu n'as pas suivi les consignes de ton frère qui t'ordonnait de retourner au château avec lui. Et à présent, voilà que tu lui tiens tête.

— J'ai suivi vos consignes, Votre Majesté. Celles qui s'avèrent cruciales pour ma sécurité : toujours me trouver en présence de mes demoiselles et de mes gardes. Les hommes de Boris suivaient ses ordres et cela s'est soldé par une main tranchée et une vie perdue. Je n'étais pas certaine que les instructions de Boris soient des plus prudentes.

— Tu n'as pas à les juger, mais à les suivre, persifla Boris.

— Je ne suis pas d'accord. Lorsque ma sécurité et mon honneur sont en jeu, je dois choisir à qui obéir. Et en ces circonstances, j'ai choisi de ne pas me plier à tes consignes.

Le roi se renfonça légèrement dans son trône et dévisagea Catherine comme s'il la voyait pour la première fois. Elle ignorait si elle était allée trop loin, mais elle savait qu'elle s'arrêterait là.

— Tu es ma fille, et une princesse de sang royal. Mais tu es aussi une femme et tu te dois d'écouter les hommes chargés de ta protection. Que ce soit bien clair : à partir de maintenant et jusqu'à ce que Tzsayn te passe l'alliance au doigt, tu obéiras à Boris dans les moindres détails. Tu ne porteras pas de déshonneur sur moi ni sur le Brégant. Tu ne terniras pas mon nom. Et tu ne feras rien qui puisse compromettre cette union. Est-ce bien compris ?

— Oui, Votre Majesté.

— Tzsayn tolérera peut-être ton comportement. Il pourra même le trouver curieux et charmant. Après tout, c'est un étranger aux idées parfois étonnantes. Mais à sa place, je te corrigerais à coups de fouet une bonne pour toutes.

Catherine déglutit.

— Je m'efforcerai d'être une bonne épouse et je demeurerai à jamais votre loyale fille.

— Veilles-y. Bien, Noyes a quelques nouvelles pour ta gouverne.

Un frisson glacé parcourut Catherine. Elle prit une profonde inspiration et se tourna vers Noyes. Il soutint son regard durant une éternité avant d'annoncer :

— Nous avons capturé le traître hier.

Catherine fut soudain prise de vertiges.

— Capturé ?

— Mes hommes l'ont trouvé faisant route vers le nord. Ils semblent avoir été plus qu'à la hauteur de leur tâche. Et malheureusement, nous n'aurons pas le plaisir d'exécuter un second Norwend cette semaine. Le traître est mort des suites de ses blessures dans sa cellule la nuit dernière.

Le demi-sourire avait retrouvé sa place sur les lèvres de Noyes. Catherine aurait voulu fondre sur lui pour le lui arracher.

— Tu es bien pâle, ma sœur, remarqua Boris.

Aucune larme ne lui venait, du moins dans l'immédiat. Elle se remémora lady Anne et se redressa avant de parvenir à prononcer machinalement quelques mots.

— Je suis triste d'apprendre une nouvelle mort. Peut-être qu'une vie plus paisible m'attend en Pitorie.

Boris renifla en riant avant de se reprendre.

— Si tu désires une vie paisible, grogna le roi, assure-toi de faire ce que je t'ordonne. Et maintenant, sors d'ici.

MARCH

Westmouth, Pitorie

MARCH ET HOLYWELL AVAIENT DÉBARQUÉ dans le port animé de Westmouth et s'étaient immédiatement mis à la recherche de lord Regan. Sa trace n'avait pas été difficile à retrouver. Le bateau sur lequel il avait voyagé était toujours à quai et le capitaine leur avait fourni quelques informations moyennant finance. L'écurie dans laquelle il avait acheté un cheval n'avait pas non plus été ardue à dénicher, mais ni le capitaine ni le palefrenier n'avaient été capables de dire la direction qu'il avait prise.

— Quand est-il parti ? demanda March au Pitorien tremblant.

Le garçon d'écurie répondit :

— Il y a deux jours, au matin.

March se tourna vers Holywell.

— Donc Regan a passé la nuit ici. Peut-être a-t-il dit à l'aubergiste où il comptait se rendre.

Holywell secoua la tête d'un air impatient.

— Regan est prudent et malin. Il n'aurait pas divulgué une information pareille. Nous allons acheter des chevaux et prendre la direction du sud. Si nous ne trouvons aucune trace de lui, alors nous essaierons la route de l'Est puis celle du Nord.

March trouvait ce plan bien trop léger – ils avaient déjà deux jours de retard sur Regan –, mais il n'en avait pas d'autre. Il ignorait le nombre de routes, tout comme les possibles embranchements qu'elles comptaient. Il demanda à Holywell :

— As-tu une carte de la Pitorie ?

Puis, pris d'une idée soudaine, il ajouta :

— Est-ce que *Regan* a une carte de la Pitorie ?

Le visage de Holywell s'éclaira d'un sourire.

— Bien vu, petit frère. Allons chercher le vendeur de cartes le plus proche.

Ils se retrouvèrent rapidement dans une petite échoppe logée dans une étroite rue pavée qui jouxtait le port.

— Oui, le gentilhomme que vous décrivez est bien venu chez moi, dit le boutiquier. Mais il ne cherchait pas de carte, il voulait autre chose.

Il fallut acheter une carte pour que l'homme daigne fournir davantage d'informations.

— Ah oui, ce monsieur a pris le programme des foires d'été. Un programme complet coûte deux kroners. Ce sont des œuvres d'art à part entière, en vérité.

— Ce n'est pas donné, marmonna March, mais Holywell adressa un sourire au cartographe et répondit :

— Je n'en doute pas. Notre ami vous a-t-il dit où il se rendait ?

— Non, mais si vous consultez le programme, vous pourrez savoir où se trouve la foire en ce moment.

— Pouvez-vous me montrer le programme ?

— Pouvez-vous me montrer deux kroners ?

Holywell plaqua les pièces sur le comptoir.

L'agenda était simple. D'avril à septembre, la foire se déplaçait toutes les trois semaines dans une nouvelle ville du nord de la Pitorie. Elle était à présent à Dornan et y resterait encore une quinzaine.

Holywell et March retournèrent aux écuries.

— Nous savons désormais où se rend notre homme. Nous allons devoir faire vite, mais nous pouvons le rattraper.

Holywell jaugea March.

— Comment te débrouilles-tu à cheval ?

Comme tous les Abasks, March avait été habitué dès le plus jeune âge à monter de petits poneys des montagnes trapus. Mais c'était il y a bien longtemps.

— Les domestiques n'ont pas souvent l'occasion de faire du cheval.

— Pas souvent ou jamais ?

— Ne t'en fais pas. Si je tombe, je remonterai en selle.

— Oh ça, je n'en doute pas, mon jeune et tenace ami. Mais notre avenir commun ne dépend pas seulement de ta capacité à retourner sur ton cheval. Tu dois être capable d'apprendre vite et d'agir immédiatement.

Holywell esquissa un sourire taquin.

— Il est temps de mettre ton entraînement à l'épreuve.

— Mon pitorien ? demanda March.

Il avait passé chaque moment libre à répéter mots et phrases apprises durant la traversée, et demandait sans cesse à Holywell de lui en enseigner de nouveaux.

— Je me suis assez bien débrouillé avec le garçon d'écurie. Et j'ai pratiquement tout suivi de ce que tu as dit au cartographe.

— Non, je ne parlais pas de ça. Je t'ai montré comment subtiliser une bourse, n'est-ce pas ?

Holywell avait initié March à l'art de faire les poches, car : « C'est un talent bien utile que de savoir délester quelqu'un d'une chose qui lui est chère. » L'apprentissage s'était révélé bien plus ardu que celui du pitorien.

— Tu sais bien que je ne suis pas encore assez bon, objecta March. Pourquoi perdre du temps avec ça maintenant ? Si je me fais attraper, nous serons encore retardés et Regan atteindra le fils du prince avant nous.

— Si *tu* te fais attraper, *tu* seras plus que retardé : *tu* seras emprisonné et fouetté. Et *je* traquerai Regan tout seul.

Holywell était désormais tout à fait sérieux.

— Nous avons besoin de l'argent, petit frère. J'ai payé notre passage à tous les deux sur le bateau et ces cartes n'étaient pas vraiment données. Je t'aime bien, March, mais c'est toi qui voulais m'accompagner. Maintenant, j'ai besoin que tu te mettes à contribution.

— Mais tu es bien meilleur voleur que moi.

— C'est exact, et je le ferai s'il le faut. Mais je dois savoir que tu en es capable si nécessaire. Nous sommes venus en Pitorie pour enlever un homme. Cela demande de la détermination. Tu ne vas pas servir du vin et laisser traîner tes oreilles ; tu vas devoir imposer ta volonté aux autres. Et je dois le voir de mes yeux, sans quoi tu me fais perdre mon temps et mon argent.

March ne doutait pas un instant que Holywell l'abandonnerait sur-le-champ s'il ne lui prouvait pas sa valeur.

— Et merde. Je vais te la montrer, ma détermination.

March étudia la place du marché, à la recherche d'une cible potentielle.

— Ce type, là-bas.

— Quoi, le vieux ? Son cœur lâchera lorsqu'il découvrira qu'on lui a piqué son argent. On ne voudrait tout de même pas de la mort d'un vieillard sur notre conscience !

March fronça les sourcils et suggéra :

— Alors lui, dans ce cas, en hochant la tête en direction d'un bourgeois gras engoncé dans une cape de laine verte.

— Non, répliqua Holywell. Trouve-toi quelqu'un de ta taille. Lui.

Le jeune homme qu'il avait désigné était un peu plus âgé que March. Grand, musclé. Et armé d'une dague à la ceinture.

— Pratiquement personne dans ce pays ne se promène avec une arme et tu me choisis un gaillard pareil ! bredouilla March. Je croyais que tu ne voulais pas de mort sur la conscience ?

— Le type à la cape était armé aussi. Sa dague était dissimulée.

March était maintenant agacé.

— Très bien. Le jeune gars avec la dague.

Sans ajouter un mot, il s'avança pour suivre sa proie à travers le marché. En s'approchant, March constata que la bourse de l'homme reposait à l'intérieur de sa veste. Il allait devoir l'effleurer ou le distraire pour pouvoir passer la main à l'intérieur du vêtement. Mais l'endroit était trop peuplé, il savait qu'il allait tout droit à l'échec. March sentit sa poitrine se contracter. *Comment réussir sans se faire attraper ?*

Le jeune homme quitta le marché et March s'engagea dans une allée en espérant ressurgir devant lui. Il était en train de presser le pas lorsque sa cible réapparut face à lui, à sa grande surprise.

March saisit sa chance, fondit sur le jeune homme et le plaqua contre le mur. Dans un pitorien hésitant, il parvint à dire :

— Donne-moi ton or.

— Quoi ?

— Je veux ton or. Tout de suite !

March glissa une main dans la veste du jeune homme, mais sa victime saisit son poignet de la main gauche tandis que la droite enserrait sa dague.

Mais l'arme resta dans son fourreau.

March sourit.

— Pourquoi tu ne la sors pas ?

Il n'était pas sûr de sa grammaire, mais le jeune homme paraissait terrifié, la main toujours crispée autour du poignard. March ressentit un frisson divin. Pour la première fois de sa vie, il avait le sentiment d'avoir du pouvoir.

Il insista auprès de sa victime.

— Donne-moi ton argent. Ou je… coupe…

Son pitorien avait atteint ses limites, aussi mima-t-il une gorge tranchée. L'homme n'avait qu'à sortir sa dague et le poignarder, mais il restait pétrifié.

— Tu veux mourir ?

De nouveau, il le poussa rudement contre le mur.

Le jeune homme secoua la tête.

— Ton argent. Tout de suite.

— Prenez-le, croassa-t-il en tendant sa bourse.

Elle ne pesait pas lourd.

— Et maintenant, file, aboya March en le jetant dans la ruelle.

Sa victime détala en croisant Holywell.

Ce dernier rayonnait et applaudit lentement.

— Ce n'est pas exactement la méthode que je t'ai enseignée, mais nous avons tous nos préférences.

Il avait prononcé cette phrase en calidorien, mais le reste fut en abask.

— Tu es tout à fait unique, March. Tu le sais, non ?

March lui rendit son regard. Il était sur un petit nuage. Imposer sa volonté à un autre était grisant.

— On dirait bien que tu sauras tuer, cela ne fait aucun doute. Cette lueur dans tes yeux.

Il lui pressa l'épaule.

— Voilà un bel atout, ce regard. Mais ne va pas tuer tout de suite. Nous aurons toujours le temps par la suite, petit frère.

EDYON
Dornan, Pitorie

EDYON ENTRA DANS LA TENTE à la lumière tamisée et attendit un moment que ses yeux se fassent à l'obscurité. En face de la petite table octogonale se tenait Mme Eruth. Son corps était couvert – plutôt qu'habillé – de foulards à motifs estompés qui se confondaient si bien avec les tapis qu'il était difficile de déterminer où s'arrêtait la tente et où commençait sa silhouette.

— Tu as apporté les os, cette fois-ci.

Mme Eruth parlait avec certitude, comme toujours. Son commentaire n'était pas une prédiction, mais une affirmation.

Edyon déposa les os ainsi qu'un kroner sur la table.

— Dites-moi mon avenir.

Chaque fois, Edyon offrait la même somme et présentait la même requête – et ce au moins trois fois par an –, mais les os étaient une nouveauté dans sa recherche de connaissance. Mme Eruth disposait d'une boule de cristal, qu'elle préférait. Cependant, dans le cas d'Edyon, elle avait déjà usé des feuilles de thé, des cartes et lu dans les lignes de sa main. Durant des années, Edyon avait entendu son avenir énoncé et répété par le biais de ces instruments, mais lors de leur dernière rencontre, qui remontait à l'automne, à la foire de Gorgant, Mme Eruth lui avait suggéré de tuer un animal et d'apporter ses os pour la prochaine séance.

Et par chance, du moins c'en avait été une pour Edyon, un poulet lui était tombé dans les mains quelques jours plus tôt. Il était parvenu à le tuer, sans pour autant lui rompre le cou correctement. La pauvre créature avait piaillé et battu des ailes frénétiquement jusqu'à ce qu'Edyon lui coupe la tête, tout en s'excusant. Il avait ensuite fait bouillir la carcasse jusqu'à ce que la chair tombe des os, puis avait laissé sécher les os au soleil.

Quant à la viande, il l'avait dispersée dans les bois pour les renards, en comptant sur cette offrande à la nature pour favoriser la prédiction. Il ne croyait pas vraiment au pouvoir de la nature et passait la moitié du temps à se dire que Mme Eruth était un escroc et pourtant, il revenait toujours la voir. Il y avait quelque chose dans cette tente, dans sa présence, qui n'avait rien à voir avec les livres et la logique, quelque chose de plus profond sur lequel il comptait désespérément.

Mme Eruth se pencha en avant et une main fripée sortit des châles pour examiner les os de poulet.

— Déplace la table. Jette les os au sol, ordonna-t-elle.

Sa main était déjà retournée derrière ses foulards, et avec elle, le kroner d'Edyon.

Edyon poussa la table sur un côté et Mme Eruth écarta les jambes. Les étoffes qui l'entouraient s'entrouvrirent et Edyon aperçut l'intérieur de sa cuisse, pâle, veinée de bleu et glabre comme de la peau de poulet. Il ramassa les os et les secoua dans ses mains en creux. Il sentit leur légèreté, leur bruit doux tandis qu'ils s'entrechoquaient. Il pivota les poignets et secoua les os le même nombre de fois, la main gauche au-dessus de la droite, à présent. Tout ce temps, il pensait : *Mon avenir… mon avenir…*

— Tu n'as pas besoin de penser à quoi que ce soit, intervint Mme Eruth. D'ailleurs, il vaut mieux ne pas penser.

Edyon continua à secouer les os. Mme Eruth commençait à ressembler à sa mère, à lui donner toutes ces consignes. Et il n'avait vraiment pas envie de penser à sa mère, mais à l'avenir. À *son* avenir. Pas aux plans que sa mère avait pour lui. Ni à ses études ratées – elles n'étaient d'ailleurs pas tant ratées qu'inexistantes, l'université ne l'ayant jamais admis entre ses murs. Ni aux amis, qu'il n'avait pas. Ni à la rebuffade de Xavier de Ruen, qu'il avait rencontré à la foire d'hiver et qu'il avait courtisé avec toute la délicatesse et la poésie d'un amant transi avant d'être éconduit au printemps en se faisant traiter en public de « misérable bâtard ». Toutes ces choses que Mme Eruth avait, d'une façon ou d'une autre, prédites, même si, en vérité, n'importe qui avec deux sous de jugeote aurait pu en faire autant. Hormis sa mère, qui persistait à dire qu'il était suffisamment doué pour faire ce qu'il voulait, ou plutôt, ce qu'*elle* voulait pour lui. Mais elle avait beau avoir assez d'argent pour lui payer les meilleurs précepteurs et lui avoir assez de cervelle pour obtenir les meilleures notes, sa mère avait oublié d'épouser le père d'Edyon. Et ni l'argent ni l'éloquence n'y changeaient rien : être issu d'une union illégitime interdisait l'accès à l'université. Il pourrait bien trouver un poste de clerc auprès d'un avocat, à trimer pour quelqu'un qui lui était intellectuellement inférieur, il ne serait jamais qu'un laquais, tout juste bon à écrire ce qu'on lui dicterait et à s'occuper des corvées...

— Tu dois néanmoins jeter les os, rappela Mme Eruth.

Il les secoua dans un dernier geste avant de s'exécuter.

Edyon patienta. Il savait qu'il ne fallait pas poser de questions. Mais après un long silence, il leva les yeux pour chercher ceux de la diseuse de bonne aventure.

Paupières fermées, elle pointa Edyon du doigt.

— Tu n'es pas honnête, mais les os disent vrai. Ils ne mentent pas, ils ne volent pas.

Edyon serra la mâchoire. S'il avait voulu un nouveau sermon, il serait resté déjeuner avec sa mère.

Il contempla les os, en priant de toutes ses forces pour qu'ils révèlent quelque chose de différent, d'encourageant.

Mme Eruth passa une main au-dessus des ossements en disant :

— Parlez-moi. Racontez-moi. Montrez-moi.

Edyon répéta mentalement : *Racontez-moi, montrez-moi.*

La voyante devint immobile et rouvrit les yeux. Elle indiqua un os de son doigt crochu.

— Ton avenir... est à la croisée des chemins. Tu dois faire un choix. Et le vol n'est pas toujours le plus mauvais, ricana-t-elle.

Elle dévisagea Edyon avant d'ajouter :

— Mais tu dois te montrer honnête.

Edyon acquiesça avec empressement, pressentant qu'il avait de nouveau gaspillé son argent. Cette prédiction était encore plus vague que d'habitude. Et qui, dans tout ce pays, pouvait se prétendre honnête ?

— Avec la nouvelle lune, un nouvel homme va entrer dans ta vie.

Edyon s'y attendait. Il y avait toujours un nouvel homme qui entrait dans sa vie.

— Un étranger. Magnifique.

Les nouveaux hommes de Mme Eruth étaient immanquablement magnifiques, mais pas forcément étrangers. En tous les cas, la révélation n'avait rien de fracassant.

Elle reporta son attention sur les os et se pencha en avant comme pour les renifler. Elle ferma les yeux, sa tête dessinant des cercles au-dessus des ossements. Un tour, puis un autre… et elle se redressa en frissonnant.

— Je n'ai jamais vu une chose pareille. As-tu tué la volaille toi-même ? Tu ne l'as pas trouvée déjà morte quelque part ?

— C'est bien moi qui l'ai tuée. Et qui ai préparé ses os.

— Tu ne mens pas ?

— Jamais je ne vous mentirais.

Mme Eruth fronça les sourcils, mais reprit son étude des os.

Après un long silence, elle regarda Edyon et dit :

— Une nouvelle influence plane sur toi. Une que je n'avais jamais sentie jusque-là.

Edyon ne put s'empêcher de demander :

— Une bonne influence ?

— Sa présence change tout.

Et instinctivement, Edyon sut ce qu'elle allait ajouter.

— Ton père.

La vieille femme lui avait toujours dit qu'elle ne pouvait sentir que la présence de sa mère et jamais celle de son père.

— La présence de mon père ? Est-il… ? Vais-je le rencontrer ?

Mme Eruth garda le silence.

— Et donc… cette influence ? Veut-il m'aider ? À entrer à l'université ?

— Il n'y aura pas d'université.

— Alors quoi ?

La voyante se détourna de lui et repassa les mains au-dessus des os, avant qu'un spasme de peur ne traverse son visage ridé.

— L'étranger souffre. Je ne parviens pas à savoir s'il va vivre ou mourir.

Elle fronça les sourcils, comme si Edyon était fautif.

— Tu pourrais l'aider. Mais prends garde : il ment, lui aussi.

Elle indiqua l'os de vœu.

— Voici l'embranchement. Ton avenir se décide ici. C'est là que tu devras choisir un chemin. Un voyage t'attend, un voyage périlleux vers une contrée lointaine et riche ou… – elle pointa du doigt un pilon fracturé – vers la souffrance, la douleur et la mort.

Edyon se sentit obligé de demander :

— Ma mort ?

Elle secoua la tête.

— Je ne vois plus que la mort tout autour de toi.

MARCH

Dornan, Pitorie

Lord Regan avait emprunté la route en direction de Dornan, au nord-est, s'arrêtant en chemin dans de petites auberges. March et Holywell avaient suivi sa trace sans difficulté. Il leur avait suffi de s'enquérir de la présence d'un seigneur étranger et Holywell avait une réponse toute faite lorsqu'on leur demandait la raison de leur intérêt pour Regan : « C'est une connaissance. Le genre qui nous doit de l'argent. »

March était étonné de voir à quelle vitesse les gens se rangeaient alors de leur côté. Holywell avait ri et ajouté : « Regan a l'air riche. Les gens se méfient des riches ; ils sont prêts à croire le pire à leur sujet et espèrent toujours qu'ils se prendront une bonne dérouillée tôt ou tard, qu'ils l'aient méritée ou non. »

Le trajet jusqu'à Dornan avait duré cinq jours pour Regan ; March et Holywell l'avaient accompli en deux fois moins de temps. Il ne semblait donc pas pressé outre mesure de délivrer le sceau du prince. La Pitorie était plus verte et plus froide que le Calidor, mais également plus vaste. Les routes paraissaient plus larges, les rivières plus profondes, les villes plus étendues et plus prospères. Holywell avait beau dire que les gens avaient une dent contre les riches, tout le monde ici semblait plutôt bien nourri et heureux de vivre.

Ils arrivèrent à Dornan en début de soirée. March avait trouvé Westmouth bourdonnante de monde, mais pas plus que Calia un jour de marché. En revanche, les rues de Dornan étaient si encombrées d'étals qu'il était difficile de se déplacer. La foule bigarrée était émaillée d'hommes aux cheveux teints, pour certains en rouge (les hommes du prévôt) et pour la majorité en turquoise, signifiant leur allégeance au seigneur local.

On orienta March et Holywell vers un champ qui servait d'écurie temporaire où les frais de pension dépassaient de loin ce qu'ils avaient payé pour une nuit dans une auberge. Ils n'avaient cependant guère d'autre choix et leur voyage avait pris fin. Ils ne tarderaient pas à trouver Regan. Holywell demanda l'adresse de la meilleure auberge de la ville et, une fois rendus, March se mit à écouter les conversations pour pratiquer son pitorien.

Pendant ce temps, Holywell s'enquérait de son « ami » venu du Calidor et qui était arrivé le matin même.

— Vous êtes du Calidor aussi ? demanda l'aubergiste en le fixant droit dans les yeux avant de dévisager March.

— Tout à fait, répondit Holywell avant d'ajouter : Mais notre ami a les yeux marron.

— Ils peuvent bien être rouges ou verts, il n'est pas ici. On est complets depuis une semaine. On est même plus que complets, y en a qui logent à quatre ou cinq par chambre. Et j'pense pas que ça soit différent dans les autres auberges.

Holywell entreprit de vérifier par lui-même dans l'hôtel voisin. Mais après deux établissements, il ne put que constater que toutes les auberges étaient pleines et que tout riche et noble que soit Regan, il n'y avait plus une seule chambre de libre dans toute la ville. On leur apprit qu'il y avait toujours des lits disponibles chez l'habitant ou des tentes à louer aux abords de la ville.

— Difficile de le retrouver s'il loge chez quelqu'un, dit Holywell.

— Jamais il ne ferait ça, répliqua March. Le grand seigneur Regan, dormant sous le même toit qu'un gueux ? Impossible. Nous devrions aller voir les tentes.

Les tentes étaient de larges dortoirs de toile meublés de lits de camp étroits alignés en rangées. Chaque lit était isolé des autres par un rideau et doté d'un lourd coffre en métal pour y ranger vêtements et biens.

Holywell jeta un coup d'œil peu convaincu.

— De bien piètres quartiers pour un seigneur.

March secoua la tête.

— Regan est un soldat. Il s'imaginera être de retour en campagne. Regarde, là-bas !

March avait repéré Regan sortant de l'un des compartiments au fond de la grande tente. Il baissa la tête et se retourna aussi naturellement que possible pour éviter de croiser son regard. Regan ne reconnaîtrait peut-être pas immédiatement les traits de March, mais ses yeux étaient bien trop singuliers. Il passa devant eux sans un regard et Holywell et March se mirent à le suivre à travers la foule.

Regan faisait le tour de la foire, comme s'il faisait des repérages. Il déjeuna sous une tente, mais sans rencontrer personne, et ne semblait pas pressé de trouver son homme. Lorsque le jour se mit à décliner, il retourna dans son dortoir. Holywell prit un lit sous la même tente, mais March ne voulait pas prendre le risque d'être reconnu.

— Je trouverai un autre endroit, dit-il à Holywell.

— Ne t'éloigne pas. Notre homme pourrait bien être matinal. Si le fils du prince est ici, nous devons être prêts à agir rapidement. Nous ne pouvons pas le laisser rejoindre Regan.

— Compris.

March sentit qu'il devait s'affirmer davantage et ajouta :

— Je ferai ce qu'il faudra.

— Et s'il faut se débarrasser de quelqu'un pour cela ? Comme Regan, par exemple ? Ta conscience ne va pas se réveiller subitement et t'en empêcher ?

March sentit son estomac se nouer. Il savait à moitié que cela faisait partie du plan de Holywell. Regan n'était peut-être pas enthousiasmé par la tâche qui lui avait été confiée, mais il s'en acquitterait et tuerait quiconque se mettrait en travers de son chemin. C'était un seigneur du Calidor, un ami du prince Thelonius et un soldat émérite. Ce serait un adversaire de taille, et Holywell et March devraient avoir recours à la force pour l'écarter.

— Regan a soutenu le prince lorsque Thelonius a sacrifié l'Abask et que notre peuple a été exterminé. J'ai la conscience en paix. Elle me dit même : « Pourquoi as-tu attendu si longtemps pour obtenir ta revanche ? »

Holywell sourit.

— Tu auras ta revanche, mon frère.

March quitta Holywell et déambula dans la foire en sentant l'excitation monter en lui. Il allait enfin *faire* quelque chose, il allait passer à l'action après toute cette attente. Holywell tuerait Regan, et lui, March, l'assisterait. Et ce n'était que justice. Il était un guerrier, un Abask. Ne se devait-il pas de punir ceux qui avaient trahi les siens ? Regan ne méritait aucune clémence de sa part. Il avait mené une existence privilégiée. Julien, le grand frère de March, n'avait pas eu cette chance.

Il observa les autres hommes autour de lui converser et rire. Holywell était son ami désormais, son unique ami. Se rappeler que Thelonius et Regan étaient proches aidait. La mort de Regan peinerait le prince. Entre cette disparition et la perte de son fils, ce serait le coup de grâce. March s'efforça de se rappeler ses amis d'enfance en Abask. Il était de plus en plus difficile de se souvenir des visages, mais il énuméra leurs noms : Delit, Hedg, Anara, Amark, Granus, Tarin, Wanar. Tous morts. Pour eux et pour tous les Abasks, Regan allait payer.

March jeta un œil aux tourtes appétissantes, aux viandes séchées et aux fromages sur les étals, mais il n'avait pas faim. Il observa les marcheurs sur échasses et les acrobates et s'engouffra dans une tente réservée aux danseurs, sans rien trouver pour le distraire réellement de ses pensées, jusqu'à ce qu'il passe devant une tente de barbier. Là, un groupe d'hommes se faisait teindre les cheveux en rouge écarlate. Il s'arrêta pour se faire coiffer à la pitorienne : les cheveux longs sur le haut du crâne et rasés à la base du cou. Il pourrait davantage se fondre dans la masse. Puis il gagna les bois au nord de la foire et déroula son sac de couchage. Une fois allongé, il repensa à son frère, à sa famille et à tous ses amis abasks. *Tout va bien. Je fais ça pour eux*, se répéta-t-il.

Pourtant, il mit du temps avant de trouver le sommeil.

March se réveilla à l'aube et se rendit directement à la tente-dortoir, en se postant à bonne distance de l'entrée. Quand Holywell en sortit, il alla droit vers March et lui ôta sa capuche. March s'attendait à ce qu'il lui rie au nez, mais Holywell le complimenta :

— Tu fais presque pitorien comme ça.

Ils achetèrent deux portions de porridge et avalèrent leur petit déjeuner tandis que le reste de la foire s'éveillait lentement.

— Que fait-on ? demanda March.

— On garde un œil sur Regan pour voir où il va.

Holywell esquissa un sourire.

— Et d'ailleurs, le voilà. Il est temps de s'amuser.

Regan sortit de la tente, dépassa les étals de nourriture sans un regard et marcha d'un pas pressant en direction d'une partie de la foire que March n'avait pas encore visitée. L'ambiance y était différente, les tentes plus grandes et plus jolies, colorées et ornées d'oriflammes. Certaines arboraient même des dorures ou des cristaux décoratifs. Des carillons suspendus tintaient au gré du vent et des hommes armés montaient la garde. La clientèle était différente, elle aussi ; plus âgée et clairement plus riche. L'endroit était nettement moins peuplé, ce qui compliquait la tâche de March et Holywell. Ils gardèrent leurs distances et observèrent de loin Regan s'accouder au comptoir d'un petit étal de restauration. Il y mangea une tourte puis resta là sans faire mine de vouloir s'éloigner.

— Est-ce qu'il attend quelqu'un ? demanda March.

Holywell fit non de la tête.

— Il guette cette tente, là-bas, celle avec les fanions rouge et or. Et si tu allais te renseigner pour savoir qui en est le propriétaire ?

March alla jusqu'à un autre étal et acheta à son tour une tourte.

— Bonjour, monsieur.

Le vendeur le dévisagea.

— Vous êtes originaire d'Abask, non ? Avec des yeux pareils.

March acquiesça.

— Cela faisait des années que je n'avais pas vu des yeux comme ça. Et laissez-moi deviner : c'est votre première fois à la foire de Dornan ?

— Oui, et c'est incroyable. Pardonnez mon pitorien, j'ai encore des progrès à faire. Je regardais la tente en face. C'est la plus belle que j'aie jamais vue !

— Impressionnante, hein ? Et elle appartient à une femme, en plus.

— Une femme ? Qui donc ?

— Une marchande. Mais trop vieille pour vous, mon jeune ami.

— Oh, on ne sait jamais !

— Bah, Erin a la réputation de ne faire qu'une bouchée de ses hommes et de les jeter aussitôt après.

Le vendeur détailla March de la tête aux pieds.

— Vous ne tiendriez pas une journée !

March répondit par un rire, sans être certain d'avoir parfaitement compris ce qu'on venait de lui dire.

— Que vend-elle ?

— Des meubles. De très beaux meubles, de l'artisanat du Sud. Elle va là-bas pour acheter, elle revient ici pour vendre.

— Elle fait ça toute seule ? Elle n'a pas de mari ?

— Elle a un fils, mais c'est un bon à rien. Pourri gâté. Un mou du genou. Il veut devenir avocat, mais personne ne veut de lui.

— Il n'est pas malin ?

— Oh que si. Mais il est né du mauvais côté du lit.

— Ah, vous voulez dire que c'est un bâtard ? Sa mère n'a jamais épousé son père ?

— C'est précisément ce que je dis, monsieur. Quel dommage pour ce pauvre Edyon : il n'aura jamais d'avenir.

— Son père ne veut pas l'aider ? Vous savez qui c'est ?

L'homme haussa les épaules.

— Tout ce que je peux vous dire, c'est que ce n'est pas moi.

March venait tout juste de retourner auprès de Holywell lorsqu'un jeune homme bien apprêté sortit de la tente rouge et or. Ses cheveux châtain clair se soulevèrent sous l'effet d'une bourrasque et il les recoiffa derrière ses oreilles.

March dut réprimer un rire.

— C'est lui, souffla-t-il à Holywell. On dirait une version rajeunie du prince. Même chevelure, même stature. Thelonius devait ressembler à ça il y a vingt ans. Il a le bon âge et le type derrière l'étal me disait que c'était un bâtard.

Holywell se tourna vers Regan, qui ne quittait pas Edyon des yeux.

— On dirait que Regan est du même avis que toi.

Et en effet, le seigneur s'était mis à suivre le jeune homme à travers la foire.

— Viens, ordonna Holywell prestement. On ne doit pas leur laisser le temps de se parler.

Ils se hâtèrent de traverser l'étendue de tentes en fermant la marche derrière Regan, mais le Calidorien ne semblait pas pressé d'aborder le jeune homme et continuait de se tenir à distance. Edyon finit par s'engouffrer sous la tente d'une diseuse de bonne aventure. Regan s'arrêta un moment avant de rebrousser chemin.

Holywell fit volte-face et dit :

— Je vais suivre Regan. Toi, reste avec le jeune prince.

— Quoi ? Pourquoi ?

— Je dois savoir ce que mijote Regan. Peut-être a-t-il des amis ici. Des amis qui pourraient nous poser problème par la suite.

Son regard scintilla.

— Nous avons trouvé notre proie, petit frère. Assurons-nous de ne pas la perdre.

EDYON

Dornan, Pitorie

EDYON MARCHAIT D'UN PAS LOURD sur l'herbe piétinée qui bordait la tente de sa mère. Il revenait de chez Mme Eruth, à qui il voulait réclamer davantage d'explications sur les funestes prédictions de la veille, mais on lui avait refusé l'entrée.

— Elle ne vous verra plus. Elle dit que la mort vous entoure. Elle ne veut pas vous recevoir, avait décrété son assistante.

— Balivernes, avait marmonné Edyon en s'éloignant.

Il ruminait de nouveau.

— C'est elle la voleuse, pas moi. À prendre l'argent des honnêtes gens et à leur faire peur ensuite. À raconter des histoires et puis à refuser d'expliquer ce qu'elles signifient.

Il s'arrêta un instant.

— C'est un escroc. Une menteuse.

Un marchand qui passait par là haussa les épaules.

— Eh bien c'est une femme, quoi, mon vieux.

Edyon ne releva pas et reprit sa marche.

— Je devrais insister pour me faire rembourser et qu'elle aille au diable avec ses bobards. « Je sens la présence de ton père et la mort t'entoure. » Mon œil.

Il s'arrêta une nouvelle fois, prêt à faire demi-tour pour rebrousser chemin quand quelque chose attira son regard. Sur sa droite se trouvaient les caravanes employées par les marchands pour transporter leurs biens.

Edyon sentit un sourire se dessiner au coin de ses lèvres.

La caravane la plus proche appartenait à Stone, un marchand et rival de sa mère. Comme tous les vendeurs itinérants, Stone voyageait de ville en ville à bord d'une luxueuse caravane, richement décorée, tout en soie et en coussins.

Mais sa marchandise – œuvres d'art, tapis précieux et bibelots – était entreposée dans de grosses roulottes de transport. Et ces chariots étaient gardés en permanence. En réalité, toutes les caravanes, du simple chariot de cantine aux appartements mobiles de luxe, étaient sous bonne garde car les foires regorgeaient d'opportunistes prêts à dérober nourriture, casseroles ou tonnelets de bière.

Edyon ne le savait que trop bien puisqu'il lui était arrivé de voler toutes ces choses-là.

La caravane personnelle de Stone était de facture classique ; les panneaux de bois sur les côtés pouvaient être dépliés pour y faire entrer des objets encombrants. À l'arrière, on trouvait une petite porte en bois fermée à clé en permanence. Sauf en ce moment précis. La porte n'était même pas refermée correctement. Edyon pouvait presque voir à l'intérieur de la roulotte. On y apercevait un bout de tapis rouge sombre, soyeux et laineux, d'une douceur presque outrancière, caractéristique des tissus de pays lointains.

« Tu dois faire un choix. Et le vol n'est pas toujours le plus mauvais… »

Laisser une caravane ouverte sans surveillance était une faute immense. Mais peut-être qu'un garde se trouvait à l'intérieur. Edyon fronça les sourcils. Il lui fallait en avoir le cœur net. Il s'avança vers le chariot d'un air innocent, jeta un œil et découvrit qu'il n'y avait personne. Sans même y réfléchir à deux fois, il entra avant de refermer la porte derrière lui.

C'était aussi simple que cela.

Il faisait chaud et sombre à l'intérieur. Le toit était formé de lattes entrecroisées recouvertes par une épaisse toile tendue, de sorte que la lumière du soleil projetait des ombres en croisillon dans toute la pièce. Le brouhaha de la foire était étouffé et semblait provenir d'un autre monde. Edyon profita un instant de cette étrange quiétude, entouré qu'il était de possibilités. Puis il se mit à fureter. Il ne savait pas exactement ce qu'il cherchait, mais il le saurait en tombant dessus.

Il se montrait méthodique, rapide et précautionneux. Il avait passé toute sa vie entouré d'objets de ce type et pouvait déballer et remballer une statuette en un rien de temps. Il savait juger de la valeur d'une pièce d'un seul coup d'œil, mais ce n'était pas ce qui l'intéressait actuellement. Lorsqu'il dénicherait la perle rare, il lui serait impossible de la remettre en place. Ce serait quelque chose dont il aurait désespérément envie, quelque chose qu'il ne *pourrait* pas laisser derrière lui, même si le désir ne durait jamais bien longtemps. Après quelques jours, il s'en lasserait, comme d'habitude. La chose perdrait tout son attrait et finirait par le dégoûter, voire le dégoûter de lui-même. Il se débarrassait toujours de l'objet de ses larcins, soit en offrant son butin à d'autres, soit en l'abandonnant dans des ruelles. Il n'avait revendu que deux fois ce qu'il avait volé, ce qui l'avait rendu malade, et donner l'argent de son recel à un mendiant n'avait pas suffi à apaiser son malaise. Étrange, lui qui n'avait jamais peur lorsqu'il volait, mais ressentait plutôt une sorte d'exaltation. Pourtant, il n'agissait pas seulement pour le frisson ; il s'en sentait tout simplement obligé. Certains étaient possédés par la boisson, d'autres couraient après les femmes. Lui volait.

Il avait fouillé la moitié de la caravane, à ouvrir et refermer des caisses, lorsqu'il mit la main dessus.

Un petit bateau en argent.

Il reposait dans le plat de sa main comme s'il était sur le point de prendre la mer. La voile était une fine feuille d'argent et la trappe de cale s'ouvrait sur… rien, en vérité, mais peut-être que cet emplacement était destiné à accueillir des pièces ou une petite bougie. Les flancs et la poupe étaient ajourés de minuscules sabords qui laissaient passer la lumière. C'était de la belle ouvrage, mais rien de plus qu'un bibelot sans valeur, pourtant Edyon en tomba instantanément amoureux. Il embrassa la proue et murmura :

— Tu es à moi.

— Et moi, je te tiens, mon gars.

Edyon fit volte-face pour se retrouver nez à nez avec un garde taillé comme une armoire à glace. Un autre, encore plus gros et patibulaire, se dressait dans l'encadrement de la porte.

Edyon se figea. Le bateau flottait dans sa paume, la poupe en direction de la sortie et des gardes. S'enfuir en courant paraissait être une mauvaise idée, mais les bonnes options n'étaient pas légion.

— Aucun de vous deux n'est étranger, messieurs, par hasard ?

— De quoi ?

— Quel soulagement.

Edyon devait trouver un prétexte au plus vite et enchaîna :

— Je suis à la recherche de Stone. J'ai cru le voir entrer ici.

— Foutreries.

— Nous nous connaissons, lui et moi.

— Ah oui, et c'est quoi que tu tiens dans ta main, au juste ?

Edyon écarquilla les yeux avec une innocence parfaitement feinte.

— Ça ? Oh, cette charmante babiole était tombée de son rangement. Je la remettais à sa place. Tout à fait exquise, d'ailleurs. D'origine abask à en juger par le style. Sans doute vieille de cinquante ans.

— Encore des foutreries.

— Plus vieux encore, vous pensez ? Ou alors originaire de Savaant ?

Edyon étudia le bateau avec attention.

— Vous avez peut-être bien raison.

Il s'avança et le tendit au premier garde avec nonchalance.

— Bon, eh bien puisque Stone n'est pas ici, je ne vais pas m'attarder davantage.

Le garde l'empoigna par le revers de la veste, écrasant le petit vaisseau argenté contre sa poitrine.

— Tu vas aller voir M. Stone tout de suite.

Et il jeta Edyon hors de la caravane.

Le jeune homme atterrit face contre l'herbe, la bouche pleine de boue.

— Debout.

L'ordre était inutile comme le deuxième garde le hissait déjà sur ses pieds. La foule observait la scène tandis qu'on traînait Edyon. Un garçon le pointa du doigt en riant. Edyon parvint à retrouver l'équilibre et se mit à marcher de lui-même. Il ôta la boue sur ses lèvres en crachant et constata avec soulagement que sa mâchoire n'était pas cassée.

Ils parvinrent à la tente de Stone et Edyon reçut l'ordre d'essuyer ses bottes avant d'entrer. Même s'il regrettait d'avoir fait le choix du vol et qu'il lui semblait assez probable que la fortune ne lui sourirait pas de sitôt, devoir s'essuyer les pieds ne lui apparaissait pas comme un préambule à une quelconque forme de torture, tabassage ou mise à mort. Aussi s'exécuta-t-il avec entrain. À peine avait-il terminé qu'on le poussa rudement à l'intérieur avant de le mettre à genoux.

Stone, cet imbécile au visage bouffi, se tenait assis sur une chaise pliante finement ouvragée en velours et acajou.

Edyon savait que le silence était souvent plus efficace que n'importe quel discours.

Le vaisseau d'argent, déformé après avoir été écrasé contre le torse d'Edyon, se trouvait entre les gros doigts boudinés de Stone.

— Edyon, Edyon, Edyon.

Il valait mieux continuer à garder le silence. Attendre l'accusation.

— Que va dire ta mère ?

— À quel sujet ?

— Te voilà de nouveau en train de chaparder.

— *Chaparder* ? Non, j'ai bien peur que vos hommes ne vous aient induit en erreur. C'est un simple malentendu. J'ai cru voir quelqu'un entrer dans votre caravane. La porte était ouverte, aucun garde n'était visible – grossier abandon de poste – et je suis entré à mon tour, pour enquêter. Il n'y avait personne, mais j'ai remarqué que ce charmant bibelot argenté était tombé de son emballage.

Stone poussa un soupir bruyant.

— Je t'en prie Edyon, arrête. C'est gênant.

— Je crains de ne pas vous comprendre.

— Comme je le disais, que va penser ta mère ?

— Elle comprendra que je cherchais simplement à rendre service.

— Tu cherchais à me soulager de mes biens, plutôt, non ?

Stone fronça les sourcils.

— Et en plus de voler, tu mens. Ce n'est pas bien, Edyon.

— Votre porte était ouverte. Vos gardes, partis. N'importe qui aurait pu entrer dans cette roulotte. Heureusement, ce n'était que moi, Edyon. Et j'ai ramassé ce petit bateau pour éviter qu'il ne soit piétiné.

Stone reposa l'objet de décoration sur une table à côté de lui. Il tomba par terre.

— S'il se trouve ainsi abîmé, c'est imputable aux manières brutales de vos gardes. Mon visage et ma mâchoire ne sont pas en reste. Tout ça, sans raison.

— Aujourd'hui, c'est un bateau en argent. Le mois dernier, une bague en or. Le mois d'avant, un cadre, et encore avant, un tapis de prière illastien. Autant d'objets qui manquent à mon inventaire. C'était toi à chaque fois, Edyon, pas vrai ?

— Non ! Absolument pas !

Mais pour être tout à fait honnête, Edyon n'en était pas certain. Il ne se souvenait pas avoir subtilisé de cadre. Certes, l'anneau en or, c'était bien lui, mais quant au tapis de prière… À moins que…

— Le prochain type à qui tu feras les poches ne sera pas aussi clément que moi, Edyon.

Clément ? Edyon releva la tête, un sourire d'espoir au coin des lèvres.

Stone poussa un nouveau soupir.

— Je ne dirai rien à ta mère. Tu sais que j'aime beaucoup Erin. Vraiment.

Edyon hocha la tête et attendit.

— Je ne lui dirai rien car c'est *toi* qui vas le faire. Va avouer à ta mère que tu m'as volé. Voilà ta punition.

Edyon n'arrivait pas à croire qu'il s'en tirait à si bon compte. Il devait certainement y avoir un piège.

— Mais bien sûr, je lui dirai exactement ce qui s'est passé aujourd'hui.

— Oh, et tu ferais bien de lui signaler que le coût total de tes larcins s'élève à cinquante kroners. Je te fais grâce des intérêts et je tiens à préciser que l'estimation du prix de la bague est sans doute en deçà de sa valeur réelle. Tu lui demanderas de me payer avant la fin de la foire, sans quoi je t'infligerai de nouveau – mais en pire – ce que tu es sur le point de subir.

— Comment ?

Stone fit un geste de tête à l'intention des gardes.

— Rien de permanent. Pour cette fois.

— Stone !

— Sortez-le d'ici.

Edyon se redressa, pivota et plongea pour esquiver le garde qui voulait lui asséner un coup de maillet. Il s'en fallut de peu : Edyon sentit l'arme siffler contre sa joue. Il se précipita vers Stone, pensant se servir de sa table comme d'un bouclier. Mais il était déjà trop tard ; les gardes étaient sur lui et il eut beau se recroqueviller pour se protéger, il ne réussit qu'à être frappé à la mâchoire et non à l'œil.

Le goût du sang emplit sa bouche et il sentit vaguement qu'on le traînait hors de la tente. Le champ de caravanes disparut bien vite, remplacé par les bois, puis par le sol dur sur lequel on le projeta. Un coup de bottes à l'entrejambe et il se plia en deux. Les hommes de main rirent grassement.

Edyon cracha du sang. Valait-il mieux les maudire ou se taire ? Peu importe, il était incapable de prononcer le moindre mot, trop accaparé par la douleur dans son bas-ventre. Il reçut un coup de pied dans le dos et d'autres dans l'estomac, sur le bras et dans l'épaule.

Edyon attendit le coup suivant, mais rien ne vint.

Il pouvait toujours entendre les gardes, qui n'étaient pas encore partis, mais au moins la correction avait pris fin. Il sentait que l'une de ses dents était sur le point de se détacher, mais il avait vu pire. Ses bijoux de famille étaient intacts. S'ils en restaient là, il s'en sortirait.

— Ohé, mon gars. On a quelque chose pour toi.

Il releva la tête. Les hommes avaient ouvert leur braguette et se mirent à rire tandis qu'ils lui pissaient dessus.

MARCH

Dornan, Pitorie

MARCH SUIVIT LE BÂTARD DU PRINCE de la tente de la diseuse de bonne aventure jusqu'à un champ occupé par des rangées de caravanes en bois. Le jeune homme grimpa à l'arrière de l'une d'entre elles et March était sur le point de s'approcher lorsque deux brutes épaisses lui damèrent le pion. Ils entrèrent à leur tour, sortirent le jeune homme sans ménagement et le jetèrent au sol avant de le traîner jusqu'à une grande tente voisine de celle de sa mère. March se retrouva à une vingtaine de pas de Holywell, qui montait toujours la garde.

— Il va falloir agir bientôt, dit ce dernier. Regan se trouve à l'intérieur avec la mère.

— Elle s'appelle Erin. Et le fils, Edyon.

— Eh bien avec cette visite de Regan, je pense que nous connaissons aussi le nom du père désormais. Et en ce moment même, Regan doit être en train de lui dire qu'il est censé ramener le rejeton auprès de Thelonius.

— Alors que fait-on ?

— On parle à Edyon pour l'embobiner avant que Regan n'ait la chance de lui raconter sa version des faits.

— Et quelle est notre version à nous ?

— Que c'est nous qui avons été dépêchés par le prince Thelonius pour retrouver son fils. Que nous le ramènerons auprès de son père pour une heureuse réunion au Calidor. Et qu'il devrait nous suivre sur-le-champ.

— Et où l'emmène-t-on ?

— Dans le Nord, par la terre, vers le Brégant.

— Ce n'est pas vraiment le chemin le plus direct pour le Calidor.

— Certes. Mais nous lui ferons croire qu'un navire nous attend à Rossarbe. Une fois là-bas, nous le ferons prisonnier, mais plus nous ferons de chemin sans avoir à le ligoter, plus facile ce sera.

— Nous parviendrons peut-être à convaincre Edyon, mais qu'en est-il de sa mère ? Et si Regan se trouvait ici avec Thelonius il y a dix-huit ans ? Si elle le connaît, c'est lui qu'elle croira, pas nous.

— C'est pour cela que nous devons garder Edyon éloigné de sa mère et de Regan. C'est ton boulot, March. En es-tu capable ?

— Oui, répondit March, même s'il ignorait comment s'y prendre.

— Et il nous faut nous débarrasser de Regan et lui soutirer le sceau du prince. Avec ça, Edyon sera persuadé que nous sommes ses émissaires. Oh merde.

Holywell fit un geste du menton en direction des tentes. Edyon était traîné par deux gardes.

— Ils feraient mieux de ne pas le tuer ou tout le monde va se retrouver perdant, maugréa Holywell. Suis-les, je surveille Regan.

Les gardes emportèrent Edyon dans les bois adjacents aux tentes et March leur emboîta le pas d'un air détaché. Il paraissait peu probable qu'ils l'amochent sérieusement, étant donné qu'ils n'avaient pas cherché à se cacher en l'emmenant contre son gré. Une fois seuls, ils laissèrent tomber Edyon comme un sac de sable et entreprirent de le rosser.

March hésitait à intervenir, mais les coups n'étaient pas si terribles et il n'était guère enclin à sauver les fesses d'un fils de prince. Aussi observa-t-il les hommes de main maudire Edyon, le traiter de voleur, de bâtard, et Edyon réagir en se roulant en boule, ce qui les agaça prodigieusement. March ne put s'empêcher de sourire en voyant les gardes rigoler et déboutonner leur braguette avant d'uriner sur leur victime. Quand ils eurent terminé, ils firent demi-tour et retournèrent à la foire.

March attendit qu'ils soient hors de vue et s'assura qu'il n'y avait personne aux alentours. Les bois étaient déserts. Il se dirigea vers Edyon, qui ne bougea pas. Sa veste était maculée d'un peu de sang et imbibée de pisse. Malgré son visage crotté par la boue, la ressemblance avec son père était saisissante : les mêmes cheveux châtain clair, la même bouche, et la même mâchoire affirmée. Ils partageaient également leur stature, même si Edyon était dépourvu du moindre muscle. Il était grand, et ses mains, comme celles du prince, étaient fines et graciles.

Il poussa un gémissement.

— Oh, Dieu merci, tu es vivant ! s'écria March en s'efforçant de paraître soulagé.

Edyon continua de gémir tandis que ses mains allaient de son entrejambe à sa mâchoire. Le sang gouttait de ses lèvres. Ses paupières papillonnèrent. Il avait les yeux marron pâle de son père.

Il finit par arrêter de grogner et se redressa. Le regard de March saisit l'éclat doré de l'épaisse chaîne qu'il portait autour du cou.

— Tiens, bois, dit March en lui tendant sa gourde.

Il se rendit aussitôt compte qu'il servait de nouveau à boire à un prince. Il réprima un frisson et but une gorgée à son tour avant de tendre une nouvelle fois la gourde à Edyon, qui se rinça la bouche et dit :

— Merci.

— Ils t'ont détroussé ?

Edyon lui jeta un regard vide.

— Tes agresseurs, lui dit March. Ils t'ont détroussé ?

— Non, répondit Edyon, mais il tapota néanmoins la poche de sa veste, sans doute pour s'assurer que sa bourse s'y trouvait toujours, ainsi que son torse.

March réprima un sourire ; ce qui pendait à cette chaîne devait lui être particulièrement précieux. Il se nota de le dire à Holywell.

— Alors s'ils n'en avaient pas après ton argent, puis-je te demander – pardon de ne pas très bien parler ta langue – pourquoi ils t'ont frappé et pissé dessus ?

— C'est une vieille coutume pitorienne.

March sourit.

— Tu viens du Calidor ? demanda Edyon en calidorien.

— Qu'est-ce qui te fait dire ça ? répondit March dans la même langue.

— Ton accent.

Edyon regardait à présent March avec attention et écarquilla soudain les yeux.

— « Un nouvel homme va entrer dans ta vie », murmura-t-il. « Un étranger. Magnifique. »

— Comment ?

Est-ce qu'Edyon venait de lui dire qu'il le trouvait magnifique ?

— C'est ce que m'a prédit ma voyante, répondit Edyon. Elle n'a pas parlé d'yeux aussi extraordinaires, ceci dit.

Les yeux, encore et toujours les yeux.

— Je viens d'Abask. C'est une petite région entre le Calidor et le Brégant.

— Je sais. On y fabrique de bons tapis et de l'argenterie de qualité.

— On y fabriquait, le corrigea March.

— Bien sûr. La guerre.

Edyon marqua un temps d'arrêt. March s'attendait à une question particulièrement indélicate, au lieu de quoi le jeune homme lui demanda :

— Tu es là pour vendre des tapis et de l'argenterie ?

Ses yeux étincelaient de malice.

March secoua la tête.

— Je suis ici pour voyager et apprendre.

Edyon voulut sourire, mais sa mâchoire endolorie le fit grimacer.

— De nobles aspirations. Je suis moi-même étudiant. Qu'as-tu appris jusqu'ici ?

— Quel pays agréable que la Pitorie !

— Lorsqu'on ne se fait pas battre à mort.

March ne put s'empêcher de sourire.

— Tu étais bien loin de la mort.

— As-tu déjà vu des gens plus proches de leur dernier instant que ça ?

Edyon désigna son corps en piteux état.

— Oui, mais ils ne sentaient pas aussi mauvais, même une fois morts.

Edyon pouffa et soutint son regard jusqu'à ce que March déglutisse et détourne les yeux. Edyon se leva avec difficulté.

— Là-dessus, nous sommes d'accord, mon ami. Dans l'immédiat, je vais me rendre aux bains publics, mais si tu acceptes de me retrouver ensuite pour un verre, lorsque je sentirai la rose, je pourrai t'offrir à boire et tu me diras ton nom.

March prit subitement conscience qu'il avait oublié qu'il devait tenir Edyon éloigné de Regan. Les bains publics ne présentaient probablement aucun risque, mais s'il se rendait chez lui par la suite, il y avait des chances pour que Regan l'y attende. Il valait mieux le tenir occupé dans une taverne. Il hésita et finit par dire :

— Oui, avec plaisir. Je m'appelle March.

— Edyon, répondit ce dernier avant de s'incliner. En Pitorie, on s'incline lorsque l'on rencontre un gentilhomme. Quelle est la coutume en Abask ?

— Pour les nouvelles connaissances, une révérence, pour les amis, une poignée de main, pour les proches, une embrassade.

— Eh bien il ne m'a pas échappé que tu étais soulagé que nous n'en soyons qu'au stade de la révérence, répliqua Edyon avec un clin d'œil. Et je te prie de ne pas te sentir offensé ni de t'imaginer que je ne veux plus te parler – au contraire, je serais fort fâché si je ne te retrouvais pas tout à l'heure –, mais je dois vraiment me débarrasser de ces frusques puantes.

— Où se retrouve-t-on ?

— Au *Canard*. Le meilleur vin et la meilleure cuisine de la ville. Je viendrai directement depuis les bains.

Edyon se pencha en avant et contempla March dans le blanc des yeux.

— N'es-tu pas las des compliments que l'on doit sans cesse te faire à propos de tes yeux ?

Ne voyant pas bien quoi répondre à cela, March se contenta de hausser les épaules.

Edyon s'éloigna en boitant, mais se retourna une dernière fois.

— J'espère que tu viendras. Je vais me métamorphoser pour toi ! Tu ne me reconnaîtras pas.

— J'y serai, lança March, avant d'ajouter pour lui-même : Et je te reconnaîtrais n'importe où.

Catherine

Brigane, Brégant

Catherine, fille d'Aloysius II du Brégant
et d'Isabella Birkbeck, est née
le samedi 24 mai à 2 heures du matin.
L'enfant était en bonne santé.
La mère était épuisée après l'accouchement,
qui a duré toute la nuit.

Archives de la famille royale

CATHERINE ÉTAIT DANS LA BIBLIOTHÈQUE du château pour faire ses adieux aux livres, ses compagnons les plus fidèles, dont elle se sentait bien plus proche que de la plupart des habitants de Brigane. Elle avait versé toutes les larmes de son corps et proféré tous les jurons possibles en apprenant la mort d'Ambrose. Bien sûr, elle doutait encore que ce soit la vérité, mais elle n'en aurait jamais la certitude et passerait le restant de ses jours à s'interroger. Et le sourire de Noyes lui avait bien fait comprendre qu'il était parfaitement conscient de ce tourment. Elle ne saurait jamais si Ambrose était enterré à la va-vite quelque part ou s'il était parvenu à échapper à ses poursuivants. C'était le pouvoir qu'avait Noyes sur elle, et comme tout pouvoir, il en abusait pour faire souffrir.

Les hommes et le pouvoir. Ils n'en avaient jamais assez et en étaient complètement dépendants. Son addiction à elle, c'était Ambrose et l'amour qu'elle lui portait, toujours présent. Il vivait dans son cœur, dans ses souvenirs, et il y demeurerait à jamais.

Elle passa son doigt sur les lignes qui consignaient sa naissance, des mots aussi vieux qu'elle, et même à travers ce maigre paragraphe, elle pouvait ressentir l'influence du roi.

Il était partout ; elle avait même l'impression qu'il l'épiait en cet instant précis. C'était ridicule, bien sûr, mais elle regarda alentour.

Sa naissance avait probablement dû être le seul moment où il lui avait été permis de faire attendre le roi. Et il n'aurait sans doute pas fait preuve d'autant de patience s'il avait d'emblée su que c'était une fille qui s'apprêtait à entrer dans ce monde.

Les naissances de Boris et de Harold étaient également inscrites dans le registre, avec bien davantage de détails. La joie du roi était même décrite en plusieurs phrases ! Cette différence de traitement était compréhensible : Boris était le premier de la lignée et futur héritier du trône, Harold le deuxième. Catherine était en théorie troisième, mais le roi exécrait tant l'idée qu'une femme puisse gouverner son royaume que sa mère lui avait un jour confié qu'il préférerait probablement voir le Brégant tomber aux mains des fils de son frère haï. Les garçons de Thelonius étaient cependant morts récemment, et leur décès également consigné dans les archives royales, suivi de la remarque que « le Calidor était désormais un peu plus proche de revenir sous l'autorité de son roi légitime, Aloysius ».

Il semblait toujours étrange que l'avenir des nations dépende autant de la santé d'héritiers royaux que de succès militaires. La mort des fils de Thelonius avait prouvé à quelle vitesse la chance pouvait tourner. Après avoir repoussé l'invasion de son frère, Thelonius semblait avoir assuré à tout jamais l'histoire de sa dynastie et pourtant l'avenir du Calidor était désormais des plus incertains. De même qu'un accident pour Boris et une maladie pour Harold suffiraient à faire de Catherine l'héritière des royaumes du Brégant et du Calidor.

Certes, son mariage avec le prince Tzsayn rendait cet héritage peu probable. Une fois mariée, elle ne pourrait plus être considérée comme brégantine. Sa loyauté reviendrait à son époux et à la Pitorie. Il semblait inconcevable que les seigneurs du Brégant ou du Calidor puissent accepter une étrangère pour souveraine. Peut-être était-ce là une raison supplémentaire de l'empressement de son père à la marier, si infimes ses chances de prétendre au trône brégantin soient-elles.

Sa mère lui avait répété à maintes reprises que tout roi qu'il était, son père était avant tout un homme. Il ne comprenait pas les femmes et les considérait comme bien différentes de lui. « Il croit les femmes inférieures, faibles. N'aie jamais l'air stupide – car tu es sa fille, après tout –, mais tu ne dois pas non plus lui donner l'impression d'en savoir plus que lui ou que tes frères. »

Un conseil que Catherine avait négligé lors de sa dernière audience, songea-t-elle à regret, en achevant de feuilleter le registre des archives royales. Ils le lui avaient fait chèrement payer… et pourtant elle avait survécu.

Elle reposa l'ouvrage sur son étagère pour en prendre un autre tout aussi imposant : *Les Comptes de la famille royale*. De nouveau, elle entendit la voix de sa mère dans un coin de sa tête : « C'est l'un des devoirs de la reine que d'être au courant des affaires de la cour. »

Catherine avait toujours trouvé cette comptabilité prodigieusement ennuyeuse, mais une section contenait tous les coûts associés à ses arrangements matrimoniaux. Là, elle pouvait voir en livres, shillings et pence le prix auquel son père l'estimait. Et la somme n'avait rien d'outrancier.

De nombreuses dépenses avaient été inscrites au cours de l'année, que ce soit en visites, en députations ou en présents. Le premier cadeau de son père au prince Tzsayn – « Un étalon, robe noire, quinze mains, quatre ans, excellente allure » – ne lui avait pas coûté grand-chose car il était issu des écuries royales, mais il avait été évalué comme une perte d'une valeur de trente livres. Catherine se demanda si elle aussi, en tant que rejeton de la famille royale, ferait l'objet d'une inscription comptable similaire. « Une fille, chétive, de petite stature, presque dix-sept ans, de nature impétueuse. Perte nette : cinquante livres et dix shillings. »

Mais le cheval n'était qu'une broutille comparé aux dépenses de voyages des émissaires de son père dépêchés en Pitorie pour « apprécier la dignité de l'union potentielle ». Des centaines de livres pour affréter des navires et acheter de luxueux présents à destination de la noblesse pitorienne. Puis les nobles avaient été invités en retour à se rendre au Brégant, et encore une fois, des centaines de livres avaient été dilapidées en boisson, nourriture et divertissement. Son père s'était montré particulièrement mondain et dépensier, compte tenu de la nature alarmante des finances du royaume.

Catherine tourna les pages jusqu'à la section des revenus. La lecture en était sinistre. Les revenus mensuels des impôts, bien que constants, restaient maigres, tandis que les retours des mines d'or étaient presque tombés à zéro. Après que la guerre eut vidé ses coffres, son père avait fait accroître l'activité minière dans le Nord, ce qui avait bien rapporté un revenu supplémentaire pendant un temps, mais les filons étaient épuisés. Pendant ce temps, les dépenses noircissaient des pages et des pages : les gages des employés, les interminables factures de victuailles, des entrées telles que « Linges : 6 pence » ou encore « Deux tonneaux de vin rouge : 5 livres et 7 shillings ».

Catherine referma le livre de comptes en laissant les pages défiler sous ses doigts. Ce faisant, elle saisit une page isolée. Elle se trouvait à la fin, bien après la section sur les coûts du mariage et portait le titre de « Fielding ». Où avait-elle déjà vu ce nom ?

La page ne comportait que trois entrées, la première datée de l'automne dernier :

Wexman – uniformes : 60 livres
Wright – tentes, outils : 32 livres
Southgate – fumée : 200 livres

Catherine resta songeuse. Le coût des uniformes et des tentes n'avait rien d'extraordinaire, mais deux cents livres de fumée représentaient à la fois une somme énorme et une dépense bien curieuse. Pouvait-il s'agir de fumée de démon ?

Lors de ses lectures au sujet de la Pitorie, dans son effort de se préparer au mariage, l'un des livres avait mentionné la fumée de démon, qui était chose rare au Brégant. C'était censé être le sang d'étranges créatures qui vivaient dans le Plateau septentrional de la Pitorie, une terre aride et hostile. À Tornia, la capitale, elle avait lu que l'on trouvait des fumeries clandestines, où les gens allaient inhaler la fumée et dédiaient des jours entiers au « plaisir du souffle démoniaque ». Mais elle avait du mal à concevoir que son père puisse avoir envie de fumée. Il détestait jusqu'au vin et à la bière, qu'il accusait de rendre les hommes faibles et stupides. Elle ne s'imaginait pas qu'il puisse faire preuve d'indulgence envers la fumée. Et combien de fumée obtenait-on pour deux cents livres ? C'était un montant colossal. Cela ne pouvait pas être vraiment le sang de créatures magiques.

Tout d'un coup, le souvenir lui revint. Fielding était l'endroit où sir Oswald Pence avait été tué et lady Anne capturée. Elle l'avait découvert en lisant le compte rendu de l'arrestation, lorsqu'elle avait voulu se renseigner sur l'exécution. Ainsi lady Anne et sir Oswald s'étaient rendus là-bas. Avaient-ils vu les tentes, les uniformes et la fumée ?

Un curieux détail lui revint en mémoire. Elle se releva avec empressement et se mit à explorer les rayonnages de la bibliothèque. Elle savait quel livre il lui fallait : l'un de ses préférés, qui l'avait initiée au langage des signes. Elle retrouva l'ouvrage et le feuilleta furieusement.

Le signe qu'avait esquissé lady Anne à son exécution était un baiser de la main droite associé à un poing de la gauche, même si ses doigts brisés lui avaient compliqué la tâche puisqu'elle avait gardé l'index et le majeur tendus. Du moins c'était ce que Catherine avait imaginé. Et si les doigts brisés n'y étaient pour rien ? Et si elle avait cherché à dire autre chose ?

Catherine s'arrêta sur la bonne page :

Le baiser

Un signe couramment usité, que l'on peut désormais adresser de la main gauche comme de la droite. Cependant, de la gauche, il signifie « baiser », tandis que de la droite, il prend le sens de « souffle ».

Lorsque « souffle » est associé avec une paume dépliée horizontalement, le sens devient « vie ». Avec une paume verticale, il faut alors comprendre « air ». Quand le baiser est combiné avec un poing serré, l'association forme le mot « fumée ». Avec un poing fermé aux deux premiers doigts tendus, cela signifie « fumée de démon ».

AMBROSE

Fielding, Brégant

AMBROSE SE RÉVEILLA AU SON D'UNE DISPUTE.

— On ne peut pas le tuer. Il faut qu'on attende le capitaine. Il saura quoi faire.

— Il nous dira de le tuer.

— On est censés lui montrer qu'on peut s'organiser nous-mêmes et faire preuve de discipline. Si ça se trouve, c'est un test. Ce serait bien son genre d'envoyer quelqu'un comme ça.

Les autres voix se turent. Puis quelqu'un prit la parole :

— Sans doute l'un de ses meilleurs hommes.

Un autre se mit à rire :

— Ce serait drôle qu'on le tue, alors.

— Hilarant, Frank, hilarant.

— Alors qu'est-ce qu'on fait de lui ?

— Ligotez-le. Surveillez-le. Et attendez le retour du capitaine dans la matinée.

On tira Ambrose sur le sable. Il fit semblant d'être inconscient tandis qu'on lui attachait les chevilles et les poignets. Ils étaient à proximité d'un grand cercle d'adolescents assis autour du feu. Ambrose reconnut la voix de Rashford relatant l'histoire de sa capture.

— Il chevauchait vite. Un bon contrôle du cheval, pile comme le capitaine nous avait dit à propos de l'ennemi. Mais figurez-vous que Kellen le tenait à l'œil et l'a vu s'enfuir, alors il a renversé son épée pour la tenir par la pointe, même si, comme le fait tout le temps remarquer Fitz (et tous complétèrent la phrase à l'unisson) : « C'est du bois, on ne va pas les tuer à coups d'échardes ! »

Un grand rire parcourut l'assemblée puis s'éteignit pour laisser Rashford poursuivre.

— Comme je disais, Kellen a bravé les échardes et lancé son épée et… oh, c'était beau comme un tableau… le soldat était en train de s'enfuir, l'épée tournoyait avant d'atterrir pile comme il faut, un grand coup sur l'arrière du crâne. Bang ! Notre ami est tombé de cheval comme s'il venait de s'endormir.

De nouveaux rires et des acclamations.

— T'avais de la chance d'avoir Kellen avec toi. Vous autres, les Rouges, vous êtes infoutus de lancer correctement.

Ambrose entrouvrit imperceptiblement les yeux pour voir qu'un nouvel adolescent, de quinze ou seize ans, avait rejoint le cercle.

— Arrête tes persiflages, Gaskett. On a remporté les dernières épreuves à la régulière.

— T'as triché, Rasfhord, comme toujours avec les Rouges.

Rashford se releva et marcha droit vers Gaskett. Ambrose ne pouvait pas entendre leur échange, mais Gaskett finit par repousser brutalement Rashford. Ce dernier secoua la tête et dit :

— Faut te détendre. Après l'invasion, on en aura tous autant qu'on en voudra.

Gaskett poussa de nouveau Rashford en marmonnant avant de pivoter sur ses talons et de s'éloigner.

Rashford lui tendit le majeur.

— Et va bien te faire foutre avec tes Bleus, couillon.

Ambrose essayait de trouver un sens à ce qui venait d'être dit, mais sa tête lui faisait un mal de chien et pour le moment, sa priorité était de s'enfuir avant le retour du capitaine. Il ferma les yeux et se concentra pour défaire les liens autour de ses poignets. Par chance, les garçons n'étaient pas très doués pour faire des nœuds et quand la plupart tombèrent enfin de sommeil, il était parvenu à libérer ses mains et se détachait les pieds.

Les derniers garçons encore éveillés ne lui prêtaient pas attention. Il se faufila dans les buissons en rampant. Il avait ses armes, mais pas de monture. En longeant le camp, il découvrit que son cheval était accroché avec les autres, mais des adolescents montaient la garde à proximité. C'était trop dangereux, il ne voulait pas risquer un nouveau coup de pommeau à la tête. Ambrose fit demi-tour. Il allait devoir marcher.

TASH

Dornan, Pitorie

LES BOTTINES EN DAIM que Tash convoitait depuis un mois avaient été vendues, selon le cordonnier, « à une charmante jeune dame quelques semaines plus tôt ». La déception de Tash ne dura qu'un temps car le cordonnier enchaîna bien vite :

— Mais il me reste celles-ci. Je les ai terminées hier.

Et il retira de la plus haute étagère une paire de bottines exquises, en daim gris pâle presque argenté, semblable à la précédente paire, mais dotée de lacets plus fins encore et ornée de pompons. La bordure des bottes était cerclée de fourrure.

Tash glapit. Elle n'avait jamais vu de chaussures aussi belles.

Le cordonnier tenait les deux bottines dans la paume de sa main en les caressant comme s'il s'agissait de deux lapereaux. Tash tendit la main pour les toucher à son tour. Le cordonnier pivota légèrement en ramenant les bottes contre sa poitrine.

— On ne touche pas.

Tash regarda ses mains. Elle ne se les était pas lavées ce matin, mais elle voyait bien maintenant qu'elles n'étaient pas *tout à fait* propres. Elle aurait bien aimé essayer les bottines, mais elle n'était pas certaine que ses chaussettes ou ses pieds soient très présentables non plus.

— Combien ? demanda-t-elle à la place.

— Quatre kroners.

— Quoi ? Les autres étaient à trois !

Ce qui constituait déjà une somme absurde pour une paire de souliers, alors que la plupart ne valaient pas plus de deux kroners.

— Celles-ci ont pris plus de temps à faire et comportent davantage de fourrure. Elles sont même doublées de fourrure. Le prix, c'est quatre kroners. Et avec tous les gens que la foire amène, elles trouveront vite preneur. Mais je comprendrais que vous ne puissiez pas vous les offrir.

— Je peux me les offrir. C'est juste que je n'ai pas l'argent sur moi. Vous pouvez me les garder ? Je reviens tout à l'heure.

— Les garder ? C'est-à-dire ne pas les vendre jusqu'à ce que vous reveniez les essayer, les couvrir de traces de doigts graisseux pour ensuite me dire qu'elles ne vous plaisent pas ? Si tant est que vous reveniez, d'ailleurs !

— Mais je vous promets de revenir ! Je les adore !

— Eh bien, nous en reparlerons quand vous aurez l'argent.

Tash et Gravell étaient arrivés à Dornan la veille au soir. Gravell avait déjà signalé à ses contacts qu'il avait de la bonne fumée, il ne tarderait pas à faire affaire.

Tash croisa les bras.

— Je serai payée aujourd'hui ou demain. À mon retour, j'espère avoir un prix correct.

— Une taloche derrière l'oreille, oui. Tu paieras le vrai prix. C'est ça, le prix correct. Tu sais combien de temps elles m'ont pris ? Je suis sûr que non. Vous autres, les jeunes, vous avez vraiment la belle vie. Ah oui, la belle vie. Vous ne savez pas ce que c'est que l'artisanat, le dur labeur.

Le cordonnier rangea les bottines dans une vitrine en hauteur, hors de portée de Tash, et se retourna pour lui faire face. Il croisa les bras.

— On en a fini ?

Tash voulait l'enjoindre à se mettre ses bottines là où elle le pensait, mais les mots lui manquaient. Submergée par la colère, elle sentit poindre des larmes de frustration au coin de ses yeux, au pire moment.

Elle sortit en trombe, claqua exprès la porte et retourna auprès de Gravell pour réclamer sa paie.

Les routes qui traversaient Dornan étaient poussiéreuses, bruyantes, bondées de gens et d'odeurs. C'était un spectacle que Tash appréciait d'ordinaire ; voir la foule s'affairer, jouer, rire, boire, manger et faire la fête. Tash aimait l'anonymat qu'offrait une ville en effervescence. Partout où elle allait avec Gravell, ils attiraient immanquablement les regards. Avec sa chevelure hirsute et sa stature, Gravell passait pour un géant, tandis que les curieux demandaient systématiquement à Tash s'ils pouvaient toucher ses dreadlocks. Mais à la foire, où tous les gens de Pitorie et d'ailleurs étaient mêlés, elle se fondait dans la masse.

Gravell avait cependant fait bon usage de sa carrure la veille, ainsi que de sa fumée. Il avait pu trouver une chambre dans la meilleure auberge de la ville – un peu de fumée décantée dans le flacon du tenancier avait facilité les choses – et à peine leur repas du soir terminé que deux lits propres et bien douillets les attendaient.

Il était encore tôt. Gravell ne pouvait pas avoir déjà vendu la fumée. Mais il devait certainement lui rester un peu d'argent, et il ne renâclerait probablement pas à verser une avance sur ce qu'il devait à Tash. L'argent faisait tout. Le cordonnier ne se soucierait ni de son âge ni de sa crasse si elle faisait tinter sa bourse devant lui. Au contraire, il lui déroulerait le tapis rouge. Elle aurait dû demander un prêt à Gravell, qui l'aurait ensuite déduit de sa part après la vente de la fumée. Eh bien, il n'était pas trop tard pour le réclamer.

Tash grimpa les marches de l'auberge quatre à quatre et déverrouilla la porte de leur chambre. Le gros paquetage de Gravell et ses fourrures étaient toujours là, tout comme ses harpons et le sac plus modeste de Tash. Gravell, en revanche, était absent. Tash fronça les sourcils. Jamais il ne laisserait argent ni fumée ici sans surveillance. Il devait donc les avoir sur lui.

Tash demanda à la servante dans le couloir :

— T'as vu Gravell quelque part ? Un grand type. Large d'épaules. Cheveux noirs. Grosse barbe.

Tash tendit la main au-dessus de sa tête pour indiquer la taille de Gravell, mais la domestique fit non de la tête.

— Tant pis.

Tash se retrouva dehors.

— Il ne peut pas être bien loin. Et il n'est pas dur à repérer, après tout.

Elle sourit à sa propre plaisanterie et se mit à sa recherche.

La foire se tenait aux abords de la ville, dans des champs envahis par les tentes et les caravanes soigneusement alignées. Les tentes étaient chamarrées, quoique affadies par le soleil, et les caravanes arboraient toutes sortes de blasons et de bannières. Tash n'était pas très douée pour la lecture, mais elle savait décrypter les bannières pour comprendre ce que chaque caravane vendait : nourriture, boissons, joaillerie, poterie, argenterie, outils et bien d'autres encore. Tash savait que Gravell devait très probablement être en train de manger et de boire, et, avec un peu de chance, de négocier une vente.

Elle continua à déambuler dans la foire. C'était l'une des plus grandes qu'elle ait jamais visitées, et Dornan semblait avoir décuplé de volume. L'heure du déjeuner approchait, et avec elle, de délicieux effluves de cuisine. Elle finit par céder et s'acheta une tourte croustillante à la viande épicée et aux pommes de terre. Elle demanda au vendeur s'il avait aperçu Gravell. Il n'en était rien, mais un client se tourna vers elle :

— Le grand gaillard ? Il était au bar de Milton, dans le centre-ville, tout à l'heure.

Tash rebroussa chemin et trouva le bar. L'intérieur était plongé dans une pénombre presque sinistre et un nuage de fumée tapissait le plafond. Tash scruta l'endroit, mais Gravell n'était nulle part en vue. La tenancière lui apprit qu'il était parti il y a quelque temps.

— Il a dit qu'il allait aux bains publics.

Tash retourna à son point de départ : les bains publics étaient juste derrière l'échoppe du cordonnier. Elle repassa devant la vitrine et aperçut les bottines grises – *ses* bottines – toujours en hauteur sur l'étagère. Après avoir tourné à l'angle et emprunté une allée face aux champs, elle se trouva face aux bains.

Elle s'y était déjà rendue et connaissait les lieux. C'était une bâtisse qui servait jadis de grange et accueillait désormais trois grandes baignoires en bois. Chaque baignoire était en fait une large barrique à vin agrémentée de marches. L'eau était chauffée par un foyer dans le jardin et transportée dans de grands brocs par deux garçons dégingandés qu'on avait embauchés pour leur taille et leurs longs bras.

À l'entrée de la grange s'alignaient quatre fauteuils de barbier. Lors du dernier passage de Tash, Gravell était le seul client, mais aujourd'hui, tous les sièges étaient occupés, et d'autres hommes attendaient leur tour, assis sur une rangée de tabourets. On coupait et teignait les cheveux, on taillait les barbes et cirait les bottes. Elle interrogea l'un des coiffeurs. L'homme jeta un œil à ses dreadlocks et lui lança :

— Tu aurais bien besoin de rafraîchir ta coupe, ma chérie.

Il fit claquer ses ciseaux et éclata de rire. L'un de ses collègues se joignit à lui et ajouta :

— On pourrait te débarrasser de tout ça, mais cela va te coûter cher.

Tous les regards étaient à présent braqués sur elle.

Tash tint bon.

— Vous avez vu Gravell ? Le grand type. Suffisamment grand pour vous casser la gueule à tous les deux d'une seule main.

Les deux hommes continuèrent de s'esclaffer et Tash cherchait une nouvelle repartie lorsqu'elle repéra le gérant des bains. Elle se précipita vers lui pour lui demander si Gravell prenait son bain.

— C'est un ami. Et mon patron. C'est important.

— Nous tenons à l'intimité de nos clients.

Tash leva les yeux au ciel et répliqua :

— Mon cul, que vous y tenez.

Elle éprouva une certaine satisfaction d'avoir fait preuve d'autant de confiance en elle, même si sa phrase pouvait prêter à confusion.

Elle fit le tour de la grange dans l'espoir de trouver un moyen d'entrer. Elle repéra une petite porte par laquelle les garçons de bains passaient pour apporter l'eau chaude. Elle attendit que l'un d'eux s'amène avec un broc et lui emboîta le pas. À l'intérieur, elle vit une rangée de trois rideaux qui abritaient chacun une baignoire. Mais derrière lequel se trouvait Gravell ? Il n'y avait qu'une façon de le savoir…

Tash se faufila derrière le premier rideau.

Une paire de bottes gisait au pied de la baignoire. Cuir sombre raffiné et surpiqûres vertes. Très belles. Et clairement pas à Gravell. Un bruit d'éclaboussures tandis que l'occupant du bain plongeait la tête sous l'eau. Tash en profita pour se jeter derrière la barrique, mais une échelle garnie de serviettes lui bloquait le passage. Tandis qu'elle se contorsionnait pour passer, dos au mur et les yeux braqués vers le rebord du bain, un jeune homme sortit la tête de l'eau et se leva. Il lui tournait le dos et l'eau dégoulinait sur son corps en soulignant ses cheveux longs et châtains, ses épaules, ses hanches et ses fesses. Puis il se retourna pour attraper une serviette.

Il se figea net, le bras tendu vers Tash.

Tash lui renvoya son regard. Le jeune homme était nu.

Elle releva les yeux et s'aperçut qu'il n'était pas complètement nu : il portait une chaîne en or dotée d'un étrange pendentif. Et la rougeur de sa peau qu'elle avait d'abord attribuée à la chaleur de l'eau était en réalité un tissu d'ecchymoses.

— Tu en as assez vu ?

Tash détourna la tête en se cachant les yeux.

— Désolée, je me suis trompée de bain !

Elle acheva de se faufiler entre l'échelle et le mur et poursuivit jusqu'à la baignoire suivante, en sentant le regard du jeune homme fixé sur elle. Elle jeta un œil derrière la nouvelle cloison. La barrique avait beau être immense, Gravell paraissait à l'étroit dedans.

Elle entra dans la cabine et lui adressa un sourire victorieux.

Gravell grommela :

— Si tu es venue pour tes foutues bottines, tu peux repartir aussi sec.

EDYON

Dornan, Pitorie

L'EAU DU BAIN AVAIT PERDU SA CHALEUR et les bleus d'Edyon n'avaient pas vraiment cessé de le faire souffrir. Il avait payé les garçons de bains pour qu'ils nettoient ses vêtements imbibés d'urine, en leur donnant six kopeks chacun et en leur promettant autant s'ils les lui rendaient secs lorsqu'il aurait fini son bain.

Edyon savonnait délicatement chaque bleu et chaque bosse en se repassant les événements de la matinée ; le refus de Mme Eruth de le revoir, le piège de Stone (qu'il s'était montré stupide !), le passage à tabac ; et enfin, cette plaisante surprise de rencontrer le jeune March aux yeux sublimes. Celui-ci avait considérablement embelli sa journée et correspondait en tous points à la description du bel étranger. Ce soir il déjeunerait avec lui, il boirait, et peut-être plus si affinités.

Edyon se laissa flotter sur le dos, en se représentant le visage de March et ses lèvres sur le goulot de sa gourde. De belles lèvres, ni trop épaisses, ni trop fines, idéales. Oui, il le verrait ce soir, mais il lui fallait également voir sa mère. L'argent qu'il devait à Stone était un sérieux problème. Cinquante kroners était une somme considérable. Sa mère les avait, mais elle ne les lui céderait pas aussi facilement. Edyon devrait s'expliquer. Car s'il s'avisait de mentir à sa mère, Stone en aurait rapidement vent et lui en tiendrait rigueur à tout jamais. Il lui fallait donc dire la vérité. Passer aux aveux. C'était la voie à suivre.

« Tu dois te montrer honnête… »

Et pourtant, il n'en était pas entièrement persuadé. Parfois, sa mère peinait à comprendre la vérité. Elle l'adorait, il le savait pertinemment, mais elle ne prenait pas toujours la pleine mesure de la réalité. Du moins de la réalité d'Edyon. Lorsqu'il lui avait expliqué que les règles de l'université imposaient qu'un père introduise son fils pour obtenir une place, elle lui avait répondu : « Tu es trop défaitiste, Edyon. Les règles sont faites pour être enfreintes. »

Il l'avait crue, au début, et avait travaillé d'arrache-pied avec ses précepteurs, d'abord en langues, puis en droit. Les gens qu'il côtoyait lors des foires ne se souciaient guère qu'il n'ait pas de père et qu'il porte le nom de sa mère. Aussi s'était-il rendu à l'université de Garya pour une audience auprès d'un professeur. Il avait pu exprimer son intérêt pour le droit et l'enseignant avait paru ravi… jusqu'à ce que soit abordée la question de la famille. Là, le professeur avait poliment expliqué, avec autant de regret que de fermeté, que l'inscription était impossible. Son homologue à Tornia avait été encore plus clair, il avait dévisagé Edyon comme si ce dernier s'était mué en étron canin et avait simplement dit : « Nous n'enseignons qu'à des gentilshommes. »

Depuis, Erin lui avait suggéré d'accepter un emploi de clerc au tribunal, ce qui avait semblé encore plus ridicule à Edyon. Si une université le traitait comme un moins que rien, il ne fallait pas s'attendre à un meilleur accueil dans un palais de justice.

Erin sortait du lot en tant que femme d'affaires prospère. Et si sa situation de mère célibataire n'avait rien d'unique, son mépris des conventions s'avérait problématique. Elle enchaînait les liaisons avec des hommes sans jamais s'en cacher ni s'embarrasser à faire croire qu'elle tenait à se marier. Elle avait un jour dit que s'il lui arrivait de croiser la route d'un homme à la fois beau, aimant et intelligent, elle pourrait l'épouser, mais qu'elle doutait sincèrement de trouver ces trois attributs réunis chez une seule personne. Ce qui avait poussé Edyon à se demander quelle opinion elle avait de lui. Au fond, il était de plus en plus persuadé que sa mère n'appréciait pas vraiment les hommes et qu'avec l'âge – à mesure qu'il cessait d'être un petit garçon –, il finirait par tomber en disgrâce à ses yeux.

Et maintenant qu'il devait confesser ses larcins à sa mère, il n'était pas entièrement certain de son soutien. Elle haïssait les voleurs par-dessus tout. Elle se montrait impitoyable envers ceux qui osaient la dérober, les traînait toujours au tribunal en réclamant le plus sévère des châtiments. Qu'un domestique ose piquer une miette dans ses réserves sans autorisation et il était immédiatement puni.

Mais enfin, quel autre choix avait-il ? Il lui faudrait avouer et promettre de ne plus jamais voler.

Et de cela, il était persuadé. Il ne volerait plus jamais.

Il était arrivé à ce fameux embranchement. Un choix s'offrait à lui.

C'était fini.

Edyon plongea sous l'eau, comme pour se purifier de ses vilaines manies. Puis il se releva et se tourna pour prendre une serviette, avant de tomber nez à nez avec cette fille.

Elle était maigrelette et petite, comme bon nombre d'orphelins qui pullulaient dans les foires. Mais elle n'avait pourtant rien à voir avec eux. À commencer par ses cheveux. De longues dreadlocks blondes attachées en arrière de façon brouillonne. Sa peau avait la couleur du miel sombre que l'on trouve dans le Sud, mais ses yeux étaient d'un bleu de mer. Il la reconnaissait, bien sûr. Il l'avait vue aux foires de Goldminster et de Cheamster. Elle se promenait toujours avec cet énorme type, Gravell, que l'on disait chasseur de démons.

— Tu en as assez vu ? demanda-t-il, et la fille se cacha les yeux en marmonnant des excuses avant de filer à travers le rideau.

Un sourire goguenard aux lèvres, Edyon enroula la serviette rêche autour de sa taille et descendit timidement de sa baignoire. Il se sentait à peine mieux. Son corps était trop endolori pour être frictionné, aussi se contenta-t-il de se détendre en restant immobile. Tout en faisant rouler ses épaules, il ne put s'empêcher d'entendre la discussion qui avait lieu de l'autre côté de la paroi. La voix grave devait être celle du chasseur de démons, Gravell.

Gravell : Je te l'ai dit, je suis en cours de négociation.

La fille : Ça n'en a pas l'air.

Gravell : On ne peut pas précipiter ces choses-là. J'attise progressivement l'intérêt. J'espérais que Southgate serait là, mais il se trouve à Tornia. Flaxman est dans le coin, mais je ne peux pas le piffer. Plutôt crever de faim que de lui vendre quoi que ce soit.

La fille : Combien de temps ça va prendre ?

Gravell : Le temps qu'il faudra. Je peux prendre mon bain en paix maintenant ?

La fille : Combien de temps ?

Gravell : Encore deux ou trois brocs d'eau chaude, un peu plus de savon, ensuite j'irai dîner et puis…

La fille : Non, je ne veux pas savoir combien de temps tu comptes rester dans ta flotte ! Combien de temps ça va te prendre pour négocier ?

Gravell : Tu commences à m'agacer.

Silence.

La fille (*à voix basse*) : Bon, d'accord, je ne voulais pas être pénible. Pour arrêter de t'agacer, il me faudrait juste une petite avance.

Gravell : Pour quoi faire ? Encore tes bottines ?

La fille (*cajoleuse*) : Gravell, sans rire, il a une paire encore plus belle, avec de la fourrure et des pompons. Lorsque tu les verras, tu ne pourras pas nier que ce sont les plus belles chaussures au monde.

Bruit d'éclaboussures.

La fille : Alors, est-ce que tu peux me prêter quatre kroners ?

Gravell : QUATRE KRONERS !

Davantage d'éclaboussures.

La fille : Ce n'est pas grand-chose.

Gravell : QUATRE KRONERS ? POUR DES BOTTES ?

La fille : C'est mon argent. J'en fais ce que je veux. Tu dépenses bien tout en paris et en femmes, toi.

Gravell : Exactement, et non en bottines !

La fille : J'ai juste besoin d'un prêt. D'ailleurs, ce n'est pas un prêt, c'est une avance.

Gravell : Je ne fais pas de prêt. Et pas d'avance non plus.

La fille : Mais... s'il les vend, je ne les reverrai plus jamais.

Gravell : Et je t'aurai fait économiser quatre kroners.

La fille : Et je te détesterai jusqu'à la fin des temps.

Gravell : Il y a un ou deux autres cordonniers itinérants à la foire. Tu pourras te trouver d'autres bottes. Des jolies. Et à un prix raisonnable.

La fille : Mais je veux ces bottines en daim gris.

Gravell : Et à quelle occasion pourras-tu porter des chaussures avec fourrure et pompons ?

La fille : Quand ça me chantera, si je les ai.

Gravell : Dans ce cas, tu les achèteras quand tu auras reçu tes sous.

La fille : Mais j'ai déjà fait mon travail. J'ai risqué ma vie. C'est ton rôle de vendre la camelote. Si tu étais aussi efficace que moi, je ne serais pas là à te réclamer un prêt ou une avance. Tu me dois cet argent.

Gravell : Je t'ai déjà dit non.

La fille : Espèce de... de... Je te hais !

S'ensuivirent un fracas, une gerbe d'eau, un grognement de Gravell, un cri de la fille et enfin un nouveau rugissement du chasseur de démons :

— Rends-moi mes bottes !

— Tu les auras quand j'aurai les miennes !

Encore de grands bruits d'eau, des jurons et des menaces des plus effroyables, puis le froissement d'un rideau qu'on tire et une dernière imprécation de Gravell. Edyon jeta un œil hors de sa cabine pour voir le chasseur nu, velu, immense et ruisselant au beau milieu de la grange. Les deux employés le contemplaient d'un air goguenard. Gravell leur hurla :

— Dix kopeks chacun si vous l'attrapez !

La fille répliqua par-dessus son épaule :

— C'est un mauvais payeur ! Il ne vous donnera jamais l'argent !

Ce qui ne fit qu'enrager Gravell davantage.

— Comment oses-tu ! Ternir ma réputation ainsi !

Il se lança à la poursuite de la jeune fille. Les garçons de bains semblaient désireux d'empocher quelques pièces. L'un d'eux ferma la porte à l'arrière de la grange et se posta devant, les bras croisés. L'autre s'approcha de la fille, qui s'avéra étonnamment rapide. Elle esquiva sans peine le garçon pour aller agiter les bottes de Gravell sous son nez.

Edyon se demanda comment ces deux-là s'y prenaient pour capturer des démons. Le danger que cela représentait. Le frisson de l'aventure. Il voulait venir en aide à cette fille. Elle méritait ses bottines. Gravell devait avoir laissé sa bourse près de sa baignoire… aussi Edyon s'éclipsa-t-il discrètement tandis que les jurons et les cris continuaient de pleuvoir derrière lui.

Les vêtements de Gravell gisaient en tas sur le sol. Edyon farfouilla rapidement et sentit quelque chose de chaud. Il retira sa main par réflexe. Y avait-il un animal là-dessous ? La pile de tissu ne bougeait pas, mais elle luisait faiblement d'une lumière violette. Edyon écarta les vêtements pour découvrir un flacon au goulot cerclé d'une natte. Le verre était épais, mais on pouvait voir une volute de fumée pourpre tournoyer à l'intérieur.

Edyon avait déjà vu de la fumée de démon auparavant, mais seulement en petites quantités, comme elle était vendue dans les fumeries. Lors de sa première visite dans l'un de ces établissements, durant la foire de Cheamster, il avait tout inhalé d'un coup, pour imiter un client qui semblait s'y connaître en la matière. Il s'était évanoui et réveillé le lendemain dans une ruelle, délesté de sa bourse. C'est ainsi qu'il avait appris que prendre exemple sur des accros à la fumée n'était pas très malin. La fois suivante, il s'était contenté d'une petite dose, qu'il avait humée et inspirée en la retenant le plus longtemps possible dans les poumons. La sensation était extraordinaire, il n'avait jamais été aussi détendu de toute son existence. Et la fumée en question était pâle et apathique, tandis que celle-ci avait une couleur intense et semblait en perpétuel mouvement. Et le flacon en contenait tant, au moins de quoi satisfaire une centaine d'inhalations.

Edyon tendit la main et, alors qu'il effleurait le flacon, la fumée vint à la rencontre de ses doigts, comme mue par une volonté propre. Edyon n'avait d'autre choix que de la garder à présent. Le flacon était dans sa main, lourd comme s'il était empli de sable et non de fumée. Il contempla le tourbillon pourpre. Il aurait pu se laisser hypnotiser sans ce brusque rappel à la réalité crié par Gravell :

— Faites gaffe à son pied ! Son pied ! Non ! Ne la laisse pas passer !

Edyon retourna de son côté du rideau et enveloppa le flacon dans une serviette, mais la lueur violette transparaissait toujours à travers le tissu. Le fracas venait à sa rencontre. Tandis qu'on écartait brusquement son rideau, il laissa tomber le flacon dans son bain et la fille plongea sous l'échelle de la baignoire avant de la jeter sur les garçons à sa poursuite.

— Ah, tu peux courir, oui ! vociféra Gravell.

La fille répondit dans un grand rire :

— Eh bien moi, au moins, j'en suis capable, vieux schnock !

Edyon replaça l'échelle et remit le rideau en place. La lueur violette dans son bain n'était pas visible. Tout semblait normal.

Il entendit les grommellements de Gravell tandis qu'il retournait dans sa cabine, pestant après la fille et la lenteur des employés.

Edyon avait un pied sur les marches lorsqu'il s'arrêta net, figé par le hurlement du chasseur, qui parut faire trembler le rideau.

— La petite voleuse ! Je vais l'étriper ! Lui arracher les jambes !

Un froissement de tissu tandis qu'il s'habillait en hâte en marmonnant juron après juron.

— Ah, tu me voles ma fumée, maintenant ? Eh bien je vais t'attraper et te montrer ce qu'on fait aux chapardeurs de fumée. Tu vas supplier de finir au carcan...

Edyon se tenait toujours près de sa baignoire lorsque Gravell quitta la grange d'un pas furieux. Le calme revint. Il frissonna. Il entendit les garçons pénétrer dans la cabine vide et le patron des bains leur ordonner de tout nettoyer.

Edyon retourna dans son bain.

L'eau était plus chaude que dans son souvenir et il s'y abandonna avec délice. En tâtonnant, il retrouva le flacon au fond de la barrique. Il la garda en main, se laissa flotter et, peu à peu, ses douleurs disparurent.

CATHERINE

Mer pitorienne

La lente pourriture des coques de noix vidées,
Autant de cercueils ouverts sur le lit de la forêt.

« Le Périple de la vie »,
Isabella, reine du Brégant

LA TRAVERSÉE JUSQU'EN PITORIE dura trois jours. Les adieux de Catherine à Brigane avaient été brefs. Parmi eux, le plus surprenant avait été celui adressé à son père, qui s'était rendu dans sa chambre pour la première fois de sa vie le matin de son départ. Il avait exigé de voir ses bijoux, avait écarté les plus petits et les moins précieux, avant de les remplacer par un collier d'or et de diamants.

— Il appartenait à ta grand-mère, avait-il marmonné, tandis que Sarah l'attachait au cou de Catherine.

Puis il avait ajouté :

— Tu es ma fille. Au moins, maintenant, tu en as l'allure.

Et ils en étaient restés là. Il avait fait une apparition sur le quai tandis qu'elle embarquait, mais sans lui dire un mot, préférant s'entretenir avec Boris. L'adieu de la mère de Catherine avait duré plus longtemps, sans pour autant être un grand moment d'effusion. Elle avait embrassé sa fille sur la joue avant de lui remettre un mince recueil de poèmes et un nouveau volume sur la vie de la reine Valeria.

— Qu'as tu décidé pour ta nouvelle vie, Catherine ?

— De faire ce que je peux. Valeria est une source d'inspiration, mais je doute d'avoir sa force de caractère.

— Ne t'attends pas à ce que tout te vienne d'un claquement de doigts. Apprends au fur et à mesure. Tu feras des erreurs, tâche simplement de ne pas les répéter. Personne n'a toutes les réponses du premier coup. Même Valeria a eu besoin de temps avant de gagner le cœur de son peuple.

— Je ferai de mon mieux.

— Bien. Dans ce cas, je suis certaine que tu réussiras. Et écoute sir Rowland, l'ambassadeur brégantin. Fais-lui confiance. Je le connais bien, il t'aidera.

L'intonation qu'avait prise la reine éveilla la curiosité de Catherine quant à la nature de ses liens avec l'ambassadeur. Mais cette pensée l'abandonna bien vite, remplacée par une nausée immédiate alors que les premières vagues accueillaient le bateau à la sortie du port. L'un des soldats de Boris était déjà penché par-dessus le bastingage pour rendre tripes et boyaux.

— Alors, Webb, tu es une femmelette ? le railla Boris. À peine en mer que tu ne tiens déjà plus debout ?

Devinant que cette remarque lui était également destinée et bien déterminée à ne montrer aucun signe de faiblesse, Catherine se retira dans sa cabine aussi rapidement que les bonnes manières le lui permettaient... avant de vomir dans une bassine pour le restant de la journée.

Durant les deux premiers jours de voyage, elle resta allongée sur sa couchette minuscule, malheureuse comme jamais. Elle dormait quand elle le pouvait, c'est-à-dire rarement, et peinait à entretenir la moindre conversation avec ses servantes, même si elle les entendait parler des différents soldats à bord, de leur beauté respective et de la sévérité de Boris. Le deuxième jour, elle ouvrit le premier livre que la reine lui avait remis et découvrit que les poèmes étaient de sa main. La plupart parlaient de solitude, de féminité et de vide affectif. Catherine fut surprise par les émotions qu'ils contenaient. Mais loin de la déprimer, ils ne firent que renforcer sa détermination. Elle ne voulait pas de la vie que sa mère avait dû mener. Elle ne comptait pas écrire à son tour un recueil de poèmes mélancoliques. Elle reporta alors son attention sur l'ouvrage à propos de la reine Valeria, en espérant qu'un jour, elle aussi ferait l'objet d'une pareille biographie.

La deuxième nuit, son état s'améliora et elle sentit subitement le besoin de respirer l'air du large. Ses demoiselles dormaient à poings fermés, mais elle n'était de toute façon pas d'humeur à se retrouver engoncée dans un corset ni à se faire triturer les cheveux pour obtenir une coiffure élaborée. Tandis qu'elle gravissait les marches, elle se rappela qu'il y aurait probablement des hommes de garde ainsi que des marins. Il fallait bien veiller sur les voiles la nuit aussi. Elle passa prudemment la tête au-dessus du pont et, lorsque la bise vint lui caresser les joues, elle décida qu'aucune présence masculine ne la ferait redescendre. L'air frais était bien trop agréable.

Le pont était désert tandis qu'elle l'arpentait, une main sur le bastingage. La mer était noire et plate, les étoiles, de sortie par milliers. Catherine emplit ses poumons des embruns frais et salés et sentit son mal de mer disparaître complètement.

Ses yeux s'étaient à présent accoutumés à l'obscurité et lui permettaient de distinguer les hommes dans les haubans. Ils étaient huit, non, peut-être dix ou douze, à se déplacer avec une agilité surnaturelle. Vêtus de noir, ils descendaient rapidement en se laissant glisser le long des cordages. Catherine était masquée à leur vue par des caisses en bois arrimées sur le pont, jusqu'à ce que l'un d'entre eux se laisse tomber pratiquement à ses pieds. Non seulement était-il habillé tout de noir, mais ses traits étaient également dissimulés sous un masque noir. Il la dévisagea et parut aussi surpris qu'elle.

Catherine tâcha d'engager la conversation.

— Bonsoir, monsieur. Puis-je vous demander ce que vous faites ?

L'homme ne répondit pas et ne bougea pas un muscle. Elle était sur le point de répéter sa question lorsqu'une voix atrocement familière s'éleva derrière elle.

— Vous semblez aller mieux, Votre Altesse.

Catherine fit volte-face.

— Je… J'ignorais que vous nous accompagniez en Pitorie, Noyes.

Ce dernier se contenta de son habituel demi-sourire avant de répondre :

— Je ne raterais votre mariage pour rien au monde.

Catherine n'avait plus qu'une envie ; s'éloigner de lui et regagner sa cabine, mais elle se résolut à lui rendre son regard.

— Ce sont vos hommes ? Que font-ils là-haut ?

— Je les entraîne à faire face à toutes sortes de circonstances, Votre Altesse, y compris la navigation maritime.

Catherine n'y croyait pas une seule seconde. Elle attendit un moment qu'il se retire, mais il se contenta de la scruter en lui donnant la chair de poule. Sans un mot, elle retourna dans sa cabine.

Le lendemain matin, Boris vint lui rendre visite en baissant la tête pour ne pas se heurter contre les barrots.

— Tu t'es promenée sur le pont, hier soir.

— Oui, j'étais un peu indisposée, mais je vais mieux à présent. Je te remercie pour ta sollicitude, cher frère.

— Si je me fais du souci, ce n'est pas pour ta santé. Tu étais seule. De nouveau. Sans aucune de tes servantes. Tu n'étais même pas habillée décemment.

— J'avais besoin d'air.

— Tu as besoin de discipline, oui. Ne t'inquiètes-tu donc pas de ce qu'on pourrait dire de toi ? Tu es sur le point d'être mariée !

— Le mal de mer m'a rendue nauséeuse, pas amnésique.

— Tu devrais apprendre à te comporter dignement. En attendant, tu resteras cloîtrée dans ta cabine. Il en va de même pour tes servantes. Je vous interdis de mettre un pied sur le pont jusqu'à la fin du voyage. Et si je te revois déambuler, je te ferai mettre aux fers.

Boris prit congé et Catherine hurla sa frustration. Sur ce navire, cernée par des hommes du Brégant, Catherine n'avait pas d'autre choix que d'obéir à Boris. Mais elle était bien décidée à ce que les choses changent dès l'instant où elle foulerait le sol pitorien.

Au matin du troisième jour, le bateau fit son entrée dans le port de Charron. Sitôt le navire amarré, Catherine monta sur le pont et scruta la foule à quai. Boris vint se poster à côté d'elle et commenta :

— Tu n'as pas traîné à quitter ta cabine, ma sœur.

— Je suis restée enfermée dans cette boîte trois jours durant. J'ai hâte de voir mon nouveau pays.

— Ainsi que ton nouveau mari.

— En effet.

Catherine contempla les silhouettes sur la rive, pour l'essentiel des jeunes hommes, tous très bien mis. Certains avaient la peau claire, d'autres la peau mate. L'un était très grand, un autre très gros.

— Lequel est-ce ?

Boris plissa les yeux.

— Je ne le vois pas, ni lui, ni ses fanions.

— Mais je croyais qu'il était supposé m'accueillir ici, ne put s'empêcher de répondre Catherine. Comme il est difficile d'organiser un mariage, n'est-ce pas, cher frère ? Il y a tant de choses à retenir, tant de choses que l'on peut aisément oublier… comme le mari.

Boris se pencha vers elle pour répliquer d'un ton mauvais :

— Je n'ai rien oublié et je n'oublierai rien.

Même si elle ne reniait jamais le plaisir de provoquer son frère, Catherine se surprit à éprouver une pointe de déception en constatant l'absence de son futur mari.

On installa une passerelle à quai et le capitaine du navire ainsi que deux de ses officiers saluèrent avec distinction l'homme vêtu à la brégantine qui venait de monter à bord.

— Sir Rowland Hooper, Votre Altesse. Ambassadeur de Sa Majesté en Pitorie.

Après s'être relevé de sa révérence, il sourit à Catherine.

— J'espère que votre traversée fut plaisante.

— J'ai bien peur de ne pas être taillée pour la mer.

— Eh bien, je ne crois pas que vous aurez la nécessité d'entreprendre un autre voyage de la sorte. La Pitorie est votre foyer désormais.

— Certes.

Catherine ne daigna pas sourire.

— Où est le prince Tzsayn ? interrompit Boris. Il était censé être ici.

— Le prince m'a demandé de vous transmettre ses plus sincères excuses. Il est légèrement incommodé et a préféré rester à Tornia, pour s'assurer d'être en pleine forme pour le mariage.

— Légèrement incommodé ! railla Boris. Il voulait plutôt s'épargner quelques jours de route pour rencontrer sa femme, oui.

Catherine se renfrogna. Se souciait-il si peu d'elle ? Cela n'augurait rien de bon pour leur future vie commune.

Sir Rowland esquissa un sourire désolé.

— En lieu et place, le prince Tzsayn s'est arrangé pour que le voyage de la princesse Catherine jusqu'à Tornia la fasse passer par les villes les plus notables du royaume. Compte tenu de l'indisposition du prince, cela lui a paru être le meilleur choix.

Boris fulminait.

— Ce n'est pas ce dont nous avions convenu. Nous nous étions mis *d'accord* pour nous rendre directement au château. Nous avions *décidé* que tous les seigneurs de Pitorie nous attendraient là-bas.

— Et ce sera le cas, Votre Altesse, répondit Rowland d'un ton diplomate. Les seigneurs seront tous présents à notre arrivée. Je peux vous assurer qu'aucun d'eux ne sera absent le jour de la cérémonie. Le mariage est source de grande ferveur. Mais peut-être devrais-je commencer par vous présenter aux dignitaires à quai, après quoi nous nous mettrons en route vers la capitale. Vous trouverez, je l'espère, la campagne aussi plaisante qu'au Brégant.

Catherine se redressa. Peu importe la raison véritable derrière l'absence de Tzsayn, il fallait se saisir de cette opportunité. Désormais, Boris ne pouvait plus l'enfermer dans une cabine. Elle pouvait en profiter pour faire sensation. Avant ses noces, la reine Valeria avait traversé tout l'Illast en rameutant les foules derrière elle. Catherine allait s'assurer d'être vue de tous et au centre des discussions.

— Quelle merveilleuse occasion de découvrir le pays. Il nous faudrait des festivités organisées chaque soir, s'exclama-t-elle.

Sir Rowland se tourna vers elle.

— Excellente suggestion, Votre Altesse. Les Pitoriens adorent faire la fête. Ils célébreront votre arrivée avec plaisir.

Il jeta un œil au rivage.

— Oh. Les danses ont commencé. C'est une démonstration folklorique à votre intention.

Catherine regarda le groupe d'hommes qui bondissaient dans tous les sens, davantage acrobates que danseurs. Elle se fendit d'un sourire.

— J'ai ouï dire que les Pitoriens adoraient danser. Quel changement bienvenu par rapport à la chasse ou à la joute !

— La danse leur sert à faire étalage de la maîtrise de leur corps et de leur puissance. C'est une discipline des plus exigeantes. Je peux m'arranger pour que vos hommes reçoivent des leçons, s'ils le désirent.

Catherine rayonna.

— Mais quelle idée merveilleuse ! J'adorerais que mon frère se livre à l'expérience.

Boris esquissa une grimace.

— Ce ne sera pas nécessaire.

— Vous êtes déjà un danseur accompli, Votre Altesse ? demanda sir Rowland.

— Aussi accompli qu'un homme se doit de l'être en danse, c'est-à-dire point du tout.

L'ambassadeur inclina la tête, mais son sourire n'échappa pas à Catherine. Lorsqu'il releva les yeux, il affichait un masque parfaitement neutre.

— Bien, nous devrions y aller.

Il fit un geste en direction des danseurs.

— Allons braver cette épreuve.

Catherine sentit un sourire se dessiner au coin de ses lèvres. Elle ne s'était jamais imaginé apprécier son arrivée en Pitorie, mais à présent, elle commençait à se rendre à compte qu'elle pourrait même s'amuser. Elle suivit l'ambassadeur et Boris, Noyes et ses servantes sur ses talons. Débarquer sur la terre ferme lui fit l'effet d'avancer sur un pont de cordes en mouvement. Elle tituba et Sarah lui prit le bras, mais Catherine se dégagea aussi instantanément que délicatement. Noyes ne manquait pas de relever la moindre faiblesse, il était hors de question de lui donner du grain à moudre.

On lui présenta un grand nombre de dignitaires dans un tourbillon de sourires et de révérences. Elle était frappée par la diversité des physiques. Le Brégant n'était peuplé que de gens au teint pâle et aux cheveux clairs, mais ici, les couleurs de peau allaient du noir au blanc en passant par le cuivre et l'or chaud. Quant aux cheveux, on y trouvait littéralement toutes les couleurs de l'arc-en-ciel.

Elle put mettre un visage sur bon nombre de noms appris durant sa traversée : lord Quarl, l'un des conseillers du roi Arell, lord Serrensen, un lointain cousin du suzerain, et lord Farrow, le magnat local, qui la conduisit jusqu'à son carrosse pour la prochaine étape de son voyage. Boris, Noyes et leurs hommes étaient déjà en selle, leurs montures ayant été transportées au préalable. Catherine devait bien admettre que les sbires de Boris étaient impressionnants avec leur armure étincelant au soleil.

Dix autres cavaliers ouvraient la route à son carrosse, chacun portant une lance d'argent ornée d'un fanion vert. Ils arboraient tous la même coiffure, les cheveux coupés court sur les côtés et à l'arrière du crâne, mais longs sur le dessus, et teints du même vert que les fanions. Catherine avait lu que les hommes affichaient leur allégeance à leur maître de cette sorte, mais l'apprendre et le voir de ses propres yeux étaient deux choses bien différentes. Le vert se retrouvait sur le blason que portait lord Farrow à sa veste.

— Vous avez remarqué la couleur de lord Farrow, nota sir Rowland.

— Difficile de la louper, monsieur. J'avais entendu parler des cheveux teints, mais l'effet est bien plus saisissant que je ne me l'étais imaginé.

— Connaissez-vous l'origine de cette tradition ? La teinture permet d'empêcher que les hommes ne changent de camp en pleine bataille, ce qui s'est produit au cours des guerres contre l'Illast il y a plus d'un siècle. Bien sûr, de nos jours, plus personne ne se livre bataille.

— Bien que la vue de soldats brégantins arpentant nos terres ne soit guère rassurante, commenta lord Farrow d'un ton abrupt.

Catherine changea de position sur la banquette. Sir Rowland semblait avoir exagéré en affirmant que tous étaient ravis de son arrivée.

Ayant remarqué sa gêne, l'ambassadeur s'efforça d'apaiser la situation.

— Le vert de lord Farrow est très admiré. Mais je suis certain que ce n'est pas la seule raison pour laquelle tant d'hommes souhaitent rejoindre vos rangs, monseigneur.

— Mes rangs sont toujours pleins et mes hommes sont les meilleurs, affirma Farrow en dévisageant Catherine.

— Meilleurs que ceux du prince Tzsayn ? demanda-t-elle d'un ton plaisant.

L'expression de Farrow vira amère.

— Le prince a bien sûr d'excellentes troupes.

— Et son bleu est révéré par tous, ronronna sir Rowland.

Le fracas des sabots contre le sol pavé des rues était heureusement assez fort pour mettre fin à la discussion. Profitant de ce répit, Catherine observa son environnement.

Les immeubles étaient plus hauts et plus étroits qu'au Brégant, et les gens vêtus de façon bien plus chamarrée. La ville paraissait propre et bien entretenue. Des curieux sortaient des échoppes et ouvraient leurs fenêtres au passage du cortège. Ils étaient nombreux à sourire et à saluer de la main, mais certains se contentaient de rester impassibles en dévisageant les soldats brégantins.

La ville s'effaça rapidement pour laisser place à la campagne, où les badauds se faisaient plus rares. Tout l'après-midi, ils virent défiler des champs verts et des vergers fleuris. Une fois arrivée dans la vaste demeure de lord Farrow, Catherine reçut un accueil irréprochable. On l'installa dans de somptueux appartements avec baignoire, mais sans lui laisser le temps de savourer cette intimité, car il lui fallait déjà assister à la réception organisée en son honneur.

Tandis que Sarah disposait les robes pitoriennes sur le lit, Catherine se rendit compte qu'elle les exécrait toujours autant : elles étaient informes et bien trop évocatrices. Elle préférait de loin sa robe corsetée brégantine, avec sa traîne argentée et son tour de cou serti de perles. Elle essaya le collier que son père lui avait offert, mais ne le garda pas car il jurait avec sa tenue. Ses servantes attachèrent ses cheveux à l'aide d'épingles pour former sa coiffure habituelle.

Jane sourit face au résultat.

— Vous êtes très digne, Votre Altesse.

Tanya fronça les sourcils.

— Digne, oui, mais j'ai vu quelques invitées arriver, Votre Altesse. Elles sont incroyables. Une dame a des plumes fichées dans les cheveux, elles sont si hautes qu'elles toucheraient presque le plafond ! Je pense que l'une des robes pitoriennes serait plus appropriée.

— Demain, peut-être. La journée a été longue et je suis plus à l'aise dans cette tenue.

Mais sitôt entrée dans le hall, Catherine comprit son erreur. Chaque femme, chaque homme même, était vêtu de façon bien plus extravagante qu'elle. Les dames avaient les cheveux relevés de façon périlleuse et décorés de rubans, de perles, de fleurs, de plumes et même de clochettes. Non seulement leurs coiffures étaient bien plus élaborées et impressionnantes, mais elles ajoutaient aussi à la taille des invitées. La petitesse de Catherine ne devait paraître que trop criante, noyée au milieu de la foule et incapable de voir au-dessus des épaules de la plupart des convives. Au loin, elle repéra Noyes, toujours occupé à la scruter. Heureusement, sir Rowland apparut à ses côtés.

— Votre Altesse, toutes mes excuses pour vous avoir fait attendre. Laissez-moi vous présenter.

Et le grand cirque débuta. Entre rires de fausset et conversations indigentes, Catherine avait parfaitement conscience d'être passée au crible par tous, et d'apparaître comme bien trop jeune et bien trop petite. Mais par-dessus tout, elle était épuisée et irritée. On finit par convier les invités à rejoindre une autre salle pour le banquet, où Catherine dut s'asseoir entre lord Farrow et Boris. La conversation s'en trouva réduite à la portion congrue.

Tandis que le repas touchait à sa fin, Farrow adressa un rapide discours de bienvenue très peu amène, en s'attardant sur l'histoire sanglante du Brégant et sur l'absence imprévue du prince Tzsayn.

— Et nous devons ainsi accepter que cette petite invasion de troupes brégantines n'a pas pour but de conquérir la Pitorie, conclut-il, mais bien de veiller à ce que nos deux royaumes soient unis par le mariage. Peut-être a-t-on tout de même besoin de soldats après tout, puisqu'il semblerait que même le vaillant prince Tzsayn hésite face à la perspective de cette union imminente.

Un murmure rieur traversa la tablée. Catherine était mortifiée. Boris fulminait. Il était censé répondre au nom de Catherine, mais il ne se leva pas et garda la mâchoire serrée de rage. Sir Rowland lui décocha un regard en coin et s'apprêta à se lever. Catherine savait qu'elle aurait dû le laisser apaiser la situation, mais elle en avait plus qu'assez, que ce soit de l'humour dépourvu de tact de lord Farrow ou du regard condescendant des invités.

Sans même réfléchir, elle se leva. Les convives discutaient entre eux et si certains s'arrêtèrent pour la regarder, la plupart ne prirent même pas cette peine. Elle était bien déterminée à parler d'une voix ferme, mais en contemplant cet océan de visages – tous plus âgés, plus sages, pour l'essentiel masculins et pitoriens –, elle se rappela ce qu'elle était : une étrangère de seize ans. Pire que tout, elle pouvait sentir le regard inquisiteur de Noyes braqué sur elle. Elle regretta immédiatement son geste, mais il était trop tard désormais.

— Il serait de coutume au Brégant que mon frère, le prince Boris, réponde en mon nom. Mais je fais désormais mon entrée dans un nouveau pays, une nouvelle vie et un nouveau mariage – avec l'aide des troupes de mon frère si nécessaire, bien que j'espère ne pas devoir en arriver là.

Elle marqua une pause pour laisser l'assistance rire poliment.

— Avec tous ces grands changements en perspective, il est temps pour moi de prendre la parole. Je suis bien sûr ravie de me trouver dans la magnifique Pitorie, bien que triste d'avoir quitté mes parents et ma patrie.

Catherine balaya la salle du regard et constata que son auditoire était davantage perplexe qu'intéressé. Était-ce simplement le spectacle d'une femme faisant une allocution ? Mais même de cela, elle en était incapable : son esprit venait subitement de faire le vide. Deux invités en bout de table se penchèrent pour murmurer entre eux. Catherine devait capter leur attention, se mettre le public dans sa poche.

Voilà comment elle parviendrait à les conquérir, par le peuple.

— Je viens à vous en jeune femme d'à peine seize ans. Mais je viens aussi en princesse, fille du roi Aloysius du Brégant.

Quelle ne fut pas sa surprise de constater qu'elle parlait à présent avec une véritable fierté dans la voix.

— Mais j'ai l'honneur d'épouser votre prince et aujourd'hui j'ai le plaisir de découvrir votre royaume pour la première fois, et quelle contrée magnifique ! Mais un royaume ne se résume pas à son roi et à ses terres. Imaginez un pays aussi beau que la Pitorie, mais désert. Prenez un homme, couronnez-le roi. Pourtant, ce pays n'a toujours rien de spécial. Il n'y a pas de royaume, juste une terre et un homme fait roi. Mais peuplez cette terre de gens qui aiment leur pays et leur souverain et vous aurez un véritable royaume. J'ai cru comprendre que les Pitoriens aimaient leur roi et le prince Tzsayn. J'ai déjà croisé quelques-uns de vos compatriotes en me rendant ici et je compte bien en rencontrer davantage. La Pitorie est mon nouveau foyer. Les Pitoriens, mon nouveau peuple. J'ai quitté le Brégant en enfant du pays, mais je poursuivrai mon voyage en tant que Pitorienne. Il me tarde de découvrir la vie ici. À la Pitorie et à son peuple tout entier, conclut-elle en levant son verre.

Un bref silence s'installa, puis un homme en bout de table se leva, bien vite imité par un autre, puis un autre, jusqu'à ce que tous les convives soient debout et que les applaudissements retentissent dans la salle de banquet.

Catherine se rassit et Boris se pencha vers elle.

— Joli discours, ma sœur. Mais je n'ai pas souvenir de t'avoir suggéré de prendre la parole.

— Cela m'est venu tout seul, répondit Catherine d'un ton léger. Et cesse de prendre cet air bougon, cher frère. Il semblerait que certains – jusque dans cette assemblée – soient hostiles à mon mariage. Mes mots feront bien plus que tes grimaces pour gagner le cœur de ces gens. Après tout, nous ne voudrions pas laisser quoi que ce soit entraver cette union, n'est-ce pas ?

Un sourire crispé aux lèvres, Boris se leva et quitta la table. Sir Rowland en profita pour rejoindre Catherine afin de l'accompagner dans la salle de bal.

— Tous mes compliments pour ce discours, Votre Altesse.

— Boris ne semble pas partager votre enthousiasme.

— Je le soupçonne plutôt d'être contrarié par l'attitude de lord Farrow. Boris est un soldat, Votre Altesse, et lord Farrow n'a rien d'un diplomate.

— Contrairement à vous, sir Rowland. Ma mère m'a parlé de vous en termes élogieux. Selon elle, je peux compter sur votre soutien.

Pour la première fois depuis leur rencontre, Rowland parut hésiter.

— J'ai eu l'honneur de passer quelque temps à la cour du Brégant en l'absence du roi durant la guerre contre le Calidor. C'est là que j'ai fait la connaissance de Sa Majesté la reine. Elle serait fière de vous aujourd'hui.

Une amitié à la cour ! L'ambassadeur devait être particulièrement doué pour la dissimulation, s'amusa Catherine. Si quiconque avait suspecté le moindre manquement aux convenances entre lui et sa mère, sir Rowland n'occuperait pas une si bonne position à l'heure actuelle. Et si son père en personne avait nourri le moindre doute, sir Rowland n'aurait même pas eu le privilège de garder sa tête.

— Concernant mon discours, je souhaiterais l'affiner pour la prochaine occasion. J'apprécierais vos suggestions.

— Mais certainement, Votre Altesse. Ce serait un honneur.

— Bien. Demain matin, dans ce cas. Y a-t-il un endroit tranquille où se retrouver ?

— La bibliothèque est une pièce très agréable. Je ne doute pas qu'elle sera déserte avant le petit déjeuner.

— Parfait.

— Mais pour le moment, j'ai bien peur qu'il ne nous reste du pain sur la planche. Nombreux sont ceux qui désirent vous rencontrer. Puis-je vous accompagner ?

— Faites donc, sir Rowland.

Des heures plus tard, Catherine s'effondra enfin dans son lit, épuisée, mais le sourire aux lèvres. Elle avait le sentiment d'avoir accompli quelque chose. Elle avait tenu tête à Boris, prononcé un discours et remporté les applaudissements de l'auditoire. Et tout cela en portant la mauvaise robe.

Demain, elle corrigerait cette unique erreur.

AMBROSE

Norwend, au nord du Brégant

DEUX JOURS APRÈS AVOIR ÉCHAPPÉ aux garçons de Fielding, Ambrose était presque chez lui. Au loin, les pics enneigés qui se dressaient derrière les collines de Norwend encadraient un soleil si brillant qu'Ambrose devait plisser les yeux. Une brise nordique s'engouffrait dans les coutures de sa veste et le faisait frissonner. La bosse à l'arrière de son crâne était toujours douloureuse, mais Ambrose ne pouvait s'empêcher de sourire. Il avait quitté le château de Tarasenth deux ans plus tôt et n'avait jamais mesuré jusqu'alors à quel point l'endroit lui avait manqué. Cela faisait du bien d'être chez soi.

Il approcha par l'ouest, ce qui lui offrait la meilleure vue sur Tarasenth, trouva un abri et s'installa pour observer les lieux. Il ne voyait aucun signe de Noyes ni de ses hommes, mais cela ne signifiait pas pour autant qu'ils n'étaient pas cachés quelque part, à l'attendre. Noyes n'avait rien d'un imbécile, il savait que le premier réflexe des fugitifs était de revenir auprès de leurs proches. Ambrose ne pouvait qu'espérer que le maître-espion le croie trop malin pour faire preuve d'une telle folie.

Lorsque la nuit tomba et que la lune se retrouva obscurcie par les nuages, Ambrose descendit prudemment le long de la pente. Il atteignit le mur d'enceinte du potager, escalada le poirier pour se hisser sur le toit du garde-manger et, enfin, passa par la fenêtre qui se trouvait à l'aplomb. La fenêtre était protégée par des barreaux, mais l'un d'entre eux avait cédé à la rouille depuis des années, aussi parvint-il à se faufiler à travers cette mince ouverture.

Il se trouvait à présent dans la nursery. De l'autre côté du couloir, sa chambre. Il retira ses bottes et progressa à pas de loup sur le vieux plancher grinçant, les narines emplies de l'odeur familière de la maison.

Il ouvrit la porte de la chambre de Tarquin. On devinait une forme allongée dans le lit. L'espace d'un instant, Ambrose craignit d'être tombé dans un piège tendu par l'un des hommes de Noyes. Il sortit son poignard et s'approcha du lit.

Puis il se détendit presque aussitôt. Cette longue chevelure blonde étendue sur l'oreiller était reconnaissable entre toutes. Tarquin ouvrit les yeux, vit son frère, et se redressa sans un bruit avant de faire signe à Ambrose de garder le silence puis de le prendre dans ses bras.

— C'est bon de te voir, lui murmura-t-il, à peine audible.

— Est-ce que tu chuchotes pour ne pas réveiller les domestiques ou bien y a-t-il une raison plus sérieuse ?

— Noyes a envoyé deux hommes à Tarasenth. Ils sont arrivés il y a trois jours. Père n'a pas eu d'autre choix que de les accueillir. Mais ils ne semblent pas s'attendre à te voir débarquer. Depuis qu'ils ont fini de fouiller la maison, ils passent leurs journées à s'ennuyer. C'est juste une façon pour le roi de rappeler son pouvoir.

Tarquin faisait tout pour présenter les choses de façon badine, mais Ambrose se doutait bien que des hommes travaillant pour Noyes ne pouvaient être de complets lambins.

— Je connaissais les risques en revenant ici, mais il fallait que je te voie.

Tarquin posa une main sur le bras de son frère.

— Et je suis heureux que tu sois venu. J'ai entendu tant de rumeurs. Certains te disaient mort, d'autres, capturé. Tout ça pour avoir défié l'un des hommes de Boris.

— Ce sont eux qui m'ont défié.

Il raconta rapidement son histoire, en omettant simplement l'étendue de ses sentiments pour la princesse Catherine ainsi que sa peur et son dégoût après avoir tué Hodgson.

Tarquin secoua la tête.

— Noyes est venu nous questionner. Mais bien sûr, il s'est gardé de nous expliquer ce qui s'était réellement passé. Et le peu qu'il nous a dit n'était que mensonges, manifestement. Il a prétendu que tu avais tué un garde royal. À présent tu es recherché pour trahison.

— Trahison ? J'ai été défié ! Je n'ai fait que me défendre.

Ambrose avait beau s'y attendre, il sentit la colère monter en lui.

— Et comment prouver mon innocence ? C'est impossible. Le roi, Boris, Noyes, ils se sont tous arrangés pour que ce soit impossible.

— Calme-toi.

Tarquin remit sa main sur le bras d'Ambrose.

— Nous te connaissons bien, nous n'avons pas besoin de preuves.

— Mais si tu me soutiens ou que tu m'aides de quelque manière, on te considérera comme un traître, toi aussi. Et Père également.

— Seulement s'ils découvrent le pot aux roses, répondit Tarquin. Et cela n'arrivera pas. Le soir de ta fuite, Noyes et quatre de ses gardes ont fait irruption dans la maison que nous louions à Brigane. Ils ont mis l'endroit sens dessus dessous, ont emporté les papiers de Père, interrogé tout le monde, y compris les domestiques, en nous gardant Père et moi pour la fin. Mais tu sais comme moi que le vieux n'est jamais aussi bon que lorsqu'il est acculé. Il a dit à Noyes que tu étais un rebelle né, qu'il n'avait jamais réussi à te dompter, que tu avais quitté Norwend deux ans auparavant pour intégrer la garde royale contre sa volonté. J'ai particulièrement adoré ce passage. Il a poursuivi en disant qu'il t'avait réprimandé la veille pour avoir failli à renier Anne comme il se devait, et que tu l'avais vertement critiqué en retour à ce sujet. Il a fini par te déshériter purement et simplement et a même proposé à Noyes de joindre ses hommes aux siens pour te traquer, en sachant pertinemment que jamais Noyes n'accepterait.

Ainsi, Noyes n'avait aucun moyen de pression contre son père, mais Ambrose se faisait encore du souci pour Tarquin.

— Et que t'ont-ils demandé ?

— J'ai répondu honnêtement à toutes leurs questions, mon frère : je tenais énormément à toi, je ne t'avais pas vu depuis le lendemain de l'exécution d'Anne et je pensais que tu étais un satané idiot.

Ambrose sourit.

— Je me sens un peu vexé.

Il ne doutait pas que l'interrogatoire avait dû être nettement moins facile que Tarquin le laissait entendre.

— Tu n'es pas idiot, Ambrose. Tu es brave, honorable et sincère. Mais s'ils mettent la main sur toi, ils n'auront aucune pitié. Tu dois quitter le Brégant, t'éloigner le plus possible de Noyes.

— J'y compte bien. Je vais me rendre en Pitorie et ensuite… Ne me regarde pas comme ça.

— Comment ça ?

— Je sais que tu t'imagines que je vais partir à la recherche de la princesse Catherine.

— Qui a insisté pour que tu t'échappes. Qui t'a dit tenir à toi. Pour une princesse, ce n'est pas vraiment le genre de propos à tenir.

— Elle sera mariée dans deux semaines. Et un jour elle deviendra reine de Pitorie. Je suis un fugitif recherché. Elle ne voudra pas de moi dans les parages. Je compte d'abord rejoindre la Pitorie, et de là, partir pour l'Illast. Et Dieu sait où après ça. Je veux le faire pour moi, mais aussi pour Anne. Elle m'a toujours dit de voyager au lieu de m'encroûter dans l'armée, à faire le planton au pied d'un château.

Tarquin esquissa un sourire.

— Je me souviens de ça. Elle appelait ça « parader et rater sa vie ».

Ambrose sourit à son tour, mais le souvenir s'estompa bien vite.

— En parlant d'elle, je dois te dire ce que j'ai vu à Fielding. C'est là où elle a été arrêtée. Il s'y trame quelque chose d'étrange.

— *Comment* ? Tu es allé là-bas !

— Il le fallait. Ni toi ni moi ne croyons à cette prétendue liaison entre elle et sir Oswald. Pourtant, il y a bien quelque chose qui ne tourne pas rond à Fielding. Les dunes sont occupées par plusieurs centaines de soldats adolescents. J'ignore pourquoi, mais Aloysius doit ourdir quelque chose, et je pense qu'Anne l'a découvert. C'est pour cela qu'ils l'ont tuée.

Tarquin leva la main.

— Cesse donc de dire n'importe quoi.

Ambrose empoigna la main de son frère farouchement.

— Promets-moi. Promets-moi d'enquêter là-dessus ! Je m'en serais chargé, mais je ne peux plus rester au Brégant désormais. Promets-moi de le faire, pour Anne.

Tarquin serra sa main en retour.

— Je te le promets.

Ambrose hocha la tête, une boule dans la gorge.

— Je dois partir bientôt, mais je ferais bien de voir Père avant.

— Ne bouge pas. Je vais aller le chercher.

Avant qu'Ambrose n'ait l'occasion de répondre, Tarquin sortit précipitamment de sa chambre.

Ambrose écouta à la porte puis se posta à la fenêtre pour s'assurer que la voie était libre. La porte s'ouvrit et il fit volte-face pour retrouver Tarquin face à lui.

— Il arrive.

Tarquin vint à ses côtés et posa une main sur son épaule.

— Je ne t'ai jamais vu aussi nerveux.

— Pour tout te dire, mon frère… je suis terrifié. Pour moi comme pour vous. Je supporte cette situation seulement parce que toi et Père êtes en sécurité. S'ils m'attrapent ici, je vous entraînerai dans ma chute. Ma vie n'est pas exactement riante, mais en rejoignant la Pitorie, je survivrai. En revanche, si j'étais responsable de votre malheur, je ne pourrais jamais me le pardonner.

— Nous survivrons, Ambrose. Et si les choses tournent mal pour nous, ce ne sera pas par ta faute.

Tarquin poussa un soupir. Il contempla la pièce.

— Te souviens-tu lorsque nous partagions cette chambre ? Je te racontais qu'il y avait des monstres sous ton lit. Je t'inventais les histoires d'horreur les plus épouvantables possible, mais tu te contentais de rigoler. Je n'ai jamais réussi à t'effrayer, malgré tous mes efforts.

— Les monstres ne m'ont jamais fait peur. Au contraire, je rêvais de les affronter. Je voulais désespérément prouver ma valeur.

Le souvenir fit sourire Ambrose.

— Je me rappelle que tu étais assez grand pour voir le champ d'à côté par la fenêtre, et les chevaux. J'étais trop petit pour ça, et infiniment jaloux.

À présent, le bord de la fenêtre lui arrivait bien en dessous de la taille.

— J'avais quel âge ? Cinq ou six ans ? On dirait que c'était hier.

La porte s'ouvrit à cet instant. Ambrose pivota, mais aucun homme de Noyes n'était en vue. Seulement son père, affaibli, vieilli, ramassé. Ambrose était choqué de ne plus avoir sous les yeux l'homme fort et vaillant d'il y a quelques mois à peine. La mort de sa fille et l'exil d'un autre enfant pouvaient user avant l'âge.

Ambrose s'inclina.

— Père.

Celui-ci entra dans la chambre en refermant la porte silencieusement derrière lui.

— Cela fait bien des années que je ne me suis pas faufilé dans ces couloirs comme un voleur, mais je n'ai pas perdu la main.

Il s'approcha d'Ambrose.

— Alors il faut tous les sbires du roi et de Noyes pour te ramener à Tarasenth ?

— Non, Père. C'est mon attitude lors de notre dernière rencontre qui m'a mené ici. Je voulais vous présenter mes excuses pour ce que j'ai dit à Brigane. C'était idiot et cruel, et j'en suis désolé. Tout comme je suis désolé de vous faire courir un risque, à vous, à Tarquin, et aux autres habitants de Norwend.

— Idiot, en effet. J'ai voulu te mettre en garde, mais tu ne m'as pas écouté. Tes problèmes sont la conséquence de ton comportement durant… l'exécution d'Anne.

— Et la conséquence d'avoir un tyran pour roi.

Norwend se raidit.

— Avec une attitude pareille…

Son visage s'adoucit.

— Mais inutile de rabâcher. Ton frère me dit que tu es en route pour la Pitorie. Peut-être que ton idéalisme y trouvera un meilleur foyer qu'ici.

— Peut-être. J'espère du moins que personne ne voudra me tuer pour cela.

Un silence s'installa. Ambrose ignorait que dire. Peut-être n'y avait-il plus rien à ajouter.

— Je dois partir. Plus je reste ici, plus j'attire le danger.

Son père fronça les sourcils.

— Tu es un bon soldat, Ambrose. Et un jour tu seras un homme accompli. N'oublie pas que le monde change. Un jour peut-être pourras-tu revenir à Tarasenth. Tu es ici chez toi et quoi qu'il arrive, tu restes mon fils.

À la surprise d'Ambrose, le vieil homme ouvrit les bras. Le fils accepta l'invitation silencieuse et se laissa serrer contre lui.

— Adieu. N'oublie pas : ton frère et moi, nous tenons à toi.

Ambrose se tourna vers Tarquin pour le prendre dans ses bras, mais ce dernier déclina en souriant.

— Il n'est pas encore temps de nous dire au revoir. Je viens avec toi.

TASH

Dornan, Pitorie

TASH ENTRA DANS L'AUBERGE de *La chauve-souris noire* et se fraya un chemin jusqu'à la table où Gravell dévorait un énorme steak, seul. Une chope de bière reposait non loin de son assiette. Tash s'arrêta à bonne distance pour jauger sa réaction. Les yeux de Gravell balayaient machinalement la salle tandis qu'il mastiquait et s'arrêtèrent subitement. Le regard braqué sur elle, il planta brutalement sa fourchette dans sa viande et entreprit de la découper comme s'il sciait une jambe.

Pour Tash, c'était plutôt prometteur : il n'avait encore ni hurlé ni lancé son couteau.

Elle avait traîné aux abords de la foire pour laisser le temps à Gravell de se calmer, mais elle s'était rapidement lassée, sans compter que les chances d'acquérir ses précieuses bottines étaient devenues tout à fait nulles tant qu'elle ne se serait pas rabibochée avec son partenaire. Elle s'était donc mise en quête de ses bottes et était parvenue à en retrouver une, qu'elle avait jetée dans des toilettes particulièrement malodorantes. Quant à l'autre botte, balancée sur la route, elle avait purement et simplement disparu.

Tash s'approcha de la table d'un pas prudent, comme on le ferait avec un ours blessé. Gravell entretenait une certaine ressemblance avec les ursidés, mais avait davantage l'air furieux que blessé. Tash s'assura que la voie était libre derrière elle en cas de besoin. Gravell la dévisageait, couteau à la main.

— Ta botte.

Elle tendit la chaussure récupérée dans les toilettes.

Une grimace tordit le visage de Gravell.

— J'ai cherché la deuxième, mais je ne l'ai pas retrouvée.

— Je m'en cogne, de mes bottes. Où est mon flacon ?

Il abattit violemment ses deux mains sur la table et en fit trembler son assiette.

— Quoi ?

— Ne joue pas l'innocente avec moi.

— Attends… tu parles du flacon de fumée ?

— Ne le gueule pas comme ça sur tous les toits ! Tu croyais que je parlais d'un flacon de pruka, à ton avis ?

— Tu ne l'as plus ?

Gravell secoua la tête.

— Je te faisais confiance, vraiment. Je pensais qu'on était associés. Je ne t'aurais pas crue capable de me voler.

— Mais je n'ai rien fait, jamais je ne te volerais quoi que ce soit.

— Je ne t'aurais pas prise pour une menteuse et une chapardeuse.

— Mais je ne mens pas ! Je n'ai pas ton… flacon. *Notre* flacon. Je t'ai juste piqué tes bottes.

— Donc tu es bel et bien une voleuse.

— Mais… ce n'est pas… Écoute, je t'ai pris tes bottes parce que tu me cassais les pieds, mais jamais je ne volerais la fumée, pardon, le *flacon*. Tu me connais, Gravell. Tu sais que ça ne me ressemble pas.

— Je *croyais* te connaître.

Tash s'approcha de lui.

— Est-ce qu'elle a disparu aux bains publics pendant que tu me poursuivais ?

Gravell ne répondit pas, il garda simplement un air mauvais. Tash poursuivit :

— Eh bien, je pense savoir ce qui s'est passé. Lorsque tu es sorti de ta cabine pour me courser, quelqu'un y est entré et a pris la fumée.

— Ou bien tu l'as prise et tu es trop effrayée pour l'admettre.

— Franchement, Gravell, jamais je ne ferais ça.

— La franchise, ce n'est pas ton fort, ma petite.

— Écoute, reste ici. Je vais retourner aux bains et demander si quelqu'un aurait vu quoi que ce soit de louche.

Gravell renifla.

— Et pourquoi tu ne vas pas carrément demander de l'aide au prévôt, tant que tu y es ?

— Bah, si cette personne tente de le refourguer, tout le monde en ville sait que nous sommes les seuls chasseurs de démons, donc…

— Et comme tous les acheteurs de fumée sont des citoyens modèles, ils viendront forcément me prévenir, c'est ça ?

Gravell la fusilla du regard.

— Disons qu'ils savent surtout qu'il ne faut pas te gruger.

— On m'a volé ! On vient déjà de me gruger ! J'ignore qui c'est, mais lorsque je lui mettrai la main dessus, je…

Il se remit à découper férocement son steak.

— Je vais me renseigner. Il y a bien quelqu'un qui doit savoir quelque chose. Mais tu me crois quand je te dis que ce n'était pas moi, hein ?

— Oui, je te crois, grommela Gravell. Mais on a perdu ce flacon à cause de tes singeries, ma petite. Trouve-moi le nom du voleur et on verra si je te pardonne.

Il agita la pointe de son couteau en sa direction.

— Tu ferais bien de régler cette affaire si tu veux qu'on reste associés.

EDYON

Dornan, Pitorie

EDYON SE DÉTENDAIT DANS SON BAIN après le départ de Gravell. L'eau chaude semblait ne jamais vouloir tiédir. Il ne se sentait pas seulement propre et délassé, mais aussi revigoré. Sa dent lui faisait toujours un peu mal et semblait sur le point de se détacher, mais la douleur avait quitté le reste de son corps. Il en aurait bien attribué les mérites à la chaleur du bain, mais même ses bosses et ses ecchymoses avaient complètement disparu et sa peau luisait, douce comme celle d'un nouveau-né.

L'eau chaude ne peut pas tout expliquer, songea-t-il.

Edyon enfila ses vêtements lavés et secs, enroula le flacon de fumée dans une serviette propre, puis l'enfouit sous sa veste en cuir. Le paquet sous le bras, et après s'être assuré que la lueur violette de la fumée n'était plus visible, il quitta les bains publics. Si les hommes du prévôt l'arrêtaient en possession de fumée de démon, il se retrouverait dans un sacré pétrin. La fumée était aussi illégale qu'onéreuse : la simple possession était passible de vingt coups de fouet et d'un an d'emprisonnement.

Sa dent branlante l'inquiétait. Il se promit de ne plus jamais voler. Mais voler n'avait rien d'un choix, c'était chez lui une… pulsion. Le besoin de prendre le flacon, de le posséder, s'était emparé de lui comme une évidence. Il ne pouvait pas davantage se l'expliquer que ce besoin irrépressible de subtiliser un cadre ou un vaisseau en argent. Et si son corps paraissait réparé, son esprit était à présent aussi troublé qu'après chaque vol.

Edyon appréciait cette fille et ne voulait pas qu'elle subisse les conséquences de ses actions. Il ne souhaitait pas la voir tomber aux mains des hommes du prévôt et encore moins à celles de ce molosse de Gravell. Il ne mettrait pas longtemps à comprendre qu'elle ne lui avait pas volé sa fumée et donc à en déduire l'identité du vrai voleur.

Edyon savait qu'il devait s'en débarrasser. Il aurait aimé offrir le flacon à la fille. S'il la croisait à l'instant, il lui offrirait sans sourciller. Ou alors peut-être le ferait-il tomber par terre à ses pieds… Mais elle n'était pas là et il savait que cette idée n'était qu'un rêve idiot. Il en fit un second : celui de refourguer la fumée pour obtenir de quoi rembourser Stone. Il y en avait bien pour cinquante kroners. Mais c'était un produit illicite et ce genre de marchandises attirait les pires acheteurs possible. On devinerait probablement qu'il l'avait volée à Gravell et on le balancerait sans états d'âme.

Et voilà que de nouveaux soucis assaillaient l'esprit d'Edyon. Il s'était promis de parler à sa mère de sa kleptomanie. Comment s'y prendre ? Que penserait-elle de lui ? Il songea à lui montrer ce que Stone lui avait fait subir. Le marchand avait ordonné son passage à tabac. Ce n'était pas des façons de gentilhomme, et encore moins sachant qu'on lui avait pissé dessus pour l'humilier. Stone et ses grouillots étaient des barbares ; sa mère le comprendrait parfaitement et ferait preuve de compassion. Sauf que ses bleus avaient disparu. Il ignorait exactement comment, à moins que la fumée de démon n'y soit pour quelque chose. Mais comment expliquer cela ? *Oui, Mère. Les gardes de Stone m'ont bien bastonné, mais je crois que ce flacon de fumée absolument illégale m'a peut-être guéri. Ah oui, au fait, je l'ai volé.*

Non, il ne pouvait pas faire face à Erin pour le moment. Il trouverait un moyen de lui annoncer la chose plus tard. Et puis il avait un rendez-vous avec March, un compagnon bien plus prometteur. Edyon n'avait jamais senti aussi bon ni eu aussi belle allure. Hors de question de gâcher cela. Après une telle journée, il méritait bien un peu de compagnie agréable. Il pourrait toujours s'occuper de sa mère et de Stone le lendemain.

Il devait se rendre au *Canard* pour y retrouver March, mais auparavant, il lui fallait mettre la fumée en sécurité. Pas dans sa tente, où les domestiques de sa mère risquaient de la trouver. Dans un endroit discret... Il se dirigea donc vers les bois.

La forêt était silencieuse, les arbres isolant des bruits de la foire. Edyon marcha sans s'arrêter, dépassa la clairière où il avait été passé à tabac, avant de parvenir à un ruisseau. Il se laissa tomber sur la rive, déballa le flacon et contempla la fumée virevoltante, fasciné.

Peut-être devrait-il essayer d'en prendre un peu ? Son dernier passage dans une fumerie remontait à plusieurs mois, et il avait bien besoin de se détendre. À quoi bon prendre le risque de se promener avec un flacon entier de fumée de démon si c'était pour se priver du plaisir d'en inhaler un peu ? Il prendrait une bouffée, cacherait la bouteille et irait retrouver March. Un plan sans accroc.

Il retira légèrement le bouchon en liège du goulot et laissa une mince volute s'échapper. Elle partit s'enrouler dans les arbres avant de s'évanouir au milieu des feuilles. Il laissa sortir un nouveau filet, mais cette fois il pencha la tête par-dessus et l'inspira à pleins poumons. La fumée était chaude et sèche et se fraya un chemin le long de sa gorge et dans ses poumons avant de lui revenir en bouche, où elle s'entortilla autour de sa langue, puis de remonter jusqu'au cerveau pour s'immiscer dans ses méninges.

Edyon éclata de rire et la fumée jaillit de ses lèvres en un nuage pourpre. Il se laissa tomber en arrière et parut flotter au-dessus du sol, comme s'il était lui aussi devenu fumée tandis que la volute s'éloignait de lui en luisant sous la canopée.

Les arbres étaient magnifiques. Les feuilles s'agitaient comme pour le saluer. Il sourit et salua en retour. Tout était merveilleux.

MARCH

Dornan, Pitorie

TANDIS QUE MARCH ATTENDAIT devant les bains publics qu'Edyon ressorte, il avait eu amplement le temps de réfléchir. Il s'était montré imprudent, à plaisanter avec le fils du prince et à le laisser le complimenter à propos de ses yeux alors qu'il avait une mission à remplir. La prochaine fois, il ne la perdrait pas de vue. Il lui fallait parler à Edyon avant qu'il ne voie sa mère et surtout avant qu'il ne rencontre Regan. Il allait devoir lui raconter une histoire convaincante, et pour cela, rester au plus près de la vérité. Lorsque Edyon réapparut, March savait ce qu'il allait dire.

Le fils du prince sortit à vive allure des bains publics, sa veste sous le bras. March coupa par une contre-allée, espérant déboucher devant lui et simuler la surprise de retomber sur lui. Mais Edyon ne se trouvait par sur la route menant à la foire. March retourna sur ses pas juste à temps pour apercevoir sa cible s'éloigner de la ville en direction des bois. Edyon paraissait moins pressé à présent et March put le suivre à bonne distance. Les bois offraient une bonne occasion de discuter tranquillement sans être vus. Edyon continua à s'enfoncer dans la forêt, au-delà de l'endroit où il avait été bastonné puis du campement de March la nuit précédente, jusqu'à un ruisseau où il s'assit pour sortir de sous sa veste un flacon de lumière violette.

March n'avait jamais rien vu de semblable. Edyon jouait avec la bouteille, la renversait, la contemplait et finit par ouvrir le bouchon. Un filet de fumée s'éleva dans les arbres. Il ne se dispersa pas et continua de luire avec intensité avant de disparaître par-dessus la canopée. Edyon laissa échapper une nouvelle volute, mais cette fois, il l'inhala, éclata de rire et retomba en arrière, avachi sur le sol.

Il resta immobile un long moment. March finit par s'avancer.

— Edyon.

Ce dernier ne répondit pas. Il semblait dormir à poings fermés.

— Bon, au moins, tu n'es pas avec Regan.

March s'assit en tailleur à côté d'Edyon et étudia son visage, si semblable à celui de son père, et pourtant bien différent. Plus doux.

En début de soirée, Edyon finit par s'étirer et se réveiller en bâillant. Il avait le sourire aux lèvres et sourit encore davantage en découvrant March.

— Bonjour, mon bel étranger. Quelle délicieuse surprise de te voir ici. Mme Eruth ne m'avait jamais dit que je me réveillerais à côté de toi. Sans doute pensait-elle que j'interpréterais cela de la mauvaise manière.

March se sentit de nouveau troublé.

— Tu as l'air en meilleure forme, parvint-il à articuler.

— Merci. Cela dit, lors de notre dernière rencontre, j'étais couvert de bleus et de pisse, alors « meilleure forme » est un bel euphémisme pour décrire mon état actuel.

— Et, euh, tu sens meilleur aussi.

Edyon laissa échapper un rire cristallin.

— Hmm, je commence à penser que tu n'es pas très à l'aise avec les compliments. Mais peu importe. Tu sais que tes yeux sont encore plus incroyables à la lumière du crépuscule ?

— Euh, non.

— Tu as autant de mal à recevoir les compliments qu'à les formuler, on dirait. J'ai bien peur qu'il faille te faire violence pour cette soirée, car je compte t'en abreuver. Depuis combien de temps es-tu là ?

— Depuis ton arrivée. Je veillais sur toi.

— Tu montais la garde ? Voilà qui sonne prometteur.

March changea de position, gêné. Il fallait qu'il oriente la discussion vers Regan.

— Il faut que je sois honnête avec toi, je suis inquiet pour ta sécurité.

— Eh bien, c'est tout à fait adorable de ta part, mon bel étranger. Mais n'aie crainte, les sbires de Stone ne me toucheront plus. Du moins pas jusqu'à la fin de la semaine.

— Je ne pensais pas à eux. Je parle de quelqu'un de beaucoup plus dangereux.

Edyon esquissa un sourire amer.

— Ne t'en fais pas. Je suis au courant pour lui aussi.

— Ah bon ?

Edyon avait-il reçu un message de Regan ou de sa mère durant son passage aux bains publics ?

— Bien sûr. Je me doutais bien qu'il finirait par comprendre que c'était moi, même si je pensais qu'il lui aurait fallu un peu plus de temps. Enfin, s'il a déjà fait passer le mot, je serai probablement mort d'ici demain.

Edyon ne paraissait pas inquiet à l'idée d'un sort aussi funeste. Il semblait même totalement détendu, sans doute encore sous l'emprise de ce qui se trouvait dans son flacon.

— Eh bien, il sait que c'est toi… que tu es toi. Mais il ne dira rien à personne : il est venu ici pour te tuer lui-même.

— Ici ?

Edyon jeta un rapide regard alentour, subitement plus alerte.

— Ici, à la foire, je voulais dire. C'est pour cela que je suis là, pour t'avertir. Mais comment es-tu au courant de sa présence ?

— Je lui ai piqué sa fumée, évidemment que je suis au courant de sa présence.

— De la fumée ?

March pointa le flacon du doigt.

— Ça ?

— Oui, ça.

Edyon semblait perdu à présent. Il plissa les yeux.

— On parle bien de la même personne ? Un gros type poilu, chasseur de démons ?

— Non, Edyon.

March se rapprocha de lui pour parler à voix basse.

— Je te parle d'un homme venu du Calidor : lord Regan. Il est à la foire pour te tuer.

Edyon éclata de rire.

— Eh bien, il va devoir faire la queue avec les autres.

— C'est très sérieux.

— Je vois que *tu* es sérieux en tout cas.

Edyon se laissa retomber dans l'herbe et tourna la tête vers March.

— Je ne me sens pas sérieux du tout, pour ma part. Cette fumée est incroyable. *Tellement* meilleure que la dernière fois. Je sens mon corps flotter au-dessus des arbres et… comment te dire ? Mon corps est heureux. Chaque muscle, chaque os a le sourire. Tu comprends ?

March fit non de la tête.

— D'abord, je te trouve couvert de pisse et maintenant, voilà que tu es drogué.

Mais pouvait-on attendre autre chose d'un fils de prince ?

— Je ne suis que bonheur et détente, mon ami. Détente exquise et absolue.

Il posa la main sur le genou de March.

— Et tu es aussi magnifique que dans mon souvenir. J'ose espérer avoir meilleure allure, moi aussi. Je me sens extraordinairement mieux. Mes bleus ont disparu et même ma dent branlante ne semble plus bouger.

March baissa les yeux sur la main posée sur son genou. Il fallait mettre fin à ce cirque et raconter son histoire. Il opta pour la seule méthode qu'il connaissait : en se faisant serviteur. Il se releva et fit une révérence.

— Mon nom est March, monsieur. Je suis porteur d'un message.

Edyon releva la tête pour lui décocher un regard interloqué puis décrocha en s'exclamant :

— Un message, hourra !

— Monsieur. Edyon.

March fit de son mieux pour garder son ton de domestique.

— L'heure est grave. Le message est secret et je ne peux vous le délivrer qu'après m'être assuré de votre identité. Puis-je vous poser quelques questions sur vos parents… ?

Edyon se redressa en tailleur.

— Tu es réel, n'est-ce pas, March ? Absurde, magnifique, étranger, mais bel et bien réel ? Tu n'es pas une hallucination provoquée par la fumée ?

— Je vous en prie, monsieur !

Edyon fronça les sourcils.

— Tu veux en savoir plus sur mes parents ? Eh bien, ma mère est marchande. Erin Foss. Elle achète toutes sortes de choses et les revend peu de temps après. Généralement à un prix bien plus élevé.

— A-t-elle toujours pratiqué cette activité ? Et avez-vous toujours vécu avec elle ?

— Depuis ma naissance. Cette réponse vaut pour les deux questions.

— Et votre père ?

Même dans son état semi-comateux, Edyon se raidit en entendant ce simple mot.

— Il est de notoriété publique que ma mère ne s'est jamais mariée. Elle dit avoir aimé mon père durant un temps, mais il l'a quittée. Depuis, elle n'a jamais trouvé d'homme à la hauteur de ses exigences. Je suis l'homme de sa vie à présent, même si je soupçonne qu'elle préférerait me remplacer par une commode d'acajou ornée d'ivoire. Bref, je n'ai pas de père, du moins personne n'est jamais venu réclamer ce titre.

Il haussa les épaules et ajouta :

— J'imagine qu'il est mort.

— Pourquoi ?

— Parce que ma mère m'a dit qu'il était noble et bon. Et un homme noble et bon ne délaisserait pas son propre sang.

— Je le crois aussi, mais parfois les circonstances peuvent être… compliquées, difficiles.

— En ce qui me concerne, la seule difficulté acceptable est la mort. Voilà ce que je crois.

— Vous ignorez donc l'identité de votre père ?

— Écoute, March, j'ai répondu à tes questions. Alors maintenant, fais-moi part de ton message ou bien change de sujet.

— Votre père n'est pas mort, monsieur. Il souhaite vous rencontrer.

Edyon rit de nouveau, mais cette fois, il paraissait nerveux.

— La présence de mon père, hein ? Tu n'as quand même pas été envoyé par Mme Eruth pour me tourmenter, dis-moi ?

— J'ai été envoyé par votre père en personne, monsieur.

Edyon fixa March droit dans les yeux et la lueur d'espoir qui les fit scintiller faillit le foudroyer.

Le fils du prince finit par dire :

— Quelle étrange journée, vraiment. Et tu as les yeux les plus incroyables au monde. Redis-moi ça.

— Votre père est vivant. C'est lui qui m'envoie. Il souhaite vous voir et je dois vous conduire à lui. Si vous le souhaitez.

Edyon cligna les yeux, l'esprit visiblement débarrassé de toute fumée résiduelle.

— Tu ne plaisantes pas.

— En effet.

March avait répondu aussi délicatement que possible et se trouva même surpris de la douceur avec laquelle il avait parlé. Il entreprit de raconter son histoire.

— Je suis le domestique de Thelonius, prince du Calidor. Je suis à son service depuis huit ans. Je pense qu'en raison de mon jeune âge, il m'a toujours davantage parlé comme à un garçon plutôt qu'à un serviteur et encore à ce jour, il s'adresse à moi comme il le ferait avec sa famille proche.

March marqua un temps d'arrêt.

— Hélas, ces derniers temps, je suis devenu le seul à qui il puisse se confier. Vous avez peut-être ouï dire qu'il avait récemment perdu femme et enfants ?

Edyon ne répondit pas et March poursuivit.

— En tant que prince, il se doit d'avoir un héritier. Ses ministres le pressent de se remarier, d'avoir de nouveaux descendants, mais il refuse. Il aimait passionnément sa femme et ses fils. Il ne veut pas d'une nouvelle union. Mais il souhaite retrouver son enfant… ce fils illégitime perdu de vue depuis longtemps. Vous.

Edyon lança un regard vide à March avant de secouer la tête.

— Ce doit être la fumée.

March reprit.

— Le prince m'a demandé de vous retrouver. Il me fait entièrement confiance car je ne suis qu'un serviteur et que je ne représente aucune menace pour lui. Cette information est aussi importante que dangereuse. Il est des gens au Calidor qui préféreraient vous voir mort plutôt que de s'agenouiller devant l'héritier du prince.

— « Je ne vois plus que la mort tout autour de toi », murmura Edyon.

Son souffle s'était accéléré.

— Vous ressemblez singulièrement au prince. Vos cheveux, votre teint, votre carrure, vous paraissez être une version rajeunie de lui. Vous ignorez vraiment tout de votre père ?

— Ma mère m'a seulement dit que c'était un noble d'une autre contrée. Ils se croisaient lors de foires et ont passé quelques mois de bonheur durant un été. Puis il a été rappelé dans son pays. Elle a découvert qu'elle était enceinte après son départ et ne le lui a appris qu'après ma naissance.

Edyon secoua la tête.

— À ce moment-là, il était déjà marié à une autre. Il n'a écrit qu'une seule fois à ma mère, pour accompagner un présent à mon intention.

La chaîne en or que tu portes autour du cou, songea March.

— Et votre mère ne vous a jamais renseigné sur l'identité de ce noble ?

— Jamais. Elle me disait que cela n'avait pas d'importance puisque j'étais son fils à elle.

— Vous êtes aussi celui du prince. C'est la vérité. Je peux l'affirmer simplement en vous regardant.

Edyon laissa échapper un rire nerveux et contempla ses mains.

— Je tremble. Je ne crois pas que ce soit à cause de la fumée.

— Le prince souhaite vous convier au Calidor.

— Et ma mère alors ?

— Il n'a parlé que de vous.

Edyon se passa les doigts dans les cheveux.

— Est-il… Quel genre d'homme est-ce ?

Un traître et un menteur, faillit répondre March, mais il ravala ses mots et dit :

— Il est respecté par son peuple.

— Cela ne répond pas à ma question.

— Il sait quel est son devoir. Il vous a abandonné à cause de ses responsabilités. Mais il était également persuadé qu'il était dans votre intérêt que vous trouviez votre voie ici, en Pitorie. Mais avec l'âge et la perte de tous ses proches, il désire vous voir.

— Et il faudrait se plier à sa volonté ?

— C'est un prince.

March haussa les épaules.

— C'est ainsi avec lui.

— Et d'après ce que tu dis, je suis fils de prince. Mais pourquoi en croirais-je un traître mot ? Pourquoi ne m'avoir rien dit lors de notre première rencontre ?

— J'ai jugé le moment peu opportun. C'est une nouvelle des plus capitales et… j'ai pensé que vous ne deviez pas l'apprendre en étant imbibé d'urine.

— Tu sais quoi, cela aurait été peut-être plus approprié. Ma vie est quelque peu… éparpillée, ces temps-ci.

— Vous avez une nouvelle vie qui vous attend à présent. Cette nouvelle n'est pas seulement capitale pour vous, monsieur, elle l'est également pour tout le Calidor. Comme je l'ai dit, certains à la cour pensent que le prince devrait prendre épouse et avoir de nouveaux héritiers. D'autres voient en la mort de ses fils l'opportunité de s'arroger davantage de pouvoirs. Lord Regan en fait partie. Il était jusqu'à présent un ami fidèle du prince, mais la possibilité qu'un fils illégitime puisse hériter du trône le contrarie profondément. Tant que le prince demeure sans enfant, Regan est en bonne place pour lui succéder. S'il s'est rendu ici, c'est pour vous empêcher de gagner le Calidor.

— « La douleur, la souffrance et la mort. »

March hocha la tête d'un air grave.

— La mort est bien son objectif.

— Et quel est le tien ?

— On m'a ordonné de vous servir de garde du corps et de vous conduire en secret à votre père.

— Et si je ne souhaite pas venir ?

— En ce cas, j'aurais échoué et il me faudra en avertir le prince. Mais Regan rôde dans les parages. Même si vous parveniez à l'éviter, d'autres finiraient par prendre sa place. Une fois votre identité connue de tous, et cela ne saurait tarder, votre vie ne sera plus jamais la même.

— Tu es en train de m'expliquer que je n'ai pas d'autre choix que de te suivre ?

— Vous avez le choix. Si vous décidez de vous en remettre à moi, il nous faut partir au plus vite. Ce soir. Regan se trouvait à la foire ce matin, il observait votre tente.

— Notre tente ? Et ma mère ? Est-elle en danger ?

— Elle n'a rien à craindre. Elle ne présente aucune menace pour les seigneurs calidoriens. Votre mère sera même davantage en sécurité après votre départ.

— Il faut que je lui parle pour lui expliquer la situation.

— Il serait dangereux de revenir à votre tente. Regan la surveille peut-être encore.

Edyon se mordit la lèvre.

— Comment savoir si tu ne me fais pas une farce ? Tu ne m'as encore donné aucune preuve de ce que tu avances.

— Mon partenaire, Holywell, détient la preuve. Et je crois qu'elle se combine à la perfection avec cette chaîne que vous portez autour du cou.

Edyon porta instinctivement la main à sa poitrine.

— J'ignorais que tu avais un partenaire.

— Il surveille Regan. D'ailleurs, il me vient une idée. Je vais retourner auprès de Holywell pour voir s'il est possible de vous conduire à votre mère. Seulement, vous devez m'attendre ici le temps que je revienne.

March n'avait aucune intention de laisser Edyon voir sa mère, mais il était évident que le jeune homme allait avoir besoin d'une preuve concrète. March devait donc récupérer la bague en or que Thelonius avait confiée à Regan. Avec ça, il était certain de convaincre Edyon.

— Voulez-vous bien procéder ainsi ? Je vous en prie, monsieur, il en va de votre sécurité.

Edyon semblait indécis.

— Je ne sais pas quoi faire. Je ne suis toujours pas certain de ne pas être victime d'une hallucination due à la fumée.

— Je vous assure que tout cela est bien réel, monsieur. Votre sécurité est ma responsabilité. Le prince m'a chargé de veiller sur vous.

Edyon ne paraissait toujours pas convaincu.

— Mme Eruth a dit tant de choses qui se sont révélées vraies… Je vais t'attendre ici. Mais je dois voir ma mère et cette fameuse preuve avant de décider de quoi que ce soit.

— Merci, monsieur. Je ferai aussi vite que possible.

March retourna en direction des tentes. L'affaire était presque dans le sac. Edyon avait envie d'y croire, cela crevait les yeux. Il ne manquait plus qu'une chose pour le convaincre : le sceau de Thelonius. Et il n'y avait qu'une façon de l'obtenir : en tuant lord Regan.

TASH

Dornan, Pitorie

SUR LE CHEMIN DES BAINS PUBLICS, les pensées de Tash se bousculaient dans sa tête. *Quelqu'un* devait forcément savoir quelque chose à propos de cette fumée volée, même si le sujet était délicat à aborder. Elle dressa une liste de suspects qui auraient pu mettre la main sur le flacon.

Premièrement : les porteurs d'eau.

Cela semblait peu probable, étant donné qu'ils avaient passé leur temps à la poursuivre, mais peut-être que l'un des deux avait profité d'un moment pour s'éclipser et piquer le flacon.

Deuxièmement : un autre employé des bains.

Troisièmement : un client.

Elle n'avait vu que deux clients : le jeune type couvert de bleus avec une chaîne en or dans la première cabine et le vieux monsieur maigrelet aux cheveux gris dans la troisième cabine. Mais la vraie question était : qui aurait osé un tel larcin ? Tash était certaine que les employés des bains n'étaient pas du genre à vouloir prendre le moindre risque avec Gravell, ce qui ne laissait plus que les deux clients. Elle se rendit directement auprès des garçons de bains pour leur demander s'ils connaissaient l'identité des deux hommes.

Le plus âgé des deux adolescents au visage grêlé de boutons éclata de rire.

— Le vieux… tu ne l'as pas reconnu sans sa toge ? C'est le maire. Mais en quoi ça t'intéresse, d'abord ?

Tash fit la grimace. Elle se demanda ce que l'édile avait pu entendre ou comprendre de la discussion entre elle et Gravell au sujet de la fumée. Il avait pu appeler les hommes du prévôt. Avec un peu de chance, il était dur de la feuille…

— Et l'autre ? Le jeune, avec une chaîne en or autour du cou.

Le boutonneux sourit.

— Sûr qu'on connaît son nom. On te le dira pour dix kopeks.

— Chacun, ajouta son comparse.

Tash leur donna les pièces en ajoutant d'un ton menaçant :

— Si j'apprends que vous m'avez menti, je viendrai me faire rembourser.

Les garçons ne semblaient guère intimidés.

— Il s'appelle Edyon. Sa mère vend des meubles.

Tash quitta les bains pour se rendre à la foire dans la partie dédiée aux beaux-arts. Elle traînait rarement dans cette zone, le coin chic. La clientèle y était distinguée, riche et vieille. Tash ne se sentait pas à sa place. Les tentes étaient magnifiques, mais les gardes nombreux. Chaque chapiteau semblait être protégé par un ou deux molosses. Elle en aborda un pour lui demander s'il connaissait un certain Edyon dont la mère vendait des meubles. L'homme haussa les épaules.

— Demande donc au vendeur de boustifaille. Ged connaît tout le monde.

Et en effet, Ged connaissait bien un Edyon.

— Dans les dix-huit ans ? demanda Tash.

— Oui, c'est bien ça. C'est le fils d'Erin Foss. Elle vend des meubles de luxe, « les plus exquis et les plus rares », selon elle.

— Où est sa tente ?

— C'est la rouge et or. La plus exquise et la plus rare, évidemment.

Tash n'eut aucun mal à la trouver. L'édifice de toile était massif et flanqué de deux tentes rondes plus petites. La zone centrale servait à faire affaire, les deux annexes étaient des quartiers privés. Un homme montait la garde à l'entrée et Tash ne voyait aucun signe d'Edyon.

Elle plissa le front. Elle pouvait bien l'attendre, mais que faire lorsqu'il se pointerait ? Elle était pratiquement certaine à présent qu'il était le voleur, mais pour récupérer la fumée, elle allait avoir besoin de gros bras…

À l'auberge, elle retrouva Gravell toujours assis à la même table, mais en galante compagnie. Tash prit place face à eux et Gravell se tourna vers elle en disant :

— Ah, ma jeune assistante est de retour. Elle a, à n'en pas douter, mis la main sur le margoulin et récupéré mon dû ?

Il s'exprimait d'une voix pâteuse. Son interlocutrice se pencha pour l'embrasser dans l'oreille.

— Tu as éclusé combien de bières, au juste ? demanda Tash.

— Pas assez.

Et joignant le geste à la parole, il but goulûment le contenu de sa chope.

— J'ai retrouvé le voleur, oui. Enfin pas exactement, mais je sais qui c'est et où il réside.

Gravell écouta le compte rendu de l'enquête.

— Edyon est jeune, il est suffisamment rapide et agile pour avoir fait le coup. Il a dû entendre notre conversation et en a deviné que tu détenais… une certaine marchandise.

— Et il compte la vendre à son profit ou la consommer lui-même, ce petit salopard. Tu es sûre que c'est bien lui ?

— Sûre et certaine.

— Bien. Je suis d'humeur à passer à l'action. J'ai passé l'après-midi le cul vissé sur ma chaise.

Il se redressa, tituba violemment et se rassit.

— Je crois que j'ai perdu le compte de mes verres.

Et il s'effondra face contre table.

La femme poussa un soupir et jeta un regard désabusé à Tash.

— Il me doit un kroner.

— Il me doit bien plus que ça, répliqua-t-elle.

Elle saisit la chope et prit une gorgée de bière sans lâcher la femme des yeux. Tash avait vu défiler un nombre incalculable d'opportunistes faire les poches de Gravell au fil des années. Tout ce travail abattu, tous ces risques qu'il prenait, pour gaspiller ses deniers auprès de filles de mauvaise vie. Tash n'arrivait toujours pas à le comprendre.

La femme ne semblant pas vouloir partir, Tash l'interpella :

— Je peux vous aider ?

— Mon kroner.

— Demandez à Gravell lorsqu'il se réveillera. Le connaissant, ça devrait être aux alentours de demain matin, pour le petit déjeuner.

La femme se mit à tâter les poches de Gravell, à la recherche de sa bourse. Le chasseur de démons ne bougea pas. On aurait dit une montagne de chair affalée sur la table, sa veste tendue à craquer sur les muscles de son dos.

— Si tu t'avises de lui piquer le moindre truc, je te tranche la main avec mon couteau à dépecer.

Le couteau en question reposait dans le sac de Tash et elle n'avait aucune intention d'amputer qui que ce soit, mais difficile de bouder son plaisir en voyant la femme retirer instinctivement sa main. Elle dominait pourtant Tash d'une bonne tête et faisait bien le double de son poids.

— Il est sans doute fauché de toute façon, marmonna-t-elle. Vous êtes bien assortis, tous les deux. Des barbares à peine civilisés.

Elle quitta son siège et s'en alla.

Tash prit une autre lampée de bière et fit la grimace. La boisson était tiède et éventée. Elle versa le reste sur la tête de Gravell dans l'espoir de le réveiller, mais il ne bougea pas d'un pouce.

AMBROSE

Norwend, au nord du Brégant

AMBROSE S'EFFORÇA DE DISSUADER SON FRÈRE de l'accompagner, mais Tarquin se montra inflexible.

— Il s'agit simplement d'aller jusqu'à la frontière. Je veux m'assurer que tu quittes le royaume en toute sécurité, petit frère. Considère qu'il s'agit de mon devoir en tant que fidèle sujet du roi, ajouta-t-il avec un sourire.

Ils quittèrent la maison de la même façon qu'Ambrose était entré. Tarquin prit des chevaux dans le champ et emporta argent et provisions. Une fois sur la route, il interrogea Ambrose au sujet de Fielding.

Tarquin écouta avec attention son compte rendu, sans réussir pour autant à trouver un sens à cette histoire.

— L'armée du roi recrute déjà des adolescents.

— Certes, mais seulement pour servir d'écuyers à des chevaliers adultes. Il n'y avait aucun majeur dans ce détachement, seulement des garçons. D'ailleurs, en termes de chiffres, ils approchaient plutôt les deux détachements. Ils étaient plus de trois cents, tous en formation. Ils semblaient croire que je faisais partie d'une épreuve concoctée par leur commandant.

— Heureusement qu'ils n'ont pas découvert ta véritable identité.

Ambrose fit la grimace.

— Je pense qu'ils finiront bien vite par la deviner. J'ai dû abandonner mon cheval. La selle porte mes initiales et le nom de mon unité.

— Bah, d'ici peu tu auras franchi la frontière et cela n'aura plus d'importance. Est-ce que tu as trouvé le moindre indice qui aurait pu expliquer la présence d'Anne dans ce lieu reculé ?

— Non, rien. Mais ils parlaient d'une invasion.

— Du Calidor ? Encore une guerre ?

— C'est ce que le roi a toujours voulu.

— Mais envoyer des adolescents au combat relève du désespoir. Ils ne feront pas le poids face à des hommes entraînés.

— Ils sont bien parvenus à me capturer. Et je sais que cela va te paraître étrange, mais l'un d'entre eux m'a jeté son épée en pleine tête à cinquante pas de distance tandis que je m'enfuyais. Un autre a planté sa lance deux fois plus loin que la mienne. Ils sont forts et rapides.

Ambrose essaya de se souvenir des discussions des adolescents, notamment à propos de l'unité bleue qui avait perdu et serait privée de quelque chose après l'invasion. Il repassa ces bribes de souvenirs en revue avec Tarquin sans parvenir à leur donner le moindre sens.

La route étroite était presque déserte, à l'exception de quelques charrettes revenant de Pitorie pleines de biens échangés à la frontière, mais l'herbe était largement foulée dans les deux sens de circulation et indiquait qu'un grand nombre de chevaux avaient emprunté ce passage vers le nord. La première nuit, les frères dormirent au bord de la route et furent surpris au petit matin de constater que la route était à présent congestionnée par un flot de soldats. Entre fantassins et cavaliers, ils étaient peut-être cinq cents.

— Que font-ils ici ? demanda Ambrose.

— Ils sont peut-être en manœuvres, répondit Tarquin. Mais ces choses-là sont organisées des mois à l'avance et je n'ai rien entendu de tel. Peut-être que Tallerford accueille un tournoi de joutes ?

— Non, ils sont beaucoup trop nombreux pour un simple tournoi.

Ambrose pouvait distinguer les fanions des hommes du roi et des seigneurs du Sud : Wender et Thornlee. Aucun des étendards royaux n'était cependant visible, ce qui signifiait que ni le roi ni le prince ne se trouvaient dans ce cortège.

— Peu importe où ils se rendent, nous ne pouvons pas les dépasser, nous sommes trop reconnaissables, conclut Ambrose.

Ils n'avaient d'autre choix que de continuer à bonne distance de la troupe. Cette nuit-là, le détachement campa au bord de la route, mais ne se remit pas en chemin au petit matin.

— Qu'est-ce qu'ils attendent ? maugréa Tarquin après avoir passé l'essentiel de la matinée à guetter le départ des soldats.

Ambrose regarda en arrière et poussa un juron. À l'horizon, des oriflammes se dessinaient.

— Ils attendent ceux-là.

— Dans les bois, vite ! intima Tarquin en entraînant son cheval hors de la route.

Ils eurent à peine le temps de se mettre à couvert que l'avant-garde des soldats arrivait en vue.

— Ce sont les couleurs de lord Gunnar… et derrière, ce sont des hommes du comte de Karrane.

Tarquin fronça les sourcils.

— Tes soldats en herbe parlaient d'une invasion. Mais ont-ils vraiment mentionné le Calidor ? Car tout cela ressemble de plus en plus à une armée en route pour la Pitorie.

— Mais nous ne pouvons pas envahir la Pitorie. Catherine s'y trouve pour épouser le prince.

Ambrose se tourna vers Tarquin en quête d'un regard rassurant, sans le trouver. Et tout ce qu'il savait semblait désormais étayer cette idée impossible.

— Si les garçons étaient au courant de l'invasion, tu crois qu'Anne aurait pu l'apprendre également ? Est-ce que tout cela est lié à ce qu'elle a découvert ?

— Ambrose, tu te perds de nouveau en conjectures. Nous n'avons aucune idée de ce qu'elle savait. Nous ne savons même pas s'il s'agit d'une invasion.

— Je sais au moins que Père aurait eu vent du moindre tournoi ou de la moindre manœuvre dans la région. S'il n'en a pas été informé, je ne vois pas pour quelle autre raison cette armée se masserait ici.

Ambrose avait haussé la voix.

— Ils ne peuvent pas attaquer la Pitorie. Ce serait de la folie. Et puis, j'ai beau ne pas être expert en stratégie, j'ai du mal à voir en quoi investir une région pauvre et perdue en plein Nord, loin de tout centre de pouvoir, serait la meilleure façon de s'y prendre.

— Je ne comprends pas non plus. Mais il se trame quelque chose d'important. Je dois découvrir de quoi il retourne… Si nous pouvions jeter un œil aux ordres reçus par les commandants, nous serions fixés.

— Ambrose, non… c'est impossible.

— Difficile, mais pas impossible. Je peux m'infiltrer dans le camp ce soir et voir ce que je trouve.

— Quoi ? Je n'ai jamais entendu pire bêtise. Tu es un fugitif recherché et c'est un campement militaire. Tu ne passerais même pas le périmètre de défense.

— Il faut que j'enquête, Tarquin. Il se passe quelque chose d'étrange et je suis certain que c'est lié d'une façon ou d'une autre à la mort d'Anne.

Tarquin poussa un long soupir.

— Dans ce cas, j'irai, moi, et je demanderai au commandant ce qu'ils font ici.

— Tu vas leur *demander* ? Ton idée est encore pire que la mienne. Ils ne te diront rien.

— Nous sommes toujours sur les terres de Père. J'ai le droit de savoir, répondit Tarquin avec véhémence.

— Tu crois vraiment qu'ils te feraient ce plaisir ? Oh que non. Tu ne dois pas te mêler à ça. Je suis déjà un traître condamné. Je n'ai rien à perdre. Les plans sont certainement en possession de lord Thornlee, c'est le plus ancien des seigneurs. J'entrerai dans le camp sans problème avec mon uniforme de garde royal, ensuite il s'agira simplement de trouver la tente de Thornlee.

Tarquin secoua la tête et soupira de nouveau.

— Je n'arrive pas à croire que je m'apprête à dire ça, mais tu auras besoin d'une diversion.

Ambrose esquissa un sourire.

— Et tu pourrais m'en fournir une ?

— Que dis-tu d'un incendie là où sont parqués les chevaux ?

— Si les chevaux paniqués se dispersent à travers tout le campement, je crois que ce sera tout à fait suffisant.

— Il faut que je porte l'uniforme des hommes de Thornlee, objecta Tarquin.

— Il va donc falloir emprunter les vêtements de quelqu'un. Il doit bien y avoir des soldats qui se lavent dans la rivière.

Un grand sourire de Tarquin.

— Allons voir.

Ils eurent presque le sentiment d'être revenus en enfance, à voler les vêtements. Il faisait déjà chaud en ce début d'après-midi et une vingtaine d'hommes se baignaient dans la rivière. Ambrose se déshabilla, entra dans l'eau en aval puis nagea jusqu'au tas d'habits le plus proche, frappés des armoiries rouges et vertes de Thornlee. Il les ramassa et disparut dans les buissons où Tarquin l'attendait.

Le grand frère enfila la tunique et le pantalon. Ce dernier était un peu court, mais les bottes pallièrent cette infortune. Il ramena ses cheveux sur le dessus et se coiffa d'un chapeau tandis qu'Ambrose lui étalait un peu de boue sur le visage.

— Pas mal, dit-il. Même moi, j'aurais du mal à te reconnaître.

Ambrose passa son uniforme de garde royal. Voilà qui devrait suffire à lui garantir l'accès au camp. Il fallait juste espérer que personne ne le remettrait.

Ambrose observa Tarquin longer le campement jusqu'à l'endroit où étaient attachés les chevaux. Les hommes du roi, de Wender et de Boris logeaient dans des sections distinctes. Ambrose resta tapi derrière les arbres. Bien vite, il vit de la fumée s'élever à l'opposé du campement, puis des cris et les premiers bruits de galop. Ambrose ne put réprimer un sourire. Les chevaux effrayés fonçaient à travers les tentes des hommes du roi, une double honte pour Thornlee. Tandis que le vacarme se répandait, le seigneur en personne sortit de son pavillon pour s'enquérir de la situation.

Ambrose s'élança d'un pas assuré et traversa les allées de tentes tandis que les soldats autour de lui couraient en direction du feu. Il s'attira quelques regards, mais personne ne l'arrêta. Il poursuivit jusqu'à la tente de lord Thornlee, gardée par un unique soldat. Ambrose le héla :

— Je dois voir lord Thornlee.

— Il vient de partir, monsieur.

Ambrose poussa un soupir.

— Je vais l'attendre.

Et là-dessus, il passa devant le garde pour entrer dans la tente.

— Mais… vous ne pouvez pas attendre ici, monsieur.

— Eh bien je ne vais certainement pas attendre dehors. Ses chevaux sont en train de semer la pagaille dans le camp. Amenez-le tout de suite.

— Mais il vient de partir pour remédier au problème, monsieur.

— Dans ce cas, faites-le revenir, espèce d'imbécile.

— Bien, monsieur.

Tandis que le garde s'éloignait, rouge de honte, Ambrose passa rapidement en revue la table ronde qui se trouvait au centre de la tente. Une pile de lettres reposait sur le bois poli. Ambrose les feuilleta jusqu'à en trouver une marquée du sceau royal.

— Et a-t-il dit qui il était ? tonna une voix énervée de l'autre côté de la toile.

Thornlee !

En fourrant la lettre dans sa ceinture, Ambrose sortit sa dague, découpa une fente dans la toile et s'éclipsa aussi vite. Son cœur battait la chamade tandis qu'il s'efforçait de marcher calmement en direction des arbres, s'attendant à chaque seconde à être interpellé par quelqu'un. Mais personne ne l'arrêta et sitôt sous le couvert des arbres, il se mit à courir sans marquer la moindre pause jusqu'au point de rendez-vous convenu avec Tarquin.

— Tu as réussi ? demanda son frère.

Ambrose tendit la lettre en essayant de reprendre son souffle.

Tarquin la prit et déplia le papier épais. Il en parcourut le contenu rapidement.

— Eh bien, il semblerait que notre illustre roi maîtrise des notions de stratégie dont nous ignorons tout, car cette armée est bien sur le point d'envahir le coin le plus reculé de la Pitorie.

CATHERINE

Leydale, Pitorie

On attribue à la Reine Valeria cette phrase devenue célèbre : « Le peuple aime sa reine et la reine aime son peuple. » Jamais un roi n'aurait prononcé ou ne pourrait prononcer de tels mots.

L'Histoire du Brégant,
Thomlyn Thraxton

ELLE AVAIT BEAU SE DÉCLARER PITORIENNE, Catherine n'en avait ni l'allure ni l'esprit. Les habitants de la Pitorie apparaissaient élégants, sophistiqués et exotiques. Pour mettre en œuvre son plan, il allait lui falloir leur ressembler et même les surpasser.

Elle se leva dès l'aube et ordonna à ses servantes de sortir ses robes pitoriennes. Lorsqu'elle les avait découvertes à Brigane, elle les avait jugées dangereusement suggestives, mais les dames qu'elle avait côtoyées la veille étaient vêtues de façon bien plus impudique encore. En vérité, même la plupart des hommes s'étaient montrés plus sophistiqués dans leur tenue que Catherine. Il lui fallait de cette audace, sans trop en faire. Quelque chose qui évoque à la fois la Pitorie tout en lui restant propre.

Sa robe de mariage n'était pas étalée sur le lit avec les autres, aussi demanda-t-elle à Sarah de l'apporter. Elle était blanche et dorée, au corset orné de cristaux ouvragés qui descendaient jusqu'au bas de la jupe. La robe la recouvrait des chevilles à la gorge, mais plusieurs ouvertures, aux épaules, au ventre et au dos laissaient entrapercevoir sa peau à travers un léger voile de tulle. C'était une robe pitorienne autant qu'une robe de princesse.

— Enfile la verte, Jane, ordonna-t-elle.

Jane s'approcha de Catherine et s'apprêta à lui ôter sa chemise de nuit.

— Non, pas pour moi. Je veux que ce soit toi qui la mettes.

Jane s'arrêta, interdite.

— Tanya, tu porteras l'une des rouges.

Tanya fit une révérence et saisit la robe rouge que Catherine avait revêtue face à son père.

— Sarah, tu mettras du noir. Aujourd'hui, je vais monter à cheval plutôt que m'asseoir dans le carrosse. Vous m'accompagnerez. Habillez-vous à présent.

Sarah, Jane et Tanya échangèrent des regards à la fois nerveux et excités avant de se débarrasser gaiement de leurs robes beiges de servantes. Bien vite, elles se retrouvèrent transformées en dames pitoriennes. Quelques habiles retouches et les robes leur allèrent parfaitement. Côte à côte, elles faisaient songer aux couleurs du drapeau pitorien.

— Allez-vous porter la robe d'hier, Votre Altesse ? s'enquit Jane.

— Je vais mettre la blanche.

— Mais..., s'étonna Jane timidement. C'est votre robe de mariage, Votre Altesse.

— Je compte en acquérir une autre pour cette occasion. Je souhaite porter celle-ci dès aujourd'hui.

Elles l'aidèrent à l'enfiler. La robe était lourde et serrée à la poitrine et au cou. Chevaucher en plein soleil ainsi vêtue ne serait pas une partie de plaisir.

Sarah avait commencé à plier soigneusement la traîne pour l'emporter séparément.

— Non, je veux la traîne également. Couds-la à la robe.

— Mais elle est trop longue, protesta Tanya.

— Précisément. Elle est parfaite.

Sarah déplia rapidement le flot de tissu parsemé de cristaux. Elle le cousit aux épaules et applaudit avec ravissement lorsque Catherine défila avec dans la chambre.

— Dois-je porter mon collier ou non ?

Les servantes semblaient indécises sur ce point.

— Non, vous avez raison, faisons preuve d'un peu de retenue brégantine. La robe suffit.

À cet instant, on frappa à la porte. Un domestique leur apprit qu'un gentilhomme l'attendait dans la bibliothèque. Catherine n'avait pas vu le temps filer, mais elle était à présent prête à faire son effet auprès de sir Rowland.

En organisant leur petit convoi, elle dit :

— Sarah, tu ouvriras la marche. J'aimerais que tu études la réaction de sir Rowland au moment où il me verra.

— Vous êtes éblouissante, Votre Altesse, s'exclama Tanya.

Les lèvres de Catherine dessinèrent un sourire.

— Tant mieux. On ne saurait se satisfaire de moins.

Elle emboîta le pas à Sarah dans les escaliers qui conduisaient à la bibliothèque, Jane et Tanya sur ses talons pour s'assurer que sa traîne n'accrochait rien. Sarah ouvrit les portes et Catherine fit son entrée. Elle qui espérait surprendre sir Rowland se trouva momentanément sous le choc.

— Noyes !

Les yeux du maître-espion du roi s'écarquillèrent et il fit deux en pas en arrière. Catherine ignorait si cette réaction était l'effet souhaité, mais elle ne boudait pas son plaisir de voir Noyes battre quelque peu en retraite. Elle pouvait sentir Tanya triturer nerveusement sa traîne, sans savoir si elle se contentait de la lisser ou si elle indiquait à Catherine de se retenir.

— Je m'attendais à retrouver sir Rowland.

Catherine regretta aussitôt d'avoir dévoilé à Noyes ce qu'elle comptait faire.

— Vous souhaitiez me parler ? reprit-elle.

— Je voulais vous complimenter pour la finesse dont vous avez fait preuve hier soir, Votre Altesse.

— Un compliment de votre part. Voilà bien une rareté.

Catherine s'attendait à présent au revers de la médaille.

— Le discours de lord Farrow était aussi maladroit qu'inhospitalier. Le vôtre a sauvé la situation autant que faire se peut pour une jeune fille dont c'était à l'évidence la première prise de parole en public. Une expérience originale et divertissante pour les convives, à n'en pas douter. Cependant, je sais que votre père n'approuverait guère une telle initiative et vous demanderait de vous en abstenir à l'avenir.

Catherine répliqua, les lèvres pincées :

— J'ai reçu plusieurs compliments hier soir et il m'est apparu que les invités avaient apprécié entendre mon point de vue. Je compte bien m'employer à leur faire savoir que nous autres, Brégantins, sommes leurs amis et non une menace. Cela ne pourrait assurément contrarier mon père.

— Les sentiments anti-brégantins entretenus par lord Farrow et ses semblables ne seront pas dissipés à coups de jolis discours, Votre Altesse, et vous risquez… eh bien, vous risquez de commettre une erreur et de vous couvrir de ridicule en public.

Noyes, comme vous êtes devenu prévisible à jouer ainsi avec mes peurs, songea Catherine. Il connaissait son angoisse de l'échec, sa peur d'être moquée, mais ce que Noyes ignorait, c'est qu'elle était en train de changer. Libérée de l'ombre de son père, la récompense du succès avait pris le pas sur la peur d'échouer et Catherine se découvrait une âme de parieuse qu'elle n'aurait jamais soupçonnée.

— Merci pour vos conseils, Noyes. Vous serez ravi d'apprendre que je ne compte pas donner de discours aujourd'hui. Je vais plutôt laisser ma tenue parler pour moi. J'espère que les foules l'apprécieront.

Noyes sourit.

— Hélas, j'ai bien peur que la populace ne puisse en apercevoir grand-chose derrière les portières de votre carrosse.

— Remarque pertinente, Noyes. C'est pourquoi j'ai décidé de monter à cheval aujourd'hui.

Pour la deuxième fois de la matinée, Catherine eut le plaisir de voir l'inquisiteur désarçonné.

— À cheval ? Avec une robe pareille ?

— Oui, cela aura fière allure, n'est-ce pas ?

Quant au confort, c'était une autre histoire. Catherine n'était même pas certaine de pouvoir s'asseoir tout court. Elle pivota sur ses talons pour faire tournoyer les joyaux de sa robe.

— Autre chose, Noyes ?

Ce dernier ne répondit pas.

— En ce cas, vous pouvez disposer.

Il hésita puis adressa une courbette brusque avant de quitter la pièce. Chemin faisant, il croisa sir Rowland. L'ambassadeur se fendit d'un grand sourire et tendit les bras vers Catherine.

— Vous êtes magnifique, Votre Altesse. Et votre discours d'hier soir a marqué les esprits. J'ai déjà surpris des conversations à votre sujet lors des promenades matinales.

— À mon sujet ?

— Il est toujours bon d'être au centre des discussions en Pitorie. Et bientôt, tous ne parleront que de votre robe.

— Parfait. Mais j'aurais besoin de votre assistance, sir Rowland. Tout d'abord, il me faut une monture pour la journée, ainsi que pour mes demoiselles. J'attends, bien évidemment, les bêtes les plus dociles et soignées de tout le cortège.

— Merveilleux, merveilleux ! Oui, oui, bien sûr. Je m'en charge sur-le-champ.

Catherine rit. Elle était tant habituée à ce qu'on lui interdise la moindre chose que la réponse enthousiaste de sir Rowland lui mettait du baume au cœur.

— Ensuite, j'aimerais que notre voyage soit davantage un événement pour les villes que nous traversons. Peut-être pourrions-nous ajouter une fanfare et des acrobates ?

— Excellente suggestion. Moins de soldats, plus de saltimbanques. De la musique pour attirer les foules. Voilà qui ne sera pas difficile à arranger. Et des danseurs, bien sûr.

— Enfin, j'aurais besoin d'un symbole. Quelque chose que je pourrais porter et qui m'associerait à la Pitorie. Quelques fleurs pourraient faire l'affaire.

— Une vissune, peut-être ? C'est une fleur blanche caractéristique du pays, d'une fragrance et d'une apparence exquises, appréciée de tous.

— Voilà qui me plaît. Je savais que vous seriez de bon conseil.

— En ce cas, le blanc sera votre couleur.

Sir Rowland hésita avant de reprendre :

— Si je puis me permettre, Votre Altesse, il est fort agréable de vous voir adopter la Pitorie de la sorte. D'aucuns pensaient que l'union était un stratagème de votre père. Il est de notoriété publique qu'il a longtemps entretenu une rancœur vis-à-vis du roi Arell depuis la guerre entre le Calidor et le Brégant. Vos actions dissiperont toute inquiétude. Je crois que le prince Tzsayn sera également ravi d'apprendre votre enthousiasme.

— Vraiment ?

L'espace d'un instant, Catherine avait presque oublié que le mariage marquait la fin de son voyage.

— Je l'espère. Je tiens à trouver ma place dans ce pays, sir Rowland. Je ne compte pas finir enfermée dans une tour. Je souhaite faire quelque chose de ma vie. Le peuple de Pitorie nous prend pour des va-t-en-guerre assoiffés de sang. Je souhaite les conquérir à ma façon, non à coups d'épée ou de lance, mais avec une robe et une fleur. Croyez-vous cela possible ?

Sir Rowland s'inclina.

— J'ai la certitude que vous avez le pouvoir de conquérir quiconque, Votre Altesse, comme vous m'avez déjà conquis. En ce jour, je porterai moi aussi une vissune à la boutonnière et je ne doute pas que cet exemple sera bien vite repris au sein des masses.

MARCH

Dornan, Pitorie

MARCH RETRAVERSA LES BOIS en direction de la foire dans l'espoir d'y trouver Holywell. Une fois arrivé à la tente rouge et or d'Erin, il ressentit un profond soulagement en constatant que son complice montait toujours la garde. March se dirigea vers lui d'un pas aussi détaché que possible.

— Edyon est dans la forêt. Je lui ai dit, pour son père, et que nous étions venus le ramener au Calidor.

— Et il y a cru ?

— Oui, mais il veut une preuve. Il nous faut le sceau que le prince a donné à Regan.

Holywell siffla d'un air songeur.

— Regan est toujours en pleine discussion avec la mère d'Edyon à l'intérieur.

— Elle doit donc connaître la raison de sa venue.

— Ce qui veut dire que nous devons tenir Edyon éloigné d'elle et nous débarrasser de Regan. Le plan n'a pas changé, petit frère, dit Holywell avant de faire un geste du menton en direction de Regan, qui sortait de la tente.

— Et le moment est idéal. Il faut qu'on l'attrape dans un endroit isolé. Il y a un coin juste après les caravanes, un petit creux au bord du ruisseau. Je vais me poster là-bas. Toi, tu te charges de le conduire à moi.

March hocha la tête.

— Je vais lui dire que le prince a un message urgent pour lui.

Holywell lui tapota le bras.

— Parfait. Tiens-toi prêt à me donner un coup de main. Regan n'est pas du genre à se laisser faire.

Avant que March n'ait le temps de répondre, Holywell s'élançait déjà vers le ruisseau.

March n'eut pas le loisir de réfléchir tandis qu'il se précipitait à son tour derrière Regan, reprenant son attitude de servant aussi facilement que s'il avait enfilé un vieux manteau. Dans sa course, il lança un « Monsieur, monsieur ! » puis un « Lord Regan ! » chargés de diligence.

Le seigneur fit volte-face.

— Lord Regan, le salua March en s'inclinant profondément. Mes excuses, monsieur. Je suis porteur d'un message.

March releva la tête pour que Regan le reconnaisse.

— Je suis March, monsieur. Au service du prince Thelonius.

— Et on t'a demandé de hurler mon nom dans les rues ?

— Mes excuses, monsieur.

Une nouvelle révérence. Il savait qu'il ne fallait pas implorer le pardon, mais attendre que le seigneur passe à autre chose et s'enquiert du message.

— Tiens-toi droit, mon garçon. Trouvons-nous un endroit tranquille.

— Oui, monsieur. Mon associé attend là-bas. C'est lui qui détient le message, monsieur.

Et March s'efforça de guider Regan en restant derrière lui, ce qui était toujours pénible avec les nobles.

— Le prince nous a fait mander avec la plus grande hâte. Je vous ai cherché à travers toute la foire, monsieur.

— Qui est ton associé ?

— Brown, monsieur.

March avait choisi le nom d'un autre domestique de Thelonius que Regan ne pouvait connaître de visu.

— Et quand ton maître t'a-t-il envoyé ?

— Le prince nous a dit que vous étiez parti depuis trois jours.

— Tu as fait vite pour me rattraper.

— Ordre du prince, monsieur. Et les vents nous étaient favorables durant la traversée.

— Comment m'as-tu retrouvé ?

Regan venait-il de prendre un ton soupçonneux ?

— C'est Brown, monsieur. Il a deviné où vous seriez.

— Ah, vraiment ? Et comment s'y est-il pris ?

Tant de question. Trop de questions…

— Je ne sais pas vraiment, monsieur. Il pourra vous le dire mieux que moi. Il est juste là-bas. Derrière les tentes, près du ruisseau.

— Le prince t'a-t-il chargé de me remettre quelque chose d'autre ?

March sentit la sueur perler sur son front. Un authentique messager aurait peut-être prouvé son identité à l'aide d'un signe ou d'un mot de passe. Regan semblait se méfier.

— Brown a tout, monsieur. J'étais honoré que le prince me confie pareille tâche, mais il me considère trop jeune et inexpérimenté pour voyager seul. Brown s'est déjà rendu en Pitorie et il parle la langue.

Ils dépassèrent la dernière tente et le vaste champ s'étendit sous leurs yeux. March se rendit compte que l'endroit était idéal pour une embuscade : la pente qui menait à la rive était à l'abri des regards et pourtant, le lieu isolé n'apparaissait pas menaçant.

Holywell était là, tournant le dos à March et jetant de petits cailloux dans l'eau. March s'arrêta à un pas de Regan, comme le bon domestique qu'il était.

— Brown ? demanda Regan.

Holywell pivota et s'inclina en gardant la tête basse pour que Regan ne puisse voir ses yeux.

— Monseigneur.

— Tu as un message pour moi.

— Oui, monseigneur.

Holywell se releva et fit un pas en portant la main à sa poche, comme pour en sortir un papier. Il fit un nouveau pas en fronçant les sourcils comme s'il ne le trouvait pas, puis encore un autre avant de sortir un poignard et de foncer sur Regan.

— Trahison ! hurla Regan en esquivant instinctivement avant d'attraper Holywell par le cou et de tordre son bras armé dans son dos. Ils titubèrent de concert, comme une bête blessée, Regan grognant et luttant jusqu'à ce que la dague tombe au sol.

March devait agir pour venir en aide à Holywell. Le cœur battant, il ramassa l'arme, mais Regan ne l'avait pas perdu de vue. Il relâcha Holywell en le poussant au loin avant de sortir sa propre dague de son fourreau et de porter un coup d'estoc à March. Ce dernier bondit en arrière et Holywell se précipita sur Regan en le saisissant par la taille. Emportés par cet élan, ils roulèrent tous deux le long de la pente avant d'atterrir dans le ruisseau.

March courut les rejoindre. Holywell gisait sur le flanc, le visage tuméfié, une plaie ruisselante au cou. Regan était étendu sans bouger face dans l'eau. En amont, March aperçut une femme et son enfant qui les observaient. Il leur tourna le dos le plus nonchalamment possible, s'éloigna de leur vue et plongea dans la rivière. Il devait récupérer le sceau et Holywell au plus vite. Les jambes arquées, il essaya de retourner le corps de Regan. Il y parvint à la seconde tentative. Le sang teintait l'eau autour de lui. Il avait été poignardé au torse et ne paraissait plus respirer. Les mains tremblantes de froid et de peur, March déboutonna sa veste, mettant enfin à profit ces années passées à habiller et déshabiller son maître. Il trouva bien vite la bague, la mit dans sa poche et releva Holywell, qui était toujours aussi violacé et à bout de souffle.

— On doit y aller. Tout de suite.

Il passa un bras sous son épaule et l'entraîna en direction des arbres. Il jeta un coup d'œil en arrière, mais la femme et son enfant avaient disparu. Qu'avaient-ils vu de la scène ? Il était désormais trop tard pour s'en soucier.

Holywell pesait plus qu'il n'y paraissait, aussi March s'effondra-t-il avec lui une fois à l'abri derrière un tronc.

— Eh bien, tout s'est passé à merveille, dit-il dans un râle.

Il était dans un état déplorable. Trempé et haletant, sa plaie au cou saignait abondamment.

— Dis-moi que tu as la bague.

March la sortit de sa poche. Elle réfléchit un rayon du soleil couchant. C'était le véritable sceau du prince : un aigle doré à l'œil d'émeraude.

EDYON

Dornan, Pitorie

Mme Eruth avait-elle dit vrai ? Le père d'Edyon exerçait-il une influence sur sa vie ? Encore hier, son existence paraissait tellement terne et désespérée et voilà qu'il était fils de prince. Et pas de n'importe quel prince, mais de Thelonius, héros du Calidor ! Un petit pays, certes, mais riche pour sa taille. Et civilisé. Patrie d'innombrables musiciens, peintres et sculpteurs. L'architecture y était simple, mais de bonne qualité, et la mode moins ornementée qu'en Pitorie. Quant au mobilier, il était d'excellente facture, avec une prédilection pour le chêne et les essences d'arbres fruitiers. Les Calidoriens n'étaient guère portés sur la danse, ce qui convenait parfaitement à Edyon, mais on les disait excellents guerriers, ce qui le chagrinait davantage car il haïssait se battre. Ils étaient surtout réputés pour avoir tenu bon lors de la guerre fratricide contre le Brégant et Thelonius était aussi respecté qu'intelligent et honorable.

Cet honneur en prendrait un coup avec l'arrivée d'Edyon. Il songea à ce que lui avait dit March au sujet des seigneurs mécontents, et il semblait tout à fait crédible que certains courtisans ne voient pas d'un bon œil un bâtard débarquer dans leur petit monde. Mais il était gratifiant d'imaginer que son père avait fini par mesurer l'importance d'Edyon et qu'il était prêt à risquer sa réputation pour le voir. Edyon s'était rêvé de nombreux pères, de roi à vagabond, mais la réalité semblait à présent trop absurde et il avait du mal à y croire.

Sans compter March. Dès le premier regard, Edyon les avait imaginés amants. Il était persuadé que le sublime Abask ressentait la même chose, même s'il était trop gêné pour l'admettre. Mais March se comportait à présent comme un domestique. Durant toutes ces années passées à sillonner la Pitorie dans la caravane de sa mère, Edyon avait rencontré des gens de toutes les origines et de toutes les cultures, mais jamais il n'avait croisé d'Abasks, jamais il n'avait vu chez quiconque des yeux aussi envoûtants. Il n'avait pas de mal à s'imaginer qu'un prince puisse vouloir d'un serviteur aussi exotique. Peut-être qu'Edyon pourrait en faire à la fois son valet et son amant.

Il faisait sombre à présent et March n'était toujours pas revenu, contrairement aux doutes d'Edyon. Avait-il tout imaginé ? Il avait absorbé une certaine quantité de fumée particulièrement forte. Mais il avait rencontré March *avant* la fumée. Se pouvait-il qu'on lui ait joué un tour ? Après tout, on ne lui avait encore présenté aucune preuve, et il lui en faudrait pour suivre March au Calidor.

Cela paraissait incroyable. Aller au Calidor pour rencontrer son père.

Il se trouvait véritablement à un croisement ; ses vieilles habitudes de voleur l'avaient conduit à une impasse et il lui fallait changer de voie. Mme Eruth avait vu juste à propos du nouvel homme dans sa vie, mais March était-il là pour le guider vers un paradis lointain ou bien vers la souffrance, la douleur et la mort ? Non, c'est en restant ici qu'il subirait cette issue, que ce soit aux mains de Stone, Gravell ou, de Regan. Aller à la rencontre de son père semblait être le bon choix. Mais Mme Eruth n'avait-elle pas dit que l'étranger lui mentirait ? Était-ce un subterfuge ? Une vaste blague ?

Et March qui n'était toujours pas revenu.

Edyon faisait nerveusement les cent pas. La lueur du flacon de fumée semblait gagner en intensité, comme pour signaler sa présence. Il longea la rive jusqu'à trouver une dépression dans laquelle cacher le flacon pour ne plus exposer sa lumière.

Edyon s'approcha davantage de l'orée des bois dans l'espoir d'apercevoir March. Seul un champ le séparait des tentes et il pouvait voir les allées et venues des badauds. Mais aucun signe de March. Avait-il menti tout du long ?

Tout à coup, Edyon sut qu'il devait en parler à sa mère. Seule sa parole aurait valeur de preuve. Il avait renoncé des années plus tôt à la questionner, mais à présent qu'il disposait du nom, il lui faudrait bien l'infirmer ou le confirmer.

Elle allait devoir lui dire la vérité, désormais.

Erin se leva sitôt son fils entré dans la tente.

— Edyon. Enfin. J'ai envoyé Mal te chercher partout. Je dois te parler.

— Tant mieux, car j'ai à te parler aussi.

Edyon s'approcha de sa mère.

— J'ai eu une journée riche en émotions. Veux-tu que je te raconte ?

— D'abord, je dois te parler d'une visite que j'ai reçue…

— Je suis allé voir Mme Eruth, j'ai chipé une breloque en argent à Stone, pour être ensuite tabassé par ses sbires avant qu'ils ne me pissent dessus, puis j'ai rencontré un garçon magnifique originaire d'Abask, j'ai pris un bain, j'ai volé de la fumée de démon et j'ai découvert que mon père était un prince.

Edyon dévisagea sa mère. Erin garda un masque impassible.

— Faut-il que je répète la dernière partie ? Quelqu'un m'a dit que mon père était le prince Thelonius du Calidor.

— Qui… Qui t'a dit ça ?

— Eh bien, ce n'était certainement pas toi.

— Tu es en colère.

— Cela t'étonne ?

— As-tu vu Regan ? C'est lui qui t'a tout dit ?

— Quelle importance ?

La voix d'Edyon se cassa sous la frustration.

— Je voulais l'entendre de *ta* bouche.

Sa mère garda le silence un bref instant.

— Tu sais que j'ai toujours agi pour ton bien.

Edyon leva les yeux au ciel.

— J'ai déjà entendu ce refrain. Trop entendu même. Dis-moi juste si c'est vrai ou non. Je veux te l'entendre dire.

De nouveau le silence. Elle avait toujours été la reine du silence. Puis elle prit la parole.

— Le prince Thelonius est bien ton père.

Elle s'assit. Edyon l'imita.

C'était vrai.

Son père n'était pas mort.

Son père était un prince.

Il était prince.

— Comment… ?

Sa mère lui raconta toute l'histoire. Celle qu'elle lui avait toujours rapportée, mais à présent son père avait un nom. Elle avait rencontré Thelonius alors qu'il n'était encore qu'un jeune homme, avant qu'il n'accède au trône du Calidor. Ils étaient tombés amoureux, avaient vécu une passion aussi brève que merveilleuse et il était parti sans savoir qu'elle était enceinte.

— Vous seriez-vous mariés ? S'il avait su ?

Erin haussa les épaules.

— Probablement pas. C'était un prince et moi une simple vendeuse pitorienne.

— Tu aurais dû me le dire.

— J'ai cru faire au mieux.

— En ce cas, tu t'es trompée. J'avais besoin de savoir. Je n'aurais rien pu y changer, mais qu'importe. Je voulais simplement le savoir.

— Je n'en suis pas si sûre.

Edyon serra les dents.

— Même maintenant, tu refuses d'admettre que tu avais tort !

— Je n'ai pas agi ainsi dans le but de te blesser, Edyon. Tu dois devenir un homme. Le prince, ton père, ne voulait pas te connaître. À présent il a changé d'avis. Maintenant que ses enfants légitimes sont morts. Il va se servir de toi, Edyon, te transformer en pantin.

— C'est mon père. Je veux le rencontrer.

Erin poussa un soupir.

— Oui, bien sûr. Je te comprends. As-tu rencontré lord Regan ?

— Non, j'ai appris tout cela par l'un des serviteurs du prince qui a été envoyé pour me trouver et…

Fallait-il qu'il informe sa mère des intentions de Regan ? Elle s'inquiéterait, mais Regan pouvait aussi représenter un danger pour elle.

— Et quoi ?

— Et m'avertir. Regan ne veut pas que j'aille au Calidor, Mère. March dit qu'il est venu ici pour me tuer.

— Mais c'est impossible ! Nous avons discuté cet après-midi, il était impatient de te voir. Je lui ai dit que je le ferai mander dès ton retour.

— Et pourquoi serait-ce impossible ?

— Regan est un ami proche de ton père. Son plus vieil ami, en vérité. Je l'ai rencontré une fois, il y a des années de cela. Il était distant, certes, mais poli et courtois.

— J'admets ne pas fréquenter beaucoup d'assassins, mais j'imagine que certains d'entre eux savent se montrer polis et courtois.

— Tu vois très bien ce que je veux dire. C'est un homme d'honneur.

— Tu le connaissais si bien que ça ? Et quand bien même, le connais-tu aujourd'hui, dix-sept ou dix-huit ans plus tard ?

Erin lui jeta un regard empreint de doute pour la première fois.

— Et j'imagine sans mal que bon nombre de ses amis seigneurs n'apprécient guère l'idée d'un bâtard débarquant dans leur cour.

— Enfant de l'amour, pas bâtard.

Edyon leva de nouveau les yeux au ciel.

— Enfant de l'amour, insista-t-elle. C'est ce que tu es.

— Pas à leurs yeux.

Erin se frotta les paupières. Elle semblait subitement fatiguée.

— Et donc ? reprit Edyon. Que crois-tu que je devrais faire ?

— Souhaites-tu rencontrer ton père ?

— Oui.

— Alors va donc le voir, répliqua-t-elle d'un ton cassant.

Ils se fixèrent en chiens de faïence.

D'une voix légèrement adoucie, Erin poursuivit :

— Je pensais Regan digne de confiance, mais peut-être ai-je tort et que ce serviteur a raison. Qui sait…

— March, le domestique en question, aurait pu me tuer cet après-midi et ne l'a pas fait. Je lui fais confiance.

— Tu croiseras des gens, peut-être en grand nombre, malintentionnés à ton égard. La meilleure marche à suivre est de ne se fier à personne.

— Est-ce que tout ira bien pour toi, Mère ?

Elle ricana avec amertume.

— Je ne suis que la mère. Je n'intéresse personne.

— Ne voudrais-tu pas m'accompagner au Calidor ?

— Et pour y faire quoi ? J'ai toute ma vie ici, et mes affaires. Si tu restes là-bas, je te rendrai visite.

Elle s'efforça de sourire.

— Peut-être y trouverai-je de nouveaux clients.

Edyon envisagea de s'approcher pour la prendre dans ses bras, mais cela lui semblait incongru. Ils se touchaient rarement et s'embrassaient encore moins. Il en était incapable pour l'instant, mais peut-être au moment du départ.

— Peu importe ce qu'il adviendra, j'aimerais savoir que tu ne m'oublieras pas. Je m'attends à ce que tu m'écrives régulièrement.

Erin avait pris un ton formel et distant, comme pour masquer son chagrin.

— Je t'écrirai, lui assura Edyon.

Le silence retomba. Edyon ne savait plus quoi faire. Prendre un sac pour y fourrer quelques affaires lui paraissait cruel, mais il ne lui restait plus grand-chose d'autre à faire.

— Et qu'est-ce que c'est que cette histoire de voler à Stone et de se faire pisser dessus ?

Subitement, passer aux aveux lui semblait nettement moins compliqué.

— Je vole tout le temps. Cette fois, Stone m'a pris la main dans le sac. Ses gardes m'ont passé à tabac et m'ont pissé dessus, alors je suis allé aux bains publics pour me nettoyer et c'est là que j'ai piqué un flacon de fumée de démon.

— Pardon ?

— Comme je te le disais, j'ai eu une journée chargée.

— Les gens qui font le commerce de fumée de démon ne plaisantent pas, Edyon.

— Alors c'est peut-être le moment idéal pour partir. J'ai caché la fumée. Stone veut être remboursé, cela dit. Cinquante kroners. Désolé de te demander cela, mais… pourrais-tu le payer ? Je te rembourserai.

— Bien sûr, Edyon. L'argent n'est pas un problème. Le vol, si, en revanche.

— Oui, je suis désolé. Je n'en suis pas fier. Mais ne t'en fais pas pour les chasseurs de démons. Ils ne savent pas que j'ai fait le coup. Et même s'ils le découvrent, c'est moi qu'ils chercheront et… eh bien, si je pars suffisamment vite… disons ce soir, il n'y aura pas de souci à se faire.

— Tu comptes partir dès ce soir ?

— Oui, Regan pourrait revenir à n'importe quel moment. Et *lui*, c'est un souci. Je vais filer dès que possible. Je vais faire route vers la côte avec March, on devrait y être d'ici quelques jours. Ce ne sera pas difficile de trouver un bateau. J'aurai rejoint Père dans le courant de la semaine.

Edyon disait les choses comme elles lui venaient, mais cette dernière réflexion le frappa de plein fouet. Il allait rencontrer son père dans une semaine. On aurait dit un rêve ou un fantasme.

Erin se leva.

— Je vais demander à Mal de te préparer des vivres pour le voyage. As-tu faim ? Veux-tu qu'il t'apporte quelque chose ?

— Oui, merci. Je vais préparer mes affaires.

Edyon hésita à prendre sa mère dans ses bras, mais elle était déjà partie chercher Mal, aussi se dirigea-t-il vers sa tente. Là, il s'assit en tailleur sur le tapis et laissa son regard errer dans le vide. Mal lui apporta un bol de ragoût, du pain et un verre de vin. À sa grande surprise, Edyon engloutit le tout avec voracité. Il avait conscience qu'il devait penser à faire son sac, mais il était bien en peine de savoir quoi prendre. De quoi a-t-on besoin lorsque l'on rencontre son père ? Et lorsque l'on rencontre un prince ?

Il enfila ses habits les plus confortables et fourra ses meilleurs bottes, chemises, veste et pantalons dans un sac. Comme il ne pesait guère, il y ajouta une veste d'hiver plus épaisse. Faisait-il froid au Calidor ? Pouvait-il emporter davantage ? Est-ce que March se chargerait de porter son sac ? Il n'en avait aucune idée.

Sa mère lui avait bien dit de ne se fier à personne, mais il avait confiance en March. Il l'appréciait. Il lui semblait honnête et ne lui avait jamais menti jusqu'à présent. Et s'il avait voulu le tuer, il en aurait eu amplement l'occasion lorsqu'il gisait dans une mare de pisse ou après s'être endormi sous les effets de la fumée. Edyon pouvait bien sûr se rendre au Calidor tout seul, mais le voyage ne serait-il pas infiniment plus plaisant en compagnie du beau March ? Et ce serait l'occasion d'en apprendre davantage sur le prince, sur l'étiquette de la cour et sur les potentiels ennemis qui l'y attendaient. Oui, March lui serait d'une aide précieuse.

Edyon était pleinement revigoré à présent. Il avait fait son choix. Il était le fils d'un prince, en route pour rencontrer son père. Il ramassa son sac et partit faire ses adieux à sa mère.

Ils s'embrassèrent, quoique maladroitement. Il déposa un baiser sur sa joue et accepta le sac de victuailles ainsi que la bourse pleine qu'elle lui tendit. Tandis qu'il franchissait le seuil de la tente, Erin dit :

— Pas par là. Au cas où quelqu'un te surveillerait. Passe par-derrière.

Elle le prit de nouveau dans ses bras, en le serrant fort cette fois, et murmura :

— Prends soin de toi, Edyon.

Et Edyon l'embrassa encore, en humant une dernière fois son parfum.

— Merci, Mère. Je te reverrai, mais je dois maintenant retrouver mon père.

Et il passa sous le pan de toile que Mal tenait relevé pour lui, pour pénétrer dans l'air frais de la nuit.

TASH

Dornan, Pitorie

Tash avait abandonné Gravell à son coma éthylique et était retournée auprès de la tente d'Edyon. Elle était pratiquement convaincue qu'il avait volé la fumée et il y avait un moyen de s'en assurer. En entrant dans sa tente, elle pourrait chercher le flacon dérobé. C'était risqué, mais la fumée était l'objectif principal. Edyon pouvait attendre – et Gravell lui mettrait la main dessus tôt ou tard.

Tash passa nonchalamment devant le garde posté à l'entrée avant de plonger sous les cordes tendues aussitôt hors de vue. Elle longea prudemment la toile jusqu'à l'arrière de la tente lorsqu'elle aperçut une silhouette s'éclipser par un pan dissimulé. L'inconnu trébucha presque immédiatement contre une corde, jura, tituba, en enjamba une autre d'un bond et s'enfuit dans les bois en riant.

Tash s'était prestement plaquée au sol, mais même dans la lumière faiblissante, elle avait reconnu le garçon des bains publics.

Edyon.

Il portait un sac par-dessus l'épaule et lui paraissait plus coupable que jamais. Avait-il peur que Gravell ne soit déjà à ses trousses pour s'enfuir de la sorte ? Tash se lança à sa poursuite.

Edyon pressa le pas en direction des bois. Il s'enfonça dans les arbres avant de s'arrêter au bord d'un ruisseau, en jetant des regards alentour comme s'il attendait quelqu'un.

Tash n'était pas sûre de la marche à suivre. Avait-il rendez-vous avec un acheteur ? Le cas échéant, la fumée devait se trouver dans son sac, mais elle ne pouvait pas simplement le lui arracher, il l'alourdirait trop pour lui permettre de prendre la fuite. Cependant, si quelqu'un d'autre venait rejoindre Edyon, elle aurait encore moins de chances de récupérer le flacon. Il n'y avait plus qu'une chose à faire.

Elle s'avança et l'interpella :

— Hé !

Edyon bondit comme un chat apeuré puis se retourna en lui adressant un geste de la main.

— Hé.

— Je t'ai vu aux bains publics.

— Oui, je m'en souviens. Quelle coïncidence de se retrouver ici !

Il jetait des regards inquiets à droite et à gauche.

— Il y a quelque chose qui a disparu lorsque Gravell et moi nous sommes… lorsque Gravell a quitté sa cabine. Je sais que c'est toi qui l'as pris. Je peux lui gueuler de rappliquer ici – il se trouve juste derrière nous, vers les tentes –, mais les choses iraient beaucoup mieux si tu te contentais de me le rendre.

Edyon parut se détendre quelque peu. Il n'avait pas peur d'elle, seulement de Gravell.

— Rendre quoi ?

— Le flacon de fumée. Donne-le-moi. Ou tu préfères que j'appelle Gravell pour régler ça avec lui ?

— Écoute, je sais que tu ne vas pas me croire, mais je suis vraiment soulagé de te voir ici, en fait. Vraiment. J'avoue avoir piqué la fumée, mais je n'en veux pas. Je pars ce soir et je n'allais pas l'emporter avec moi. Je l'ai planquée sur la rive.

Tash sourit.

— Mais bien sûr. Et quand j'irai à l'endroit précis que tu vas gentiment m'indiquer, tu m'assommeras derrière le crâne avec un caillou avant de t'enfuir.

— Je ne pourrais jamais frapper qui que ce soit, et certainement pas avec un caillou.

— Alors rends-moi donc le flacon.

— Mais comment puis-je être sûr que tu ne m'enverras pas Gravell une fois que je t'aurai donné le flacon ?

— Ce dont tu peux être sûr, c'est que si tu ne me le rends *pas*, je vais le faire venir ici et il sera nettement moins patient que moi.

Edyon sourit.

— Et pourquoi n'est-il pas avec toi en ce moment même ? J'imagine que tu m'as vu sortir de ma tente et que tu m'as suivi ici, mais qu'il n'est pas au courant, sans quoi il serait déjà là.

— Je peux courir pour aller le chercher.

— Eh bien fais donc. J'attends.

Tash aurait voulu taper du pied de frustration. Si Gravell était présent, Edyon serait déjà en train de se faire dessus, au lieu de quoi il se pavanait et jouait au plus fin.

— Bon. Tu as dit que tu voulais me rendre la fumée. Et pourtant, tu ne fais rien. Gravell me tient pour responsable du vol. Il me battra à mort si je ne lui rapporte pas.

Edyon afficha un air soupçonneux.

— Je peux l'imaginer prendre un certain plaisir à me casser toutes les dents, mais je ne le vois pas faire de même avec toi.

— Tu veux que je te montre les marques de fouet que j'ai dans le dos ?

Elle regretta aussitôt son erreur.

Edyon se campa les mains sur les hanches et se fendit d'un sourire goguenard.

— Eh bien oui, tiens, j'aimerais beaucoup voir ça.

À présent Tash voulait hurler. C'était injuste ! Pourquoi les discussions n'allaient jamais dans son sens ?

— Allez, donne-moi la fumée et on n'en parle plus.

— Il n'est pas du tout dans les parages, pas vrai ?

Tash hésita avant de décider de faire appel à son bon fond. S'il en avait un.

— D'accord, d'accord. Je l'avoue, il n'est pas là. Content de toi ? Si tu veux tout savoir, il est toujours à l'auberge. Mais il te traquera pour de bon si tu ne nous rends pas la fumée. Et il fera bien pire que te casser les dents.

Edyon écarta les bras.

— Pourquoi ne pas l'avoir dit plus tôt ?

Il se laissa glisser le long de la pente de la rive. Tash se précipita pour voir ce qu'il mijotait. Une lueur violette se diffusa tandis qu'il sortait un flacon d'un recoin caché. La fumée !

Tash se précipita pour le rejoindre et tendit la main pour prendre le flacon.

— Dis à Gravell que je suis désolé de…

Edyon s'interrompit. Le bruit d'un pas lourd. Il releva la tête, les yeux écarquillés de panique. Tash suivit son regard par-dessus le talus qui surplombait la rive. L'espace d'un instant, elle crut que Gravell avait fini par émerger de son sommeil alcoolisé et l'avait suivie jusqu'ici.

Mais la réalité était bien pire.

L'homme était massif, presque autant que son associé, mais sa chevelure était rouge vif. Il tenait une lance et une lanterne. Et il marchait droit vers eux. Tash s'accroupit tandis qu'Edyon fourrait le flacon dans sa veste pour en masquer la lueur. Mais la lumière violette semblait plus vive que jamais, et il était de toute façon trop tard.

— Sortez de là. Je vous ai vus et j'ai vu ce que vous aviez.

Tash fit la grimace en relevant lentement la tête. L'homme du prévôt se tenait au bord du talus, sa lance pointée sur Edyon.

— Et ne vous avisez pas de vous enfuir.

Tash envisageait précisément de s'enfuir. Se faire pincer et condamner pour détention de fumée de démon se traduisait par une longue peine de prison. Détaler, c'était risquer de finir avec une lance plantée dans le dos, mais le type n'en avait qu'une et c'était Edyon qui tenait le flacon, pas elle. Elle hésita malgré tout, dans l'attente d'une meilleure occasion.

— Vous êtes tous les deux en état d'arrestation pour détention de fumée de démon.

— Je n'ai pas de fumée, moi, répondit Tash, en songeant que cela aurait pu être le cas si Edyon n'avait pas tergiversé aussi longtemps.

Durant toutes ces années passées à chasser des démons, elle n'avait jamais eu maille à partir avec les autorités. Cet Edyon portait vraiment la poisse.

— Pose le flacon à mes pieds et recule.

L'homme du prévôt agita sa lance sous le nez d'Edyon.

— Je crois que nous avons affaire à un terrible malentendu, répondit ce dernier.

— La ferme et grouille-toi.

Avec une lenteur calculée, Edyon déposa la fumée au sol, près de Tash. Il était tentant de s'en saisir et de prendre ses jambes à son cou. Aussi tentant que risqué.

— Et maintenant, reculez, vous deux, et mettez-vous à genoux.

— Je peux tout expliquer.

— Eh ben, explique à genoux.

Edyon fit un pas de recul.

— Ça vaut aussi pour toi, gamine.

Il ponctua son ordre d'un geste de lance agressif et Tash s'exécuta aussitôt, rejoignant Edyon avant de se mettre à genoux.

— Je vous en prie, monsieur, reprit Edyon. Mon amie et moi étions en train de nous promener dans les bois lorsque j'ai remarqué une lueur près du ruisseau. Une lumière violette tout à fait inhabituelle comme je n'en avais jamais vu. Nous sommes simplement allés jeter un œil. Jamais je n'aurais pu deviner qu'il s'agissait de fumée de démon. J'en ai bien sûr entendu parler dans les tavernes, mais j'ai toujours cru qu'elle était rouge. Alors en voyant du violet, eh bien…

Edyon continua de dérouler son bobard avec un tel aplomb qu'il faillit convaincre Tash. En tout cas, lui-même avait l'air d'y croire. Mais elle doutait que l'homme du prévôt morde à l'hameçon. Elle allait devoir filer. Perdre la fumée était un moindre mal comparé à une peine de prison. Elle pouvait atteindre le premier tournant de la rive en moins de vingt enjambées. Vingt pas avant que l'homme d'armes ne puisse jeter sa lance. Probablement. Presque certainement.

Le sol était humide et froid. Tash prit appui sur ses orteils et se prépara à un départ éclair.

— Bonsoir. Y a-t-il un souci ?

La voix était grave et l'accent, étranger. Tash se tordit le cou pour voir d'où elle provenait, mais le talus lui bloquait la vue.

— Aucun souci qui vous concerne, monsieur.

Le claquement des sabots d'un cheval. Le cavalier apparut alors, entre deux âges, les cheveux grisonnants et un bandage autour du cou. Juste derrière lui s'avançait un autre cavalier bien plus jeune, de l'âge d'Edyon.

— Hé, quelle est cette lueur ?

Le plus âgé des deux mit pied à terre et s'approcha du trio.

— De la fumée de démon, monsieur. Écartez-vous, s'il vous plaît.

— De la fumée de démon ! Mais n'est-ce pas interdit ?

Tash avait un mauvais pressentiment à propos de cet homme. Il paraissait détendu et amical, mais il se mouvait comme un combattant. Elle avait déjà croisé ce genre de types dans le commerce de la fumée et se méfiait d'eux comme de la peste.

L'homme du prévôt répondit :

— Ils vont en prendre pour vingt coups de fouet et un an de travaux forcés. Et vous, vous aurez droit à une lance dans le ventre si vous vous approchez davantage.

Il se tourna pour regarder l'étranger.

Tash saisit sa chance. Elle s'élança à toute vitesse, projetant des éclaboussures dans sa course le long de la rive. Elle s'attendait à sentir une pointe de lance lui traverser le dos, mais elle n'entendit qu'un cri :

— Reviens ici !

Comme si elle en avait la moindre intention.

Elle atteignit le tournant, s'arrêta en glissant et se plaqua de tout son long contre le talus pour voir ce qui se passait.

Le nouveau venu discutait avec l'homme du prévôt, les mains levées. Edyon escaladait le talus. Le plus jeune des deux cavaliers tenait trois chevaux par la bride. L'une des montures semblait donc destinée à Edyon.

L'homme du prévôt agitait sa lance face à son interlocuteur et laissa échapper sa lanterne, qui s'éteignit en heurtant le sol. Avec pour seule source de lumière la lueur violette de la fumée, il devenait difficile d'y voir grand-chose. Le jeune homme s'avança et laissa échapper un cri lorsque l'homme du prévôt l'entailla du bout de sa lance. Edyon poussa un hurlement de fureur et chargea l'homme d'armes avec une telle force que le colosse vacilla. Puis toutes les silhouettes se fondirent dans une mêlée indescriptible.

Lorsqu'ils se séparèrent, un homme tenait la lance – Edyon –, un autre les rênes des chevaux d'une main, en enserrant son épaule meurtrie de l'autre, et un troisième avait un couteau dans ses poings crispés. Le dernier homme gisait à terre.

Tous demeuraient immobiles. Même les chevaux ne paraissaient pas bouger.

Tash marmonna :

— Bordel de merde !

Puis elle se laissa glisser sur le talus pour se faire la plus discrète possible.

Le plus âgé des trois larrons s'agenouilla et essuya les lames de ses couteaux sur le cadavre avant de les ranger à l'intérieur de sa veste. Il saisit le flacon de fumée et dit :

— On doit partir. Sur-le-champ.

Edyon bredouilla :

— Mais… l'homme du prévôt… il…

— Il est mort, oui. À cause de vous.

— Mais, mais… je voulais juste protéger March. Je ne voulais pas…

— March s'en sortira. La plaie n'est pas mortelle. Mais nous devons ficher le camp.

March prit la parole :

— Monsieur. Nous ne pouvons plus rien faire ici. Voici mon ami, Holywell, serviteur du prince. Il assurera votre protection.

Edyon tenait encore la lance entre ses mains et contemplait le corps de l'homme du prévôt.

Holywell jeta un œil en direction de Tash et cette dernière s'aplatit au sol.

— Qui était cette fille ? Peut-on lui faire confiance pour tenir sa langue ?

— C'est... c'est une chasseuse de démons, répondit Edyon. Elle n'ira pas se précipiter chez le prévôt.

D'une voix largement audible à la ronde, Holywell répliqua :

— Dans le cas contraire, elle finira avec les tripes à l'air.

Tash n'eut aucun mal à recevoir le message. Elle risqua un nouveau coup d'œil par-dessus le talus. Edyon semblait comme sonné tandis que Holywell le débarrassait de sa lance. Il le poussa jusqu'à son cheval et lui dit :

— Allez, Votre Altesse. Mettons-nous en route.

Tash les regarda s'éloigner et resta immobile quelques instants pour s'assurer que les environs étaient déserts. Elle rampa le long de la rivière jusqu'à la dépouille de l'homme du prévôt. Elle avait déjà vu des démons morts, mais jamais de cadavre humain. L'homme était loin d'être aussi beau que son dernier démon en date, mais tous deux partageaient un point commun : leur corps n'était plus qu'une carcasse, vide de toute essence vitale.

Tash se mit à courir. Il fallait qu'elle quitte au plus vite cet endroit sinistre. Courir l'aidait à ne plus penser. Elle fonçait à toute vitesse, en suivant Edyon et ses nouveaux compagnons, même si elle n'avait qu'une envie : retourner auprès de Gravell, remonter dans le temps, avant sa dispute aux bains publics, avant d'avoir posé les yeux sur ces satanées bottines grises.

AMBROSE

Frontière bréganto-pitorienne

— C'EST DE LA FOLIE ! s'exclama Ambrose. Cela n'a aucun sens, pourquoi envahir la Pitorie ? C'est le Calidor qu'Aloysius veut, depuis toujours.

— Peut-être a-t-il retenu la leçon après la dernière guerre, répondit Tarquin. Peut-être qu'il est en quête de proies plus faciles.

— Mais les relations avec la Pitorie étaient au beau fixe, Catherine était même sur le point d'épouser l'héritier du trône !

— Ce qui veut dire que chaque seigneur du royaume se trouvera à Tornia pour le mariage. Le plan d'Aloysius n'est peut-être pas si farfelu. On ne pourrait rêver meilleure occasion. Une fois le Nord investi, il n'y a plus qu'à descendre dans le Sud. Et le mariage offre une diversion idéale.

— Mais… on va croire que Catherine fait partie du complot.

— Es-tu certain qu'elle ne sait rien ?

Ambrose fit un effort pour se rappeler que Tarquin ne connaissait rien de la princesse.

— Impossible. J'en suis sûr. Ils vont l'emprisonner… ou l'exécuter ! Je dois l'avertir !

— Prudence, mon frère. Renseigner une nation étrangère sur des manœuvres militaires est un acte de haute trahison.

— Je n'ai aucune intention de divulguer ces plans à quiconque hormis Catherine. J'ai prêté serment de la protéger et cela demeure mon devoir et…

— Et tu l'aimes, compléta Tarquin le plus simplement du monde.

Il était inutile de le nier.

— Je l'aime.

— En ce cas, vas-y. Pars la retrouver. Avertis-la. L'invasion est prévue pour le lendemain du mariage. Cela ne te laisse qu'une semaine. Tu dois parvenir à Tornia avant cette date. Prends la lettre comme preuve.

Ambrose acquiesça.

— Et toi ? Les hommes de Noyes auront remarqué ton absence de Tarasenth.

— J'exerce simplement mes devoirs de routine en faisant la tournée de nos villages, répondit Tarquin dans un haussement d'épaules. Je me livrerai à une inspection rapide pour ne pas éveiller les soupçons, puis je rentrerai prévenir Père.

— Ils diffuseront une description de l'homme ayant volé les ordres. Il ne leur faudra pas longtemps avant de deviner qu'il s'agissait de moi. Cela risque de te mettre en danger.

— Cesse de t'inquiéter pour moi. Leurs questions ne me font pas peur. Mais Ambrose, sache que quoi qu'il arrive, que tu préviennes la princesse ou non, nous serons bientôt en guerre. Aloysius va mener son plan à exécution. J'espère que tu pourras toujours revenir à la maison quand tout cela sera terminé, mais nous devons à présent nous séparer, et j'ai bien peur de ne pas te revoir avant un long moment.

Tarquin prit Ambrose dans ses bras.

— Prends soin de toi, petit frère.

Cette séparation était si brusque. Même si Ambrose réussissait à mettre en garde Catherine, il quittait son pays natal comme un fugitif accusé de trahison. Il paraissait peu probable qu'il revoie Tarquin un jour et cette pensée lui fit serrer un peu plus fort son frère dans ses bras.

— Tu es le meilleur des frères. Le meilleur. Je te ferai honneur.

Tarquin l'embrassa sur le front et le relâcha.

— Ne nous oublie pas. N'oublie pas Anne.

Ambrose hocha la tête. Il était incapable de parler.

Tarquin remonta en selle.

— Tu n'imagines pas à quel point tu vas me manquer. Je sais que tu agiras avec honneur.

Sur quoi il fit faire demi-tour à sa monture et s'en alla.

Ambrose se dirigea vers l'est pour rejoindre la côte et se trouva bien vite face à la baie de Rossarbe. De l'autre côté de la mer, la Pitorie. La route étroite longeait le littoral jusqu'au château brégantin de Nort, édifice carré et hideux à flanc de montagne. Au-delà, un petit pont enjambant une rivière servait de frontière aux deux pays. De l'autre côté se dressait un fortin pitorien. Au loin, on devinait la ville de Rossarbe et, plus loin encore, la curieuse chaîne de montagnes plates baptisée le Plateau septentrional. C'était un endroit désolé, figé et silencieux, parsemé çà et là de quelques buissons secs et arbustes rabougris. Ambrose avait grand-peine à se représenter qu'un tel désert serait traversé d'ici quelques jours par plusieurs milliers d'hommes venus envahir la Pitorie.

Ses mains se crispèrent autour des rênes. Une invasion sans avertissement préalable, la marque d'un roi dépourvu d'honneur. Un homme prêt à sacrifier sa propre fille pour gagner un avantage tactique ; elle qui faisait preuve de bien plus de qualités royales – parmi lesquelles l'intelligence, la compassion ou le sens de la justice – que ne pourrait jamais en rêver son père. Elle se trouvait seule en pays étranger, inconsciente du danger sur le point de s'abattre sur elle.

Malgré son impatience, Ambrose devait attendre la tombée de la nuit pour tenter de traverser la frontière. Le château de Nort surplombait la route. Derrière l'édifice, la pente était si raide et si nue qu'elle interdisait toute tentative de contourner le fort à cheval. Le seul choix possible était d'emprunter la côte. À marée basse, une large bande de sable rendait la traversée de la frontière envisageable.

Le cœur battant à tout rompre, Ambrose poursuivit sa route sur les terres sableuses puis sur la plage, pleinement exposé au regard des sentinelles du château. La nuit était sombre, la lune cachée par les nuages, néanmoins il se sentait terriblement vulnérable. Avec l'imminence de l'invasion, le château devait certainement se trouver en état d'alerte. Il s'attendait à tout instant à ce qu'un cri ou une flèche perce la pénombre.

Il était définitivement à portée de trait lorsque les portes du château s'ouvrirent. Un cavalier en sortit, suivi d'un autre, puis d'un autre. Quatre au total, qui se mirent à trotter dans sa direction. Leurs chevaux devaient être frais, contrairement au sien. Mais impossible de faire marche arrière désormais.

Les soldats formèrent une ligne tandis qu'Ambrose s'approchait d'eux, sourire aux lèvres.

— Salutations, messieurs ! s'exclama-t-il.

Il était à présent assez proche pour distinguer le blason de Boris sur leur tunique et sut qu'il ne pourrait pas les avoir au bluff. Il n'y avait plus qu'une chose à faire. Il éperonna violemment sa monture et leur fonça droit dessus. Les gardes lui crièrent de s'arrêter, mais Ambrose dégaina son épée et fendit sauvagement les airs, les forçant à s'écarter. Tout d'un coup il les avait traversés et se penchait contre l'encolure de son cheval, les yeux fixés sur le fortin pitorien en sachant pertinemment que sa monture n'avait plus l'endurance pour couvrir cette distance à une telle vitesse.

— Allez ! pressa-t-il à l'oreille du cheval qui longeait le château et revenait sur la route. Il était presque au pont, mais déjà son destrier accusait la fatigue. Il jeta un regard en arrière. Les quatre soldats étaient proches, mais pas autant qu'il ne l'avait craint. En éperonnant de plus belle son cheval, Ambrose tira de l'animal un dernier sursaut d'énergie et sentit ses sabots marteler le bois du pont. Devant lui, un soldat monté sortait du fortin, attiré par le vacarme.

Deux des soldats brégantins s'étaient arrêtés avant le pont, hésitant sans doute à traverser la frontière, mais les deux autres se rapprochaient d'Ambrose à bride abattue. S'ils étaient aussi bons pour lancer leur épée que ce garçon à Fielding, Ambrose était un homme mort. Mais aucune arme ne l'atteignit et il se mit à crier au secours.

Le garde pitorien se précipitait à présent à sa rencontre, ses cheveux violets battant au vent. Tandis que le cheval d'Ambrose s'arrêtait, épuisé de fatigue, l'homme demanda :

— Des ennuis, monsieur ?

— Quelque peu, souffla Ambrose. Je suis porteur de nouvelles pour le roi Arell, mais mes amis ici présents ne semblent pas enclins à me laisser les transmettre.

Ambrose entendit le fracas de sabots des Brégantins qui les rejoignaient. Leur capitaine s'écria :

— Sir Ambrose Norwend, il vous faut revenir avec nous. Vous êtes convoqué à Brigane.

— Je ne reviendrai nulle part avec vous.

Le capitaine s'avança, l'air menaçant.

— Vous êtes un traître. Vous allez nous suivre.

Le Pitorien aux cheveux violets s'avança à son tour, calmement.

— Si tant est que cet homme soit un traître, c'est un traître au Brégant.

Il arrêta sa monture et fit un geste de la main pour congédier les soldats.

— Vous êtes en terre pitorienne. Vous n'avez aucune légitimité ici. Si cet homme ne souhaite pas vous accompagner, vous ne pouvez le forcer.

Les traits de son visage se durcirent.

— Alors je vous suggère de retourner bien gentiment de votre côté de la frontière.

Les deux Brégantins le fusillèrent du regard, clairement désireux d'en découdre. Ils semblaient évaluer les risques : deux contre deux, sachant qu'Ambrose était épuisé. Mais alors qu'ils portaient subrepticement la main à l'épée, un cri s'éleva du fortin pitorien et un groupe de soldats en sortit.

Le capitaine cracha au sol et éructa :

— Allez vous faire foutre. J'emmerde la Pitorie.

Mais il fit demi-tour sur le pont et repartit lentement d'où il était venu.

EDYON

Dornan, Pitorie

EDYON GALOPAIT À TOUTE VITESSE, mais ses pensées se bousculaient encore plus rapidement. Il venait de tuer l'un des hommes du prévôt. Le sang avait jailli du cou de son adversaire, comme celui du poulet qu'il avait sacrifié pour Mme Eruth. Mais assister à un tel spectacle lorsqu'il s'agissait d'un être humain, entendre le sang éclabousser le sol et sentir les gouttelettes maculer son visage… Edyon chevauchait juste derrière Holywell, tandis que March se tenait sur son flanc. Il entendait le bruit des sabots, sentait la sueur des chevaux et pourtant, il ne voyait que l'homme du prévôt gisant à terre. Mort.

« Je ne vois plus que la mort tout autour de toi… »

Son estomac se souleva. Il arrêta son cheval juste avant que son repas de ragoût et de vin ne jaillisse de sa bouche pour couler le long de sa jambe jusqu'à terre. Il fixa la flaque à moitié digérée, s'attendant à une nouvelle remontée. Ses tripes ne se firent pas prier. Il cracha. Le goût du vomi avait empli sa bouche, sa gorge et son nez. Le sol luisait de sa régurgitation liquide, comme il avait lui du sang de sa victime. Il frissonna, cracha de nouveau et s'essuya les lèvres du revers de la main.

March et Holywell s'étaient arrêtés et le regardaient. Leurs expressions en disaient long. Holywell semblait amusé. March affichait un air de dégoût, mais ses traits se détendirent aussitôt et Edyon se demanda s'il n'avait pas rêvé. L'épaule de March était trempée de sang.

Edyon sentit un dernier soubresaut dans son ventre, il se pencha en avant et attendit, mais rien ne sortit. Le plus dur était passé. Il se redressa pour prendre une profonde inspiration. Holywell et March ne l'observaient déjà plus.

Holywell était à présent concentré sur la plaie de March et lui parlait dans une langue qu'Edyon ne comprenait pas.

Comment en était-il arrivé là ? Comment s'était-il retrouvé à fuir en pleine nuit en compagnie de deux parfaits inconnus ? Il avait simplement voulu aider March. Lorsque l'homme du prévôt l'avait attaqué à coup de lance, son sang n'avait fait qu'un tour. Mais le gaillard était massif, bien plus que les sbires de Stone, et Edyon s'était attendu à ce qu'il le balaie d'un revers de main, comme une mouche. Au lieu de quoi il avait fait tournoyer l'homme d'armes avant de le précipiter contre Holywell, qui l'avait poignardé au cou.

Celui-ci comptait-il tuer le lancier dès le départ ? Peu importe. Holywell avait peut-être tenu le couteau, mais c'était Edyon qui avait poussé la victime, avec une force qu'il ne se connaissait pas. Un homme était mort par sa faute.

« Je ne vois plus que la mort tout autour de toi… » S'il se trouvait bien au croisement que Mme Eruth avait prédit, alors il n'y avait plus de retour possible. Lui qui espérait un avenir fait de richesses et de contrées exotiques, il découvrait avec amertume que seules la douleur, la souffrance et la mort l'attendaient depuis le début.

Holywell sortit des bandages de son sac et entreprit de panser la plaie de March. Ce dernier serrait les dents en regardant droit devant lui, le teint pâle.

— Ça suffira pour le moment, dit Holywell.

Il se tourna vers Edyon.

— Quand vous serez prêt, Votre Altesse. Nous devons reprendre la route.

Edyon acquiesça puis marmonna :

— Oui, bien sûr. Est-ce que March… Va-t-il… ?

— March va bien, Votre Altesse. Ce n'est qu'une égratignure. Plus de peur que de mal. Vous sentez-vous prêt à repartir ?

— Oui, mais où va-t-on ?

— Au nord. Aussi loin et aussi vite que possible.

— Au nord ? Mais le Calidor est à l'ouest d'ici.

— En effet, Votre Altesse, mais nous devons d'abord nous éloigner de Dornan et des hommes du prévôt qui pourraient s'être lancés à nos trousses. Ensuite nous deviserons du meilleur moyen de rejoindre le Calidor.

— Et le meilleur moyen ne serait-il pas de passer par l'ouest ?

— Cela nous obligerait à revenir sur nos pas. Il est trop tard pour cela.

— Tout de même, ils ne vont pas se lancer à notre poursuite aussi vite, si ?

— Peut-être pas, mais nous ne pouvons prendre ce risque. Ils peuvent avoir mis la main sur cette jeune fille et lui avoir arraché des aveux à l'heure où nous parlons.

Edyon espérait que la fille avait pu se mettre à l'abri. Elle n'avait aucune responsabilité dans cette tuerie.

— De plus – Holywell pointa du doigt sa propre blessure au cou –, March et moi sommes déjà blessés. J'ignore avec quelle efficacité nous pourrions assurer votre sécurité en cas d'embuscade, Votre Altesse. Il vaut mieux couvrir la plus grande distance possible dès à présent.

— Il a raison, intervint March. Nous devrions y aller. Holywell nous conduira en lieu sûr, Votre Altesse, mais il nous faut partir.

Edyon hocha la tête. Si March était en mesure de monter à cheval avec une épaule transpercée, alors il n'allait pas faire le difficile et risquer de les ralentir. March, qui lui était venu en aide et s'était retrouvé non seulement blessé, mais complice d'un meurtre par sa faute.

Ils reprirent leur chemin et Edyon ressassa la scène jusqu'à la nausée. L'aisance avec laquelle il avait fait tournoyer le colosse pour le pousser contre la lame de Holywell était déroutante. Ce devait être la panique et le choc d'avoir vu March se faire transpercer. Mais Edyon aurait donné n'importe quoi pour revenir en arrière. Si seulement il ne s'en était pas mêlé. Mais dans ce cas il aurait été arrêté. Si seulement il ne s'était pas retrouvé là avec cette fille. Mais elle cherchait simplement à récupérer sa fumée. Si seulement il n'avait pas volé ce fichu flacon. Si seulement, si seulement… Quel imbécile il faisait.

Le ciel gris bleu se teintait de l'orange de l'aube lorsque Holywell indiqua une halte. Ils se trouvaient dans des bois où régnait un silence absolu. Étrangement, Edyon n'était pas le moins du monde fourbu. Il se sentait même alerte et plein de vigueur. Son corps semblait réclamer encore davantage d'effort.

— Nous camperons ici pour la matinée. Je vais installer les chevaux à côté du ruisseau et jeter un œil dans les parages. March, tu restes ici et tu protèges Son Altesse, déclara Holywell.

Il détacha un petit paquet de son sac et le jeta aux pieds de son comparse.

— Tu trouveras de quoi te panser ainsi que du pain et du fromage. Laisse-m'en un peu. Et recouvre ce flacon, on dirait un vrai phare.

Holywell conduisit les chevaux par la bride.

— Comment s'est-il blessé ? demanda Edyon à March.

— Nous avons eu un petit différend avec Regan.

— Un différend ?

— Il nous a attaqués. Et il est mort, lui aussi.

— Oh, merdasse.

Ainsi, la prédiction de Mme Eruth s'était révélée juste. Il n'y avait plus que la mort autour de lui. La mort et March, ce bel étranger qu'elle lui avait promis. Mais qu'avait-elle ajouté à son sujet ? « Prends garde : il ment, lui aussi… »

— Tu as dit que vous aviez une preuve, bafouilla-t-il brusquement. Une preuve que vous étiez les envoyés du prince.

March acquiesça et plongea la main dans la poche de sa veste.

— C'est pour vous, de la part de votre père.

Il en sortit une bague à tête d'aigle, dont la pâle lumière du matin faisait doucement luire l'or et scintiller l'émeraude. La finesse de l'orfèvrerie était exceptionnelle.

— Le sceau du prince Thelonius. Je l'ai toujours vu le porter, jusqu'au jour où il nous a confié la mission de vous le remettre, à vous, son fils, afin de vous prouver à quel point il désire vous revoir.

Edyon retira la chaîne autour de son cou. Au bout pendait un médaillon orné de ronces d'or. Le sceau passa entre les ronces et alla se ficher à la perfection au centre du pendentif.

Edyon contempla la bague.

— Deux hommes ont déjà trouvé la mort parce que mon père m'a fait parvenir cet anneau. J'espère que plus personne ne subira le même sort.

Il releva la tête pour dévisager March.

— Mais j'ai un mauvais pressentiment.

« La douleur, la souffrance et la mort… »

March affichait un air étrange, mais détourna vite le regard et ôta sa veste et sa chemise. Le bandage qui faisait le tour de son épaule était rougeâtre et suintant. Il commença à le défaire, mais grimaça de douleur.

— Laisse-moi faire, dit Edyon.

— Je peux m'en sortir tout seul, Votre Altesse.

Mais son geste avait rouvert la plaie et du sang frais s'écoulait déjà le long de sa poitrine.

— C'est faux, de toute évidence. Allonge-toi et ne bouge pas, tu ne ferais qu'empirer les choses.

— J'ai une couverture dans mon sac, indiqua March.

Edyon s'agenouilla pour la sortir, regrettant de ne pas en avoir emporté une pour lui.

Puis il s'arrêta net.

— Oh, merdasse !

— Qu'y a-t-il ? demanda March. Vous ne vous sentez de nouveau pas bien ?

— Non, je… je crois avoir fait une bêtise. J'avais un sac avec moi. Je l'ai oublié dans la précipitation lorsque nous avons fui les bois. Il ne sera pas difficile de comprendre qu'il m'appartient.

C'était un euphémisme. Le sac contenait sa meilleure chemise, cousue de ses initiales. Il ne s'y serait pas pris autrement s'il avait tenu à laisser l'indice le plus évident possible pour désigner l'identité du tueur de l'homme du prévôt. Il était vraiment le dernier des imbéciles.

March lui sourit gentiment.

— Nous faisons tous des erreurs, Votre Altesse.

Pourtant, Edyon avait le pressentiment que March n'aurait jamais commis une bourde pareille. Enfin, il ne pouvait plus rien y changer désormais.

Il étala la couverture sur l'herbe gorgée de rosée et March hésita un instant avant de s'allonger en grimaçant. Edyon écarta soigneusement les pans de sa chemise et nettoya la plaie avec un linge propre et de l'eau de sa gourde.

— Est-ce que je saigne dans le dos aussi ? Cela me fait mal.

Edyon décolla l'épaule de March avec une douceur infinie.

— La lame n'a pas transpercé l'autre côté, mais tu as une vilaine ecchymose.

Il effleura la peau bleuie et gonflée et March laissa échapper un cri de douleur.

— La plaie semble profonde. La lance a dû heurter l'os.

Edyon prit son temps pour finir de nettoyer la blessure. March ne détachait pas son regard de lui, et lorsque leurs yeux se croisèrent, un délicieux trouble s'empara d'Edyon. March ferma les paupières aussitôt. Edyon n'en eut cure. Cela lui offrait l'occasion d'étudier son nouvel ami sous toutes les coutures, que ce soit son visage magnifique et ciselé ou son torse musclé. Mais la blessure n'en demeurait pas moins inquiétante, malgré ce qu'en disait Holywell. Leur chevauchée avait peut-être aggravé la situation, ou bien il avait tout simplement menti afin de pouvoir s'échapper.

March respirait profondément et calmement à présent qu'il s'était assoupi. Edyon laissa courir ses doigts le long de sa mâchoire carrée et reposa sa tête sur la couverture. Tandis qu'il se tournait, il remarqua le flacon de fumée posé à côté du sac. Cela faisait-il seulement une journée depuis sa dernière bouffée ? Cela lui paraissait complètement irréel, comme si cela n'avait jamais eu lieu. Pourtant, c'était bien ce geste qui l'avait mis dans le pétrin. Non, en réalité, avant cela, il y avait eu ce satané vaisseau en argent qu'il avait volé. Voilà ce qui l'avait conduit à se faire tabasser et pisser dessus. Roué de coups et empestant l'urine, il n'avait eu d'autre choix que de passer aux bains publics, où il était tombé sur le flacon.

Il passa la langue sur ses dents, à la recherche de cette canine branlante qu'il avait cru sentir, sans rien trouver. Tout était en place, intact et solide. Il se souvenait vaguement de son réveil après son sommeil enfumé et déjà sa dent lui faisait moins mal. Et c'était dans sa baignoire chauffée par le flacon qu'il avait senti les douleurs de son passage à tabac disparaître.

La fumée avait-elle soigné ses bleus et sa dent ?

Cela semblait ridicule. Il avait déjà fréquenté les fumeries et la fumée n'avait jamais guéri quoi que ce soit. Elle permettait juste de passer un bon moment. Et il était loin de passer un bon moment à présent. Il était peut-être fils de prince portant le sceau de Thelonius, mais il n'en demeurait pas moins un bâtard et un voleur (de bas étage, qui plus est). Ainsi qu'un tueur responsable de deux meurtres, celui de Regan et de l'homme du prévôt. Responsable aussi de la blessure de March.

« La douleur, la souffrance et la mort. » La mort tout autour de lui.

Et Edyon ne pouvait s'empêcher de penser que cela ne faisait que commencer.

TASH

Dornan, Pitorie

TASH AVAIT SUIVI EDYON et son escorte durant une bonne partie de la nuit. Ils avaient beau être à cheval, elle était rapide. Lorsqu'ils s'étaient arrêtés pour camper, elle avait un moment envisagé de tenter de subtiliser le flacon durant leur sommeil. Mais leur arrêt n'avait été que de courte durée, le temps pour Edyon de rendre tripes et boyaux. Ils devaient certainement tenir à mettre le plus de distance possible entre eux et les hommes du prévôt. Et quand ils s'arrêteraient pour de bon, ils resteraient sur leurs gardes. Se faufiler pour aller récupérer la fumée était trop dangereux, et l'homme aux deux poignards n'était pas à prendre à la légère. Aussi fit-elle demi-tour pour revenir à Dornan lorsque le jour se mit à poindre.

La matinée était déjà bien entamée quand elle atteignit la ville. Les bois étaient en proie à une grande agitation. De toute évidence, les hommes du prévôt avaient trouvé le corps, mais ils ne semblaient pas pour autant avoir trouvé les traces laissées par Edyon.

Elle pénétra dans la chambre de Gravell, pour y être accueillie par une odeur aigre de sueur et de renfermé. Elle devina sa forme massive allongée dans le lit. Sans grandes précautions, elle le secoua vigoureusement.

— Debout. J'ai des nouvelles.

Aucune réaction, pas même un ronflement.

Tash s'appuya contre lui de tout son poids pour le faire rouler sur le flanc.

Gravell laissa échapper un pet sonore.

Elle fit le tour du lit pour insister de l'autre côté.

— Gravell, réveille-toi !

Il grogna, avant d'éructer. L'odeur était si fétide que Tash vacilla. Mais elle avait l'habitude de sa puanteur et de ses gueules de bois, et savait parfaitement comment traiter les deux à la fois. Elle remplit la cuvette d'eau glacée et lui balança tout le contenu au visage.

— Debout ! Il faut que je te parle.

Gravell se lécha simplement les lèvres.

— Je sais où se trouve la fumée ! J'ai vu un type se faire refroidir !

Un autre grognement, puis il roula sur le côté.

Dans un soupir, Tash s'assit sur une chaise et écouta Gravell ronfler.

CATHERINE

Sur la route de Tornia, Pitorie

Blanchiment des cheveux. 50 kopeks.
Garanti blanc pur.

Panneau d'un barbier itinérant

CATHERINE ÉTAIT ÉPUISÉE. Épuisée, mais soulagée et même un brin euphorique. Les choses s'étaient bien passées pour elle et sa robe. Elle l'avait portée chaque jour, en passant d'interminables heures en selle. Mais cela en avait valu la peine. Partout où elle passait, la liesse populaire ne se démentait pas.

Le temps avait joué en sa faveur, il avait fait bon, sans chaleur accablante ni orage intempestif. Et à mesure que les foules d'admirateurs gagnaient en taille, il avait fallu ralentir l'allure. Le cheval qu'elle montait, beau, calme et imposant, avait été sélectionné par sir Rowland dans les écuries personnelles de lord Farrow. Les hérauts avaient été également choisis avec soin, ils jouaient du clairon fort sans être bruyants et sir Rowland avait de nouveau fait preuve de finesse en ne retenant que des hommes jeunes et beaux. Ils marchaient loin en tête de la procession, de sorte qu'au passage de Catherine, les badauds étaient déjà rassemblés en nombre. Il y avait aussi des danseurs, bien sûr, et une fois de plus, sir Rowland était parvenu à dénicher la plus belle troupe. Lorsque Catherine fit remarquer le physique particulièrement avantageux des saltimbanques, il répondit avec un sourire :

— Pourquoi se contenter du laid lorsque l'on peut avoir le beau ?

S'il y avait bien une chose que les foules avaient apprise à Catherine, c'était que les Pitoriens aimaient faire la fête.

Chaque soir, un festin les attendait, et chaque jour, la route était bordée de gens célébrant leur arrivée. Vieillards et jeunes gens, tous l'admiraient, la pointaient du doigt, lui faisaient des grands gestes de la main. Les bambins bondissaient même de joie.

Tandis que le cortège traversait la bourgade de Bois-Villiers ce matin-là, une petite fille juchée sur le perron d'une boulangerie s'écria « Je vous aime ! » avant de rougir et de cacher son visage entre ses mains. Catherine portait un délicat brin de vissune, avec ses minuscules fleurs blanches qui formaient une tête ronde. Elle arrêta son cheval et confia la fleur à Tanya en lui disant :

— Donne-la à cette petite. Et parle-lui en pitorien.

Catherine observa Tanya manœuvrer sa monture jusqu'à la fillette pour lui tendre la vissune en articulant :

— Avec les remerciements de la princesse Catherine.

L'histoire fit bien vite le tour de la ville et en peu de temps, de nouveaux « Je vous aime ! » résonnèrent de part et d'autre.

Catherine sourit gracieusement et offrit davantage de fleurs. La procession poursuivit son lent chemin jusqu'à la sortie de la ville et sir Rowland tendit un nouveau brin de vissune à Catherine.

— Il est heureux que cette fleur pousse tout le long de notre route jusqu'à Tornia, fit-il remarquer. Mais je commence à craindre qu'on ne trouve plus une seule vissune à travers toute la Pitorie d'ici le jour de votre union.

Catherine rit.

— En effet, ce serait fâcheux.

— Vous vous en sortez à merveille, Votre Altesse. Même si je ne suis pas certain que votre frère apprécie vos efforts.

Catherine jeta un coup d'œil vers Boris.

— Eh bien, au moins il fait bonne impression.

Les gardes de Boris avaient briqué armes et armures et tout leur attirail étincelait. Le frère de Catherine chevauchait en tête de cortège, toujours flanqué de Noyes qui gardait un œil attentif sur chaque chose. Boris s'assurait de la bonne marche de la procession. Il était déterminé à atteindre la capitale sans retard et se plaignait à longueur de journée que Catherine ralentissait délibérément leur allure. Il avait raison, mais son pouvoir se trouvait considérablement limité. Il pouvait bien ordonner à ses hommes de dégager les routes et insister pour un départ aux aurores chaque matin, une fois la foule rassemblée et désireuse d'apercevoir la princesse, il n'y avait plus grand-chose à faire.

— Je dois de nouveau vous adresser mes remerciements pour votre assistance, sir Rowland, dit Catherine. C'est vous qui avez rendu tout cela possible. Mais une nouvelle trouvaille m'est venue à l'esprit et j'aurais besoin une fois de plus de vos conseils avisés.

— Je suis tout ouïe, Votre Altesse.

— J'ai choisi le blanc pour couleur. Serait-il possible que mes hommes se teignent les cheveux ainsi ? Je ne parle pas des soldats, mais des saltimbanques.

Sir Rowland applaudit, l'air admiratif.

— Une excellente suggestion, Votre Altesse. Cela ajouterait grandement à votre prestige. Seuls les seigneurs les plus puissants font ainsi étalage de leur couleur et je dois vous le dire : aucune femme ne l'a jamais fait.

Catherine était aussi ravie de l'apprendre que prudente.

— Aucune raison ne m'en empêche, n'est-ce pas ? Je ne tiens pas à offenser le prince ni le roi.

— La raison serait purement financière, Votre Altesse. La teinture peut être dispendieuse lorsque l'on a autant d'hommes sous ses ordres, sans compter que les cheveux ne cessent de pousser.

— L'argent n'est pas un problème. Mais est-il seulement possible de teindre des cheveux en blanc ?

— Je le pense. Nous ferons un essai ce soir sur les danseurs et nous en jaugerons l'effet. Vous bousculez vraiment les traditions, Votre Altesse. On me rapporte qu'à Tornia, on copie déjà votre robe. Peu de gens portaient du blanc avant votre arrivée, la couleur était jugée trop simple.

Catherine esquissa un sourire.

— Il semblerait que nous ayons tous à apprendre.

Le lendemain matin, Boris se rendit dans la chambre de Catherine tandis qu'elle s'habillait.

— Ne peux-tu jamais être à l'heure ? pesta-t-il.

— J'étais occupée.

Catherine avait passé en revue ses comptes. Il lui fallait des fonds. Depuis son arrivée en Pitorie, elle avait été couverte de cadeaux – un cheval, des chaussures, des coussins, de la dentelle, des éventails, des fourrures, du vin et même quelques livres –, mais elle avait besoin d'espèces sonnantes et trébuchantes.

— Occupée à choisir ta robe ? railla Boris. Ou à te teindre les cheveux ?

— Ce sont mes hommes qui se teignent les cheveux, pas moi.

— Je les ai vus parader comme ça toute la matinée. Ils ont l'air ridicules.

— Je trouve qu'ils ont fière allure. Même si le blanc est encore un peu trop jaune à mon goût pour le moment, mais peut-être était-ce dû à la lueur des feux de camp hier soir. En y ajoutant une nuance de bleue, ils s'accorderont bien mieux avec les hommes du prince Tzsayn.

— Que crois-tu accomplir avec ce cirque, ma sœur ? Hormis te couvrir de ridicule ?

— Insuffler le bonheur, le plaisir, la joie. Toutes ces choses que tu ne sais pas apprécier.

Boris retroussa ses lèvres et pivota sur ses talons.

— Mon bonheur, mon plaisir et ma joie seraient que tu sois prête à temps, pour une fois.

— Avant que tu ne prennes congé, Boris, il nous faut aborder encore un sujet. J'ai besoin d'argent pour m'acheter des robes.

Boris fit volte-face.

— Tu as déjà des robes.

— Il semblerait qu'il m'en faille davantage.

— Je n'en vois pas la nécessité. Tu es habillée, si je ne m'abuse ?

Il se pencha en avant pour passer un doigt le long de l'une des ouvertures sur sa robe.

— Enfin, façon de parler. Tu apprécies de pouvoir exhiber ton corps ainsi, ma chère sœur ?

Catherine inspira calmement.

— Je suis la mode pitorienne. Je m'intègre. Je deviens l'une d'eux, comme je l'avais promis. Me voir porter la même robe chaque jour porte préjudice à Père. On pourrait le croire pingre, ou pire, que le Brégant est pauvre. Il me faudrait au minimum une nouvelle robe de mariage et de nouvelles tenues pour mes servantes. J'ai cru comprendre que Tzsayn est très regardant en matière de mode.

— Dans ce cas, il peut bien t'acheter une robe.

— Sir Rowland m'a fait savoir que le prince suit notre progression chaque jour. Il serait extrêmement fâcheux qu'il apprenne qu'on m'a vue porter la même robe plusieurs jours de suite. Quel dommage si notre union se voit annulée parce qu'il m'aura manqué quelques robes.

Boris hésita avant de grommeler :

— Achète-toi donc tes robes. Mais fais en sorte qu'elles soient correctes. Si Tzsayn te refuse à cause de la coupe d'une manche ou d'un décolleté, tu…

— Oui ?

— Tu devras en répondre à Père.

Catherine s'efforça de sourire.

— Dans ce cas, je m'assurerai d'acheter les meilleures robes possible. Ce seront évidemment les plus chères.

Les lèvres de Boris n'étaient plus qu'un rictus pincé.

— Évidemment.

Sur quoi il quitta la chambre.

Catherine laissa échapper un soupir tremblant.

— Le prince s'enquiert-il vraiment de notre progression ? demanda Sarah.

— Je n'en ai aucune idée. C'est ce que je ferais à sa place, mais je ne prétends pas connaître ses pensées.

Elle se garda bien de faire part de son inquiétude : le prince ne lui avait toujours pas envoyé le moindre message, ni lettre, ni même un simple présent. Était-il malade ou dépourvu de tout intérêt à son égard ? Elle savait si peu de lui et pourtant, dans quatre jours, ils seraient unis à jamais et sa vie changerait du tout au tout. Mais elle était bien décidée à façonner son avenir comme elle l'entendait.

EDYON

Quelque part au nord de Dornan, Pitorie

CELA FAISAIT TROIS JOURS qu'ils avaient fui Dornan, en progressant lentement en direction du nord. L'épaule de March lui faisait souffrir le martyre dès que son cheval allait plus vite qu'au pas. À la nuit tombée, autour de leur feu de camp, Edyon demanda :

— Ne devrions-nous pas nous diriger vers la côte ouest demain ? March ne peut pas continuer dans cet état.

Holywell fit non de la tête.

— Comme nous ne pouvons nous déplacer qu'à pas de fourmi, il nous faut rester sur les routes les plus désertes, Votre Altesse. Il nous serait impossible de distancer nos poursuivants, nous devons donc tout faire pour les éviter. Les ports seront les premiers lieux à être investis par les hommes du prévôt.

— Si tant est qu'ils nous cherchent, objecta Edyon.

— Ils auront trouvé votre sac à proximité du cadavre de l'un des leurs. Je vous accorde qu'il ne s'agit pas là des sujets les plus éclairés du pays, mais je pense qu'ils seront en mesure de comprendre ce genre d'indices.

Edyon regrettait d'avoir avoué sa bourde à March. Ou plutôt, il regrettait que March l'ait répétée à Holywell.

— Savez-vous manier l'épée, Votre Altesse ?

L'espace d'un instant, Edyon crut déceler une pointe d'ironie dans la question de Holywell, mais l'homme affichait un air sincère. Il ne put s'empêcher de rire jaune.

— Je suis certain que tu as remarqué je ne portais pas d'épée, mais à toutes fins utiles, sache qu'en matière de combat, je finis généralement roué de coups et trempé de pisse.

Holywell pencha la tête sur le côté.

— Vous avez pourtant disposé de l'homme du prévôt.

Edyon ne savait pas quoi répondre. Il n'était pas fier de ce qu'il avait fait. Qu'allait-il advenir de la famille de ce pauvre bougre ? De sa femme ? De ses enfants orphelins de père ? Il était responsable de leur malheur.

— Voulez-vous bien veiller durant le premier quart, Votre Altesse ? March et moi vous relèverons ensuite afin que vous puissiez vous reposer jusqu'à l'aube.

Edyon acquiesça et Holywell s'allongea avant de fermer les yeux.

Il n'était toujours pas certain de savoir contre quoi il devait monter la garde. La première nuit, il s'était contenté d'écouter les bruits de la forêt et les ronflements de Holywell en contemplant le visage de March sous la pâleur de la nouvelle lune. Mais même ce plaisir n'avait guère duré. En proie à la fièvre, March ruisselait de sueur, les traits déformés en un rictus de douleur.

Comme s'il avait lu dans ses pensées, le jeune Abask se retourna dans son sac de couchage. Ses yeux étaient encore plus pâles au clair de lune.

— Comment te sens-tu ? demanda Edyon en lui souriant.

March détourna le regard et répondit simplement :

— Je m'en sortirai, Votre Altesse.

« L'étranger souffre. Je ne parviens pas à savoir s'il va vivre ou mourir… »

Edyon secoua la tête. Mme Eruth avait eu raison sur toute la ligne jusqu'à présent, mais même elle ne pouvait avoir réponse à tout. Edyon était bien déterminé à ne pas laisser March mourir. Il se pencha vers son camarade et ordonna :

— Fais-moi voir ta blessure. Je vais la nettoyer. De l'eau fraîche du ruisseau te fera un peu de bien.

March ne répondit pas et Edyon savait à présent que cette absence de refus constituait un aveu de souffrance. Edyon détacha soigneusement le bandage. La peau était rouge et enflée, et du pus jaune avait séché sur la bandelette de toile.

La plaie avait un vilain aspect et n'avait fait qu'empirer au cours des dernières heures.

Il nettoya la blessure à l'eau, mais ne voulut pas s'arrêter là. Il était certain que la fumée l'avait guéri d'une manière ou d'une autre après s'être fait tabasser par les hommes de Stone. Ses bleus avaient disparu et sa dent ne menaçait plus de se déchausser à présent.

Si la fumée lui avait fait du bien, il fallait l'essayer sur March.

Mais comment ? Il l'avait inhalée. March souffrait d'une entaille profonde à l'épaule. Edyon rapporta le flacon et le posa délicatement sur la plaie, ce qui arracha un cri de douleur à March.

— Qu'est-ce que vous faites ? s'écria-t-il.

Edyon se sentit encore plus ridicule en l'expliquant à voix haute.

— Je pense que cela pourrait t'aider.

— M'aider en quoi ?

— T'aider à guérir. J'ai pris un bain avec le flacon et mes bleus ont disparu. Les brutes de Stone ont failli me faire sauter une dent et elle est de nouveau intacte.

Il se souvint de la manière dont la fumée avait parcouru son palais comme à la recherche de la dent cassée. Peut-être ferait-elle de même pour la plaie de March, mais comment l'empêcher de se dissiper dans les airs ? Il lui fallait un contenant et ils n'avaient que des bols en étain bien trop grands dans leur paquetage.

À moins que… Il pouvait aspirer un peu de fumée dans sa bouche et la déposer sur l'épaule de March. Pas désagréable, qui plus est. Mais si jamais il avalait et tombait dans les pommes ? Il allait devoir se concentrer pour la garder en bouche.

— J'ai une idée. Si tu acceptes de me laisser faire.

March tourna la tête vers lui. Ses yeux avaient à présent l'éclat du clair de lune. Il ferma les paupières et souffla :

— Allez-y.

Edyon prit le flacon. Dans la pénombre, il brillait de son feu violet, semblant presque animé d'une vie propre. Il le renversa, délogea légèrement le bouchon de liège pour laisser sortir un filet de fumée, qu'il aspira aussitôt. Puis il se pencha près de March. Leurs regards se rivèrent l'un à l'autre l'espace d'un instant. L'intensité de celui de March le figea sur place. Puis, avec une lenteur infinie, il porta ses lèvres à sa peau.

March haleta en agrippant les épaules d'Edyon, et ce dernier ne sut pas s'il s'agissait d'un râle de plaisir ou de douleur. Il ouvrit les lèvres et la fumée se répandit sur la plaie. Il retint sa respiration pour ne pas l'aspirer dans ses poumons, mais il sentait déjà la tête lui tourner, comme si son corps flottait. Il ne pouvait s'empêcher de sourire, il se sentait si bien. La fumée en profita pour s'échapper au coin de ses lèvres et il l'observa s'élever lentement dans le ciel. Il regarda de nouveau March.

— Est-ce que tu sens quelque chose ?

— C'est chaud, répondit-il en fermant les yeux.

Edyon inspecta la plaie. Était-ce l'euphorie induite par la fumée ou semblait-il réellement plus apaisé ? Il répéta l'opération en reprenant une volute du flacon. Il pouvait sentir la fumée dans sa bouche, sa chaleur, ses sinuosités plus rapides que dans le flacon. Edyon retint sa respiration et resta immobile le plus longtemps possible, les lèvres pressées sur la plaie, avant de libérer la fumée. Il chercha le regard de March pour partager avec lui cet instant, mais l'Abask avait gardé les yeux fermés.

Le doute n'était plus permis désormais. L'inflammation s'était résorbée, la blessure s'était refermée et une cicatrice apparaissait déjà. Mais Edyon était pris de vertiges. Il était si fatigué qu'il ne parvenait plus à garder les yeux ouverts. En serrant le flacon dans ses mains, il se roula en boule et s'endormit contre March.

MARCH

Quelque part au nord de Dornan, Pitorie

Une fois assuré qu'Edyon dormait à poings fermés, March arrêta de faire semblant et se leva. Il fit rouler son épaule avant de la tâter du bout du doigt. Aucune douleur. Le picotement et la chaleur qu'il avait ressentis au moment où Edyon avait appliqué la fumée avaient disparu. Il posa les yeux sur le fils du prince, recroquevillé autour de son flacon. La fumée violette tournoyait sans cesse.

Son idée avait fonctionné.

Peut-être n'était-il pas aussi idiot qu'il le prétendait. Et si c'en était un, du moins était-il gentil et bien intentionné. March se remémora le contact de ses lèvres sur sa peau et réprima un frisson. Un fils de prince qui le touchait, lui qu'on ne touchait jamais.

— Tu as l'air en meilleure forme.

Holywell l'observait, allongé dans son duvet. March se sentit subitement embarrassé. Il se demandait si Holywell avait assisté à toute la scène.

Ce dernier plissa les yeux et parla en abask pour qu'Edyon ne puisse comprendre.

— Tu aimes bien sentir ses lèvres contre toi, hein ? Cette infection aurait dû t'achever. Et voilà que ta blessure semble cicatrisée depuis des semaines. Que s'est-il passé ?

— Edyon… s'est servi de la fumée pour me guérir.

Holywell secoua la tête.

— Tu n'as aucune idée de ce qu'est réellement cette fumée ni de ce qu'elle peut faire.

— Je sais en tout cas que ça a marché. Mon bras a retrouvé toute sa force.

March montra sa cicatrice à Holywell, qui tendit la main pour la toucher, avant de se raviser.

— Tu veux essayer sur ta blessure au cou ?

— Hors de question de toucher à ce truc. Je guérirai normalement.

— Eh bien, guérir normalement ne me réussissait pas.

Holywell répliqua d'un ton narquois :

— Serait-ce de la gratitude envers le jeune prince que je crois percevoir ?

— Il n'est pas prince.

— Non, en effet. C'est un imbécile pourri gâté qui sera bientôt le prisonnier d'Aloysius. Alors ne te montre pas trop reconnaissant envers lui, ça n'est pas naturel.

March eut la certitude que Holywell ne parlait pas seulement de la fumée. Il se mit à rougir brusquement.

— Je sais bien que c'est un imbécile. Encore un gosse de riche qui a eu la belle vie. J'en ai vu passer, à la cour. Je te parlais juste de la fumée.

— Bon, puisque tu te sens si bien, tu n'as qu'à monter la garde. Demain, nous reprendrons en direction du nord. On n'arrête pas de dire à cette andouille que nous sommes poursuivis, mais si ça se trouve, c'est la vérité. Edyon aura bientôt ce qu'il mérite. Lui et le prince du Calidor.

TASH

Dornan, Pitorie

Le surlendemain du vol de la fumée, Gravell émergea de son sommeil. Il se leva et tituba jusqu'à son pot de chambre, vomit dedans avant de se soulager, puis retourna d'un pas toujours hésitant jusqu'à son lit, où il s'assit en grommelant. Il y avait déjà du progrès par rapport à la veille, qu'il avait passée recroquevillé sur le matelas.

— Tu ne peux t'en prendre qu'à toi-même, dit Tash en faisant tinter les quelques piécettes qu'elle avait gagnées en assurant des livraisons pour un boulanger du coin.

Elle n'avait pas eu d'autre choix que d'accepter ce petit boulot, qui avait le mérite d'être nettement moins dangereux que d'échapper à des démons lancés à sa poursuite. Et sa vitesse lui avait permis d'obtenir quelques pourboires juteux.

— Tu veux bien arrêter ton boucan ?

Tash fit tinter les pièces de plus belle.

— Je n'ai jamais eu aussi mal au crâne de ma vie, gémit-il.

— Tu oublies ta beuverie à Hepdene. Tu avais passé quatre jours malade et tu t'étais juré de ne plus jamais boire.

— Cette garce a probablement empoisonné mon verre. Je ne vois que ça comme explication. Elle en avait après mon argent.

— Ou bien peut-être que tu as bu plus d'un verre, sans qu'aucun d'eux soit empoisonné. En parlant d'elle, elle te réclame toujours un kroner pour son agréable compagnie.

— Ne la paie pas.

— Je ne comptais pas le faire.

Tash arrêta de jouer avec ses deniers.

— Gravell, est-ce qu'il te reste le moindre sou ?

Celui-ci se garda de répondre.

— Cela fait déjà deux fois que l'aubergiste me demande quand tu comptes régler ton ardoise. J'imagine que je *pourrais* te prêter de l'argent, mais je pourrais tout aussi bien m'acheter de nouvelles bottines.

Gravell lui jeta un regard torve avant d'aller vomir une nouvelle fois dans le pot de chambre. Il avait l'air en plus mauvais état encore que s'il avait affronté cent démons.

— Tu as besoin d'air frais et d'eau.

Il frissonna.

— J'ai la tête dans un étau.

Tash leva les yeux.

— Quelle femmelette tu fais.

Il alla se rasseoir sur le lit et se prit la tête entre les mains.

— Tu es prêt à entendre les dernières nouvelles ?

— Du moment que tu ne parles pas trop fort.

— Souhaites-tu que je te raconte d'abord ce qui s'est passé la nuit d'avant ? Lorsque j'ai suivi Edyon et que l'homme du prévôt s'est fait tuer ? Je ne suis pas certaine que tu aies bien pris la mesure de choses.

— J'avais bien compris, merci. Je ne suis pas idiot, grommela Gravell.

— Parce que te descendre un demi-tonneau de bière à toi tout seul, ce n'était pas idiot, bien sûr.

— Tu me rappelles ma mère par moments.

Elle vint s'asseoir à côté de lui.

— Eh bien laisse-moi te raconter une histoire, jeune homme. La brave petite bourgade de Dornan s'est métamorphosée. Personne ne se souvient d'à quand remontait le dernier meurtre. Les hommes du prévôt ont pris les armes.

— Ils sont toujours armés, ce sont les hommes du prévôt, après tout.

— Je veux dire qu'ils sont remontés et qu'ils questionnent à tout-va. La bonne nouvelle, c'est qu'ils ignorent que je me trouvais là-bas, ainsi que la raison pour laquelle l'un des leurs a été refroidi, mais ils semblent soupçonner Edyon de complicité. Et comme il a mis les voiles, cela ne plaide pas en sa faveur. Même si j'ignore ce qu'il peut bien fricoter avec ces deux-là. Le plus vieux, Holywell, a l'air d'être un sacré salaud. Mais à l'évidence, Edyon avait planifié son départ, puisqu'il trimballait un gros paquetage plein d'affaires.

Tash se remémora soudain Holywell aidant Edyon à monter en selle. Ce dernier avait les mains vides à ce moment-là. Elle se frappa le front.

— *Voilà* comment ils ont deviné sa présence. Il a dû laisser son sac sur place.

— Ce gamin est encore plus bête que je ne le pensais.

Tash se sentait tout aussi bête de ne pas s'en être souvenue plus tôt. Si elle avait caché ou emporté le sac, les hommes du prévôt n'auraient jamais pu savoir qui avait tué leur camarade.

— Bref, je les ai suivis. Ils partaient en direction du nord.

— Dans ce cas, nous allons au nord.

— C'est Holywell qui a pris la fumée avec lui. Edyon était sur le point de me la rendre avant que ça ne vire en eau de boudin.

— Et tu l'as cru ? renifla Gravell en secouant la tête. C'est un voleur et un complice d'assassins. Il la vendra ou se la gardera pour l'inhaler.

Tash restait persuadée du contraire. Et elle ne parvenait toujours pas à comprendre pourquoi Edyon avait décidé de suivre cet Holywell. Il était si naïf, tout l'opposé de l'autre. Ça ne collait pas.

— Il faut que je te dise autre chose à propos d'Edyon. Cela vient d'une source fiable, le vendeur de tourtes.

— Le vendeur de tourtes ? Alors comme ça, on fraie avec le beau monde de la foire, mademoiselle ? T'aimes ça, livrer de la bouffe aux richards ?

Tash haussa les épaules.

— Le coin est propre. Les gens paient bien, et à l'heure.

Elle lui décocha un regard entendu, mais il ne réagit pas.

— Erin, la mère d'Edyon, est une femme d'affaires. Une vraie.

— Moi aussi, je suis un homme d'affaires.

— Ouais, mais elle ne trempe dans rien d'illégal.

— Elle te vendrait une pauvre chaise pour trente kroners en te racontant qu'elle a appartenu à je ne sais quel sultan de l'Est, et elle dormirait sur ses deux oreilles. Ça devrait être illégal, ça, tiens !

— Quoi qu'il en soit, l'info du vendeur de tourtes, qui la tient de l'un des domestiques au service d'Erin, est qu'un noble venu du Calidor, du nom de lord Regan, se trouvait avec Erin juste avant le départ d'Edyon. Ils ont passé tout l'après-midi ensemble, comme s'ils étaient de vieux amis et… heureusement que tu es déjà assis parce que tiens-toi bien…

— Allez, abrège !

— Apparemment, lord Regan était venu pour ramener Edyon au Calidor, parce qu'il est le fils du prince Thelonius.

Gravell dévisagea Tash avant d'éclater d'un rire tonitruant. Il rit et rit jusqu'à tomber à la renverse sur le lit et continuer d'agiter ses jambes dans les airs.

— Notre voleur est un fils de prince ?

— Ouaip. Fils illégitime, mais fils quand même.

— Bâtard à plus d'un titre, donc.

Gravell se rassit et fronça les sourcils.

— J'aurais dû m'en douter. C'est dans le sang. Les rois, les princes… tous des bâtards et des enfants de salauds.

— Du coup, j'ai ma petite idée sur ce que va faire Edyon.

— Ah oui ?

— Oui. Il se rend dans le Nord avec ces deux hommes, qui ne sont pas pitoriens. Je pense qu'ils viennent du Calidor, eux aussi. Donc je pense qu'ils vont le ramener au Calidor, ce qui veut dire qu'il leur faut un bateau. Mais à présent qu'ils sont recherchés, ils vont devoir se montrer prudents.

— Si ce lord Regan est venu pour ramener Edyon avec lui, pourquoi est-il parti avec Holywell à la place ?

— Eh bien, j'ai entendu dire que Regan a été attaqué, dépouillé et tué. Alors peut-être que Holywell est au service de Regan, je ne sais pas. Cette partie me chiffonne un peu.

— Et ton informateur vendeur de tourtes ne peut pas te renseigner ? Je croyais qu'il savait tout sur tout.

— Dans tous les cas, ils vont sans doute se rendre à Pravont, et de là suivre la rivière jusqu'à Rossarbe. Une fois là-bas, ils essaieront d'embarquer pour le Calidor.

Tash connaissait l'amour de Gravell pour Pravont. Une ville paisible, magnifique, et où la bière ne coûtait rien.

— Pravont…

Gravell fit rouler ses épaules.

— Bel endroit, Pravont. Pile à la frontière du territoire des démons.

— Alors ? Tu penses que j'ai raison ?

Gravell s'étira.

— Je pense que si tu as vu juste, alors on est vernis. On pourrait emprunter la route du littoral, couper à travers champs pour récupérer la route de la rivière et les rattraper à Pravont. C'est comme traquer des démons, mais en plus simple.

— Ça, je n'en suis pas si sûre. Holywell a l'air dangereux avec ses poignards.

— On fera attention. Ils ne s'attendent pas à nous voir. Et je ne vais pas laisser croire à qui que ce soit qu'on peut me voler en toute impunité, décréta Gravell en secouant vigoureusement la tête. C'en serait fini de ma réputation.

Tash le détailla du regard. Durant son coma, elle avait commencé à envisager de rester le temps de la foire. Elle pourrait sans doute se faire embaucher par le vendeur de tourtes, voire par l'un de ces marchands de meubles. Mais au fond d'elle, elle savait pertinemment qu'elle ne supporterait pas d'être séparée de Gravell. L'idée qu'il puisse voyager seul, ou pire, qu'il puisse se trouver une autre fille pour servir d'appât à démons lui était insupportable.

— Et même si on ne récupère pas la fumée, on se trouvera dans un coin idéal pour notre prochaine chasse.

— Oh, nous allons la récupérer, cette fumée. Je connais ce territoire comme ma poche.

Il se tenait debout à présent.

— Je me sens déjà requinqué.

CATHERINE

Tornia, Pitorie

Le château de Zalyan se dresse sur une colline
au centre de Tornia. Sa reconstruction se sera étalée
sur trente ans, au cours du règne du roi Jolyon.
Les cinq tours pentagonales sont reliées
par une imposante muraille de pierre pour abriter
les principaux édifices, disposés autour d'une élégante
tour centrale et ornés de tuiles blanches
dont l'éclat brillant change avec la course du soleil.
L'ouvrage est surnommé par certains
le « firmament de la beauté ».

La Pitorie sous l'époque moderne,
Staryon Hove

LES DEUX DERNIERS JOURS DE VOYAGE avaient vu grandir encore davantage le cortège. La veille, la troupe de Catherine avait fait halte dans une auberge à proximité de Tornia pour déjeuner et finaliser les derniers préparatifs avant son entrée en grande pompe dans la cité. La chambre de Catherine avait été décorée du sol au plafond en blanc. Cette décision d'en faire sa couleur s'avérait être un pari gagnant.

Elle était si nerveuse qu'elle avait à peine touché à son assiette et ses demoiselles commençaient à s'inquiéter pour elle.

— Avez-vous vu la pièce, Votre Altesse ? demanda Tanya. Les acteurs l'ont répétée toute la semaine. Cela pourrait vous offrir une distraction bienvenue.

— Quelle pièce ?

— La pièce en votre honneur, Votre Altesse. L'histoire de votre mariage.

— Vraiment ? Dans ce cas, j'imagine que je devrais la voir, répondit Catherine en s'efforçant de sourire. J'aimerais grandement savoir comment elle se termine !

On installa rapidement des fauteuils dans le jardin et la pièce débuta. Le spectacle était entièrement muet et dansant. Un jeune acteur vêtu d'une étincelante robe blanche était accompagné par trois autres garçons habillés de rouge, de noir et de vert. Face à eux, deux acteurs plus âgés, l'un en violet et l'autre en bleu, représentaient à l'évidence le roi Arell et le prince Tzsayn. Les deux hommes dansaient, le plus jeune reproduisant les pas du premier, avec une intensité croissante, jusqu'à ce que la jeune femme en blanc bondisse de joie pour être rattrapée dans les airs par le prince avant de se pâmer dans ses bras.

Boris ricana.

— Il n'y a bien que des Pitoriens pour croire qu'une femme peut être séduite par la danse.

— Tandis que les Brégantins ne s'embarrassent même pas de la moindre séduction, eux, répliqua Catherine de manière acerbe.

Sir Rowland applaudit.

— Au Brégant, les hommes prouvent leur valeur à travers la joute. En Pitorie, cela se fait par la danse. Ces deux activités nécessitent adresse et vigueur et, hélas, cela en fait l'apanage des jeunes hommes, déplora-t-il auprès de Catherine.

— La danse ne prouve rien à mes yeux, grommela Boris avant de prendre brusquement congé.

— Mais si vous aviez le choix, sir Rowland, que préféreriez-vous ? Vous qui ne vivez plus au Brégant depuis bien longtemps, vous contentez-vous de danser ?

— Ma foi, je n'ai jamais été bien doué pour les passes d'armes.

— Sauf quand il s'agit de manier le verbe.

— On ne peut pas se battre qu'à coups de mots, Votre Altesse. Les paroles non suivies d'actions ont cela en commun avec la danse : elles sont belles, mais inefficaces.

— Mais ce sont mes mots et mes actions qui ont irrité Boris, et loin de m'entraver, vous me portez assistance. Je crains qu'une fois mon mariage prononcé, vous ne soyez rappelé au Brégant.

L'ambassadeur acquiesça.

— J'étais parvenu à la même conclusion. Je suis encore assez lucide pour savoir qu'on ne me tolère que tant que je reste utile. J'ai travaillé dur pour le Brégant toutes ces années, mais je ne me fais aucune illusion : l'avenir n'est jamais certain lorsque l'on est au service de votre père. J'ose néanmoins croire que nous – si je puis me permettre ce « nous » – avons accompli quelque chose durant ces quelques jours, Votre Altesse, et que le regard que portent les Pitoriens sur le Brégant est à présent plus favorable.

Catherine ne s'était jamais imaginé travailler un jour, mais elle se sentait désormais investie d'une mission. Au Brégant, elle n'était rien de plus qu'un ornement dont on n'attendait rien. L'idée qu'elle puisse retourner à pareille existence était déprimante. Elle avait pris goût à deviser des plans et à les mettre à exécution, mais ce plaisir devait pour beaucoup au fait d'avoir un complice.

— Vous m'avez tant aidée, sir Rowland. À la fois pour accomplir mes idées et pour me soulager de mes soucis.

— Je gage que la plupart de vos soucis seront bientôt de l'histoire ancienne, Votre Altesse.

À l'évidence, il faisait référence à sa famille, même si elle, de son côté, pensait avant tout à Ambrose.

— Hélas, pas tous. Mais votre aide m'est précieuse. Et si mon père vous rappelle à lui, je vous prie de ne pas partir. Je serais ravie de vous accueillir comme conseiller personnel.

Sir Rowland inclina la tête et Catherine crut déceler une certaine humidité au coin de ses yeux.

— Je vous remercie, Votre Altesse.

Leur discussion n'avait pas seulement ravivé le souvenir d'Ambrose, mais aussi le « message » que lui avait adressé lady Anne. Bien trop absorbée par ces préparatifs et ces histoires de robes, elle n'y avait accordé aucune réflexion depuis et en ressentait une grande culpabilité à présent. Catherine avait le devoir de déchiffrer ces dernières paroles muettes.

Elle se tourna de nouveau vers sir Rowland.

— Que pouvez-vous me dire au sujet de la fumée de démon ?

L'ambassadeur afficha un air surpris.

— Eh bien, c'est un moyen de détente particulièrement dispendieux. Ainsi qu'illégal.

Il abaissa encore un peu plus la voix et poursuivit :

— Vous ne trouverez personne pour l'admettre, mais je suis certain que la moitié de la cour en a déjà fait l'expérience au moins une fois.

Catherine parut hésiter puis se lança :

— Je dois vous avouer quelque chose, sir Rowland.

Elle lui raconta dans le détail l'exécution de lady Anne. Elle termina son récit en demandant :

— Avez-vous la moindre idée de la raison pour laquelle lady Anne m'aurait mise en garde contre la fumée de démon ?

Sir Rowland secoua la tête.

— Je regrette de ne pouvoir vous être d'un plus grand secours, mais je ne sais rien de plus à propos de la fumée au-delà de son caractère de drogue récréative. D'après ce qu'elle sous-entendait, votre père semblait en posséder.

— Je le sais de source sûre. J'ai pu constater qu'il en avait acheté au bas mot deux cents livres. Mais jamais il n'en consommerait pour son plaisir.

— Non, j'ai du mal à imaginer votre père s'abandonner à ce genre de loisir.

— Pourtant, lady Anne m'a bien adressé ces signes sur l'échafaud. Elle était à l'agonie et sur le point de mourir. Elle n'aurait pas sacrifié ses derniers instants pour me dire quelque chose de trivial. La fumée doit avoir de l'importance.

— Laissez-moi enquêter discrètement.

Sir Rowland marqua un silence avant de reprendre :

— Puisque nous parlons de votre père, j'ose espérer ne pas vous offenser en affirmant qu'il est susceptible d'employer tous les moyens possibles pour parvenir à ses fins.

— En l'occurrence, la reconquête du Calidor ?

— Précisément. Et votre... union est un moyen pour lui de s'assurer que la Pitorie ne viendra pas en aide au Calidor en cas de guerre future.

— Tout en augmentant les revenus du pays grâce à un commerce accru, compléta Catherine.

Sir Rowland se fendit d'un sourire.

— Je constate que vous êtes parfaitement au fait de la situation. Mais la fumée de démon semble ajouter une dimension supplémentaire. Laissez-moi me renseigner.

La dernière partie du voyage jusqu'à Tornia fut particulièrement lente. Le cortège avait tellement gagné en taille que les clairons censés ouvrir la marche étaient désormais hors de vue pour Catherine, même si elle pouvait toujours les entendre. En éclaireurs, les acteurs et les musiciens ne faisaient pas partie de la parade officielle, mais attiraient immanquablement les foules. Suivait ensuite une troupe de vingt gardes pitoriens montés sur des chevaux noirs. Chaque homme portait une longue lance, un plastron et une cape, mais gardait la tête nue afin que chacun puisse admirer leurs cheveux courts et violets, symbole du roi.

Catherine chevauchait sa jument blanche, un brin de vissune épinglé à sa nouvelle robe éblouissante. Ce modèle, réalisé dans des délais impossibles, comportait encore plus de cristaux que le précédent et chaque entaille dans le tissu révélait des reflets d'or et d'argent. Impossible d'ignorer qui était à l'honneur au sein de cette procession.

Tanya, Jane et Sarah lui emboîtaient le pas, chacune vêtue d'une nouvelle robe plus élaborée. Derrière elles, Boris et ses cinquante soldats. Et si ces hommes ne s'étaient pas teint les cheveux, ils arboraient tous un plumet rouge à la hauteur de l'événement.

Derrière ce peloton, à bonne distance, une foultitude de caravanes d'intendance et de cavaliers soulevait un nuage de poussière depuis que le cortège avait quitté Charron. C'était pratiquement un village ambulant qui s'était greffé à la procession. Certains s'étaient blanchi les cheveux alors même qu'ils n'avaient aucun rôle officiel à jouer, simplement par désir d'appartenir à l'entourage de la princesse.

Le long de la route, le vert des pâturages cédait du terrain au brun du bois de construction des maisons qui recouvraient le versant de la colline. Tout au sommet, surplombant les habitations et la muraille grise de Tornia, se dressait le château de Zalyan avec ses fameuses cinq tours, chacune d'une hauteur et d'une élégance impossibles, encerclant le donjon pentagonal qui brillait au soleil comme un phare.

Même pour une princesse de haut rang comme Catherine, la vue était à couper le souffle. Elle ressentit un mélange d'admiration et d'appréhension.

À mesure de leur progression, la route même semblait embellir en s'élargissant et en se redressant. Le pavement prenait le gris pâle du château qui se dessinait au bout. Le pont enjambant la rivière Char les attendait, ses trois solides arches de pierre supportant une foule de curieux amassée des deux côtés de la route. Ils étaient des centaines, non, des milliers !

Le cortège poursuivit son défilé à travers Tornia, en passant devant les maisons et les échoppes. Les édifices se faisaient plus petits et plus rapprochés tandis que la route demeurait large, propre et droite. Les clairons retentirent bruyamment et, en réponse, des vivats et des acclamations jaillirent de toutes parts. Catherine ne pouvait s'empêcher de sourire et de rendre leur salut aux habitants qui se pressaient à leurs fenêtres pour l'apercevoir.

La route se fit un peu plus raide avant de tourner vers la droite, le long d'une côte à l'assaut des murs du château et d'un gigantesque pont-levis orné d'oriflammes. Il y avait toujours foule sur les talus, mais derrière la herse, la nature du public était différente. Une gigantesque cour, si vaste qu'elle aurait pu contenir le château du père de Catherine tout entier, s'ouvrit devant elle. Une masse tout aussi gigantesque de Pitoriens était là pour l'accueillir. Elle distinguait trois grands groupes : des fantassins aux cheveux violets au garde-à-vous, une division de cavaliers aux cheveux bleus et, au milieu, une armée de jeunes hommes en pantalon moulant et veste. Enfin, le cortège s'arrêta et sir Rowland lui glissa à l'oreille :

— Il nous faut patienter ici, Votre Altesse. Nous allons recevoir un accueil officiel.

Catherine sentit sa respiration s'emballer. Le vacarme et la chaleur étaient oppressants. Elle vacilla brièvement sur sa selle et s'imagina subitement de quoi elle aurait l'air si elle s'évanouissait.

Reprends-toi. Tiens-toi droite.

La danse débuta. Il n'y avait qu'en Pitorie qu'une cérémonie officielle pouvait s'ouvrir ainsi. Mais les danseurs que Catherine avait sous les yeux étaient d'un tout autre niveau que les habituels saltimbanques. Le premier duo bondissait à des hauteurs incroyables en se projetant l'un l'autre et en tournoyant dans les airs. D'autres vinrent les rejoindre jusqu'à ce qu'ils soient dix, puis douze, virevoltant en un ballet étourdissant. Leur vitesse était irréelle. Le soleil cuisait l'intérieur de la cour et le sol poussiéreux tremblait sous les pas saccadés tandis que de nouveaux danseurs s'ajoutaient à cette sarabande endiablée. Bien vite, on eut l'impression que la cour tout entière n'était plus qu'une marée humaine bondissante. La transe prit fin en un dernier tourbillon, chaque homme s'arrêtant en une révérence. Tous se tournèrent ensuite à l'unisson, le visage grave, avant de s'incliner face à Catherine. Tandis qu'ils se redressaient, elle remarqua un sourire parmi l'assemblée. Catherine lui sourit en retour et se tourna vers sir Rowland :

— Merveilleux, comme toujours.

— Oui, Vario est l'un des meilleurs danseurs du prince. C'est un immense honneur pour lui que de mener la danse de bienvenue.

— Bien sûr, répondit Catherine, agacée d'avoir oublié que ces chorégraphies aussi élaborées étaient toujours conduites par un seul homme.

Elle avait peut-être fait bonne impression auprès de son peuple, mais elle avait encore beaucoup à apprendre de ce pays.

— Nous allons à présent rencontrer le roi et le prince Tzsayn. J'ouvrirai le chemin en compagnie du prince Boris, après quoi vous devrez nous rejoindre avec vos demoiselles, Votre Altesse.

Boris mit pied à terre avec raideur et, tandis que sir Rowland se dirigeait vers les grandes portes du donjon, Catherine signa à ses servantes :

Ayez l'air heureuses. Éblouissez-les !

Elle se mit en route lentement, en restant volontairement en retrait derrière les hommes. Elle était persuadée que le roi Arell ne se montrerait pas aussi impatient que son père, mais également qu'un peu d'attente ne lui ferait pas de mal. Elle n'était peut-être qu'un pion dans ce vaste jeu, mais même les pions avaient un peu de pouvoir.

Le soleil était à présent bas dans le ciel et faisait scintiller sa robe d'une lumière dorée. Elle ralentissait de plus en plus l'allure, pour laisser sir Rowland et Boris disparaître à l'intérieur, passant devant la haie d'honneur formée par les danseurs. Elle se concentrait de toutes ses forces pour rester droite tout en faisant balancer sa robe afin que la lumière se reflète dans les cristaux. Arrivée au seuil de la porte, elle s'arrêta, consciente que quiconque se trouvant à l'intérieur ne verrait d'elle qu'une silhouette étincelante.

Éblouis-les, se répéta-t-elle. *Éblouis-les.*

Elle inspira profondément et pénétra dans l'immense hall marbré. Elle attendit un moment que ses yeux s'accommodent à l'obscurité. La pièce était emplie de nobles, pour la plupart des hommes. Tout au fond, une estrade accueillait deux silhouettes masculines. Sir Rowland et Boris se tenaient à leur droite, les présentations étant manifestement terminées. Catherine était ravie d'avoir pris son temps. À présent, tous les regards étaient braqués sur elle.

Elle s'avança lentement en résistant à l'envie de jeter un œil alentour. Le roi Arell n'était pas aussi vieux qu'elle se l'était imaginé. Du moins, il se tenait droit et digne malgré son physique émacié. Il était coiffé d'une calotte de velours violet cerclée de fourrure plutôt que de sa couronne. À ses côtés…

Le prince partageait la même silhouette que son père et son profil affichait un teint cuivré, mais le côté gauche de son visage paraissait étrange, même à cette distance. Il se tenait gracieusement, une main sur la hanche, le regard braqué sur Catherine. Ses yeux étaient sombres, presque noirs, mais dépourvus de la moindre émotion.

Catherine atteignit enfin le pied de l'estrade, où elle s'arrêta pour regarder le roi. Elle se trouvait face à l'homme qui avait négocié avec son père pour qu'on l'unisse à un homme qu'elle connaissait à peine. L'amusement causé par la danse de bienvenue l'avait totalement quittée à présent.

Sir Rowland prit la parole :

— Votre Majesté, Votre Altesse Royale, puis-je vous présenter Son Altesse Royale, la princesse Catherine du Brégant ?

Avec une lenteur calculée, Catherine fit un pas en arrière pour marquer une révérence à la brégantine, sa tête s'inclinant en dessous du genou du roi, aussi bas qu'elle le pouvait, afin de rappeler à l'assemblée sa place dans la hiérarchie royale. Elle avait beau porter la plus exceptionnelle des toilettes et compter une foule d'admirateurs aux cheveux blanchis, elle n'en restait pas moins offerte par un roi à un prince. Elle tenait à ce que ces hommes – et tous les nobles présents – sachent ce qu'il en était réellement. Ce n'était pas une célébration de l'amour, mais un marché. Au mieux, le début d'une alliance, au pire, une simple vente.

En se relevant, Catherine croisa le regard du roi un bref instant et seulement après osa-t-elle poser les yeux sur celui qui allait être son mari.

Le prince Tzsayn n'avait rien d'hideux. En vérité, il aurait même pu être bel homme s'il n'avait pas été affligé de cette étrange complexion. Le côté gauche de son visage était d'un brun plus clair que le droit, et lisse comme si chaque trait et chaque ridule avait été gommés. Il portait lui aussi une calotte à fourrure sur sa tignasse brune et frisée. Les manches de sa veste à col montant étaient si longues qu'elles lui recouvraient presque entièrement les doigts.

— Quel plaisir de faire enfin votre connaissance, princesse Catherine. J'espère que votre voyage a été plaisant.

La voix du roi Arell était étonnamment chaleureuse.

— Je vous remercie, Votre Majesté. Mon voyage était aussi agréable qu'intéressant. La Pitorie est magnifique et son peuple est des plus accueillants.

Arell lui adressa un large sourire.

— J'ai ouï dire que vous leur ravissez le cœur.

— La réciproque est vraie, Votre Majesté.

— Alors espérons que mon fils et moi-même en ferons de même.

Catherine fut si surprise de cette humilité qu'elle ne sut que répondre. Jamais son père n'aurait pu prononcer de telles paroles.

Elle jeta un fugace coup d'œil à Tzsayn, mais ce dernier conservait une expression solennelle comme à son arrivée.

Le roi Arell poursuivit :

— Il me faut donner mon discours de bienvenue, mais nous aurons l'occasion d'échanger ce soir.

Sir Rowland escorta Catherine sur le côté de l'estrade. Ainsi placée, elle pouvait étudier à loisir le profil resté intact de Tzsayn. Sous cet angle, il était tout à fait séduisant avec ses pommettes hautes, ses yeux sombres et ses cheveux bouclés qui descendaient en cascade le long de sa mâchoire. C'était donc son futur époux. Il semblait de tempérament calme, comme le lui avait dit sa mère. Froid, même. Mais pouvait-elle réellement se faire une opinion de sa personne simplement en le regardant ? Elle brûlait de discuter avec lui, mais le roi Arell n'avait toujours pas fini de parler. Sitôt le discours de son père achevé, Tzsayn se tourna vers elle, la salua en s'inclinant, et s'éloigna lentement.

— Par ici, Votre Altesse, murmura Rowland à l'intention de Catherine. Je vais vous conduire à vos appartements, vous devez être fatiguée.

Catherine le laissa la conduire au bas de l'estrade, puis à travers une série de portes ouvragées en se faisant violence pour ne pas jeter un dernier coup d'œil en direction de son futur époux.

Ce soir-là, ce fut Boris qui l'escorta jusqu'au banquet en son honneur. Elle n'aurait jamais cru qu'elle se lasserait aussi rapidement de ce genre de festivités. En entrant dans le vaste hall, elle aperçut Tzsayn en pleine discussion avec deux seigneurs âgés. Le prince était impeccablement vêtu d'un pantalon de cuir bleu pâle et d'une veste en soie ornée de rubans tressés et de minuscules perles argentées. Le pan droit de sa veste était tailladé par endroits pour exposer sa peau nue, qu'il avait peinte en bleu marine. Catherine avait trouvé sa nouvelle robe osée, avec ses manches courtes et son corsage échancré, mais comparée à Tzsayn, elle faisait presque prude. Le prince remarqua son regard et lui adressa un salut courtois. Catherine se figea puis fit la révérence, les joues empourprées. Elle se sentait ridicule, comme si elle avait cherché à attirer son attention pour le charmer, ce qui n'était vraiment pas le cas.

Boris marmonna :

— Avec un peu de chance, ils ne nous tiendront pas la jambe trop longtemps, que l'on puisse manger et ficher le camp.

Il jeta un regard alentour.

— Les tenues de ces femmes sont toutes plus scandaleuses les unes que les autres, mais je dois concéder que ton futur mari excelle en matière de soin porté à son apparence. Comme s'il pouvait tromper son monde.

— Tromper son monde ?

— Ses cicatrices recouvrent tout son flanc gauche. Nous avons reçu une description détaillée de ses blessures, à la demande de Père.

Voilà pourquoi il portait des manches longues et un col montant : pour dissimuler sa peau.

— J'ai cru comprendre qu'il s'agissait d'un accident survenu dans son enfance, commenta Catherine.

— Il courait dans les cuisines et un chaudron d'huile bouillante s'est renversé sur lui. Je gage que les domestiques de l'office ont été ébouillantés en guise de punition.

— Et sa maladie ?

— Un avorton, comme tant d'autres. Je parie qu'il tourne de l'œil s'il reste trop longtemps au soleil, ricana Boris. Peut-être cela lui rappelle-t-il sa peau brûlée. Je me demande si ce n'est pas la raison pour laquelle il n'est pas venu à notre rencontre. C'est un mou, un faible, trop habitué à ce qu'on pouponne son corps de gringalet emballé dans la soie.

Avant que Catherine n'ait l'occasion de poser une autre question, on les mena à la table de banquet.

Catherine fut placée à la gauche du roi Arell. Tzsayn s'assit à sa droite, avec Boris pour deuxième voisin. Catherine les observa discuter, la voix du prince trop basse pour qu'elle puisse entendre ce qui se disait. Sous cet angle, elle pouvait voir son profil scarifié. Son oreille était minuscule, comme ratatinée par le feu. Son œil tombait et paraissait fatigué alors même que la posture droite du prince ne trahissait aucune lassitude.

« Le prince est légèrement incommodé, » lui avait confié sir Rowland à son arrivée à Charron. Il semblait certainement en pleine forme à présent. Boris avait peut-être vu juste et Tzsayn n'avait tout simplement eu aucune envie de faire le voyage pour rencontrer Catherine. Elle ressentit une pointe de colère face à ce mépris, mais se détendit bien vite. Arell était un excellent hôte et la régalait d'histoires au sujet de sa cour et de son pays, mais sans jamais dominer la conversation comme son père l'aurait fait. Catherine répondait par des anecdotes tirées de ses ouvrages sur la reine Valeria ou des comparaisons entre les coutumes pitoriennes et brégantines.

— Et qu'espérez-vous, Catherine, de cette union que votre père et moi vous avons arrangée ?

Elle fut choquée que le roi lui demande son avis à ce stade si avancé des fiançailles et répondit avec diplomatie.

— Ma seule préoccupation est de représenter dignement le Brégant.

— Ce que vous faites à la perfection, princesse. Vous avez charmé tout le monde.

Catherine lui adressa un sourire poli et jeta un œil en direction du prince Tzsayn, qui n'avait pas daigné la regarder de la soirée. Il semblait décrire quelque chose à Boris avec force détails et gestes de main emphatiques. En se tordant le cou autant que le permettait la décence, Catherine parvint à capter l'essence de la discussion. Tzsayn expliquait tout simplement l'élaboration de la soie pour sa veste. Le visage de Boris n'était plus qu'un mélange d'ennui et de dégoût. Catherine sourit intérieurement en se demandant si elle afficherait une expression similaire une fois mariée.

La soirée se poursuivit, comme toutes les autres, à grand renfort de discours et de numéros de danse. Catherine dut réprimer un bâillement tandis qu'un énième noble lui dédiait une danse. Puis on lui présenta une quantité invraisemblable de seigneurs et de dames et les mêmes discussions sur son voyage et sur le Brégant se répétèrent à n'en plus finir.

Enfin le roi prit congé, ce qui signifiait qu'elle était également libre de partir. Tanya et Sarah la conduisirent à sa chambre. Elle était si épuisée qu'elle tenait à peine debout.

Posté devant l'entrée de ses appartements, un domestique tenait un plateau d'argent contenant une petite enveloppe. À l'intérieur se trouvait un message.

Vous trouverez probablement les jardins plus intéressants que les démonstrations de danse.

Demain matin, à 9 heures, sur la terrasse ?

— De qui est-ce ?

— De la part du prince Tzsayn, Votre Altesse. Il attend votre réponse.

Catherine hésita. Elle n'était pas censée le fréquenter seule avant le mariage et elle n'avait aucune envie d'un cours magistral sur la fabrication de la soie. D'un autre côté, Boris et Noyes seraient probablement courroucés par une telle entrevue. Ce qui acheva de la décider.

— Dites au prince Tzsayn… que j'accepte.

TASH

Au nord de la Pitorie

TASH ÉTAIT ALLONGÉE À L'ARRIÈRE DU CHARIOT, somnolant paisiblement au soleil. Gravell avait pris place à l'avant, à côté du conducteur qui retournait à sa ferme après avoir vendu ses légumes à la foire de Dornan. Il aurait été plus rapide de voyager à cheval ou même par la diligence mise en place à l'occasion de la foire, mais ils n'avaient plus assez d'argent pour cela. Pour dix kopeks chacun, le fermier avait accepté de les conduire le plus au nord possible, c'est-à-dire à sa ferme. De là, ils marcheraient.

La carriole était lente, mais son conducteur roulait dès l'aube et jusqu'au crépuscule. Ils avaient passé plusieurs barrages destinés à arrêter le meurtrier, mais comme ceux-ci étaient tenus par des autochtones non payés, Tash doutait de leur efficacité. Les vieillards et les adolescents chargés de la surveillance des routes tenaient davantage à empocher des pots-de-vin qu'à attraper des fugitifs. Les hommes du prévôt se rendaient dans chaque ville pour avertir la populace de ne pas offrir de refuge au criminel Edyon Foss. Cette mise en garde était inutile car la rumeur en avait fait un redoutable assassin auquel personne ne voulait se frotter.

À la nuit tombée, alors qu'ils s'arrêtaient au dernier barrage, Tash et Gravell descendirent du chariot. Le fermier était pratiquement arrivé chez lui et ne pouvait pas les conduire plus loin. Sur le poteau qui barrait la route, une affiche avait été collée maladroitement.

Gravell y jeta un œil.

— Recherché. Pour meurtre. Edyon Foss. 17 ans. Grand, mince, cheveux châtains. Récompense : 25 kroners.

Il s'écarta pour laisser Tash regarder et ajouta :

— Joli portrait, dis donc. C'est ressemblant ?

Tash acquiesça. Le dessin d'Edyon était tout à fait fidèle.

— Il vaut un demi-flacon de fumée, ce qui me semble bien généreux. Cela dit, je ne cracherai pas sur la récompense *en plus* de récupérer ma fumée.

— Mais tu ne le livrerais pas au prévôt, tout de même ? Je t'ai dit qu'il n'avait tué personne, c'est ce Holywell qui a fait le coup. Si Edyon est arrêté, il finira pendu.

— Non, tu as raison. Ce n'est qu'un voleur qui fraie avec des meurtriers. Il ne devrait pas perdre la vie, juste la main, et peut-être un ou deux autres morceaux de son anatomie.

Tash décocha un sourire hésitant à Gravell.

— Tu plaisantes, pas vrai ? On veut juste récupérer notre fumée, au bout du compte.

Mais Gravell s'était déjà éloigné en marmonnant :

— Ils croiront tous qu'on peut me voler impunément si cet imbécile en réchappe sans châtiment. Ce sera ma fin.

EDYON

Spurbeck, au nord de la Pitorie

UNE FOIS MARCH GUÉRI, ils purent se déplacer plus vite, mais se cantonner aux petites routes peu fréquentées ralentissait malgré tout leur progression. Quant aux villages qu'ils traversaient, ce n'étaient la plupart du temps que de modestes hameaux dépourvus d'auberge. Chaque matin et chaque soir, ils étudiaient leurs cartes pour estimer grossièrement où ils se trouvaient. Holywell avait dit qu'ils devaient atteindre Pravont pour prendre un bac jusqu'à Rossarbe et de là, embarquer pour le Calidor. Mais dans l'intervalle, il leur fallait manger. Edyon était épuisé et affamé. Tandis qu'ils longeaient une colline, ils aperçurent une petite auberge au bord de la route, installée non loin d'un cours d'eau. Des poules picoraient dans la basse-cour, des chèvres broutaient paisiblement dans leur enclos en compagnie de quelques cochons. Voilà qui promettait des œufs frais, du pain et du lait. Un véritable festin.

— J'y vais, décida Holywell.

C'était toujours lui ou March qui s'aventuraient dans ces cas-là. Et un seul à la fois, pour ne pas laisser Edyon seul. Holywell avait coutume de dire qu'une seule personne de passage dans une auberge éveillait moins les soupçons, mais Edyon pensait qu'au contraire, quelqu'un achetant à manger pour trois était bien plus susceptible d'attirer l'attention. Il en avait assez de cette mascarade. Holywell était paranoïaque, ils se trouvaient à présent à des lieues de Dornan et ne couraient plus aucun risque. Et Edyon avait envie d'une tourte bien fumante tout juste sortie du four.

— Je pense que je devrais y aller, cette fois-ci.

— Ah oui, et qu'est-ce qui vous fait dire ça ? Votre Altesse, ajouta-t-il à contretemps.

— Vous êtes étranger. Votre accent vous trahit immédiatement et vos yeux sont… atypiques. Nous nous trouvons dans une région isolée. Qu'est-ce qui pourrait bien vous amener dans un trou paumé comme celui-ci ?

— Cela ne regarde personne.

— En effet, mais cela ne veut pas dire que les gens du coin ne vont pas se poser la question. Les clients sont rares par ici. De quoi d'autre vont-ils parler sinon ?

— Et quelle raison allez-vous avancer si on vous interroge ? demanda Holywell.

Edyon répondit sans hésiter.

— Je me rends dans le Nord pour rejoindre l'étude juridique de mon oncle. Il se spécialise en droit des affaires. Et si, pour ma part, je souhaiterais me consacrer au pénal, il faut bien commencer quelque part.

— Je vous suggère d'éviter de mentionner ces histoires de crime ainsi que votre destination.

— Vous pensez que je dois travailler davantage mon histoire ? Je pourrais tout aussi bien… me rendre dans le Nord pour y acheter cette fameuse laine qu'on ne trouve que là-bas. Un cadeau pour mon amant, qui est un grand danseur à la cour de Tornia.

Il agita ses bras théâtralement.

— Comme il aura fière allure dans son beau pantalon en laine.

Pour une fois, Holywell resta coi. March souriait presque, ce qui était plutôt encourageant.

— Vous mentez bien, le complimenta Holywell, ce qui mit Edyon légèrement mal à l'aise. Restez-en à votre histoire d'avocat. Prenez un ou deux poulets si possible. Des œufs, du jambon, du fromage. Des denrées qui tiendront. Essayez de savoir si les hommes du prévôt sont passés. Nous allons faire le tour et nous vous retrouverons dans les bois de l'autre côté. Ne flânez pas. Plus vous vous attardez, plus vous risquez de faire une mauvaise rencontre. Peut-être même avec les hommes du prévôt.

Les chances pour qu'ils aient été traqués jusqu'ici semblaient minces. Edyon restait persuadé que Holywell cherchait simplement à lui faire peur. Et il remarqua qu'il avait omis de s'adresser à lui en disant « Votre Altesse ». Non que cela dérange Edyon. Ces mots lui paraissaient tellement incongrus, encore plus lorsqu'ils sortaient de la bouche de March.

— Je serai rapide comme l'éclair, Holywell.

— Et laissez la fumée avec nous. Il ne faudrait pas que vous vous retrouviez de nouveau dans le pétrin à cause d'elle.

Edyon prit congé et oublia aussitôt Holywell pour se concentrer sur ses envies de pain, de fromage et – avec un peu de chance – de tourtes chaudes.

Un garçon accourut aussitôt pour lui proposer de s'occuper de son cheval contre un kopek. Edyon mit pied à terre, lui donna la pièce et épousseta le bas de son pantalon avant de franchir le seuil de l'auberge, en s'apercevant trop tard que ce qu'il avait pris pour des traces de boue était en réalité du sang séché.

Il était le seul client. Il échangea un salut avec la tenancière derrière le comptoir rustique – une simple planche sur tréteaux en réalité – et commanda une tourte pour le déjeuner. Pour patienter, il sortit s'asseoir au soleil. C'est là qu'il remarqua l'affiche placardée sur le mur.

RECHERCHÉ POUR MEURTRE

Son sang se glaça aussitôt.

EDYON FOSS

Et sous son nom un horrible portrait de lui.

Sa vie aurait dû prendre un tour heureux dès qu'il avait découvert qu'il était le fils d'un prince. Au lieu de quoi elle n'avait fait qu'empirer de façon inimaginable. Se pouvait-il qu'il connaisse pire encore ? L'aubergiste l'avait-elle reconnu ? Était-elle allée chercher du secours ?

Ce fut à ce moment précis qu'elle réapparut pour déposer la tourte sur la table à l'extérieur, qui se trouvait juste sous l'affiche.

— Tout compte fait, j'ai assez pris le soleil sur la route. Je vais manger à l'intérieur.

— Très bien, m'sieur, soupira-t-elle.

Mais sitôt rentré, Edyon regretta sa décision. Si elle l'avait effectivement reconnu et qu'elle avait appelé à l'aide, il se trouvait désormais piégé.

Edyon engloutit sa tourte aussi rapidement que possible. L'angoisse le taraudait encore plus que la faim. Il n'avait plus qu'une envie : déguerpir. Mais il lui fallait encore acheter des provisions pour March et Holywell.

Un homme fit son entrée.

— Ah, ma femme m'a dit que nous avions un client. Un plaisir de faire votre connaissance ! À vous voir ainsi, j'ai l'impression que vous venez de loin, non ?

Edyon s'étouffa sur sa dernière bouchée. Était-ce une ruse pour gagner du temps ou bien l'homme se montrait-il simplement amical ?

— Je viens de loin, et la route n'a pas été sans embûches.

Il écarta les bras pour montrer dans quel triste état il se trouvait.

— Je me suis perdu, j'ai fait tomber mon sac dans la rivière et j'ai dû passer la nuit à la belle étoile. Je n'ai pas l'habitude de voyager de la sorte.

— Eh bien, je peux vous proposer une chambre pour la nuit, un bain et le souper, le tout pour un prix modique.

— Hélas, votre offre est alléchante, mais j'ai déjà perdu trop de temps. Un poste de juriste m'attend à l'étude de mon oncle.

— Et où vit votre oncle, monsieur ?

— À Pravont.

Edyon avait répondu sans réfléchir et s'en voulait à présent mortellement. Enfin, il était trop tard désormais, autant demander la direction.

— Pouvez-vous me confirmer mon itinéraire ? Et peut-être me vendre un peu de pain et de fromage pour mon trajet ?

— Pour tout vous dire, je ne savais même pas qu'il y avait des avocats à Pravont.

— Ah vraiment, mais pourquoi ?

— C'est que c'est tout petit.

Une nouvelle gaffe ! Mais peu après, Edyon se trouvait en possession d'un baluchon plein de provisions, d'un cheval pansé et nourri et d'indications claires pour trouver la route de Pravont. Il s'éloigna au trot pour rejoindre les bois hors de vue de l'auberge. March et Holywell l'attendaient là.

— Tout s'est bien passé ? demanda Holywell.

— Oui, oui.

Il hésita.

— Il y avait une affiche de moi. Un avis de recherche.

Holywell pesta.

— Vous n'avez pas été reconnu ? demanda March avec inquiétude.

— Non.

Edyon haussa les épaules nonchalamment.

— Personne ne fait jamais attention à ce genre d'avis. Je savais que je ne courais aucun risque.

Il tendit le sac à Holywell.

— Pain, fromage et œufs. Et une tourte.

Les yeux de Holywell s'illuminèrent.

— Bravo, Votre Altesse. Mais compte tenu de l'avis de recherche, nous ferions mieux de nous mettre en route.

— Oui, et je suis sûr de notre chemin à présent, on m'a donné la direction.

Holywell releva la tête. D'un ton dangereusement calme, il demanda :

— Et comment cela se fait-il ? Votre Altesse.

— Eh bien, j'ai peut-être mentionné au passage que nous nous rendions à… à Pravont.

— « Nous » ?

— Que *je* me rendais à Pravont, pardon. Évidemment que je n'ai pas dit « nous », mais « je ».

— Ainsi ils ont un avis de recherche à votre effigie. Et ils connaissent à présent votre destination.

— Il ne m'a pas reconnu, insista Edyon. Je l'aurais vu, sinon.

— Oui, mais la prochaine fois qu'il passera devant cette affiche, je parie qu'il aura un petit moment de réflexion, et puis il ira raconter à l'un des hommes du prévôt de passage chez lui qu'un de ses clients ressemblait comme deux gouttes d'eau au portrait placardé, et qu'il se rendait à Pravont.

Holywell secoua la tête.

— Nous devons presser l'allure.

Edyon sentit son visage s'empourprer.

— Je suis désolé. Je me rends compte que j'ai fait une erreur.

— Ah oui, Votre Altesse ? Vous m'en voyez ravi.

Holywell monta en selle et éperonna son cheval.

Et pour parfaire le tableau, il se mit à pleuvoir.

L'air était empli de nuées de midges, ces moucherons suceurs de sang. March, Edyon et Holywell se tenaient assis autour du feu, le visage et les mains couverts de tissu pour protéger leur peau. La pluie ne leur avait laissé aucun répit, mais les midges, qui étaient apparus sitôt l'orage terminé, étaient encore pires.

March terminait les dernières miettes de sa tourte de ses longs doigts graciles tandis que Holywell étudiait sa carte pour éviter le chemin conseillé par l'aubergiste.

— Nous pourrions couper par l'ouest, mais je pense que nous risquons davantage de rencontrer des hommes du prévôt sur cette route, suggéra March.

Holywell secoua la tête.

— On poursuit en direction de Pravont. On ne peut plus risquer de descendre en barque, ils vont surveiller la rivière, mais nous pouvons traverser là et continuer à l'ouest vers Rossarbe. Et de là, embarquer pour le Calidor.

— Il n'y a rien d'autre au nord de la Ross que le Plateau septentrional, intervint Edyon.

— Cela vous pose problème, Votre Altesse ?

Holywell avait posé sa question avec une patience exagérée.

— C'est un endroit interdit. Personne n'y va.

Holywell esquissa un sourire.

— Voilà qui me plaît déjà.

— C'est interdit car c'est le territoire des démons.

Holywell fit comme s'il n'avait rien entendu.

— Nous ferons le plein de provisions à Pravont. Et nous achèterons un cheval supplémentaire pour les porter.

Il paraissait déterminé et Edyon n'avait pas assez de volonté pour s'opposer à lui. Et après tout, lesquels étaient les pires ? Les démons ou les hommes du prévôt ?

— Eh bien, je suis sûr qu'avec vous, nous ne craignons rien, Holywell. Pas vrai, March ?

Il sourit au jeune Abask, qui détourna le regard.

— Je suis désolé si je nous ai mis dans le pétrin.

March regarda en direction de Holywell sans rien dire.

Le silence s'installa.

Edyon grattait ses piqûres de midges lorsque lui vint une idée. Il prit le flacon de fumée, le déboucha, porta ses lèvres au goulot, aspira une petite bouffée et plaqua sa bouche sur son poignet. Il releva les yeux vers March, qui l'étudiait avec attention et qui, pour une fois, ne détourna pas le regard.

Edyon laissa la fumée quitter sa bouche avant de l'aspirer de nouveau et cette fois, il prit la main de March et y déposa ses lèvres délicatement. À la grande surprise d'Edyon, March se laissa faire sans broncher. Il pouvait sentir son pouls battre sous sa fine peau, mais la fumée ne semblait pas bouger autour des piqûres comme elle l'avait fait pour sa plaie à l'épaule. Edyon laissa s'échapper la fumée et l'observa se dissiper dans les airs sous l'œil scrutateur de Holywell.

— Je voulais voir si la fumée soignait les piqûres d'insectes, expliqua Edyon.

— Et vous ne comptiez pas essayer sur les miennes, Votre Altesse ?

La simple idée de toucher Holywell, qui plus est du bout de ses lèvres, lui donna la chair de poule. Il se contenta de répondre :

— Vous pouvez essayer vous-même, si vous le souhaitez ?

Edyon lui proposa le flacon.

— Cela détend en même temps. Faites d'une pierre deux coups.

Il poussa un petit rire.

— On dirait que la drogue fait effet sur votre cervelle, et pas tant sur vos piqûres, répliqua Holywell en observant le poignet d'Edyon.

Il avait raison : les marques sur la peau d'Edyon et de March n'avaient pas disparu.

Holywell renifla en riant et s'installa dans son duvet.

— March, tu prends le premier quart. Et évite de te droguer, toi aussi.

Quelques minutes plus tard, lorsque les ronflements de Holywell se firent réguliers, March sortit son couteau et dit à Edyon :

— Je vais essayer quelque chose.

Avant qu'Edyon n'ait le temps de répondre, March s'entailla la paume et lui prit le flacon.

Reproduisant les gestes d'Edyon, il aspira une volute et la recracha lentement dans le creux de sa main. Il tendit ensuite sa paume face à Edyon.

La plaie avait cicatrisé.

— Cela fonctionne donc sur les coupures, mais pas sur les piqûres, conclut Edyon. Cela dit, je n'avais pas réellement de plaie, seulement des bleus et une dent branlante. Tu veux bien essayer sur moi ?

March hésita avant de répondre :

— Comme vous le voulez, Votre Altesse.

— Je t'en prie, arrête de m'appeler comme ça. Cela me semble ridicule.

Edyon tendit la main, March lui saisit le poignet et lui entailla le pouce de la pointe de son couteau. Puis il inhala un peu de fumée et effleura la peau d'Edyon de ses lèvres. Edyon ferma les yeux. Il pouvait sentir la fumée tourbillonner à la recherche de sa plaie, mais il était avant tout sensible au contact intime avec March.

— Est-ce que tu as un peu de vertiges ? demanda Edyon dans un murmure.

March se fendit d'un grand sourire, une première.

— Un peu. J'ai sommeil aussi.

— Dors, alors, lui dit doucement Edyon. Je monterai la garde.

March s'allongea en se couvrant le visage pour se protéger des midges tandis qu'Edyon restait assis, à passer lentement son pouce le long de ses lèvres.

AMBROSE

Tornia, Pitorie

AMBROSE AVAIT CHEVAUCHÉ SANS RELÂCHE durant trois jours pour rallier la capitale au sud de la Pitorie. Le soir tombait lorsqu'il arriva aux portes de Tornia. Il était sale, suant, épuisé et arrivait presque trop tard. Les troupes d'Aloysius se masseraient à la frontière dans moins d'un jour et l'invasion aurait lieu vingt-quatre heures plus tard : le jour du mariage de Catherine.

En entrant dans la cité, il s'arrêta à une fontaine publique pour se désaltérer et écouter les gens parler du cortège de Catherine jusqu'à la capitale.

— Je ne m'attendais certainement pas à ce qu'une Brégantine puisse être aussi jolie, commenta un vieillard.

— Et cette robe ! s'exclama une femme. Et tous ses suivants avec leurs cheveux blancs. C'est tellement élégant. Je pourrais bien me laisser tenter…

Ambrose ressentit une pointe de jalousie envers ces badauds qui avaient vu Catherine récemment, mais aussi une étrange fierté. Elle avait à l'évidence profité de son voyage pour faire une entrée triomphale et marquer les esprits. Cet effort était d'autant plus rageant qu'il ne servait à rien : son mariage n'était rien de plus qu'une diversion à une manœuvre militaire. Même si Catherine avait ravi le cœur des foules, sa popularité serait bien vite vue comme un stratagème au service de son père. Ambrose devait trouver un moyen de la contacter.

Une fois la nuit tombée et sa tunique de garde royal quelque peu débarrassée de la crasse du voyage, Ambrose se rendit jusqu'aux portes du château, pour se faire barrer la route par un soldat aux cheveux violets.

— Mes salutations, monsieur. Je suis sir Ambrose Norwend. J'accompagne la princesse Catherine.

— J'ai plutôt l'impression que vous êtes seul.

Ambrose esquissa un sourire pincé.

— J'ai malheureusement subi un contretemps. Allez-vous me retarder davantage ?

Le garde sembla hésiter un instant puis s'écarta pour laisser passer Ambrose. Le cœur ragaillardi, il poursuivit son chemin, mais son espoir fut de courte durée car le garde à la porte suivante se montra moins accommodant.

— Votre nom ne figure pas sur la liste du cortège de la princesse. Avez-vous un laissez-passer ?

— Un laissez-passer ?

— Une lettre scellée vous donnant passage.

— Non, mais je n'en ai pas besoin. Je dois faire parvenir un message à la princesse Catherine.

— Je crains que ce ne soit impossible.

— C'est urgent.

— Comme toujours.

Ambrose parlait à présent en grinçant des dents.

— Comment puis-je lui transmettre un message ?

— Chaque matin, les intendants prennent le nom des gens qui souhaitent se présenter. On peut également laisser cadeaux et messages.

— Je souhaiterais qu'elle en prenne connaissance dès maintenant.

— Montrez-moi un laissez-passer et je vous ouvre la porte.

— Je vous ai déjà dit que je n'en avais pas.

— Et je vous ai dit que sans cela je ne peux vous laisser entrer.

— Mais mon message est de la plus haute importance. J'ai chevauché trois jours durant sans m'arrêter.

— Vous m'en voyez fort peiné. Revenez demain matin.

— J'attendrai ici.

— Comme vous voulez.

Ambrose mit pied à terre, s'assit contre le mur et attendit.

Il somnola jusqu'à l'aube, épuisé par son voyage. Le garde fut relevé, et son successeur se montra aussi inflexible. Mais à présent tout le château s'éveillait. Domestiques et messagers allaient et venaient tout autour de lui lorsque Ambrose remarqua un groupe de jeunes hommes aux cheveux blanchis.

— Êtes-vous de la troupe de la princesse Catherine ? demanda-t-il.

— Nous sommes ses danseurs, répondit l'un d'entre eux.

— Allez-vous la voir aujourd'hui ?

— Nous devons danser à son déjeuner.

— Je dois lui transmettre un message. Pouvez-vous lui faire parvenir, à elle ou à l'une de ses demoiselles ?

Le jeune homme acquiesça.

— Dites-lui qu'Ambrose est là. Je l'attendrai à cette porte.

— La princesse ?

— Ou bien Jane ou Tanya. Peu importe laquelle.

Il saisit son couteau et se trancha l'une de ses mèches blondes avant de la tendre au danseur.

— Cela leur prouvera qu'il s'agit bien de moi.

Le jeune homme fit la grimace.

— Cela prouvera surtout que vous avez grand besoin d'un bain.

— La route a été longue. Mon message est urgent.

Ambrose lui donna un kroner.

— Une autre pièce t'attend une fois que tu auras ramené l'une des servantes ici.

Le danseur poussa un soupir emphatique.

— Vous autres, Brégantins, manquez cruellement de manières.

Il sortit un mouchoir brodé de sa poche pour envelopper délicatement la mèche.

— Hâte-toi de leur donner.

— Vous pouvez me faire confiance. Comment vous appelez-vous, déjà ?

Puis le garçon esquissa un sourire malicieux avant de passer la porte sans lui laisser le temps de répondre. Ambrose était à peu près sûr qu'il plaisantait. À peu près.

CATHERINE

Tornia, Pitorie

Un gentilhomme et une dame
ne doivent jamais demeurer seuls.
Lors d'une promenade ou d'une discussion,
ils sont tenus de garder une certaine distance,
de sorte que s'ils étaient amenés à tendre le bras,
leurs doigts ne pourraient se toucher.

Les Bonnes Manières d'aujourd'hui,
Percy Bex-Down

C'ÉTAIT LE PREMIER MATIN DE CATHERINE à Tornia et le ciel était radieux. Elle s'était levée tôt pour préparer sa rencontre avec le prince Tzsayn, avait changé deux fois de coiffure et trois fois de robe, et à présent elle était presque en retard. Tandis qu'elle enfilait à la hâte une quatrième option en réprimant un sentiment de panique, elle se tourna vers Tanya :

— Qu'en penses-tu ?

— Je pense qu'il sera aussi nerveux que vous. Quant à votre robe, Votre Altesse, la première vous mettait bien plus en valeur.

Catherine reprit la robe en question. Elle ne l'avait encore jamais portée, c'était un modèle gris pâle, plus dépouillé que les autres. Les entailles dans le tissu n'exposaient pas sa peau, mais de la soie d'un blanc pur.

Au neuvième coup de cloche très précisément, Catherine fit son entrée sur la terrasse en compagnie de Tanya.

Le prince n'était pas là.

Catherine se renfrogna. Ce n'était pas galant de sa part. L'homme se devait d'être présent bien à l'avance pour éviter ce genre d'embarras, quand bien même il était prince et que la nature du rendez-vous demeurait… ambiguë. En vérité, il fallait même redoubler d'efforts dans un tel cas de figure !

Catherine lissa les plis de sa robe et patienta.

Les jardins étaient soigneusement entretenus, mais aucun jardinier n'était en vue, ni personne d'autre, d'ailleurs.

— Tu es sûre que nous sommes au bon endroit ?

— Je le crois, Votre Altesse. Souhaitez-vous que j'aille vérifier ?

Catherine poussa un soupir.

— Oui.

Tzsayn ne semblait décidément pas pressé de la voir. Il l'avait laissée mijoter sur le quai à Charron et voilà qu'il ne prenait même pas la peine d'honorer un rendez-vous qu'il avait pourtant organisé.

Tandis que Tanya retournait à l'intérieur, Catherine déambulait au milieu des rosiers. Quelques semaines plus tôt à peine, elle s'entretenait avec sa mère dans sa roseraie de son départ imminent et de la vie de la reine Valeria. Tant de choses s'étaient passées depuis, et pourtant sa situation demeurait la même : demain, elle épouserait un homme dont elle n'avait que faire et à qui elle n'avait toujours pas parlé.

Bon sang, mais où était-il ?

Puis elle entendit des bruits de pas sur les gravillons et découvrit le prince s'avançant vers elle au beau milieu d'une allée.

Il s'inclina pour la saluer. Elle lui adressa une révérence. Puis ils restèrent face à face, gênés et silencieux.

Catherine contempla son visage, à moitié brûlé et à moitié magnifique, en se demandant à quel point un tel incident pouvait changer une personne.

— Ainsi nous nous retrouvons, déclara Tzsayn d'une voix égale.

— N'est-ce pas le genre de choses que peuvent se dire deux guerriers rivaux ?

Pourquoi avait-elle dit ça ?

Tzsayn haussa les sourcils, du moins celui qui lui restait.

— Je vois là toute l'expertise martiale brégantine.

— Et quelle est *votre* domaine d'expertise, Votre Altesse ? Serait-ce la danse ? Ou bien la mode, peut-être ?

Les mots lui avaient échappé sans qu'elle ait le temps de réfléchir et elle pouvait voir à présent Tzsayn faire la grimace.

Catherine, qu'es-tu en train de faire ?

Elle avait attendu si longtemps de lui parler, avait répété cette conversation dans sa tête des milliers de fois et voilà qu'elle se mettait à l'insulter.

— Oh, je ne suis expert en rien. Je n'ai pas grande utilité.

Il fit quelques pas pour s'éloigner avant de proposer :

— Et si nous allions admirer les fleurs ?

Catherine savait qu'elle aurait dû attendre le retour de Tanya, mais Tzsayn s'était déjà mis en route. Elle le rattrapa et ils marchèrent côte à côte tandis qu'il pointait du doigt chaque plante croisée :

— Une rose, un buisson… une autre rose. Vous voyez, Votre Altesse, bien que loin d'être un expert, je connais ma botanique.

— En effet, répondit Catherine. Bien que je pense pouvoir distinguer une rose d'un arbre, moi aussi.

Était-ce une plaisanterie ? Était-ce le sens de l'humour pitorien ? Catherine jeta un œil par-dessus son épaule dans l'espoir d'apercevoir Tanya courant à son secours, en vain. Elle inspira profondément et tâcha de se détendre.

Il doit être aussi nerveux que toi. Forcément…

— Avez-vous apprécié la réception d'hier soir, Votre Altesse ?

— Oh, j'ai passé un moment exquis.

Tzsayn avait répondu platement.

— Et vous, Votre Altesse ?

— Tout le monde s'est montré absolument charmant.

— En effet, « exquis » et « charmant », voilà qui résume bien la soirée.

Catherine tenta le tout pour le tout.

— Je crois déceler dans vos paroles un certain manque de sincérité.

Tzsayn s'arrêta net.

— C'est ce que vous décelez ?

— Oui, répondit Catherine. Êtes-vous toujours indisposé ?

— Je suis en pleine forme, je vous remercie.

— En ce cas, puis-je vous demander ce qui vous tracasse ?

— Vous pourriez dire que je suis un prince gâté – et je dois vous avertir que mon père ne s'est pas privé de me faire cette remarque à de nombreuses reprises –, mais il n'est pas dans mes habitudes que l'on m'impose quoi que ce soit. En particulier des princesses. J'ai conscience que vous n'y êtes pour rien. Après tout, vous vous retrouvez dans la même situation que moi, mais tout de même… quelle contrariété.

Il reprit sa promenade.

Catherine était presque trop estomaquée par le franc-parler du prince pour se vexer de l'insulte implicite. *Quelle contrariété, en effet !*

— Nous devons nous plier aux volontés de nos pères, répondit-elle poliment. Et je suis ravie de pouvoir unir nos deux pays…

Tzsayn laissa échapper un petit rire.

— Je suis sûr que vous êtes en permanence ravie. Ravie et *enchantée*.

Catherine sentit son sang ne faire qu'un tour. N'avait-il donc aucun respect pour quoi que ce soit ?

— Eh bien, répliqua-t-elle, je serai toujours ravie et enchantée de faire ce que vous me demanderez. Comme il est attendu de la part d'une épouse.

Tzsayn lui jeta un regard amusé, mais son rire mourut aussitôt qu'il découvrit sa fureur à peine contenue.

— Vous faites preuve de l'esprit combatif des Brégantins. Mais je vous assure, Catherine, que j'ai beau apprécier que l'on fasse ce que j'ordonne, lorsque nous aurons des enfants…

Catherine faillit trébucher en entendant ces mots et il s'arrêta.

— L'idée semble vous surprendre, mais il me paraît évident que c'est pourtant là tout l'objet de cette union. C'est ce qu'attend mon père… et probablement le vôtre aussi. Il faut bien perpétuer la lignée royale.

— Je me garderais bien de deviner les attentes de mon père, en particulier en ce qui concerne ma personne, répondit froidement Catherine.

Tzsayn l'étudia un moment avant de reprendre :

— Quoi qu'il en soit, si nous avons des descendants, je ne les obligerai pas à subir ce non-sens absolu qu'est le mariage arrangé.

Catherine garda le silence. Parlait-il sérieusement ?

— Suis-je trop franc à votre goût, Votre Altesse ?

— J'apprécie votre honnêteté, prince Tzsayn, mais je me demande quel autre choix vous auriez en tête.

— Je crois que je m'abstiendrais de toute intervention.

Catherine laissa échapper un rire surpris.

— Même si votre fille souhaitait épouser le fils de votre pire ennemi ?

Tzsayn lui offrit un nouveau sourire, cette fois plus chaleureux.

— Nous sommes en Pitorie, Votre Altesse. Nous n'avons pas d'ennemis ici.

Catherine lui rendit prudemment son sourire.

— Voilà bien un soulagement.

— Souhaitez-vous visiter le jardin des eaux ? Il se trouve juste derrière cette haie.

— Oh, j'en serais *ravie.*

La promenade dans les jardins dura la moitié de la matinée. Tanya, qui avait fini par les retrouver, les suivait à bonne distance. Ils s'arrêtèrent sous une tonnelle pour déguster quelques fruits et boire un sirop de fleur de sureau avant de déambuler le long des remparts pour voir la ville et les terres au-delà. Une fois passés leurs débuts chaotiques, Catherine trouva Tzsayn aussi intelligent que courtois, et ils purent discuter de leur éducation respective, de ses voyages en Illast, de sa traversée de la Pitorie et des inévitables comparaisons entre cuisine et mode locales. Lorsqu'il fut temps pour eux de retourner au château, Catherine était presque à l'aise avec son futur mari. Bien sûr, cela ne signifiait pas pour autant qu'elle tenait à l'épouser, mais la situation aurait pu être bien pire. Il aurait pu être comme Boris. En songeant à cela, elle lui fit remarquer :

— Vous sembliez être en grande discussion avec mon frère, hier soir.

Tzsayn sourit.

— J'ai pensé que le prince Boris serait intéressé par le processus de fabrication de la soie de mes vêtements. Durant le premier plat, j'ai débuté par les vers à soie et arrivé au huitième, il ne me restait qu'à détailler l'élaboration des teintures. Je vais devoir compléter mon explication la prochaine fois que j'aurai la chance de dîner en sa compagnie.

Catherine hocha la tête, ne sachant trop si Tzsayn se jouait d'elle.

— Je dois ajouter, poursuivit le prince, que lors de ma rencontre avec Boris au Brégant, lui et ses charmants compagnons ont passé une soirée entière à me régaler de leurs exploits à la chasse avec quantité de détails et force pédagogie, en précisant systématiquement le type d'armes employées, les meilleures lances, les destriers les plus appropriés, les meilleures selles, bottes, jambières et ainsi de suite. J'ai pensé qu'il s'agissait là de la manière brégantine d'aborder un sujet et d'en discuter.

Catherine esquissa un sourire.

— En réalité, c'est une habitude plutôt répandue chez les Brégantins.

Tandis qu'ils arrivaient à la terrasse, Catherine fut surprise d'y trouver Sarah faisant les cent pas, l'air agité. Lorsqu'elle aperçut Catherine, elle se mit à signer frénétiquement.

Ralentis, répondit Catherine. *Que se passe-t-il ?*

Sarah se contenta de deux mots.

Ambrose, ici.

Catherine crut que le sol se dérobait sous ses pieds. Noyes lui avait dit qu'il avait été capturé et tué. Un mensonge, évidemment ! Elle avait peine à respirer. Les larmes emplissaient déjà ses yeux. Ambrose était vivant !

— Catherine ?

La voix de Tzsayn était empreinte d'un soupçon d'inquiétude.

Dans un effort surhumain, Catherine maîtrisa ses émotions.

— Excusez-moi, Votre Altesse. Je crains de m'être un peu trop exposée au soleil.

— Venez, Votre Altesse, lui dit Tanya d'un ton apaisant. Il ne faudrait pas risquer l'insolation avant le mariage.

Elle adressa une révérence à Tzsayn et mena Catherine à l'intérieur en la prenant par le bras.

AMBROSE

Tornia, Pitorie

AMBROSE CONTINUAIT D'ATTENDRE à la porte tandis que toujours plus de gens allaient et venaient. Il se demandait si le danseur n'avait pas tout simplement jeté sa mèche avant de l'oublier pour de bon. À chaque nouvelle personne passant la porte, son cœur bondissait, plein d'espoir. Il remarqua une jeune femme qui se dirigeait vers lui et il lui fallut quelques instants avant de la reconnaître. C'était Sarah, la servante de Catherine, mais elle avait complètement changé d'apparence, avec sa robe vert pâle à la mode pitorienne. Elle était absolument ravissante.

Elle lui fit la révérence :

— Sir Ambrose.

— Sarah ! s'écria-t-il. Comme il est merveilleux de vous voir.

Elle lui retourna son sourire.

— C'est bon de vous voir également, monsieur, quoique très surprenant. La princesse Catherine avait été informée que les hommes de Noyes vous avaient tué.

Ambrose secoua la tête.

— Comme vous pouvez le constater, je suis vivant et bien portant, mais je dois voir la princesse de toute urgence.

Le sourire de Sarah s'estompa.

— Cela n'est pas possible. Elle se trouve actuellement avec le prince Tzsayn. Le mariage a lieu demain. Rien ne doit l'empêcher.

Ambrose sentit ce serrement au cœur habituel en repensant à l'union imminente de Catherine avec un autre et, pour la première fois, il éprouva un semblant de doute. Est-ce que ces funestes nouvelles seraient considérées comme pure invention d'un amoureux éconduit ?

— Je ne suis pas venu pour m'y opposer. Mais j'ai des nouvelles de la plus haute importance. Il ne s'agit pas de moi ni du mariage, c'est… bien plus grave que cela.

— Il n'y a rien de plus important que le mariage. Peut-être qu'après la cérémonie…

Ambrose secoua la tête.

— Il sera trop tard. Allons, vous savez bien qu'elle voudra me recevoir.

— Cela ne veut pas dire pour autant que ce soit une bonne idée. Boris se trouve dans le château avec cinquante soldats. S'il vous aperçoit, vous êtes un homme mort. Et la princesse ne me le pardonnera jamais : apprendre que vous êtes en vie pour ensuite être responsable de votre trépas ! Sans parler des ennuis que cela pourrait lui causer.

— Je comprends votre désir de la protéger et je n'ai nulle intention de lui causer le moindre ennui. Vous savez que je préférerais mourir plutôt que de la mettre en danger. Mais ces nouvelles ne peuvent attendre.

Sarah semblait déchirée par l'indécision.

— Je vous en prie, supplia-t-il. Elle voudra entendre ce que j'ai à dire. Une fois mon message transmis, je la laisserai tranquille.

— Il le faudra, exigea Sarah avant de se tourner vers le garde. Vous savez qui je sers ? J'accompagne ce messager jusqu'à la princesse. Je réponds de lui.

— Comme il vous plaira, madame, dit le garde en s'inclinant.

Ambrose suivit Sarah à travers le château. Celle-ci marchait d'un pas pressé.

— Je vous conduirais bien par un passage tranquille, mais il y a tant de gens ici que c'est impossible.

L'endroit fourmillait d'activité. Cependant, une fois passés les murs étincelants du grand donjon, ils se trouvèrent davantage au calme. Ambrose se sentait pourtant à bout de nerfs. On pouvait tomber sur Noyes à n'importe quel tournant. Et s'il était capturé maintenant, il ne pourrait jamais avertir Catherine à temps.

— Nous y sommes presque, indiqua Sarah.

— Où ça ?

— Au boudoir. Enfin, l'un des vingt boudoirs que compte cet endroit, mais celui-ci est relativement isolé.

Mais alors qu'ils longeaient l'intérieur d'une petite cour, Ambrose aperçut deux soldats pitoriens aux cheveux violets en pleine discussion avec un homme portant l'uniforme de la garde royale brégantine.

— Bon sang !

Ambrose fit volte-face et se cacha derrière une colonne. Mais il savait qu'il avait été repéré. Et au regard que l'homme lui avait lancé, il y avait fort à parier qu'il avait été reconnu.

— Je vous en prie, nous devons nous dépêcher, l'implora Sarah.

Il n'avait besoin que d'un bref instant pour faire part de la nouvelle à la princesse et lui donner la lettre qu'il avait dérobée à lord Thornlee. Même s'il était capturé, cela en vaudrait la peine. Du moment que le message était transmis, la princesse avait une chance d'en réchapper.

Sarah dévala un escalier puis courut le long d'un couloir.

— Vite, à l'intérieur. Je vais faire venir la princesse.

Elle disparut aussitôt après.

Ambrose fit les cent pas dans la pièce. Il avait rêvé de revoir Catherine maintes fois, mais pas en de telles circonstances. Il regarda ses bottes, couvertes de boue et de poussière. Qu'allait-elle penser de lui ? Cela n'avait plus d'importance ; il était là pour la mettre en garde. Mais après ? Ils étaient toujours pris au piège, à des centaines de lieues de leur foyer, dans un pays étranger, embourbés dans un complot qu'il ne comprenait toujours pas pleinement. Après tout, Boris se trouvait à Tornia, lui aussi. Aloysius avait-il décidé de trahir son fils également ? Cela n'avait aucun sens. Si Boris était au courant de l'invasion à venir, il avait dû prévoir un moyen de s'échapper. Peut-être même en compagnie de

Catherine. Ambrose n'avait fait que ressasser ces théories durant les trois derniers jours sans parvenir à une conclusion. Un bruit de pas résonna dans le couloir, la porte s'ouvrit pour laisser entrer Sarah, suivie par Catherine, et toutes ses pensées s'envolèrent.

Elle était vêtue d'une robe moulante argentée tailladée de soie blanche par endroits. Ses cheveux semblaient plus blonds qu'avant, ramenés sur le haut et ornés de fleurs blanches. Son visage était pâle d'émotion. Et ses yeux s'embuaient déjà.

— Ambrose…

Elle inspira péniblement.

— Je croyais que… Ils m'ont dit que tu avais été tué.

Les larmes coulaient à présent sur ses joues.

Il aurait voulu les essuyer. Des larmes versées pour lui. Il fit un pas vers elle. Il avait toujours été subjugué par sa façon de le regarder, à la fois intense et tendre. Il tendit la main délicatement et, avec une douceur infinie, il écrasa les larmes du bout de ses doigts. Catherine lui prit la main et l'embrassa.

Elle, Catherine, l'avait embrassé.

Il fit de même en portant sa main à ses lèvres.

— Jamais je n'aurais cru vous revoir. Et cela m'est aussi agréable que douloureux. J'ai un message de la plus haute importance, mais je vais devoir être bref ; l'un des hommes de Boris m'a reconnu en arrivant.

— Comment ? Mais dans ce cas, tu dois fuir !

Catherine jeta un regard paniqué vers la porte, où Sarah s'était postée.

— C'est de la folie. Je voulais te revoir, mais pas au péril de ta vie.

— Je partirai bien vite, mais je dois vous informer d'abord. Votre père prépare une invasion. Il a amassé plusieurs milliers d'hommes à la frontière qui sont sur le point d'envahir la Pitorie.

— *Comment* ? Non, tu dois faire erreur, mon mariage est censé unir nos deux pays.

— Votre mariage est une diversion. J'ai vu leurs ordres.

Ambrose lui tendit la lettre.

— Aujourd'hui, ils font route vers la frontière et ils la franchiront demain aux aurores.

Catherine lut la lettre et ses yeux s'écarquillèrent de surprise et de confusion.

— En es-tu convaincu ? demanda-t-elle en haletant.

— Ces ordres sont marqués du sceau de votre père.

— Mais… pourquoi ? Pourquoi une telle invasion ? Et pourquoi cette mascarade autour de mon mariage ? Cela n'a aucun sens. Je me trouve ici, ainsi que Boris et Noyes. Une telle manœuvre nous mettrait tous en danger.

— C'est pourquoi je devais vous voir, pour vous avertir. Je crains que Boris ne soit complice. Qui s'est arrangé pour que tous les seigneurs de Pitorie soient présents au mariage ? Qui a *insisté* à ce sujet ?

— C'est mon frère… Il ne pourrait tout de même pas…

— Les seigneurs sont loin de leurs fiefs, le pays tout entier est accaparé par les célébrations. C'est une occasion parfaite pour une invasion.

Catherine secoua la tête.

— Mais pourquoi envahir ce pays ?

— Cela, je l'ignore, Votre Altesse. Mais peu importe les raisons de votre père, la machine est lancée.

Des bruits de pas précipités et des cris résonnèrent depuis le couloir.

— Boris est là ! s'écria Sarah.

Ambrose prit Catherine par la main.

— Ne lui faites pas savoir que je vous ai mise au courant. Vous devez avertir le prince Tzsayn. Il pourra vous protéger.

— Ambrose…

Catherine n'eut pas le temps de poursuivre, la porte s'ouvrit à la volée et quatre soldats de Boris se précipitèrent dans le boudoir, épée à la main. Ambrose recula jusqu'à la fenêtre, en brandissant lui aussi son arme.

Boris fit son entrée, les yeux scintillants. Noyes se trouvait juste derrière lui.

— Eh bien, ma sœur, tu n'as de cesse de me surprendre. Faire venir ton amant sous le toit de ton mari la veille même de ton mariage ?

Ambrose fit un pas en avant.

— Nous ne sommes pas amants. Je suis le garde de la princesse et j'ai prêté serment de la protéger.

— La protéger ? La couvrir de disgrâce, tu veux dire.

— Je ne me trouvais pas seule avec lui et nous ne faisions que parler, répliqua Catherine.

Elle esquissa un subtil signe de la main et Ambrose vit Sarah acquiescer avant de s'éclipser.

— Quoi qu'il en soit, fini de discuter.

Boris se tourna vers Ambrose.

— Mon père veut te voir ramené au Brégant pour y être écartelé vivant, mais j'ai bien peur de devoir le décevoir.

Ambrose sentit la colère monter en lui.

— Toi, ou tes hommes ? Je crois me rappeler que les deux derniers que tu m'as envoyés ne m'ont guère posé problème.

Boris ricana.

— Alors voyons voir comment tu te débrouilles face à quatre. Capturez-le !

Ambrose se mit en garde, mais avant que les soldats de Boris n'aient une chance d'avancer, Catherine se jeta face à eux et implora :

— Non, Boris ! Pas cette fois-ci !

— Écarte-toi ! Tu te couvres de honte, ma sœur !

— C'est toi qui me fais honte, Boris !

Elle fit un pas de plus, de sorte que la pointe de l'épée de l'un des gardes dardait à présent sur sa poitrine.

— Non, Catherine ! rugit Ambrose.

Le garde paraissait indécis et abaissa son arme, mais Boris s'avança et jeta Catherine au sol sans ménagement avant de hurler :

— Capturez-le, vous dis-je !

Ambrose savait qu'il devait réduire au plus vite leur supériorité numérique. Il frappa de taille l'assaillant le plus proche et lui trancha à moitié le bras droit. L'homme recula, hébété. L'un de ses camarades tenta un coup maladroit à la tête, mais Ambrose plongea en avant et lui ouvrit la gorge de la pointe de sa lame. Il contra le coup du troisième homme, mais le quatrième l'attaquait déjà de flanc. Ambrose battit en retraite pour éloigner le combat de Catherine, qui gisait toujours sur le sol de marbre. Les deux gardes restants s'avancèrent. Et la pièce résonna brusquement de bruits de pas et cris en pitorien tandis qu'une troupe de soldats aux cheveux bleus les encerclait. Ambrose n'avait jamais été aussi heureux de sa vie de se retrouver face à une tête de lance.

— Lâchez vos armes, au nom de Son Altesse le prince Tzsayn !

Ambrose s'exécuta aussitôt, bien vite suivi par ses deux adversaires. Boris garda son épée au fourreau.

La cohorte de gardes s'écarta pour laisser passer un nouvel arrivant. Il était jeune, élancé, et vêtu d'un manteau de soie bleue. Le prince Tzsayn. Ambrose avait entendu les rumeurs à son sujet, et en effet, son visage scarifié offrait un curieux spectacle : un côté était d'une beauté remarquable tandis que l'autre faisait penser à de la cire fondue.

Tzsayn se rendit auprès de Catherine et lui dit :

— Il semblerait que j'avais raison : vous êtes bien plus habituée à la compagnie des guerriers que je ne le suis, Votre Altesse.

Il tendit la main et l'aida à se relever délicatement.

Ambrose s'efforça de rester impassible. Il aurait dû être à sa place et il était certain que Catherine l'aurait voulu de même, mais le regard qu'elle lui décocha suffit à le dissuader d'intervenir. Il ne pouvait rien faire de plus. L'espace d'un bref instant, il ferma les yeux pour respirer profondément. Catherine était hors de danger. Il avait transmis son message. Ce qui adviendrait par la suite n'était plus de son ressort.

— Pouvez-vous m'expliquer la situation, Votre Altesse ? demanda Tzsayn à Catherine d'une voix douce.

— Cet homme, sir Ambrose Norwend, est un traître recherché. Il doit être renvoyé au Brégant pour y être jugé et exécuté, aboya Boris.

Tzsayn se tourna brusquement vers Boris en feignant la surprise.

— Ah, prince Boris, je ne vous avais pas vu. Il semblerait que nous soyons tous légèrement frappés de cécité dans cette pièce, sans quoi je ne doute pas que vous auriez remarqué que votre sœur était tombée à terre. Et peut-être que mes troubles de la vue persistent, mais sir Ambrose ne m'apparaît pas particulièrement enclin à vous suivre.

Boris renifla d'un air méprisant.

— Il croit pouvoir faire ce que bon lui chante au lieu d'obéir à la volonté du roi.

— Bonté divine. En voilà, un authentique scélérat !

Tzsayn posa les yeux pour la première fois sur Ambrose pour le jauger. Ambrose soutint son regard brièvement avant d'incliner la tête.

Le prince se pencha à l'oreille de Catherine.

— Qu'en dites-vous, madame ? Est-ce bien un scélérat ? Je serais tenté de me ranger à l'avis du prince Boris.

— Il est vrai que mon père exige le retour d'Ambrose au Brégant, mais je crains fort qu'il ne parvienne pas à destination en vie si Boris se charge de l'escorter.

Tzsayn acquiesça d'un air songeur.

— Dans ce cas, j'ai une solution simple dans l'immédiat. Puisque le prince Boris ne retournera pas au Brégant avant d'avoir assisté à notre union, je suggère qu'en attendant, sir Ambrose soit placé en détention sous ma responsabilité pour assurer sa sécurité.

Ambrose commençait à croire qu'il sortirait vivant de cette pièce, en fin de compte.

Boris se raidit.

— Cela ne sera pas nécessaire, Votre Altesse. Mes hommes peuvent s'occuper de le garder.

Tzsayn fit non de la tête.

— Je ne souhaite pas que ce *scélérat* cause davantage de troubles avant mon mariage. Il est mon prisonnier jusqu'à ce que j'en décide autrement.

Il se tourna vers Ambrose.

— Avez-vous quelque chose à ajouter, sir Ambrose ?

Ambrose jeta un regard à Catherine, mais les yeux de cette dernière ne trahissaient rien. Il s'avança, la tête haute.

— Prince Tzsayn, je n'ai rien d'un scélérat. Je n'avais aucun désir de me battre sur vos terres, mais il m'a fallu me défendre contre les hommes du prince Boris.

— Mais que faisiez-vous ici pour commencer ?

Ambrose hésita. Il ne pouvait dévoiler la vérité en présence de Boris et de ses gardes. C'était à Catherine de transmettre l'information.

— J'étais venu pour m'entretenir avec la princesse Catherine à propos d'un… sujet pressant.

— Et quel est-il ?

— C'est à Son Altesse que revient la discrétion d'en faire part.

Tzsayn cligna les yeux puis hocha la tête.

— Je vois. Emmenez-le.

L'un des soldats aux cheveux bleus prit fermement Ambrose par le bras.

— Aux oubliettes, j'ose espérer, grogna Boris entre ses dents.

— Eh bien, je ne vais tout de même pas le faire installer dans mes appartements, si ? répliqua Tzsayn d'un ton cassant. Et maintenant, si vous voulez bien nous excuser, ma dame me semble quelque peu ébranlée. Je gage qu'alléger cette pièce de quelques épées et de quelques hommes lui fera le plus grand bien.

Ambrose résista à l'envie de se débattre tandis qu'on le menait dans le couloir. Quel imbécile il avait été ! Un sujet pressant entre lui et Son Altesse ! Il aurait voulu faire passer leur entretien pour un rendez-vous secret entre amants qu'il n'aurait pas mieux réussi ! Ses mots maladroits avaient-ils sapé la confiance que Tzsayn plaçait en Catherine au moment précis où elle en avait le plus besoin ?

Les gardes le conduisirent toujours plus profondément dans les entrailles du château. Il semblait bien se diriger vers les oubliettes. Les murs étaient en pierre nue, les marches étroites et usées. Un garde ouvrit la lourde porte d'une cellule. La lumière du couloir éclaira une couchette grossière en bois, une table et une chaise. On poussa Ambrose à l'intérieur et on referma la porte à double tour derrière lui, plongeant la cellule dans la pénombre et le silence. Jusqu'à ce que les rats se mettent à couiner.

CATHERINE

Tornia, Pitorie

Je serai loyale au Brégant et à mon père.

Serment prêté
par la princesse Catherine du Brégant
en son seizième anniversaire

LA PIÈCE S'ÉTAIT VIDÉE DE TOUS LES GARDES et seuls Tzsayn, Boris, Catherine et ses servantes demeuraient. Tzsayn alla inspecter l'épée d'Ambrose qui reposait sur le sol comme s'il n'en avait jamais vu de sa vie.

— Je dois dire que je suis de plus en plus impatient pour notre mariage. Je suis certain qu'on ne s'y ennuiera pas une seule seconde.

Il se tourna vers Catherine.

— Cependant, je pense que nous devrions nous entretenir ailleurs de ce qui vient de se passer. Il me tarde d'en apprendre davantage au sujet de sir Ambrose.

Il prit Catherine par le bras avec délicatesse mais fermeté, et l'escorta hors du boudoir.

— Nous allons nous installer au salon bleu et y prendre le thé. Vous joindrez-vous à nous, prince Boris ? Vous êtes amateur de thé, j'en suis sûr.

— Je n'ai aucune envie de thé pour le moment, répondit Boris avec agacement.

— En ce cas, ma dame, nous serons juste en tête à tête, dit Tzsayn à Catherine.

Peu de temps après, Catherine et Tzsayn étaient assis autour d'une petite table ronde dans un salon magnifiquement décoré de dalles blanches et bleu pâle. Sarah et Tanya se tenaient non loin et faisaient semblant de converser, mais

Catherine savait qu'elles écoutaient attentivement sa discussion.

Elle fit rouler discrètement ses épaules pour apaiser les tensions accumulées. Tzsayn paraissait calme. Trop calme pour un homme qui venait de découvrir sa fiancée en compagnie d'un autre. Elle essaya de ne pas s'imaginer ce qui se serait produit s'il avait fait irruption un peu plus tôt, lorsque Ambrose essuyait délicatement ses larmes.

Ambrose qui croupissait désormais dans une cellule. Au moins était-il toujours vivant.

— Alors, comptez-vous me parler de cet Ambrose avant ou après votre thé ?

Catherine réfléchissait à toute vitesse. Il venait de se passer tant de choses. Si la nouvelle d'Ambrose était vraie – et elle n'avait aucune raison de croire le contraire –, ce n'était pas un mariage qui attendait les familles royales du Brégant et de la Pitorie, mais une véritable guerre. Devait-elle pour autant mettre Tzsayn au courant ? Et comment ? La croirait-il seulement ? Leur confiance était toute nouvelle et sans doute précaire. Il valait mieux commencer par la consolider en faisant preuve de sincérité – autant que faire se pouvait.

— Sir Ambrose était mon garde du corps au Brégant.

La pure vérité.

— C'est un homme honorable issu d'une bonne lignée, poursuivit-elle.

Voilà qui était également vrai.

— Il n'a jamais rien fait de mal, si ce n'est se défendre dans les règles contre les hommes de Boris.

Il a également baisé ma main et touché mon visage, mais cela n'est pas vraiment répréhensible.

— Il ne ferait jamais rien pour me causer du tort. Il a même risqué sa vie aujourd'hui pour me voir.

— Dois-je demander pourquoi ou bien sa façon de vous regarder suffit-elle à répondre à mes interrogations ?

Catherine hésita et se mit à rougir.

— Ambrose est honorable. Et je… je n'ai jamais fait quoi que ce soit que je n'aurais pas dû faire.

— Je doute qu'il le soit et je doute plus encore que vous n'ayez rien fait de la sorte.

Catherine protesta :

— Votre Altesse, je…

— Je vous présente mes excuses, l'interrompit Tzsayn. Réflexion bien désinvolte de ma part. Je vois que vous êtes affectée. Vous tenez grandement à lui, n'est-ce pas ?

Catherine déglutit.

— Ce n'est pas… ce n'est pas seulement ça. Il m'est cher, je le confesse.

Elle leva les yeux, mais l'expression de Tzsayn demeurait indéchiffrable.

— Mais je connais mon devoir et je ne l'ai pas mis en péril au nom d'une romance insensée. Ma détresse est due à une raison bien différente.

Tzsayn parut désarçonné.

— Pouvez-vous m'en faire part ?

— Je… Il s'agit de quelque chose qui me dépasse. Et je ne sais qu'en faire. Je suis déchirée entre mes obligations…

— Vos obligations envers qui ?

— Envers le Brégant et mon père d'une part, et envers vous, la Pitorie et ma vie ici d'autre part.

Des domestiques entrèrent pour servir le thé avant qu'elle n'ait le temps d'en dire plus. Elle se redressa et garda le silence tandis qu'on disposait la théière, les verres et les citrons, en s'efforçant d'imaginer ce que sa mère lui conseillerait. Après ce qui lui parut durer une éternité, les servants quittèrent la pièce. Tzsayn servit le thé dans les verres et lui en tendit un.

— Catherine, le seul conseil que je puisse vous donner est de suivre vos convictions profondes.

Mais quelles sont mes convictions ?

Trahir son père et son pays était odieux. Mais les projets de son père l'étaient tout autant. Il lui avait menti et s'était servi d'elle. Il lui avait fait croire à un mariage et à un avenir qui n'étaient que de simples mirages. Le roi Arell et le prince Tzsayn lui avaient témoigné plus de sympathie et d'honnêteté durant son court séjour à Tornia que son père ne l'avait fait en toute une vie. Cela signifiait-il pour autant que sa loyauté devait changer de camp ?

Elle sentit les larmes lui brûler les yeux.

— Je me suis montrée si naïve. Je croyais pouvoir conquérir le peuple pitorien avec quelques robes et une fleur pour emblème. Je voulais plaire, je voulais être aimée. Mon père règne par la terreur et je voulais agir à l'opposé. Nous autres Brégantins traînons une certaine réputation, vous m'en avez fait vous-même la remarque… Je suis habituée à vivre au milieu de guerriers. Je suis habituée à la peur, à la haine, à rester jour et nuit sur mes gardes à cause d'un mot malheureux ou d'un regard de travers.

Elle reprit son souffle.

— Je suis désolée. Je ne cherche pas à m'attirer votre sympathie, simplement à m'expliquer.

Tzsayn tendit le bras et lui prit la main en la rassurant :

— Je suis honoré que vous me fassiez assez confiance pour cela.

— On attend des Brégantins qu'ils soient agressifs, violents… qu'ils se fassent craindre plutôt que respecter. Je voulais changer cela. J'espère que les gens me voient différemment. Mais peut-être ai-je tort d'essayer. Peut-être que les autres devraient nous craindre.

Elle frissonna en prenant sa décision. Sa main quitta lentement celle de Tzsayn pour plonger dans l'une des entailles de sa robe et en sortir la lettre.

— Voici le message qu'Ambrose venait de me confier. Mon père amasse une armée au nord du Brégant. Il va envahir la Pitorie. Ce sont ses ordres, signés de son sceau. Ambrose a volé cette missive pour me l'apporter en mains propres car il sait le danger que j'encourrai lorsque les hostilités débuteront.

Tzsayn resta parfaitement impassible, comme s'il s'était figé en une statue de pierre. Puis il lut les ordres avec attention. Avant de les relire.

— Il ne s'agit pas d'un faux ? Vous êtes certaine de l'authenticité du sceau ?

— Oui. Et Ambrose a vu les soldats. Il pense que le mariage est – elle prit de nouveau une profonde inspiration pour se résoudre à prononcer le mot à voix haute – une diversion. Le moyen idéal de rassembler tous les seigneurs à Tornia, bien loin de leurs fiefs du Nord.

La main brûlée de Tzsayn qui tenait la feuille tremblait, mais Catherine n'aurait su dire si c'était de peur ou de rage.

— Votre père serait-il capable d'une telle chose ? Risquer le tout pour le tout dans une guerre ? Risquer la vie de sa propre fille ?

— C'est exactement le genre de choses dont il est capable.

— Il se révèle aussi belliqueux que mon père le craignait. Et vous avez prouvé votre valeur envers la Pitorie au-delà de mes espoirs les plus fous.

Il se leva brusquement.

— Merci, Catherine. Je dois m'entretenir avec Ambrose avant d'en parler à mon père. Je ne le remettrai pas à Boris.

— Et que va-t-il advenir de mon frère et de ses hommes ?

— Si le Brégant attaque, ils deviendront des combattants ennemis et seront arrêtés.

— Et… qu'en est-il de moi ?

Tzsayn lui reprit la main.

— Vous et vos demoiselles êtes mes invitées. Vous avez risqué et sacrifié tant de choses pour me dire cela, Catherine, qu'en retour je vous offre ma protection. Je veillerai à ce qu'aucun tort ne vous soit fait, peu importe ce qui arrivera.

Il pivota sur ses talons et quitta le salon.

Catherine se sentit prise de vertiges. Qu'elle ait agi pour le meilleur ou pour le pire, elle était certaine d'avoir causé sa propre perte. Elle ne pouvait plus demeurer en Pitorie : Tzsayn ne pourrait jamais épouser la fille de son ennemi.

Impossible également de retourner au Brégant, auprès du père qui l'avait trahie et qu'elle avait trahi en retour. Elle venait de se couper de toute amarre. Et elle allait se retrouver à la dérive dans un pays ennemi du sien, un pays où elle serait non plus aimée, mais haïe.

Elle ne s'était jamais sentie aussi seule de toute son existence. Son seul réconfort était de savoir qu'Ambrose avait risqué sa vie pour lui venir en aide.

MARCH

Pravont, Pitorie

MARCH COMPRIT QU'ILS ÉTAIENT PROCHES de Pravont en entendant l'écho de conversations et les coups de hache de quelqu'un qui débitait du bois. Les bruits s'entendaient à des lieues à la ronde, ce qui leur rappela qu'il leur fallait être aussi discrets que possible. En traversant un petit bois, ils purent commencer à distinguer quelques toits, de la fumée s'échappant des cheminées, et enfin, des villageois.

— Je ne vois aucun homme du prévôt, murmura Edyon.

— Peut-être pas, répondit Holywell. Mais s'ils sont allés placarder un avis de recherche jusqu'à cette auberge reculée, vous pouvez être sûr qu'il y en aura un ici.

— C'est possible. Mais nous sommes dans le Nord. Les gens d'ici détestent qu'on se mêle de leurs affaires et que les sudistes viennent leur dire quoi faire. Ils détestent les prévôts. Ils détestent tout ce qui n'est pas du Nord, en fait.

— Nous ne sommes pas du Nord, fit remarquer March.

Edyon lui adressa un sourire.

— Non, vous êtes *étrangers*, ce qui est encore pire. Quoi qu'il en soit, être recherché pour meurtre ne sera peut-être pas aussi mal vu qu'on ne le pense.

— Eh bien, je crois que nous devrions tout de même éviter de nous en vanter, Votre Altesse, répliqua Holywell en continuant d'épier le village.

— Il vaut peut-être mieux nous aventurer là-bas à l'aube, lorsqu'il y a moins de monde, suggéra Edyon. Ou alors en début de soirée, lorsque les gens sont fatigués et moins curieux.

— Ou au déjeuner, quand ils sont tous occupés à manger ? ajouta Holywell.

Edyon acquiesça.

— Bonne remarque.

March n'était pas certain de savoir lequel des deux était le plus sarcastique.

— Donc ? demanda-t-il. À quel moment y allons-nous ?

— Maintenant, ce serait idéal, répondit Holywell en le regardant. Mais c'est ton tour. Conduis d'abord les chevaux à l'étable, qu'on leur donne à manger, et vois si tu peux en acheter un de plus pour porter nos vivres. Il nous faut des provisions pour une semaine, cela devrait suffire pour atteindre Rossarbe. Et renseigne-toi autant que tu peux sur ce qui se passe.

— Mais pourquoi moi ? Mon pitorien est moins bon que le vôtre. On verra bien que je ne suis pas du coin.

Le regard de Holywell passa d'Edyon à March.

— Si nous voyons que tu es dans le pétrin, nous viendrons t'en sortir.

March ne doutait pas de sa parole, mais il persistait à trouver l'idée mauvaise.

— À moins que tu n'aies un autre plan en tête ? ajouta Holywell.

— Toi ou Edyon vous en sortiriez bien mieux.

Holywell acquiesça.

— Je m'en sortirais mieux, mais crois-tu que tu serais meilleur pour me venir en aide ?

— Tu penses donc que je vais avoir besoin d'aide ?

Holywell poussa un soupir.

— Non, March. Je pense qu'Edyon fait bien trop sudiste pour ces gens, mais j'ai le sentiment qu'ils t'accepteront sans problème. Tu viens de la montagne, comme eux.

March jura en abask.

— Parfait, ravi de voir que nous sommes d'accord.

Holywell esquissa un sourire sans joie et pivota sur ses talons.

March sentit ses entrailles se tordre. Depuis l'auberge, Holywell se comportait curieusement. Il semblait avoir perdu patience vis-à-vis d'Edyon et ne lui marquait plus le même respect ni la même courtoisie qu'auparavant. Il paraissait en vouloir également à March, depuis cette nuit où Edyon et lui avaient partagé de la fumée pour faire disparaître leurs piqûres de midges.

March avait le sentiment que Holywell l'envoyait au village pour une autre raison. Comme s'il ne souhaitait pas qu'il reste seul en compagnie d'Edyon, ce qui était ridicule. Il était parfaitement capable de garder un œil sur le prince tout en entretenant leur stratagème. S'il y en avait bien un qui mettait en péril leur mascarade, c'était Holywell, qui masquait à peine son mépris pour le jeune prince. March était persuadé qu'Edyon avait remarqué le changement d'attitude, sans oser rien dire. Mais combien de temps tiendrait-il sa langue ?

Il s'exécuta malgré tout et les abandonna à l'orée des bois en tirant avec lui leurs chevaux. Pravont était l'endroit le plus peuplé qu'ils aient traversé depuis leur départ de Dornan, mais n'en restait pas moins qu'un modeste village. Une femme le dévisagea tandis qu'il s'approchait. Il hocha la tête en guise de salutation. Elle lui rendit son geste et lui tourna le dos.

— Attendez, s'il vous plaît ! dit March dans son meilleur pitorien. Où sont les écuries ?

Elle le fixa d'un air interdit.

— Hein ?

— Les écuries ?

La femme secoua la tête. March ne savait pas si elle avait du mal à comprendre son accent ou si elle se montrait simplement farouche. Il pointa les chevaux et répéta « écuries » plus fort. Elle hocha la tête et indiqua la gauche.

March conduisit les chevaux le long de l'allée en question. Il passa devant d'autres villageois, salua une fois de plus de la tête, mais aucun mot ne fut échangé.

La paille éparpillée au sol et l'odeur de crottin le menèrent aux étables, qui n'accueillaient pas seulement des chevaux. Il y en avait même peu par rapport au nombre de vaches et surtout de chèvres. Une femme passait le balai. Elle ne s'arrêta pas pour l'arrivée de March.

— Bonjour. Mes chevaux ont besoin de boire et de manger.

La femme releva la tête et dit :

— Quoi ?

March répéta sa demande en pointant du doigt les chevaux. Que pouvait-elle bien s'imaginer d'autre ?

— D'où es-tu ? demanda-t-elle.

— D'Abask.

— Jamais entendu parler. Ils ont tous les yeux comme ça, là-bas ?

March n'avait aucune envie de se répandre en amabilités.

— Non, tous les autres ont les yeux couleur merde.

La femme sourit.

— Tu peux laisser tes chevaux.

— Merci. Je viendrai les reprendre tout à l'heure.

— Les chevaux ne servent pas à grand-chose sur le Plateau. Il fait trop froid et le terrain est trop escarpé.

— Merci du conseil, mais je ne vais pas sur le Plateau.

— Ah non ? Tu as une autre raison de venir ici ?

March haussa les épaules puis il esquissa un sourire. Holywell avait vu juste. Ces gens lui rappelaient son peuple.

— En Abask, on emmène nos chevaux dans les montagnes. Même en hiver, ils le supportent.

— Ce n'est pas l'Abask ici. Même si je dois reconnaître que pas mal d'hommes ont les yeux couleur merde, et la cervelle qui va avec. Bref, il te faudra un poney de montagne pour transporter tes provisions. Toi, tu devras marcher.

Elle lui indiqua où acheter des vivres et lui apprit qu'elle avait un poney à vendre pour cinq kroners, prix qui pouvait baisser d'un kroner pour chaque cheval qu'il voudrait lui céder. March savait que ses montures valaient bien plus et le poney probablement bien moins, mais il n'était pas en position de négocier. Et puis il appréciait cette femme. Et ce n'était pas son argent, mais celui de Holywell.

Au magasin général, il acheta de la nourriture et des couvertures, un manteau épais, une veste, une chemise en laine et quelques pantalons. Cela faisait du bien d'avoir des vêtements propres. Mais Holywell et Edyon en auraient également besoin. Il ajouta deux exemplaires de chaque article à sa pile. L'homme qui tenait l'échoppe ne fit aucun commentaire et se contenta de demander :

— Il vous faut des harpons ?

— Des harpons ?

March ne comprenait pas le mot.

— Vous allez traverser la rivière ?

March hésita. Holywell avait vertement tancé Edyon pour avoir révélé leur destination, mais il n'avait guère le choix dans le cas présent. D'ailleurs, le marchand n'attendit même pas sa réponse.

— De l'autre côté de la rivière, c'est le territoire des démons. Il vous faudra des harpons.

March haussa les épaules.

— D'accord. Trois harpons.

L'homme acquiesça avant de passer dans l'arrière-boutique et d'en revenir avec trois longs harpons au manche en bois et à la pointe métallique barbelée. En découvrant les armes, March bafouilla :

— Je ne vais pas chasser.

— Non, mais les démons vous chasseront, *eux*, s'esclaffa l'homme.

— Ah, je vois. Est-ce que trois suffiront ?

— Si ce n'est pas le cas, vous serez mort de toute façon.

March jeta un coup d'œil au magasin. Il était petit, mais bien fourni.

— Il y a beaucoup de gens qui se rendent sur le Plateau septentrional depuis ici ?

L'homme secoua la tête avec emphase.

— Jamais personne. Du moins à ma connaissance.

March ne put réprimer un sourire.

Il retourna aux écuries et s'arrêta en chemin dans une petite auberge. Le bar à l'intérieur était si petit que l'homme qui se trouvait derrière le comptoir l'occupait dans toute sa largeur.

— Bière ? demanda-t-il.

March s'assit.

— Et à manger.

— J'ai de la soupe, et avec un peu de chance, l'une des tourtes est déjà prête. Si vous prenez les deux, vous économiserez six kopeks.

— Les deux alors.

L'homme passa une tête dans l'entrebâillement de la cuisine et aboya un ordre.

March sirota sa bière et fut vite servi.

— Vous avez du pain ?

L'homme secoua la tête.

— J'ai de la galette à barreau. Trois kopeks.

— Très bien.

March n'avait aucune idée de ce qu'était la galette à barreau et eut du mal à dissimuler sa surprise lorsque l'homme leva le bras pour retirer un disque noirâtre suspendu à une tringle au-dessus du bar. Il le lui jeta et March l'attrapa. Cela ressemblait à un biscuit épais et dur.

— Émiettez-la dans la soupe, lui dit le tenancier.

March s'exécuta. La galette à barreau était sèche, mais absorbait la soupe et y ajoutait du goût.

— C'est bon, commenta-t-il.

L'homme le regarda manger puis le débarrassa de son bol et lui apporta une énorme tourte au poulet avant de lui demander d'où il venait. March répondit « d'Abask ». Comme l'aubergiste n'en avait jamais entendu parler, il préféra parler de ses genoux. Ses genoux lui faisaient souffrir le martyre. Puis il informa March que le patron du magasin général chercherait à l'arnaquer, et comme March acquiesçait, il le mit également en garde contre la « dame de l'étable ».

March paya et se rappela qu'il était censé se renseigner sur les hommes du prévôt. Il ne fit guère preuve de subtilité, mais il sentait instinctivement que les gens de Pravont savaient faire preuve de discrétion.

L'aubergiste hocha la tête.

— Ils étaient là il y a quelques jours. Ils voulaient qu'on installe un barrage sur le pont. On leur a dit où ils pouvaient se le mettre, leur barrage, et c'était pas sur notre pont.

March éclata de rire et remercia l'homme. Quelques minutes plus tard, il quittait Pravont avec un poney de montagne pour retrouver Edyon et March là où il les avait laissés.

— Ce cheval a rétréci, constata Holywell. Et où sont les autres ?

— Il fait trop froid et le terrain est trop difficile pour les chevaux là où nous allons, répondit March en se raidissant légèrement.

Holywell se contenta de grogner et se mit à inspecter les provisions harnachées sur le poney.

— Ta nouvelle tenue te va à ravir, March, dit Edyon, un sourire aux lèvres.

March tira sur sa veste d'un air gêné. Edyon lui faisait sans cesse des compliments, et cela avait beau le déranger, il n'avait pas envie pour autant qu'il cesse.

— Je nous ai acheté des nouveaux habits, répondit-il.

Tandis qu'Edyon enfilait sa veste doublée, il demanda :

— À quoi ressemblent les vêtements au Calidor ?

— Euh, pareil qu'ici. Mais différents.

Edyon éclata de rire.

— Voilà une description des plus précises. Mais peut-être pourras-tu mieux me renseigner sur les choses plus importantes. Toi qui connais mon père, que peux-tu me dire de lui, de ses amis et de sa cour ? À quoi dois-je m'attendre ?

March savait qu'Edyon ne tiendrait pas bien longtemps à la cour du prince. Il était trop insouciant, trop prompt à laisser transparaître ses sentiments. Enfin, il ne verrait jamais cette cour, mais le fond d'un cachot brégantin. Il serait peut-être torturé. Probablement, même. En tout cas, il ne verrait jamais le Calidor ni son père. Sa mère non plus. March l'imagina attendant une lettre de son fils qui ne viendrait jamais.

Il plaqua un sourire sur ses lèvres.

— Bien sûr, Votre Altesse. Laissez-moi vous parler de votre père…

TASH

Pravont, Pitorie

TASH COMMANDA UNE GALETTE À BARREAU, de la soupe, une tourte et une grande bière pour Gravell. Celui-ci ajouta une tourte supplémentaire à la commande.

— On ne mange pas mieux qu'ici, s'exclama-t-il d'un air ravi comme jamais. Nous allons récupérer notre fumée et puis nous irons chasser quelques démons, tant qu'à faire.

— Tu as dit à Flint que tu allais devoir le payer plus tard ?

Ils avaient vidé leur bourse jusqu'au dernier sou la veille et n'avaient pas mangé depuis.

Gravell poussa un soupir.

— L'argent, l'argent, l'argent. Tu n'as que ce mot-là à la bouche.

— Ce n'est pas l'argent qui me préoccupe, c'est son absence.

— Et la faute à qui si nous n'en avons plus ?

Tash n'était pas certaine d'être seule responsable du vol de la fumée et elle avait fait de son mieux pour la récupérer, mais elle n'allait pas se disputer de nouveau à ce sujet. Cela ne résoudrait pas le problème de l'absence d'espèces sonnantes et trébuchantes.

Flint leur apporta leur nourriture et resta à leur table tandis que Tash brisait sa galette au-dessus de son bol et remuait les morceaux dans sa soupe.

— Comment ça va, Gravell ?

— Des hauts et des bas, mais ça fait plaisir d'être ici, Flint, et de pouvoir manger un vrai bon plat.

— D'où vous arrivez, tous les deux ?

— De Dornan. Un foutu repaire de voleurs.

— C'est ben vrai. Tu as eu des ennuis ?

— Quelqu'un m'a piqué la marchandise. Je crois qu'il s'est – qu'ils se sont – tirés vers le nord. En passant par Pravont.

— Ils t'ont volé ? Les salopards.

— Tu l'as dit, Flint. Tu l'as dit.

Tash sortit de sa veste l'un des avis de recherche d'Edyon qu'elle avait détaché à un barrage. Elle le tendit à Flint en précisant :

— Voilà l'un d'entre eux.

Flint secoua la tête.

— Il a assassiné une tête rouge par-dessus le marché, hein ? Eh bien, je ne l'ai pas vu par ici en tout cas.

— Il est avec deux autres types, l'un jeune, l'autre de ton âge. Des étrangers.

Flint tira un tabouret pour s'y asseoir et parla à voix basse.

— Il y a bien eu ce jeune gars de passage, il y a deux jours de cela. Il baragouinait en pitorien, mais j'avais du mal à le comprendre. Vraiment bizarre comme accent. Et des yeux comme j'en ai jamais vu. Étranger, ça c'est sûr. Mais il était tout seul.

Flint baissa encore d'un ton et poursuivit :

— Et puis deux autres types se sont pointés hier. Des têtes rouges. De Dornan, qu'ils disaient, mais je sais reconnaître un sudiste quand j'en vois un. J'ai entendu qu'ils se rendaient au pont. J'espère que les démons les attraperont.

Il se tourna pour cracher par terre.

— Salopards de rougeauds.

— Ils en avaient après le jeune type ? demanda Gravell.

— Je pense bien.

Flint se releva.

— Ils ont passé la nuit ici et ont mis les voiles à l'aube, en insistant pour que je leur prépare un petit déjeuner. C'était ce matin. Vous n'aurez pas de mal à les pister, ils sont balourds comme tous les sudistes.

— Merci, Flint. Je t'en dois une. Et… je vais aussi devoir te demander crédit pour le repas.

Flint posa la main sur l'épaule de Gravell.

— Pas de souci, mon ami. Tu peux loger ici ce soir aussi si tu veux. Tu me paieras la prochaine fois, je sais que tu n'as qu'une parole.

Tash jeta un œil par la fenêtre. Il ferait nuit bientôt. Flint avait raison, il était trop tard pour partir à présent, mais elle savait que Gravell serait d'attaque dès l'aurore.

Le lendemain, le ciel était dégagé et les traces de pas faciles à suivre. Après sa gaieté de la veille, Gravell était redevenu d'humeur sérieuse. Il était évident que les hommes du prévôt suivaient la piste de ce qui semblait être deux ou trois hommes et un baudet. Tash était mal à l'aise : traquer les démons était une chose, poursuivre Edyon et Holywell en était une autre, mais pister les hommes du prévôt en plein territoire interdit la dérangeait carrément.

— Que fait-on si on les rattrape ? demanda-t-elle. Je parle des hommes du prévôt.

— Comment ça, *si* ?

— *Quand* on les rattrapera, si tu préfères.

— Eh bien on les dépasse sans qu'ils nous remarquent, ce qui ne devrait pas être bien difficile puisque ce sont des sudistes perdus dans un coin qu'ils ne connaissent pas, et ensuite, on rattrape Edyon et ses copains.

— Et si les types du prévôt mettent la main sur Edyon avant ? Je sais que ce sont des sudistes idiots et tout ce que tu veux, mais ils ont un temps d'avance sur nous.

— Edyon et les deux autres ont déjà refroidi un homme d'armes, je doute qu'ils aient des scrupules à s'en farcir deux de plus. Avec un peu de chance, les têtes rouges en emporteront au moins un dans la tombe, ce qui nous facilitera la tâche. Et s'ils les tuent tous… eh bien au moins je pourrai toujours cracher sur la tombe d'Edyon.

EDYON

Plateau septentrional, Pitorie

— J'aimerais bien voir un démon, dit Holywell.

Edyon n'avait aucune envie de voir un démon. Il aurait préféré apercevoir une maison, un feu de cheminée, une bonne couverture et un lit douillet. Ou, à tout prendre, voir le soleil et surtout sentir sa chaleur. Ils marchaient d'un bon pas et il avait bien du mal à tenir le rythme. Il était épuisé, transi de froid et affamé. Il était reconnaissant envers March de lui avoir acheté cette veste doublée ainsi que ce bonnet et cette chemise en laine, mais il aurait donné tout son royaume pour ajouter à son trousseau une paire de chaussettes épaisses. Il avait les pieds gelés depuis deux jours. La nuit, il les plaçait près du feu de camp et les calait contre le flacon de fumée pour les réchauffer davantage. Il aurait préféré enlacer March à la place – il ne doutait pas qu'ils sauraient trouver un moyen de se tenir chaud l'un l'autre –, mais son bel étranger continuait de garder ses distances et jetait immédiatement un coup d'œil en direction de Holywell chaque fois qu'Edyon trouvait une excuse pour le toucher.

— À quoi ressemblent-ils, Votre Altesse ? Le savez-vous ?

Edyon haussa les épaules.

— On entend toutes sortes d'histoires. D'aucuns disent qu'ils s'apparentent à des humains, mais en plus grands et plus véloces. Et plus rouges.

— Plus rouges ?

— Ils sont censés être de la couleur de leur fumée.

— Votre fumée est violette.

— Certes, peut-être qu'elle provient donc d'un démon violet.

Peut-être était-ce aussi pour cela qu'elle possédait ce curieux pouvoir réparateur.

— Violet ou rouge, ils ne m'ont pas l'air bien dangereux, poursuivit Holywell.

— Oh, ils ont également des dents tranchantes comme des rasoirs et ils ne portent pas les humains dans leur cœur, rétorqua Edyon.

Holywell s'esclaffa.

— Cela me rappelle un homme pour qui je travaillais.

— Vous me semblez de bonne humeur, Holywell, observa Edyon.

— Nous avançons à un bon rythme, Votre Altesse. Nous aurons atteint la côte dans moins d'une semaine.

Il leur avait fallu une journée entière pour grimper la pente abrupte qui menait au Plateau, mais Holywell avait raison : leur progression était désormais assez aisée. Le paysage était d'une étrange beauté désertique. On y trouvait des arbres en abondance et rien d'autre, ni hommes ni traces de démons, bien qu'Edyon ne sache pas si les démons laissaient la moindre trace. La présence d'animaux sauvages ne faisait aucun doute ; cerfs, lapins et sangliers sauvages laissaient quantité d'empreintes partout, mais la particularité de l'endroit était indéniablement ses températures glaciales. L'été était déjà entamé et pourtant, il y faisait plus froid qu'au plus profond de l'hiver dans le sud de la Pitorie.

— Et comment se fait-il que personne ne vienne jamais par ici, Votre Altesse ? demanda Holywell.

— Parce qu'on se gèle le cul, intervint March.

Edyon jeta un coup d'œil par dessus son épaule. March avait à peine parlé depuis le petit déjeuner et il était si emmitouflé qu'on ne pouvait voir son visage.

Edyon répondit :

— J'imagine qu'en effet le froid tient éloigné pas mal de personnes, mais c'est surtout un territoire interdit en raison de son histoire. Jadis, on venait chasser sur ces terres, mais il y a un siècle de cela, quelqu'un a trouvé de l'or dans le lit de l'une des rivières. On disait qu'il suffisait de remuer le fond pour se retrouver avec les mains remplies de pépites d'or.

— Si elles n'avaient pas gelé avant, dit Holywell.

— Ou si les démons ne vous étaient pas tombés dessus, ajouta Edyon. C'est l'un des plus anciens mythes à leur sujet : on dit qu'ils protègent cette contrée. Quoi qu'il en soit, l'histoire veut qu'ils aient tué quelques prospecteurs et l'on a donc employé des chasseurs de démons pour protéger les chercheurs d'or. Les chasseurs ont tué les démons, découvert les propriétés de la fumée et se sont mis à la vendre dans les villes du Sud. Certaines personnes ont amassé une petite fortune, mais les filons d'or ont fini par se tarir et des bandes rivales ont commencé à se disputer les bonnes mines restantes. Le roi a donc envoyé son fils, le prince Verent – le grand-père de notre souverain actuel – pour enquêter sur la situation.

» Mais on prétend que le prince Verent a succombé au charme de la fumée de démon, au point d'en devenir obsédé. Au lieu d'employer ses hommes à rétablir l'ordre, il s'est enfoncé toujours plus au nord pour chasser les démons et les tuer pour leur fumée. Il a fini par disparaître dans ce désert de glace. D'aucuns disent qu'il chevauche toujours en direction du nord. Après quoi son père, le roi Randall, a décrété que l'accès au Plateau septentrional était désormais interdit et que la possession de fumée était un crime. La loi pitorienne n'a pas évolué depuis.

— La loi n'a peut-être pas changé, mais on trouve toujours des gens pour chasser les démons, objecta Holywell. Ils ne doivent pas être si redoutables si votre petite amie de Dornan s'y frotte.

— Je préférerais ne pas avoir à le vérifier, répondit Edyon. Contrairement à vous, Holywell, je n'ai aucun désir d'en croiser un.

— Pas même par curiosité, Votre Altesse ? Cela ferait une bien belle histoire à narrer à vos petits-enfants.

— Je n'ai ni envie de belles histoires ni de petits-enfants. Pour le moment, je me contenterais d'un bon feu. Et si jamais nous tombons sur un démon, je suggère que nous nous enfuyions.

— Je suis certain que Votre Altesse n'est pas aussi lâche qu'elle veut bien le faire croire.

— La fuite me semble relever davantage du bon sens que de la lâcheté.

— Vous disiez qu'ils étaient rapides. Ne vaudrait-il pas mieux leur faire face et combattre ? C'est à cela que servent les harpons, non ? Et il est difficile d'en lancer un lorsque l'on prend ses jambes à son cou.

Edyon se raidit face au mépris à peine contenu de son interlocuteur.

— J'imagine que vous avez raison, Holywell. Je n'y avais pas vraiment réfléchi.

— Nous devons faire front commun, Votre Altesse. Si vous tournez les talons, vous finirez dans le ventre du démon, j'en ai peur. Et je ne vous souhaiterais cela pour rien au monde.

Edyon nourrissait quelques doutes là-dessus.

— Pensez-vous être capable d'atteindre une cible avec votre harpon, Votre Altesse ?

Edyon était presque trop fatigué pour rétorquer.

— Je suis certain d'être aussi doué avec un harpon qu'avec une épée, c'est-à-dire très peu.

— Nous devrions nous entraîner, dans ce cas. Et en porter un chacun en permanence. Cela vaut pour toi aussi, March.

Holywell lança son harpon en poussant un grognement. Il alla se planter fermement dans un arbre, qui devait probablement être sa cible, avant de vibrer un court instant.

March passa un harpon à Edyon, qui réprima un frisson de malaise. L'exercice physique – et a fortiori la chose martiale – n'avait jamais été sa tasse de thé. Il ne voulait pas passer pour un avorton aux yeux de March, mais les deux Abasks l'observaient à présent.

En serrant les dents, il arma son bras et lança son harpon en s'efforçant de paraître fort. L'arme ne vola qu'un bref instant avant de retomber platement au sol. Edyon aurait bien voulu qu'un démon surgisse pour l'emporter et lui épargner ce ridicule. Il jura intérieurement en voyant March lui tourner le dos.

— Eh bien, Votre Altesse, dit Holywell d'une voix doucereuse. Et si nous essayions de nouveau ?

MARCH

Plateau septentrional, Pitorie

EDYON LANÇA UNE NOUVELLE FOIS SON HARPON. Le projectile atterrit mollement dans la neige, du côté du manche. Le prince ne s'améliorait pas.

Il rougit de honte et courut le ramasser. Holywell secoua la tête, arma son bras et braqua son harpon vers le dos d'Edyon avant d'ajuster la direction au dernier instant. Edyon laissa échapper un cri outré tandis que le projectile venait se ficher violemment dans un arbre juste à sa gauche.

March fit sauter la hampe dans sa main pour trouver le meilleur équilibre. Au Calidor, il avait observé bon nombre de chevaliers jeter des lances lors de joutes et Holywell présentait une technique similaire. Il attendit que Holywell aille récupérer son arme avant de lever le bras. Les jambes solidement campées, il pointa l'endroit qu'il visait de sa main gauche et lança. Le harpon fusa dans les airs, sans aller aussi loin que celui de Holywell, mais du moins dans la direction souhaitée, ce qui était bien plus que ce à quoi pouvait prétendre Edyon.

— Pas mal, March, commenta Holywell. Tout ce temps passé à débarrasser des tables et à porter des plateaux de fruits t'a musclé le bras, on dirait.

March garda un visage impassible, comme il le faisait lorsqu'un seigneur ou une dame de la cour venait de l'insulter. Il ne comprenait pas pourquoi Holywell cherchait à le provoquer, mais il était bien déterminé à ne pas tomber dans son piège et se tourna vers Edyon.

Ce dernier lança de nouveau et manqua d'embrocher le poney, qui rua en poussant un hennissement effrayé avant de s'éloigner au trot.

— Bordel de merde, grommela Holywell.

— Désolé, s'excusa Edyon.

Il était cramoisi de honte.

— Désolé, répéta-t-il. Je n'y arrive vraiment pas.

— Montre-lui, March, avant qu'il ne tue l'un de nous deux. Ou qu'il s'empale le pied.

March se plaça à côté d'Edyon.

— D'abord, tenez le harpon à son point d'équilibre.

Edyon hocha la tête, mais l'arme continuait d'osciller comme un roseau dans la tempête. March passa derrière pour mettre ses bras autour de lui et lui montrer.

— Comme ça, pour qu'il ne bouge pas.

La hampe cessa de tanguer.

— Voilà. Maintenant, au moment de lancer, il faut se servir de tout son corps, pas seulement du bras. Votre dos et vos abdominaux doivent aider également. Tendez votre ventre, et utilisez votre bras gauche pour viser.

Un nouveau jet et cette fois, le harpon parcourut une plus grande distance, même s'il retomba faiblement à la renverse. Edyon partit le ramasser et se remit en position.

— Écartez plus vos jambes. Poussez davantage de tout votre corps. Prenez votre temps.

March se rapprocha et pressa sa jambe contre celle d'Edyon pour la faire avancer.

Edyon se figea et March prit subitement conscience de leur proximité. Il pouvait sentir le dos d'Edyon plaqué sur son torse. Il voulait à la fois rester ainsi et s'écarter avec énergie. Il déglutit péniblement.

— Essayez de nouveau.

Le lancer suivant fut nettement meilleur.

— Très bien !

March s'éloigna.

— Merci. Tu es un bon professeur. Ils utilisent des lances, dans ton pays ?

— Au Calidor, c'est l'arme des fantassins. Le prince Thelonius est un excellent lancier.

— Et en Abask ?

March détourna le regard.

— L'Abask n'existe plus désormais.

Edyon insista :

— Mais lorsqu'elle existait encore ?

— Je ne sais pas vraiment.

— Je crois que tu le sais, mais que tu n'aimes pas en parler.

— À quoi bon ? Le pays a disparu.

— Et ta famille ? Est-elle au service du prince, elle aussi ?

— Ils sont tous morts, Votre Altesse.

Voilà qui jeta un froid.

— Voulez-vous continuer à viser cet arbre ? Faites comme si c'était un démon.

— Nous pouvons bien le viser, March, mais de là à ce que je l'atteigne…

À la fin de la journée, la plupart des jets d'Edyon se concluaient par un harpon planté dans le sol, la tête la première. Mais l'arbre demeurait intouché.

— Eh bien, dit Holywell d'un ton satisfait. March et moi pourrions bien atteindre un démon, si l'occasion se présentait.

— Espérons qu'ils n'attaquent que deux par deux.

— Très drôle, Votre Altesse.

Le ton de Holywell semblait pourtant indiquer tout le contraire.

— Est-ce que vos *lectures* vous ont appris cela ?

Edyon fronça les sourcils.

— Oh, j'ai omis de vous le dire ? Ils ne se déplacent qu'en *hordes*.

Edyon planta son regard dans celui de Holywell et pour une fois, il ne détourna pas les yeux. March vit même qu'il souriait.

Ils s'installèrent pour la nuit comme ils l'avaient fait les soirs précédents. Ils allumèrent un feu de camp pour manger, puis ils dormirent et montèrent la garde à tour de rôle pour se prémunir contre les ours, les démons ou les hommes du prévôt. Celui qui était de quart alimentait également le feu. Chaque matin, aux premières lueurs, ils faisaient bouillir de l'eau pour le porridge tandis qu'Edyon préparait des œufs. March trouvait qu'il avait le coup de main, mais Holywell se contentait d'avaler sa part sans dire un mot. Puis ils rangeaient leurs affaires sur le poney et reprenaient la route. Le Plateau était immense et dépourvu de réels repères ; la carte ne leur était d'aucune utilité et ils devaient se contenter de marcher vers l'ouest. Holywell était persuadé qu'ils seraient arrivés à Rossarbe d'ici une semaine en gardant ce rythme. Et le rythme en question était rude. Ils ne s'arrêtaient qu'une fois par jour, à midi, pour boire un peu d'eau et avaler quelques noix et fruits séchés. Ils ramassaient du petit bois sur le chemin, pour avoir de quoi alimenter le feu le soir venu.

À présent, March était allongé le plus près possible des braises, mais en dépit de sa fatigue, il était difficile de s'endormir dans un froid aussi mordant. Holywell, qui avait pris le premier quart, vint le secouer.

— À ton tour, dit-il en abask.

March se redressa, mais resta à sa place. Il avait beau être de garde, il n'allait pas s'éloigner du feu. Holywell prit place à côté de lui.

— Comment t'en sors-tu avec notre invité ?

Edyon était étendu de l'autre côté du feu, profondément endormi. On devinait sous sa veste la bosse formée par le flacon de fumée qu'il gardait contre sa poitrine.

— Bien. Il ne nous sera d'aucune utilité en cas de combat, mais tu le sais déjà.

— Je sais aussi qu'il t'apprécie beaucoup.

March sentit un désagréable picotement sur son cuir chevelu, mais il affecta de hausser les épaules avec indifférence.

— Ce doit être ma personnalité irrésistible.

— Tu sais très bien ce que je veux dire. Il aime les hommes. Ce n'est pas naturel.

— C'est un fils de prince. Les princes font tout un tas de choses répréhensibles, d'après mon expérience.

Holywell cracha par terre.

— Il n'a rien d'un prince. C'est un bâtard pourri gâté qui se retrouvera bientôt à croupir au fond d'un cachot. Ne fais pas trop ami-ami avec lui.

March n'avait pas besoin que Holywell lui dise quoi faire.

— Je suis un servant, pourquoi est-ce que je deviendrais son ami ?

— Servant, mon cul, oui, maugréa Holywell. Tu es *abask*. N'oublie pas pourquoi nous sommes ici. Nous ne lui devons rien. Nous n'avons pas prêté serment de le protéger, comme Thelonius l'a fait avec notre peuple. Nous allons lui faire payer la trahison de son père.

— Oui, je sais. Edyon est le fils de notre ennemi. Je ne serai jamais son ami.

— Ni quoi que ce soit d'autre.

— Ni quoi que ce soit d'autre.

Holywell tapota l'épaule de March.

— Bien. Je vais dormir, maintenant. Veille à ce que Son Altesse Royale fasse son quart cette nuit.

March se leva et fit les cent pas autour du feu. Il se rappela les flambées qu'il avait coutume d'allumer avec son frère, et la fois où ils s'étaient recouvert le visage de suie avant de jouer à cache-cache dans les montagnes entourant leur village. Ce soir-là, ils s'étaient endormis dans les bras de leur père, devant la chaleur de l'âtre de leur humble maison.

Il contempla Edyon, dont les traits fins se teintaient d'or sous la lumière du feu de camp. Un autre visage, un autre feu, un autre monde.

Toute la famille de March avait péri à cause du père de cet homme. Non, jamais il ne serait l'ami d'Edyon.

AMBROSE

Tornia, Pitorie

DANS L'OBSCURITÉ DE SA CELLULE, Ambrose repensait à sa sœur. Anne avait sans doute été détenue dans un cachot similaire en attendant son exécution. Elle aussi avait dû se retrouver seule et transie de froid. Avec éventuellement quelques rats pour seuls compagnons. Et peut-être qu'il connaîtrait le même sort qu'elle. Le prince Tzsayn le considérerait-il comme un homme d'honneur venu porter la nouvelle qui pouvait sauver son royaume, ou bien comme un rival dont il fallait se débarrasser ? La princesse Catherine avait-elle seulement pu faire part du message pour lequel il avait risqué sa vie ? Parviendrait-elle à s'échapper avant l'invasion ?

Un bruit de verrou interrompit ses pensées. Un soldat – de ceux de la garde de Tzsayn, à la chevelure bleue – entra et le salua.

— Voulez-vous bien me suivre, sir Ambrose ?

Ambrose cligna des yeux, autant de surprise que pour se protéger du flot de lumière de la lanterne. Il ne s'attendait pas à ce genre d'invitation, mais il n'allait certainement pas la décliner.

— Avec plaisir.

Ils gravirent les marches de l'escalier en colimaçon pour quitter la froideur humide des oubliettes et se retrouver dans une pièce nettement plus chaleureuse. Le mobilier y était plus ouvragé que dans sa cellule et la chambre avait des fenêtres, bien que condamnées par des barreaux. Après le départ du soldat, Ambrose l'entendit verrouiller la porte de l'extérieur.

Au moins n'avait-il plus à partager ses quartiers avec d'intempestifs rongeurs. Et en s'allongeant sur son lit, il s'autorisa même à entretenir cette lueur d'espoir qui venait de naître dans son cœur. Assurément, ce changement de cellule était bon signe, non ? Catherine y était-elle pour quelque chose ? Dans tous les cas, on ne sortait pas un prisonnier du cachot pour l'installer dans un endroit plus douillet si l'on comptait toujours lui couper la tête au bout du compte.

Et pourtant… la situation demeurait précaire. L'invasion d'Aloysius débuterait dans quelques heures. Et qui sait ce qu'il adviendrait une fois les hostilités ouvertes ! De nouveau, un soldat aux cheveux bleus vint l'arracher à ses pensées en ouvrant la porte pour y laisser entrer un visiteur.

— Prince Tzsayn.

Ambrose se leva prestement et s'inclina.

Tzsayn prit place sur la chaise et fit signe au garde de sortir. Un long silence s'ensuivit.

— Sir Ambrose, je dois vous remercier pour l'information que vous nous avez rapportée.

Dans sa main brûlée, il tenait les ordres qu'Ambrose avait subtilisés à Thornlee.

— Vous avez pris des risques considérables.

— Et pourtant, je demeure votre prisonnier. Cela dit, cette cellule est bien plus confortable que la précédente.

Tzsayn se fendit d'un sourire.

— Je suis certain que vous comprendrez la nécessité pour moi de paraître ferme aux yeux du prince Boris. Il m'a fallu ensuite m'entretenir avec la princesse Catherine pour en apprendre davantage à votre sujet. Je crois maintenant en savoir assez sur votre compte. Je vais donc vous demander vos intentions. Si je vous ouvrais la porte, où iriez-vous ?

Ambrose hésita. Il voulait bien sûr rejoindre Catherine, mais il pouvait difficilement l'avouer à l'homme à qui elle était promise.

— Je ne le sais pas vraiment.

— Eh bien, vous aurez le temps d'y réfléchir. Je ne vais pas ouvrir cette porte tout de suite.

— Je suis donc toujours votre prisonnier.

— Vous êtes mon invité, le corrigea Tzsayn. Sous mon toit. Vous dînerez et boirez comme un roi. Je suis cependant obligé de restreindre votre liberté, du moins le temps que Boris se trouve chez moi.

— Et puis-je vous demander ce que vous allez faire de l'information que j'ai donnée à la princesse ?

— Je pars pour le Nord ce soir en compagnie de quelques centaines d'hommes. D'autres nous rejoindront.

— Aloysius en a des milliers.

— Certes, mais grâce à vous, nous savons ce qu'il compte faire. Des pigeons voyageurs ont été envoyés à tous les fortins du Nord pour les avertir de l'offensive. S'ils ne peuvent contenir Aloysius à la frontière, ils se replieront sur Rossarbe. Le château qui s'y trouve n'a besoin que d'une centaine d'hommes pour tenir tête à des milliers. Il est primordial pour moi de me rendre sur place au plus vite. Ce serait impossible avec une armée de grande taille.

— Et Boris ? Avez-vous découvert l'étendue de son implication ?

Tzsayn secoua la tête.

— Je pourrais me confronter à lui, mais il nierait tout en bloc. Et il saurait que leur plan est éventé. Il détient peut-être un moyen de contacter son père, ce qui nous ferait perdre le maigre avantage dont nous disposons pour le moment. J'imagine qu'il comptait quitter Tornia incognito durant le mariage pour rejoindre ses forces dans le Nord.

— Et que comptez-vous faire de lui ?

— Nous le surveillons constamment, lui et ses hommes. Pour le moment, nous ne pouvons rien faire de plus. Tant que les troupes brégantines ne traversent pas la frontière, nous ne sommes pas en guerre, il est toujours mon invité et futur beau-frère.

Tzsayn se releva pour prendre congé.

— Ce qui me fait penser : vous n'avez pas posé de questions à propos du mariage.

Ambrose ne put s'empêcher de sourire.

— Vous vous rendez dans le Nord pour affronter le père de la princesse Catherine. J'imagine que le mariage est annulé.

— Point du tout. Simplement retardé. Lorsque la guerre sera finie – si tant est que nous en arrivions là –, nous nous marierons. Catherine a prouvé sa loyauté envers moi et envers la Pitorie. Quand j'aurai disposé de son père, je reviendrai la prendre pour épouse.

— Ainsi, la seule chose qui vous sépare de la princesse Catherine est une guerre ouverte avec son père.

Ambrose sourit de nouveau.

— Je vous souhaite bonne chance.

CATHERINE

Tornia, Pitorie

L'union entre la princesse Catherine et le prince Tzsayn est au bénéfice mutuel du Brégant et de la Pitorie.

Accord de mariage
entre le roi Aloysius du Brégant
et le roi Arell de Pitorie

Depuis qu'elle avait prévenu Tzsayn au sujet de l'invasion, Catherine faisait les cent pas dans ses appartements. Il était parti s'entretenir avec le roi Arell et Ambrose et il revenait à l'instant, pâle et les traits tirés.

— Alors ?

— J'ai parlé avec mon père. Il pense que décaler le mariage est la marche à suivre. Impossible que les noces se tiennent demain.

Catherine fut moins surprise par la nouvelle que par la pointe de déception qu'elle ressentit. Cette union avait été son seul horizon depuis si longtemps, et voilà qu'il se volatilisait.

— Je comprends, dit-elle.

— Il est évidemment hors de question que nous nous mariions tant que nous n'aurons pas confirmation formelle de ce projet d'invasion. De plus, il faut prendre en compte une considération d'ordre pratique : je ne serai pas présent. Je vais faire marche vers le Nord avec mes troupes ce soir. Nous dissimulerons mon départ en annonçant officiellement que je suis tombé malade. Il est de notoriété publique que ma santé est précaire, aussi la plupart n'y verront-ils que du feu. Il m'est arrivé de rater un nombre incalculable de célébrations, bien qu'être absent à son propre mariage soit assez inouï, même pour moi.

Il laissa échapper un rire sonore.

— Catherine, par votre action, vous avez probablement sauvé des milliers de vies. Peut-être même mon royaume tout entier. Mon père et moi vous sommes reconnaissants au-delà de ce que je pourrais exprimer. Vous avez prouvé sans l'ombre d'un doute que vous avez l'étoffe d'une grande reine de Pitorie. Mais vous avez également gagné le droit de décider de votre destin. Une fois que j'en aurai terminé avec votre père, je reviendrai vous offrir le choix. Si vous souhaitez toujours m'épouser, j'honorerai avec plaisir nos fiançailles. Si vous en décidez autrement, je vous laisserai toute liberté. Si un autre homme prétend à vos faveurs, je ne m'opposerai pas à votre union.

Catherine crut qu'elle allait s'évanouir. Elle se sentait libre, plus libre qu'elle ne l'avait jamais été, mais aussi étrangement dépossédée. L'offre de Tzsayn n'était rien de moins qu'extraordinaire. Qu'il puisse lui laisser ainsi la possibilité de choisir son avenir, son pays, son mari dépassait toutes ses attentes. Et bien que son cœur résonne du nom d'Ambrose, sa tête était emplie de la bonté de Tzsayn. Elle n'avait jamais envisagé un seul instant de *vouloir* l'épouser, mais pour la première fois, elle entrevoyait le genre d'époux qu'il ferait – respectueux, sage et bien intentionné –, et comment ils pourraient régner ensemble sur la Pitorie.

Face à cette perspective d'une vie dont elle serait la seule architecte, Catherine se retrouva à court de mots. Elle ne put qu'acquiescer et répondre :

— Je comprends, et je vous remercie.

Tzsayn hocha également la tête, son sourcil légèrement plissé, comme s'il en attendait davantage. Il retrouva aussitôt une contenance.

— Avant de partir, je voulais vous demander si vous pouviez m'en dire davantage sur les intentions de votre père.

Pourquoi nous envahir ? Pourquoi par le Nord ? Toute information supplémentaire pourrait s'avérer cruciale.

Catherine secoua la tête.

— Je ne sais rien de plus, Votre Altesse. Malheureusement. Rien de tout cela n'a de sens à mes yeux, et pour de nombreuses raisons. Ma mère m'a toujours confié que la véritable ambition de mon père était de reprendre le Calidor. Tout ce qu'il entreprend doit être vu sous cet angle. Mais je peine à comprendre en quoi cette invasion sert ses desseins. Pourquoi gaspiller autant de ressources, d'hommes et de temps dans une guerre avec la Pitorie ? Simplement pour piller le pays ? Le Brégant n'est guère… aussi prospère qu'à la grande époque. Le nord de la Pitorie contient-il la moindre richesse ?

— Le Nord est la partie la plus pauvre du pays. On n'y trouve rien d'autre que de la neige, des arbres et des démons.

— Des démons.

Catherine se rappela de nouveau lady Anne.

— La fumée de démon. Les adolescents…

Elle marqua une pause.

— Mon père pourrait-il faire un quelconque usage de la fumée de démon ?

Tzsayn fit non de la tête.

— La fumée détend, vous rend heureux et somnolent. Elle n'a aucune utilité pour faire la guerre.

C'était précisément ce que sir Rowland avait dit.

— Mais les démons eux-mêmes ont la réputation d'être redoutables.

— Oui, mais on ne peut les domestiquer ni en faire des bêtes de guerre. Pourquoi ces questions à leur sujet ?

Catherine voulait lui raconter l'exécution de lady Anne, mais cela ne ferait que ramener Ambrose au centre de la discussion, aussi se contenta-t-elle de secouer la tête.

— Simplement une pensée qui m'a traversée.

Mais son père avait pourtant bien fait acheter de la fumée. Et lady Anne lui avait définitivement adressé ce signe. Se pouvait-il qu'elle soit au courant de l'invasion ? Mais dans ce cas, pourquoi ne pas simplement signer le mot guerre ?

— Eh bien, peut-être que la seule façon d'en avoir le cœur net est de se rendre dans le Nord. Il me faut partir, Catherine. Les gardes de mon père ont un œil sur Boris et ses hommes. Il est parti à la chasse cet après-midi et il y aura un festin ce soir, mais il apprendra pour ma « maladie » demain matin. Je préfère ne pas savoir ce qu'il fera à ce moment-là. Il ne peut pas attendre mon rétablissement, sans quoi il se retrouvera pris au piège à Tornia lorsque la ville aura vent de l'invasion. Il se peut qu'il décide de partir et de vous emmener avec lui.

— Quoi que je fasse, je ne retournerai pas au Brégant, jura Catherine.

— Je suis ravi de l'entendre. Mes hommes resteront postés à votre porte à toute heure. Si vous avez besoin de la moindre chose, si vous désirez me faire parvenir un message, demandez-leur.

— Une dernière question : où est Ambrose ?

— Au chaud et à l'abri. Je ne lui ferai aucun mal.

— J'aimerais le voir. Il n'a commis aucun crime et a risqué sa vie pour nous venir en aide.

— C'est juste, mais il est plus en sécurité à l'abri des regards et surtout de Boris. Je ne veux pas risquer une nouvelle confrontation.

Catherine avait le sentiment que ce n'était pas ce qui préoccupait le plus Tzsayn, mais elle n'avait aucune raison d'exiger de revoir Ambrose sinon son simple désir.

— Je suis ravie de vous savoir inquiet pour sa sécurité. C'est grâce à ses renseignements que nous pourrons sauver la Pitorie.

— Et pour cela, je lui serai éternellement reconnaissant. Une fois Boris parti, vous pourrez le voir, en présence de vos demoiselles, bien sûr.

Catherine lui adressa une révérence.

— Merci, Votre Altesse.

Tzsayn prit sa main et la fit se relever. Il pressa ses lèvres sur ses doigts, tourna les talons et sortit.

Le lendemain matin – jour du mariage – les messages affluèrent de bonne heure. Deux provenaient de Boris, qui exigeait de savoir ce qui se passait, et le dernier de sir Rowland, qui, en termes bien plus courtois et diplomates, demandait la même chose.

Catherine leur répondit à chacun en disant qu'elle avait entendu dire que Tzsayn était malade et le mariage reporté, sans avoir plus de détails. Peu de temps après, Sarah ouvrit la porte et dit :

— Votre frère souhaite vous voir, Votre Altesse.

Catherine savait que cette confrontation était inévitable et que Boris la tiendrait pour responsable du moindre retard, elle devait simplement veiller à ce qu'il ne se doute pas qu'elle était au courant de l'invasion. Elle inspira calmement et répondit :

— Fais-le entrer.

Mais Boris écartait déjà Sarah, le visage rouge de rage.

— Qu'est-ce que c'est que ce merdier ?

— Bonjour, mon frère.

— Épargne-moi tes conneries. Ce jour n'a rien de bon, c'est une foutue catastrophe. Reporter un mariage, on n'a jamais vu ça ! J'ai parlé à Arell. Il n'a fait que se répandre en excuses et me dire : « Vous savez que mon fils est de constitution fragile. » J'ai demandé à voir Tzsayn et sa putain de constitution, mais bien sûr, on ne m'a pas accordé ce plaisir.

— Si Tzsayn est malade, nous ne pouvons rien faire de plus.

— *Si* est bien le maître mot. Il a intérêt à être à l'article de la mort, ce salopard.

— Bah, je suis certain qu'il ne s'agit que d'un contretemps de quelques jours, mon frère. Tu m'as toi-même dit que Tzsayn n'était guère vigoureux. Le roi Arell s'est montré des plus enthousiastes depuis notre arrivée et le prince lui-même m'a paru d'excellente disposition à mon égard.

Boris changea soudain d'expression et scruta Catherine d'un œil accusateur.

— Et pourtant, hier, le futur mari a surpris sa promise avec son amant.

— Non, mon frère. Il m'a trouvée à terre au milieu de jeunes ruffians épées à la main et pressés d'en découdre dans la demeure du roi comme s'il s'agissait d'une vulgaire taverne.

— Ne cherche pas à te défiler. Qu'as-tu raconté à Tzsayn à propos de Norwend ?

Catherine poussa un soupir exaspéré ; elle avait soigneusement répété son discours, il était temps de se montrer convaincante.

— La vérité, bien sûr, comme une épouse se doit de le faire envers son mari. J'ai expliqué qu'Ambrose était considéré comme un traître au Brégant, qu'il avait triomphé de deux de tes hommes quelques semaines plus tôt et que tu devais en supporter la honte. Le prince Tzsayn n'a eu aucun mal à me croire.

Boris fit un pas vers elle et Catherine recula instinctivement.

— Tu vas de nouveau me jeter à terre ? demanda-t-elle.

Il s'arrêta et aboya :

— Tu n'as pas répondu à ma question. Qu'as-tu dit à Tzsayn pour expliquer la présence d'Ambrose ? *Que faisait-il ici ?*

Catherine sourit et épousseta sa robe d'une pichenette avant de planter son regard dans celui de Boris.

— Il m'aime, cher frère. Une émotion qui t'est inconnue, je le sais bien. Et il souhaitait me voir avant mon mariage. L'amour pousse les hommes à faire bien d'étranges choses. Je crois que Tzsayn est également en train de tomber un peu amoureux de moi. Il croit que rien n'est arrivé entre Ambrose et moi, hormis qu'il m'a déclaré sa flamme. Ce qui me conduit à penser qu'il a reporté notre mariage soit parce qu'il est réellement malade, soit parce qu'il hésite à se retrouver avec un beau-frère qui est rapidement devenu la risée de la noblesse pitorienne.

Cette fois, ce fut Catherine qui fit un pas en avant en pointant son frère du doigt avant de siffler :

— Pourquoi risquerais-je une union avec un prince pour une amourette avec un fugitif ? Ce n'est pas moi l'imbécile dans cette affaire, Boris. J'ai multiplié les efforts pour prouver au roi, au prince *et* au peuple de Pitorie que j'aspirais à ce mariage de tout mon cœur. S'il a bien lieu, je serai la future reine du pays. S'il est annulé, je devrai retourner au Brégant couverte de honte. Je devais épouser un prince aujourd'hui, au lieu de quoi je me retrouve coincée avec toi.

Boris recula, sonné par la charge de Catherine. Il posa la main sur la poignée de porte.

— Si je découvre que tu es responsable de ce report…

Puis il disparut. Tandis que la porte claquait derrière lui, Sarah, Tanya et Jane signèrent à l'unisson : « Du balai ! »

Catherine se tourna vers elles et poussa un soupir de soulagement. Son cœur battait la chamade, mais il semblait à présent certain que Boris n'avait aucune idée des informations rapportées par Ambrose. Pour la première fois, elle se réjouissait que son frère soit persuadé qu'Ambrose était son amant.

Catherine avait à peine repris ses esprits que sir Rowland fit son entrée.

— J'ai bien peur de ne pas saisir la situation, Votre Altesse. Le prince Boris est furieux. Il insiste pour que le prince Tzsayn lui apporte la garantie que le mariage aura bien lieu demain, s'il ne peut se dérouler aujourd'hui.

Car passé ce délai, tout le monde sera au courant pour l'invasion, songea Catherine. *Son plan tombe à l'eau, mais que va-t-il à faire à présent ?*

— Et s'il ne reçoit pas cette garantie ?

— Le mariage sera annulé. Il partira et vous emmènera.

Catherine se sentit défaillir à cette idée. Elle était bien décidée à ne plus jamais suivre Boris où que ce soit.

— Eh bien, il me semble évident que Tzsayn tient toujours au mariage, au même titre que le roi Arell, répondit-elle avec un optimisme forcé.

— Peut-être, Votre Altesse. Mais il est de mon devoir de vous informer qu'une rumeur court selon laquelle Tzsayn, loin d'être malade, aurait fui le château. Certains disent avoir vu ses hommes quitter les lieux en pleine nuit.

— Mais pourquoi ferait-il une chose pareille ? La veille de son propre mariage !

Catherine doutait fort de ses talents d'actrice et la réponse neutre de sir Rowland, un simple « Je l'ignore, Votre Altesse » lui indiqua qu'il n'était pas convaincu.

— Mais quoi qu'il en soit, je m'inquiète pour vous, Votre Altesse.

— Je vous remercie, sir Rowland. Cela étant, je reste persuadée que le mariage aura lieu. Je fais confiance à Tzsayn. Bien sûr, je suis chagrinée par ce report et par son état de santé. Peut-être pourriez-vous user de votre influence auprès des convives afin d'apaiser les esprits quant à la tenue prochaine des noces ?

— J'ai de l'optimisme à revendre, répondit sir Rowland. Je vais m'assurer de le répandre.

— Merci.

Il s'apprêtait à prendre congé quand il se ravisa.

— Une dernière chose, Votre Altesse. Je me suis renseigné au sujet de la fumée de démon, mais je n'ai rien pu apprendre de nouveau.

Catherine esquissa un sourire.

— Ah, très bien. Ce n'était peut-être rien, alors.

Mais elle était persuadée que le message de lady Anne était lié à l'invasion. Il fallait seulement qu'elle découvre en quoi.

AMBROSE

Tornia, Pitorie

LE LENDEMAIN DU DÉPART DE TZSAYN, Ambrose décida de mettre à l'épreuve la promesse du prince et demanda au garde de sa chambre à boire et à manger, ainsi que des vêtements propres et une bassine d'eau pour se laver. Tout lui fut apporté rapidement, avec en sus du savon et des serviettes. On lui rendit même son épée et ses dagues confisquées après l'altercation avec les soldats de Boris. Ambrose fut d'abord estomaqué qu'on puisse lui rendre ses armes, avant de comprendre qu'il ne pourrait rien en faire. S'il s'en prenait aux hommes de Tzsayn, il ne survivrait pas longtemps en Pitorie. Il n'avait pas d'autre choix que de prendre son mal en patience.

Tzsayn gérait la situation avec un talent assez irritant et semblait également doué dans bien d'autres domaines. Sa façon de manipuler Boris, son arrivée opportune pour interrompre le combat et – pire que tout – l'obligeance avec laquelle il avait aidé Catherine à se relever, comme s'il était le seul à avoir cet honneur. Tzsayn était un prince et se comportait comme tel. En comparaison, Ambrose n'était rien. Seulement le cadet d'un marquis de province. En réalité, il ne pouvait même plus prétendre à ce statut, car il était désormais un fugitif, un traître aux yeux du royaume, sans influence ni pouvoir.

Mais il restait un soldat. Il aurait préféré, et de loin, se trouver dans le Nord plutôt qu'allongé dans ce lit douillet, même si cela signifiait affronter des Brégantins. Il n'était même pas certain de pouvoir encore se considérer comme brégantin, d'ailleurs. Il était devenu apatride, mais cela ne voulait pas dire pour autant qu'il était dépourvu d'honneur ou de loyauté. Il serait toujours fidèle à la princesse Catherine.

Il pouvait toujours se battre pour ce en quoi il croyait. Il pouvait se battre pour elle.

Ce jour, qui aurait dû entrer dans l'histoire comme celui des noces de Catherine, allait devenir la date sinistre de l'invasion de la Pitorie par le Brégant. Tzsayn était encore à deux jours de route de la frontière, mais les milliers de soldats des troupes d'Aloysius avaient déjà pénétré en territoire pitorien. Ambrose passa la journée à la fenêtre à scruter le nord, comme si sa vue portait à des centaines de lieues et pouvait lui offrir un aperçu des combats.

C'est là-bas que je devrais être, bon sang, pas ici à me languir dans une chambre !

Tandis que la nuit tombait, de la musique résonna à travers les murs du château.

Ambrose frappa à sa porte pour interpeller le garde.

— Pourquoi cette musique ?

— C'est pour divertir les invités, répondit le garde avant de refermer la porte. Faut bien les occuper en attendant.

Ambrose se demanda à quoi pouvaient bien penser les convives. Croyaient-ils vraiment à la maladie de Tzsayn ? Ou bien s'imaginaient-ils qu'il cherchait à se défiler ? L'un d'entre eux se doutait-il de ce qui se tramait réellement ? Boris, sans doute. Le prince avait beau être brutal et cruel, il n'était pas sot. Il avait planifié ce mariage comme une opération militaire. Qu'allait-il faire à présent que son plan était contrarié ?

Ambrose plissa le front.

Une opération militaire… Plus il y réfléchissait et plus il lui paraissait étrange que Boris n'occupe qu'un rôle passif dans un projet d'une telle envergure. Boris était un guerrier ; sa place, comme celle d'Ambrose, était sur le front. Et pourtant, il avait choisi d'accompagner sa sœur au mariage. Qu'il préfère s'asseoir à un banquet tandis que son père se tenait sur le champ de bataille semblait… peu probable. Certes, les noces étaient une diversion indispensable pour éloigner les seigneurs du Nord de leurs terres, mais elles n'offraient aucun honneur, aucune gloire, contrairement à la bataille. Et Boris avait soif de gloire et de sang versé.

Noyes se trouvait ici, lui aussi. En plus d'être le maître-espion du roi, il commandait une petite troupe de soldats d'élite. Pourquoi s'était-il rendu à Tornia ? Sa présence au mariage n'était pas requise. Que pouvait-il bien faire ici ?

Ambrose sentit un frisson lui glacer l'échine. Se pouvait-il que Boris ait eu une autre raison de vouloir rassembler les seigneurs en un seul lieu ? S'en prendre directement à eux ? C'était risqué, périlleux même, mais Boris adorerait l'idée de s'en prendre à des nobles plutôt qu'à d'ordinaires fantassins. Le prestige d'un tel combat serait immense, mais quel avantage tactique pouvait-il bien y gagner ?

Et tout à coup, Ambrose comprit le plan du prince aussi clairement que s'il le lui avait murmuré à l'oreille : l'armée d'Aloysius allait franchir la frontière, s'emparer du Nord laissé à lui-même en l'absence de ses seigneurs et, à l'instant fatidique où une réponse de la plus haute autorité serait attendue à Tornia, Boris passerait à l'action en tuant Arell, Tzsayn et autant de nobles pitoriens qu'il le pourrait avant de fuir la capitale pour rejoindre son père.

Le projet était ambitieux et presque insensé, mais quoi de mieux pour décrire le roi Aloysius du Brégant ?

Ambrose courut à la porte et tambourina en hurlant :

— Je dois voir le roi !

Le garde ouvrit la porte et lui rit au nez.

— Le prince a bien dit de vous donner tout ce que vous vouliez, mais là, cela risque d'être un peu difficile.

— On va chercher à attenter à la vie du roi.

Le garde secoua la tête.

— Il est entouré de gardes, personne ne peut l'atteindre.

— Pouvez-vous lui transmettre un message ?

— N'y comptez même pas.

— À la princesse Catherine, dans ce cas ?

— S'il y a bien une chose sur laquelle le prince a insisté, c'est que vous ne deviez la voir sous aucun prétexte.

— Je ne souhaite pas la voir, simplement lui faire parvenir un message. Il ne l'a quand même pas interdit, si ?

— Très bien, très bien, écrivez donc votre lettre.

Ambrose rédigea un message aussi court qu'évocateur.

Boris a prévu de tuer le roi ce soir. Prévenez-le.

Il le tendit au garde en ajoutant :

— Veillez bien à ce qu'elle le reçoive immédiatement.

Le garde partit en verrouillant la porte derrière lui et Ambrose retourna se poster à la fenêtre. Peu de temps après, le garde revint.

— Sa demoiselle a pris la missive et m'a dit qu'elle la lui donnerait. Je ne peux pas faire plus, monsieur.

Ambrose s'allongea sans parvenir à se détendre. Son esprit réfléchissait frénétiquement. Plus il y pensait et plus il était convaincu que Boris passerait à l'action ce soir. Cela aurait dû être la nuit de noces, le moment où personne n'aurait été sur ses gardes, car tous auraient été ivres et épuisés par les festivités. Mais la situation avait changé, il n'y avait plus de mariage. Boris pourrait peut-être attendre un jour de plus s'il gobait le mensonge de Tzsayn et le report de l'union au lendemain.

Non. Pas Boris. Il ne retarderait pas son projet. Le plan était établi. L'armée d'Aloysius était déjà à la frontière, il n'avait pas le temps de lui envoyer un message pour lui demander de patienter. Les seigneurs étaient rassemblés et le roi se trouvait avec eux. Boris et Noyes avaient préparé leur fuite en amont. L'attentat aurait lieu ce soir.

À cet instant, Ambrose entendit un cri, distant, étouffé. Quelqu'un avait sans doute bu un verre de trop. Puis un autre cri retentit. Puis encore un autre.

Ils avaient abattu leurs cartes. L'offensive avait débuté.

Ambrose se rappela avec effroi son message à Catherine.

Boris a prévu de tuer le roi ce soir. Prévenez-le.

Il venait de la mettre en danger.

Il saisit son épée et frappa à la porte. Le garde l'ouvrit avec un air exaspéré, Ambrose le tira violemment dans la pièce en passant le seuil, claqua la porte et la ferma à double tour avant de foncer vers la source des cris.

CATHERINE

Tornia, Pitorie

Tuer le chef génère chaos et peur :
c'est toujours un bon point de départ.

La Guerre et l'Art de la gagner,
M. Tatcher

AU CRÉPUSCULE, CATHERINE SE RETIRA dans sa chambre, mais ne put trouver le sommeil. Si tout s'était passé comme prévu, elle aurait dû vivre sa nuit de noces. Au lieu de quoi elle se retrouvait seule, Tzsayn faisant route pour le Nord et Ambrose étant quelque part « à l'abri » dans le château. Son père envahissait un pays pacifique et elle n'avait fait que servir de simple pion dans son sinistre projet. Demain, elle fêterait son dix-septième anniversaire, qui aurait dû marquer le début de sa nouvelle vie. Eh bien, ce serait toujours le cas, mais elle n'allait certainement pas connaître l'existence qu'elle s'était imaginée. Non pas qu'elle ait toujours rêvé d'épouser un homme qu'elle n'avait jamais vu auparavant ni vivre comme une recluse à l'instar de sa mère. Elle avait cru vouloir être aimée du peuple, mais il avait suffi d'une contrariété pour qu'elle soit assaillie par le doute.

On gratta à la porte et Sarah entra, un message à la main.

— De la part d'Ambrose, Votre Altesse.

Catherine faillit lui arracher le papier des doigts.

Boris a prévu de tuer le roi ce soir. Prévenez-le.

Catherine s'habilla en toute hâte et sortit en trombe de sa chambre, Sarah sur ses talons, pour retrouver le roi. Elles durent gravir quantité d'escaliers pour parvenir aux appartements royaux situés dans la plus grande tour du château.

— Princesse Catherine, s'exclama le chambellan du roi, un homme potelé à la moustache cirée, tandis qu'il sortait par une porte dérobée. C'est une heure tardive pour demander audience. Y aurait-il un problème ?

— Je dois m'entretenir avec le roi.

Catherine avait usé de sa voix la plus princière.

Le chambellan s'inclina, l'air perplexe.

— Naturellement, Votre Altesse.

Il les fit entrer dans une vaste antichambre au sol de marbre. De grandes portes vitrées donnaient sur un balcon. Le roi contemplait sa ville à travers les immenses fenêtres.

Il se tourna et Catherine lui adressa une révérence. Arell paraissait miné par les soucis, mais toujours digne.

— Je dois vous remercier pour vos renseignements sur l'invasion, princesse Catherine. Je vous présente mes excuses pour ne pas m'être rendu directement auprès de vous, mais j'avais beaucoup à faire.

— Et je crains d'être porteuse de nouvelles informations, Votre Majesté. Je crois que Boris, mon frère, fomente un attentat contre vous. Je…

Avant qu'elle ne puisse continuer, elle remarqua du mouvement sur le balcon derrière le roi. Elle pointa du doigt et demanda :

— Sont-ce vos gardes ?

Le roi fit volte-face au moment où les fenêtres derrière lui s'ouvrirent avec fracas. Quatre hommes vêtus de noir se précipitèrent, dague à la main. Catherine cria au secours et un instant plus tard, deux gardes royaux firent irruption dans la pièce. Mais les hommes en noir avaient déjà atteint leur cible. L'un des assaillants saisit le roi par le bras et le fit tournoyer tandis qu'un autre le poignardait dans le dos.

Arell s'effondra dans un grand cri. Ses gardes se ruèrent sur les assassins, épées brandies, mais dans un fracas de verre, davantage de tueurs vêtus de noir traversèrent les fenêtres, suspendus à de fines cordes sombres. Dans un tressaillement d'effroi, Catherine se remémora cette nuit où les hommes de Boris s'entraînaient à se hisser dans le gréement du bateau qui les avait conduits en Pitorie.

L'un des assassins s'approcha de Catherine, sa dague pointée vers elle. Elle recula, le cœur tambourinant de terreur. Puis, comme par miracle, Ambrose la dépassa, épée à la main. Il lui jeta un coup d'œil pour s'assurer qu'elle n'avait rien puis bondit en avant, sa lame traçant un arc de cercle flou avant de terrasser son adversaire.

Le roi gisait toujours par terre, du sang s'écoulant de son dos, mais davantage de gardes se pressaient dans l'antichambre et les assassins battaient en retraite. Catherine s'efforça de se tenir à l'écart en se pressant contre un encadrement de porte.

Ambrose s'avança vers les tueurs.

— Lâchez vos armes.

L'un des hommes cracha dans sa direction.

— Plutôt mourir, sale traître. Et nous t'emporterons avec nous.

Il se précipita en avant, flanqué d'un de ses acolytes. Catherine était à l'abri sur le seuil, mais Sarah se tenait plus près, pétrifiée de peur, et l'un des assassins lui trancha la gorge dans la foulée. Elle échangea un regard avec Catherine avant d'attraper son cou tandis que le sang jaillissait entre ses doigts.

Catherine poussa un hurlement en voyant le corps de Sarah heurter le sol, une flaque de sang se formant autour de sa tête. Catherine courut auprès de sa servante. Sarah remua les lèvres, mais aucun son ne sortit, juste un gargouillis ensanglanté.

Ambrose esquiva son adversaire d'un pas de côté et abattit sa lame sur son épaule, lui tranchant pratiquement le bras, avant de la retirer d'un moulinet et de décapiter un autre assassin.

Catherine se mit à trembler. Elle se sentait sur le point de vomir. Le corps de Sarah avait pâli et la flaque de sang dans laquelle baignait son corps s'était transformée en mare. Les mains et la robe de Catherine étaient à présent poisseuses de rouge brun. Ambrose s'agenouilla brusquement à côté d'elle pour l'enserrer avant de la forcer à le regarder en face.

— Vous ne craignez plus rien à présent, Votre Altesse. Vous êtes hors de danger.

— Sarah. Ils ont tué Sarah.

— Je sais. Je suis désolé, vraiment désolé.

Elle s'appuya sur son bras tandis qu'une cohorte supplémentaire de gardes faisait son entrée pour cerner le roi et réclamer un médecin à grands cris.

— Est-il encore vivant ? demanda-t-elle.

Personne ne lui répondit. Où qu'elle pose les yeux, Catherine ne voyait que des cadavres. Des gardes aux cheveux violets comme des tueurs vêtus de noir. Ambrose la mena jusqu'à un fauteuil.

— Vous tremblez.

Ils restèrent ensemble jusqu'à l'arrivée d'un médecin. On souleva le corps du roi avec empressement pour le déposer dans sa chambre.

Tout cela était la faute de son père. Tous ces gens morts. Sarah.

L'un des hommes du roi prit les choses en main et ordonna à ce qu'on retire les cadavres de la pièce. Ambrose voulait vérifier l'identité des tueurs encagoulés, mais il renâclait à abandonner Catherine, ne serait-ce qu'un seul instant.

— Je suis simplement ébranlée. Je sais que je ne crains plus rien, Ambrose. Fais ce que tu peux pour les aider.

Catherine l'observa tandis qu'il inspectait les dépouilles. Combien avaient péri ? Bien trop. Elle jeta un nouveau coup d'œil en direction de Sarah. Elle était incapable de penser. Incapable de forcer son corps à bouger. Elle ne pouvait que regarder. Il n'y avait rien à faire.

Ambrose revint s'asseoir auprès d'elle.

— Deux d'entre eux sont des hommes de Noyes, le reste appartient à la garde de Boris.

— Ce sont tous des soldats de mon père. C'est lui le responsable.

Tandis que Catherine réprimait un frisson de rage, sir Rowland fit son entrée.

— Dieu merci, vous êtes saine et sauve, Votre Altesse. Le grand chambellan m'a informé de votre présence. Il dit que le roi a été attaqué.

L'ambassadeur était livide et les entailles sur sa veste n'avaient rien à voir avec la mode pitorienne. Lui aussi était couvert de sang.

Ambrose répondit :

— En effet, le roi est grièvement blessé. Mais que vous est-il arrivé ?

— Je me trouvais dans le grand hall pour le banquet lorsque des hommes encagoulés de noir ont fait irruption. Ils s'en sont pris aux invités et aux domestiques… à tous ceux qui croisaient leur chemin. Il y a tant de morts. Cinq seigneurs ont péri, douze sont blessés et je ne compte même plus les servants. C'était un véritable massacre.

Sir Rowland était au bord des larmes. Catherine déglutit péniblement.

— Tzsayn et moi étions censés nous trouver à cette tablée. Cela devait être notre banquet de noces. Croyez-vous qu'ils auraient essayé de le tuer s'il avait été présent ?

— Je le pense, Votre Altesse, acquiesça sir Rowland d'un air sombre.

— Alors ils m'auraient tuée aussi.

Son père et son frère.

— Boris avait probablement dans l'intention de vous ramener à Brigane.

Catherine secoua la tête.

— Non. Ils n'avaient que faire de moi ou de mes demoiselles.

Elle se leva et Ambrose s'écarta respectueusement. Elle connaissait Sarah depuis six ans. Elle, la plus douce, la plus raisonnable, la plus calme de ses demoiselles, avait été égorgée comme un animal. Tout à coup, elle voulait se trouver le plus loin possible de cette pièce, à l'abri en compagnie de Jane et Tanya.

Sir Rowland reprit la parole :

— Tous les agresseurs étaient des sbires de Noyes et Boris. Aucun n'a pu être capturé vivant.

— Et Boris ?

— On le recherche actuellement, lui, ses hommes et Noyes. S'ils sont malins, et Noyes n'a jamais manqué d'intelligence, ils ont déjà dû quitter la ville pour gagner la côte. Leur plan était parfaitement huilé, ils ont dû également soigner leur évasion.

Catherine se tourna vers Ambrose.

— Cet attentat confirme que l'invasion du Nord est réelle.

— Comment ? s'exclama sir Rowland.

Ambrose lui exposa brièvement la situation.

— Tout cela, les noces et le reste, n'était qu'une diversion. Aloysius est en train d'envahir la Pitorie à l'heure où nous parlons. C'est pour cette raison que Tzsayn est parti.

L'ambassadeur secoua la tête.

— Pourquoi suis-je surpris...

— Heureusement, Tzsayn est sain et sauf et en route pour le Nord afin de repousser l'invasion, dit Ambrose. Bon nombre de seigneurs sont encore vivants, et avec un peu de chance, le roi en réchappera.

— Mais s'il ne survit pas, reprit sir Rowland en se tournant vers Catherine, vous vous trouverez en grand danger, Votre Altesse.

— Je le suis déjà. Je suis venue ici accompagnée de Boris, répliqua Catherine en contenant sa fureur. Je l'ai fait entrer *dans le palais royal*, lui et ses cinquante assassins. Si le roi meurt, on m'accusera. Les gens penseront que je faisais partie du complot. J'ai eu beau gagner les faveurs de la foule, je les perdrai encore plus vite si la Pitorie entre en guerre contre mon père. Nous devons rejoindre Tzsayn. Il n'y a qu'à ses côtés que nous serons en sécurité.

— Vous voulez fuir ? demanda Ambrose, l'air inquiet. On vous pensera coupable.

— Tout ce que j'ai pu faire jusqu'à présent me désigne comme coupable. Pour le moment, je dois être auprès de Tzsayn.

— Il doit déjà avoir parcouru la moitié du chemin jusqu'à Rossarbe. C'est une route longue et pénible.

— Je suis bonne cavalière, tu le sais très bien.

— Et vos servantes ? Elles ne seront plus en sécurité ici.

Catherine acquiesça.

— Nous partons toutes ensemble.

MARCH

Plateau septentrional, Pitorie

HOLYWELL, D'UNE HUMEUR MASSACRANTE, forçait l'allure. Ils n'avaient guère progressé ces derniers jours à cause d'un terrain rocheux parsemé de ravins. Certaines crevasses pouvaient être simplement enjambées, mais la plupart étaient trop larges et les obligeaient à faire un détour. Le vent était brutal et glacial. De maigres pins leur offraient enfin un peu de couvert, mais après cinq jours passés sur le Plateau, leurs vivres s'amenuisaient et le froid ne leur laissait aucun répit.

— Regardez !

March pointa du doigt un énorme arbre abattu sur leur gauche. Le tronc était mort et pourri, mais les branches brisées éparpillées tout autour offraient un bois sec idéal pour le feu. Il héla Holywell :

— On peut faire le plein de petit bois et charger le poney.

Holywell, qui tenait la bride de la bête, ne se retourna même pas, mais marmonna quelque chose à l'intention d'Edyon.

Edyon hésita puis rejoignit March au pas de course.

— Qu'a-t-il dit ? demanda March.

— Quelque chose à propos de tes cris que l'on pouvait entendre à des lieues à la ronde et que si tu ne la fermais pas, tu lui servirais de cible d'entraînement pour son harpon.

March n'avait pas crié très fort, mais il était vrai que les sons portaient loin dans cet air froid et sec.

— Et je crois qu'il veut que je fasse le travail du poney.

Edyon esquissa un sourire.

— Nous sommes censés rester groupés et nous charger tous ensemble de ramasser du bois.

March posa son harpon.

— Si vous placez les plus gros morceaux dans mes bras et que vous portez mon harpon, Votre Altesse, nous aurons de quoi faire un feu ce soir.

Et si Holywell avait daigné s'arrêter, ils auraient pu emporter de quoi faire du feu pour deux nuits.

Edyon empila le bois jusqu'au menton de March avant de demander :

— Encore ?

— Oui. Merci, Votre Altesse.

— J'apprécierais que tu cesses de m'appeler ainsi, March. Nous sommes compagnons de voyage et même d'infortune.

Edyon ramassa quelques branches supplémentaires et les deux harpons.

— Ainsi que porteurs de bois.

March sourit à moitié.

— Mais je suis un serviteur et vous le fils d'un prince.

— Et pourtant, je n'ai rien de princier.

Edyon poussa un soupir.

— Que penses-tu que mon père fera de moi ?

— Vous êtes son fils. Je suis certain qu'il saura percevoir vos forces.

March avait parlé sincèrement. Même si Edyon paraissait naïf, voire niais, il était aussi intelligent, charmant et patient. March avait eu à servir de bien pires gentilshommes.

Quoi qu'il en soit, murmura une cruelle voix intérieure, *il ne rencontrera jamais son père, alors quelle importance ?*

March ralentit pour laisser passer Edyon afin de ne pas avoir à poursuivre leur conversation et ce fut à cet instant qu'il ressentit quelque chose.

Il s'arrêta net. *Qu'est-ce que c'était que ça ?*

Il fit un pas en arrière.

Puis un autre.

Et quelque chose lui parut se réchauffer.

La forêt était toujours silencieuse et glaciale, mais à l'endroit précis où il se trouvait, il avait déjà plus chaud. Il releva la tête en se demandant si le soleil avait fini par percer les nuages, mais le ciel était plus gris que jamais. Il se trouvait dans une minuscule clairière, au pied d'un terrier quasi invisible. Edyon cheminait bien loin devant lui à présent. March voulut l'appeler, mais crier était une mauvaise idée. Il jeta un regard alentour, pour chercher ce qui aurait pu sortir de l'ordinaire, lorsque l'une des branches de sa pile lui échappa. Il se pencha pour l'empêcher de tomber, mais ses bras étaient fatigués, le bois pesant et la branche atterrit par terre. Il plia les genoux en s'efforçant de garder le dos droit, mais une nouvelle branche tomba et tandis qu'il pivotait, le reste s'effondra.

Il releva les yeux. Edyon s'était arrêté et le regardait. March poussa un juron. Il écarta les bras comme pour insister sur le ridicule de la situation puis se pencha pour tout ramasser… et ressentit de nouveau la chaleur, cette fois directement sur son visage et ses mains. Il posa la paume sur le sol et fut surpris de trouver la terre aussi chaude que sa propre peau. On aurait dit que le sol luisait, comme si la terre et les feuilles mortes étaient teintées de rouge.

Il regarda de nouveau en direction d'Edyon et voulut l'avertir. Mais de quoi ? C'est à ce moment qu'il comprit.

La teinte rouge. La chaleur.

— Oh, merdasse.

March releva la tête. Il ne savait plus s'il devait interpeller Edyon en hurlant, s'enfuir en courant ou rester immobile. Il finit par s'éloigner du terrier avec une lenteur infinie et, lorsqu'il se trouva hors de la dépression de la clairière, il rejoignit précipitamment Edyon avant de le prendre par le bras.

— Vite, fichons le camp d'ici.

— Que se passe-t-il ?

Edyon se retourna lentement pour regarder derrière lui.

— Je ne suis pas sûr, mais j'ai l'impression qu'il y a des démons dans les parages.

Edyon pressa aussitôt le pas.

Holywell s'était arrêté un peu plus loin et les observait se rapprocher.

— Eh bien ? Où est le bois ?

— Je crois qu'il y a des démons dans le coin, bafouilla March.

Holywell jeta un regard autour de lui. March et Edyon l'imitèrent.

Le décor était aussi désert et silencieux qu'à l'accoutumée.

— Démons ou non, nous devons continuer à avancer.

Holywell désigna la paroi rocheuse à leur droite d'un geste du menton.

— Cet endroit est trop encaissé.

Edyon pointa les rochers du doigt, les yeux écarquillés.

— Je viens de voir du mouvement, là-bas. Quelque chose de rouge.

March lui reprit son harpon brusquement, les yeux braqués sur les rochers, mais il ne vit rien. Aucun signe du démon.

Holywell marmonna :

— March, garde un œil sur nos arrières. Nous allons reprendre notre chemin, mais lentement.

Il tenait lui aussi son harpon, prêt à le lancer.

— Restez sur vos gardes, et ne vous éloignez pas.

March obéit, son cœur battant la chamade.

Ils n'avaient fait que quelques pas lorsque Edyon s'écria :

— Là-bas !

March tournoya et Holywell décocha son harpon sur une silhouette qui s'était écartée d'un arbre. L'homme esquiva. Holywell n'eut pas cette chance et se retrouva avec le torse transpercé par une lance.

Edyon glapit tandis que Holywell tombait à genoux. Le poids de la hampe l'attira en avant et le fit basculer sur le flanc. Immobile. Mort.

March leva les yeux vers le sommet de la paroi rocheuse, à temps pour voir une deuxième lance fuser dans sa direction. Edyon se jeta contre lui pour l'écarter de la trajectoire. March tituba et leva son harpon. Un homme se tenait en hauteur sur les rochers ; un autre – celui que Holywell avait visé – était au niveau du sol. Les deux avaient les cheveux rouges et de longs poignards à la main. Celui qui venait de jeter sa lance bondit du haut des rochers et les deux s'avancèrent vers March et Edyon.

March recula. Ils avaient affaire à des hommes du prévôt, aussi bons lanciers que bretteurs.

— Restez derrière moi, ne les laissez pas s'approcher, souffla-t-il à Edyon.

— Ho-Holywell est mort.

— Oui.

— Que fait-on ?

— J'y réfléchis. Ils n'ont plus de lances. Si nous restons unis, nous paraîtrons plus menaçants. Armez votre harpon.

— Bien. Je ne m'enfuirai pas. Je reste avec toi.

— Nous sommes à deux contre deux. Nous avons des armes de jet. Faites-en bon usage.

Les hommes du prévôt s'approchaient à pas de loup. March avait bien conscience que ses chances de les atteindre d'un jet de harpon étaient faibles. Quant à celles d'Edyon... Pourtant, il lui dit :

— Vous pouvez y arriver, Edyon. Rappelez-vous l'entraînement.

— C'est de la folie. Je ne sais pas lancer.

Et il laissa tomber son arme.

— *Quoi* ? Non !

Edyon fit un pas en avant, les bras en l'air, en répondant calmement à March :

— Toi, tu lances. Moi, je parlemente.

EDYON

Plateau septentrional, Pitorie

EDYON SAVAIT QU'IL N'ÉTAIT PAS DE TAILLE à lutter. Il n'aurait jamais pu atteindre ces hommes de son harpon quand bien même ils se seraient trouvés parfaitement immobiles à trois pas de lui. Il ne savait pas lancer, mais il savait causer.

— Je suis Edyon, fils du prince Thelonius du Calidor.

Il ouvrit sa veste et en sortit son pendentif en or.

— Voici la preuve de mon identité et de celle de mon père. Si vous vous en prenez à moi, c'est le Calidor que vous attaquez.

Les hommes s'arrêtèrent, l'air incertain. Le plus vieux lui répondit :

— Vous êtes recherché pour meurtre, peu importe qui est votre père.

— Je n'ai tué personne. Et mon serviteur, March, non plus. Pourtant, vous nous avez attaqués sans sommation.

— Vous vous trouvez en territoire interdit. Je n'avais pas besoin de vous donner d'avertissement, mais je vous en donne un à présent : si vous ne vous rendez pas immédiatement, nous attaquerons de nouveau. Ordonnez à votre homme de lâcher son arme.

— Pour que vous puissiez nous tuer comme vous l'avez fait avec mon autre domestique ? Je ne crois pas, non. Peut-être pourriez-vous baisser les armes en premier. En signe de bonne volonté.

Le plus vieux des hommes d'armes secoua la tête. D'épaisses cicatrices barraient sa mâchoire ; il n'avait pas l'air d'être habitué à montrer la moindre clémence.

— Certainement pas, monsieur. Je suis ici sous l'autorité du prévôt. Mais si vous êtes bien celui que vous prétendez être et que vous nous suivez sans résistance, peut-être que le prévôt fera preuve de bonté à votre égard.

— Je me fiche de la bonté du prévôt. Nous n'avons pas commis le moindre meurtre.

— Eh bien, si nous restons ainsi, nous allons tous mourir de froid.

Le chef fit un geste et les deux hommes reprirent leur progression.

March lança son harpon en direction du plus jeune, mais ce dernier fit une roulade sur le côté et l'esquiva sans peine. March saisit aussitôt le harpon laissé par Edyon. Le chef courait à présent droit sur Edyon, la lame de ses poignards scintillant sous la lumière grise. Edyon battit en retraite aussi vite qu'il le put, mais l'homme du prévôt était trop rapide. March s'interposa en brandissant son harpon en direction de l'homme d'armes. Tout se passa en un éclair.

L'homme s'écarta, mais March fit un pas de côté au même instant et le harpon s'enfonça dans le flanc de son adversaire. Emporté par son élan, il poursuivit sa course et fit tournoyer March, qui tenait toujours la hampe. Les pointes acérées s'enfoncèrent encore plus loin dans la chair et l'homme du prévôt finit par tituber avant de s'effondrer, le sang s'écoulant de ses côtes et souillant la neige immaculée.

Edyon, qui avait trébuché en arrière, eut à peine le temps de sentir une seconde de soulagement qu'il entendit un étrange cri suraigu. Il releva la tête et vit le plus jeune des deux hommes, un poignard dans chaque main, se précipiter vers March, à présent privé d'armes. Mais le cri provenait d'une silhouette rouge qui avait quitté l'orée des bois sur la droite et les chargeait plus rapidement qu'un taureau enragé.

Le démon, car cela ne pouvait être autre chose, percuta l'homme du prévôt et l'envoya valser dans les airs comme une vulgaire quille. Aussitôt l'homme retombé au sol, le démon se jeta sur lui et lui enserra la tête pour la tordre en tous sens jusqu'à l'arracher dans un craquement écœurant. Il jeta violemment la tête par-dessus son épaule dans une pluie de gouttelettes de sang. Puis il se tourna vers March et poussa un hurlement.

March resta interdit. Il n'avait aucune arme, aucune chance.

Le démon s'avança vers lui. Edyon devait faire quelque chose.

— Non ! s'écria-t-il. Non, non !

Et il courut vers la bête en battant des bras.

Le démon se tourna pour lui faire face et se relever de toute sa hauteur. Il était immense.

— Oh merde, murmura Edyon en s'arrêtant dans une glissade.

Le démon bondit sur lui. Sa vitesse était stupéfiante et Edyon sut que sa dernière heure était venue. Il se sentit tomber à la renverse tandis que la créature fendait les airs…

Avant d'être harponné en pleine poitrine.

La violence du coup le détourna de sa trajectoire et le fit retomber lourdement dans la neige juste à côté d'Edyon.

Je suis vivant ! Je suis toujours vivant !

Le démon poussa un nouveau cri, arracha le harpon de son torse et tituba.

— Et merde ! Et merde !

Edyon recula à quatre pattes, paniqué.

Un autre harpon fendit les airs depuis les arbres et frappa la bête à l'abdomen. Puis un autre se ficha de nouveau dans son torse et le renversa. Cette fois, il ne se releva pas.

— Dieu merci ! Nom de Dieu, merci !

Un colosse – *Gravell !* – surgit des bois en courant, un harpon dans chaque main, et se planta au-dessus du démon comme s'il s'attendait à ce qu'il se relève. La fille apparut à son tour. Elle débarrassa Gravell de ses harpons et il sortit un flacon de sa veste.

March s'avança pour ramasser son harpon, mais Gravell, sans le regarder, le mit en garde :

— Si tu touches à ce harpon, tu es un homme mort.

March se figea. Il tourna la tête vers Edyon, qui tentait de se relever, sans succès. Ses jambes ne lui obéissaient plus. Il venait d'échapper à la mort. À deux reprises. Et face à lui gisait un démon. Et… *Oh, bon sang !* Il respirait encore !

Gravell et la fille s'agenouillèrent à côté du corps, comme s'ils attendaient quelque chose. Une volute de fumée rose s'éleva alors de la gueule du démon et vint remplir le flacon que Gravell tenait à l'envers. La fumée se fit plus dense, passa du rose au rouge avant de virer au violet et à l'orange. Le flacon se remplit rapidement, pourtant la fumée continuait de quitter le corps du démon sans se dissiper ailleurs pour autant. On aurait dit que la bouteille aspirait la fumée.

Le flot finit par pâlir et se tarir complètement. Gravell referma le flacon avec un bouchon en liège, déposa un baiser sur le verre et le tendit à la fille. Il arracha un harpon du cadavre du démon et s'avança vers Edyon.

TASH

Plateau septentrional, Pitorie

C'ÉTAIT UN CARNAGE. Trois hommes étaient morts et Gravell marchait d'un air menaçant vers Edyon. March fit un pas de plus en direction de son harpon. Tash l'avertit :

— Si tu le ramasses, tout ce que tu vas réussir à faire, c'est énerver Gravell davantage. On veut simplement récupérer notre fumée.

— Non, grogna Gravell, je ne veux pas que ma fumée. Je veux aussi ses couilles sur un plateau.

Il pointa Edyon du doigt.

— Gravell, je les ai déjà vues, et franchement, je ne pense pas qu'elles en vaillent la peine.

— Je ne plaisante pas, ma petite. C'est un voleur. Il doit être puni.

Edyon tendit les mains en signe d'apaisement.

— Monsieur Gravell, je suis profondément désolé de vous avoir subtilisé votre fumée de démon. Si vous souhaitez me tuer, je ne pourrai vous en empêcher, mais je vous suggère d'agir vite, car je sens que mon cœur est sur le point de lâcher.

Gravell ne bougea pas d'un pouce et Edyon poursuivit son petit numéro sur le ton le plus pathétique que Tash ait jamais entendu.

— Je sais que j'ai eu tort et je me suis juré de ne plus jamais voler. Je suis un homme neuf.

— Tu veux dire que t'as abandonné le vol pour passer au meurtre, répliqua Gravell en indiquant les cadavres de Holywell et des hommes du prévôt.

— Nous ne faisions que nous défendre, monsieur. Nous ne sommes pas des brutes sanguinaires.

Edyon se mit à trembler de tout son être.

— J'aimerais réparer le tort que je vous ai causé.

Tash intervint :

— Peut-être que si tu nous rendais notre fumée, cela rassurerait Gravell sur tes intentions.

— Vous trouverez le flacon dans l'une des sacoches du poney.

Gravell renifla.

— Quel poney ?

Bien sûr, l'animal avait disparu. Tash savait pourtant qu'ils avaient une bête avec eux, ils en suivaient les traces depuis cinq jours. Gravell le savait également, mais il était bien décidé à pousser Edyon à se faire dessus.

Ce dernier jeta un regard alentour, l'air déboussolé.

— Il a dû prendre la fuite durant notre altercation, mais il n'a pu aller très loin, dit-il d'un ton geignard.

— Tash, va donc retrouver ce poney, si tant est qu'il existe. Je garde un œil sur nos deux voleurs assassins.

— Nous pouvons le rechercher ensemble, proposa Edyon.

— Tash s'en occupera toute seule. Tu peux te mettre à genoux et prier.

Tash suivit les traces de sabots et quelque cinquante pas plus loin, elle retrouva la bête occupée à se gratter paisiblement contre le tronc d'un arbre. Elle s'approcha d'un pas prudent, mais l'animal était plus épuisé qu'effrayé et se laissa caresser sans rechigner. Dans la sacoche, elle trouva le flacon. Il semblait toujours plein de fumée tourbillonnante, mais au poids, elle sentait bien qu'il n'en restait que la moitié. Elle fit la grimace, incertaine de la réaction de Gravell devant ce nouveau rebondissement.

Elle ramena le poney par la bride. Edyon et March étaient agenouillés devant Gravell, les mains en l'air. Gravell les surplombait comme une montagne, un harpon entre ses bras croisés, tandis que les deux autres étaient plantés dans le sol.

— J'ai retrouvé leur poney, dit Tash, en se sentant bête d'énoncer quelque chose d'aussi évident.

— Et la fumée ?

Tash tendit le flacon.

— Il en reste combien ?

— Euh, je dirais la moitié.

— La *moitié* ? rugit Gravell.

Edyon gémit :

— Je m'en suis servi pour soigner March, il était blessé.

— Comment ça, pour le soigner ?

— La fumée, monsieur. Je m'en suis servi pour le faire cicatriser.

— Tu n'as donc que des mensonges à la bouche, mon garçon ?

Gravell abattit la hampe de son harpon sur l'épaule d'Edyon, qui laissa échapper un cri de douleur.

March voulut se relever aussitôt, mais Gravell le frappa si fort du revers de la main qu'il se retrouva à terre, le nez ensanglanté.

— Si tu fais encore un geste sans que je t'y autorise, je t'embroche. Remets-toi à genoux.

March cracha au sol et lui décocha un regard haineux, mais s'exécuta.

Tash se précipita pour s'interposer.

— Les frapper ne nous rendra pas notre fumée.

— Peut-être pas, mais cela me fait du bien.

Il planta le manche du harpon dans l'épaule d'Edyon.

— Tu m'as volé ma fumée, tu m'as fait traverser la moitié du pays et tu m'as obligé à me frotter aux hommes du prévôt. Il va falloir me payer des réparations. Cinquante kroners pour la fumée que tu m'as volée et cinquante kroners en guise de dédommagement.

— Nous vous paierons la fumée que nous avons avalée et rien de plus, aboya March. Vingt-cinq kroners.

C'était la première fois que Tash l'entendait parler. Son accent était étrange et inédit.

— Et tu as vingt-cinq kroners ? Non pas que je considère que ce soit assez.

— Nous les trouverons.

March le dévisageait d'un air tellement mauvais que Tash craignait que Gravell ne le cogne de nouveau.

— J'ai de l'argent, j'ai de l'argent !

Edyon agita les bras.

— Certes, je n'ai pas cinquante kroners, mais vous pouvez me prendre tout ce qu'il me reste.

Il farfouilla dans son manteau pour en sortir sa bourse.

Gravell la prit et la vida par terre.

— Il n'y a même pas dix kroners, là-dedans.

Il secoua la tête.

— D'accord, d'accord. Je vous donne aussi ça.

Edyon retira la chaîne en or qu'il portait autour du cou.

— Elle vaut bien une centaine de kroners.

— Non, intervint March. Pas ça. Hors de question. Holywell avait de l'argent. Et ses poignards valent cher. Vous pouvez les prendre. Mais pas la chaîne.

Tash inspecta le bijou. Il était magnifique, mais elle savait qu'elle ne pouvait l'accepter. Elle se souvenait qu'Edyon ne l'avait pas retiré , même dans sa baignoire. Il valait à l'évidence bien plus que son poids en or. Tandis que la fumée n'avait aucune valeur sentimentale pour Gravell. L'échange aurait été injuste. Elle retourna auprès de son partenaire pour lui parler discrètement à l'oreille.

— Nous n'avons pas besoin de la chaîne. Nous pouvons refourguer les poignards à Rossarbe, on nous en donnera un bon prix. Vraiment, on fait une affaire. Nous avons les armes, ce qu'il reste de la fumée, et un nouveau flacon plein. Tu n'as même pas eu à creuser de fosse.

— Mais j'aime bien creuser la fosse.

Tash prit sur elle pour ne pas pousser un soupir d'exaspération.

— Eh bien, après Rossarbe, nous pourrons revenir ici et tu pourras creuser la plus grande fosse de ta vie.

Entre-temps, on aura mangé correctement et on aura pu se reposer grâce à l'argent de la fumée. Ensuite, on pourra retourner à Pravont pour rembourser Flint et manger autant de tourtes qu'on le voudra. Cela me semble être un beau programme d'été.

Gravell fit rouler ses épaules.

— Je prends la chaîne *et* les poignards.

— Tu m'as toujours dit de ne pas être trop gourmande.

— Je ne suis pas gourmand. Je veux lui prendre quelque chose de précieux à ses yeux. C'est soit la chaîne, soit ses couilles.

Tash leva les yeux au ciel.

— Très bien, très bien, prends donc la chaîne.

Gravell se tourna vers Edyon et March.

— C'est votre jour de chance, mes petits. Tash veut que je vous épargne. J'embarque vos poignards et ta chaîne.

— Non ! hurla March en se relevant de nouveau.

Gravell arracha l'un des harpons du sol et le frappa si durement à la tête qu'il s'effondra comme une poupée de chiffon.

— Il sait parler, le petit étranger. Dommage qu'il soit incapable d'écouter.

Tash ramassa les armes de Holywell et des hommes du prévôt. Elle n'aimait pas cela. Elle n'avait jamais volé qui que ce soit auparavant et se servir ainsi sur des dépouilles s'apparentait à du vol. Edyon, toujours à genoux, tendait sa chaîne en or à Gravell, qui la fourra dans sa veste sans même la regarder. Edyon se tourna vers March, qui gisait inconscient sur le sol.

En moins de temps qu'il n'en faut pour le dire, Tash et Gravell se mirent en marche vers l'ouest, laissant derrière eux les garçons et leur poney. Ils survivraient probablement, se dit Tash. Mais elle s'en voulait. Elle n'avait jamais éprouvé cela jusqu'à présent. Elle suivit Gravell sans un mot.

Plus tard dans l'après-midi, il se tourna vers elle pour dire :

— Tu es bien silencieuse.

Elle ne répondit pas.

Ils poursuivirent leur chemin, mais peu de temps après, Gravell s'arrêta net et lui ordonna :

— Allez, vide ton sac.

Tash s'arrêta aussi.

— Quoi ?

— Il y a un truc qui te tracasse. Crache le morceau.

— Tu le sais très bien. On n'aurait jamais dû prendre les poignards ni la chaîne. Tu me dis toujours de ne pas être trop gourmande, mais ça, c'était vraiment de la cupidité.

— Ce n'est pas de la cupidité, il fallait leur donner une leçon.

— Et se faire de l'argent dans la foulée. Comme c'est pratique. Eh bien, puisque tu es cupide, je vais l'être aussi. Le vendeur de tourtes de Dornan paie mieux que toi. Une fois qu'on en aura terminé, je vais aller bosser pour lui.

— Parce que tu crois qu'il n'est pas cupide, le vendeur ? Il est gras comme un cochon.

— Il vaut mieux vendre à manger que de piquer des poignards et des chaînes en or.

Gravell secoua la tête.

— La cupidité, c'est pareil partout. Tu veux que je te montre à quel point je m'en fiche ? Tiens !

Et il jeta par terre la chaîne et les poignards.

— Et voilà. Je n'en veux plus. Je ne voulais juste pas que ces merdeux les gardent pour eux.

Tash contempla le butin au sol.

— Alors ? Ça te va, ma petite ?

Elle aurait voulu se jeter dans ses bras, mais elle se contenta de lui sourire et de répondre :

— C'est mieux. Mais la chaîne en or appartient à Edyon. Il devrait la récupérer.

Elle se pencha pour la ramasser. Le pendentif ouvragé était d'une facture exquise. Elle remarqua la bague prise entre les torsades dorées.

— Oui, eh bien si tu suggères que je fasse demi-tour pour la lui rapporter, tu pousses le bouchon un peu trop loin.

Tash fourra la chaîne dans sa bourse vide et noua la petite poche de cuir à ses dreadlocks pour la cacher à l'arrière de son cou.

— Je trouverai bien un moyen de la lui rendre un jour.

MARCH

Plateau septentrional, Pitorie

MARCH SE RÉVEILLA DANS LE FROID avec un épouvantable mal de crâne et il lui fallut une bonne minute avant de se souvenir de ce qui s'était passé. Gravell l'avait assommé. Il toucha prudemment son cuir chevelu et sentit une grosse bosse. Ses cheveux étaient collés et humides, mais il ne saignait pas. Il se redressa pour s'asseoir.

— Vas-y doucement, lui dit Edyon. J'ai mis de la neige sur l'endroit où il t'a frappé. Je ne sais pas si c'était ce qu'il fallait faire.

— Ça ira bien, merci, croassa March.

Edyon vint s'asseoir à côté de lui. Le poney était attaché à un arbre, mais Gravell et la fille avaient disparu.

— Ils sont partis ?

— Oui, dit Edyon en lui tendant sa gourde. Ils nous ont laissé le poney. Il y a encore à manger dans les sacoches. J'étais sur le point d'allumer un feu, mais maintenant que tu es réveillé, je pense qu'on ferait mieux de partir, si tu te sens capable de marcher. Je ne sais pas si nous risquons de tomber sur d'autres démons, mais on ne peut de toute façon pas rester à côté de ces cadavres.

March se hissa sur ses pieds. La tête lui tournait un peu, mais il avait surtout froid.

— Où va-t-on ?

— Ils sont partis vers l'ouest. Je crois qu'ils se rendent à Rossarbe. En suivant leurs traces, on devrait pouvoir y arriver. Et avec un peu de chance, ils tueront tous les démons sur le chemin.

Un plan sensé. March n'avait pas de meilleure idée et revenir sur leurs pas risquait de les conduire vers d'autres hommes du prévôt.

— J'aimerais enterrer Holywell, mais nous n'avons pas de pelle et le sol est gelé, dit Edyon.

— Il s'en ficherait. Il préférerait même sans doute être laissé à l'air libre.

March vint se tenir au-dessus du corps de Holywell.

Il songea un bref instant qu'il aurait pu se trouver à sa place, une lance plantée dans le torse. Il retira l'arme et roula le corps sur le dos. Ses yeux étaient grands ouverts, leur bleu clair encore plus pâle que de son vivant. March se mit à genoux, en se demandant s'il était désormais bel et bien le dernier Abask au monde.

Edyon le rejoignit et dit :

— Je suis désolé. Je sais qu'il ne m'estimait pas beaucoup, mais aucun homme ne mérite de mourir ainsi.

March acquiesça. Il poussa un soupir et commença à inspecter le cadavre, dans l'espoir d'y trouver la moindre chose de valeur. Gravell avait déjà délesté Holywell de ses poignards et de son argent, mais il avait laissé une fine chaînette en argent autour de son cou. Le pendentif en forme de croissant de lune était un vieux symbole abask.

— On devrait peut-être faire parvenir ce bijou à ses proches ? demanda Edyon. Enfin, je ne sais pas s'il a une femme ou des enfants.

— Non, il était solitaire.

March retira la chaîne.

— Je crois qu'il aurait voulu que j'en hérite. Je la rapporterai en Abask pour lui, et je l'enterrerai là-bas.

— C'est une bonne idée. C'était un homme dur, mais je suis sûr qu'il aurait apprécié ce geste. Il va te manquer ?

March hocha la tête.

— C'était un véritable Abask. Nous étions frères. Oui, il va me manquer.

Et que suis-je censé faire maintenant, mon frère ? Que faire du fils du prince ? Cet homme qui a soigné mes blessures ? Cet homme qui me fait confiance. Cet homme pour qui je ressens…

March se frotta vigoureusement le visage. Holywell avait emporté ses plans dans la tombe. March savait seulement qu'ils étaient censés embarquer à Rossarbe pour ramener Edyon au Brégant. Mais sur quel navire ? En direction de quel port ? Et qui était ce maître que Holywell avait évoqué ? Toutes ces informations étaient à jamais perdues. March avait besoin d'un nouveau plan.

Si une chose n'avait pas changé, c'était la température glaciale du Plateau. Ils devaient rallier Rossarbe au plus vite. Il aurait le temps de réfléchir à la suite durant le chemin.

Il ne pouvait en revanche plus rien faire pour Holywell. Il ne voulait même pas couvrir son visage ou fermer ses yeux. Holywell aurait sans doute préféré pouvoir continuer à contempler le ciel.

— Vous avez raison, Votre Altesse, il nous faut partir. Gravell doit probablement se déplacer rapidement.

Il jeta un bref coup d'œil autour de lui pour voir s'il fallait emporter quelque chose de plus. Il alla inspecter le démon. Même mort, il restait magnifique avec sa robe rouge et orange.

— Il est beau, n'est-ce pas ? dit Edyon en venant se poster à côté de March. J'ai bien cru que j'allais mourir.

Edyon avait pris un ton sérieux.

— Je n'ai jamais… Enfin, jusque-là, je voyageais avec ma mère pour acheter et vendre des meubles. Tout cela est nouveau pour moi.

— J'ai passé presque toute ma vie au service d'un prince, à lui servir du vin et à faire couler son bain. C'est nouveau pour moi aussi.

March hésita, puis finit par dire :

— Vous avez distrait le démon. Il m'aurait tué si vous n'étiez pas intervenu. C'était très courageux de votre part. Merci, Votre Altesse… Edyon.

Le sourire qu'esquissa Edyon réchauffa le cœur de March.

— Je suis certain que tu en aurais fait autant à ma place. Après tout, tu as bien tenu tête à Gravell, même si cela n'a pas fait une grande différence.

March n'était pas certain qu'il aurait agi comme Edyon si leurs rôles avaient été inversés. Mais il n'avait pas supporté que Gravell prive Edyon de la chaîne et du sceau du prince, ces preuves de son identité. March ne connaissait que trop bien la douleur d'être coupé de son propre passé.

— Ramassons un peu de bois pour le feu. Nous en aurons besoin tout à l'heure.

March conduisit le poney jusqu'à la clairière où il avait fait tomber les branches. L'endroit paraissait quelque peu différent. La lueur rouge avait disparu, mais la terre était toujours chaude.

Comme Edyon l'observait, il précisa :

— Je crois que le démon venait d'ici. Je ne sais pas d'où il est sorti exactement. Il y avait une lueur rouge. Elle a disparu à présent.

— Tu ne crois pas qu'il y en a d'autres, là-dessous ?

March haussa les épaules.

— J'imagine qu'ils vivent en solitaire. Il a beau être fort et adroit avec son harpon, Gravell ne chercherait probablement pas à en affronter plus d'un à la fois.

— Je ne croyais pas vraiment aux démons, dit Edyon. Même lorsque j'avalais leur fumée, je refusais d'y croire. Ils me semblaient bien trop extraordinaires. Et même après en avoir vu un de près, je ne sais toujours pas quoi en penser.

— C'est parce qu'ils viennent d'un autre monde. De là-dessous.

Ils ramassèrent le bois mort et se mirent en route d'un bon pas. La bosse de March avait gonflé et le froid était toujours aussi mordant, mais il était certain qu'en suivant les traces de Gravell, ils parviendraient à Rossarbe. Ils seraient peut-être gelés et affamés, mais cela n'avait rien d'insurmontable.

En revanche, que faire ensuite ?

Il pouvait conduire Edyon au Brégant et tenter de le livrer lui-même à Aloysius, mais… pouvait-il vraiment faire une chose pareille à présent ?

Il lui avait sauvé la vie. La soif de revanche de March envers Thelonius n'avait pas faibli, mais trahir un homme qui avait risqué sa vie pour sauver la sienne n'était pas juste. Non, il ne pouvait pas jeter Edyon en pâture à Aloysius.

Alors quoi ?

Peut-être que réunir Edyon et son père était la meilleure vengeance possible contre Thelonius : le grand guerrier héritant d'un fils qui ne savait pas se battre. Mais March savait qu'il se montrait encore une fois injuste vis-à-vis d'Edyon. Il était plus courageux et plus intègre que bien des seigneurs qu'il avait pu côtoyer.

March n'était pas comme Holywell. Il ignorait tout du monde, lui qui n'avait jamais quitté le Calidor. Il n'avait pas d'amis, personne à qui demander de l'aide. March sentit la chaîne sertie du croissant de lune dans le creux de son gant. Il adressa une promesse à Holywell.

Je suis désolé, mon frère. Je ne peux trahir Edyon. Mais je nous vengerai de Thelonius, en ton nom et au nom de tout l'Abask. Je ferai honneur à notre peuple.

CATHERINE

Tornia, Pitorie

En résumé : évitez la capture par tous les moyens.

La Guerre et l'Art de la gagner,
M. Tatcher

— PRENEZ VOS AFFAIRES. NOUS PARTONS, dit Catherine à ses servantes tandis qu'elle entrait dans ses appartements.

Ambrose et Catherine avaient quitté l'antichambre du roi Arell et traversé à la hâte le château plongé en plein chaos. Sir Rowland était parti de son côté pour faire seller des chevaux.

Tanya et Jane avaient fermé la porte à double tour, ce qui avait obligé Ambrose à tambouriner à trois reprises avant qu'elles ne daignent l'ouvrir. À présent elles se trouvaient dans le boudoir, livides.

— Mais où, Votre Altesse ? demanda Jane. Pas au Brégant, tout de même ?

— Non, jamais nous ne remettrons les pieds là-bas, répondit Catherine. Boris et ses hommes ont attenté à la vie du roi et ont tué plein de seigneurs. Le roi est gravement blessé. Nous sommes en danger. Ambrose va nous conduire dans le Nord rejoindre le prince Tzsayn. Il nous protégera.

Mais comment en être sûre ? Son propre père a été poignardé par les hommes de mon frère…

Catherine s'efforça de chasser ses doutes au moment où retentit la question qu'elle redoutait.

— Où est Sarah ?

L'espace d'un instant, elle ne sut trouver les mots. Puis elle se résigna, la voix brisée.

— Les hommes de Boris l'ont tuée.

Jane plaqua les mains sur sa bouche.

— Mais… Mais pourquoi ont-ils fait une chose pareille ?

Ambrose secoua la tête.

— Parce qu'ils ne se soucient pas des autres.

— Parce que ce sont les hommes de Boris, surenchérit Tanya d'une voix furieuse. Et ceux de Noyes aussi, sans doute.

— Ce sont tous des soldats de mon père. C'est lui qui est à l'origine de toutes ces tueries. Mais nous ne sommes plus sous sa coupe et nous ne sommes plus du côté du Brégant. Nous sommes avec la Pitorie maintenant. Avec le roi Arell et le prince Tzsayn, et c'est bien mieux ainsi.

Elle le croyait sincèrement. Il le fallait bien.

— Et c'est pourquoi nous devons retrouver le prince. Nous n'avons pas le temps de nous lamenter. Nous devons nous montrer fortes. C'est ce que Sarah aurait voulu.

Tanya et Jane se mirent aussitôt au travail et préparèrent des petits paquetages de vêtements pour elles et Catherine. Catherine s'assura d'emporter ses bijoux. Sans le moindre argent à sa disposition, elle savait qu'il lui faudrait une monnaie d'échange durant leur voyage.

Quelques instants plus tard, sir Rowland fit son retour en compagnie d'un homme aux cheveux blancs et de l'un des gardes du prince restés pour assurer la protection de la princesse.

Sir Rowland présenta les deux hommes :

— Geratan et Rafyon vont nous aider à quitter la capitale et à rejoindre le prince dans le Nord.

Rafyon s'inclina et rassura Catherine :

— Nous vous accompagnerons partout, Votre Altesse. Le prince Tzsayn nous a ordonné de vous protéger et vous n'êtes plus en sûreté ici. Vous pouvez compter sur moi, mes neuf hommes, Geratan et sa troupe.

L'homme aux cheveux blancs s'avança. Il étant grand, musclé et élancé. Catherine le reconnut sans mal, c'était l'un des danseurs qui l'avaient accompagnée durant sa tournée. Il lui adressa une révérence élégante.

— Nous avons teint nos cheveux pour montrer notre allégeance, Votre Altesse. Nous avons toujours les cheveux blancs, nous sommes toujours vôtres.

Catherine n'en revenait pas :

— Vous savez pourtant que Boris, mon propre frère, a tué maints Pitoriens ?

Geratan acquiesça.

— Nous le savons, Votre Altesse. Et nous savons également que le prince Boris est cruel et orgueilleux. Nous avons amplement eu le temps de le constater durant notre voyage. Tout comme nous avons appris à vous connaître et à voir votre bonté envers notre peuple et votre intérêt pour nos coutumes. Nous savons que vous n'êtes pas comme votre frère. Le prince Tzsayn souhaite vous voir sauve et nous aussi.

Catherine sentit les larmes lui monter aux yeux, mais cette fois, de gratitude.

— Cependant, intervint sir Rowland, tout le monde est à présent au courant que Boris est responsable de la tuerie et certains seigneurs commencent à dire que vous êtes probablement complice. En l'absence du prince, c'est lord Farrow qui a pris le commandement. Pour le moment, il a seulement décidé de vous interdire, à vous et à vos demoiselles, de quitter la ville. Mais si le roi venait à succomber de sa blessure, Farrow se chargera de faire justice lui-même sans attendre le retour de Tzsayn.

— Farrow me hait. Il m'a toujours considérée comme une Brégantine assoiffée de sang.

Ses pires craintes se réalisaient, mais au moins était-elle confortée dans son projet de quitter Tornia.

— Nous sommes prêtes à partir.

Rafyon hocha la tête.

— Parfait. Des chevaux nous attendent à l'extérieur du château. Il existe un tunnel, connu de peu de monde. Le prince l'utilise à l'occasion pour se soustraire aux regards de la cour lorsqu'il se sent… indisposé.

Catherine se fendit d'un sourire.

— Lorsqu'il s'ennuie, vous voulez dire ? Cela me semble parfait.

— Il nous faut agir vite. Je prends la tête, Geratan surveillera nos arrières.

Tanya revêtit Catherine de sa cape puis elle et Jane prirent leurs sacs. Catherine jeta un dernier regard à sa chambre, en se demandant si elle y reviendrait un jour. Même dans cette précipitation, l'ironie de la situation ne lui échappait pas. Elle qui avait si longtemps redouté sa rencontre avec Tzsayn, voilà maintenant qu'elle se pressait pour le retrouver. C'était la seule façon de garantir sa sécurité, ainsi que celle de ses servantes.

Ils se mirent en route, non pas comme des voleurs, comme l'avait imaginé Catherine, mais d'un pas rapide et décidé, en traversant salons et portes dérobées pour emprunter les couloirs les plus tranquilles. Ils ne croisèrent que deux domestiques, qui eurent le bon sens de s'écarter.

Ils arrivèrent à la terrasse où Catherine avait parlé pour la première fois avec Tzsayn. La scène s'était déroulée seulement deux jours plus tôt, et pourtant cela lui paraissait remonter à une éternité. Une fois à l'extérieur, Rafyon partit en éclaireur. Ils attendirent en silence. Ambrose se tenait tout près de Catherine, prêt à faire rempart de son corps. Elle n'était pas certaine que ce soit nécessaire, mais elle ne pouvait nier que cette proximité lui était très agréable. Tanya et Jane se tenaient la main, pâles de terreur. Catherine leur signa « fortes » et Tanya fit un effort pour sourire.

Rafyon réapparut à l'autre bout de la terrasse. La voie était libre. Ils avancèrent, cette fois plus hâtivement, courant presque dans les allées de la roseraie jusqu'aux jardins aux fontaines. Là, des marches abruptes les menèrent jusqu'à une porte en bois cachée derrière les branches d'un grand buisson. Sir Rowland passa le premier et Ambrose saisit

Catherine par la main pour la conduire dans l'obscurité du tunnel. Rafyon alluma une lanterne, mais hormis une faible lueur indiquant à quel point le plafond de pierre était bas, elle ne les aida pas vraiment à trouver leur chemin. Par chance, le sol était égal, et même pavé, semblait-il, et descendait en pente douce.

Catherine trébucha sur l'une des bottes d'Ambrose.

— Ce serait plus simple si nous marchions côte à côte, dit-il.

Il passa son bras autour de son épaule pour la ramener contre lui. Catherine ne s'était jamais trouvée aussi proche d'un homme auparavant et son rythme cardiaque s'accéléra encore.

Après quelques minutes, ils débouchèrent dans une allée pavée. Sir Rowland se retourna et parut surpris de voir Ambrose enserrer Catherine. Mais il n'eut pas le temps de dire quoi que ce soit qu'Ambrose repoussait la princesse brusquement en poussant un cri d'alarme.

Deux hommes vêtus de noir de la tête aux pieds bondirent depuis un mur, l'un fondant sur Rafyon et l'autre sur Ambrose. Les quatre guerriers roulèrent au sol en une lutte confuse. Catherine se plaqua contre le mur à l'entrée du tunnel, en reculant vers Tanya et Jane. Sir Rowland sortit une longue dague de sa veste et, avec une vitesse et une force étonnantes, poignarda l'homme avec lequel Ambrose se débattait.

Rafyon roula sur le flanc, son agresseur se releva, vit que son camarade était mort et courut pour escalader le mur dont il avait sauté. Il se retourna pour faire face à Catherine et lui décocha l'un de ses couteaux de lancer. Tanya tira violemment Catherine en arrière et la lame tinta contre le mur en pierre. Puis elle entendit un cri de douleur. Du coin de l'œil, elle vit que sir Rowland était tombé à genoux.

Catherine s'agrippa à Tanya et Ambrose la rejoignit aussitôt, les yeux écarquillés.

— J'ai cru qu'il vous avait…

— Mais et sir Rowland ?

Rafyon, qui tenait le corps de l'ambassadeur, releva les yeux vers Ambrose et secoua la tête. Catherine vint s'agenouiller auprès de lui pour lui prendre la main, mais son regard était déjà figé et vitreux.

Rafyon reporta son attention sur le mur.

— L'un d'entre eux s'est échappé, Geratan. Essaie de le rattraper. Nous t'attendons ici.

Geratan acquiesça, gravit rapidement le mur et disparut.

Ils attendirent en silence. Jane sanglotait dans les bras de Tanya. Catherine resta auprès de la dépouille de sir Rowland. Encore une vie perdue. Un homme bon et sage emporté par la folie destructrice de son père.

Geratan reparut en se laissant tomber avec souplesse du haut du mur.

— Je l'ai aperçu au loin, mais je n'ai pas pu le rattraper. Il a filé pour de bon.

Rafyon se tourna vers Catherine.

— Nous devons poursuivre. Nous ne sommes plus très loin des chevaux. Je suis désolé, mais nous devons abandonner le corps de sir Rowland ici. Nous ne pouvons plus rien faire pour lui.

Catherine hocha la tête. Le temps du deuil viendrait plus tard. Ambrose lui reprit la main et ils se remirent à courir derrière Rafyon. Les allées et les ruelles se succédaient, et chaque tournant la désorientait un peu plus. Catherine sentait que son cœur était sur le point d'exploser sous l'effort, mais elle tint bon et ils finirent par déboucher dans une cour où se trouvaient les chevaux.

Des hommes les attendaient, une moitié ayant les cheveux bleus et l'autre moitié arborant le blanc de Catherine. Ambrose la prit carrément dans ses bras pour lui faire parcourir les dix derniers pas et la faire monter en salle. Par-dessus son épaule, elle constata qu'ils étaient à présent bien loin de l'enceinte du château en apercevant la silhouette distante du plus haut donjon.

Ambrose enfourcha sa monture d'un bond.

— Restez près de moi, Votre Altesse. Nous ne nous arrêterons pas.

Il éperonna aussitôt son cheval.

Catherine jeta un rapide coup d'œil alentour. Jane et Tanya étaient déjà en selle, aussi Catherine s'élança-t-elle à son tour derrière Ambrose. Le fracas des sabots résonnait sur les pavés tandis que leur escorte intimait aux passants de s'écarter de leur chemin.

Catherine était épuisée. Elle qui était pourtant bonne cavalière n'avait pas l'habitude de galoper à une telle allure. Tanya et Jane n'avaient pas émis la moindre plainte, mais elles devaient certainement souffrir autant qu'elle. Les soldats s'étaient employés à leur remonter le moral en offrant quelques conseils : « Essayez de détendre vos épaules » ou encore « Ne serrez pas les rênes si fort ». La timide Jane avait gardé le silence, mais Tanya avait fini par discuter avec l'un des gardes aux cheveux bleus. Elle avait été sincèrement déçue d'apprendre que les hommes ignoraient le nom de son cheval, aussi avait-elle décidé de le baptiser Boris. L'un des soldats avait éclaté de rire :

— Mais c'est une jument !

— Oui, mais si je l'appelle Boris, je m'en voudrai moins de lui flanquer des coups de talon.

Ce ne fut qu'à minuit passé que Rafyon ordonna une halte. Fourbus, les fugitifs mirent pied à terre et eurent à peine assez d'énergie pour allumer un petit feu de camp et partager quelques morceaux de pain.

Après quoi Catherine, Jane et Tanya s'allongèrent les unes contre les autres pour se reposer. Catherine jeta un œil vers Ambrose, qui capta son regard, mais préféra se tourner vers Rafyon pour lui répondre. Catherine les observa discuter. Les cheveux d'Ambrose dissimulaient à moitié son visage, qui semblait figé en un masque de sérieux avant qu'une phrase de Rafyon ne le fasse soudain sourire.

Catherine ferma les yeux à contrecœur. Elle ne devait pas épier ainsi Ambrose. Après tout, elle était en route pour rejoindre Tzsayn. Mais malgré leur fuite éprouvante, Catherine ne parvenait à trouver le sommeil. La mort de sir Rowland, ces assassins en noir qui l'attendaient là… à moins qu'ils n'aient été destinés à Tzsayn ? Elle était persuadée que Noyes se cachait derrière cette embûche. L'homme mort faisait partie de sa clique et découvrir l'existence du tunnel secret pour y tendre une embuscade était bien plus dans son style que dans celui de Boris.

Ne voulant plus y penser, elle attendit silencieusement le sommeil, écoutant d'une oreille distraite le récit que faisaient les hommes de l'attaque du château et de leur évasion. Elle était sur le point de sombrer lorsque l'un des soldats de Rafyon s'exclama :

— Sir Ambrose ! Il paraît que vous êtes pratiquement le guerrier ultime ! Pourtant, nous voyons bien que vous souffrez d'un défaut majeur.

Ambrose demanda :

— Et lequel est-ce ?

Des huées bon enfant, comme s'il était censé connaître la réponse. Catherine se raidit, en redoutant qu'on lui reproche d'être brégantin.

— Mais oui, les gars, quel est son problème ? harangua Rafyon.

D'une seule voix, tous répondirent :

— Il n'a pas les cheveux bleus !

Catherine sourit et s'endormit.

AMBROSE

Route de la côte ouest, Pitorie

Au deuxième jour de route, ils atteignirent le premier barrage au nord de Tornia. Les soldats se mirent en formation pour que Catherine et ses demoiselles soient protégées de toutes parts et Ambrose et Rafyon partirent en éclaireurs pour en apprendre davantage. Il présumait que le barrage était destiné à arrêter Boris, même si, en réalité, il ne payait pas de mine. Deux hommes seulement pour garder la barrière, qui n'était rien de plus qu'un long morceau de bois posé sur deux tréteaux. L'un des gardes était teint en rouge écarlate, la couleur des hommes du prévôt.

Il salua Rafyon et expliqua sa présence :

— Nous contrôlons tous les voyageurs à destination du Sud, monsieur. L'un des nôtres a été assassiné à Dornan il y a quelques jours.

— Le prince Tzsayn est-il passé par là ?

— Hier, monsieur. Avec une large escorte. Un bien beau spectacle. Ils avançaient à vive allure.

— Et nous devons en faire autant.

— Monsieur, me permettez-vous une question ? Ces hommes aux cheveux blanchis, je ne suis pas certain de savoir quel seigneur ils servent.

— C'est le blanc de la princesse Catherine de Pitorie, la future épouse du prince Tzsayn et votre future reine.

L'homme du prévôt décocha un regard en direction du convoi, et Ambrose l'imita. La petite silhouette de Catherine se dressait fièrement sur son cheval. Elle n'avait jamais paru aussi forte et digne. Elle avait beau être accablée de fatigue et de soucis, elle n'en laissait rien deviner.

Des nouvelles de l'invasion leur parvinrent plus tard dans la journée, colportées par des voyageurs venus du Nord. Une immense armée brégantine, forte de plusieurs milliers d'hommes, avait traversé la frontière, dispersé les quelques poches de résistance pitoriennes et marchait sur Rossarbe. Ambrose savait que les Brégantins ne feraient preuve d'aucune pitié pour qui que ce soit : ils ne vivaient que pour la gloire du combat et méprisaient les prisonniers.

Catherine garda les yeux fermés un instant avant de dire :

— Tout ce temps, j'ai entretenu l'espoir que ce ne soit qu'une terrible méprise, mais c'est donc vrai. La Pitorie et le Brégant sont en guerre.

Ambrose acquiesça.

— J'ai passé ma vie à m'entraîner pour me battre au nom du Brégant. Et maintenant… je risque bien de me battre contre lui.

— T'en sens-tu capable ? D'affronter tes propres compatriotes ?

Ambrose demeurait incertain.

— Le Brégant reste le pays de mon père et de mon frère. Mais ce n'est plus le mien.

Il se tourna vers Catherine.

— Je n'y ai plus ma place.

Catherine soutint son regard.

— Je sais parfaitement ce que tu ressens.

— Ma seule certitude est que j'ai juré de vous protéger, et c'est ce que je ferai. Je veillerai à ce que vous parveniez saine et sauve auprès de Tzsayn.

Mais ensuite ? Il était clair que le prince n'aurait aucune envie de le garder dans les environs, et il ignorait ce que Catherine désirait réellement. Elle tenait à lui, il en était certain, mais que pouvait-il bien lui offrir ? Rien en comparaison de ce que le prince de Pitorie possédait.

Ils avancèrent un long moment en silence avant que Catherine ne prenne la parole :

— Je dois te dire quelque chose. J'ai beaucoup réfléchi aux intentions de mon père quant à cette invasion. Je pense que ta sœur avait peut-être découvert une partie de ses plans.

Ambrose répondit sans réfléchir :

— Elle était au courant de la présence des garçons à Fielding, et eux-mêmes savaient que l'invasion aurait lieu.

— Comment ? Quels garçons ?

Ambrose exposa les doutes qu'il avait eus au sujet de l'exécution d'Anne et lui résuma l'enquête qui l'avait conduit jusqu'au camp des adolescents de Fielding.

— Mais pourquoi pensez-vous qu'Anne savait quelque chose ?

— Elle m'a adressé un message avant d'être exécutée. Trois signes. Je n'ai pas pu voir le dernier correctement, mais les deux premiers signifiaient « fumée de démon » et « garçon ». Sais-tu quel aurait pu être le troisième ?

Ambrose fit non de la tête.

— « Garçon » renvoie forcément aux adolescents de Fielding. Mais « fumée de démon » ? Est-ce que cela existe seulement ?

— Mon père en a acheté. Je pense que ce n'est pas une simple légende, même si j'ai toujours du mal à croire à l'existence de démons.

— En tout cas, Anne devait certainement avoir découvert quelque chose, d'où sa présence à Fielding. Cette exécution n'était rien d'autre qu'un assassinat. Aloysius l'a tuée parce qu'elle savait.

— Mais sa mort n'aura pas été vaine, Ambrose. Elle m'a transmis ce message. Grâce à elle, tu t'es rendu à Fielding et tu as pu nous prévenir de l'invasion.

— Maigre réconfort.

— En effet.

Elle se pencha en avant pour poser la main sur son bras.

— J'aurais aimé connaître lady Anne.

Ambrose sourit, les yeux embués de larmes.

— Moi aussi, j'aurais aimé que vous la connaissiez.

La seconde nuit, ils séjournèrent dans une auberge, payée avec l'une des boucles d'oreilles en saphir de Catherine. Le bijou valait probablement plus que le bâtiment tout entier, mais Catherine n'en avait cure.

— Veillez à ce que tout le monde soit convenablement nourri, y compris les chevaux. Et pensez aux vivres pour demain, ordonna-t-elle avant de disparaître dans sa chambre avec ses servantes.

Ambrose prit son quart et patrouilla autour de l'établissement. Personne ne les avait rattrapés depuis Tornia, il leur était donc impossible de savoir si le roi Arell avait survécu ou si lord Farrow avait pris sa succession et envoyé des hommes à leur poursuite, mais Rafyon et Ambrose s'accordaient à dire qu'il valait mieux ne prendre aucun risque.

La troisième nuit, ils campèrent à l'écart de la route. Tandis que le repas du soir cuisait, Tanya et Jane allèrent s'asseoir parmi leurs compagnons de voyage. Catherine se tenait un peu à l'écart et Ambrose la rejoignit.

— Nous arriverons à Rossarbe demain, annonça-t-il.

— Tu nous y auras conduits avec soin, Ambrose.

— Je dois bien avouer que cela ne m'enchante guère. L'armée de votre père a progressé rapidement. Nous allons nous retrouver bien plus près des combats que je ne l'escomptais. Mais c'est à Rossarbe que se trouve votre époux.

— Le prince Tzsayn n'est pas... Nous ne sommes que fiancés, mais...

Catherine détourna le regard.

— Tzsayn m'a libérée de mes obligations. Il dit toujours vouloir m'épouser, mais seulement si je le souhaite aussi.

Ambrose eut du mal à cacher sa surprise.

— Et le souhaitez-vous ?

— C'est un homme honorable. Je dois avouer... que je l'apprécie. Et que je l'admire.

— Cela ne répond pas à ma question.

Ambrose entendit la dureté contenue dans sa voix et s'en voulut aussitôt. Mais il détestait encore plus l'idée que Catherine puisse ne serait-ce qu'*apprécier* Tzsayn.

L'honorable Tzsayn. L'admirable Tzsayn. Ce prince et sa vilaine manie de tout faire à la perfection.

— Il me faut y réfléchir. Toute ma vie, on m'a répété que j'épouserais l'homme que mon père m'aurait désigné. Et voilà que je me retrouve avec la liberté de choisir. C'est un bien étrange sentiment. Et en vérité, je ne suis pas certaine de me sentir véritablement libre. Une guerre vient d'éclater et j'ai fui lord Farrow.

Elle marqua un silence.

— Mais si je pouvais réellement choisir…

Elle rougit et baissa les yeux avant de les relever pour rencontrer ceux d'Ambrose.

— … je ne connais personne de plus honorable et de plus sincère que toi, Ambrose.

— Vous me choisiriez… moi ?

— Il n'y a personne d'autre qui… Enfin, avoir passé ces derniers jours en ta présence m'a vraiment… Oh, bonté divine, comme il est difficile de parler d'amour !

— D'amour ?

Ambrose en avait perdu ses mots. Sans réfléchir, il saisit délicatement sa main et déposa un baiser sur le bout de ses doigts. Il les embrassa un à un, brûlant de désir de remonter le long de son bras jusqu'à son cou, jusqu'à ses lèvres.

Catherine retira sa main.

— Je t'en prie, Ambrose.

Il la contempla.

— Il est difficile de parler d'amour, j'en conviens. Embrasser est plus aisé.

— Vraiment ?

Et Catherine prit à son tour sa main pour en embrasser le dos. Puis chaque doigt.

Ambrose se pencha alors à son oreille pour lui murmurer :

— Il n'est personne d'autre que j'aime que vous, et jamais je n'en aimerai une autre.

CATHERINE

Rossarbe, Pitorie

Honneur et fidélité.

Devise de la troupe du prince

À MESURE QU'ILS APPROCHAIENT DE ROSSARBE, ils croisaient un nombre croissant de gens fuyant vers le Sud, tous porteurs de nouvelles de plus en plus inquiétantes. La meilleure était que Tzsayn avait atteint Rossarbe et avait entrepris de la fortifier ; la pire, que l'armée d'Aloysius s'était durablement installée sur le sol pitorien et qu'elle brûlait et massacrait tout sur son passage.

Catherine ne comprenait pas pourquoi son père agissait de la sorte. Le pays qu'elle traversait actuellement était pauvre : quelques maisonnées et hameaux éparpillés, de maigres champs. Venait-il seulement pour les démons ? Ou bien était-il lui-même une sorte de démon, en quête de destruction pour le simple plaisir d'infliger de la souffrance ?

Rafyon vint se placer à ses côtés.

— Nous atteindrons bientôt la côte, Votre Altesse, de là vous pourrez voir Rossarbe. C'est un port de pêche. La vieille ville est cernée par un mur d'enceinte et compte un petit château. Si la cité venait à être attaquée, nos troupes barricaderaient les rues et se retrancheraient derrière la muraille. S'il leur est impossible de tenir la ville, ils se replieront dans le château. J'y ai été stationné, fut un temps. Ce n'était pas l'une de mes affectations les plus trépidantes.

Catherine esquissa un sourire sans joie.

— J'ai bien peur que notre visite ne change la donne.

Tandis que la route se mettait à longer la côte, la fine brume maritime se transforma en un épais brouillard. Bien vite, Catherine fut incapable de voir à plus de vingt pas. L'air était comme figé, pourtant elle aurait juré avoir aperçu une silhouette sombre traverser la route en courant. Puis une autre. Et encore d'autres. Catherine essaya de déterminer leur identité à la couleur de leurs cheveux avant de se rendre compte que les hommes portaient des casques.

Des casques brégantins.

L'espace d'un instant, le brouillard se dissipa et Catherine put distinguer une pléthore de barques échouées sur la plage déversant des dizaines, peut-être même des centaines de soldats.

— Des Brégantins ! s'écria-t-elle en les pointant du doigt.

Ambrose étouffa un juron.

— Ils profitent du couvert du brouillard pour établir une tête de pont sur la plage et isoler la ville. Les soldats de Rossarbe ne sont peut-être même pas au courant du débarquement. Nous devons les avertir.

La trouée dans le brouillard avait aussi bien dévoilé la présence des Brégantins que celle de la troupe de Catherine. Certains soldats ennemis couraient déjà à leur rencontre.

Ambrose sortit son épée de son fourreau.

— Peu importe ce qu'il adviendra, chevauchez aussi vite que possible vers Rossarbe, Votre Altesse. Ne regardez pas en arrière.

Catherine pressa sa monture, mais toujours plus de Brégantins envahissaient la route devant elle. Ambrose s'élança au galop en frappant de taille à gauche et à droite pour leur frayer un passage, mais son cheval s'effondra dans un hennissement, une lance plantée dans le cou.

Il roula au sol pour se dégager et hurla :

— Ne vous arrêtez pas ! Foncez !

Catherine galopa à travers le passage qu'il avait ménagé, flanquée de Tanya et Jane, ses arrières assurés par Rafyon et

Geratan. Elle jeta un œil par-dessus son épaule et vit qu'un homme se précipitait sur Ambrose, avant de les perdre de vue dans la brume épaisse.

Étranglée par la peur, elle éperonna son cheval. Au loin, elle devinait la silhouette grise d'une bâtisse en pierre. Où était-elle ? Était-ce Rossarbe, devant elle ? Son cheval ralentit à un trot chancelant, épuisé. Catherine regarda alentour, mais la purée de pois qui l'enveloppait était si dense qu'elle ne pouvait voir ni ses demoiselles, ni ses gardes, ni Ambrose.

Son cheval s'arrêta face au mur et frissonna. Il n'acceptait même plus de tourner, aussi mit-elle pied à terre et se précipita-t-elle en criant à l'aide.

Une tête aux cheveux bleus apparut au-dessus du rempart.

— Sonnez l'alarme ! cria-t-elle. Les Brégantins sont sur la plage, ils arrivent !

Elle n'entendit qu'une volée de jurons en retour, puis le grincement de la grande porte en bois qu'on ouvrait. Une cohorte de soldats sortit de l'enceinte pour se précipiter vers la plage. Seraient-ils assez nombreux pour repousser les Brégantins ?

Mais où étaient ses hommes ? Ambrose ? Tanya et Jane ?

Le fracas des combats lui parvenait au loin et semblait s'atténuer, mais il s'agissait peut-être d'une illusion causée par le brouillard. Elle resta là durant ce qui lui parut une éternité, le cœur tambourinant dans sa poitrine, à attendre que la brume se dissipe totalement pour lui révéler la scène.

Des chevaux erraient çà et là, quelques hommes se tenaient debout, mais le sol était pour l'essentiel jonché de cadavres. La première personne qu'elle reconnut fut Tanya, qui tituba vers elle, une épée ensanglantée à la main. Puis elle vit les hommes de Rafyon. Tous étaient maculés de sang. L'un d'eux s'approcha de Tanya et lui retira délicatement son arme des mains avant de la laisser s'effondrer en sanglots sur son épaule. Rafyon fit ensuite son apparition, menant son cheval par la bride en boitant. Derrière le cheval, une autre silhouette que Catherine reconnut immédiatement.

Elle voulut s'élancer vers Ambrose avant de se ressaisir. Il semblait épuisé, mais indemne. Elle se tourna vers Rafyon.

— Est-ce tout ce qui reste de notre groupe ?

Elle ne voulait pas poser la question à voix haute, mais finit par s'y résoudre :

— Où est Jane ?

L'un des hommes lui répondit :

— Je suis désolé, Votre Altesse. Elle a été atteinte par une flèche et a chuté de son cheval.

— Se pourrait-il qu'elle soit encore en vie ?

— J'ai vérifié.

Il secoua la tête.

— Je suis désolé, ajouta-t-il.

Catherine était estomaquée. D'abord Sarah et maintenant Jane. La douce et gentille Jane. C'était pour suivre Catherine qu'elles étaient venues en Pitorie, et elles y avaient perdu la vie. Il ne restait plus qu'elle et Tanya. Sa servante vint la rejoindre sans prononcer un mot et Catherine ne sut quoi lui dire. Elle aurait voulu se rouler en boule par terre, mais elle devait se montrer brave. Elle lui prit la main et la serra fort.

— Les Brégantins se sont repliés sur la plage, dit Rafyon. Nous devons nous occuper de nos blessés au plus vite et nous trouverons le corps de Jane. Vous devriez vous rendre au château, Votre Altesse. Si cela peut vous consoler, notre présence a été décisive. Sans nous, les Brégantins auraient bien pu s'emparer de la ville par surprise.

Était-ce là une pensée réconfortante ? En partie. Mais Catherine aurait voulu que tous soient en vie pour la partager.

— Je n'irai nulle part tant que nous ne saurons pas où sont les nôtres.

Treize hommes et Tanya se tenaient face à elle, ce qui signifiait que six manquaient encore à l'appel.

Rafyon acquiesça. Il ordonna à ses hommes de fouiller rapidement le champ de bataille. Tous semblaient éreintés, mais ils se dispersèrent pour inspecter les corps. Ambrose et Geratan restèrent auprès de Catherine et Tanya.

— C'était ma première bataille, dit Catherine d'une voix distante.

— Pour moi aussi, répondit Geratan.

— Pour moi également, dit Jane. Et la dernière, je l'espère.

Catherine en doutait fortement.

Les hommes firent leur retour avec la dépouille de Jane. Ils avaient également retrouvé un autre de leur camarade, qui ne passerait probablement pas la nuit. Les autres étaient morts.

— Nous devrions partir rejoindre Tzsayn, suggéra doucement Ambrose. Nous ne sommes pas en sûreté ici.

Catherine hocha la tête et Rafyon ouvrit la marche à travers la grande porte de Rossarbe jusqu'au château. Les rues pavées étaient froides et humides même si le soleil brillait à présent. Bientôt, elle retrouverait Tzsayn, ce qui signifiait perdre Ambrose. Mais en serait-il forcément ainsi ? Elle l'ignorait. Elle ne pouvait pas se permettre d'y penser pour le moment. Son esprit était encore abasourdi, assailli de pensées qu'elle ne parvenait pas à mettre en ordre.

Ils passèrent à travers une solide barricade de fortune faite de portes et de tables. Une fois l'obstacle franchi, Catherine eut la surprise de voir des habitants portant quelques maigres possessions se diriger vers le petit château de pierre grise au centre de la ville.

— Je croyais que la plupart des gens avaient fui, murmura-t-elle.

— Certains ont préféré se réfugier dans le Sud, répondit Ambrose, mais tous n'ont pas forcément eu envie d'abandonner leur foyer. Les murs du château leur offriront un abri plus sûr.

La herse du château était relevée, mais gardée par plusieurs sentinelles aux cheveux bleus.

Ils saluèrent Rafyon et l'un d'eux demanda :

— Qui sont ces gens aux cheveux blanchis ?

— La cour de la princesse Catherine, la promise du prince Tzsayn.

— Ici ? s'exclama le soldat sans cacher sa surprise.

Il s'écarta pour les laisser passer. Une fois arrivé dans la cour, le groupe dut patienter pendant que Rafyon parlait avec un nouveau garde. Tanya s'assit à même le sol et plusieurs soldats l'imitèrent rapidement. Catherine aurait voulu en faire de même, mais les princesses ne s'asseyent pas par terre. Un autre homme aux cheveux bleus finit par arriver. Catherine le reconnut sans peine, c'était l'un des gardes du corps de Tzsayn.

— Votre Altesse Royale.

Il s'inclina profondément.

— Nous ne nous attendions pas à vous voir ici. L'armée de votre père sera là d'un moment à l'autre pour assiéger la ville. Vous n'êtes pas en sécurité ici.

— Je ne le serai nulle part, répliqua Catherine, au bord de l'épuisement. Alors cet endroit fera aussi bien l'affaire qu'un autre. J'apporte des nouvelles pour mon…

Catherine aperçut Ambrose du coin de l'œil.

— … pour le prince Tzsayn.

Le garde cligna les yeux.

— Le prince est sorti inspecter les défenses de la ville. Je vais le faire prévenir. En attendant son retour, puis-je vous conduire, vous et votre servante, quelque part où vous pourrez vous reposer ? Vos hommes peuvent rester ici, je veillerai à ce qu'on s'occupe convenablement d'eux.

Catherine et Tanya suivirent le garde du corps à l'intérieur du château puis à travers un escalier en colimaçon jusqu'à une simple porte en bois brut. Il l'ouvrit et s'écarta en disant :

— Je ferai venir le prince aussitôt que possible.

— Je vous remercie.

Catherine et Tanya entrèrent dans la pièce et Tanya ferma immédiatement la porte à clé. C'était devenu une nouvelle habitude.

Catherine s'allongea sur le lit. Elle aurait voulu dormir, mais son esprit tourbillonnait toujours à pleine vitesse. Chaque fois qu'elle fermait les yeux, elle sentait la brume froide l'envelopper de nouveau. Cette terreur indicible au moment où elle avait perdu Ambrose de vue. Et qu'avait bien pu éprouver cette pauvre Jane, seule, abandonnée… ?

— Jane était isolée. J'avais pourtant dit que nous devions rester ensemble, murmura Catherine.

— Ce n'est pas votre faute, Votre Altesse. Col était à ses côtés. Lui aussi est mort. Ils étaient juste devant moi et ont subi le pire. Légion m'accompagnait, il ne m'a pas quittée, pas plus que Col n'a quitté Jane.

— Vous avez eu l'occasion de bien sympathiser avec ces hommes durant ces derniers jours, constata Catherine, un maigre sourire aux lèvres.

Elle avait été trop accaparée par ses pensées, entre les plans de son père et ses moments avec Ambrose, pour prêter attention aux hommes de son escorte. Ils avaient été chargés de la protéger – au péril de leur vie – et certains en avaient payé le prix fort.

— C'étaient des hommes valeureux, sanglota Tanya. Ils étaient tous valeureux.

Catherine prit sa demoiselle dans ses bras, mais aucune larme ne lui vint. Elle pensa plutôt à son père et à son frère. Eux n'avaient rien de valeureux. Ils étaient fous. Ils avaient sciemment choisi de déclencher une guerre, eux qui avaient pourtant parfaitement conscience de l'horreur absolue et de la souffrance que cela engendrait. Ils en avaient déjà vécu une et n'étaient toujours pas rassasiés. Mais c'était Jane qui avait perdu la vie. Sarah, Jane, sir Rowland, Col et tous les autres, anonymes à ses yeux, qui avaient péri sur la plage.

Tout cela au nom de quoi ? Catherine était bien déterminée à le découvrir.

EDYON

Plateau septentrional, Pitorie

CELA FAISAIT TROIS JOURS QU'EDYON ET MARCH suivaient les traces de Gravell et Tash. La tâche s'était révélée moins ardue qu'Edyon ne se l'imaginait. La plupart du temps, il se trouvait de la neige pour conserver les énormes empreintes laissées par Gravell. Edyon et March se relayaient, l'un cherchant les traces tandis que l'autre s'occupait du poney et collectait du petit bois, mais ils avaient convenu de ne jamais s'éloigner l'un de l'autre. Si d'aventure ils tombaient sur quoi que ce soit d'étrange, comme un sol soudain chaud, ils fuiraient ensemble en abandonnant le poney.

Le lendemain matin de leur rencontre avec le démon, March, qui était de corvée de pistage, s'exclama :

— Regardez-moi ça !

Il brandit les dagues de Holywell qu'il venait de ramasser.

— Mais pourquoi les avoir abandonnées ?

Edyon sourit et haussa les épaules.

— Aucune idée. Mais nous pourrons peut-être en tirer un bon prix. Avec elles et le poney, nous aurons de quoi nous payer des provisions et une traversée vers le Calidor, ne crois-tu pas ?

Edyon se remémora les paroles de Mme Eruth au sujet des contrées lointaines et riches… avant de se rappeler aussitôt la mise en garde funeste. La rencontre avec le démon avait bien montré que la mort le cernait où qu'il aille.

Mais peut-être était-il enfin tiré d'affaire. Peut-être avait-il laissé la mort derrière lui pour se diriger vers un avenir radieux.

March acquiesça et rangea les dagues dans sa veste, comme le faisait Holywell. Cette image fit frissonner Edyon. Une autre phrase de Mme Eruth lui revint en mémoire au sujet du bel étranger : « Il ment, lui aussi. »

Tant de ses prédictions s'étaient révélées vraies, mais pas celle-ci. March lui avait-il menti à propos de quoi que ce soit ? Il se décida à lui demander, peut-être dès le soir même. Peut-être…

Tout à coup, March fit volte-face et se fendit d'un grand sourire. Il était rare que son visage affiche la moindre émotion, mais à présent, il rayonnait.

— Je t'en prie, dis-moi que tu souris parce que tu aperçois le bout du Plateau.

— Je souris car j'aperçois le bout du Plateau.

Edyon remarqua que March ne l'avait pas appelé « Votre Altesse » et il était certain que cela n'était pas par impolitesse, mais bien parce qu'ils devenaient enfin amis. Il s'avança pour le rejoindre. Et son sourire s'estompa d'un coup.

— Ils sont passés par *là* ?

Devant eux, le terrain plongeait en une pente abrupte et caillouteuse. Par endroits, la pente n'était plus qu'un à pic. Un réseau de sentiers si étroits qu'Edyon peinait à les distinguer sillonnait la rocaille verticale.

— Des chèvres de montagne, déclara March avec certitude.

— Crois-tu que le poney parvienne à descendre ? demanda Edyon d'un ton inquiet.

— Je ne sais même pas si *nous* y arriverons. Je vais le guider. Partez en premier pour nous trouver un chemin.

Edyon s'exécuta et à son grand soulagement, cela s'avéra moins difficile qu'il n'y paraissait. Le sol était caillouteux, mais sec. Certains sentiers débouchaient sur des impasses causées par des glissements de terrain, mais Edyon n'eut à rebrousser chemin qu'à une poignée d'occasions. Et chaque pas qui le rapprochait du bas de la montagne l'encourageait un peu plus.

Selon leur carte, Rossarbe se trouvait juste à l'extrémité du Plateau. Ils pourraient y être pour le déjeuner… prendre un bain… et dormir dans un vrai lit cette nuit. Edyon accéléra l'allure. Mais alors que son esprit vagabondait, il perdit l'équilibre et glissa. Il se rattrapa de justesse en plaquant son ventre contre la paroi. Il releva les yeux pour trouver March, d'ordinaire si impassible, en proie à un rire joyeux.

Edyon sourit en retour. Comment faisait-il pour toujours se ridiculiser ainsi ? Et il fallait que cela arrive chaque fois que March pouvait le voir. Depuis la mort de Holywell, son compagnon semblait plus léger, comme débarrassé d'un fardeau invisible. Edyon avait espéré que March se montrerait plus réceptif à son badinage, mais l'Abask paraissait toujours aussi gêné par le moindre compliment. Eh bien, peut-être que ce soir, une fois dans une vraie chambre – dans un bon lit – les choses se passeraient différemment…

En bas de la pente, ils trouvèrent une rivière étroite et vive. Le sol était plat, couvert d'herbes grasses et d'une épaisse brume. Malgré ce brouillard, Edyon pouvait sentir l'air iodé et distinguer le mur d'enceinte de la ville.

— Rossarbe ! s'écria-t-il en se tournant vers March. On y est arrivés ! Non pas que j'en aie douté.

March lui adressa un sourire goguenard.

— Mais moi non plus.

— Que fait-on en premier ?

— Nous vendons le poney.

— Ah, certes. Vendons le poney. Et puis nous irons manger, et prendre un bain. Un bain brûlant. Ensuite, un lit, pour y dormir le restant de la journée.

Tandis qu'ils progressaient en passant devant plusieurs petites fermes, March remarqua :

— Tout semble désert. Où sont les gens ?

— Peut-être qu'il y a une foire en ce moment et que tout le monde s'est rendu en ville.

— Peut-être, concéda March, guère convaincu.

Ils finirent par gagner une route qui les conduisit jusqu'à l'une des portes du mur d'enceinte. Quatre soldats aux cheveux bleus y montaient la garde.

Edyon et March ralentirent à l'unisson.

— Que signifient leurs cheveux bleus ? demanda March. Est-ce que ce sont des hommes du prévôt ? Est-ce que nous sommes recherchés jusqu'ici ?

— Le bleu est la couleur du prince Tzsayn. Ce sont ses hommes. Mais j'ignore ce qu'ils font dans un coin aussi reculé.

— Doit-on faire demi-tour ?

Mais il était trop tard, les soldats se précipitaient vers eux, lances braquées. Edyon leva les mains en l'air et les gardes le saisirent par le col, lui et March, avant de les pousser brusquement contre le mur de pierres.

— Qui êtes-vous ? Et que faites-vous ici ?

Edyon se mit à réfléchir à toute vitesse. Ils ne pouvaient guère avouer qu'ils venaient de traverser le territoire interdit du Plateau septentrional, puis il se rappela la proximité de Rossarbe avec le Brégant. Il leur adressa un grand sourire.

— Nous venons tout juste d'arriver du Brégant. Nous sommes marchands, mais nous avons été dépouillés par des bandits. D'où notre apparence quelque peu miteuse. Comme nous craignions de croiser d'autres gredins, nous avons longé la ville par l'est pour y entrer.

Edyon releva les yeux pour regarder son interlocuteur en face. Le garde paraissait stupéfait.

— Vous venez de traverser la frontière aujourd'hui ?

— Ce matin même, oui.

Le soldat les dévisagea tous les deux avant de s'attarder sur les yeux bleu glace de March.

— Toi aussi, tu as franchi la frontière, donc ?

March répondit :

— Mon ami vient de vous l'expliquer.

— Quoi ? Je comprends à peine ce que tu dis. Qu'est-ce que c'est que cet accent ?

— Écoutez, l'interrompit Edyon, quelle importance a son accent ? Il m'accompagne. Nous sommes ici pour affaires.

Le soldat se tourna vers Edyon et lui planta un doigt dans la poitrine.

— Ce n'est pas à toi que je parle.

Il se retourna vers March et lui réserva la même rudesse.

— Alors ? D'où viens-tu au juste ?

March écarta la main du garde d'un geste brusque.

— D'Abask.

— L'Abask ? C'est pas une région du Brégant, ça ?

De nouveau, le soldat tapa du doigt sur le torse de March.

— Et qu'est-ce que tu trimballes là-dessous ?

Il ouvrit la veste de March sans ménagement pour y découvrir les poignards.

— Armé jusqu'aux dents. Et débarqué du Brégant.

Le garde adressa un signe de tête à ses camarades.

— Vous êtes en état d'arrestation.

— Et pour quelle raison ? protesta Edyon.

La nouvelle de la mort des hommes du prévôt n'avait tout de même pas pu se propager jusqu'à Rossarbe !

— Parce que vous empestez comme une fosse à purin.

Edyon s'efforça de sourire.

— Mais cela n'a rien d'un crime.

Le soldat se pencha sur lui et, d'une voix moqueuse, répliqua :

— Ah non ? Oh, j'en suis désolé. Alors disons pour espionnage.

Et il se tourna vers March pour lui planter une fois encore son doigt dans le torse.

— Et parce que vous êtes brégantins. Et pour port d'armes en ville.

Une fois de plus, March repoussa sa main.

— Et pour résistance à l'arrestation.

Cette fois, il frappa carrément March du poing en pleine poitrine.

Un autre soldat saisit Edyon par le bras et le ligota prestement en ignorant ses protestations. Tandis qu'on le jetait à terre, Edyon se retourna pour voir March traîné par deux hommes d'armes.

La situation venait de tourner au vinaigre.

CATHERINE

Rossarbe, Pitorie

Rossarbe était jadis la ville la plus prospère de Pitorie grâce aux prospecteurs d'or et aux chasseurs de démons.

Une histoire du Nord,
Simion Saage

LES APPARTEMENTS DE CATHERINE À ROSSARBE contrastaient singulièrement avec ceux du château de Zalyan. Elle ne disposait que de trois pièces en enfilade : un boudoir, une chambre et une étude, toutes de dimensions modestes et meublées sommairement. Le boudoir était son endroit préféré, grâce à ses hautes fenêtres étroites sur les trois murs. La vue sur l'ouest était à couper le souffle, avec l'eau bleu clair de la baie et, à l'horizon, les lointaines collines du Brégant. Toutes les plaines entourant la baie étaient désormais occupées par l'armée brégantine, qui avait englouti la frontière comme une vague pour venir s'échouer aux murs de Rossarbe.

La puissance militaire de son père était impressionnante, songea Catherine d'un air sombre. Sous ses yeux s'étalaient des dizaines de rangées de tentes, des écuries temporaires et des forges de campagne. Toute la machine de guerre brégantine en action.

Et au milieu de toute cette masse devait se trouver son père. Que pouvait-il bien faire en ce moment ? Planifier une offensive ? Dîner ? Penser à elle ? Pour Catherine, son père était plus que jamais un inconnu. Et une source de honte. Il l'avait trahie et avait fait montre des plus détestables traits de caractère des Brégantins : le bellicisme et la supercherie.

Catherine détourna le regard pour contempler le nord. À présent que les nuages de la matinée s'étaient dissipés, elle pouvait voir les montagnes. Sombres, presque noires, au sommet enneigé. Au milieu de ces reliefs extraordinaires, une vaste étendue parfaitement plate. Le Plateau septentrional. Le territoire des démons. Même à une telle distance, ce lieu paraissait irréel, sauvage et magnifique.

Était-ce là que son père souhaitait se rendre ? Voulait-il mettre la main sur les démons ? Dans ce cas, Rossarbe offrait une base d'opérations idéale. Mais dans quel but ? Lady Anne avait signé « fumée de démon », « garçon » et quelque chose d'autre. Cela n'avait aucun sens, et pourtant Catherine était persuadée qu'elle détenait presque tous les indices pour résoudre cette énigme, sans parvenir à les arranger correctement.

Elle avait passé la journée dans ses appartements. Depuis la fenêtre est, elle avait aperçu Tzsayn traverser la cour au galop et revenir quelques heures plus tard. L'armée brégantine avait également connu quelques mouvements de départ et d'arrivée. Son père semblait envoyer davantage de troupes par bateaux dans la baie pour compléter les forces terrestres qui avaient franchi la frontière. Catherine ne pouvait voir où ils débarquaient, mais elle était certaine qu'il s'agissait de renforts pour les soldats que son groupe avait croisés sur la route. Ils chercheraient à renforcer la tête de pont au sud de Rossarbe pour menacer la ligne d'approvisionnement offerte par la route littorale. Rossarbe était cernée à l'ouest par la mer et au nord par les forces brégantines. À moins que de nouvelles forces pitoriennes n'arrivent au secours des assiégés, Rossarbe serait bientôt totalement isolée.

Il était tard lorsque l'on frappa à la porte. Catherine espérait un message de la part de Tzsayn et fut surprise de se trouver face au prince en personne. Ses yeux étaient rougis et à moitié clos. Il semblait sur le point de s'effondrer de fatigue. Catherine n'était pas certaine d'avoir meilleure allure.

— Princesse Catherine, je suis sincèrement désolé de n'avoir pu me rendre auprès de vous plus tôt. La journée a été chargée. J'ai cru comprendre que vous aviez traversé la bataille pour nous rejoindre.

— Oui, nous y avons assisté en partie. J'y ai perdu l'une de mes demoiselles et certains de mes hommes sont tombés au champ d'honneur.

— On me l'a dit également. J'en suis désolé. Ce jour nous a été bien funeste. Les hommes de votre père se sont emparés de la plage et comptent bien nous isoler avant de prendre Rossarbe. Sans votre avertissement, ils auraient sans doute déjà réussi à l'heure qu'il est.

— Et vous pouvez défendre Rossarbe ?

Tzsayn acquiesça.

— La ville est petite, mais son mur d'enceinte est solide. Nous devrions pouvoir tenir jusqu'à l'arrivée des renforts venus de Tornia. Mais quand bien même, ce n'est pas l'endroit idéal pour vous.

— Tornia n'avait plus rien d'idéal non plus. En plus de l'invasion, mon père avait fomenté un attentat. Boris et ses hommes étaient censés vous tuer, vous et votre père, le soir de nos noces. Ils sont tout de même passés à l'attaque malgré le report. Votre père a été blessé et un certain nombre de seigneurs ont péri.

— Oui, j'ai reçu la nouvelle par pigeon voyageur.

Catherine hésita.

— Et est-ce que votre père, est-ce que le roi… ?

— Est toujours en vie ? Oui. Mais il n'est pas hors de danger pour autant.

Tzsayn s'assit sur l'une des chaises en bois. Il parut subitement beaucoup plus jeune que ses vingt-trois ans.

— On m'a dit que vous étiez avec lui au moment de l'assassinat. Je dois remercier sir Ambrose de vous avoir sauvés tous les deux. J'aurais aimé être là. J'aimerais y être en ce moment même.

Catherine vint s'asseoir à côté de lui.

— Je suis désolée pour ce qui est arrivé à votre père. Il semblerait que j'aie sous-estimé le mien.

Tzsayn fit la grimace.

— Un homme des plus particuliers, n'est-ce pas ? Il envoie des assassins à mon mariage et une armée à ma frontière. Il est responsable d'un nombre considérable de morts, de blessures et d'actes de torture, il s'est emparé de deux places fortes et à présent il menace de prendre Rossarbe.

— Particulier, en effet.

— Mais il n'y parviendra pas, promit Tzsayn en serrant son poing brûlé. J'ai le soutien du peuple. Ils craignent et détestent votre père.

— Vous avez également le mien, pour ce que cela vaut.

— Sa valeur est inestimable à mes yeux, Catherine.

Tzsayn lui adressa un sourire, avant que son masque d'inquiétude ne recouvre de nouveau son visage.

— Mais cette invasion n'a aucun sens. Pas plus que l'attentat contre mon père. Même si Boris était parvenu à le tuer, lui et la moitié des seigneurs de Pitorie, Aloysius ne pourrait conquérir le royaume pour autant. Ses forces en présence ne sont pas assez importantes et on ne m'a rapporté aucun mouvement de troupes supplémentaire dans le Sud. Il doit donc vouloir quelque chose dans cette région, mais quoi ? Et pourquoi ?

— Je reste persuadée que c'est lié à la fumée de démon, répondit Catherine. Mais le lien exact m'échappe.

Le prince se releva.

— Eh bien, quoi qu'il recherche, je compte bien l'empêcher de mettre la main dessus. Et maintenant, je dois hélas prendre congé, il me reste encore beaucoup à superviser.

— Une dernière question, Votre Altesse. Puis-je m'enquérir de l'état de mes hommes ?

— *Vos* hommes ?

Catherine rougit.

— Je me rends bien compte que Rafyon et sa troupe appartiennent à votre garde, mais ils ont si bien pris soin de moi ces derniers jours.

Il sourit.

— Et j'ai entendu que vos propres hommes ont choisi de vous accompagner dans votre périple. Eh bien ils vous seront rattachés désormais. Tous *vos* hommes sont hébergés dans les baraquements. Y compris sir Ambrose.

Il s'arrêta sur le pas de la porte et se retourna.

— Je pense qu'ils devraient tous se faire blanchir les cheveux. Des cheveux courts et blancs auraient fière allure. Particulièrement pour Ambrose. Je peux faire venir un barbier.

Catherine sourit en retour, mais, comme à l'accoutumée, elle ignorait si Tzsayn plaisantait ou non.

EDYON

Rossarbe, Pitorie

IL FAISAIT FROID ET HUMIDE dans les cachots. Sans parler de l'affreuse odeur d'urine et de Dieu sait quoi d'autre. Edyon s'accroupit en gardant le dos contre la porte pour ne pas être surpris par ce qui pouvait se tapir dans l'un des coins sombres. La porte en bois massif était percée d'une petite ouverture à barreaux à travers laquelle Edyon pouvait voir d'autres portes. Il avait eu beau crier le nom de March, aucune réponse ne lui était revenue.

Lorsqu'on l'avait sorti de sa cellule pour la première fois, il avait docilement suivi. On l'avait mené dans une pièce au bout du couloir. L'interrogateur était un homme élancé aux cheveux bleus et aux joues balafrées. Il avait dit à Edyon :

— Vous devez simplement répondre à mes questions en toute honnêteté.

— Je ferai de mon mieux.

Les premières questions étaient raisonnables : on lui avait demandé son nom, d'où il venait et où il allait. Edyon n'avait pas été parfaitement sincère, mais après tout, c'étaient ses affaires et non celles de l'interrogateur.

Puis étaient venues les questions moins raisonnables.

— Vous êtes un espion, pas vrai ?

— Non. Et pour qui irais-je jouer les espions, d'abord ? Pour espionner quoi ?

— Qui vous envoie ?

— Personne.

— Qui dans le camp brégantin ?

— Euh, je ne vois pas du tout de quoi vous voulez parler.

— Quels sont vos ordres ?

— Je n'ai aucun ordre. Personne ne m'en donne. Tout cela est ridicule !

C'était à ce moment que le balafré l'avait frappé pour la première fois, d'un coup de poing dans l'estomac.

Edyon était parvenu à croasser :

— J'exige de parler à votre officier supérieur.

Son bourreau avait éclaté de rire et l'avait frappé de plus belle. Cette fois, Edyon avait terminé au sol.

Le balafré s'était penché au-dessus de lui et avait sifflé :

— Vous êtes un espion envoyé par les Brégantins.

— Et vous êtes un imbécile coiffé comme une bluette, envoyé par le *prince* des imbéciles !

Pour cela, il avait eu le droit à un bon coup de pied puis à quelques coups de poing supplémentaires. On l'avait laissé à terre quelques heures, avant de le traîner jusqu'à sa cellule où il était tombé dans un étrange sommeil, plein de rêves de Mme Eruth, de volutes de fumée et de démons.

La seconde fois qu'ils étaient venus le chercher, il avait résisté de son mieux, ce qui n'avait fait qu'aggraver son passage à tabac. Les questions étaient restées les mêmes et sa réponse n'avait pas changé : « Je ne suis pas un espion. »

Une fois de retour dans son cachot, il appela March en criant, désespéré d'entendre une voix amie. En vain. Il finit par s'allonger par terre, tremblotant, jusqu'à ce que le sommeil l'emporte.

La troisième fois qu'ils vinrent le prendre, il était trop affaibli pour opposer la moindre résistance. C'eût été inutile. On le traîna dans le couloir jusqu'à la même pièce qu'avant.

Mais cette fois, elle n'était pas vide.

March était suspendu au plafond par les poignets. Il était torse nu et ensanglanté, le corps lacéré. Une mare de sang s'étendait sous ses pieds. Ses yeux étaient ouverts, mais hagards, ses lèvres éclatées.

L'interrogateur se tourna vers Edyon.

— Vous êtes prêt à me dire la vérité maintenant ?

Edyon ne pouvait détacher ses yeux de March.

Il souffre, il souffre tellement. Je n'arrive même pas à voir s'il est mort ou vivant…

Maudite soit Mme Eruth avec ses fichues prédictions !

— Je vous l'ai déjà dit, nous ne sommes pas des espions, se força-t-il à répondre. Nous ne venons même pas du Brégant. Je suis pitorien. March est originaire du Calidor.

— Il est abask. Tous les Abasks ont été déportés au Brégant après la dernière guerre.

— Il vit au Calidor. C'est un domestique du prince Thelonius. Il n'a rien d'un espion. Il m'accompagne, nous nous rendons au Calidor.

L'interrogateur se dirigea vers la table et saisit un grand crochet métallique.

— Qu'est-ce que vous faites ? s'étrangla Edyon.

Il n'en croyait pas ses yeux.

— Pitié ! Je suis désolé si je vous ai manqué de respect, mais je dis la vérité. Vous pensez que des espions auraient une couverture aussi peu crédible ?

— Vous venez du camp brégantin.

— Vous venons de Goldminster, nous nous sommes trompés de route.

— Je croyais que vous veniez seulement de traverser la frontière depuis le Brégant ? C'est ce que vous avez pourtant dit au garde à l'entrée.

— Je… je…

Edyon ne parvenait pas à réfléchir calmement, ses mensonges s'emmêlaient les uns aux autres tandis que l'interrogateur s'approchait de March.

— Arrêtez ! Pitié ! Nous… Nous étions perdus. Nous…

« Ton avenir a plusieurs routes. Tu dois faire un choix. Et le vol n'est pas toujours le plus mauvais. Mais tu dois te montrer honnête. »

Les mots de Mme Eruth lui revenaient en tête et il sut qu'il devait désormais dire la vérité.

— Nous venons de la foire de Dornan. Je me suis retrouvé mêlé à une bagarre et j'ai… fait du mal à quelqu'un. Nous voulions gagner Rossarbe, mais ils étaient à nos trousses, alors nous avons bifurqué vers le Plateau septentrional. C'est de là que nous arrivions lorsque les gardes nous ont capturés.

— Les seules personnes à se rendre sur le Plateau sont les chasseurs de démons. C'est l'un de vos talents secondaires ?

Edyon faillit rire, mais ne voulut pas passer pour complètement hystérique.

— Vous trouvez que je ressemble à un chasseur de démons ?

— Vous n'êtes qu'un espion, donc.

— Je ne suis *pas* un espion. Pitié, écoutez-moi, je vous en prie !

Le balafré secoua la tête et plaça la pointe du crochet contre la peau du bras de March.

— Non ! Non ! Arrêtez !

Edyon rugit et se précipita en avant, pour être aussitôt rattrapé par deux gardes.

Les paupières de March papillonnèrent et il tenta de décocher un faible coup de pied à l'interrogateur. Ce dernier pressa son instrument de torture contre la peau et une petite goutte de sang perla à la surface. Edyon sentit son ventre se soulever.

« Tu dois te montrer honnête… »

— Je suis le fils du prince Thelonius du Calidor, s'entendit dire Edyon. Cet homme m'aide à retourner auprès de mon père. Si vous le touchez de nouveau, je…

— Tu quoi ?

L'homme se tourna vers lui et le mépris dans sa voix réduisit Edyon au silence.

— Alors maintenant tu es calidorien ? Tu n'es plus pitorien ?

Et l'interrogateur reprit son travail en enfonçant le crochet dans le torse de March.

Celui-ci poussa un hurlement.

— Arrêtez ! s'écria Edyon. Je suis le fils du prince ! Il y avait bien des chasseurs de démons sur le Plateau. Ils m'ont volé la preuve de mon identité : le sceau du prince. Je le portais autour d'une chaîne, mais Gravell et la fille, ils me l'ont dérobé.

Un silence soudain s'abattit dans la pièce, seulement interrompu par les gémissements d'agonie de March. L'interrogateur affichait un visage impassible. Il semblait enfin écouter ce que disait Edyon, et même le croire.

— Une bague… autour d'une chaîne ?

— Oui. Un sceau doré. Un aigle avec un œil d'émeraude. Pitié. Je dis vrai. C'est l'emblème du Calidor. Je suis bien le fils du prince Thelonius.

L'interrogateur s'adressa aux gardes d'un air toujours aussi impénétrable.

— Conduisez ces deux-là à leurs cellules. Trouvez-moi les hommes qui ont arrêté les chasseurs de démons et amenez-les-moi.

Edyon n'arrivait pas à en croire ses oreilles.

— Gravell et la fille ? Ils sont ici ?

Pour seule réponse, le balafré se débarrassa de son crochet en le jetant par terre dans un tintement discordant.

MARCH

Rossarbe, Pitorie

IL FAISAIT SI FROID ET SI SOMBRE, mais la voix d'Edyon et sa main chaude dans la sienne l'apaisaient. March avait la tête posée sur les cuisses d'Edyon et pouvait sentir qu'il pleurait. Lui avait la bouche si asséchée et le corps si meurtri que chaque mouvement lui faisait souffrir le martyre. Il était épuisé, mais incapable de trouver le sommeil. Il avait renoncé à tout espoir et sentait la vie l'abandonner peu à peu.

Au début, il avait voulu en finir au plus vite et mourir pour de bon. Et puis il s'était rappelé tous les mensonges envers Edyon. C'était sa faute si le fils du prince se trouvait prisonnier dans ce cachot, à la merci de ces brutes, de leurs coups et de leurs instruments de torture. Sans March, Edyon voguerait pour le Calidor afin d'y mener une nouvelle vie. Il lui fallait se confesser, expliquer ce qu'il avait fait et pour quelles raisons. Peut-être qu'Edyon lui pardonnerait. Il essaya de parler, mais sa gorge était trop abîmée. Il n'avait plus la moindre force. Il ne parvint qu'à souffler :

— Je suis désolé.

Edyon lui demanda de ne pas l'être et se mit à parler du voyage qu'ils entreprendraient ensemble une fois qu'ils seraient libérés. Il parla d'un embranchement, du Calidor qu'ils verraient bientôt, des lits chauds et douillets qui les attendaient. Ils traverseraient le pays ensemble de part en part et Edyon rencontrerait son père, le prince, et ferait de son mieux pour se montrer honnête et pas trop lâche. À ces mots, March enragea et parvint à arracher cette phrase à ses lèvres meurtries :

— Tu n'es pas un lâche.

Sa voix était tellement éraillée qu'elle en était à peine audible, mais Edyon répondit :

— C'est toi qui es courageux.

Puis il reprit sa rêverie à voix haute. Comment ils iraient en Abask, dans les montagnes, pour que March lui montre le village de son enfance. Lorsque March essaya de s'en souvenir, il ne parvint qu'à convoquer des fragments de sommets enneigés et de ciel bleu, jusqu'à ce que le visage de son frère Julien se dessine.

Il poussa un soupir de soulagement. Il serait bientôt de retour chez lui.

TASH

Rossarbe, Pitorie

TASH CROUPISSAIT DANS CETTE CELLULE depuis deux jours.

Après toutes ces années passées à éviter soigneusement les hommes du prévôt, ils s'étaient fait attraper par de simples soldats. Tash avait eu un mauvais pressentiment dès leur arrivée au barrage, aux portes de la ville. On ne surveillait jamais qui allait et venait à Rossarbe d'ordinaire, ce n'était qu'une petite bourgade endormie gardée par quelques soldats qui s'ennuyaient à mourir. À présent, il semblait que la moitié de l'armée pitorienne se soit entassée entre ses murs. Hélas, Tash s'en était rendu compte bien trop tard. Les soldats leur avaient mis la main dessus, avaient trouvé la fumée de démon et leur compte était bon.

Gravell avait bien essayé de se débattre, mais les soldats étaient trop nombreux, même pour lui. Tash avait voulu s'enfuir, sans succès. Un soldat l'avait attrapée par les dreadlocks et avait tiré si fort qu'elle avait cru que sa tête allait se décrocher. Et si sa tête était malgré tout restée en place, sa petite bourse contenant la chaîne en or d'Edyon, elle, était tombée. Les soldats avaient confisqué fumée et chaîne et embarqué Gravell Dieu sait où. Quant à elle, on l'avait jetée dans une cellule pleine de femmes arrêtées pour vol ou prostitution. Le cachot empestait et le seau pour se soulager n'avait pas été vidé de la journée.

— Alors, qu'est-ce qui t'amène ici, ma puce ? demanda une prisonnière du nom de Nessa.

— Ma bêtise.

— Eh ben, si c'est pas frappé au coin du bon sens, ça…, répliqua Nessa.

— Pourquoi y a-t-il autant de soldats dans Rossarbe ? J'en ai vu à tous les coins de rue.

— Pour combattre, pardi. T'as donc pas vu ? Il y a toute une armée de Brégantins le long de la rivière.

— Je ne suis pas venue par cette route.

— Aaah. Tu viens du froid, pas vrai ? dit Nessa en riant. Tout là-haut ? Je te reconnais maintenant, t'es avec ce chasseur de démons, Gravell.

— Possible.

— Oh, je me souviens de lui. Un vrai pingre. Ils l'ont attrapé aussi ?

Tash se garda de répondre.

— Bien dommage. Un brave gars malgré tout. Un an de travaux forcés et le fouet pour possession de fumée de démon. Pour les chasseurs de démons, c'est la potence.

— Merci pour le rappel.

— Bah, avec un peu de chance, les Brégantins s'empareront du château et nous libéreront.

— Je n'y crois pas trop.

— Moi non plus, ma petite. Mais l'espoir fait vivre.

On ouvrit la porte de la cellule à cet instant et le geôlier aboya :

— Debout, préparez-vous à partir ! Vous toutes ! On vous a trouvé de nouveaux quartiers.

Les femmes répliquèrent par un mélange de hourras et de commentaires moqueurs. Elles raillaient qu'on allait les installer à l'auberge ou dans les baraquements des soldats.

L'homme répondit :

— Vous n'êtes pas si loin du compte. On va vous mettre dans une sympathique pièce du cellier des baraquements. Cette coquette chambre que vous occupez doit servir pour les soldats ennemis prisonniers.

— Il y a de la bière dans ce cellier ?

— Bien sûr, ma belle, des pleins tonneaux. Allez, bougez-vous le train maintenant.

Tash emboîta le pas à Nessa dans le couloir, jusqu'à l'étroit escalier en colimaçon qui les mena dans la cour du château. Le geôlier ouvrait la marche et un seul soldat la fermait. Les deux étaient armés de courtes lances, mais ils n'avaient pas attaché Tash car ses mains étaient trop petites pour les menottes d'adultes.

Une fois dans la cour, elle cligna des yeux pour s'habituer à la luminosité. Ce serait sa seule chance de prendre la fuite. Les femmes prenaient leur temps, malgré les ordres des gardes-chiourmes. À l'avant de la file, Nessa exigea avec verve de pouvoir profiter un peu de l'air frais. Certaines prisonnières commençaient à carrément s'asseoir à même les pavés. Des soldats traversaient la cour, mais aucun n'était posté près des grandes portes, qui étaient ouvertes. Si elle parvenait à s'échapper du château, elle trouverait sans problème une cachette dans la ville. Il lui faudrait revenir pour trouver un moyen de sortir Gravell d'ici, mais la priorité était de s'échapper.

Le geôlier était occupé à houspiller l'une des femmes assises lorsque le regard de Tash croisa celui de Nessa. Cette dernière sourit et lui glissa à l'oreille :

— Je vois que tu reluques les portes depuis tout à l'heure. Il va falloir courir vite si tu veux tenter ta chance.

Tash esquissa un sourire.

— Courir vite, je sais faire.

— Tiens-toi prête dans ce cas.

Nessa se dirigea vers le garde-chiourme en se plaignant bruyamment :

— On veut respirer un coup et boire un peu d'eau ! On n'a pas eu une seule goutte de toute la journée. C'est de la torture. Et Amy est enceinte.

Les deux gardes avaient détourné le regard. C'était le moment ! Tash s'élança vers les portes.

Elle avait parcouru la moitié du chemin lorsque le geôlier s'écria :

— Arrêtez-la !

Ce n'est que parvenue aux trois quarts qu'elle aperçut un soldat courir sur sa gauche, mais bien moins vite qu'un démon. Elle était certaine de pouvoir lui échapper et franchir la porte sans encombre.

Mais c'était sans compter les quatre soldats postés de l'autre côté de la herse qu'elle n'avait pas pu voir depuis l'intérieur de la cour.

— Merdasse !

Elle pivota sur ses appuis et courut dans la direction opposée en entendant le rire gras des soldats lancés à sa poursuite. Cela n'avait rien à voir avec les employés maigrelets des bains publics. Elle gravit quelques marches, mais l'un des hommes bondit pour lui barrer le chemin. Elle sauta de l'escalier, esquiva l'un des soldats et retourna vers les portes. Mais deux d'entre eux étaient restés en place et l'attendaient de pied ferme. Elle fit de nouveau demi-tour et se dirigea cette fois vers le donjon, en espérant y trouver un moyen de s'échapper.

Alors même qu'elle approchait du seuil, la porte s'ouvrit en grand et Tash déboula droit sur une femme qui tomba en arrière en poussant un grand cri. Les pieds emmêlés dans les jupes de sa victime, Tash rebondit contre l'encadrement et termina sa course dans les bras d'un garde pitorien.

CATHERINE

Rossarbe, Pitorie

Le chasseur de démons a été interrogé sur ses méthodes pour obtenir la fumée. Il a déclaré qu'il emporterait le secret dans la tombe et je lui ai accordé que cela ne saurait tarder.

Rapport du prévôt
sur l'arrestation de Jonyon Burgens

CATHERINE AVAIT PASSÉ LA MATINÉE assise dans ses appartements à voir des hommes mourir sous ses fenêtres.

Aux premières heures, une petite flottille de vaisseaux pitoriens avait quitté Rossarbe pour attaquer les transports de troupes brégantins qui traversaient la baie. Du haut de son perchoir, Catherine trouvait que le combat ressemblait à un horrible jeu d'enfants : de minuscules silhouettes décochaient de petites flèches enflammées tandis que d'autres silhouettes tout aussi minuscules tentaient d'éteindre les feux ou se jetaient à l'eau. L'acheminement des renforts brégantins avait été ralenti, mais pas endigué. Catherine n'en pouvait plus d'assister à ce sinistre spectacle.

— Je vais voir mes hommes, dit-elle à Tanya, qui sourit pour la première fois de la journée.

Catherine arrangea son apparence du mieux qu'elle le put et ordonna à Geratan, qui montait la garde à sa porte, d'ouvrir la voie. Ils descendirent l'étroit escalier en colimaçon du donjon. Geratan ouvrit la porte donnant sur la cour et alors que Catherine s'avançait pour sortir, une jeune fille lui rentra dedans.

Elle laissa échapper un cri de surprise en tombant à la renverse tandis que la fille rebondissait sur elle avant d'être saisie à bras-le-corps par Geratan, qui reçut immédiatement un coup de talon dans le tibia. Il la jeta au sol sans ménagement en étouffant un juron.

— Vous n'êtes pas blessée, Votre Altesse ? s'enquit Tanya.

— Non, juste surprise.

Catherine se rendit compte que depuis l'attentat de Tornia, elle s'effrayait plus facilement, mais la situation était ridicule. Hurler ainsi en public – à cause d'une pauvre jeune fille – n'était pas une attitude digne d'une princesse. Elle inspira rapidement, lissa sa robe et pénétra dans la cour.

La fille était à terre, un mince filet de sang coulant le long de son crâne. Elle ne devait pas avoir plus de douze ans. Ses longs cheveux blonds étaient tressés en d'épaisses nattes emmêlées comme un nid d'oiseau. Sa peau avait la couleur du miel sombre et ses yeux étaient d'un bleu saisissant, qui n'était pas sans rappeler la veste en soie de Tzsayn. Catherine n'avait jamais vu pareille enfant.

Tandis qu'elle se redressait, un homme vint la retrouver en agitant un épais trousseau de clés.

— Allez, toi ! l'apostropha-t-il. Va rejoindre les autres prisonnières.

Catherine regarda autour d'elle. Un groupe de femmes attendait à l'autre bout de la cour. L'une d'elles se plaignait bruyamment d'avoir soif.

— Qui sont-elles ? demanda Catherine.

— Des criminelles et des femmes de mauvaise vie, madame, répondit le geôlier. On les sort de leurs cellules pour faire de la place pour les prisonniers brégantins.

— Pouvez-vous au moins leur donner à boire ? Elles semblent à moitié mortes.

La requête semblait trop effarante pour que le garde la comprenne. Geratan prit le relais :

— La princesse exige que vous donniez de l'eau aux prisonnières. Sur-le-champ. Allez-y, je m'occupe de surveiller celle-là.

Le geôlier grogna en se dirigeant vers le puits. Catherine s'agenouilla auprès de la jeune fille.

— Comment t'appelles-tu ?

La fille releva les yeux.

— Tash. Et vous ?

— Catherine.

— Z'êtes étrangère ?

— Je suis née au Brégant, mais je suis pitorienne désormais. Et fière de l'être. Et toi ?

— Je crois que je suis née en Illast. Mais j'ai passé ma vie à voyager. Enfin, plus trop maintenant que je suis prisonnière, bien sûr.

— Puis-je te demander pour quelle raison tu es prisonnière ?

— Je peux avoir à boire, moi aussi ? Ou juste un tas de questions ?

— Je suis sûre que je peux te faire apporter de l'eau.

— Et quelque chose à manger aussi ?

Catherine réprima un sourire, impressionnée par l'aplomb de la jeune fille.

— Oui, je pense. Geratan, trouvez de quoi nourrir cette jeune demoiselle.

Tash se releva et s'épousseta. Catherine n'était guère grande, mais Tash semblait minuscule.

— Eh bien ? demanda Catherine. Pourquoi es-tu prisonnière ?

— Je n'ai rien fait de mal. Il s'agit juste d'un malentendu.

L'un des soldats lui flanqua une taloche sur le sommet du crâne.

— Ne mens pas à Son Altesse.

— Frappe-moi encore et je...

Tash fixa le soldat d'un air mauvais avant de lui décocher un coup de pied.

— Je vous en prie, assez de coups comme ça, dit Catherine.

— C'est une chasseuse de démons, Votre Altesse. Et une menteuse née, par-dessus le marché.

— Une chasseuse de démons ! À son âge ?

Tash haussa les épaules.

— Je suis une chasseuse de démons née, c'est comme ça.

Catherine ne put retenir un rire. Elle n'était toujours pas certaine de croire à l'existence des démons, mais elle n'avait jamais croisé quelqu'un comme Tash auparavant.

Un soldat apporta un peu de nourriture et Catherine ordonna qu'on installe une table au soleil dans la cour. Ambrose était arrivé entre-temps et la princesse pouvait sentir son regard sur elle tandis qu'elle s'asseyait face à Tash, qui se bâfrait de pommes séchées et de fromage. Leurs yeux se croisèrent un bref instant et ses joues s'empourprèrent aussitôt avant qu'elle ne parvienne à détourner le regard.

Tash la scruta en plissant les yeux et lui demanda :

— Et vous êtes qui, déjà ?

— Je m'appelle Catherine. La princesse Catherine, jadis du Brégant et désormais de Pitorie.

— Ah, oui. Faut que je vous fasse la révérence, c'est ça ?

— En théorie, oui. Mais je t'en dispense. Je ne suis moi-même pas vraiment friande de courbettes.

— Et votre père ? C'est le roi du Brégant, alors ?

— En effet.

— Celui qui est cruel, il paraît.

— C'est le surnom qu'on lui donne et la réputation qu'on lui prête.

— Bah. On ne choisit pas sa famille, comme on dit.

Catherine n'aurait en tout cas certainement pas choisi de partager le même sang que son père et Boris.

— Où se trouve ta famille à toi ? demanda-t-elle à Tash.

Cette dernière haussa les épaules.

— C'est Gravell ma famille, maintenant.

— Gravell ?

— Mon associé.

— Ton associé chasseur de démons ?

— J'ai jamais dit que je chassais les démons.

— Tu as clairement dit être une chasseuse de démons née.

Tash parut irritée par cette remarque et fourra davantage de fromage dans sa bouche.

Tandis que l'on conduisait les prisonnières à l'extérieur, Catherine se rappela lady Anne montant sur l'échafaud. Des femmes enchaînées, toujours menées par des hommes…

Ce souvenir de lady Anne lui rappela autre chose par ricochet. Elle se trouvait enfin face à quelqu'un qui s'y connaissait en fumée de démon.

— Je n'ai jamais vraiment cru aux démons. Peux-tu me dire à quoi ils ressemblent ?

Tash continua de s'empiffrer en gardant les yeux braqués sur son assiette.

— Quelle apparence prennent-ils ?

— Je n'ai pas envie de m'attirer davantage d'ennuis.

— Ma foi, tu as déjà avoué être chasseuse de démons. Quoi qu'il en soit, il n'y a que toi et moi, deux jeunes dames se livrant à une simple discussion, je ne vois pas en quoi cela pourrait te causer le moindre désagrément. Et je peux tout à fait t'obtenir davantage à boire et à manger.

— Et ma liberté ? Pour moi et pour Gravell. Voilà ce dont j'aurais vraiment besoin.

— Ce sera un peu plus compliqué, mais je peux me débrouiller pour faire porter un peu de nourriture et de boisson à Gravell s'il est détenu dans le donjon.

Tash releva brusquement la tête.

— Oui, il est là. Et ils nous traitent comme des m… comme du bétail. Ils vont nous envoyer à la potence alors qu'on ne fait de mal à personne et que Gravell est doux comme un agneau, lorsqu'on apprend à le connaître.

Catherine avait bien du mal à imaginer qu'un chasseur de démons puisse faire preuve de la moindre douceur, mais elle acquiesça :

— J'en suis certaine.

Elle se tourna vers Ambrose et demanda :

— Pourrais-tu nous apporter un peu de lait ? Ainsi que du miel et du pain ?

Elle regarda Tash.

— Tu aimes le miel ? J'en raffole, pour ma part.

Tash acquiesça.

Une fois le lait à table, Tash en but goulûment une grande tasse, s'essuya les lèvres du revers de la main et rota. Puis elle étudia Catherine qui sirotait le sien et étalait un mince filet de miel sur un petit bout de pain. Tash l'imita et but sa tasse suivante plus lentement.

Catherine lui souriait avec bienveillance, mais ne pensait qu'à une chose : la faire parler. Peut-être devrait-elle se faire passer pour une cliente potentielle.

— J'ai ouï dire qu'on pouvait inhaler la fumée des démons. Est-ce quelque chose que tu as l'habitude de faire ? Crois-tu que je devrais essayer ?

Tash prit un air paniqué.

— N'y pensez même pas.

— Oh, pourquoi donc ?

— Ça rend couillon, ça vous endort, et si vous en prenez trop, vous perdrez des jours entiers de votre vie. Il y en a qui ne sont plus capables de s'arrêter une fois accros.

— Et c'est là le seul usage de la fumée ?

— C'est chaud aussi. Et très joli à regarder. Ça va du rouge au violet en passant par l'orange et ça ne s'arrête jamais de tourbillonner. Comme si c'était vivant. Gravell dit que c'est l'âme du démon qui s'échappe par sa gueule.

De nouveau, Catherine songea au signe de lady Anne. Cette dernière l'avait bien regardée avant d'esquisser le signe et de se tourner vers le roi. Catherine eut soudain le pressentiment que lady Anne savait peut-être que son père était sur le point de la trahir. Cette idée lui donna le tournis, même si, à bien y réfléchir, elle lui paraissait parfaitement logique.

— Ça va ? demanda Tash. Vous n'avez pas l'air dans votre assiette.

Catherine hocha la tête et essaya de reprendre le fil de la discussion.

— Ainsi, la fumée est rouge et orange ?

— Ouais. Et violette, parfois. Ça varie. Mais elle est toujours magnifique.

— J'adorerais voir cela.

— Les soldats nous ont confisqué la nôtre.

— Il y en a ici ? À Rossarbe ?

Elle se tourna vers Ambrose.

— Peut-on la récupérer ?

Ambrose convoqua un garde pour s'entretenir avec lui.

Tash poussa un soupir.

— J'imagine que vous allez me remettre au cachot maintenant que je vous ai tout dit ?

Catherine esquissa un sourire. Tash était loin de lui avoir tout dit et elle était désireuse d'en apprendre davantage.

— Je ne peux pas les empêcher de te reprendre pour le moment, mais je vais faire de mon mieux pour te faire sortir. Je te le promets.

Il était tard lorsque le prince Tzsayn revint au château. Catherine, qui avait pu assister à son retour depuis la fenêtre de sa chambre, savait qu'il avait passé la journée sur les remparts de la ville. Dès qu'il entra dans la cour, elle dévala les escaliers avec l'intention de l'intercepter avant de ralentir au dernier moment, de lisser sa robe et de passer le seuil de la porte la tête haute.

— Bonsoir, Votre Altesse. Puis-je m'entretenir avec vous ?

Tzsayn paraissait encore plus épuisé que la veille, mais il répondit :

— Bien sûr. Joignez-vous à moi.

Il la mena jusqu'à une petite salle à manger où l'on avait dressé un couvert pour lui.

— Puis-je vous demander l'état des défenses de Rossarbe ?

— Les remparts sont solides, mais votre père resserre son siège. Ses hommes ont pris le contrôle de la route du Sud aujourd'hui. Quelques-uns de nos renforts ont pu passer juste avant, mais pas assez, et le reste a dû se replier.

Catherine sentit sa poitrine se serrer.

— Nous sommes donc isolés désormais ?

— J'en ai peur. Je ne peux que m'efforcer de tenir le choc le temps que de nouveaux renforts nous parviennent. Une fois lord Farrow et ses hommes arrivés, ils pourront traverser les lignes ennemies et soulager la ville.

— Combien de temps faudra-t-il attendre ? demanda-t-elle à voix basse.

Tzsayn poussa un soupir et passa ses doigts brûlés dans sa chevelure.

— Trois jours.

— Sommes-nous capables de tenir aussi longtemps ?

Il fit la grimace.

— Les forces d'Aloysius ont essayé de prendre d'assaut les remparts par deux fois aujourd'hui, du côté sud puis du côté ouest. Nous les avons repoussés en en tuant une centaine au passage, mais nous avons également subi une dizaine de pertes. Leur armée ne fait que croître à mesure qu'Aloysius achemine de nouveaux hommes depuis le Brégant. Ils peuvent se permettre ce genre de pertes. Pas nous. J'ai bien peur que nous ne puissions tenir la ville, il va bientôt falloir nous replier dans le château. Nous pouvons résister jusqu'à l'arrivée de Farrow, j'en suis certain, mais si les troupes d'Aloysius envahissent la ville, les en déloger ne sera pas une mince affaire.

Il se laissa retomber contre le dossier de son siège, éreinté.

— Enfin, assez de sinistres nouvelles comme ça. Comment vous êtes-vous occupée aujourd'hui ?

— Eh bien, c'était justement à ce sujet que je voulais vous parler.

— Et moi qui m'imaginais que la raison de votre impatience était mon irrésistible compagnie.

Catherine sourit.

— Bien sûr, Votre Altesse, en partie.

— Hum, en partie, oui. Que teniez-vous donc à me dire ?

— J'ai réfléchi à ce que pouvait bien convoiter mon père. Aucun de nous n'a su deviner ses desseins derrière cette invasion. Peut-être s'agit-il d'une chose que nous n'avions aucune raison d'imaginer.

— J'ai bien peur d'être un peu trop fatigué pour me prêter à ce jeu d'énigmes.

— Mon père a acheté une certaine quantité de fumée de démon l'an passé. J'en ai trouvé la trace dans nos registres comptables.

— Vous croyez qu'il en fume ? Cela expliquerait bien des choses, ricana amèrement Tzsayn.

— Non. Mon père ne boit pas même une goutte de vin. Mais il ne dépense jamais non plus un seul sou sans raison et cette fumée lui a coûté deux cents livres. Et ce n'est pas tout. Je dois vous parler de la sœur d'Ambrose et de ce village du nom de Fielding.

Tzsayn plissa le front, mais écouta en silence Catherine lui raconter l'exécution de lady Anne puis l'expérience d'Ambrose dans le camp d'adolescents.

— « Fumée de démon » et « garçon » ? Je peine à voir le lien avec l'invasion de votre père.

— Peut-être que si nous en savions davantage sur les propriétés de la fumée, nous pourrions le découvrir.

— Et comment puis-je vous aider ? Je n'ai rien d'un expert en démons.

— Eh bien, il se trouve que vous détenez deux personnes particulièrement versées en la matière.

Le visage de Tzsayn se renfrogna.

— Vous parlez de ces chasseurs de démons.

— Oui, j'en ai rencontré une, une jeune fille, par hasard. Je pense qu'elle pourrait nous aider à y voir plus clair quant à ce que recherche mon père.

— Vous pouvez la faire monter dans vos appartements, ne descendez pas aux cachots.

— Je lui ai déjà parlé, mais elle ne m'en dira pas davantage tant qu'elle ne sera pas libérée.

— Hors de question, refusa Tzsayn en secouant la tête. C'est une criminelle.

— Elle peut nous être utile. C'est l'occasion ou jamais d'avoir une longueur d'avance sur mon père. Les chances sont maigres, je vous l'accorde, mais cela ne vous coûterait rien de la relâcher.

— Si on oublie qu'elle a enfreint la loi.

— C'est une enfant. Un pardon royal l'encouragerait à coup sûr à nous faire profiter de son savoir.

Tzsayn poussa un soupir.

— Et qu'est-ce qui l'empêcherait de s'enfuir une fois sortie du cachot ?

Catherine étendit les bras.

— S'enfuir où ? Vous l'avez dit vous-même, nous sommes encerclés.

Tzsayn opina du chef, à contrecœur.

— Très bien, rendez-lui donc sa liberté. Vous pouvez la garder auprès de vous. Voyez ce que vous pouvez tirer d'elle. Cela nous sera peut-être utile.

— Merci, Votre Altesse. Elle était accompagnée de son associé, un certain Gravell.

— Non.

— Mais peut-être en saura-t-il davantage.

— Je peux accorder mon pardon à une enfant, cela m'est impossible pour un homme adulte.

Catherine inclina la tête.

— Dans ce cas, je vous remercie pour l'enfant.

— J'ose espérer qu'elle apprécie la chance d'avoir croisé la route d'une princesse si clémente.

— Et d'un prince tout aussi clément.

Au Brégant, personne n'aurait été libéré du cachot à la demande de Catherine. Elle apprendrait ce qu'elle pourrait auprès de Tash le lendemain, et si besoin était, elle interrogerait également Gravell. Elle pourrait toujours lui rendre visite dans sa cellule. Pour le moment, elle tenait à distraire un peu Tzsayn de ses soucis en abordant un sujet plus léger.

— La fille est originaire d'Illast, je crois. Je n'ai jamais vu de cheveux pareils. Ils sont longs et tressés comme d'épais cordages. Elle a la peau sombre et les yeux d'un bleu saisissant, plus vibrant encore que celui de vos vestes en soie.

— Elle semble vous avoir fait forte impression.

Le prince sourit de nouveau.

Catherine ne put retenir un rire.

— Oh, j'en suis même littéralement tombée à la renverse.

Avant qu'elle n'ait le temps d'en dire plus, un domestique fit son entrée et s'inclina face à Tzsayn.

— Karl demande audience auprès de vous, Votre Altesse.

Le prince se frotta les yeux. La fatigue se lisait sur chaque trait de son visage.

— Où est-il ?

— À l'extérieur, Votre Altesse.

— Je vous prie de m'excuser, dit Tzsayn en se tournant vers Catherine. Il semblerait que mon devoir me réclame de nouveau.

Catherine acquiesça.

— Je vous laisse donc. Merci d'avoir accepté ma requête.

Tandis qu'elle quittait la pièce, un homme posté dans le couloir la salua. Chacune de ses joues était barrée d'une cicatrice et une épaisse chaîne en or pendait dans sa main.

EDYON

Rossarbe, Pitorie

MARCH SE MOURAIT. Edyon en était persuadé. Et cette fois, il ne pourrait l'empêcher.

Après qu'Edyon eut dit au balafré qu'il était le fils de Thelonius, lui et March avaient été conduits dans sa cellule. On leur avait donné du pain et de l'eau. Toutefois, March n'était pas en mesure d'avaler quoi que ce soit. Edyon mâchait la mie pour en faire une pâte afin de le nourrir, mais ses efforts étaient vains. Il faisait couler de l'eau au coin de ses lèvres et continuait de lui parler. Il ne pouvait rien faire de plus.

« Je ne parviens pas à savoir s'il va vivre ou mourir. »

Mme Eruth en était peut-être incapable, mais Edyon le voyait bien, lui. Il pouvait pratiquement sentir la présence de la mort dans la pièce.

Alors il parlait, parlait et parlait à March en lui tenant la main. Il avait demandé des linges propres et de l'eau claire pour nettoyer ses plaies et la porte finit par s'ouvrir.

L'homme dans l'encadrement ne portait ni bandages ni eau, mais la chaîne en or d'Edyon. Il était magnifiquement vêtu de soie bleue et d'une armure d'argent poli, et le contraste qu'il offrait avec le spectacle navrant de cette cellule sale à l'air vicié donnait presque envie à Edyon d'éclater de rire.

— J'ai cru comprendre que vous prétendiez être le propriétaire de cette chaîne.

— En effet, elle m'appartient.

— Pouvez-vous me dire comment vous êtes entré en sa possession ?

Edyon était presque trop épuisé pour parler, mais il parvint à résumer brièvement son histoire, de sa naissance illégitime à son arrivée dans ce cachot.

L'homme le dévisagea.

— J'ai une foule de questions, mais elles peuvent attendre que vous ayez recouvré vos forces.

— Je dis la vérité.

L'homme hocha la tête.

— Je vous crois, Edyon.

D'un claquement de ses doigts, quatre soldats entrèrent dans la cellule.

— Ils vous conduiront dans un endroit plus confortable. Je vais faire venir un médecin pour votre ami. Nous nous reparlerons plus tard.

Les gardes essayèrent de soulever March, mais ce dernier resserra son emprise sur la main d'Edyon et celui-ci sut qu'il ne devait surtout pas la lâcher. Lorsque les soldats lui demandèrent de leur laisser la place, l'homme vêtu de soie bleue leur ordonna délicatement de se débrouiller. Ils parvinrent à installer March sur un brancard et à le porter hors du donjon, dans l'air frais de la cour.

Ils traversèrent l'étendue pavée jusqu'à une large tour pour se retrouver dans une grande pièce illuminée et chauffée par un feu généreux. Là, un homme en tunique blanche nettoya les plaies de March et les banda tandis qu'Edyon ne le lâchait pas d'un doigt.

— Qui était cet homme ? Celui habillé en soie ? demanda Edyon, même s'il pensait l'avoir deviné, à cause de ses terribles cicatrices qui le défiguraient à moitié.

— Le prince Tzsayn, monsieur, et je suis son médecin personnel. Il m'a demandé de faire tout ce qui était en mon pouvoir pour vous aider.

Edyon ne savait pas quoi répondre. Ce revirement de fortune était-il dû à sa révélation qu'il était le fils du prince Thelonius ? À l'évidence, on ne le prenait plus pour un espion. Edyon commençait à entrevoir une infime lueur d'espoir. Puis son regard se posa sur March, au visage livide et à la respiration saccadée, et la lueur s'éteignit aussitôt.

— Et March ? Vous pouvez l'aider ?

— Je ferai de mon mieux. Mais il est considérablement affaibli et ses blessures sont sévères.

Edyon aurait aimé avoir la fumée de démon sous la main. Elle l'aurait soigné. C'était bien la seule chose d'utile qu'il avait volée dans sa vie, et il l'avait perdue de nouveau.

Cependant, Gravell et Tash se trouvaient dans le château. Le prince devait avoir récupéré la chaîne auprès d'eux, ce qui signifiait que la fumée violette se trouvait également en sa possession. Les chances de réussite étaient plus qu'infimes, mais il se devait d'en parler.

— La fumée de démon ! Voilà ce qui le guérira.

Le médecin secoua la tête.

— La fumée de démon n'a aucune vertu curative.

— Si, je l'ai vu de mes propres yeux.

Le médecin haussa les sourcils.

— Et était-ce après en avoir inhalé vous-même, monsieur ?

— Cela fera effet, je vous l'assure.

— C'est impossible, et dans tous les cas illégal.

— Écoutez, insista Edyon. Deux chasseurs de démons ont été arrêtés à l'entrée de Rossarbe. Ils avaient ma chaîne en or, qui contient le sceau de mon père, le prince Thelonius.

Répéter le nom de son père ne pouvait pas faire de mal.

— Ainsi que de la fumée de démon violette. Elle guérit les plaies, je l'ai vu, je m'en suis servi. Et maintenant, j'ai besoin que vous la récupériez. Il en va de la vie de mon ami.

— Je comprends bien que vous souhaitiez sauver votre camarade, monsieur, mais cette fumée ne l'aidera en rien. En inhaler un peu soulagera peut-être ses derniers instants, mais…

— Trouvez-la, ordonna Edyon. Le prince vous a demandé de faire tout ce que vous pouviez pour m'aider. Si March meurt, je vous tiendrai personnellement pour responsable. Alors soit vous me rapportez la fumée, soit vous me ramenez le prince. Et que ça saute !

CATHERINE

Rossarbe, Pitorie

L'histoire tend à oublier que le roi Stephen,
l'un des souverains les plus populaires du Brégant,
était issu d'une union hors mariage.

Une histoire détaillée du Brégant,
T. Nabb

LE LENDEMAIN MATIN DE SA DISCUSSION avec le prince, Catherine avait obtenu la libération de Tash et – à l'insistance de cette dernière – le droit pour la jeune fille de rendre visite à Gravell dans sa cellule, sous bonne garde.

— Elle court vite, gardez un œil sur elle, avait dit Tanya dans un sourire aux deux soldats chargés d'escorter la jeune fille aux cachots.

Peu de temps après, Ambrose fit son entrée dans les appartements de la princesse avec un petit sac de toile à la main. Une lueur rouge et violette s'en échappait et Catherine ne parvint pas à dissimuler son excitation.

— La fumée ? Tu as réussi à la retrouver ?

Ambrose sortit non pas un, mais deux flacons. Le premier était plein d'une fumée rouge orangé. Le second, violet, brillait encore davantage. Il le tendit à Catherine en la mettant en garde :

— Prudence, il est chaud.

Catherine le saisit et fut surprise par son poids. La chaleur était plus douce qu'elle ne l'aurait cru.

Cette étrange fumée était-elle donc la raison pour laquelle son père avait envahi la Pitorie ? Cela n'avait assurément rien d'ordinaire. Mais quelle utilité pouvait-il bien y trouver ?

— Vous versez dans le trafic de biens interdits, sir Ambrose ? dit le prince Tzsayn en entrant dans la pièce. La sentence pour possession de fumée de démon est d'un an de travaux forcés.

— Serai-je moi aussi condamnée à la prison ? rétorqua Catherine en tendant le flacon violet.

Tzsayn se fendit d'un sourire.

— Fort heureusement, il est en mon pouvoir de vous gracier.

Il lui prit le flacon des mains.

— Je les ai récupérés auprès de vos gardes, Votre Altesse. Ils les avaient confisqués à deux prisonniers.

— Les chasseurs de démons, je présume.

Tzsayn se tourna vers Catherine. Cette dernière hocha la tête.

— Comme je vous le disais, je pense que la fumée est la clé derrière l'invasion fomentée par mon père. Mais je n'en sais pas davantage pour le moment.

Le prince porta le flacon à ses yeux.

— Je n'avais jamais vu de fumée de cette couleur jusqu'à présent. D'ordinaire, elle est rouge, comme celle que sir Ambrose tient dans sa main.

— Tash pourra peut-être nous expliquer cette différence, avança Catherine.

— Espérons qu'elle se montrera utile. Cela étant, je ne suis pas venu pour parler de fumée. Je dois porter à votre connaissance une information. Deux hommes ont été arrêtés juste avant le début du siège tandis qu'ils cherchaient à entrer en ville. Le garde responsable de leur capture les a pris pour des espions. Durant leur interrogatoire, l'un d'eux a prétendu être le fils du prince Thelonius du Calidor.

Catherine secoua la tête.

— Thelonius n'a plus d'enfants, ses deux fils sont morts récemment.

— J'aurais dû préciser que l'homme en question est le fruit d'une union illégitime. Il dit avoir appris l'identité de son père il y a seulement quelques semaines. Toujours selon lui, le prince Thelonius lui a fait parvenir un symbole de sa bonne foi et la preuve de la véracité de cette histoire : un anneau, censé s'insérer dans un pendentif. Il se rendait vers le Calidor pour y rencontrer son père. Il a beau être un bâtard, il est possible que Thelonius souhaite le reconnaître et en faire son héritier légitime.

Tzsayn tendit la chaîne en or.

Catherine la prit pour l'étudier. Elle était lourde et épaisse et ornée d'un pendentif complexe à motif végétal. Au milieu des épines se trouvait une bague.

— C'est le sceau royal de Thelonius, commenta Tzsayn d'un air détaché.

Catherine se laissa tomber dans un fauteuil.

— Mais cela signifie… que c'est mon cousin.

— Et s'il est reconnu, ce sera le futur prince du Calidor.

Catherine se sentait sonnée. Elle releva les yeux vers Tzsayn.

— Quel est son nom ?

— Edyon Foss.

— Cela sonne très pitorien.

— Oui, sa mère est pitorienne.

Était-ce vrai ? Était-ce son cousin ? Son père avait toujours clamé que son oncle était un lâche sans honneur. Rien de surprenant à ce qu'un homme pareil ait fait preuve d'infidélité envers sa femme. Mais Aloysius s'était révélé tout aussi déshonorable en arrangeant le mariage de Catherine. Si l'histoire d'Edyon était vraie, cela signifiait qu'il avait passé l'essentiel de sa vie sans rien savoir de ses origines et qu'on le convoquait seulement maintenant pour pallier l'absence d'héritiers légitimes. Edyon, comme Catherine, n'était qu'un pion entre les mains de son père. Elle se demanda s'il finirait aussi manipulateur que Thelonius semblait l'être. Il n'y avait qu'un moyen de le savoir.

En agrippant fermement les accoudoirs de son fauteuil, Catherine se hissa sur ses pieds.

— Je veux le rencontrer.

Tzsayn leva la main comme pour l'arrêter.

— Dans peu de temps. Son compagnon est sévèrement affaibli, je suis au regret de le dire, en raison des mauvais traitements infligés par mes hommes. Vous le verrez, bien sûr, mais pas dans l'immédiat.

On frappa lourdement à la porte et Tanya s'écarta pour laisser entrer un homme en tunique blanche, à bout de souffle. D'une voix entrecoupée de halètements, il parvint à articuler :

— Parcouru moitié du château… savais pas que c'était si grand… et encore un bon millier de marches… tout ça pour… une demande imbécile…

Tzsayn le rejoignit.

— Gregor, s'agit-il d'une mauvaise nouvelle concernant ce March ?

Gregor releva la tête, parut surpris de se retrouver en présence du prince, puis se courba de nouveau, mais Catherine ignorait si c'était pour saluer ou pour reprendre sa respiration.

— Votre Altesse, mes excuses.

Il retrouva peu à peu son souffle et se redressa.

— Vous m'avez dit de faire… tout ce que je pouvais pour le patient.

— Alors pourquoi vous trouvez-vous ici et non à son chevet ?

— Le petit prince réclame de la fumée de démon. Il se montre des plus insistants. J'ai parcouru le château en tous sens pour en trouver. Les gardes m'ont dit l'avoir confiée à sir Ambrose. Et trouver sir Ambrose n'a pas été chose facile.

— Eh bien, vous l'avez sous les yeux, et la fumée également. Mais que diable compte en faire Edyon ?

— Il prétend qu'elle peut soigner les blessures de son ami.

— La fumée peut *soigner* ?

— Non, Votre Altesse. Cela n'a ni queue ni tête, bien sûr, mais Edyon n'en démord pas.

L'esprit de Catherine se mit à s'emballer.

Et s'il disait vrai ? Et si la fumée pouvait réellement guérir les blessures ? Est-ce cela que mon père convoite ?

TASH

Rossarbe, Pitorie

— OH, LE COLOSSE ! T'AS DE LA VISITE.

Gravell était assis à même le sol d'une cellule aussi humide, glacée et lugubre que celle qu'avait occupée Tash. Mais lorsqu'il aperçut sa jeune acolyte sur le pas de la porte, son visage hirsute se fendit d'un sourire si large qu'on aurait pu le croire dans le plus somptueux des palaces de Pitorie. Tash se précipita pour se jeter dans ses bras.

Il la souleva dans les airs et dit :

— Ça fait plaisir de te revoir, ma petite.

Et il la serra si fort contre elle qu'elle put à peine respirer. Lorsqu'il la reposa délicatement, elle sentit que ses yeux s'embuaient, mais il était hors de question qu'elle le laisse s'en rendre compte, aussi s'essuya-t-elle le visage sur son ventre et tâcha de sourire avant de le regarder de nouveau.

— Comment tu t'en sors ?

— Qu'est-ce que tu t'imagines, dans un trou à rats pareil ? Tu t'es échappée ou quoi ?

— Ou quoi ! J'ai eu droit à un pardon royal et j'aide la princesse Catherine. Elle cherche à se renseigner sur les démons.

Gravell éclata de rire avant de recroiser le regard de Tash.

— Tu es sérieuse ? La princesse qui ?

— Catherine. La fiancée du prince Tzsayn. C'est comme ça que j'ai pu me faire gracier.

— Bien joué.

Il plissa soudain les yeux.

— Tu ne leur divulgues pas nos trucs, hein ?

Tash secoua la tête.

— Non. Et je ne suis pas non plus tout à fait libre. Toute la ville est cernée par les Brégantins, autant dire que je ne peux pas partir, même si je le voulais. Mais au moins je ne croupis plus dans un cachot. J'ai essayé de te faire sortir aussi, mais ils n'ont rien voulu entendre. Apparemment, c'est différent pour moi parce que je suis une enfant.

— C'est différent, oui. Tu ne devrais même pas être ici.

— Toi non plus.

Elle se rappela ce qu'elle tenait à la main.

— Je t'ai apporté des pommes, des noix et du fromage. Ils ont dit que je pouvais venir tous les jours pour te donner à manger.

— Très bien.

— Et j'ai réfléchi, poursuivit-elle à voix basse pour que les gardes présents ne puissent plus l'entendre. Tu as peut-être une chance de t'évader. Les Brégantins préparent un assaut massif. Le moment venu, tu seras peut-être transféré hors de ta cellule pour faire de la place pour les prisonniers ennemis, comme je l'ai été. Si tu arrives à t'échapper – enfin, *quand* tu arriveras à t'échapper – et que je ne suis pas dans les parages, je te retrouverai en bas de la piste qui mène au Plateau, celle que nous avons suivie pour arriver jusqu'ici.

Gravell renifla.

— Ça me semble être un bon plan.

— Je pense que ça marchera. Tu dois juste te tenir prêt.

Elle le prit de nouveau dans ses bras et ne le relâcha que lorsque le geôlier finit par s'impatienter.

Tandis qu'elle quittait les cachots pour retrouver la cour intérieure du château, Tash vit le prince et la princesse accompagnés d'Ambrose, qui portait un sac en toile duquel s'échappait une lueur rouge et violette.

La princesse l'interpella.

— Tash, viens avec nous. Nous allons utiliser la fumée.

C'est typique, songea Tash en leur emboîtant le pas. *C'est illégal pour moi et Gravell d'avoir de la fumée avec nous, mais les princes et les princesses peuvent en inhaler autant qu'ils le veulent…*

Edyon

Rossarbe, Pitorie

Le docteur était parti et Edyon faisait les cent pas dans la chambre avant de retourner auprès de March pour prendre sa main. Elle était froide, trop froide, comme si la vie était en train de l'abandonner. Il lui fallait de toute urgence cette fumée ! Que fichait donc ce satané médecin ? Parviendrait-il seulement à mettre la main dessus ? Les soldats l'avaient peut-être entièrement inhalée, ou relâchée dans la nature, ou…

Edyon alla à la fenêtre, mais le médecin n'était nulle part en vue.

— Dépêche-toi ! Dépêche-toi !

Il reprit la main de March, les larmes au bord des yeux.

— Tout ira bien. Nous allons récupérer la fumée, je vais te guérir et nous nous remettrons en route avant que tu n'aies le temps de crier gare.

Mais il savait que ce n'était que mensonges. La mort l'entourait bien de toutes parts. Et c'était sa faute. Si seulement il n'avait pas volé ce flacon. Si seulement il n'avait pas tué l'homme du prévôt. Il porta la main de March à ses lèvres pour l'embrasser en se confondant en excuses :

— Je suis désolé, March. Je suis désolé.

La porte s'ouvrit et Edyon bondit sur ses pieds. Ce n'était pas le docteur qui se tenait dans l'embrasure de la porte, mais le prince, avec le flacon de fumée violette à la main.

— Il me semble que vous cherchiez ceci.

Edyon dut se faire violence pour ne pas lui arracher la fumée des mains.

— En effet, Votre Altesse ! Je sais que cette substance est illégale, mais elle possède des vertus curatives. Elle va me permettre de sauver March, j'en ai déjà fait usage auparavant.

Tzsayn lui tendit le flacon.

— Montrez-nous donc.

Edyon remarqua alors que le prince n'était pas seul. Sur le seuil de la porte se tenaient le médecin, une jeune femme vêtue d'une exquise robe de soie gris pâle, un soldat aux longs cheveux blonds d'une beauté renversante et une enfant qui se faufilait au premier rang, Tash. Edyon ignorait s'il devait se réjouir ou fondre en larmes.

Le flacon en main, il retourna auprès de March. Il renversa la bouteille, la déboucha prudemment et aspira une petite volute qu'il garda dans la bouche. Il se pencha au-dessus de March et plaqua ses lèvres sur la plus vilaine des blessures infligées par le crochet.

La fumée était chaude et lui asséchait la gorge et elle avait beau virevolter au sein de la chair meurtrie, elle semblait également envahir les méandres de son cerveau. Edyon garda sa bouche contre la peau de March le plus longtemps possible, avant de devoir reprendre sa respiration, le corps tremblant. La fumée se recroquevilla avant de s'envoler lentement, sous le regard captivé de toute l'assemblée. La jeune femme voulut tendre la main pour la toucher, mais le prince la retint tandis que la volute atteignait le plafond et s'immisçait à travers la fente du châssis de fenêtre, comme aspirée par l'extérieur.

— C'est impossible !

L'exclamation du médecin reporta l'attention du public sur March. La plaie béante avait déjà cicatrisé sans le moindre saignement.

La jeune femme se libéra de la poigne du prince et s'avança vers March.

— Il… Il a guéri.

— Oui.

Edyon ne put retenir son sourire.

Le docteur se pencha pour inspecter la peau de March.

— Je n'ai jamais rien vu de tel.

— Cela soigne également les contusions, si vous en mettez dans votre bain.

Edyon éclata de rire en y repensant. Il aurait dû faire preuve de retenue, mais il était trop heureux.

— Désolé. L'utiliser de cette façon fait quelque peu tourner la tête !

— Oh, je comprends mieux maintenant ! Ça explique tout pour ma cheville ! s'exclama Tash. Je n'en ai jamais fumé ni pris de bain avec. Mais je m'étais foulé la cheville lorsque nous avons attrapé ce démon et j'avais posé le flacon sur le gonflement. Le lendemain, ma cheville allait mieux. J'avais trouvé ça bizarre sur le coup, puis je m'étais dit que je ne m'étais peut-être pas fait si mal que cela, finalement. Et je me souviens m'être sentie particulièrement en forme le jour d'après.

Edyon avait presque oublié la présence de Tash. Il rit de plus belle.

— Mon dernier bain remonte à ma rencontre avec Tash.

— Ouais. Imagine si ça n'était pas arrivé. On serait tranquillement en train de manger des tourtes à Dornan en ce moment, répliqua Tash en croisant les bras. Et cette fumée ne m'aurait pas quittée.

Edyon aurait été bien en peine d'affirmer ce qu'il serait advenu de lui. Tout se mettait à tourner et il avait de plus en plus de mal à réfléchir, mais March était en voie de guérison, et c'était tout ce qui importait. Il se sentait si bien. Il avança vers Tash pour l'embrasser. Il aurait voulu embrasser tout le monde. Il la prit dans ses bras et la souleva.

— Aïe, tout doux, là !

— Désolé.

Edyon se rappela sa lutte avec l'homme du prévôt à Dornan et reposa délicatement Tash avant de se tourner vers le prince.

— Vous devez rester prudent avec cette chose. Elle vous octroie une force considérable. Observez plutôt.

Pour illustrer ses propos, il saisit une lourde chaise dans un coin de la pièce et la souleva par-dessus sa tête, mais le prince ne parut pas le moins du monde impressionné et Edyon se sentit subitement ridicule. Pourquoi est-ce que personne ne le prenait jamais au sérieux ? Il fracassa alors la chaise de toutes ses forces. Elle explosa contre le sol dallé dans un bruit assourdissant, fendant la pierre au passage.

Un silence absolu tomba dans la pièce.

Edyon rit nerveusement.

— Ma foi, c'était l'un des plus atroces ouvrages de mobilier qu'il m'ait été donné de croiser. Mais je crois que j'ai besoin de m'asseoir.

Et il se laissa brusquement tomber par terre.

— Vous avez vu ça ? s'exclama Tzsayn à l'intention du médecin. Il a démoli cette chaise sans effort.

Il se pencha pour effleurer la dalle fendue du bout des doigts.

Le médecin s'agenouilla pour faire de même.

— Cela soigne et confère une force accrue ! Je n'avais jamais rien lu ni entendu quoi que ce soit à ce sujet. Seule la fumée violette a cet effet ?

Il se tourna vers Edyon, mais ce dernier haussa les épaules.

Tash prit la parole :

— Je crois que oui. La fumée violette vient des plus jeunes démons.

— Combien de temps dure ce surcroît de force ? demanda le docteur.

Personne ne répondit. Edyon songea à son lancer de harpons. Il avait clairement perdu tout avantage apporté par la fumée à ce moment-là.

— Une journée ? avança-t-il. Quelque chose comme ça. Cela ne dure pas éternellement en tout cas.

La jeune femme intervint :

— Mais suffisamment longtemps pour mener une bataille. J'imagine que la fumée constituerait un atout formidable pour une armée.

— Une force surhumaine et une quasi-invincibilité, renouvelables chaque jour. Une telle armée serait en effet formidable, dit le prince.

Il jeta un œil à Edyon.

— À supposer que les soldats ne s'effondrent pas de sommeil immédiatement après.

— Peut-être ne faut-il inhaler qu'une petite quantité de fumée à la fois ? Qui sait, nous avons encore tant à découvrir ! Mais je crois que nous avons trouvé ce que cherchait mon père, répondit la jeune femme. Et voilà pourquoi son armée est seulement de taille à tenir le nord de la Pitorie. Il n'est pas venu conquérir le royaume entier, seulement l'accès au Plateau septentrional. Il est venu pour la fumée violette.

AMBROSE

Rossarbe, Pitorie

Ambrose, Tzsayn, Catherine et Tash avaient laissé Edyon avec March et s'étaient rendus dans la cour du château.

— J'aimerais essayer cette fumée, dit Tzsayn.

Ambrose se fendit d'un sourire.

— Cela vous coûtera un an de travaux forcés, Votre Altesse.

Tzsayn sourit en retour.

— En fait, je me disais que vous devriez en faire l'expérience en premier. Nous allons d'abord voir si cela permet de soigner une coupure. Puis nous mettrons votre force à l'épreuve.

Ambrose ne marqua pas la moindre hésitation. Il sortit sa dague de son fourreau et s'entailla le bout du pouce. Tzsayn lui tendit le flacon et Ambrose aspira un soupçon de fumée. Il posa ensuite les lèvres sur sa coupure.

Il se sentit rapidement pris de légers vertiges. La fumée semblait vivante et tournoyait dans sa bouche et dans son esprit. Quand il la laissa s'échapper, il l'observa s'élever en un tourbillon dans les airs.

— Si je puis me permettre, sir Ambrose, le résultat est plutôt décevant.

Tzsayn avait gardé le regard braqué sur la petite plaie, qui saignait toujours.

— Voulez-vous essayer ? proposa Ambrose en tendant le flacon.

Tzsayn se livra au même exercice, pour le même résultat.

— Eh bien, cela a fonctionné sur Edyon, March et Tash. Laissez-moi tenter ma chance, suggéra Catherine.

— Non ! s'exclamèrent à l'unisson Tzsayn et Ambrose avant de se tourner l'un vers l'autre avec un regard irrité.

— Il le faut pourtant. Je crois avoir compris. Le message de lady Anne était « fumée de démon » et « garçon ».

— Catherine, quoi que vous ayez en tête, vous n'avez rien d'un garçon, dit Tzsayn.

— Vous non plus. Vous êtes un homme. Edyon et March sont plus jeunes que vous et Ambrose, et cela a fonctionné sur eux. De même pour Tash. Je pense que le sexe n'importe pas, mais l'âge oui. Alors donnez-moi cette dague et laissez-moi essayer.

Ambrose lui tendit son arme à contrecœur. Catherine la prit, s'entailla délicatement le bout du doigt et aspira un peu de fumée. Ils restèrent un long moment interdits, le temps qu'elle presse sa bouche sur la plaie. Quand elle eut relâché la fumée, elle regarda son doigt puis tendit la main vers eux. L'entaille avait disparu.

— Je pouvais la sentir ! Elle se mouvait comme si elle recherchait la coupure.

Catherine laissa échapper un rire cristallin.

— Et la tête me tourne légèrement.

— Mais vous sentez-vous plus forte ? demanda Tzsayn.

Catherine haussa les épaules. Et rit de nouveau.

— J'ai toujours voulu qu'Ambrose m'enseigne l'escrime. Peut-être que le moment est venu.

Ambrose sourit et se tourna vers Tzsayn en disant :

— Les effets secondaires de cette drogue sont particulièrement révélateurs.

— Elle dispose peut-être de la force pour vous vaincre, sir Ambrose. Ce qui serait un effet secondaire des plus intéressants.

Ambrose se rappela les adolescents de Fielding qui avaient pris le dessus sur lui. Leurs prouesses devaient assurément quelque chose à la fumée.

— Peut-être puis-je vous enseigner à jeter une lance, Catherine.

Tzsayn haussa les sourcils, mais fit venir un soldat pour lui prendre sa lance.

Catherine applaudit d'excitation.

— Merveilleux !

Tzsayn lui tendit l'arme, mais il semblait plus qu'heureux de lui montrer lui-même comment lancer. Ambrose l'observa positionner chaque doigt de Catherine le long de la hampe puis lui indiquer comment se placer et armer son bras en arrière, en se tenant au plus près d'elle.

Catherine souriait et laissait échapper de petits gloussements tandis qu'Ambrose trépignait, regrettant de ne pas avoir pris la lance lui-même.

Enfin elle se tint prête et Tzsayn s'écarta.

— Ambrose devrait lancer le premier, remarqua Catherine. Nous verrons ensuite si je parviens à l'égaler.

On apporta une nouvelle lance et ils se postèrent à l'autre bout de la cour. Ambrose projeta son arme en direction du mur opposé de toutes ses forces. Le fer vint heurter les pavés presque au pied du mur.

— Pas mal. Belle technique, commenta Tzsayn. Voyons voir si la dame peut vous battre.

Ambrose inspira profondément et se retint de lever les yeux au ciel.

Son agacement céda la place à la stupéfaction. Catherine avait jeté sa lance. Sa technique laissait à désirer et la hampe ondula quelque peu dans les airs, atterrissant à la renverse, mais elle avait couvert exactement la même distance que lui.

Elle cria sa joie et battit des mains.

— Avec un peu de pratique, je crois que je n'aurais aucun mal à la lancer par-dessus le mur !

— À mon tour ! tonna Tash.

Catherine, Tzsayn et Ambrose se tournèrent pour découvrir Tash tenant le flacon.

— Gravell m'a toujours dit que je ne devais jamais renifler de ce machin, mais bon, si la princesse le fait… et puis c'est juste pour cette fois.

Elle inhala aussitôt la fumée, la garda un instant puis la laissa s'échapper en un long filet entre ses lèvres. Elle saisit une lance, la fit virevolter dans sa main, tapa le talon contre les pavés, prit quelques pas d'élan et lança.

Ambrose en resta bouche bée. La technique de Tash était bonne, mais ne pouvait suffire à expliquer la distance parcourue. Le projectile fendit les airs à travers la cour, s'éleva au-dessus des baraquements et alla sans danger se perdre dans la rivière, voire au-delà.

Catherine se fendit d'un sourire.

— Je crois que les dames viennent de remporter le tournoi.

— Et je crois avoir deviné l'intégralité du message de ma sœur, dit Ambrose.

Il se tourna vers Catherine.

— À Fielding, il y avait des centaines de jeunes garçons qui s'entraînaient au combat.

— « Fumée de démon », « garçon », « armée ».

— Même s'il semblerait que la fumée agisse aussi bien sur les garçons que sur les filles, ajouta Ambrose.

— Jamais mon père n'autoriserait de filles dans son armée. On dirait également que les effets de la fumée sont plus puissants chez les plus jeunes. Et sur vous, qui êtes adultes, elle ne fonctionne pas du tout.

Ambrose songea aux adolescents sur la plage à Fielding.

— En effet, les garçons que j'ai croisés étaient âgés de douze à seize ans tout au plus. Leur force et leur rapidité étaient évidentes, mais ils peaufinaient également leur technique. Aidés par la fumée de démon, ils pourraient tenir tête à n'importe quelle armée et s'emparer du Calidor. Peut-être même de la Pitorie aussi.

MARCH

Rossarbe, Pitorie

MARCH SE RÉVEILLA EN SENTANT LE CONTACT de quelque chose de froid dans son dos. Il se raidit, s'attendant à la morsure du crochet, mais en lieu et place, un picotement familier et apaisant se répandit sous sa peau.

— Ne bouge pas ! lui intima Edyon. Il te reste encore quelques coupures que je n'ai pas soignées ce matin. J'utilise un bol pour retenir la fumée, je veux voir si cela fonctionne mieux ainsi.

— Et ?

— Difficile à dire.

Ses doigts doux caressèrent le dos de March.

— En tout cas, je préfère l'ancienne méthode, murmura Edyon.

Et il posa ses lèvres sur la peau de March.

Lorsque March se réveilla de nouveau, ce fut au son de la voix d'Edyon :

— Il dort pour le moment, mais il est en bien meilleure forme, Votre Altesse. Je vous remercie.

Votre Altesse ? Y avait-il un autre prince dans la pièce ?

March leva imperceptiblement la tête pour découvrir une jeune femme gracile de toute beauté vêtue d'une robe de soie grise aux côtés d'un homme en veste de cuir bleu. Ce devait être le prince Tzsayn. March reposa sa tête, ferma les yeux et tendit l'oreille.

— Et je me dois de vous remercier, répondit Tzsayn. En nous apportant la fumée, vous nous avez permis de découvrir la vérité qui se cachait derrière cette invasion. Cela étant, la raison de ma visite est de vous présenter officiellement la princesse Catherine, jadis du Brégant et désormais de Pitorie.

— Oh ! Je veux dire, tout l'honneur est pour moi, Votre Altesse.

— Et je suis honorée et ravie de vous rencontrer... mon cousin.

La princesse parlait d'une voix légère et chantante.

— Des circonstances des plus... *inhabituelles* ont quelque peu entravé nos présentations, tout à l'heure.

Edyon toussa d'un air gêné.

— Oui, mes excuses. Je n'étais pas au meilleur de ma forme à cause de la fumée.

— Vous n'étiez pas le seul ! Mais je vois que vous avez retrouvé toute votre tête.

— En effet, merci. Bien que je me sente toujours un peu bête, fumée ou non. Je n'ai guère l'habitude de tout cela. Je viens à peine de découvrir qui était mon père. March a été mandé pour me ramener auprès de lui.

— J'aimerais beaucoup entendre le récit de votre vie et de votre périple. Le chemin jusqu'ici a dû être particulièrement riche en péripéties.

— D'après ce que j'ai entendu, on pourrait en dire de même pour vous. Enfin, le peut-on vraiment ? J'ignore ce qu'il convient de dire à une princesse.

— Et moi, j'aimerais entendre ce que March a à nous apprendre, intervint le prince. Je me demande comment vont ses blessures. Elles présentent en tout cas un aspect plus rassurant.

March repensa à l'homme qui l'avait frappé et entaillé, à ses questions idiotes et à ses accusations ridicules. Il se rappela avoir été suspendu au plafond. Il se rappela le crochet. Cet homme était au service du prince.

Il ouvrit les yeux.

— Je me sens mieux, répondit-il. Mais si je recroise le salaud qui m'a fait ça, je me ferais un plaisir de lui planter un crochet dans les entrailles.

Le prince hocha la tête.

— En ce cas, je m'assurerai que vos routes ne se croisent plus jamais.

Pour un prince, les choses étaient aussi simples que cela. Mais March savait que la vie était infiniment plus complexe.

La princesse se tourna vers March et lui adressa un sourire gracieux. Elle était vraiment magnifique.

— March, nous allons vous laisser recouvrer vos forces. Edyon, j'espère que nous aurons de nouveau l'occasion de converser.

Après leur départ, March observa Edyon regonfler ses oreillers. Il lui avait sauvé la vie sur le Plateau en risquant la sienne. Et il venait de le faire une nouvelle fois. Ils étaient frères désormais, même si le terme ne semblait pas convenir. Edyon lui avait tenu la main dans la cellule. Il l'avait touché avec une douceur infinie, une douceur qu'il ne pensait pas connaître un jour. Il avait posé ses lèvres sur sa peau.

Et March avait aimé cela.

Edyon se tenait à présent en tailleur sur son petit lit dans un coin de la pièce et inspectait sa chaîne et l'anneau qu'elle contenait.

— Quelle chance qu'ils l'aient retrouvée. C'est ce qui les a convaincus que nous n'étions pas des espions.

March grogna de mépris.

— N'importe qui d'un peu sensé s'en serait rendu compte.

— L'histoire nous apprend bien qu'en temps de guerre, le bon sens se fait rare.

— Est-ce que la princesse t'a dit comment se passait le siège ?

— J'ai totalement oublié de demander, mais je n'ai guère croisé de mines réjouies dans les parages. À part la mienne, ajouta-t-il dans un sourire. Tu es vivant, je suis vivant et nous ne croupissons plus dans une cellule glaciale.

Il prit une pomme sur la table.

— Nous avons à manger et des vêtements propres.

— Parle pour toi. Je suis nu sous mes draps.

Edyon haussa un sourcil.

— Je le sais bien. Qui t'a déshabillé, à ton avis ? Nous serons peut-être tous massacrés demain, mais que cela ne nous empêche pas de profiter d'aujourd'hui.

Il croqua à pleines dents dans sa pomme.

— Eh bien j'apprécierais d'avoir quelque chose à me mettre. Si Rossarbe doit être envahie par les Brégantins, je pourrais au moins m'enfuir en gardant ma dignité.

Edyon lui jeta un pantalon et lui tendit le collier de Holywell.

— Je leur ai également demandé de nous rendre ceci.

Il rejoignit March pour lui attacher autour du cou.

Il était curieux de voir comme les choses pouvaient vite changer. Trois semaines plus tôt, à son arrivée en Pitorie, March haïssait Edyon, sans même l'avoir rencontré. Deux semaines plus tôt, il le trouvait idiot, naïf et frivole. Et maintenant, Edyon l'aidait à s'habiller. March n'était pas certain de ce qu'il ressentait pour lui, mais il savait une chose : il ne pouvait pas le trahir en l'envoyant dans les griffes d'Aloysius. Il ne méritait pas pareil sort.

March et Holywell avaient manipulé Edyon pour qu'il quitte sa mère et son foyer et l'avaient conduit dans une ville cernée. S'ils en réchappaient, March savait ce qui lui restait à faire : aider Edyon à se rendre au Calidor, même s'il ne pourrait jamais l'y accompagner. Il ne lui restait plus que ce choix : tout avouer à Edyon et l'abandonner ou lui raconter un mensonge et l'abandonner.

Non, rien n'était simple. Mais il savait qu'il devait dire la vérité. Il voulait qu'Edyon devienne un véritable prince et pour cela, il ne pouvait subsister aucun mensonge.

CATHERINE

Rossarbe, Pitorie

Le signe pour le mot « traître »
est une paume tendue verticalement,
le pouce sorti et les quatre doigts repliés
à la deuxième phalange.

Comment signer,
G. Grassman

TASH ÉTAIT ASSISE PAR TERRE, à jouer aux dames avec Tanya. Catherine essayait désormais d'en apprendre autant que possible au sujet des démons après avoir compris ce que son père comptait faire de la fumée. Mais comment allait-il les débusquer ? Combien de démons se trouvaient sur le Plateau ? Étaient-ils faciles à chasser ? Catherine avait posé toutes ces questions à Tash, qui s'était contentée de hausser les épaules en répondant :

— Si Gravell était libre comme moi, je suis sûre qu'il pourrait vous renseigner. C'est grâce à notre fumée que vous avez compris pour cette armée d'adolescents.

Catherine savait qu'elle avait bien fait de faire libérer Tash, mais elle doutait de pouvoir en faire autant pour Gravell, aussi s'efforçait-elle de se lier d'amitié avec la jeune fille, en espérant découvrir à l'occasion de nouvelles informations.

— Ainsi, tu ne te souviens plus de tes parents ?

— Je me souviens d'avoir été affamée et battue.

— Et Gravell ne t'inflige aucun mauvais traitement ?

— Il m'insulte copieusement. Mais probablement moins que je ne l'insulte.

— Dirais-tu qu'il te traite d'égal à égal ? J'ai ouï dire que les femmes pitoriennes étaient davantage libérées que les Brégantines.

— Ouais, je suis complètement libérée.

Puis elle se murmura à elle-même :

— Et j'aimerais bien être libérée de ce château merdique.

— Il paraît que certaines femmes en Pitorie possèdent des terres, voire des commerces. Est-ce que tu aspires à cela un jour ?

Tash haussa les épaules et déplaça un pion sur le damier.

— J'imagine. Je me suis essayée à la vente de tourtes. Mais je préfère la chasse aux démons. Avec Gravell, j'avais la belle vie. De l'argent, des voyages, des auberges aux lits plus confortables qu'ici. Des bains. À manger en abondance. Je n'ai pas besoin de plus.

— Est-ce ainsi que tu dépenses ton argent ? Ou bien Gravell paie-t-il pour tout cela ?

— Gravell paie la plupart du temps.

— Ah, tu n'es donc pas si libre que ça.

— Je travaille autant que lui. Je fais tout ce qui est dangereux. J'attire le démon, je sers d'appât.

Tash se tut brutalement avant de reprendre :

— Je suis en train de perdre la partie avec tout ce blabla.

— À quoi ressemblent les démons ?

Tash hésita.

— Ils sont grands, rouges et rapides.

— Rouges ou violets ?

— Rouges, pour la plupart. Je crois que ce sont les plus jeunes qui sont violets. Ils ressemblent à des humains, mais c'est difficile de leur donner un âge. En tout cas, ils sont magnifiques.

— Magnifiques ? J'aurais cru qu'ils seraient terrifiants.

— Oh, ils le sont aussi. Lorsque vous en avez un qui vous court après comme un dératé, vous n'avez pas trop le temps d'admirer leur beauté. Il faut se concentrer sur sa propre course. Trouver le meilleur itinéraire pour revenir auprès de Gravell. Attirer le démon, ça n'a rien d'un jeu, c'est du sérieux.

Catherine opina du chef.

— J'ai vécu ma première bataille il y a deux jours. Je comprends ce que tu veux dire. Je me suis concentrée sur mon cheval et sur la route devant moi.

Tash s'adossa contre le mur et étudia Catherine.

— Vous n'êtes pas comme je l'imaginais.

— Comment ça ?

— Pour une princesse, vous êtes… normale.

— Oh, et moi qui me croyais unique, répliqua Catherine en riant.

On frappa à la porte. Un soldat porteur d'une missive de Tzsayn demandant à Catherine de le rejoindre immédiatement.

Catherine jeta un regard à Tash et reprit :

— Je ne suis peut-être pas si normale que cela, pour être invitée par un prince.

Tash haussa de nouveau les épaules.

— Est-ce qu'Edyon est un prince aussi ?

— Pas tout à fait.

Catherine se releva pour que Tanya réarrange sa coiffure et lisse les plis de sa robe. Catherine souhaitait aborder de nouveau le sujet de la fumée de démon avec Tzsayn et, pourquoi pas, renégocier la libération de Gravell. En la présence de Tash, peut-être aurait-elle plus de chances.

— Tanya m'accompagnera, et toi aussi, Tash.

— Et les deux soldats à l'extérieur aussi, j'imagine, grommela la jeune fille.

— En effet.

Dans le grand hall, Catherine eut la surprise de croiser plusieurs vétérans, dont Rafyon, les cheveux fraîchement blanchis. Elle ne put retenir un sourire. Ambrose était là, lui aussi, et à son grand soulagement, il avait conservé sa blondeur naturelle. Le voir ainsi, avec son armure lustrée, lui redonna des forces. Derrière Ambrose, elle remarqua March et Edyon. Tzsayn semblait accorder à Edyon les mêmes égards qu'à un fils légitime du prince Thelonius. Ou bien devait-il ce privilège à son lien de parenté avec Catherine ? Quoi qu'il en soit, elle renonça à son projet de parler de Gravell ; l'objet de la réunion paraissait autrement plus grave. Tzsayn était assis sur un trône ornementé à l'autre bout de la grande salle, flanqué de deux gardes, ce qui rappela à Catherine non sans un certain malaise sa dernière entrevue avec son père.

Elle s'approcha et Tzsayn se leva pour l'accueillir en prenant sa main pour la mener jusqu'à un siège à sa droite. La place d'une reine. Il prit la parole d'une voix posée :

— Un messager de votre père est arrivé à nos portes. Il insiste pour que vous et Ambrose soyez présents avant de délivrer son message.

Catherine eut un mauvais pressentiment. Si le message leur était adressé à tous deux… Elle redoutait le genre d'embarras que son père pouvait chercher à susciter.

— Nous savons tous deux que le message n'aura rien d'agréable, poursuivit Tzsayn. C'est pourquoi vous siégez à mes côtés. Nous sommes fiancés, vous avez ma protection.

Il tendit sa main pour qu'elle la prenne. Catherine s'exécuta de bonne grâce et répondit :

— Merci, Votre Altesse.

La chaleur de la main de Tzsayn était réconfortante, mais elle sentit le regard d'Ambrose braqué sur elle tandis qu'elle prenait place.

Les grandes portes du hall s'ouvrirent pour laisser entrer le messager. Il n'était pas seul. Quatre hommes portaient un large coffre en bois tandis que leur chef s'avançait, vêtu de l'uniforme de la garde royale. La manche de sa veste était repliée pour couvrir son moignon.

— C'est le vicomte Lang. Il a combattu Ambrose il y a quelques semaines de cela, c'est ainsi qu'il a perdu la main.

Catherine enserra plus fermement celle de Tzsayn tandis que Lang s'avançait.

— Je suis envoyé par le roi Aloysius du Brégant pour négocier la reddition de Rossarbe. Le roi Aloysius pense que sa catin de fille, Catherine, se trouve en votre présence, de même que le lâche renégat qui rampe à ses pieds, sir Ambrose Norwend.

Lang posa un regard éloquent sur Catherine.

— Je constate que la catin est bien là.

Tzsayn demeura impassible.

— La princesse Catherine est une dame honorable et ma fiancée. Quiconque l'insulte m'insulte par là même.

— Je me tiens dans votre hall sous pavillon blanc. Vous pouvez me tuer si vous l'osez. Je ne crains pas de dire la vérité, persifla Lang. Norwend est-il trop couard pour se montrer ?

— Sir Ambrose se trouve parmi nous, répondit Tzsayn en faisant signe à Ambrose de s'avancer.

Si Tzsayn s'était composé un masque de retenue, le visage d'Ambrose était déformé par la fureur. Rafyon se tenait juste à côté de lui et l'étudiait d'un œil inquiet, comme s'il redoutait de devoir le retenir.

Calme-toi, Ambrose, songea Catherine. *Ce ne sont que des mots.*

— En ce cas, je peux délivrer mon message. Le roi Aloysius a encerclé cette pitoyable ville. Il peut s'en emparer quand bon lui semble. Et lorsqu'il le fera, il n'aura aucune pitié. Il tuera tous ses habitants : hommes, femmes et enfants. Tous seront passés au fil de l'épée.

Lang marqua une pause.

— Cependant, Sa Majesté pourrait faire preuve de clémence. Le peuple de Rossarbe aura permission de quitter la ville sain et sauf, vous y compris, prince Tzsayn, à condition qu'il remette au roi ce qu'il désire.

— Et que désire le roi ? demanda Tzsayn.

— La catin et le lâche.

Catherine prit une inspiration tremblante.

— Traite encore une fois la princesse de catin et je te tue sur-le-champ ! hurla Ambrose.

L'épée déjà à moitié sortie de son fourreau, il esquissa un pas vers Lang, mais Tzsayn l'arrêta d'un geste ferme et Rafyon se mit en travers de son chemin. Frémissant de colère, Ambrose rangea son épée, sans pour autant reculer.

Catherine s'efforçait de garder son calme, mais elle fulminait au moins autant qu'Ambrose.

J'aurais dû le deviner. Il veut sa revanche et ne s'arrêtera pas avant d'avoir eu gain de cause.

Car son père n'admettait ni le pardon ni la réconciliation. Il n'hésiterait pas un instant à faire parader sa propre fille dans les rues avant de la mener à l'échafaud. Mais Tzsayn ne le permettrait jamais.

Dans ce silence qui n'en finissait pas, Catherine risqua un regard en direction du prince. Il gardait les yeux braqués sur Lang.

Était-il en train d'étudier sérieusement cette proposition ?

Le sang de Catherine se glaça dans ses veines. Tzsayn était un homme d'honneur, elle en était persuadée. Mais il en allait de la vie de tous les habitants de Rossarbe. S'il pouvait livrer Catherine et Ambrose – deux étrangers – en échange de la sauvegarde de ses sujets, pourquoi refuser ? Le père de Catherine l'avait vendue à la Pitorie en guise de diversion pour faire la guerre. Pourquoi Tzsayn ne la rendrait-il pas en retour afin d'acheter la paix ?

Après une éternité, il se leva.

— Si le roi Aloysius est si certain de pouvoir s'emparer de Rossarbe, qu'il essaie. Nos remparts sont solides, nos soldats prêts. Je vois dans cette offre indigne un aveu de faiblesse et la confirmation que sa position est intenable. Il sait qu'il pourrait échouer en attaquant la ville. Après tout, il est dans ses habitudes de perdre les guerres, n'est-ce pas ?

La voix de Tzsayn résonnait à travers l'immensité dallée du grand hall.

— Je ne livrerai pas ma fiancée ni son garde du corps à ce boucher.

Lang se raidit.

— Prince Tzsayn, nous savons tous les deux que vos renforts ne vous sont pas parvenus. Nous avons coupé la route du Sud. Nous pouvons conquérir Rossarbe quand bon nous semblera, mais de nombreux hommes y perdront la vie, dans les deux camps. Tout cela peut être évité en échange de deux vies seulement. Donnez-les-nous et tous seront épargnés. Vous avez jusqu'à minuit ce soir.

» Pour vous prouver sa résolution, le roi Aloysius vous adresse ce présent.

Lang se tourna vers Ambrose.

— Il sait que le couard et la catin ont trahi le Brégant. Et il sait qui les a aidés. Maudits soient les traîtres et les lâches.

Il tira sur le loquet métallique du coffre et la boîte s'ouvrit avec fracas contre le sol.

— Ne regardez pas ! s'écria Tzsayn à l'intention de Catherine.

Mais il était trop tard.

Le coffret abritait une grande croix noire montée sur un socle, de la taille d'un homme. Sur la barre horizontale, deux mains étaient clouées de part et d'autre. Tout en haut trônait une tête. L'ouverture du coffre avait agi comme un ressort sur la croix dépliante et faisait légèrement osciller la tête comme si elle était vivante.

Le visage était méconnaissable, défiguré par les coups, les lèvres cousues, mais la chevelure blonde ne permettait aucun doute.

Ambrose s'avança en titubant et tomba à genoux. Le vaste hall était plongé dans un silence absolu que seul son gémissement troublait.

Catherine dut détourner le regard. Elle aurait voulu oublier cette vision d'horreur. Qu'avaient-ils bien pu lui faire avant qu'il ne meure ? Des larmes coulèrent le long de ses joues. Son père avait encore commis une atrocité. Comment pouvait-on se montrer à ce point inhumain ?

— Qui est-ce ? demanda Tzsayn d'un air sombre.

Catherine parvint à peine à articuler.

— Tarquin Norwend. Le frère d'Ambrose.

AMBROSE

Rossarbe, Pitorie

MON FRÈRE EST MORT.

Assassiné. Torturé. La langue arrachée, les lèvres cousues, les mains découpées. Tout cela alors qu'il était encore en vie. Et quoi d'autre encore ?

À travers ses larmes, Ambrose vit le rictus narquois de Lang. Il aurait dû le tuer lors de ce jour fatidique à Brigane. Il se redressa d'un bond, mais Rafyon le retint.

— Non, Ambrose. C'est ce qu'il veut.

— C'est ce que je veux aussi !

Et il se dégagea d'un coup d'épaule.

Lang fit un pas en arrière en essayant maladroitement de dégainer son épée, mais un mur de soldats aux cheveux bleus s'interposa entre lui et Ambrose.

Ambrose rua, mais ils tinrent bon.

Le hall résonnait de leur vacarme quand la voix de Tzsayn tonna :

— Faites sortir tout le monde. Et ce sinistre engin aussi.

Lang pointa du doigt les restes mutilés de Tarquin.

— Il a mis des jours avant de mourir. J'ai eu le plaisir d'assister à son agonie.

Ambrose rugit de colère, mais les gardes le maintenaient fermement.

Tzsayn s'était levé à présent.

— Hors d'ici, Lang ! Et estimez-vous heureux d'être traité ici avec plus d'honneur que vous n'en avez témoigné à cet homme.

Lang et ses hommes quittèrent la pièce.

— Vous avez jusqu'à minuit, dit-il avant que les portes ne se referment violemment derrière lui.

Ambrose regarda les soldats de Tzsayn éloigner le coffre et la dépouille de son frère.

— Je jure de tous les tuer, dit-il à Rafyon. Aloysius. Boris. Noyes. Lang. L'un après l'autre.

Il se dégagea enfin de la poigne des gardes.

— J'aurai ma revanche.

— Je te crois, Ambrose. Mais je t'en conjure, calme-toi.

Comment pouvait-il rester calme ? Son frère était mort. Qui sait ce qu'Aloysius avait pu faire subir à son père, resté seul, privé à jamais de deux enfants ? Nul doute que le roi s'emparerait de ses terres et de toutes ses possessions.

Ambrose hurla de nouveau sa rage et retomba à genoux. Tzsayn vint s'accroupir à ses côtés et lui parla d'une voix douce.

— Je suis désolé, Ambrose. Pour vous et pour votre frère. Je peux vous assurer que jamais je ne vous livrerai, ni vous ni Catherine, à Aloysius. C'est un monstre.

Ambrose ne savait pas quoi répondre. Il était incapable de penser. Il renifla et se rendit compte que ses joues étaient sillonnées de larmes.

— Catherine m'a dit que votre frère était un homme honorable.

Ambrose releva les yeux vers Tzsayn.

— On n'aurait pu rêver meilleur frère, meilleur fils.

— C'est lui qui vous a aidé à voler les plans de l'invasion ?

— Oui. Sans même se soucier de sa propre vie. Il voulait simplement m'aider. Et voilà comment il a été récompensé.

— Je vais convoquer tout le monde. Je dois expliquer ma décision de refuser la reddition. Certains pourraient croire que deux vies brégantines peuvent bien être sacrifiées. Accepterez-vous de parler ? Si vous vous en sentez capable ?

— Je préférerais me battre que parler.

— Cette occasion se présentera bien assez tôt, mais pour le moment, j'ai besoin de vos paroles.

Tandis que la pièce s'emplissait de nouveau de soldats pitoriens, Ambrose s'essuya le visage et prit quelques inspirations pour retrouver son calme.

Tzsayn parla le premier.

— Aloysius a envahi notre pays, tué et mutilé nos hommes et il exige à présent que nous quittions Rossarbe pour qu'il puisse disposer de la ville à sa guise. Il insulte la princesse Catherine, qui m'est promise. Il insulte sir Ambrose Norwend, qui a sauvé la vie de mon père quelques jours plus tôt et a tout abandonné pour le salut de la Pitorie. Et pire que tout, Aloysius a fait torturer et assassiner le frère d'Ambrose, qui avait tout risqué pour nous avertir de l'invasion. J'aimerais que sir Norwend vous dise quelques mots à propos de son frère.

Ambrose s'avança. Il contempla la foule de visages qui lui faisaient face et, l'espace d'un bref instant, il ne se crut pas capable de parler. Puis le sourire de Tarquin lui revint en mémoire et il sut exactement quoi dire.

— Tarquin Norwend était l'homme le plus honorable que j'aie jamais connu et je suis immensément fier d'être son frère. C'était l'âme la plus noble, la plus attentionnée et la plus délicate. C'est avec son aide que j'ai pu découvrir le plan d'invasion d'Aloysius. Mon frère considérait que notre roi se comportait lâchement en s'en prenant à un voisin pacifique. Tarquin, lui, n'a jamais manqué d'honneur, et c'est ce qui lui a causé d'être torturé et tué.

Ambrose se tourna vers Tzsayn et poursuivit :

— Et je vengerai mon frère.

Pour la première fois depuis l'ouverture du coffre, Ambrose regarda Catherine. Elle se tenait droite, livide, mais digne, serrant fermement la main de Tzsayn. Peut-être était-ce mieux ainsi. Il n'était plus certain de rien.

Ses larmes avaient séché. Il se tourna de nouveau vers l'assemblée et reprit :

— Aloysius m'a insulté, ainsi que sa propre fille, la princesse Catherine. J'étais soldat de la garde royale et j'avais juré de la protéger. Je ne romprai jamais cette promesse, cela reste mon devoir. Mais son père, dont le devoir naturel est de défendre sa vie au péril de la sienne, l'a trahie et s'est servi de son mariage comme d'une vulgaire diversion. C'est un félon auquel on ne pourra jamais se fier. Aussi j'ajoute à mon serment : je jure de protéger la princesse Catherine et de combattre de toutes mes forces pour la Pitorie.

Tzsayn se leva à son tour.

— Il y en a peut-être parmi vous pour penser que l'on peut négocier avec Aloysius. Ce n'est pas le cas. Il se comporte en monstre. Cet homme, cet homme d'honneur qu'était Tarquin Norwend, un Brégantin, a donné sa vie pour nous venir en aide à nous, Pitoriens. Nous lui devons de ne pas baisser les armes. Nos terres ont été envahies par un fou. Il aura beau jeu de nous effrayer, de nous menacer, si nous lui cédons, nous y perdrons bien plus que la vie. Nous perdrons notre humanité.

Quelques soldats et seigneurs s'écrièrent : « Bien dit ! »

— Aloysius est un fou, mais il n'en reste pas moins un simple mortel. Un homme qui a perdu sa dernière guerre. Il n'a rien d'infaillible. Nos renforts seront là d'ici demain et alors nous reprendrons le combat. D'ici là, nous doublons la garde. Aloysius désirait une réponse d'ici minuit, eh bien je lui dirai que je n'abandonnerai pas mes amis fidèles, mais que je me battrai pied à pied, à vos côtés, pour défendre notre patrie, la Pitorie !

TASH

Rossarbe, Pitorie

TASH AVAIT TOUJOURS TROUVÉ LES DÉMONS effrayants, mais les hommes pouvaient se montrer tout aussi horribles. La tête dans le coffre avait failli la faire vomir, l'odeur étant presque pire que la vision de cauchemar. Ce roi Aloysius semblait être un véritable cinglé. Difficile d'imaginer que quelqu'un d'aussi gentil que la princesse Catherine puisse être sa fille. Tzsayn n'allait pas céder aux demandes d'Aloysius, cela paraissait évident. Ce qui voulait dire que les Brégantins passeraient bientôt à l'attaque. Et qu'elle et Gravell auraient une chance de s'échapper dans le chaos de la bataille.

Une fois de retour dans les appartements de la princesse, Tash se rendit à la fenêtre pour observer l'armée brégantine. Son campement occupait le double de la surface de la foire de Dornan. Tash était à peu près certaine que les Brégantins remporteraient la bataille et elle était bien déterminée à ne pas finir la tête dans un coffre.

La cour en contrebas fourmillait d'agitation. Aloysius avait donné jusqu'à minuit à Tzsayn pour livrer Ambrose et Catherine, et Tash ne l'imaginait pas du genre patient. Tanya était déjà en train d'empaqueter quelques affaires au cas où le château tomberait et qu'il leur faudrait fuir.

— En cas d'assaut, que fait-on des prisonniers détenus dans les cellules ?

Tanya ne répondit pas à sa question.

— Nous avons besoin de vivres. J'ai retenu la leçon lors de notre précédente fuite. Je vais aller en chercher. Reste avec la princesse, toi.

Catherine s'était postée à l'autre fenêtre, ses yeux rougis ne fixant rien en particulier. Tash vint la rejoindre.

— S'il vous plaît, dites-moi ce qui arrivera à Gravell ?

— Je l'ignore, Tash.

— Il sait bien se battre. Il pourrait donner un coup de main. Vous feriez mieux de le libérer.

— J'ai déjà demandé sa libération. Le prince ne lui fait pas confiance.

— Eh bien moi, je ne partirai pas sans lui.

— Avec un peu de chance, aucun de nous n'aura à partir. Les remparts de la ville sont solides et les murs du château le sont encore plus. Les renforts ne devraient plus tarder.

Tash soupira discrètement. La princesse pouvait bien tenir de beaux discours, elle préparait malgré tout son départ.

Tandis que la nuit tombait, les trois se mirent à table pour dîner. Tanya se mit à parler des soldats, mais Tash avait envie de poser des questions à son tour.

— Princesse Catherine, vous êtes toujours fiancée au prince alors qu'il est en guerre contre votre père ?

— En effet.

— Et vous avez l'air de bien l'aimer, sans compter qu'il semble correct. Après tout, il a plutôt bien géré toute cette histoire de tête plantée sur une croix. Et c'est un prince, donc il sera un jour roi, j'imagine que ça compte aussi. Tout va pour le mieux, donc.

— En effet, acquiesça Catherine tandis que Tanya dissimulait un sourire derrière sa main.

— Et Ambrose… c'est juste un soldat beau à se damner qui a juré de vous protéger au péril de sa vie.

Tanya se figea aussitôt.

D'une voix beaucoup trop calme, Catherine répondit :

— Il faisait partie de ma garde rapprochée au Brégant. Chaque garde du corps prête serment de défendre les membres de la famille royale.

— Peut-être, mais je ne vois que lui dans les parages.

— Il y a une raison à cela : l'invasion.

Catherine s'éventa le visage.

— Hmm. Donc vous le connaissez depuis un bail, non ?

— Quelques années, maintenant.

— Et vous avez l'air de bien l'aimer, lui aussi. Enfin, autant que le prince Tzsayn, je veux dire.

— Je suis tout à fait capable d'apprécier plusieurs personnes à la fois. J'apprécie bon nombre de mes hommes. Pour leurs qualités. Leurs qualités de soldats, bien sûr.

— Oui, logique. Vous êtes une princesse, après tout. Pourquoi se limiter ? Vous pouvez en avoir autant que vous voulez.

Une violente quinte de toux s'empara de Tanya.

— Ce n'est pas du tout ce que je voulais dire !

Catherine bondit sur ses pieds.

— J'ai besoin d'air.

Elle ouvrit la fenêtre et reprit :

— Je tiens à Ambrose : il est loyal et a toute ma confiance. Mais je suis promise à Tzsayn. C'est aussi simple que cela.

— Alors vous allez épouser Tzsayn ?

Catherine hésita.

— Comme tu l'as toi-même fait remarquer, il est actuellement en guerre contre mon père, donc…

— C'est aussi simple que ça, en effet.

Tash se leva pour regarder elle aussi par la fenêtre. Le ciel était dégagé et plein d'étoiles. Les feux de camp brégantins brillaient intensément, comme autant d'étoiles à terre.

— Vous savez que ces fenêtres sont très hautes et très étroites. Personne ne pourrait passer par là, même en escaladant le mur avec une corde. Mais cela veut dire qu'on ne peut pas non plus s'en servir pour s'enfuir. Si cette tour était assiégée, on serait prises au piège.

Tanya intervint :

— Veux-tu bien te taire ? Nous sommes loin d'être attaquées. La princesse l'a déjà expliqué : l'armée brégantine devrait se frayer un chemin à travers tout Rossarbe avant de pouvoir atteindre le château.

— À moins qu'ils n'escaladent les remparts du château depuis la rivière, objecta Tash. Vous n'avez pas dit que c'était ce qui s'était passé à Tornia ?

Catherine se raidit.

— Oui, en effet.

— Et ce château-là aussi n'était pas censé être imprenable ?

Personne ne répondit.

— Il est pratiquement minuit. Je parie que votre père n'est pas du genre à repousser un ultimatum, marmonna Tash.

— Le simple fait d'attendre jusque-là est déjà un supplice pour lui, répliqua la princesse.

L'instant d'après, des cris éclatèrent en contrebas.

Tanya et Catherine échangèrent un regard avant de se pencher à la fenêtre, mais l'obscurité ne leur laissait rien voir.

Geratan entra en trombe.

— L'armée brégantine a franchi les remparts et commencé à incendier les bâtiments en ville. D'autres sont parvenus à s'infiltrer dans l'enceinte du château. Ils ont tué lord Reddrian. Ambrose dit que vous devez rester ici et vous enfermer. Lui et le reste de vos hommes sont en train de fouiller le château à la recherche des assassins. Baranon et moi allons rester avec vous.

— Et le prince Tzsayn ?

— Il repousse l'assaut sur les remparts de la ville.

— Comment se présente la bataille ?

Geratan hésita.

— Votre Altesse, nous devons nous préparer à... enfin...

— Merdasse ! jura Tash. On va tous finir avec la tête en haut d'une pique.

Elle fit le tour de la pièce en allant de fenêtre en fenêtre avant de se rasseoir avec les autres.

Le silence s'installa, seulement troublé par le fracas distant des combats.

Geratan finit par dire :

— À la guerre, on passe généralement son temps à attendre. Et à très mal manger.

— Et à mourir, ajouta Tash.

Geratan lui décocha un regard incendiaire, aussi se releva-t-elle pour aller se poster à la fenêtre.

Les feux de camp brégantins étaient toujours aussi distincts, mais une lueur jaune vacillante troublait à présent le noir de la nuit.

D'un ton calme, Tash dit :

— Je crois que le château est en feu.

Geratan étouffa un juron et accourut à la fenêtre pour voir un nuage de fumée s'élever dans les airs.

— Il nous faut partir, Votre Altesse.

Tash ramassa son baluchon, prête à mettre les voiles. Geratan ouvrit la marche. Catherine, Tanya et Tash lui emboîtèrent le pas tandis que Baranon protégeait leurs arrières. Alors qu'ils descendaient les escaliers, la fumée se fit plus épaisse. Des flammes se devinaient derrière une porte à côté de laquelle ils passèrent. Arrivée en bas, Tash distingua le seuil au bout du couloir qui donnait sur la cour, mais avant qu'ils n'aient le temps de l'atteindre, Tanya poussa un hurlement lorsqu'un homme en noir surgit de la fumée, poignard à la main. Geratan se précipita sur lui et le plaqua contre le mur.

Tash poussa Tanya en lui intimant d'avancer et prit la princesse par la main afin de la tirer dans la cour. D'un coup d'œil par-dessus son épaule, elle vit Baranon trancher la gorge de leur assaillant avec sa dague. Cela n'avait rien à voir avec la mise à mort d'un démon. Le sang jaillit, éclaboussant Baranon, et l'homme n'émit aucun son, mais s'étouffa en serrant désespérément sa gorge.

La cour était sombre et enfumée et il devenait difficile d'y distinguer quoi que ce soit. L'incendie s'étendait rapidement.

Si Gravell restait enfermé dans sa cellule, il mourrait à coup sûr. Tash devait le sortir de là. Elle s'élança en direction des cachots, mais un bras puissant s'enroula immédiatement autour de ses épaules et la souleva. Elle se débattit avec vigueur.

— Calme-toi, lui dit Rafyon en la reposant au sol. Et reste avec le groupe, ma petite, tu seras plus en sécurité.

— Mais Gravell n'est pas dans le groupe, il est enfermé dans sa cellule. Je vais le libérer.

Elle se tortilla pour échapper à Rafyon et fonça dans le mur de fumée et de flammèches. Rafyon aboya un ordre et Geratan et Baranon se lancèrent à sa poursuite tandis qu'elle dévalait les marches jusqu'aux cachots.

Le geôlier avait disparu – ce maudit lâche avait probablement fui aux premiers signes de grabuge –, mais le trousseau de clés était toujours suspendu au mur de son bureau.

— Tash, reviens ! cria Geratan.

Mais Tash avait déjà saisi les clés et atteignit la cellule de Gravell. Il se trouvait à la porte lorsqu'elle l'ouvrit. Tash lui prit la main et l'attira dans le couloir. Elle jeta le trousseau à Geratan et dit :

— Occupe-toi des autres. On se retrouve dehors.

Gravell sur ses talons, elle courut pour remonter dans la cour.

— Merdasse ! tonna Gravell lorsqu'ils se retrouvèrent à l'extérieur.

L'incendie avait empiré. Ambrose et Rafyon se tenaient sur un monceau de cadavres à l'entrée du château. Tash et Gravell rejoignirent la princesse au sein d'un groupe d'hommes aux cheveux blanchis. Parmi eux se trouvaient Edyon et March, lequel semblait complètement remis de ses blessures.

— Rossarbe est tombée, s'écria Ambrose en arrivant à leur rencontre. Les Brégantins ont forcé les barricades ouest.

Nous sommes isolés du prince. Nous allons devoir nous frayer une sortie par nous-mêmes.

— Que fait-on ? demanda Tash à Gravell.

— On reste avec eux jusqu'à ce qu'on soit sortis de ce merdier, répondit-il. Ensuite, on retourne vers le Plateau. Les Brégantins ne nous suivront pas là-bas.

— Je n'en suis pas si sûre, marmonna Tash.

— Qu'est-ce que tu racontes ?

— Ils sont là pour la fumée de démon. Ils ont fait tout ce chemin pour ça.

Gravell secoua la tête.

— Ça n'a aucun sens.

— Logique ou non, c'est pourtant comme ça.

Le groupe quitta le château au pas de course pour rejoindre les rues de la ville. Tash et Gravell restaient en tête, non loin de Rafyon, qui semblait connaître la moindre ruelle. Ils fonçaient vers le sud-est et avaient pratiquement atteint les remparts lorsqu'ils repérèrent une troupe de soldats brégantins. Rafyon dégaina son épée avant de tourner la tête et d'ordonner :

— Pas par là ! Faites demi-tour ! Demi-tour !

Les Brégantins s'avançaient vers eux lentement et l'un d'eux jeta sa lance en direction de Tash. Le projectile passa au-dessus de sa tête et elle entendit un cri. D'autres lances suivirent, chacune ou presque trouvant sa cible dans le groupe de fugitifs. Les cris de panique redoublèrent et Tash se trouva poussée en avant vers les Brégantins.

— Non ! hurla-t-elle. Demi-tour !

Mais trop de gens occupaient l'étroite ruelle. Tash chercha désespérément une issue, en vain. L'un des soldats ennemis la chargea, la lance braquée sur sa gorge. Tash n'avait nulle part où aller. Elle se trouvait prise entre les soldats de chaque côté. Puis elle sentit les mains de Gravell sur ses épaules qui la faisaient tourner. Elle comprit instinctivement ce qu'il faisait.

— Non ! protesta-t-elle, mais il était trop fort pour elle et il l'enveloppa de son corps au moment où la lance lui perça le flanc.

Il grogna et tituba. La lance était profondément plantée dans son torse. De sa main d'ours, il saisit le Brégantin par le cou et lui brisa la nuque avant de le projeter sur ses camarades. La foule qui se pressait derrière lui reculait enfin, mais il était trop tard.

Gravell tomba à genoux et Tash prit son visage entre ses mains.

— Non, non, non !

Il releva les yeux vers Tash.

— Cours, gamine, cours !

— Non ! s'écria Tash. Lève-toi !

Elle essaya de le relever, en vain.

— Je suis trop lourd pour toi, ma petite. Va-t'en maintenant.

Le combat faisait à présent rage tout autour d'elle, mais Tash n'en avait cure. Elle ne se souciait que de Gravell. Mais que pouvait-elle bien faire ? Elle agrippa le pan de sa veste et approcha la bouche de son oreille :

— Je ne pars pas sans toi. Je n'irai *nulle part* sans toi.

— Évite juste de retourner auprès de ton vendeur de tourtes à Dornan. Tu vaux mieux que ça.

Tash secoua la tête, les joues pleines de larmes.

— Je travaillerai toujours pour toi.

— Brave fille, murmura Gravell avant que ses yeux ne se ferment et que son corps ne s'affale au sol.

Tash se releva, incrédule. Des bras l'attrapèrent et l'arrachèrent à Gravell. Elle eut beau crier et se débattre, rien n'y fit.

CATHERINE

Rossarbe, Pitorie

La guerre est généralement perçue comme la fin, mais s'avère souvent être un nouveau point de départ.

La Guerre et l'Art de la gagner,
M. Tatcher

LA FUMÉE, ÉTOUFFANTE, faisait pleurer et tousser Catherine. Elle ne pouvait que tenir Ambrose d'une main et tirer Tanya de l'autre.

Elle avait peur, non des Brégantins, mais de ce qu'Ambrose risquait de faire. Depuis qu'il avait vu la dépouille de son frère, il était différent. Distant. Brisé. Il ne lui avait pas adressé la parole, mais quelque chose avait changé en lui. Et pourtant il était bien là, l'escortant à travers les ruelles de Rossarbe. Elle jeta un œil aux autres, ses hommes, Edyon et March, Rafyon portant Tash qui s'était arrêtée de ruer et sanglotait à présent.

Enfin, la fumée se dissipa. Ils se trouvaient tout à l'est de la ville. Bientôt ils passèrent la dernière barricade, les remparts et quittèrent Rossarbe. La nuit était sombre et la route qui s'étendait devant eux se retrouva rapidement réduite à un simple sentier caillouteux. On n'entendait plus que leurs respirations saccadées et le grondement de la rivière sur leur gauche.

Ils montaient, Catherine s'en rendait compte à présent, la pente devenant de plus en plus raide. Le sentier menait au Plateau septentrional, le territoire des démons.

Ils poursuivirent leur ascension, Ambrose enserrant sa main fermement, presque trop. À un moment, elle trébucha et, vif comme l'éclair, il se retourna pour la rattraper avant de reprendre son allure pressée. Ils finirent par faire une pause dans une dépression à flanc de colline.

Derrière eux, des silhouettes sombres gravissaient la colline, et à travers les arbres, Catherine pouvait distinguer une lueur orange vif.

— Toute la ville doit être en train de brûler, dit Tanya.

— L'héritage de mon père. La destruction.

Catherine secoua la tête et sentit les larmes emplir ses yeux.

— Vont-ils nous poursuivre ? demanda Tanya. Ou bien nous croient-ils avec le prince Tzsayn ?

— Ils nous chercheront, tôt ou tard.

Son père ne connaîtrait pas de répit avant de l'avoir capturée. Il ne pardonnerait jamais. Pour ceux qu'ils considéraient comme des traîtres, il ne ferait preuve d'aucune pitié, pas même envers Catherine. Surtout pas envers elle.

Elle redressa les épaules. Son père pourrait bien essayer de lui faire subir le même sort qu'à lady Anne, mais elle ne se laisserait pas faire. Elle savait ce qu'il cherchait à présent et ferait tout ce qui était en son pouvoir pour l'empêcher de mettre la main sur la fumée de démon violette et lâcher son armée d'adolescents sur ses paisibles voisins.

Et pourtant, au fond d'elle, Catherine voulait davantage. Elle prit conscience de sa propre ambition et, l'espace d'un instant, elle eut une vision.

Sa propre armée, aux cheveux blanchis, vaillante et puissante comme des démons.

Partant en guerre contre son père.

Lieux et personnages

LE BRÉGANT

Un pays belliqueux

Brigane : la capitale
Norwend : une région au nord du Brégant
Fielding : un petit village de la côte nord-ouest, où lady Anne a été capturée par Noyes
Le château de Tarasenth : la demeure du marquis de Norwend

Aloysius : le roi du Brégant
Isabella : la reine du Brégant
Boris : l'aîné d'Aloysius
Catherine : la fille d'Aloysius, fiancée du prince Tzsayn de Pitorie, seize ans
Harold : le benjamin d'Aloysius
Noyes : l'inquisiteur de la cour
Sarah, Jane et Tanya : les servantes de Catherine
Peter, le vicomte Lang, Dirk Hodgson, sir Evan Walcott : des membres de la garde royale
Le marquis de Norwend : un noble du nord du Brégant
Tarquin : l'aîné du marquis de Norwend
Ambrose : le cadet du marquis de Norwend, membre de la garde royale, vingt et un ans
Lady Anne : la fille du marquis de Norwend, exécutée pour trahison
Sir Oswald Pence : l'ami de lady Anne, décédé

LE CALIDOR

Une petite contrée au sud du Brégant

Calia : la capitale

L'Abask : une petite région montagneuse, mise à sac durant la guerre entre le Calidor et le Brégant, dont les habitants sont connus pour leurs yeux d'un bleu glacial

Thelonius : le prince du Calidor, petit frère du roi Aloysius du Brégant

Lord Regan : le plus vieil ami de Thelonius

March : l'un des servants du prince Thelonius, d'origine abask, seize ans

Holywell : l'un des hommes de main d'Aloysius, espion, assassin, d'origine abask

Julien : le grand frère de March, décédé

LA PITORIE

Un vaste et opulent pays renommé pour ses danses,
où les hommes se teignent les cheveux
afin d'afficher leur allégeance ;
La vissune est une fleur blanche sauvage
répandue à travers tout le pays.

Tornia : la capitale

Le Plateau septentrional : une région froide et interdite où vivent les démons

Charron : une ville portuaire

Westmouth : une ville portuaire

Dornan : une ville commerçante

Pravont : un village à la frontière du territoire des démons

Rossarbe : un port du nord où se trouve un petit château
Leydale : la demeure de lord Farrow

Arell : le roi de Pitorie
Tzsayn : le fils d'Arell, fiancé de Catherine, vingt-trois ans
Sir Rowland Hooper : l'ambassadeur du Brégant en Pitorie
Lord Farrow : un seigneur puissant qui se méfie de Catherine et des Brégantins
Rafyon : l'un des gardes du prince et l'un de ses plus fidèles soldats
Geratan : un danseur

Gravell : un chasseur de démons
Tash : l'assistante de Gravell, née en Illast, treize ans

Erin Foss : une marchande
Edyon : le fils d'Erin, un bâtard, dix-sept ans
Mme Eruth : une voyante

L'ILLAST

Un pays voisin de la Pitorie, où les femmes jouissent de meilleurs droits qu'ailleurs et peuvent posséder des propriétés et des commerces

Valeria : la reine d'Illast, il y a des années de cela

Remerciements

L'écriture des *Voleurs de fumée* aura été un long processus débuté il y a quelques années. Tout a commencé par une idée, l'une de ces idées qui vous enthousiasment immédiatement et que vous ne pouvez vous empêcher de partager avec quelqu'un. Dans le cas présent, j'ai dû me garer au beau milieu d'une route de campagne pour appeler mon agent, Claire Wilson.

— Père et fils, chasseurs de démons, ai-je dit.

— J'adore ! a-t-elle répondu.

Cependant, passer d'une simple idée à un roman entier n'a pas été une mince affaire et le développement de l'histoire a été une lutte de tous les instants. J'ai fini par me rendre compte que je n'étais pas tellement intéressée par les chasseurs de démons, mais que je tenais à raconter l'histoire de deux personnages féminins bien trempés. Ainsi le père et le fils se sont transformés en un homme et une fille – Gravell et Tash –, et j'ai créé ce personnage de princesse qui est à la fois privilégiée et en même temps une citoyenne de seconde classe à cause de son sexe.

Catherine est une fille intelligente, vive d'esprit et courageuse, qui prend conscience de son potentiel à mesure qu'elle grandit et qu'elle observe les hommes qui l'entourent. Elle est inspirée en particulier de deux femmes célèbres : Elizabeth Ire d'Angleterre et Catherine la Grande de Russie, mais aussi de toutes les femmes fortes avec lesquelles j'ai grandi. Que ce soit dans ma famille ou à l'école, j'ai vécu dans un environnement majoritairement féminin où l'on m'a toujours encouragée à travailler dur avec l'idée que je pouvais faire ce que n'importe quel homme était capable de faire. Je remercie toutes ces femmes qui m'ont servi d'inspiration dans ma famille, ma scolarité et ma vie professionnelle.

Un grand nombre de femmes fortes et d'hommes m'ont aidée dans l'écriture de ce livre. Merci à Claire Wilson, mon agent, et à mon éditeur, Ben Horslen, qui m'ont encouragée et soutenue tout au long du processus, en particulier durant les heures les plus sombres où tout paraissait trop compliqué et trop difficile. Merci à tous les gens de Penguin Random House, notamment Tig Wallace au service éditorial, Ben Hughes à la maquette (pour sa couverture et sa carte merveilleuses), Wendy Shakespeare, la correctrice la plus adorable au monde, et au service des cessions de droits. Merci à tous les gens de Viking aux États-Unis et en particulier à mon éditrice Leila Sales : je n'ai jamais croisé un personnage féminin aussi fort et emblématique ! Un immense merci à ma famille et à mes amis. Et des grands remerciements du fond du cœur à tous mes lecteurs qui me soutiennent, me font rire à l'occasion et parfois même pleurer de joie.

Enfin merci à vous, qui venez de terminer ce tome des *Voleurs de fumée*. Il est bien plus facile de continuer à écrire lorsque l'on sait que quelqu'un nous lira.

Composition
NORD COMPO

Achevé d'imprimer en Espagne
par BLACK PRINT
le 6 décembre 2020

Dépôt légal janvier 2021
EAN 9782290179314
L21EDDN001043N001

ÉDITIONS J'AI LU
87, quai Panhard-et-Levassor, 75013 Paris

Diffusion France et étranger : Flammarion